世界文学名著名译典藏

小妇人

[美] 路易莎·梅·奥尔科特◎著　方菁　方宪◎译

长江出版传媒 | 长江文艺出版社

图书在版编目（CIP）数据

小妇人 /（美）路易莎. 梅. 奥尔科特著；方菁，方宪译. -- 武汉：长江文艺出版社，2018.6（2024.1 重印）
（世界文学名著名译典藏）
ISBN 978-7-5702-0316-1

Ⅰ. ①小… Ⅱ. ①路… ②方… ③方… Ⅲ. ①长篇小说—美国—近代 Ⅳ. ①I712.44

中国版本图书馆 CIP 数据核字(2018)第 062091 号

责任编辑：雷　蕾　　　　责任校对：毛季慧
封面设计：刘　垒　　　　责任印制：邱　莉　杨　帆

出版：长江出版传媒 | 长江文艺出版社
地址：武汉市雄楚大街 268 号　　邮编：430070
发行：长江文艺出版社
电话：027—87679360
http://www.cjlap.com
印刷：长沙鸿发印务实业有限公司

开本：880 毫米×1230 毫米　1/32　　印张：16　　插页：4 页
版次：2018 年 6 月第 1 版　　2024 年 1 月第 2 次印刷
字数：401 千字

定价：55.00 元

目录

Contents

第一部

第二部

第一部

Part One

第一章　“朝圣者”角色扮演游戏

“圣诞节没有礼物，哪儿还叫圣诞节?”躺在小地毯上的乔嘟囔道。

“贫穷太可怕了!”梅格发出一声叹息，低头看看自己一身的旧衣。

“有些女孩儿漂亮物件儿应有尽有，有些女孩儿却一无所有，这不公平。”小艾米委屈地哼了一下鼻子，添了一句。

“但我们有父亲、母亲，还有彼此。”坐在房间一隅的贝思心满意足地说道。

这句振奋人心的话点亮了炉火映照下四张年轻的脸庞。“可爸爸不在，长时间在外打仗。”乔伤心地说。听到这句话，众人脸色又黯淡下去。她们挂念着远方战场①上的父亲，每个人心里都默默地加了一句她没说出口的话——“可能将永远失去他。”

大家一时沉默无语，过了一会儿梅格换了个语气说：“妈妈主张今年圣诞节不互送礼物，你们是知道原因的，寒冷的冬天就要来了，而我们的父兄们正在军营里受苦，我们不应该把钱花在享乐上。虽然能力有限，但我们可以、也应该乐于做出一点小小的牺牲。但恐怕我做不到。”梅格摇摇脑袋。想到要与那些梦寐以求的漂亮礼物失

---

① 该小说开场背景设定于1861年爆发的美国南北战争期间。

之交臂，她遗憾不已。

“我觉得我们那点儿压岁钱也派不上什么用场。我们每人只有一块钱，全捐给部队也没多大用。我不期盼妈妈送什么礼物，你们也不必送我，不过我真的很想买一本《〈温蒂妮〉和〈辛德拉姆与他的伙伴〉》①，那本书我早就想买了。”书痴乔说。

“我本打算买些新乐谱。”贝思叹道，声音轻得除了她跟前的壁炉刷和水壶架谁也没听到。

“我要买一盒精美的辉柏嘉牌②画笔。我真的很需要这个。”艾米坚决地说道。

“妈妈没说我们必须捐出所有的压岁钱，她也不希望我们没有礼物。我们倒不如各自买点喜欢的东西高兴一下。我们工作得多么努力才挣到这些钱!”乔大声说道，低头如绅士一般审视着自己的鞋跟。

“可不是嘛，我才不想一整天全浪费在那些孩子身上，只想在家里好好休息。”梅格又抱怨了起来。

“你的辛苦哪里及得上我一半?”乔说，“试想，和一个吹毛求疵的神经质老太太关在一起好几个小时，被使唤得团团转，她却永远都不满意，还把你折腾得想跳窗或者大哭一场，你会是什么感觉?”

“我知道做一点事就抱怨是不好，但洗碗、打扫屋子真的是全世界最痛苦的事，让我脾气暴躁、双手僵硬，连琴都弹不了。”贝思望着自己粗糙的双手叹了一口气，这回每个人都听到了。

“我不信你们能比我更痛苦，”艾米嚷道，“你们都不用去学校，那里的女孩子很没教养，她们烦你不懂功课，笑话你的衣着，她们

---

① 《〈温蒂妮〉和〈辛德拉姆与他的伙伴〉》（*Undine, and Sintram and His Companions*）是德国浪漫主义文学家莫特·福凯（Motte Fouqué，1777—1843）的两部经典作品。上文中乔想买的是由 Wiley and Putnam 出版社于 1845 年出版的英译合集。《温蒂妮》（1811 年）讲述了水中精灵嫁给凡间人类后得到灵魂的故事。《辛德拉姆与他的伙伴》（1815 年）主要描写了一位名叫辛德拉姆的基督徒骑士受到魔鬼诱惑并不断寻找自我的经历。

② 辉柏嘉（Faber-Castell），德国传统书写、绘画文具制造品牌，创始于 1761 年，1843 年进入美国市场。

要是知道你爸爸没钱就会给你爸爸贴标签，你的鼻子长得不漂亮的话她们还会嘲笑你。”

“我猜你是说诽谤吧？不要说成标签，弄得爸爸仿佛是个腌菜罐子，得贴上标签似的。”乔笑着纠正道。

“我知道我在说什么，别冷嘲日（热）讽的，就是要用生单词，才能增加字（词）汇量呀。”艾米义正词严地反击。

“姑娘们，别吵嘴了。乔，难道你们不怀恋我们小时候爸爸还很有钱的那段日子吗？哦，那时我们无忧无虑，多幸福啊！”梅格说。她还记得逝去的好时光。

“前几天你还说我们比金家的孩子幸福得多，他们虽然富有，却一天到晚斗来斗去，有无尽的烦恼。”

“贝思，我是这么说过，现在依然还这么想，虽然我们不得不干活，但我们可以互相嬉戏，而且，如乔所说，是快活的一群家伙。”

“乔就爱说这些粗俗字眼！”艾米批评道，挑剔地瞥了一眼躺在地毯上的高个子。乔立即坐起来，双手插进衣袋，吹起了口哨。

“乔，别吹口哨，像个男孩子似的。”

“所以我才吹。”

“我讨厌粗鲁、一点淑女样儿都没有的女孩！”

“我讨厌做作的黄毛丫头！”

“本是同根生，相煎何太急。”和平使者贝思唱起歌，脸上的表情十分有趣。尖着嗓门的两人笑成一团，“窝里斗”就此结束。

“妹妹们，要我说你们两个都有错，”梅格开始以姐姐的身份说教，“你已经长大了，约瑟芬①，不该再玩男孩子的那些把戏，要安分点。你还是小姑娘时这倒没有什么，但现在你已长得这么高，而且网起了头发，就得记住自己是个年轻女士。”

“我不要！要是网起头发就被当女士看的话，那我就梳两条辫子，一直梳到二十岁！”乔大声叫起来。她拉掉发网，披下一头栗色的厚发。“我讨厌长大做马奇小姐，我讨厌穿长礼服，讨厌像个待在

---

① 乔（Jo）是约瑟芬（Josephine）的昵称，梅格在这里使用“约瑟芬”是为了表达严肃的语气。

闺房里的中国娃娃。我喜欢男孩子的游戏、男孩子的工作和男孩子的举止，却偏偏生来是个女孩子，真是憋屈。做不成男孩真叫我失望，现在更绝望，我是多么想跟爸爸一起参军，却只能呆呆坐在家中做针线活，像个暮气沉沉的老太太！”乔抖动蓝色的军袜，把针弄得叮当响，线团也滚到了屋子的另一边。

“可怜的乔！确实糟糕透了，但那是没办法的事。你只能把自己的名字改得像个男孩，通过扮演我们姐妹的哥哥来找点安慰。”贝思说着，用那世上所有洗碗扫洒都不能使之粗糙的手轻轻抚摸着靠在她膝上那乱蓬蓬的脑袋。

“艾米，说到你，”梅格紧接着说，“你太过讲究，太过一本正经。你的神态年轻时看上去挺有趣，小心长大就会变成个装模作样的傻瓜。如果不故作姿态，你的言谈举止倒是十分优雅，不过你那些谬论和乔的傻话半斤八两。”

“如果乔是假小子，艾米是小傻瓜，那我是什么？”贝思问道。

“你就是乖宝贝。”梅格亲昵地回答。此话无人反对，只因这位“小胆鼠”是全家人的爱宠。

鉴于年轻读者都想知道书中人物的样貌，借此机会，我来大致描述一下正坐在夕阳余晖下做针线活的四姐妹。此时屋外的冬雪正袅袅飘落，屋内炉火噼啪欢响。这是间老房子，铺着褪色的地毯，陈设也相当简单，看起来却非常舒适：墙上挂着两幅雅致的画，壁龛内堆满了书籍，窗台上摆放着绽放的菊花和圣诞玫瑰，屋里洋溢着一派宁静温馨的气氛。

玛格丽特①是四姐妹中最大的一个，十六岁，长得十分漂亮。她体态丰盈，肌肤白皙，眼睛大大的，笑容甜美，拥有一头浓密的棕色秀发和一双引以为傲的白皙纤手。十五岁的乔身材高挑，皮肤黝黑，人人都觉得她像一匹小公马，她总觉得自己修长的四肢相当碍事，总是不知道往哪里搁；她的嘴巴线条刚毅，鼻子俊挺，灰色的眼睛异乎寻常的敏锐，能洞悉一切，眼神有时炽烈，有时风趣，有时又像在沉思；浓密的长发衬得她十分美丽，但为了便利，长发常

---

① 梅格（Meg）是玛格丽特（Margaret）的昵称。

被她束入网中；她肩膀厚实，大手大脚，穿着宽大的衣服；她正在快速成长为一个成熟的女人，内心极不情愿，常常流露出这个时期女孩所特有的不自在。伊丽莎白①，大家都叫她贝思，十三岁，肌肤红润，秀发光润，明眸善睐；她行为腼腆，声音羞赧，神情宁静致远，被父亲称为“小静静”，实至名归；她好像独自生活在自个儿的伊甸园中，只敢出来与几个最亲近信任的人会面；艾米虽然年龄最小，却是个重要人物，至少她自己觉得如此。她身材纤细，体态端庄，碧蓝色眼睛，金黄色的鬈发披落肩头，言谈举止已像一个有风度的年轻女子。四姐妹性格如何，我们后文细说。

钟声敲响六下的时候，贝思已将壁炉表面打扫干净，将一双便鞋放到上方烘干。见到这双旧鞋子，姑娘们想起妈妈回家的时候到了，振作心情准备迎接妈妈；梅格停止了训导，点上了灯；艾米不用人提醒，起身离开了安乐椅；乔则坐起来把鞋子挪到火边，一时忘却了疲倦。

“鞋子又破又旧，得给妈咪换双新的。”

“我想给她买双新的，用自己的钱。”贝思说。

“不，由我来买！”艾米嚷道。

“我是老大。”梅格刚开口，就被乔果决打断了：

“爸爸不在家，我就是家里的男人，鞋子由我来买。因为爸爸跟我说过，他不在家的时候，我要好好照顾妈妈。”

“我看不如这样，”贝思说，“我们每个人都给妈妈送件圣诞礼物，就别给自己买了。”

“这才像我的好妹妹，可是送什么好呢？”乔嚷道。

大家都认真思考了一会，梅格似乎从自己引以为傲的双手中得到启迪，声称：“我要送一双精致的手套给妈妈。”

“最好是送双军鞋。”乔高声说道。

“我要送一些滚边小手帕。”贝思说。

“我要送的是一小瓶古龙香水。妈妈喜欢，而且花不了多少钱，我还可以留点钱给自己买铅笔。”艾米接着说。

---

① 贝思（Beth）是伊丽莎白（Elizabeth）的昵称。

“我们怎么送呢?”梅格问。

“把礼物放在桌上，把妈妈领进来，让她在我们中间拆礼物。就像我们过生日时那样!”乔回答。

“我每回头戴花冠坐在那张大椅子上，看着你们一个个上前献礼、亲吻我时，我心里真是慌得很。我喜欢你们的礼物和亲吻，但要在众目睽睽之下把礼物拆开，我就有些心烦意乱。”贝思边说，边烘茶点取暖。

“先瞒着妈咪，让她以为我们准备的礼物是给自己的，然后给她一个惊喜。明天下午我们就得去置办，梅格，圣诞夜的话剧还有许多准备工作没做完呢。”乔说话的时候背着手，仰着头走来走去。

“演完这次，往后我就不演了，我已经过了演儿童话剧的年龄了。”对角色扮演游戏一直童心未泯的梅格说。

“我知道，只要能够散落长发，佩戴金箔纸做的珠宝，身着白色长裙摇曳生姿，你就不会不演的。你是我们的最佳演员，如果你退出，那一切都完了,”乔说，“今晚我们应该排练一下。来，艾米，彩排一下晕厥的那一场戏，你演这幕戏的时候僵硬得像个纸牌人。”

“我有什么法子!我从没见过人晕倒在地，不想像你一样直挺挺地倒下去，弄得青一块紫一块。除非可以轻轻地瘫倒在地，我就干，否则，还不如优雅地倒在椅子上。我才不管雨果会不会拿枪指着我!”艾米回答道。她虽然没有什么表演天赋，但她的身材娇小，可以在表演时一边惊叫着一边被反派角色一把扛起，所以她才被选中。

“像我这样，双手紧握，晃晃悠悠穿过房间，发疯似的叫喊:‘罗德力戈!救我!救我!’”乔做着示范，夸张地发出一声令人毛骨悚然的尖叫。

艾米跟着效仿，僵硬地抬起手，机械似的走台，一冲一冲的。她那一声“啊!”离题万里，不像是极度恐惧和痛苦，倒像是被针扎了一下。乔失望地叹气，梅格却开怀大笑，贝思看得入迷，把面包都烤煳了。

“无可救药!演出时自求多福吧，如果观众笑话你，可别怪我。梅格，该你了。”

接下来顺利多了。唐·佩德罗一口气拿下整整两页纸的挑战世界宣言。女巫黑格炖了满满一锅癞蛤蟆，怪里怪气朝它们念了一道可怕的咒语。罗德力戈力拔山兮地扯断锁链，雨果哈哈狂叫着在悔恨和砒霜的折磨中死去。

“这是排得最好的一次。”死去的反派角色梅格坐起来揉捏肘部说道。

“乔，你怎么可以编出这么好的剧本，还演得这样好，让人不敢相信！你真是莎士比亚转世！”贝思喊道，深信姐妹们的才华当世无双。

“过奖过奖，”乔谦逊答道，“《女巫的咒语—— 一个歌剧式的悲剧》是一部好戏。不过我想演《麦克白》，就是舞台没有装地板活门，这样班柯就没法从地底下钻出来，这是我一直想演的屠夫角色。‘我眼前的是一把宝剑吗？’”乔转动眼珠，轻声朗诵，双手伸向空中，她以前看过一个悲剧名角的表演就是如此。

“不对，这是烧烤架，你放上去的是妈妈的鞋，不是面包。贝思看得着了魔！”梅格叫起来，众姐妹大笑不已，排练也随之结束。

“我的女儿们，看到你们这么开心，我也跟着开心。”听到门口传来的愉快声音，演员和观众转过身来，迎接一位散发着母性光辉的高个子女士。她有张真正乐于助人的脸，简朴的衣着掩藏不了她高贵的仪态。在众姐妹们心中，这位穿着灰色外套、戴着过时小圆软帽的女士是天底下最棒的母亲。

“亲爱的女儿们，今天相处得怎么样？我今天太忙了，要备齐明天发货的箱子，没能回家来吃晚饭。贝思，有人来过吗？梅格，你感冒好点没有？乔，乖乖，你看上去累极了，来，让我亲亲你。”

马奇太太一边询问她的孩子，一边脱下湿衣服，穿上暖和的拖鞋，坐进安乐椅，把艾米拉来坐在膝上，准备享受忙碌一天后最幸福的时光。姑娘们各自忙碌起来，各展所长，尽量把一切都布置得妥妥帖帖。梅格摆放茶具；乔搬木柴和摆放椅子，却弄散了柴，打翻了椅子，搞得咔嚓乱响；贝思在客厅和厨房之间往往返返，安静地忙碌；艾米只用手指来指挥她的姐姐们。

大家围坐在餐桌旁，马奇太太特别高兴地说：“饭后，我有好东西给你们。”

阳光般灿烂的笑容立刻在姐妹们脸上展现。贝思手里还拿着饼干，也顾不上了，拍起了手，乔把餐巾往上一抛，大声喊道："是信！是信！爸爸万岁！"

"是的，那是一封令人宽慰的长信。他说他一切安好，冬季没有想的那么难熬，让我们不必为他忧心。他祝我们圣诞快乐并特别祝福了你们这几个小乖乖。"马奇太太边说边用手拍着装信的衣袋，似乎那里头放着什么宝物。

"快点吃！艾米，不要勾着小手指，一边吃一边傻笑。"乔叫道，她因为急着要听信被茶水噎了一口，面包也掉到地毯上，涂了奶油的那一面朝下。

贝思放下了食物，悄声走到属于她的小角落里坐下，默默期待着那即将到来的读信时刻。

"爸爸已过了从军年龄，身体状况也不适合从军，却愿意去做随军牧师，真是太伟大了。"梅格温柔地说。

"真想当个鼓手，或者当个"Vivan"① ——那个词怎么拼来着？或者护士也行，这样我就可以在他身边帮助他。"乔哼了一声，大声说道。

"睡在帐篷里，吃味道糟糕的食物，用大锡杯喝水，这一定很难受。"艾米叹道。

"妈咪，爸爸还有多久回家？"贝思用颤抖的声音问道。

"不会太久，乖乖，除非他病倒。只要他身体能撑下去，他就会一直在部队里做他应该做的事，我们要做他坚实的后盾，不能要求他早点回来。现在来读信吧！"

大家围到火炉边，妈妈坐在大椅子里，贝思坐在她脚边，梅格和艾米则各自靠在椅子的两个扶手上，乔特意斜靠在椅背上，这样即使信太令人感伤，也不会有人觉察到她脸上的变化。在那段艰难的岁月里的信，没有不感人的，尤其是父亲们寄回家的信。但马奇先生在这封信里并没有提到艰难困苦和压抑着的乡愁，他写了许多积极的、充满希望的军营见闻，还有些行军情况和部队新闻。直到

---

① 此处乔想说的是"Vivandière"这个词，该词的意思是随军女商贩。

最后，马奇先生才流露出一颗深沉的慈父之心和渴望回家与妻女团聚的愿望。

> 向她们转达我全部的爱和吻。告诉她们我日夜思念她们，并为她们祈祷，每时每刻都从她们的爱中寻求到最大的宽慰。还要等上漫长的一年，才能见到她们，但请告诫她们，再难过也不要停止工作，这样才不会在艰难时期荒废时光。我知道她们会牢记我的话，做我们的乖宝宝，忠于她们自己的职责，勇敢地生活和挑战自我。在我重返家园的时候，我的四个小妇人一定变得更加可爱，更令我骄傲。

读到这里，每个人都在抽泣。乔并没有因为大颗大颗的泪珠滚落鼻尖而感到难为情。艾米一点都不在乎会弄乱鬈发，把脸埋在妈妈的肩上，哽咽道："我以前总是只顾自己！但我一定努力改变，不让爸爸失望。"

"我们一起努力！"梅格哭着说，"我过于注重自己的外表，却厌恶工作，以后一定不会再这样了。"

"爸爸总叫我'小妇人'，我会努力像他说的那样成熟起来，改掉鲁莽的脾气，不再胡思乱想，做好自己的事。"乔说，尽管心里明白管好自己的脾气比在南方对付两个敌人还要艰难。

贝思没说话，只用蓝色的军袜擦干眼泪，埋头拼命编织。她不想浪费一点儿时间，她暗下决心，爸爸回家的时候，一定让他看到自己已成为了他所期待的小妇人。

马奇太太打破沉默，愉悦地说："你们还记得演《天路历程》①的场景吗？那时候你们还是一群小家伙，最喜欢我把布袋绑到你们背上做包袱，给你们帽子、棍子和纸卷，让你们在家里'徒步'，从地窖——也就是'毁灭城'——往上一直走到屋顶——也就是'天

---

① 《天路历程》（*The Pilgrim's Progress*）由英国作家、布道家约翰·班扬（John Bunyan，1628—1688）所著。全书分为上下卷，主要讲述一位基督徒以及其妻各自经历重重艰险朝圣的灵修历程。

国’——在那里你们可以获得许多好东西。”

“真的很好玩，特别是‘途中险遇雄狮’‘决战魔王亚玻伦①’还有‘穿越死荫谷’那几幕。”

“我喜欢包袱掉落滚下楼梯这个情节。”梅格说。

“我最喜欢的是到最后，我们都爬上平坦的屋顶，屋顶满是鲜花、树篱和美景，我们站在阳光里兴致高昂地歌唱。”贝思微笑着说，好像又回到了那段美好的时光。

“我不大记得了，只记得我特别害怕地窖和漆黑一片的入口，但我一直特别喜欢吃屋顶上的蛋糕和牛奶。如果不是因为我已经不是个孩子了，我倒很想再演一回。”艾米表示自己要放弃这种孩子气的游戏，可她才十二岁。

“我的好艾米，事实上我们一生都在扮演这部戏中的角色，只是方式不尽相同而已。追求美德、追求幸福的愿望引导我们负重前行，助我们克服困难，从错误中成长，最后我们才能找到让自己内心平静之地——真正的‘天国’。来吧，往天国进发的小朝圣者们，再来一次吧，不是演戏，而是发自内心地砥砺前行，看看爸爸回来时你们背着自己的包袱走了多远。”

“妈妈，真的吗，我们的包袱在哪里？”想象力贫乏的年轻小姐艾米问道。

“刚才你们每个人都说出了自己的‘包袱’，只有贝思没说。我想她没什么烦恼的‘包袱’吧。”母亲答道。

“有，我也有的。我的‘包袱’是脏盘子、脏抹布，我嫉妒拥有漂亮钢琴的女孩，害怕陌生人。”

贝思的“包袱”这样有趣，听得大家不觉想笑，不过都没有笑出声来，因为大家知道这样会让她不开心。

“我们赶紧行动吧！”梅格沉思着说，“这其实就像要学着做个乖孩子一样，这个故事很有启发性。尽管我们想做一个品德高尚的人，但这并不容易，所以我们常常忘了这个初衷，也不去尽力而为。”

---

① 亚玻伦（Apollyon），出自《天路历程》。“亚玻伦”是毁灭城的领主，与“基督徒”在屈辱谷决斗意欲让“基督徒”臣服于他。

“我们今晚本来深陷在‘灰心沼①’，妈妈就如同书中的‘救世主’一样，把我们拉了出来。我们得像‘基督徒’一样有几本指导手册。但我们如何才能得到呢？”乔问，为自己的想象力给沉闷的任务添加了几分浪漫色彩而得意。

“圣诞节早上，看看你们枕下，兴许就会发现指导手册了。”马奇太太说。

饭后老汉娜收拾桌子，其他人则开始讨论新的工作计划。随后姐妹们拿出四个装针线活儿的小篮子，针线飞舞了起来，为马奇叔婆缝制被单。这不是件有趣的事，不过今天晚上大家都没有抱怨。她们听从乔的建议，把长长的缝边分为四段，称它们为欧洲、亚洲、非洲和美洲，这样缝得果然快多了。特别是当她们缝的时候针线穿越不同的“国家”，关于这个国家的讨论让时间过得飞快。

九点的时候，马奇姐妹按照惯例停下手里的工作，开始睡前的合唱。家里有架老得快散架的钢琴，除了贝思，大家都不怎么会弹。她手指轻触泛黄的琴键，大家跟随着悠扬的琴声唱起了歌来。梅格和母亲领唱，梅格的嗓音如长笛般悠扬动听，艾米唱歌时的声音就像蟋蟀的叫声一般聒噪，乔则毫无章法，随心所欲，总是突然冒出个颤音或怪叫声，把原本凄凉的曲调弄得一团糟。从牙牙学语的时候开始，她们就一直都这样唱：

小星星，亮晶晶。

如今这已成了家里的仪式。姑娘们的母亲是天生的歌手。在清晨，母亲一边走来走去，一边用云雀般的歌声开启新的一天；到了夜晚，她用同样愉快的嗓音哼唱着那让人永远不想长大的摇篮曲，伴姑娘们入眠。

---

① 灰心沼（Slough of Despond），出自《天路历程》。在《天路历程》里，主人公“基督徒”在前往窄门（Wicket Gate）的途中意外深陷灰心沼，最终被“帮助”所救。

第二章　马奇家的圣诞节

圣诞节早上，天刚蒙蒙亮，乔是第一个醒来的，十分失望地看到壁炉边没有挂袜子。多年前，她也曾这样失望过，那时她的小袜子因为塞满太多糖果掉落在地上。过了一会儿，她想起母亲前几天的承诺，便把手伸到枕头下面，果然摸到一本红色封皮的小书。她很熟悉这本古老的故事书，它记载着史上最完美的人生。乔觉得，这本书能真正指导朝圣者踏上漫漫征途。她叫了一声“圣诞快乐”。乔把梅格唤醒，让她瞧瞧她枕头下面的东西。梅格掏出一本有着相同插图的绿色封皮的书，妈妈在上面写了赠言，使这件礼物倍加珍贵。不久之后，贝思和艾米也相继醒来，找到各自的小书：一本乳白色封皮，另一本蓝色封皮。四姐妹于是坐下来，边看边讨论。此时，东方出现了红色霞光，预示着新的一天开始了。

玛格丽特虽然有点贪慕虚荣，但天性纯良，无论说什么都是和颜悦色的，颇得姐妹们尊敬。尤其是乔，更是对她深爱至极，言听计从。

梅格看看身边头发乱蓬蓬的一位，又看看房间另一头戴着睡帽的两个小脑袋，严肃地说道：“姑娘们，妈妈希望我们爱惜这些书，好好读这些书，我们应该付诸行动。我们以前确实做得挺认真，但自从爸爸离家后，再加上战乱不断，我们忽略了许多事。你们怎样做我管不着，反正我会把书摆在桌上，每天早上起床之后就读一点，我知道这样对我有益，它将伴我度过每一天。”

说完她翻开小书读了起来，乔用胳膊勾住她，与她脸贴脸坐着，不安分的脸上流露出少有的文静。

“梅格真棒！艾米，快来，我们也来读吧。我替你解释生词，遇到不懂的地方就请她们给我们讲解。”贝思轻声说着，已经被漂亮的小书和两位姐姐专心致志读书的模样深深打动了。

“我的小书封皮是蓝色的，看着就开心。”艾米说。接下来的时间，除了窸窣的翻书声外，屋里静悄悄的。冬日的阳光悄悄溜到屋子里，温柔地抚摸着她们润泽的头发和严肃认真的小脸，向她们带来圣诞节的问候。

“妈妈去哪儿了？”半个小时后，梅格和乔下楼来找妈妈表示感谢。

“谁知道去哪儿啦？几个穷鬼来讨东西，你妈妈立马就上前去看他们需要些什么。她是天底下最心善的女人。”汉娜答道。自从梅格一出生，汉娜就和她们一家生活在一起。尽管她是个用人，但已经被大家当作了朋友。

“我估摸着她很快就会回来。你先把饼煎了，把东西都准备好。”梅格说着，把篮子里的礼物又检查了一遍。她把礼物藏在沙发下面，想在适当的时候拿出来。“咦，艾米的那瓶古龙水呢？”发现篮子里不见了那个小瓶子，她问道。

“她刚刚拿走了，说要系根丝带或别的什么东西装饰一下。”乔答道。她正在屋子里跳来蹦去，试图把硬邦邦的军鞋穿软和一些。

“我的手帕十分漂亮，对不对？汉娜把它们洗干净了，还熨了一遍，上头的字是我亲手绣上去的。”贝思说着，骄傲地瞧着那些她费了不少工夫绣好的却不太工整的字。

“快瞧！贝思把‘马奇太太’绣成‘妈妈’了，太搞笑了！”乔拿起一条手帕嚷嚷道。

“这样不对吗？我以为绣这个更好呢，因为梅格的首字母也是‘M. M.’，我想让这些手帕变成妈妈专用的。”贝思看上去有些不安了。

“这样挺好，乖乖，这主意不错——而且相当有道理，如此就不会弄混了。妈妈一定会喜欢的。"梅格说着，对乔皱皱眉，又向贝思一笑。

"妈妈回来了，快把篮子藏好！"乔赶紧叫起来。只听门"砰"的一响，脚步声从大厅传来。

急匆匆走进屋子的是艾米，见到姐姐们都在等她，不好意思起来。

"你到哪儿去了，什么东西藏在身后？"梅格问，看到艾米衣着整齐，不由惊奇这小懒虫竟然会这么早就出门了！

"乔，别笑话我！我不是故意要瞒你们出去的，我把古龙水从小瓶换成了大瓶，花光了我所有钱，我不想那么自私了。"艾米说着，向大家展示她用原先的便宜货换回来的高价货。她努力克服自私，态度诚恳又谦逊，梅格一把将她抱住，乔直叫她是个"大善人"，贝思则跑到窗边摘下一朵美丽的玫瑰花，用来点缀这个漂亮的大香水瓶。

"今天大家早上一起读书，说起要做好孩子。我为自己的便宜礼物感到惭愧，所以起床后马上跑到附近商店把它换了。我的礼物现在是最漂亮的啦。我太高兴了！"临街的大门又响了一下，姑娘们赶紧把篮子再次藏到沙发下面，然后围坐在桌边等着吃早餐。

"圣诞快乐，妈咪！谢谢你送给我们小书，我们已经读了一点，往后每天都读一些。"姐妹们不约而同地说道。

"圣诞快乐，小姑娘们！你们这么快就开始读了，我真欣慰，要坚持下去哦。坐下之前，我有几句话想说。离这儿不远的地方，躺着一个可怜的女人和她刚出生的婴儿。他们没有火取暖，六个孩子挤在一张床上才不至于被冻僵，也没有吃的，最大的孩子跑来告诉我，他们又冷又饿。姑娘们，你们愿意把早餐送给他们做圣诞礼物吗？"

刚才她们等了差不多一个时辰，现在正饿得心慌，大家沉默了一会儿，就那么一会儿，只听乔脱口而出："我真庆幸，我们没在你回来前开动早餐！"

"我能帮忙拿东西，送去给那些可怜的孩子吗？"贝思热切地问道。

“我拿奶油和松饼。”大方地让出了自己最喜欢吃的东西的艾米接着说。

梅格已经盖上了荞麦粥，把面包堆到一个大盘子里。

“我就知道你们会乐意的，”马奇太太欣慰地微笑道，“你们都去帮我，回来后吃点牛奶面包当早餐，到正餐的时候再多吃些补回来。”

大家很快收拾妥当便出发了。幸亏时间还早，她们又从后街走的，那里人烟稀少，没几个人看到，也没人取笑这支奇奇怪怪的队伍。

这是一个穷苦人家，家徒四壁，窗户破败，没有生火，床上被褥破烂不堪，病弱的母亲抱着啼哭的婴儿，一群面黄肌瘦、饥肠辘辘的孩子蜷缩着身子，相互依偎着挤在一条破旧的被子里取暖。

看见姑娘们走进来，他们惊喜得眼睛瞪得老大，咧着冻得发紫的嘴唇笑了起来！

“哎呀，老天爷，善良天使来我们家了！”苦命的女人欢喜地叫起来。

“是戴着风帽和手套的搞笑天使。”乔的话将他们都逗得乐起来。

此情此景真让人以为是善良的天使降临呢。汉娜用带来的木柴生火，又用一些旧帽子和自己的斗篷挡住破了的玻璃窗。马奇太太为孩子的母亲端来茶水和粥，并安慰她会提供给她帮助。随后马奇太太又像对待自己的亲生骨肉一样，为小宝宝温柔地穿上衣服。而另一边姑娘们准备好了饭菜后便招呼孩子们围着炉火坐下，像哺育饥饿的小鸟一样喂他们吃饭。四姑娘笑着与孩子们聊天，尽力想听明白他们有趣而蹩脚的英语。

“真系（是）好！”

“这些好心人是天使吧！”

可怜的孩子们在边吃边哭着，接着把冻得发紫的小手伸到温暖的火炉上取暖。

姑娘们还是头一次被人唤作“小天使”，不由得心生愉悦，尤其是从小就被大家当作“桑丘①”的乔，听到这个越发得意了。尽管姑娘们什么都还没吃，但那是一顿十分开心的早餐。当她们把温暖留给别人走在回家的路上时，我想城里再没人能比她们更幸福了。她们在圣诞节的早上把最好的早餐送给穷人，自己却吃着面包和牛奶。

“这就是所谓舍己为人，我喜欢这样。”梅格说。

趁母亲上楼为贫苦的赫梅尔一家收集旧衣物的时候，姐妹们把圣诞礼物摆了出来。

这些小礼物价值并不贵，但都经过精心包装，礼轻情意重。桌子中间放着一个高高的花瓶，插着红玫瑰和白菊花，点缀着几缕垂蔓，看起来十分雅致。

“她来了！贝思，开始演奏！艾米，快把门打开！让我们为妈咪欢呼三次吧！”乔欢快地高声喊着，梅格则上前去把妈妈引至贵宾席。

贝思弹奏起欢快的进行曲，艾米打开了门，梅格则扮演一个护卫兵。马奇太太惊喜又感动，她带着笑意瞧着礼物，读着礼物上的小字条，不禁眼眶里涌出开心的泪花。她当场穿上新鞋，把手帕喷上古龙水放入衣袋，把玫瑰花别到胸前，还不忘称赞别致的手套“合适极了”。

大家笑着亲吻，解释礼物的初衷，简单却深情的方式让家里充满节日气氛，温馨得让人永生难忘。随后，大家开始忙碌起来。

姐妹们一大清早起来又是救济穷人，又是为母亲准备圣诞惊喜，着实花了不少时间，所以她们在接下来剩下的几个小时里就得专心准备晚上的欢庆活动。由于姑娘们年龄尚小，不好经常去戏院，而且经济拮据支付不起私人表演的昂贵费用，姑娘们于是充分发挥聪明才智——需要是发明之母——需要什么，她们便做什么。她们的作品有些还挺有创意——用纸板做的吉他，用旧式牛油瓶裹上锡纸

① 桑丘·潘沙（Sancho Panza）是西班牙小说家塞万提斯（Cervantes，1547—1616）的作品《唐·吉诃德》中的人物，是小说中主人公唐·吉诃德滑稽、忠诚的侍从。

做成的古灯，用旧棉布做的表面镶着亮晶晶小锡片的鲜艳夺目的长袍，还有镶有同样的钻石形小锡片的盔甲，这些举足轻重的小锡片是姑娘们从腌菜厂弄来的做罐头剩下的边角料。大客厅就是舞台，姑娘们在台上无拘无束地尽兴表演。

由于禁止男士入选，乔便包揽所有男性角色。她十分满意一双黄褐色的长筒皮靴，那靴子是她一个朋友送的。这双靴子，和一把旧钝剑，还有某个艺术家穿着画过几幅画的紧身背心，都是乔的重要宝藏，乔在任何场合都要带着她的宝物登台亮相。剧团小，所以两个主要演员必须分饰几角。她们同时研究三四个不同角色的表演，飞快地轮番换上各式各样的戏服，同时还要兼顾幕后工作，努力精神值得称颂。这种益智娱乐活动可以很好地锻炼她们的记忆力，还能打发时间，排遣寂寞，减少无聊的社交。

圣诞之夜，十来个女孩子挤在“看台”（其实是一张床）上，在黄蓝相间的丝绒印花幕布前翘首以盼，等待开戏。幕后灯光朦胧，不时传来沙沙声和悄声低语，偶尔还传来艾米在激动兴奋之中发出的咯咯笑声。不一会铃声响起，幕布拉开，《歌剧式的悲剧》开演了。

据节目单所示，几株盆栽灌木，铺在地板上的绿色厚毛呢，以及远处的一个洞穴构成了“阴森森的树林”，用晒衣架做洞穴的顶，衣柜做墙壁，里头有一个熊熊燃烧着的小炉子，一个老巫婆正俯身摆弄着炉上的一个黑锅。舞台黑黢黢的阴森极了，熊熊燃烧的炉火营造了绝佳的舞台效果。女巫揭开锅盖，从锅里冒出一阵阵蒸气，令人交口称赞。第一阵戏剧高潮过后，歹徒雨果大步走到台前，他下巴上蓄着黑胡子，头上一顶帽子歪戴着，脚上蹬着长靴，身穿神秘外衣，腰间拴着一把当当作响的宝剑，心烦意乱地走来走去，猛一拍额头，高声歌唱，歌里唱着他对罗德力戈的憎恨、对莎拉的爱意，还有要杀掉仇人、赢得莎拉的愿望。雨果粗哑的嗓音，还有他感情暴发时突然发出的一声大喝，都给观众留下极其深刻的印象。他刚停下准备喘口气，观众席中便爆发出热烈的掌声。对此他习以为常，鞠了一躬表达谢意，脚步轻快地走到洞穴，嚣张地命黑格出来：“嘿！奴才！快出来！”

梅格出场了，腮帮子上贴着灰色马鬃，穿着黑红两种颜色的长袍和有神秘符号的斗篷，手里拿着拐杖。雨果向她要两种魔药，第一种“情药”让莎拉爱上他，第二种毒药杀死罗德力戈。黑格唱起旋律优美的歌谣，许诺把两种魔药都给他，接着他对着送爱情魔药的小精灵唱道：

来吧，来吧，从你的家中赶来吧。
缥缈的小精灵，我命令你来这里！
你生自玫瑰，雨露为食，
“情药”和毒药，你可会制？
速速给我送来，
我要的芳香魔药，
要制得又甜又浓，药力强劲，
小精灵啊，快回复我的歌儿！

轻柔的背景旋律奏起来，洞穴后面紧接着出现了一个小身影：金黄色的头发，乳白色衣裳，闪闪发亮的两个翅膀，玫瑰花环戴头上。它一边挥舞魔杖，一边唱道：

来了，我来了，
从缥缈的家中来了，
银色之月上是我那遥远的家，
拿走魔药吧，
好好使用，
否则魔力就会很快消失！

将一个金灿灿的小瓶子扔到女巫脚边，小精灵就消失了。黑格又施展魔法叫来另一个幽灵。只听见“砰”的一声，出现了一只长相丑陋的黑色小魔鬼，用阴森的声音说了几句话，然后把一个黑色瓶子扔给雨果，冷笑一声之后便消失得没踪影了。雨果用抖抖索索的嗓子道了谢，把两瓶魔药塞进靴子，转过身离开了。女巫黑格向观众讲述道，由于雨果之前杀死了她的几个朋友，她便给他下了咒语，搞糟他的计划，以此复仇。然后幕布放下来了，观众们趁着休息的时间一边吃糖，一边评长论短。

幕布良久没有拉开，里头传来一阵阵锤打声。只不过，当舞台布景终于亮相时，观众们谁都顾不得抱怨刚才的漫长等待，因为布景实在是意外地精巧华丽！只见一座塔楼直插入云，塔楼中间有一扇窗户亮着灯，白色窗帘后面，莎拉穿着一条漂亮的银蓝色裙子在等待罗德力戈。一头栗色鬈发的罗德力戈亮相了，他头戴一顶装饰着羽毛的帽子，身穿红色外衣，手里拿着吉他，脚上蹬着长靴。他跪在塔楼脚下，含情脉脉地唱着一支小夜曲。莎拉用歌声回应了他几句，答应一同私奔。接下来是整部话剧的重头戏。罗德力戈掏出一张草绳软梯，有五个阶梯，把一头抛到塔上去，喊莎拉爬下来。莎拉羞涩地从窗户爬出来，手搭着罗德力戈的肩膀，正准备优雅地往下跳，突然观众席中喊道："哎哟！哎哟！莎拉！"原来长裙的拖裾被窗户勾住了。塔楼晃晃悠悠地向前倾着，轰然倒塌，把这对倒霉的恋人埋进了废墟里！

众人尖叫起来，只见黄褐色皮靴在废墟里乱踢，探出来一个金发脑袋喊道："我早就跟你说过，会是这个样子！我早就跟你说过！"冷静的父亲唐·佩德罗临危不乱，冲进去一把拖出自己的女儿，将她拉向身边。

"别笑场！继续演，就当没发生过任何事！"他命令罗德力戈赶紧站起来，恼羞成怒地宣布将他驱逐出境，不准回国。罗德力戈虽然被倒下的塔楼砸得头晕目眩，却还知道接下来的情节是反抗老绅士，便坐在那里岿然不动。这无所畏惧的精神提醒了莎拉，她也不搭理父亲。于是，老爷子命令将两人一同拖入城堡最底层的监牢里。矮胖的家丁拿着锁链走进来，慌里慌张地带走他们，明显他还忘了台词。

第三幕设置在城堡的大厅，黑格出现在此地。她打算救出这双恋人，顺便杀死雨果。听到雨果走进来，她赶紧藏起来，目睹他将魔药倒进两个酒杯，又听他吩咐那位腼腆的小家丁："把这酒送去给地牢里的囚犯吧，告诉他们我稍后就到。"小家丁被雨果带走说话去了，黑格赶紧把两杯毒酒换成没有毒性的。家丁费迪南多把没毒的酒拿走了，黑格把毒酒放回去，原本那杯是要给罗德里戈的。唱完一支冗长的歌后，雨果感到口渴，拿起那杯毒酒便喝了下去，立刻神志不清起来，挣扎了一阵子，便直挺挺倒地而亡。这时黑格唱了一首热烈而优美的曲子，歌词讲述了自己刚才要了什么手段。

这场景真是震撼人心，或许有些人觉得因为失误而掉落的一把红色长发使得歹徒之死稍显失色。应观众的请求，歹徒雨果领着黑格走到台前彬彬有礼地谢幕。黑格的歌声被认为是全场最佳。

第四幕讲的是罗德力戈听说莎拉抛弃了他，心灰意冷，正打算自杀。他刚刚举着剑对准了心脏，突然听到从窗外传来了悠扬的歌声，歌里告诉他莎拉没有变心，只是目前处境危险，如果他愿意，就去把她救出来。接着从外面扔进来一把钥匙。他狂喜地挫断镣铐，打开门锁冲出去解救心爱的姑娘。

第五幕开场的一幕是莎拉和唐·佩德罗吵得难分难解。唐·佩德罗命令她进修道院，她坚决不从，伤心欲绝地求他网开一面，正要晕倒时，罗德力戈闯进来向她求婚。唐·佩德罗拒绝了，因为罗德力戈是个穷小子。双方争吵不休，都不作出让步。罗德力戈正要背走精疲力竭的莎拉，腼腆的小家丁走了进来，拿着黑格要她转交的一封信和一个布袋。此时，黑格已经神秘地消失了。

黑格在信里写道，她将赠给这对年轻人一大笔财富，还诅咒唐·佩德罗如果破坏他们的幸福，必定厄运缠身。接着打开布袋，撒落下大把大把的锡币，堆在台上闪闪发光，壮观极了。狠心的父亲这这才做出妥协，一声不吭地表示默许。一众演员于是欢快地歌唱，一双恋人优雅浪漫地跪下接受唐·佩德罗的祝福，紧接着幕布垂下来了。

台下立刻掌声雷动，此时此刻，那个装扮成看台的帆布床突然从中间断了，热情满满地观众都跌坐下去。罗德力戈和唐·佩德罗赶紧上前救人，观众们都毫发无损，只是全都笑得喘不过气来。众人刚刚恢复常态，汉娜便进来说："马奇太太请客喽，女士们请下楼用餐。"

大伙儿顿感惊喜，演员也颇感意外。看到饭桌上摆放的菜肴，她们相视一笑，却满脸疑惑。妈妈偶尔也会弄点好吃给她们尝尝鲜，不过自从家道中落后，这样的美味佳肴几乎不再被提起。但今天桌子上摆的是雪糕，还是两碟雪糕！一碟粉红色的和一碟白色的，还有蛋糕、水果和精致的法式夹心糖，桌子中央还有四束美丽的鲜花！

姑娘们别提多惊讶了。她们看看饭桌，又看看自己的母亲，母亲也显得非常高兴。

“这是小仙女的魔法吗？”艾米问。

“是圣诞老人的礼物。”贝思说。

“是妈妈的功劳！”脸上还挂着白胡子白眉毛道具的梅格带着甜美的笑容说道。

“是马奇叔婆心血来潮的馈赠。”乔脑子一转叫道。

“全都猜错了，是劳伦斯老先生派人送来的。”马奇太太答道。

“那个男孩子的爷爷！他为什么会给我们送吃的呢？我们和他并不认识呀！”梅格叫道。

“汉娜把你们早上做的事告诉了他家里的一个用人。这位老绅士虽然性情怪异，但听完这善行十分赞赏。他与你们的外公多年前便熟识，今天下午派人给我捎来了这张客气的便条，想向我的孩子们表达他的善意，希望我可以允许他送上一点不足挂齿的圣诞礼物，我不方便拒绝，你们早餐只吃了面包加牛奶，晚上就开个小型宴会作补偿吧。”

“一定是那个男孩子的主意，我肯定没猜错！他是个棒小伙儿，我想跟他交个朋友。我感觉他也想认识我们，只是有些腼腆，梅格又一脸严肃样儿，我们路过的时候还不让我跟他说句话。”这时雪糕碟子传了过来，里头的雪糕已经有点化了，乔一边说一边哼哧哼哧地咂嘴。

“你们谈论的是隔壁那座大房子的主人吗？”一个姑娘问，“我妈妈认识劳伦斯先生，说他性格倨傲，离群索居，把自己的孙子关在家里，逼他用功读书，只能跟着家庭教师骑马散步做消遣。我们以前还邀请过他参加我们的晚会，但他没有现身。妈妈说他人还不错，只是不爱跟我们女孩子说话。”

“有一次，我们家的猫丢了，是他给送回来的。我们隔着篱笆闲聊了几句，十分投机，谈的都是板球之类的话题，他一看到梅格走近了，就转身离开了。终有一天，我会认识他的，因为他的生活需要乐子，我肯定他需要。”乔言之凿凿地说。

“他举止得体，招人喜欢。如果时机合适的话，我不反对你们交朋友。他今天亲自送来鲜花，我本该请他进门坐坐，但不知道你们在楼上做什么，就没请他进屋里。走的时候，他好像有些闷闷不乐，郁郁寡欢。他听到楼上传下来的玩闹的声音，而显然他自己没什么好消遣的。”

“妈妈，幸亏你没请他进来！”乔盯着自己的靴子笑着说，“也许我们以后会排一部他可以观赏的戏。或许他还能参与我们的演出呢。这是不是更有意思？”

“我从没收到过这么漂亮的鲜花！实在是太美了！”梅格兴致勃勃地端详着自己那束花。

“这些花儿确实漂亮！不过我还是觉得贝思的玫瑰花最香。”马奇太太闻闻插在腰带上那几乎要凋谢的花朵说。

贝思小鸟依人地依偎在妈妈身旁，低声细语道：“要是能把我的那束鲜花送给爸爸就好了。他的圣诞节怕是没有我们的这么快乐。”

第三章　劳伦斯家的男孩

“乔啊乔，你在哪里?”梅格站在阁楼的楼梯脚那里叫道。

“在这儿!”一个粗哑的声音从楼上传来。梅格跑上去，只见妹妹裹着一条羊毛围巾窝在一张紧挨着向阳窗户的旧三脚沙发上，一边吃着苹果，一边抹着眼泪看《莱德克力夫的继承人》①。这里是乔最喜欢的避世之处，她喜欢带半打苹果和一本好书在这里消遣，享受宁静以及有宠物鼠做伴的氛围。宠物鼠叫扒扒，就住在近处，对她全无忌惮。看到梅格走来，扒扒飞快地窜进洞里。乔抹掉脸颊上的泪珠，等着梅格宣布什么消息。

“太有趣了！加德纳夫人给我们发出了正式邀请，请我们参加明天的晚会。这是邀请函，你看!”梅格叫道，扬起手中那张宝贝短信，带着女孩子特有的兴趣读起来。

“‘加德纳夫人在此诚邀玛格丽特小姐和约瑟芬小姐前来参加除夕小舞会。’妈咪也同意让我们去了，那我们穿什么衣服好呢?”

---

① 《莱德克力夫的继承人》（*The Heir of Redclyffe*）是19世纪英国女作家夏洛特·玛丽·扬（Charlotte Mary Yonge，1823—1901）于1853年发表的浪漫主义小说。

“问这话有意思么？你知道的，我们除了府绸①裙子外，还能穿什么？”乔嘴里塞得满满的，含糊不清地答道。

“如果有一件丝绸裙子就好了！”梅格叹息道，“妈妈说，等我长到十八岁时或许就会有一件了，也就是还有两年，真叫人望眼欲穿。”

“我敢打包票，我们的府绸裙子质地就像丝绸，穿着也挺好看的。你的那件就跟新的一样，我差点忘了我的那件不小心被烧坏了，裂了个大口子。这可该怎么办呢？那块焦痕十分明显，而我又没别的衣服能穿。”

“你最好老老实实坐着不动，不要把背后给人瞧见，前面是没问题的。我有一条新丝带可以扎头发，妈妈答应会借给我小珍珠发卡，我有双很漂亮的新鞋子，手套虽然没有期待中那么美，但也算过得去。”

“我那双被柠檬汁弄脏了，我又没有新的，舞会的时候就不戴了吧。”向来不大注重打扮的乔洒脱地说道。

“手套是一定要戴的，否则我就不去了，”梅格坚持道，“手套最重要了，不戴手套就没法儿跳舞。要是你不戴，我要为你羞死了。”

“那我就不跳呗。我不喜欢跟别人共舞，装模作样地转来转去没意思得很。我喜欢随心所欲地走来走去，轻轻松松地谈笑风生。”

“不准你跟妈妈要新的，太费钱了，你又粗心。你弄脏那双手套的时候，妈妈就说过今年冬天不会再给你买新的了。你不能凑合着先用一下旧的吗？”

“那我就把手套攥成一团握在手里，这样一来就没有人知道这是一双脏手套了，我只能做到这个地步了。不对！我们还可以这样，我们各自戴上一只干净的，手里拿一只弄脏的，怎么样？”

“你的手比我的大得多，肯定会把我的手套撑变形。”梅格断言，她将手套视若珍宝。

“那我干脆不戴好了。别人怎么说，我一点都不在乎！”乔嚷嚷

---

① 棉布的一个主要品种，一种平纹棉织物。手感和外观类似丝绸，故称府绸。

着拿起书来。

“我的手套你可以戴，真的可以！只是别弄脏了，一定要谨言慎行。别把手背在身后，不要瞪圆眼睛看人，不要说‘克里斯托弗·哥伦布！’好吗?”

“别担心。我会尽量板着个脸，不闯祸，如果我可以做到。你赶紧去给对方回个信吧，我得看完这个精彩的故事。”于是梅格便去写她的“十分感谢，欣然赴约”之类的客套话，又检查了一次赴约的衣裙，然后哼着愉快的歌儿把蕾丝花边镶好。与此同时，乔读完了故事，吃掉了四个苹果，还和扒扒嬉戏了一番。

除夕的客厅十分静谧，两位姐姐心无旁骛地做十分要紧的事情——“为参加晚会做准备”，妹妹们则在一旁帮她们化妆。虽然她们并没有化很复杂的妆容，姐妹们还是跑前跑后，笑笑闹闹，有一阵子屋子里还弥漫着一股浓烈的头发烧煳了的味道。原来是梅格想把刘海弄卷，乔便用纸片将她额头上的头发包起来，再用一把烧热的火钳卷起来。

“头发在冒烟，这是正常的吗?”倚在床头的贝思问。

“这是湿头发烤干冒的烟。”乔回答。

“什么怪味！像是羽毛烧焦了的味道。”艾米一边发出疑问，一边引以为傲地撩撩自己漂亮的鬈发。

“好了，等我揭开纸片，你们就会看到一撮小卷毛了。”乔说着放下火钳。

当她揭开纸片的时候，但却没看到一撮小卷发，因为头发都烧断在纸片里了。发型师被吓坏了，把一团烧焦的头发丢在受害人面前的柜子上。

“哎呀，哎呀！你这叫干的什么事?完了，全完了！我这个样子怎么见人！我的头发，啊，我的头发!”梅格一脸绝望地看着耷拉在前额的头发疙瘩，哭得悲痛欲绝。

“唉，又闯祸了！你不该叫我来帮你弄的。我总是把事情弄得一团糟。实在对不住你，火钳温度太高，把你的头发烫断了。”可怜的乔嘟囔道。看着那坨烧饼状的黑乎乎的头发残骸，她心中懊悔不已，泪水似乎要夺眶而出了。

“还有救，把头发卷起来，用丝带扎紧，靠近额前的地方打个结，就是时下最时髦的发型。我看许多女孩子都梳这个发型。”艾米安慰道。

“我是自作自受，谁让我臭美呢。要是我不折腾我的头发，就不会出事了。”梅格任性地哭道。

“我也这么想，可惜了这一缕柔顺的秀发。不过我想它们很快就会长出来的。”贝思边安慰边走过来亲吻这只掉了毛儿的小羊。

梅格在经历了一系列小意外后，总算打扮完毕，通过大家的齐心协力，乔也梳好了头发，穿戴整齐。都是些普通衣饰，穿在她们身上却相当好看——梅格穿了一件银灰色斜纹布衣裳，头戴蓝色天鹅绒发网，蕾丝花边，珍珠发夹；乔则穿了件栗色衣裳，搭配一个笔挺的男款亚麻布领子，身上简单点缀着两朵白菊花。

两人各自戴一只干净的手套，拿一只脏手套，引得众人交口称赞她们“优雅自如”。

高跟鞋有些夹脚，梅格疼得不行，却不愿承认；乔的十九齿发夹几乎要插进她脑袋，她感觉十分不自在。不过，她们的信条是，不漂亮，还不如去死！

“乖乖，玩得开心点！”马奇太太冲着优雅地走下台阶的姐妹俩说，“晚饭别吃太多，十一点钟之前得回家，我让汉娜去接你们。”大门在她们身后“砰”地关上了，这时窗边又传来了叮嘱声：

“姑娘们！姑娘们！你们带了漂亮的小手帕吗？”

“带了带了，漂亮极啦，梅格的手帕还洒了古龙香水，”乔大声答道，边走边笑称，“我确信，就算此刻我们遭遇地震狼狈撤离，妈妈也会这么问。”

“这便是妈妈的高贵品位之一，也十分得体，名门淑女总是戴着干净的手套，拿着洁白的手帕，鞋子也是一尘不染。”梅格作答道，而她本人就具备这种“高贵品位”。

到了加德纳夫人的梳妆室里，梅格对着镜子整理妆容，好一会才转过身来说道：“现在，乔，你要记住千万别把那一面烧毁了的裙子给人看到。我的腰带系好了吗？头发是不是很难看？”

“我知道我过会儿肯定会忘掉的。你如果看到我做了错事，就眨眨眼睛提醒我，行吗?”乔说着扒拉了一下衣领，又匆匆整理了一下头发。

“不行，眨眼不是淑女该有的行为。要是你做了错事，我就扬眉毛，要是做的是对的，我就点点头。现在挺胸抬头，小步走路。把你介绍给别人时，不要握手，那不合规矩。”

“你都是从哪儿学来这些规矩的?我就总是学不会。听，多美妙的音乐!”

姐妹两人略显腼腆地走过去，虽然只是个随意的小舞会，对她们来说却是个盛大场面。加德纳夫人是一位神态庄重的年长女士，膝下有六个女儿。她友善地同姐妹俩打了个招呼，便把她们交代给自己的大女儿莎莉。梅格和莎莉本就认识，很快便不再拘谨，至于乔，她本就对女孩子之间的私房话提不起兴趣，只站在一旁，小心翼翼地靠着墙，觉得自己就像一匹小野马被关在花园里，百无聊赖。房间的另一头，有五六个快活的小伙子在大谈溜冰，听得她心驰神往，想走过去参与讨论，因为溜冰是她的人生一大乐趣。她向梅格袒露了这个想法，但梅格将眉毛扬得老高，于是她便不敢擅自行动。没人跟她说话，身边的一群人也越走越少，最后只剩下她孤零零一个。因为害怕露出烧坏了的衣服，她不敢四处走动找乐子，只能可怜兮兮地站在那里盯着别人看，打发时间。舞曲一响起，梅格就被请进舞池。她舞步轻快，满脸笑意，谁会想象得到她正被夹脚鞋子折磨。一位高大的红头发年轻人向乔走来，乔看到后唯恐他会请她跳舞，便赶紧溜进一间休息室，准备独自一人在帘子后面偷看，自娱自乐。谁料已有另一个腼腆之人看中了这处避难所。当帘子在乔身后落下时，她发现自己和劳伦斯家的男孩正面对面站着。

“哎呀，我以为这里没人!”乔张口结舌，转身准备冲出去，正如她冲进来时一样。

男孩笑了笑，尽管看上去也有点吃惊，开心地说：“别管我，你喜欢就待在这儿吧”。

“会不会打扰到你?”

“一点也不会。这里有很多人我都不认识，于是躲了进来，你知道，一开始总有点不自在。”

“我也一样。请不要走开，除非你真心想走。”

男孩只好坐下来，低头盯着自己的无带浅口皮鞋。乔尽量礼貌又不失活泼地说：“我想我曾有幸见过阁下。阁下就住在我家附近，对吧？”

“就在你家隔壁。”他抬起头，脑中浮现出他把走失的小猫送回她家时两人一起闲聊板球的情景。相较之下，乔一本正经的神态倒显得十分有趣，他不由得笑出了声。

这让乔放松了下来，也笑了，真挚地说：“你送来的圣诞礼物太美妙了，真让我们开心。”

“是爷爷送的。”

“但这是你出的主意，没错吧？”

“你的猫怎么样呢，马奇小姐？”男孩想严肃一点，黑眼睛里却闪烁着调皮的光芒。

“它很好，谢谢你，劳伦斯先生，别叫我什么马奇小姐，叫我乔。”年轻女士答道。

“也别叫我劳伦斯先生，叫我劳里。”

“劳里·劳伦斯——这名字真拗口！”

“我不喜欢我的大名西奥多，伙伴们叫我多拉，于是我让他们改叫劳里。”

“我也不喜欢我的大名——太难听了！我希望每个人都叫我乔，别叫约瑟芬。你是怎么让那些男孩不叫你多拉的？”

“打他们一顿。”

“我不能打马奇叔婆，只能任由她这么叫。”乔失望地叹道。

“乔小姐，你喜欢跳舞吗？”劳里问，仿佛觉得这个称呼挺恰当。

“如果场子够大，大家都很活跃的话，我是挺喜欢跳的。可像这样的场合，我总会打翻东西，踩到人家的脚指头，或者出一些糟糕到极点的洋相，所以我不去掺和，就让梅格去跳吧。你也不跳舞吗？”

“偶尔也跳。我在国外生活了几年，在这里朋友不多，还不大了解你们的生活方式。”

“国外！”乔喊道，“嘿，快给我讲讲！我最喜欢听别人讲自己的旅游经历。”

劳里似乎不知道该从何讲起，听见乔热切的问话，便开始讲了，讲他在韦威学习时的学生生活，跟她讲那边的男孩从不戴帽子，他们在湖上都有一个小船队，假期的时候跟老师一起徒步穿过瑞士等等。

“我如果能去该多好啊！”乔叫道，“去过巴黎吗？”

“去年在那里过的冬。”

“会讲法语吗？”

“在韦威只能讲法语。”

“讲几句吧！我能读，但不会讲。”

“Quel nom a cette jeune demoiselle en les pantoueles jolis？①”劳里友善地说。

“讲得好极了！让我想想——你说的是‘那位穿着漂亮鞋子的年轻女士叫什么？’是不是？”

“Oui，Mademoiselle。②”

“是我姐姐玛格丽特，你认识她的！你觉得她漂亮吗？”

“漂亮。她让我想起了德国姑娘，靓丽娴静，舞姿优美。”

听一个男孩子这样称赞自己姐姐，乔高兴得神采奕奕赶紧把这些话牢记在心，准备回家告诉梅格。

他们偷窥着舞池，指指点点，相谈甚欢，彼此都有一种相交已久的感觉。劳里的羞怯很快消失了，乔的男子汉气概使他轻松愉快起来。乔也十分开心，忘记了自己的破衣裳，此刻也没人跟她扬眉毛了。她对“劳伦斯家的男孩”越来越喜欢了，忍不住再认真看了几眼，准备回家把他的样貌讲给姐妹们听，她们没有兄弟，表兄弟也没有一个，所以对男孩子知之甚少。

“黑色鬈发，棕色皮肤，黑色大眼睛，俊俏的鼻子，洁白的牙齿，手脚不大，比我稍微高一些，文质彬彬，风趣幽默。就是看不出他多大年龄？”

---

① 法语：那位穿着漂亮鞋子的年轻女士叫什么？

② 法语：是的，女士。

乔正要直接开口问，及时住了嘴，换了一种机智婉转的问法：

“我猜你快就要去读大学了吧？见你在啃书，不是，我的意思是见你在认真读书。”乔为自己脱口说了个不文雅的“啃”字而羞红了脸。

劳里并没有介意，耸耸肩微笑作答：“一两年之内是不会的，我要到十七岁才去读大学。”

“你只有十五岁？”乔吃惊地看着这位高大的小伙子问道，原本以为他有十七岁了。

“下个月才到十六岁。”

“要是我能去读大学就好了！感觉你好像不大想去呢。”

“我讨厌大学，那里的人要么灌输知识，要么醉心玩乐。我也不喜欢美国人的生活方式。”

“你喜欢什么呢？”

“住在意大利，在那里按自己的方式生活。”乔很想问问他，“自己的方式”是什么，但见他紧锁双眉，神情严肃，便用脚踢着节拍，换了个话题问道：“这支波尔卡舞曲真是棒极了！你要不要去跳一下？”

“如果与你共舞。”他边说边十分绅士地轻轻一躬身子。

“我不行，因为我答应过梅格我不跳的，因为……”乔犹豫不决，想着是坦白呢还是一笑了之。

“因为什么啊？”劳里好奇地问。

“你不会告诉别人吧？”

“绝不！”

“是这样的，我有个不好的习惯，喜欢背对着炉火烘烤衣服，这件衣服便是有一次不小心烧坏了。虽然精心缝补过了，但还是可以看出烧焦的痕迹。梅格让我别乱跑，这样就不会被别人看到。你想笑就随便笑吧。我晓得这很好笑。”

让乔意外的是，劳里没笑，低头思考片刻后悄声说道：“别担心，告诉你个法子，我们可以去那边的一条长廊尽情跳舞，那里没什么人经过，不会有人看见我们的，来吧。”

乔开心地与劳里来到长廊里，看到劳里手上戴的精致的乳白色手套，她只恨自己没有两只洁净的手套。走廊一个人也没有，他们在那里尽情地跳了一曲波尔卡舞。劳里舞技不错，他教乔跳德国舞步，乔十分喜欢这种活泼轻盈的舞步。音乐声停止，两人坐在楼梯上歇口气。劳里向乔讲述海德堡的学生庆典，这时梅格前来找乔。她招招手，乔极不情愿地随着她走到一个侧间，只看到她脸色苍白地坐在沙发上，用手托着脚。

“我的脚踝扭伤了。该死的高跟鞋，鞋跟一歪，我就狠狠扭到了。太痛了，都快站不稳了，不知道还能不能走回家。”她说着，痛得直晃脚。

“我早料到那双傻鞋会把你的脚弄伤。我心疼你，但我也不知道该怎么办，要不去叫一辆马车，或者留在这里住一晚上？”乔一边回答，一边为梅格轻轻揉她受伤的脚踝。

“叫一辆马车挺贵的，再说也很难叫到，大部分人都是乘自家马车赴会的。这里离马厩挺远的，也很难找着人去叫。”

“我去吧！”

“别去！已经晚上九点多了，外面黑漆漆一片。宅子的客房已经住满了，我今晚没法儿在这住的。莎莉留了几个女孩子陪她过夜。我先休息一下，等汉娜来了再想想法子吧。”

“我去请劳里叫车，他会答应的。”乔一想到这个主意，顿时如释重负。

“求你了，别去叫他！我不想让人知道。把我的橡胶套鞋拿来，然后把这双鞋子放进包袱里。我没法儿再跳了。吃完晚饭，你就去看看汉娜来了没有，她到了就马上告诉我。”

“晚饭就要开始了，但我想在这儿陪着你。”

“不用了，亲爱的，赶紧去那边给我倒杯咖啡。我快累死了，动都动不了！”

梅格说完便斜靠到沙发里，把橡胶套鞋妥善藏好；乔则晃晃悠悠跑去餐厅。她先是不小心闯进一个放瓷器的小房间，又推开一扇房门，打扰了独自小憩的加德纳先生，最后终于找到了餐厅。她冲到桌边颤抖着倒好咖啡，手忙脚乱地又把它打翻了，把裙子的前面也弄脏了。

“噢，天啦，我太冒失了！”乔喊道，赶紧用梅格的手套擦干净，结果又毁了一只干净手套。

“我来帮你吧？”和善的声音传来，原来是劳里，只见他一手端着一个快漫出水的杯子，一手端着一小盘子冰块。

“我正想给梅格送杯咖啡，她累瘫了。有人撞了我一下，就把我搞得这么狼狈。”乔一边说一边沮丧地看着弄脏了的裙子，还有变成了咖啡色的手套。

“太惨了！我手里的东西正好也是帮别人拿的，可以给你姐姐吗？”

“噢，太感谢了！我带路吧，你拿东西，我怕拿着会闯祸的。”

乔说完走在前面引路。劳里似乎在伺候女士这一方面十分老练，他搬来了一张小桌子，又跑去替乔拿来了咖啡和冰块，招待得很是周到。即使是爱挑剔的梅格都忍不住称赞他是个“不错的小伙子”。大家一边开心地吃着里头塞有一张小纸条的糖果，一边安静地和另外两三位客人一起玩一个叫“Buzz”的数字游戏。这时汉娜来了，梅格忘了脚崴了的事，猛地站起身来，痛得叫出了声，赶紧扶住乔。

“嘘！别说话。”她悄声说道，然后提高音量说，“没事儿，我的脚扭了一小下，小事。”说完她一瘸一拐地走上楼收拾包袱。

汉娜责备着，梅格哭诉着。乔也不知所措，最后决定由自己收拾残局。她一路小跑下去，找到一个用人，问他能不能帮忙叫辆马车。碰巧这个用人是从外面雇来的侍者，对附近的情况一问三不知。正当乔东张西望的时候，劳里听到她在叫车，便走过去告诉她爷爷的马车到了，正准备接他回家。劳里接着说道他很乐意邀请她们共乘这辆车。

“还早呢！你这么早就走吗？”乔问道，听到劳里的邀请，乔松了一口气，但内心仍在挣扎是否该接受。

“我一般都是提前走的——真的，我没说谎！让我送你们回家吧，反正顺路。而且他们说外面正下着雨呢。”

问题就这样解决了，乔告诉他梅格的意外，万分感激地接受了他的好意，又跑上去把其他两个人带下来。汉娜跟猫一样讨厌下雨，所以毫无意见就上了车。她们乘着豪华四轮包厢马车回家，觉得非常优雅，特别愉快。劳里坐到车夫的座位上，以便把位置腾出来让梅格架脚，姐妹俩旁若无人地讨论刚才的晚会。

“我玩得很开心。你呢？”乔一边问一边把头发解开，觉得舒服多了。

“把脚扭伤之前，我一直很开心。莎莉的朋友安妮·莫法特爱上我了，邀请我和莎莉到她家去住一个礼拜。莎莉准备在春天歌剧团来的时候去做客，要是妈妈允许我去，就太棒了。”梅格回答，一想到这里她的心情就明朗起来。

“我看到你跟我之前避开的那个红发小伙子跳舞，他人好吗？”

“噢，他人非常好！他的头发不是红色，是红褐色的，十分有礼貌，我跟他跳了一曲优美的瑞多瓦。”

“他学新舞步的时候浑身痉挛，活像个草蜢。我和劳里都没忍住大笑起来，你听见了没？”

“没有，你们太没礼貌了。你们一晚上都躲起来干了些什么？”

乔向梅格讲述了自己的经历，讲完的时候恰好到家了。她们谢过劳里，向他道了晚安，然后悄悄溜进家门，不想吵醒家人，但随着门吱嘎一声，两个戴着睡帽的小脑袋突然冒出来，疲倦却期待地嚷嚷着问道：“舞会怎么样？舞会怎么样？”

尽管梅格觉得这样“不成规矩”，乔还是捎回了几块夹心糖给两个妹妹。两位妹妹听了晚会最激动人心的环节后，很快便消停下来。

“我说，上流社会年轻小姐的生活也就是这样了，晚会结束后有马车接回家，穿着罩衣坐在家中享受女仆服侍。”梅格说着话，让乔先给她的脚敷上山金车药油，再帮她梳头发。

“虽然我烧毁了头发，穿着旧衣裳，戴着不成双的手套，穿着夹脚鞋子，还扭伤了脚踝，但我相信我们比上流社会的年轻女士玩得更开心。”我觉得乔说得对。

第四章　重担

“唉！又要背起担子往前走了，生活真是太艰辛啦。”梅格在晚会的第二天早上如此叹息道，过节放假玩乐了一周，从今天起又要做讨厌的工作，她心里十分不情愿。

“要是每天都是圣诞节或新年，那多好玩啊！”乔说完，打了个懒洋洋的呵欠。

“我们能过上现在这种日子算是幸运的了。要是能偶尔参加一些宴会啊、舞会啊，有鲜花相伴，马车接送，每天读读书当消遣，不用劳动，这生活多舒心。你知道的，有的人就天生拥有这些，我多羡慕那样的女孩子，我这人就是贪慕虚荣。”梅格一边抱怨，一边比较着两条破旧的长裙，看哪一条稍微新一点。

“我们是没这个福气了，别抱怨了，挑起担子，像妈妈一样乐观地朝前走吧。马奇叔婆就是我命中的克星，但只要我学会隐忍，不去抱怨，她这个麻烦精就会被抛诸脑后，什么都不是了。”

乔觉得这想法挺有趣的，心情也好起来了；梅格却开心不起来，因为她的担子——四个宠坏了的小屁孩——超乎寻常的沉重。她甚至都没有心情像往常一样在领口系蓝丝带，也没有心思对着镜子整理妆容。

“从早到晚都要对着几个调皮捣蛋的小鬼，我打扮这么美给谁看？又有谁会管我美还是丑？”她嘟囔着，把抽屉猛地一把推进去，

"我将会劳碌一辈子，只能偶尔有一点乐趣，慢慢变老变丑，变得尖酸又刻薄，就因为我穷，无法像其他女孩子一样享受生活。这太让人感到耻辱了！"

梅格说完脸上带着无限伤感走下楼去，吃早餐时也全无食欲。大家的情绪似乎都有些不对，个个脸上阴云密布。

贝思头痛，躺在沙发上与那只大猫和三只小猫玩耍，试图从它们身上找到安慰。艾米因为没有弄懂功课，找不到橡皮擦而烦躁不安。再看乔，她吹着口哨摆弄着一支快完工的球拍。马奇太太正赶着写一封信。汉娜不停地抱怨大家晚起，打乱了她一天的工作节奏。

"我从来没见过全家人同时暴躁！"乔大喊，她打翻了墨水，弄断了两根鞋带，又不小心把自己的帽子压瘪了，终于爆发了。

"你是最暴躁的那个！"艾米反驳道，泪水滴落在写字板上，她就用这泪水抹去错误的算数答案。

"贝思，这些猫真讨厌，如果你不把它们扔到地窖去，我就淹死它们。"梅格一边愤怒地大叫，一边尝试着弄走一只爬到她背上死死粘住她的小猫。

乔大声笑着，梅格在责备，贝思在祈求，艾米因为想不出九乘以十二等于多少就号啕大哭起来。

"乖乖，乖乖，别吵了！我必须赶在邮差早班前把信寄出，你们却七嘴八舌吵得我头昏脑胀！"马奇太太一边喝道，一边删掉信纸上第三句拼错了的句子。

众人瞬间安静下来，这时汉娜大步流星走进来，把两个冒着热气的卷饼放在桌子上，又飞快地走出去。这两个卷饼是家里的习俗，姑娘们叫它们"手笼"，寒冷的早上手里笼着个热饼十分暖和。

无论汉娜多么忙、心里有多少抱怨，都不会忘记做两个卷饼。路途遥远，天气寒冷，两个可怜的姑娘回到家里的时候通常都是两点以后了，只能带卷饼当午饭了。

"贝思，抱抱你的猫，头痛就会好了。妈妈，再见。今天早上我们太讨人厌了，不过晚上回家时我们一定会变回以前的小天使。梅格，走吧！"乔迈开步子，感觉她们朝圣之路的第一步就没走好。

每次快要走到拐弯的地方，她们总要回头看看，每次母亲都会倚在窗前冲她们颔首微笑，挥手道别，就像一个仪式。要是哪天没有做，她们这一天就过得好像不那么踏实，因为无论怀着怎样的心情，她们最后一起看到的母亲的脸就像阳光一样让她们充满斗志。

“就算妈咪不给我们吻别，而是给个拳头，也是我们罪有应得，我们是这世上最不知道感恩的小坏蛋。”乔在寒风凛冽的雪路上大声忏悔。

“别用那么难听的字眼。”把自己用头巾裹得严严实实，看上去像个愤世嫉俗的修女的梅格说。

“我喜欢用强劲有力、含义丰富的好字眼。”乔答道，用手抓住差点被风吹走的帽子。

“你爱怎么叫自己随你吧，我可不是坏蛋，或者混账，可别这么叫我。”

“你这个可怜虫，今天恐怕是因为恨自己不能整天纸醉金迷才恼羞成怒的吧。可怜的乖乖，等着吧，等我赚到了钱，就让你坐无数次马车出行，享用雪糕、拥有高跟鞋和鲜花，还可以和红头发小伙子一起跳舞。”

“乔，你尽说些荒唐话！”梅格不由被这揶揄话逗笑了。

“幸好有我呢！要是我也像你一样郁郁寡欢，那多难看啊！感谢主，我总能找到一些有趣的东西来振奋人心。别发牢骚了，回家的时候要高高兴兴的。”分手时，乔拍拍姐姐的肩膀给她鼓励。两人就此道别，揣着热气腾腾的小卷饼，努力让自己开心起来，尽管年轻、热爱幸福的心因为寒风刺骨、工作辛劳而失落无比。

当年马奇先生为帮助一位不幸的朋友而破产，两个大女儿便自愿出去工作补贴家用。也考虑到这样可以早点培养她们的独立进取，夫妇便同意了。姐妹俩怀揣美好的心愿参加工作，相信即使来日艰辛，定会迎来光明的未来。

玛格丽特找了一份幼儿家庭教师的工作，薪水极少，对她来说却很多。正如她自己所说，她“爱慕虚荣”，最主要的烦恼就是家贫。因为她年龄稍长，还记得以前的华丽屋子、漂亮衣服、无忧无虑的快乐时光，跟妹妹们相比，她更加难以接受残酷的现实。她也尝试知足常乐、不嫉妒别人，但对于年轻的姑娘来说，喜欢打扮、爱交朋友、渴望成功、期待能过上幸福的生活实在是再正常不过了。在金家，她每天都可以看到那些她梦寐以求的东西。孩子们的几个姐姐也开始涉足社交活动，于是梅格不时看到精美的舞会礼服和漂亮的新鲜花束，听到她们热闹地聊着戏剧、音乐会、雪橇比赛等各式各样的娱乐消遣，眼见他们花钱如流水。可怜的梅格虽然很少抱怨，但心中郁结之气却令她偶尔愤世嫉俗。她没意识到事实上她很富有，她拥有上帝的祝福，这祝福本身就能带给人幸福的生活。

马奇叔婆的腿脚不太灵便，需要一个勤快的人来服侍她，正巧她看上了乔。这位无儿无女的老太太在马奇家破产时曾向马奇夫妇提出想要收养四姐妹中的一个，却被马奇夫妇婉言拒绝了，当时这令马奇叔婆心里十分不痛快。有朋友跟马奇夫妇说他们错失了当这位阔太太遗产继承人的机会，但一向不太看重金钱的马奇夫妇只是说道：

“我们不会为了几个钱就把女儿卖了。不论贫穷富贵，我们都要在一起享受家庭的欢乐”。

老太太曾一度连话都不想跟他们说，直到有一次在朋友家里偶然看到了乔。乔风趣幽默，行为率真，非常合老夫人的胃口，便被老夫人邀请去做个女伴。乔先开始不太愿意，但她找不到更好的工作，便答应了。让人意外的是，她跟这位脾气暴躁的亲戚处得还不错。虽然有时也会爆发矛盾，有一次乔气得跑回了家，大叫自己已经忍无可忍了，但马奇叔婆总是很快采取弥补措施，迅速派人把她请回去，让她不忍拒绝。实际上，她心里十分喜爱这位暴脾气的老太太。

我猜真正对乔有吸引力的是那个满是珍贵图书的大藏书室，马奇叔父去世后这个房间便无人问津，满是灰尘和蜘蛛网。在乔的记忆中，那位和蔼的老绅士常常允许她用大字典搭“铁道”和“桥梁”，跟她讲带奇怪插图的拉丁语书里那些的故事；偶然在街上碰到了，还会给她买姜饼吃。藏书室光线昏暗，到处都是灰尘，但有舒服的椅子，还有个地球仪，最妙的是从书架上方俯视地下的几个半身人像，书籍胡乱堆放着，乔可以随心所欲地四处走动、翻阅，藏书室就是乔的天堂。

马奇叔婆打瞌睡或者跟别人闲话家常的时候，乔便赶紧来到这个安静的地方，像个真正的书虫一样大口嚼着这些诗歌、浪漫故事、旅游日记、漫画书，或其他的书。不过这种享乐的时光总是很短暂，每当她全神贯注读到精彩之处时，总会传来一个尖细的嗓音喊道："约瑟——芬！约瑟——芬！"这时她只能离开天堂，出去绕纱线，给卷毛狗洗澡，或者朗读贝尔舍姆的《随笔》①。

乔的理想是干出一番大事业，但这事业是什么，她却一直没头绪，也并不急着弄清楚。目前她觉得自己最大的痛苦是不能随心所欲地读书、跑步和骑马。她脾气急躁，说话直率，总是静不下心来，经常自找麻烦，以至她的生活总是悲喜交加。马奇叔婆家的工作正好可以锻炼她，让她自立，一想到这里她就欢喜无比，马奇叔婆那无休无止的"约瑟——芬！"也变得可以忍受了。

因为太害羞了，贝思没有去学校上学，虽然她去学堂尝试了一下，但感觉十分痛苦，只得退学回家跟着父亲学习。父亲参军后，母亲也去为战士援助会服务了，贝思依然尽自己最大的努力坚持学习。她是个贤惠的小姑娘，帮汉娜把家整理得整洁舒适，从不求回报，只要有人爱着便知足了。她安安静静地度过一天又一天，小天地不乏虚构出来的朋友，所以从不觉得孤单；她生来就是个勤劳的小蜜蜂，所以也从不懒散。作为一个孩子，贝思还喜欢玩具，每天一早都要给六个玩具宝宝穿衣打扮。她的宝宝都是破旧的弃儿，是姐姐们长大后不玩了给她的，这种又旧又丑的东西艾米是不会要的。因为怜惜它们，贝思对它们爱护有加，专门为这些晃晃悠悠的小宝贝搭了间医院，给这些布娃娃一本正经地打针，给它们穿衣喂饭做护理，从不打骂它们，总是给它们深情的亲吻，最丑陋的娃娃也不会被忽略。那个残缺不全的宝宝是乔的旧玩具，经过暴风骤雨般生活的洗礼后缺胳膊断腿、缺鼻子少眼，被抛弃在一个破布袋子里头。贝思把它解救出来，放到她的休养所——头顶破了，给它戴上一顶

① 威廉·贝尔舍姆（William Belsham，1752—1827），英国作家和历史学家，著有《随笔：哲学，历史和文学》（*Essays*，*Philosophical*，*Historical*，*and Literary*，*two vols*，1789—1791）

精致的小帽；四肢掉了，给它裹上毯子遮掩残疾，还把最好的床位让给这位长期病号。如果有人看到她这样无微不至地照顾这个玩具娃娃，我想他们发笑的同时，也一定会被深深地打动。她送花给它，读书给它听，把它裹进大衣里带出去呼吸新鲜空气，唱摇篮曲给它听，睡觉前总不忘亲亲那脏兮兮的脸颊，轻声说道："祝你晚安，可怜的乖乖。"

贝思也像姐妹们有自己的烦恼，她不是天使，也是个普通的小姑娘。乔说她常常"爱哭鼻子"，因为不能上音乐课，家里也没有一架好钢琴。她深爱音乐，学得十分刻苦，很有耐心地在那架哐当作响的钢琴上练习。贝思似乎需要有人（不是指马奇叔婆）来帮她一把，然而没有人给她帮助，她悄悄擦干落在音调不准的黄色琴键上的眼泪，也没有人看到。她像只小云雀，为自己的工作歌唱，为妈咪和姐妹们伴奏，从不诉说自己的劳累，每天都乐观积极地对自己说："我知道只要我够努力，有一天我一定会学好音乐。"

世界上有许许多多像贝思一样的女孩儿，娴静内向，默默站在角落里，有需要的时候再站出来，为大家做出牺牲。人们只看到她们的笑容，却没看到她们的牺牲，炉边的小蟋蟀不叫了，和煦的阳光消失了，只剩下一片寂静和阴影。

假如有人问艾米觉得生活中最大的烦恼是什么，她会立即答道："是我的鼻子。"她还是婴儿的时候，有一次乔不小心把她落到煤斗里头；艾米坚持是那次意外永久地毁掉了她的鼻子。她的鼻子不像"彼得利亚①"的，既不大也不红，只是有点扁。但是无论怎样捏啊、夹啊也弄不成贵族式的鼻尖儿，其实除了她自己外，没人在意这个，而且最近鼻子长得也没那么扁了，但艾米总觉得鼻梁不够挺，只能画了一大堆美鼻安慰自己。

姐妹们都称她"小拉斐尔②"，毫无疑问，她极具绘画天分。对艾米来说，最大的幸福就是描摹鲜花、设计仙女，或者用古怪的艺术形象为故事画插图。她的老师抱怨说，她的写字板不是用来做算

① 那个破布娃娃的名字。

② 拉斐尔（Raphael，1483—1520），意大利文艺复兴时期的著名画家。

术的，而是用来作画的，里面画满了动物；地图册上的空白处也被她临摹满了地图；稍不留神，她的书本就会多出许多荒唐滑稽的漫画。在学习方面她倾尽全力，行为举止得体可以当作范例，所以逃过了多次惩戒。她性格随和，十分懂得如何取悦他人，因此在学校很是受欢迎。她虽然略微有些故作姿态，但颇具才艺，除了绘画外，还会弹十二首曲子，精通钩织，读法文时出错率不超过三分之二，让人相当羡慕。她那句“爸爸有钱的那个时候我们怎样怎样”读得忧思婉转，令人动容，拖长了的发音也被姑娘们视为“优雅的典范”。

艾米几乎被大家宠坏了，虚荣心和自私程度也无限增长。刺痛她虚荣心的一件事就是：她不得不穿表姐的衣服。表姐弗洛伦斯的母亲一点儿品位也没有，艾米深受其害——帽子该配蓝色却配了红色，极为不搭，围裙又过分讲究。其实这些衣物全都很好，做工精细，也没有磨损，但艾米挑剔的艺术眼光却不能忍受，尤其是这个冬天，她穿的暗紫色校服布满了黄点点，还没有饰边。

她泪光涟涟地对梅格说，“我唯一的安慰是我们的妈妈不像玛莉亚·帕克的妈妈，即使在我淘气玩耍时，也不会把我的裙子卷起来。哎呀，那多糟糕啊。玛莉亚的长裙子有时候被卷到了膝盖上面，就不能进学校，对比她的这种屈辱，我似乎就可以接受我的扁鼻梁和那件黄点点紫色衣服了。”也许是一种性格上的互补吧，梅格是艾米的知己和监护人，乔则和温柔的贝思是一对。害羞的贝思只向乔倾诉心事，不知不觉中，她通过这位高大冒失的姐姐在全家形成了举重若轻的影响。两个姐姐的感情也十分要好，都以自己的方式照顾着一个妹妹——她们把这叫作“长姐如母”——怀着一种女人的母性对两个妹妹呵护有加。

“有什么有趣的事吗？说点什么轻松一下，今天真是闷死了。”某天晚上她们坐在一起做针线活儿，梅格这样问。

“今天我和叔婆闹了些不愉快，我赢了，就讲给你们听听。”喜欢讲故事的乔率先说道，“像往常一样，我用单调沉闷的嗓音朗读那本似乎永远都读不完的贝尔舍姆写的书，叔婆很快就进入了梦乡，趁这个时机，我拿出一本好书如痴如醉地看起来。她醒来的时候，我正好困得打了个哈欠。她便问我为什么嘴巴张这么大，是要把整本书一口吞进去吗。

“‘真能吃下去也不错，对书来说也是个了结。’我说，尽量不冲撞她。

“她训斥了我的顽劣行径，让我在她‘闭目养神’的时候反省错误。她很快又睡着了，头上的帽子摇来摇去，像朵大丽花一样，显得头重脚轻。见她睡了，我立马从口袋里拿出《威克菲尔德的牧师》① 读起来，一边看书一边留意叔婆的动静。读到书中的角色全都跌入水中，我一时没忍住笑出了声。叔婆被吵醒了，但心情不错，叫我读一点给她听听，看看是怎样一本杂书竟把她那本富有教育意义的贝尔舍姆的书给比下去了。我使出浑身解数朗读，她听得津津有味，却口是心非地说：‘不知道这本书在讲什么。从头再读一次吧，乖乖。’我又从头开始读，尽量读得绘声绘色。读到关键情节的时候，我故意停顿一下，低声说：‘夫人，我怕您会不喜欢呢，要不别读了？’

“她捡起刚刚从手中滑落的编织物件儿，透过老花镜狠狠瞪了我一眼，简单直接地说道：‘别胡闹，丫头，把这章读完。’”

“她承认其实喜欢这本书吗？”梅格问。

“你猜怎么着，不承认！她把贝尔舍姆的书扔到了一旁，我下午折回去拿手套的时候，看到她正聚精会神地看那本牧师传，逗得我在大厅里大跳起快步舞，还笑出了声，她竟丝毫没有察觉。只要她想，她的生活可以过得多么愉快啊！尽管她富有，我却并不羡慕她。我知道穷人有穷人的烦恼，富人也有富人的烦恼。”乔接着说。

“我也有一件事想说，”梅格说，“虽然不如乔的故事有意思，但回家后我在这件事上思考了许久。今天我发现金家的每个人都心神不宁的，一个孩子说她的大哥犯了大错，爸爸要将他扫地出门。我听到金太太在哭，金先生大声骂着，格莱丝和艾伦走过我身边时也

---

① 《威克菲尔德的牧师》（*The Vicar of Wakefield*），出版于1766年，由爱尔兰作家奥利弗·哥德史密斯（Oliver Goldsmith，1728—1774）所著，被认为是18世纪维多利亚时期最受读者欢迎的小说之一。

转过脸不想让我看到他们红红的眼睛。当然我没多问，只是替他们难过，同时庆幸自己没有这样不争气的兄弟，令家人蒙羞。”

“坏男孩当然遭人恨，但在学校丢脸更让人难受，”艾米晃着脑袋说，似乎已经饱经风霜，“苏茜·巴金斯今天戴着一枚漂亮的红玉戒指到学校来，我好羡慕啊，真想也有一个。呵，她把戴维斯先生画成了一幅漫画，怪鼻子、驼背，画上还配了一句台词：‘年轻小姐们，我的眼睛盯着你们呢！’我们正笑得起劲，不料他的眼睛还真盯着我们。他命令苏茜拿画板到台上去。她吓得腿都软了，但还是走上去了。噢，你们猜他做了什么？他揪她的耳朵——是耳朵！想想都叫人恶寒！——把她揪到背书台上，让她在那里站了半个小时，把画板举着让大家看。”

“姑娘们有没有嘲笑那幅画？”想象着那尴尬的局面，乔不禁问道。

“笑？谁敢！她们静静坐着，声都不敢吱一下，跟老鼠似的；可怜的苏茜哭得跟个泪人儿一样。那会儿我不羡慕她了，要是我遭遇了这些，千千万万个红玉戒指也不能让我幸福了。这种刻骨铭心的奇耻大辱，我是永远都不会忘的。”艾米继续做着针线活儿，为自己的品行和一口气发出两串长词组这一成就而洋洋自得。

“今早我目睹了一件好事，我喜欢看到这种事，本打算吃饭时说的，结果给忘了，”贝思一边说一边整理乔乱放的篮子，“我去鱼店替汉娜买鲜蚝，劳伦斯先生也在。因为我站在水桶后面，他又忙着跟渔夫卡特先生说话，所以他没看到我。一个穷女人走进来，拿着桶和刷子，问卡特先生能不能把洗刮鱼鳞的活儿给她干，她说她找不到事情做，孩子们都饿着肚子。卡特先生正忙着，便不客气地说了声‘不行’。饥饿的女人正难过地离开，劳伦斯先生用他的手杖钩起一条大鱼递到她跟前。她惊喜万分，忙千恩万谢地把鱼抱进怀里。老先生叫她赶快回去，把鱼趁着新鲜煮了，她便兴高采烈地急匆匆离开了。劳伦斯先生真是个大好人！喔，那女人当时的模样也真好玩儿，抱着条滑溜溜的大鱼，嘴里祝愿着劳伦斯先生在天堂的大床‘虚虚（舒舒）服服’。”

大家都被贝思的故事逗乐了，央求母亲也讲一个。母亲想了想，严肃地说：“今天我在工作间里做蓝色法兰绒大衣，我一边裁剪一边非常想念你们的父亲，我想着要是万一他遭遇不测，我们将多么孤独无援。我知道这样杞人忧天很傻，但却控制不住这么想。这个时候，一个老人走进来，递给我一张服装订单，然后在我旁边坐下。我看他像个穷苦人家，神情疲倦又焦虑，就和他闲话了几句家常。”

“‘您有儿子参军了吗?’发觉他带来的条子不是给我的，我问道。

“‘有，夫人。四个都参军了，两个死了，一个在监狱里，我现在要去看另一个，他在华盛顿医院住院，病得十分厉害。’他平静地说。

“‘先生，您为国家做出了巨大奉献。’我说，这时我对他的感情不再是怜悯，而是肃然起敬。

“‘这是应该的，夫人。如果国家需要我，我也会去的，既然不需要，我就奉献我的孩子，不求回报。’

“他语气愉快，神情真挚，把奉献自己的全部视作一件快乐的事情，我不禁心生愧疚。我只奉献了一个家人便挣扎犹豫，他贡献了四个却无怨无悔。我家里有四个好女儿可以给我安慰，他唯一能见着的儿子却远在千里之外，也许是等着他，跟他说永别！想到上帝给我的恩典，我应该感恩，并且知足常乐。于是我给他的衣服打了个漂亮的包裹，赠给他一些钱，由衷地感谢他给我上了一课。”

“妈妈，再讲一个——讲个就像这个一样带哲理的。我喜欢听完后再反思一下，我喜欢这种真实发生的、可信度高的、没什么说教意味的故事。”乔沉默片刻后说道。

马奇太太微微一笑，又开始讲了。她给这帮小听众讲了这么多年的故事，深知对她们的口味。

“从前有四个姑娘，她们不愁吃穿，生活安逸，有善良的朋友和深爱她们的父母，可是她们仍然不满足。”听到这里，姑娘们调皮地互相看了一眼，继续苦干针线活。“这些姑娘们心急着想做好孩子，制订了很多宏伟计划，但总是坚持不了多久。她们总说：‘我们要是有这些东西就好了！’或：‘我们要是能够这样该多好！’完全是身在福中不知福。于是她们去问一位老妇人，有没有什么魔法可以让人幸福。老妇人说：‘当你们觉得不满足时，想想自己所拥有什么东西，并对这些东西心怀感恩。’”（乔立刻抬起头来，一想到故事尚未结束，便欲言又止。）

“姑娘们很聪明，决心听取这个建议，不久后惊奇地发现她们原来拥有了这么多东西。一位姑娘发现，金钱并不能使有钱人避免羞辱和痛苦；另一位发现自己虽然很穷，却拥有青春、健康和活力，自己比郁郁寡欢、体弱多病、不懂享受生活的人要幸福得多；第三位发现虽然下厨做饭让人心烦，但被生活所迫去讨饭的滋味更让人难受；第四位发现正确的言行比红玉戒指更加珍贵。于是她们不再怨天尤人，而是尽情享受已经拥有的东西，并努力回报主的恩赐，虽然她们拥有的东西没有变多，但至少她们不会失去现在拥有的一切。我相信她们十分庆幸听取了老妇人的建议。”

“好啊，妈咪你好狡猾，你用我们自己的故事来应付我们，不给我们讲故事，却讲起大道理来了！”梅格嚷道。

“我喜欢听这种大道理，爸爸以前也经常讲。”贝思把针插到乔的针垫里，若有所思地说道。

“我没别人抱怨得那么多，但从今开始会更加小心，苏茜的下场就是对我的警示。”艾米的话很有些哲理。

“我们正需要这样的警示，而且得铭记在心。要是我们忘了，您就学《汤姆叔叔的小屋》① 里的克洛艾那样，冲我们喊：‘想想上天的恩赐吧，孩子们！想想上天的恩赐吧！’”天性爱闹的乔，忍不住拿这个小布道开了个玩笑，当然她也像其他姐妹一样把妈妈的教诲牢记在心中。

---

① 《汤姆叔叔的小屋》（*Uncle Tom's Cabin*），出版于1852年，是由哈里特·比彻·斯托（Harriet Beecher Stowe，1811—1896）创作的反奴隶制长篇小说。下文提到的克洛艾是此书主人公汤姆的妻子。

第五章 做个好邻居

“你到底要出去干什么，乔？”午后大雪纷飞，梅格见妹妹穿着胶靴，戴着雪帽，披着旧布袋子，一手拿把扫帚，一手提把铁锹，大步流星穿过大厅，便问道。

“出去活动一下。”乔答，眼睛闪着调皮的光芒。

“你今天早上已经散了两次步了，还不够么？外面的天气又冷、空气又闷，我劝你还是像我一样待在火边取暖。”梅格一边说一边还打了个冷战。

“我不要！要我整天待着不动，我做不到！我又不是喜欢在火炉边打盹儿的小猫咪，我喜欢探险，我走啦！”

梅格走到火炉边烘脚，读《艾凡赫》①，乔则开始铆足劲儿铲路上的雪。积雪不厚，她很快便绕着花园用扫帚扫出一条小路，这样贝思便可以在太阳出来的时候到这里散步，带她的病娃娃出来呼吸新鲜空气。马奇家的屋子和劳伦斯家中间只隔了一个院子。两家房子地处城市郊区，有着浓郁的乡村风味，周围是草地、小树林、大花园，还有静谧的街道。一道矮篱笆把两户人家隔开了。篱笆的一边是一所破旧的棕色房子，夏天爬满院墙的藤叶和环绕房屋的鲜花

---

① 《艾凡赫》（*Ivanhoe*）。是英国历史小说家沃尔特·司各特（Walter Scott，1771—1832）创作于1819年的长篇小说。

已经枯萎了，显得颓败荒芜。另一边是一栋相当气派的石头搭建的楼房，配有宽敞的马车库和温室花房，地面打扫得干干净净，透过华贵的窗帘隐约可见漂亮精致的家具陈设，一窥便知房子的主人的生活安逸豪华。然而这栋房子似乎人丁单薄、缺乏生气，草地上没有玩耍的孩子，窗边看不到母亲的笑脸，门庭冷落，进进出出的只有年老的绅士和他的孙子。

在想象力丰富的乔的眼中，这栋华贵的楼房就是一座梦幻宫殿，流光溢彩，富丽堂皇，但却无人欣赏，只能顾影自怜。她早就想看看屋子里面究竟藏着些什么宝贝，还想结识那位“劳伦斯家的男孩”。

他看起来也有交个朋友的意思，只是不知如何着手。那次晚会之后，她这种愿望变得尤为强烈，心里思量了许多与他交朋友的方式。只是他最近很少露面，乔正以为他出了远门，有一天却突然发现一个脸孔出现在他家楼上的一扇窗户旁边，若有所思地向她们的花园看着，那时贝思和艾米正在花园里玩雪球。

“这个男孩没朋友，不快乐，”她心想，“他爷爷不知道他的需求，总把他一个人关在屋里，孤零零的。其实他需要和一群快乐的小伙子玩耍，需要青春活力的年轻人跟他做伴。真想走过去告诉那位老绅士这些话！”

乔一想到这里自己开心起来，这个胆大包天的姑娘，经常做出一些出人意料的事情来把梅格吓一跳。“走过去”计划一直萦绕在乔的脑海里。这天下午，大雪纷飞，乔决意实施行动。看到劳伦斯先生坐车外出了，她便开始扫雪，扫到篱笆边就停下来观望。四处一片寂静—— 一楼的窗户帘低垂着，一个用人都不见踪影，独独看见楼上的窗户边露出一个黑色鬈发脑袋，抵在瘦弱的手掌上。

“他在上头呢，可怜的人儿！阴沉沉天气，孤身一人、郁郁寡欢。这太不应该了！我要丢个雪球上去吸引他的注意，陪他好好说上几句话。”乔心想。

乔抛上去一个软绵绵的雪球，楼上的人立刻看过来，脸上的无精打采瞬间没了，大眼睛忽闪忽闪的，嘴角露出笑意。乔对他点头微笑，手里挥着扫帚冲他叫道：“你还好吧？你是病了吗？”

劳里打开窗户，用乌鸦一样嘶哑的嗓子答道："好些了，谢谢你。我患了重感冒，在家里休息了一个礼拜。"

"太可怜了。你在家有什么玩儿的吗？"

"没有。这里头无聊得像座坟墓。"

"你怎么不看书呢？"

"看不了。他们不让我看。"

"没人读给你听吗？"

"有时候爷爷读一点，但他对我的书不感兴趣，我又不想老麻烦布鲁克读给我听。"

"那让人来探望你呗。"

"我不喜欢见人。男孩子闹闹哄哄的，我头痛，受不了这些。"

"怎么不找个善良的女孩子来读书给你听打发时间？女孩子安静，而且天生喜欢照顾人。"

"没有认识的。"

"你认识我们啊。"乔提醒他，自觉这句话有些鲁莽，就笑了笑，赶紧住了口。

"就是啊！能请你来吗？"劳里问道。

"我不安静，也不是善良的女孩儿，不过，要是妈妈同意，我就过来。我去征求下她的意见。你把窗户关上，我去去就回。"

说完，乔扛着扫帚走进屋里，一路上想着大家会有什么看法。劳里一想到马上有人来访，十分开心，跑前跑后地张罗。马奇太太口中的"小绅士"对客人的光临充满敬意，他梳理了一遍卷曲的头发，换上一条干净的领带，还尝试着整理房间，虽然有六个用人，房间仍然不是很整洁。过了一会儿，铃声大作，一个沉着的声音说要求见"劳里先生"，满腹疑云的用人跑上楼对劳里说有一位小姐到访。

"好极了，那是乔小姐，带她上来吧。"劳里说着走到小客厅门前迎接乔。乔走进来，脸红扑扑的，可爱亲和，轻松自在，一手拖着个带盖子的碟子，一手捧着贝思的三只小猫咪。

"我带着全部家当来了，妈妈很喜爱你，我能为你效劳，她十分高兴。这是梅格做的牛奶冻，好吃极了。这是贝思的小猫咪，她觉得它们可以安慰你。我知道你一定会取笑这些猫咪，但我不能拒绝，她是真心想为你做些什么。”乔爽朗地说。

贝思的主意真不错，她的小猫咪十分有用，这个有趣的礼物把劳里逗得大笑，他忘记了害羞，变得活泼起来。

乔揭开碟子上的盖，露出点缀着一圈绿叶和艾米最喜爱的绛红色天竺葵花朵的牛奶冻。“太精致了，我都舍不得下口了。”他开心地笑着说。

“这不值什么钱，只是她们的一点心意。可以让用人拿去给你当茶点，小小礼物，你不必客气，牛奶冻又软又滑，喉咙疼的时候吃下去也不碍事。你这房间可真舒服！”

“如果收拾妥当，确实很舒适。但女佣们都懒散，不知道怎么才能令她们上心。太伤脑筋了！”

“给我两分钟就可以收拾妥当，你瞧，其实只需要扫干净壁炉地面——像这样，把壁炉台上的东西立起来放着——把书放在这边，瓶子摆在那边，沙发不要正对着太阳，枕头要弄得鼓一点。好了，都妥当了。”真的一切都妥当了。话音刚落，乔已经把东西归置得井井有条，并赋予房间一种奇特的氛围。劳里毕恭毕敬地看着她，等她示意他坐到沙发这儿来的时候，他坐下来，心满意足的呼了一口气，感激地说：“你心肠真好！房间是得这么拾掇一下。来，请坐到这张大椅子上，让我为我的客人效劳。”

“不，该我为你效劳。我给你读书，好吗？”乔渴望地看着近处几本吸引她的书。

“谢谢你！我已经读过那些书了，我想跟你聊聊天，如果你不介意。”劳里答道。

“当然不介意。只要你愿意听，我可以讲上一整天。贝思常说我聊起天就停不下来。”

“贝思是不是经常待在家里，偶尔出来，提着个小篮子，脸色红扑扑的那一位？”劳里煞有兴趣地问道。

“对，她就是贝思。标准的乖宝宝，我最疼她了。”

“漂亮的那位是梅格，头发卷卷的是艾米，我猜得对吗？”

“你是怎么知道的？”

劳里涨红了脸，坦白答道：“是这样，我经常听到你们互相喊对方的名字，我一个人在楼上孤零零的，就没忍住去看你们的屋子，你们好像总是玩得很愉快。请原谅我的无礼行为，但你们有时忘记放下窗帘，摆着鲜花的那扇窗户，灯亮着的时候简直就像一幅画，你们和母亲烤着炉火、绕桌而坐，她的脸刚好对着我，在鲜花掩映下显得美极了，我就情不自禁一直在看她。你也知道，我没有妈妈。”劳里的嘴不禁轻轻抽了一下，忙捅捅炉火加以掩饰。

劳里孤独而渴望的眼神刺痛了乔炽热的心胸。她接受十分单纯的教育，心中也全无杂念，十五岁了，却还像孩子一样率真坦诚。劳里身体羸弱、内心孤独，十分羡慕她的家庭温暖和阖家幸福，她想与他分享。她带着友好的表情，那稍显男孩子气的嗓音此时也变得异常的轻柔，说：

“我们以后都不拉上那个窗帘，你尽管看个够。不过我更希望你能过来探望我们，不再只是偷偷看着。我们的妈妈不是那种因循守旧的人，你一定会从她那儿学到很多有益的东西；贝思可以在我的请求下唱歌给你听；艾米可以跳舞给你看，我和梅格可以把我们有趣的舞台道具给你看，我们一定会玩得非常开心，让你大笑一场。问题是，你爷爷会允许你来吗？”

“如果是你妈妈跟他提议，我想会允许的。他心地最最善良，只是不善表达，其实他十分纵容我，只是担心我会给陌生人添麻烦。”劳里说着，样子更兴奋了。

“我们是邻居，不是陌生人，别把我们当外人。我们想认识你，我很早以前就想了。我们在这里住得不算久，但附近的邻居都认识了，就差你家了。”

“爷爷两耳不闻窗外事，一心只读圣贤书。家庭教师布鲁克先生也不住在这里，没人陪我出去玩儿，所以我只能在家里自娱自乐。”

“太可怜了，要是有人邀请，你应该多出去走动走动，多结交些朋友，去些好玩儿的地方。别老顾着害羞——不想它，就没事了。”劳里的脸又红了，并不生气，而是非常感激，因为他知道乔批评他害羞，虽然言语直接，但饱含深情厚谊。

“你喜欢你的学校吗？”男孩盯着火光发了一会儿呆，接着换了个话题聊道。

乔正左顾右盼，看上去十分愉快。“我没上学校，我是个实干家——不，我是说，我是个实干女孩。我照顾我的叔婆，一个可爱、专横的老太太。”乔回答。

劳里刚要开口接着问，突然想到打探别人太多私事不礼貌，欲言又止，神态有些尴尬。乔见他这样有教养，很喜欢，但觉得马奇叔婆的趣事也没什么不能讲的，便绘声绘色地跟他讲述那位脾气暴躁的老太太，她的胖卷毛狗，会讲西班牙语的鹦鹉宝莉，还有自己钟爱的藏书室。劳里听得津津有味。她说有一次一位庄重的老绅士来向马奇叔婆求婚，他正说着甜言蜜语，宝莉把他的假发扯下来了，他十分恼火。劳里听到这里笑得前仰后合，眼泪都流了出来，引得一个女佣探头进来想看个究竟。

“啊！你真是灵丹妙药，接着讲下去。”劳里从沙发上抬起头来，脸上兴奋得红通通地说道。

乔为自己的成功洋洋得意，便“接着讲下去”，讲了她们的话剧、计划，盼着父亲归来，对他的担心，以及她们姐妹圈中最有趣的事儿。接着他们聊起书，乔高兴地发现劳里跟她一样爱读书，而且读得比她更多。

“你这么喜欢书，下楼来看看我家的藏书室吧。爷爷出去了，你不必害怕。”劳里说着，站了起来。

“我才不怕呢。”乔答，高昂起头。

“我相信你的话！”男孩笑道，十分羡慕地望着她，心想如果遇上老人心情欠佳，她一定还是会有些害怕的。

整栋房子就像夏天一样热闹，劳里领着乔一个房间、一个房间地参观，遇到乔感兴趣的地方便停下来观赏一番。这样走走停停，最后来到藏书室的时候，乔兴奋得手舞足蹈，一如她平日里特别高兴时的表达方式。藏书室里面一层一层地摆满了书，还摆放着图画、雕塑，最引人注目的是装满钱币和古玩的小橱柜，还有跟《睡谷传奇》① 里一样的椅子、古怪的桌子和青铜器，最让人叹为观止的是

---

① 《睡谷传奇》（*The Legend of the Sleepy Hollow*）是 19 世纪美国作家华盛顿·欧文（Washington Irving，1783—1859）创作的短篇小说。

一个用精致花砖砌的开放式大壁炉。

“你家真有钱!”乔赞叹道，身子一歪重重坐在一张天鹅绒椅子上，极为满足地环顾周围。“西奥多·劳伦斯，你应当是世上最幸福的孩子。”她接着说，神态让人难忘。

“人不能靠看书过日子。”劳里摇摇头说，坐在对面一张桌子上。他正要说下去，门铃响了，乔飞快地站起来，紧张地叫道：“哎呀!是你爷爷!”

“咦，是他又怎么样?你不是说什么也不怕吗?”男孩调皮地对她说。

“我想我还是有点怕他的，但我不明白为什么会这样。妈妈说我可以过来，我也觉得这样对你没有坏处。”乔定了定神说，眼睛却一直盯着房门的方向。

“你来看我，我精神好多了，真是不胜感激。我只怕你跟我谈话累着了呢。这样的交谈让人愉快极了，我简直不想停下来。”劳里感激地说。

“少爷，医生要见您。”女佣招手说道

“看起来我得去见见他，我走开一会行吗?”劳里说。

“不用管我。在这里，我快活得像个蟋蟀。”乔答道。

劳里出去了，留下客人自娱自乐。乔站在一位老绅士的肖像前，听见门忽然又被打开了，她头也没回，煞有介事地说：“现在我肯定不会怕他了。因为尽管他的嘴唇冷峻，但一双眼睛十分善良，我认为他很有个性。虽然没有我的外公英俊，但我喜欢他。”

“小姐，承蒙您的夸奖。”一个冷峻的声音从她身后传来，原来进来的是劳伦斯老先生，乔窘得恨不能找个地缝儿钻进去。

可怜的乔的脸色红到了极致，想到刚才自己说的话，心里紧张得怦怦直跳。她一开始特别想马上跑掉，但那是懦夫的行为，姐妹们一定会嘲笑她；于是她决定按兵不动，自己努力摆脱困境。她又看了一眼老人，发现灰白色浓眉下面，两只眼睛比照片上更和善，目光中还闪着一丝狡黠，心里顿时轻松了许多。突然，老人打破可怕的沉默，用更加冷峻的嗓音问道：“那么说，你不怕我，嗯?”

“不是很怕，先生。”

“你觉得我没有你外公英俊？”

“没错，先生。”

“我很有个性，对吗？”

“我说的是我这样认为。”

“但尽管这样，你还是喜欢我？”

“是的，先生，是这样。”这个答案让老人十分高兴，他笑着跟她握手，用手指托起她的下巴，抬起她的脸，严肃地审视一番后，放下手来点头说道：“虽然没有继承到你外公的相貌，但你继承了他的精神。孩子，他是个好人，更难得的是他勇敢正直。我作为他的朋友感到自豪。”

“谢谢您，先生。”老先生的话非常中听，乔现在觉得相当舒心了。

“你对我的孙子做了什么，嗯？”接下来，他毫不客气地问道。

“尽量想做个好邻居而已，先生。”紧接着，乔讲出了来龙去脉。

“你觉得他需要振作一下精神，对吗？”

“是的，先生，他好像有点孤单，年轻同伴的交往对他有好处。我们虽然是女孩子，但如果能帮上忙，我们会很高兴，我们可没忘记您给我们送的圣诞大礼。”乔热情地说。

“啧！啧！啧！这件事是那孩子做的。另外，那个可怜的女人好些了吗？”

“挺好的，先生。”接着，乔一口气介绍完了赫梅尔一家的情况，还告诉他，母亲已劝说了比她们更富裕的人来关照这件事。

“你外公也是这般乐善好施。帮我带话给你母亲，改日我要登门拜访。用茶的铃响了，因为那孩子的缘故，我们很早就吃茶点。下楼吧，和我一起喝下午茶，然后继续做好邻居。”

“如果您愿意，先生。”

“如果我不愿意，就不会邀请你了。”劳伦斯先生说着，按着旧式礼节向她伸出手臂。

“不知梅格对此会做何评价？”乔一边走，一边想象自己回家讲述这个故事的场景，眼睛闪烁着喜悦的光芒。

这时劳里跑下楼梯，看到乔居然和他那位让人畏惧的爷爷手挽着手，一时怔住了。

“嘿！怎么回事，这家伙怎么呆住了？”老人故意问。

“我不知道您回来了，爷爷。”他开口说道。乔得意地朝他使了个眼色。

“意外吧？看你冲下楼梯的样子就知道。孩子，过来吃茶点吧，斯文一点。”劳伦斯先生怜爱地扯扯男孩儿的头发，又继续向前走；劳里一愣一愣傻乎乎地跟在他们身后，逗得乔直想笑。

老人没怎么说话，坐在一边连喝了四杯茶，看着两个年轻人很快就熟稔起来，像对老朋友一样交谈。男孩的神情变化逃不过他的眼睛，此刻男孩的脸红润生动起来，笑声发自肺腑。

“小姑娘说得对，小伙子是太孤单了。我倒要看看她能为他做些什么。”劳伦斯先生一边看着他们说话，一边这么想。他喜欢乔，她特立独行、率真古怪，和自己很像；而且她似乎非常理解劳里，简直就像他肚子里的蛔虫。

乔原本认为劳伦斯一家“严肃又冷漠”，假如果真如此，乔不可能和他们相处这么久，因为和这种人相处，总会使她羞怯和尴尬。她发觉他们很随和，相处之中放松下来，她谈笑自如，给主人留下了好印象。乔在他们站起来的时候提出告辞，但劳里说他还要给她看些东西，于是把她带到了温室花房，里面专门为她点了灯。乔在走道上来回徜徉，在柔和的灯光下仔细欣赏盛开在墙边的鲜花，和它周围稀奇古怪的藤蔓灌木，尽情呼吸着湿润、清新、芬芳的空气，就好像身处仙境。新朋友剪下满满一捧漂亮的鲜花，绑起来，愉悦地对她说：“请把这回赠给你妈妈，说我很感激她送给我的药。”

他们来到大客厅，见到劳伦斯先生站在炉火前，但乔的注意力却被一架打开着的大钢琴深深吸引住了。

“你会弹琴？”她钦佩地望着劳里问道。

“偶尔弹一点。”他谦虚地回答。

“能弹一首吗？我现在想听听，回去告诉贝思。”

“要不你先弹一首？”

“我不会。太笨了，学不会，但我十分热爱音乐。”

于是劳里弹起了琴，乔则把鼻子深深埋在天芥菜和茶玫瑰里仔细聆听。劳里弹得妙极了，一点儿也不做作。乔对这位“劳伦斯家的男孩”更加钦佩了。她想要是贝思也能来听就好了，却没有说出口；于是对他赞不绝口，直夸得他挺不好意思。爷爷连忙过来解围：“好了，好了，小姐。他吃不消这么多甜言蜜语。他的琴是弹得不错，但我希望他也能干好其他更重要的事情。你现在就要走了吗？非常感谢你，希望你再来。代我问候你母亲。晚安，乔医生。”

和她握手的时候，他神情慈爱，但似乎有点不快。乔走到前厅后，问劳里自己是否说错了什么话，劳里摇摇头说道。

“没有，是我的错，他不喜欢我弹琴。”

“为什么？”

“以后再告诉你。让约翰送你回家吧，原谅我不能送你了。”

“不用了。我不是娇小姐，而且也没几步路。你要保重身体！”

“好的，你会再来吗？”

“那你要答应病好之后来我家拜访。”

“我会来的。”

“晚安，劳里！”

“晚安，乔，晚安！”

听乔讲述完下午的奇遇，一家人都觉得有必要作一次集体拜访，大家都觉得树篱另一边的大房子有一种说不出道不明的魔力。马奇太太想跟老先生聊聊自己的父亲，因为他还记得，梅格想到花房里走走，贝思垂涎于那架大钢琴，至于艾米，则很想看看那些精致的图画和雕塑。

“妈妈，您知道劳伦斯先生为什么不喜欢劳里弹琴吗？”爱刨根问底的乔问。

“这我不是很清楚，但我猜测是因为他的儿子，劳里的父亲娶了个意大利女人，那女人是一位音乐家。这事令专横的老人很不开心。其实那位女士可爱贤淑，多才多艺，但他就是不喜欢她。他们结婚后，老人便再没有见过自己的儿子了。劳里还小的时候，就失去了父母，老人便把他接回家。那孩子出生在意大利，身子骨不大壮实，我想老先生是害怕失去他，所以格外谨慎。像他母亲一样劳里天生热爱音乐，我敢说他爷爷是害怕他起了当音乐家的念头。所以，他一弹琴就让老人想起了那个自己不喜欢的女人，所以他就像乔说的那样‘怒目而视’。”

“哎哟，这多浪漫啊!”梅格叫道。

乔则说：“老先生太傻了！他想当音乐家，就让他当呗；他讨厌读大学，就不要把他送进去受折磨了。”

“我想，意大利的血统给了他一双漂亮的大眼睛和优雅的举止，意大利人总是风度翩翩。”多愁善感的梅格评价道。

“你从哪儿知道他的眼睛和举止？你都没怎么跟他说过话。”乔反驳道，她可不是多愁善感的人。

“我在晚会上见过他啊，你说的故事又能证明他的言谈得体。他那句‘谢谢你妈妈送的药’，真有意思。”

“我猜他说的是牛奶冻。”

“真是个傻姑娘！他说的是你，绝对的。”

“是吗？”乔睁大眼睛，仿佛之前从没往这方面想过。

“从没见过你这样的女孩儿！人家恭维你，你还没察觉？”梅格说，好像她对这种事情轻车熟路。

“我说，你这个想法真是太荒谬了。别说这些傻话来扫我的兴，我就谢天谢地了。劳里是个好小伙，我喜欢他，但我不要听什么儿女之情的瞎话。他没有母亲，我们都要对他好。他可以过来拜访我们的，行不行，妈妈？”

“行，乔，非常欢迎你的朋友，我也希望梅格记住一点，小孩就应该有个孩子的样儿。”

“我觉得自己还算不上大孩子，我还不到十几岁呢，贝思，你说呢？”艾米辩解道。

刚才家人们的对话，贝思一句也没听进去，她答道：“我正在想我们的‘天路历程’，想着我们如何下定决心做好孩子，走出‘灰心沼’，穿过‘窄门’，拼尽全力爬到陡坡上，也许隔壁的那栋富丽堂皇的房子就是我们的‘丽宫’。”

“那我们得先突破两头雄狮的守卫。”满脸憧憬的乔说道。

第六章　贝思找到“丽宫”

那栋房子确实是座“丽宫”，不过众人颇费了些时日才全部都走了进去，贝思最是觉得穿越“两头狮子的防线”尤为艰难。劳伦斯老先生就是最大的那一头狮子。不过自从他拜访了她们家，跟姐妹们逐个谈笑一圈，并和她们母亲聊了些旧事之后，大家就不再怕他了，当然，腼腆的贝思除外。另一头狮子是两家的贫富差距，这使她们不好意思接受她们报答不了的恩惠。不过后来，她们发觉他反过来视她们一家为恩人：他由衷地感激马奇太太的热情款待、姐妹们的温柔情意，以及他在那所简陋的房子里感受到的家庭温暖。于是她们不再自卑，更加热络地往来，不再计较谁付出得更多。

新生的友谊像春天的小草一样茁壮成长，那段时间发生了各种各样令人愉快的事。大家都喜欢劳里，他也悄悄跟他的家庭教师说“马奇家的姑娘十分出众”。热情洋溢的年轻姑娘把孤独的男孩带到她们的小圈子，哄他开心。她们善良单纯，劳里十分享受这种天真无邪的交往。他从小失去母亲，又没有姐妹，所以很快就感受到姑娘们对他的影响。她们的生活忙碌活跃，使他对自己的懒散生活心生惭愧。同时，他变得厌倦读书，更喜欢从与人交往中获得快乐。劳里常常逃学跑到马奇家去玩，为此布鲁克先生不得不向劳伦斯先生告状。

“没事，给他放个假，以后再补回来吧，”老先生说，“隔壁那位好太太说他学习太用功了，需要年轻人作伴，需要娱乐活动。我想她说得有道理，我一直溺爱这小子，都像他奶奶了。只要他开心，他喜欢做什么就做什么吧。他不会在那小修道院恶作剧的，马奇太太比我们更懂得怎么管教他。”

可以确定，他们度过了一段美好的时光。一起演戏，一起滑雪，一起在旧客厅里度过愉快的夜晚，偶尔也在大房子里举办快乐的小晚会。梅格可以随意进花房采摘大捧大捧的鲜花，乔可以在新藏书室里如饥似渴地阅读，跟老先生高谈阔论，艾米可以摹绘画作，尽情沐浴在美的享受中，劳里则自得地扮演着“庄园主”的角色。

至于贝思，尽管对大钢琴日思夜想，却始终鼓不起勇气走进那栋被梅格叫作“极乐大厦”的房子。她曾经跟着乔去过一次；老人不知道她生性怯懦，用浓眉下一双眼睛紧紧盯着她，开玩笑地大声说了个：“嗨！”吓得她“双脚在地板上乱颤”，这是她后来跟妈妈说的。她撒腿就跑，并宣布从今以后永不踏足此地，对大钢琴也忍痛割爱了，任大家如何劝说都没有用。后来，不知道劳伦斯先生从哪里得知了这件事，决定亲自弥补。在一次短暂的拜访中，他巧妙地把话题引到了音乐上面，大谈起他见过的歌唱家和听过的精湛表演。待在远远一角的贝思听得入了迷，忍不住慢慢靠上前来，站在他椅子背后悄悄倾听，眼睛瞪得圆圆的，脸颊因为自己的大胆而涨得通红。劳伦斯先生假装忽视她的存在，继续聊着劳里的功课和教师，过了一会儿，他好像突然想起了什么似的，对马奇太太说：

“那孩子现在没那么关注音乐了，我太开心了，觉得他原来喜欢得过了头。不过，把钢琴闲置着太可惜了，你家的姑娘愿意偶尔过来弹弹吗，免得琴荒废了。夫人，你觉得呢？”

贝思走上前一步，握紧双手才忍住没拍起手来。这是个让人无法抗拒的诱惑，一想到可以在那架漂亮的钢琴上弹奏，她又惊又喜。没等马奇太太作答，劳伦斯先生神情古怪地轻轻点了点头，微笑着说：

“不用打招呼，她们随时都可以跑过来，我总在房子另一头的书房里待着，劳里又常常不着家，用人九点以后也从不走近客厅。”

说到这儿，他站起身来似乎是要告辞。贝思下定决心要说两句，因为最后的安排完全就是她的心愿。“请转告我的话给年轻女士们，要是她们不愿意，那就算了。”老先生说道，这时他的手里塞进了一只小手，只见贝思满脸感激地仰头望着他，真挚而腼腆地说：

“噢，先生，她们愿意，非常非常愿意！”

“你就是弹琴的那个小姑娘？”他非常慈爱地望着她问道，没有吓人地大叫一声“嗨”。

“我是贝思。我真心喜欢音乐。如果您确定没人会听到我弹琴，被我打扰的话，我会来的。”她接着说道，生怕言语中有不恭敬的地方，边说边为自己的勇敢瑟瑟发抖。

“亲爱的，不会有人听到的。有半天时间，屋子都是空着的，你随意过来弹吧，对你表示热烈欢迎。”

“您真个好人，先生！”

贝思被他友善的眼光看得有些羞怯，不过她现在不害怕了，因为无法用言语来感谢他这样珍贵的礼物，只能感激地紧紧攥住那只大手。老人轻轻拨开她额上的头发，俯下身吻了一下她的额头，用他少有的语气说：

“我曾经有个小女孩，眼睛跟你很像。亲爱的孩子，愿上帝保佑你！夫人，再见。”说完他便匆匆离开了。

贝思与母亲一阵欢呼后，因为姐妹们不在家，便只有冲上去把好消息告诉那堆破旧的布娃娃。那天晚上她开心极了，不停地唱着歌儿，夜里睡着了还在艾米脸上弹琴，把艾米给弹醒了，引得姐妹们大笑。第二天，看到老先生和小先生都出了门，贝思犹豫再三后，从侧门走进去，悄悄走到放钢琴的客厅。当然啦，碰巧钢琴上摆着几张简单动听的乐谱，贝思四处张望一番后，终于用颤抖的手指奏响了琴键，瞬间便忘记了恐惧，进入了忘我的境界。音乐就像一位挚友，给她带来无以言表的快乐。她一直弹，直到汉娜过来叫她回家吃饭，但她开心到什么都不想吃，只是坐在一边望着大家傻笑。

那天之后，几乎每天都有一个头戴棕色小帽的身影溜过树篱，大客厅里也时常出没着一个安静的音乐精灵。她不知道劳伦斯先生经常打开书房门聆听他喜欢的旧曲子；没有看到劳里在大厅守着、提醒用人不要靠近；也从没想过乐器架子上的琴谱和新曲子其实是特意为她放的；劳伦斯先生到家里来跟她谈论音乐，使她获益良多，她也只觉得他是好心人而已。贝思感到由衷的快乐，有时发现自己企盼已久的愿望都得到了实现。也许正因为她对恩赐总怀着一种感恩之心，所以更大的恩赐接着降临到她的身上，但不管怎样，这都是她应得的。

“妈妈，我想做一双便鞋给劳伦斯先生，他对我这么好，我得报答他，但是我又不会做其他的东西。您说可以吗?”贝思向母亲征求意见。这时离老人那次重要拜访已过了好几个礼拜了。

“乖乖，可以呀。他会非常高兴的，这个感谢的方法真不错。姐妹们会帮你的，我来出缝制的费用。”马奇太太答道。她特别乐于答应贝思的请求，因为她极少为自己请求什么。

跟梅格和乔认真讨论后，贝思先是定了图案，接着买材料，然后就开始动工。大家一致认为紫黑色做底，上面绣一丛庄严肃穆却生机勃勃的三色堇，合适又漂亮。贝思连夜缝制，只在难完成的地方才偶尔向人求助。她心灵手巧，在大家还没觉得厌烦的时候，鞋子便做好了。最后她写了一张便条，一天早上趁老人尚没起床，托劳里帮她把鞋悄悄放到书房的书桌上。

兴奋劲儿过后，贝思惴惴不安地等待老人的反应。当天没什么动静，第二天中午仍然风平浪静，她开始担心自己冒犯了那位怪朋友。下午，她出去办点事，还带着乔安娜—— 一个残旧的洋娃娃——做日常锻炼。回来快走到大街的时候，她看到三个，不对，是四个脑袋在客厅的窗口那里探来探去。看到她走来，她们一起向她招手，快乐地高呼：

“老先生来信了！快点过来读信吧！”

“噢，贝思，他送了……”艾米抢着说，笨拙地使劲做手势，不过她没继续说了，因为乔“砰”的一声关上窗户，把她的话挡了回去。

贝思心突突跳，加快了脚步，刚走到门口，姐妹们便一把抓住她，众星拱月般地拥她进大厅，一起指着说：“快看！快看！”贝思定睛一看，又惊又喜，脸色都发白了，只见屋里摆着一架小巧精致的钢琴，光滑的琴盖上放着一封信，像个名牌一样竖着，上面写着“致伊丽莎白·马奇小姐”。

“给我的？”贝思呼吸急促，觉得自己就要跌倒了，忙抓着乔。这事儿太突然了，她一时间接受不了。

“对，给你的，乖乖！他真是太慷慨了，对吗？他是天底下最可爱的老人，是不是？这是钥匙。我们没拆信，但我们都着急想知道他信里写了什么。”乔把信呈上，紧搂着妹妹喊道。

“你读吧！我有点晕，读不了！哇，这礼物太美了！”贝思被这件礼物搅得惊慌失措，只好把脸埋在乔的围裙里。

乔展开信纸，笑了起来，因为最先映入眼帘的是这样几个字：

马奇小姐，

亲爱的女士，

“真悦耳！要是有人这样给我写信就好了！”艾米说。她觉得这种古典称谓十分优雅。乔接着往下读道：

我一生中穿过无数双鞋子，但没有一双像你做的这么合脚。

我最喜欢的花就是三色堇，它将使我永远铭记温柔的赠花人。我想报答你的好意，“老先生”特此送上这件礼物，它曾经属于我失去了的小孙女，我知道你会接受的。

致以诚挚的谢意及美好的祝愿。

你最忠实的朋友和谦卑的仆人，

詹姆士·劳伦斯

“嘿，贝思，毫无疑问，这是件值得骄傲的事！劳里跟我说过，劳伦斯先生最疼爱他那死去的小孙女，把她用过的东西全都小心保存着。瞧瞧，他竟然送给你她的钢琴。因为你有一双蓝色大眼睛，而且热爱音乐。”乔说道，想让激动得全身发抖的贝思平静下来。

“你看这些精致的烛台，折得整整齐齐的精致绿绸带，中间还镶着一朵金色玫瑰，再看这漂亮的凳子和骨架，全都完好无损。”梅格一边说，一边打开钢琴向大家展示。

“‘你最谦卑的仆人，詹姆士·劳伦斯’。多绅士啊！我要告诉学校的姑娘们，她们一定会赞叹的。”艾米十分喜欢那封信，感叹道。

“乖乖，弹一曲吧。让大家听听这架宝贝钢琴的声音。”一向和马奇一家人同甘共苦的汉娜说。

于是贝思弹了起来，大家都说这是有生以来听到的最美妙的琴声。钢琴显然最近调了音，收拾得完好无损。贝思踩着油光发亮的踏板，轻抚着漂亮的黑白琴键，众人把头凑到钢琴边，脸上洋溢着由衷的幸福。

“你得去感谢他。”乔开玩笑地说，并没料到贝思真的会去。

“是的，我是得去。现在就去，再犹豫我会害怕得不敢去的。”说完，贝思不慌不忙地走过花园，穿过树篱，走进劳伦斯家的大门，让众人大为吃惊。

“天啊！我发誓从没见过这么稀奇的事！小钢琴弄得她神魂颠倒了！她要是头脑清醒的话，绝不会去的。”汉娜喊道，呆呆地看她走进去，姐妹三人则诧异到不能言语。

如果她们看到贝思后来做的事情，一定会越发诧异。贝思径直走到书房，毫不犹豫地敲门。一个生硬的声音传来：“进来!”她便走了进去，走到一脸惊讶的劳伦斯先生面前，伸出手，用颤抖的声音说：“先生，我来感谢您，感谢……”话还没说完，劳伦斯先生慈祥和善的眼睛就让她忘了要说什么话，她只记得他失去了最疼爱的小孙女，于是伸出双臂搂住他的脖子，吻了他一下。

就算屋顶突然被掀了，老人也不会这么震惊，但他非常开心。简直开心到言语都无法表达，那真情流露的温柔一吻让他十分感动和愉快，他的心彻底化了。他把她抱起放在膝头上，把满是皱纹的脸贴在那绯红的脸颊上，好像找回了他的小孙女。爱可以驱除恐惧，感激可以克服自尊，从那一刻起，贝思不再怕他了，她坐在那里，和他亲密地聊天，好像生来就和他认识了。回家时，劳伦斯先生将她一直送到家门口，跟她诚挚地握手道别，走时又像所有英俊的绅士那样轻触帽檐向她致意，腰杆笔直，神态庄重。

看到这一幕，乔跳起快步舞，以此表达她十分满意贝思今天的举动；艾米惊讶得差一点掉出窗户；梅格则高举双手大喊：“好吧，我相信世界末日真的来临了!”

第七章　艾米身陷“屈辱谷”

“那男孩儿就像希腊神话里的独眼巨人，像不像？”艾米说。这时劳里正骑着马过来，经过的时候还扬了扬马鞭。

“你怎么说这样的话？他一双眼睛好好的，而且很漂亮。”乔叫起来。她容不得人家说她的朋友半点坏话。

“我没有说他的眼睛怎么了，不知道你为什么发火，我只是羡慕他的骑术而已。”

“噢，天哪！这小傻瓜的意思是骑马高手，却说成了独眼巨人。”乔大笑起来，叫道。

“你别这么粗鲁，这只是戴维斯先生说的‘口吴（误）’，”艾米用拉丁语反驳，想把乔镇住，“劳里花在那马上的钱，要是能匀一丁点儿给我就好了。”她像是自言自语，其实希望两个姐姐听到。

“为什么？”梅格善意地问道。乔却因为艾米第二次用错词，又大笑起来。

“我欠了一大笔债，着急要钱。可我下个月才能领到钱。”

“欠债，艾米？什么意思？”梅格神情严肃地问。

“呃，我欠下至少一打腌酸橙。你知道我得用钱还，因为妈妈不许我在商店赊账。”

“把所有事都告诉我。现在流行酸橙？之前流行的可是戳橡胶块做圆球。”梅格试着不动声色，艾米则一脸严肃，郑重其事。

“是这样的，姑娘们总在买酸橙，你也得跟着买，除非你想让别人觉得你小气。现在酸橙当道，上课时人人都埋在桌子底下吃酸橙，课间时用酸橙交换铅笔、珠子戒指、纸娃娃之类的东西。如果一个女孩喜欢另一个女孩子，就送她一个酸橙；如果讨厌她，就当着她的面吃一个酸橙，不让她吃一口。她们轮流做东，我已经吃了好些别人的，到现在还没还回去，我得还回去，那是信用债。”

“还差多少钱才能恢复你的信用?”梅格一边问，一边拿出钱包。

“两角五分就绰绰有余了，还可以余下几分钱，给你也买一点。你不喜欢酸橙吗?”

“不那么喜欢，我的那份就给你吧。给你钱，省着点花，你知道的，我的钱也不多。”

“噢耶，好姐姐！有零花钱真是好！我要慰劳一下自己，这礼拜还没吃过酸橙呢。因为还不起，我都不好意思再要她们的。我现在想得要疯了。”

第二天，艾米到学校的时候已经不早了，却忍不住得意扬扬地把一个湿漉漉的棕色纸包拿出来炫耀一番，然后才放到书桌的最里面。没过几分钟，一条小道消息在她的“小伙伴”之中传开了：艾米·马奇带了二十四个美味酸橙（她自己在路上吃了一个）并准备和同伴分享的。朋友们对她刮目相看；凯蒂·布朗当场邀请她参加下次舞会；玛丽·金斯利坚持要把自己的手表借给她，允许她戴到下课；珍妮·斯诺，一个尖酸刻薄的年轻小姐，曾经粗俗地挖苦过艾米，今天突然停战了，还主动把难题的答案告诉艾米。但是艾米并没有忘记斯诺小姐说过的那些尖酸话——“有些人鼻子虽扁，却总能闻到别人的酸橙味儿；有些人虽然狂妄，却还是求别人的酸橙吃。”她用令人难堪的言辞把“那位斯诺女”的希望当场击得粉碎：“你不用突然这么殷勤，因为你连半个也别想得着。”

那天早上恰巧有一位重要人物访问学校，艾米受了表扬，因为她的地图画得非常好。斯诺小姐最看不惯自己的敌人受到别人的赞美。马奇小姐知道她是这样的人，所以更加摆出一副自命不凡的样子。不过，唉！骄兵必败！斯诺报仇心切，反戈一击，打了场漂亮的翻身仗。等来访者照例说完一番陈词滥调，躬身出去后，珍妮立刻佯装提问，实则悄悄告诉老师戴维斯先生：艾米·马奇藏了腌酸橙在书桌里头。

原来戴维斯先生早就宣布酸橙是违禁品，并严肃表态要把第一个违法者公开惩戒。这位相当固执的先生曾经发动过一场旷日持久的战争，成功清除了口香糖，烧毁了没收的小说和画报，取缔了一间地下邮局，并禁止了做鬼脸、起外号、画漫画等一系列行径，竭尽全力要把五十个叛逆的小姑娘驯得服服帖帖。老天做证，男孩子已经让人伤透了脑筋，女孩子更让人头疼，脾气暴躁、缺乏教学能力、紧张兮兮的“布林伯博士”① 更觉如此。戴维斯先生精通希腊语、拉丁语、代数学等各种学问，因此他被人们称为十分优秀的教师——人们并不太在意他在举止、道德品性、意识以及是否发挥了起到模范的作用。珍妮心知这是告发艾米的最佳时机。显然，戴维斯先生那天早上喝了过浓的咖啡，东风又刺激了他的神经痛，他的学生竟然在这种时候给他脸上抹黑。用一位女同学不优雅却相当贴切的话来形容：“他像女巫一样紧张，像熊一样暴躁。”“酸橙”两字就像引爆炸药的火苗，让他的黄脸憋得通红，使劲儿敲起讲台，吓得珍妮赶紧奔回座位。

“年轻的小姐们，请注意！”

厉声一喝，叽喳声戛然而止，五十双蓝色、黑色、灰色，或者棕色的眼睛全都乖乖地集中在他那可怕的脸上。

“马奇小姐，到讲台上来。”

艾米乖乖地站起来，看上去很镇静，内心其实又惊又怕，因为酸橙压得她心头沉甸甸的。

“把书桌里的酸橙带过来！”还没走出座位的艾米又收到第二道命令，出乎她意料。

“不要全部都拿去。”坐在她身边的同学头脑十分冷静，悄声提醒道。

---

① 布林伯博士（Dr. Blimber），出自狄更斯小说《董贝父子》（Dombey and Son），小说中布林伯博士是一所男校的校长，但并不是一位好老师。此处的布林伯博士指的是艾米的老师戴维斯先生。

艾米慌忙抖出六只，把其余的拿到戴维斯先生面前，心想任何铁石心肠的人闻到那股沁人心脾的味道都会心软。不幸的是，戴维斯先生特别讨厌这种时髦的零食的味道，越发生气了。

“就这些？”

“还有几个。”艾米唯唯诺诺地说。

“赶紧把剩下的拿来。”

她绝望地看了一眼她的伙伴，只得顺从。

“你确定再没有了吗？”

“我从不说谎，先生。”

“那好，现在把这些恶心的东西拿起来，两个两个地扔出窗外。”

眼看最后一丝希望也破灭了，到嘴的东西飞了，姑娘们发出一阵叹息。艾米又羞又怒，脸涨得通红，忍辱负重地整整走了六个来回。每当她极不情愿地抛出一对倒霉的酸橙——噢！多么圆润饱满的酸橙，那酸橙落地时，街上便传来一阵欢呼。姑娘们的心简直碎了一地，因为这欢呼声意味着她们的美食落在了不共戴天的敌人——爱尔兰小孩——的手上，成为他们的口中食，让他们欢心雀跃，这让人怎么受得了。众人带着气愤而恳求的目光看向冷酷无情的戴维斯，一位狂热的酸橙爱好者甚至落下了热泪。

扔掉最后一个酸橙，艾米走回来时，戴维斯先生“哼！”了一声，令人胆战，然后装腔作势地训斥道：

“年轻的小姐们，记得我一个礼拜前说的话吧。我很遗憾发生了这种事，但我绝不姑息这种违反纪律的行为，坚决按照之前说的规矩惩戒。马奇小姐，把手伸出来。”

艾米吓了一跳，把手藏在背后去，吓得半句话都说不出来，只能用祈求的目光望着他，楚楚可怜极了。她本就是“老戴维斯”的得意门生，我私以为，如果不是一个姑娘泄愤似的“嘘”了一声，戴维斯先生完全有可能改变主意。那声“嘘”尽管小的让人听不见，却激怒了这位暴脾气绅士，并昭示了犯规者的结局。

“马奇小姐，伸出手！”这就是对她默默恳求的回复。自尊心极强的艾米不想用眼泪来博取同情，她咬紧牙关，向作对一样地把头往后一甩，任由小手掌挨了几下教鞭。虽然打得不重，但痛与不痛又有什么要紧，这是她有生以来第一次挨打，就像被打趴在地上一样，简直是奇耻大辱。

“现在站到讲台上罚站，一直站到下课。”戴维斯先生说。既然起了头，他就决心做到底。

这简直太丢人了。本来走回座位，迎接朋友们的怜悯目光和仇敌的痛快嘴脸已经够糟糕了，现在还要在全班同学面前罚站，这样的屈辱怎么受得了。她瞬间觉得整个世界天崩地裂，于是悲痛欲绝，痛哭起来。但锥心的屈辱和对珍妮·斯诺的恨给了她力量。她走到那个屈辱的位置，感觉底下变成了人海。她两只眼睛死死盯着火炉的烟囱管，站在那里一动不动，面如死灰。面对这么一个伤心欲绝的小人儿，姑娘们再也没有心思听课。

在后面的十五分钟里，这位傲慢敏感的小姑娘体会到了刻骨铭心的耻辱和痛苦。换作别人，可能会觉得这没什么，只是荒唐好笑的一件事，艾米却伤透了心。出生十二年以来，她一直被宠爱着，从未遭受过这种打击。而一想到“回到家我还得把这事说出来，她们一定会对我失望透顶!”她都顾不上手掌和心上的痛楚了。

这十五分钟就像一个小时那样漫长，她从未像今天这样期待过这声“下课”，但最终还是结束了，她终于盼到那一声“下课!”

“马奇小姐，你可以走了。”戴维斯先生说。看得出来，他心里也不太舒服。

艾米斜睨了他一眼，眼中充满责备，让他刻骨铭心。她一声不吭地径直走到书桌旁，一下收起自己的东西，心中暗暗发誓要“永远”离开这个伤心地。回到家里她依然伤心不已。不久，姐妹们陆续回家了，就这样召开了一个义愤填膺的家庭会议。马奇太太虽然神情激动，但没有多说什么，只是无比温柔地安慰自己受伤的小女儿；梅格边掉眼泪边帮艾米用甘油涂抹受伤的手掌；贝思觉得自己可爱的小猫咪也安慰不了这样沉重的伤痛；乔一气之下提议应该立刻逮捕戴维斯先生；汉娜挥起了拳头，做饭时捣土豆弄得噼啪作响，好像那“坏蛋”就躲在她的杵下面。

除了艾米的几个伙伴外，没人注意到她没来学校。但敏感的姑娘们发现戴维斯先生下午变得格外紧张，待人十分宽厚。快放学的时候，乔出现在学校，她神情严肃，大踏步走向讲台，递上母亲写的一封信，收拾起艾米的物品，转身就走，还在门垫上使劲蹭了下靴子上的泥土，好像脚上在这沾了脏东西，要蹭干净。

那天晚上马奇太太说：“好了，给你放个假，但我希望你每天都和贝思一起学一点东西。我不赞成体罚，尤其是对女孩子。我不喜欢戴维斯先生的教育方式，不过你身边的女朋友对你也没起到什么好作用。我会先征求你父亲的意思，然后把你送去别的学校。”

“太好了！真希望姑娘们全都走掉，这样他的旧式学堂就毁了。一想到那些让人馋涎欲滴的酸橙没了，我就要疯了。”艾米像个殉道者一般叹息道。

“你失去了酸橙，我并不觉得可惜，是你违反纪律在先，理所当然要受惩罚。”母亲严厉地说道。听到此话，一心博取同情的年轻小姐感到十分失望。

“妈咪，难道你很乐意看到我当着全体同学的面受折辱？”艾米喊道。

“换成是我，我不会选择这种方法来纠正错误，”母亲答道，“但我不确定换一种更温和方法，你就会做得更好。乖乖，你现在有点过分自傲了，应该开始改正。你有很多天赋和优点，但没必要拿出来炫耀，自傲会毁掉最优秀的天才。真正的才华或品行不会长时间被人忽视；即使真的没人发现，只要你自己知道拥有它，并妥善使用它，你就会满足的。谦虚是最能体现魅力的品格。”

“确实如此！”正跟乔在一隅下象棋的劳里喊道，“我曾经认识一个女孩，她有着极高的音乐天赋，自己却不知道，她从没有发觉自己弹的小曲有多动听，就算别人告诉她，她也不信。”

“要是我能认识那位好女孩就好了，她或许可以帮助我，我太笨了。”正站在劳里身边认真倾听的贝思说。

“你其实认识她，她能帮你，比任何人都能。”劳里快乐的黑眼睛狡黠地望着她回答道，贝思瞬间羞红了脸，把头埋在沙发垫里，不知如何应对这出乎意料的发现。

乔让劳里赢了一局，借此奖励他称赞了她的贝思。经此一夸，贝思怎么也不肯出来弹琴了。于是劳里竭尽全力，边弹边唱，显得相当活泼幽默，在马奇一家人面前他几乎不展示自己的忧郁性格。他离开之后，整个晚上一直郁郁寡欢，好似陷入沉思的艾米突然问道：“劳里是不是一个多才多艺的男孩?”

“是的，他接受了良好的教育，极有天赋，要不是被宠坏了，他会成为一个出色的人才。”母亲答道。

“而且他不自傲，是不是?”艾米问。

“一点也不。这就是他魅力四射的原因，也是我们全都喜欢他的原因。”

“我明白了。多才多艺、举止优雅是好，但不能向人炫耀或沾沾自喜。”艾米若有所思地说。

“如果态度谦逊，这些优点总会在一个人的言谈举止中表现出来，无须向人卖弄。”马奇太太说。

“这就跟你把你全部的软帽、衣服和缎带都穿搭一身向人们显摆一样不合适。”乔接着说道。母亲对艾米的训话最后在大伙的笑声中结束。

第八章　乔受到“恶魔亚波伦”的试探

“姐姐们，你们准备去哪儿?”那是一个礼拜六的下午，艾米走进房间，发现两位姐姐正准备悄悄溜出去，便好奇地问道。

“别管闲事。小姑娘别问那么多问题。”乔尖刻地回答。

要知道听到这种话，最让我们年轻人伤心；要是后面再接着“走开，乖乖”，就更让人难受了。艾米听到这句戳心话，顿时生起了气，她决心就算纠缠一个小时也要弄清这个秘密。艾米转向一贯迁就她的梅格，向她撒娇说道：“告诉我吧！我知道你们会让我一起去的，贝思只顾着弹钢琴，我没事儿可干，好孤单啊!”

“不行，乖乖，因为没有邀请你啊。”梅格开了口。乔不耐烦地打断她：“嘿，梅格，住嘴，别把事情搞砸了。艾米，你不能去，别叽叽喳喳的，像个三岁小孩一样。”

“我就知道，你们是和劳里一起出去。你们昨晚在沙发上又说又笑，看见我进来就不说了。你们是不是跟他去玩?”

“对，就是跟他去。你，就站在那里，别说话，也不要缠着我们。”

艾米闭了嘴，眼睛却在观察，她看到梅格把一把扇子塞进衣兜里。

“我晓得了！我晓得了！你们要去剧院看‘七个城堡’!”她喊道，接着毅然决然地说，“我要去，妈妈说我可以看这出戏，再说我也有买票的钱。你们怎么不早点告诉我，真卑鄙！”

梅格安慰道：“乖乖听我的话，你的眼睛还没有完全恢复好，不能受这个童话剧灯光的刺激。妈妈不想你这个礼拜去，你可以下个礼拜跟贝思和汉娜一起去痛痛快快玩一场。”

“那没有跟你们和劳里一起去有意思。让我去吧，感冒了这么久，一直被关在家里，我想出去玩，想得都发疯了。梅格，让我去吧！我一定乖乖听话。”艾米楚楚可怜地乞求着。

“只要把她裹严实点再带出去，我想妈妈不会生气的。”梅格说。

“要是她去，我就不去了。如果我不去，劳里就会不开心。原本他只请了我们两个人，我们却非要带上艾米，这样是不礼貌的。她应该识趣，别非要去自己不受欢迎的地方。”乔气呼呼地说。她想开开心心看场戏，不想分散精力去看管一个跑来跑去的孩子。

艾米被她的语调和神态激怒了，她开始穿靴子，恼羞成怒地说：“我就是要去，梅格都说我可以去，如果我自己买票，这事就与劳里没关系了。”

“我们的座位是事先预定的，你不可能和我们坐一起，而你又不能独自一个人，劳里就会把他的位子让给你，这就扫了所有人的兴。要不然他就得给你找个相邻的座位，这也不合适，因为人家原本没请你。你别动，就在那儿待着。”乔训斥着，匆忙中她把手指扎伤了，更生气了。

套上一只靴子的艾米坐在地上哭嚎起来，梅格跟她讲道理，这时劳里在楼下叫她们，两位姑娘连忙下楼，留下妹妹在那里号啕大哭。这位妹妹有时会忘掉自己想被当作大人看待，表现得就像个被宠坏的孩子。就在大家准备出发的时候，艾米倚在楼梯扶手上，用威胁的声调喊道：“乔·马奇，你会后悔的，咱们走着瞧！”

“不可理喻！”乔回敬道，“砰”的一声关上了门。

《钻石湖的七个城堡》精彩绝伦，那天他们享受了一段美妙时光。不过，尽管红色小魔鬼滑稽搞笑，小精灵闪闪发光，王子公主光彩夺目，乔快乐的心情里总夹杂着些许歉意：看到美艳王后的一头金色卷发，她就想到了艾米的头发；幕间休息的时候也在猜想艾米会采取什么行动来让她“后悔”。她和艾米在生活中发生过许多次小冲突，两个人都是急性子，惹急了就会发火。艾米挑衅乔，乔激怒艾米，诸如此类，爱恨纠缠，偶尔还会爆发出一场大战，事后两人都后悔不已。乔虽然年长几岁，却最不善于控制自己的脾气。她性格强硬，常常惹祸上身，为了驾驭这野马似的暴脾气，她吃了不少苦头。她的怒气来得快去得也快；只要诚心认错，她一定会努力补偿，做到更好。姐妹们常说她们特别喜欢把乔逗得发怒，因为那之后她就变成了温柔的天使。可怜的乔拼了命想做个好孩子，但内心深处的敌人总时不时跳出来将她打倒。经过数年的耐心，这匹内心的野马才被征服。

回到家时，只见艾米在客厅读书。当她们走进来的时候，她装出一副受伤的样子，头也不抬，话也不问一句。要不是贝思好打听，两位姐姐兴致勃勃地已经把话剧讲述了一遍，也许艾米的好奇心早就打败了她的自尊心，上前来问了。乔上楼去放她那顶最好的帽子时，首先看了看衣柜，因为上次吵架后，艾米把乔顶层的那个抽屉底朝天地倒翻在地上，以此发泄。还好，一切都放在原位。乔匆匆扫了一眼自己全部各种衣橱、袋子、箱子之后，自信艾米已原谅了并忘记了自己的过错。

乔这回想错了。第二天，她发现少了一样东西，于是一场大战瞬间爆发。傍晚时分，梅格、贝思和艾米正坐在一起，乔冲进房间，激动得气都喘不过来，问道："谁拿了我写的书？"

梅格和贝思脸上露出十分惊讶的表情，立刻答道："没有。"艾米一言不发地捅了捅火苗。乔发现她脸色瞬间涨得通红，过了好一会儿才恢复正常。

"艾米，是你拿的！"

"不，不是我。"

"那么，你知道在哪里！"

"不，我不知道。"

"你撒谎！"乔喊道，双手抓住她的肩膀，恶狠狠地看着她，足以吓坏比艾米胆子更大的孩子。

"我没说谎。我没拿，不知道它在什么地方，也不想知道。"

"你一定知道些什么，最好马上说出来，不然就让你见识下我的厉害。”乔轻轻推搡了她一下。

“随便你怎么骂，你永远都看不到你那本愚蠢的、破破烂烂的书了！”艾米喊道，也激动了起来。

“为什么看不到了？”

“我把它烧掉了。”

“什么！我最最心爱的小书，我辛苦工作想赶在爸爸回家前完成的小书？你真的把它烧掉了？”乔问道，脸色变得苍白，双眼像要喷出火来，两手发了疯一样地紧紧抓住艾米。

“是的，我烧了！你昨天冲我发脾气，我说过会让你后悔的，我就做了，所以……”

艾米没再往下说了，因为乔已经愤怒得失去了理智，她使劲儿推搡艾米，弄得艾米的牙齿在嘴里格格作响；乔悲愤交加地喊道：

“你这个歹毒、歹毒的女孩儿！我再也写不出这样的书来了，我这辈子都不会原谅你！”

梅格飞身上前营救艾米，贝思则上前安抚乔，但乔仍旧怒不可遏，结束这场战斗前她给了妹妹一记耳光，然后冲出房间，跑上阁楼，坐在那张旧沙发上独自气得发抖。

楼下的风暴已渐渐平息，因为马奇太太回家听过这事，三言两语便使艾米认识到自己做了错事，伤害了姐姐。乔写的书是她的骄傲，也被一家人视为极有前途的文学萌芽之作。虽然书里只写了六个神话小故事，却是乔呕心沥血的成果。她投入了所有精力，希望写好后能出版，前不久小心翼翼地誊抄好故事，并销毁了原稿，结果艾米一把火便将她多年的心血付之一炬。这对别人来说可能只是个小损失，对于乔却是灭顶之灾，因为她觉得无论如何都无法补救。贝思沉痛哀悼，好像死掉了一只小猫咪一样；梅格也不为自己的宠儿说话；马奇太太一脸严肃，十分痛心；艾米则后悔不已，心知要是再不向乔道歉，所有的人都不会爱她了。

喝茶的铃声响了，乔板着张冷冰冰的脸出现了，一副生人勿近的样子。艾米鼓足勇气，轻声细气地说道：“原谅我吧，乔，非常、非常对不起。”

“我绝对不会原谅你！”乔冷冰冰地回答，便不再理会艾米。

对于这件不幸的事情，大家闭口不提，马奇太太也是如此；因为大家得出一条经验，乔情绪低落的时候，谁说也没有用，最好的办法是等待，一些偶然发生的小事或她本身宽容的天性会化解仇怨，治愈伤痕。这天晚上她们像平常一样做针线活儿，母亲照例朗读布雷默①、司各特、埃奇沃思②的文章，但大家情绪低落，气氛总是有些异样，原来甜蜜温馨的家庭生活被打破了。到了合唱时间，大家心里更加难受，贝思默默抚琴；乔呆站在一旁像个木头人；艾米失声痛哭；只剩梅格和母亲在唱。她们试图唱得轻快一些，像云雀一样，但银铃般的嗓音没有了往日的默契，全都走音跑调了。

马奇太太给乔晚安吻别时，对她柔声低语道："乖乖，别让愤怒的乌云蒙住了双眼，互相原谅、帮助，明天就又是新的一天。"

乔很想把头埋进母亲的怀里，用泪水冲走所有悲伤和怨恨，但哭哭啼啼太女孩子气，况且，她觉得自己受到了天大的伤害，一时实在无法原谅。知道艾米在一旁听着，所以她拼命眨巴眼睛忍住泪，摇摇头，生硬地说："这种做法太卑鄙了，不可能饶恕。"

说完她便大步走回房间。那天晚上姐妹们没有说笑，也没有讲悄悄话。

艾米主动求和遭拒，不由得恼羞成怒，她后悔自己刚刚的低声下气，觉得从未受过如此屈辱，索性摆出一副高傲的样子，更让人恼火。乔的脸上依然阴郁，一整天所有事情都不顺：早晨一大早就寒风大作，乔把卷饼掉到了沟里；马奇叔婆发了好一顿脾气，梅格心情低落；贝思在家里总是一副伤春悲秋的样子；艾米则不停发表言论，暗讽某些人口里总说要做好孩子，现在人家已为他们树立了榜样，却又不愿去做。

"这些人都太讨厌了，我要找劳里溜冰去。他心地善良，幽默风趣，一定会让我高兴起来。"乔边想边走了出去。

艾米听到溜冰鞋碰撞的声音，探头一看，急得大喊："瞧！她说

---

① 弗雷德里卡·布雷默（Fredrika Bremer，1801—1865），瑞典女作家、女权主义改革者。

② 玛丽亚·埃奇沃思（Maria Edgeworth，1767—1849），英国儿童文学女作家。

过下次带我去的，这是最后一个冰期了，但要这么个暴脾气带上我，说什么都没用。”

“别说这种话。你确实太淘气了，烧掉了她的宝贝书稿，可没那么容易得到她的原谅。不过我想现在她或许会原谅你的，你得在适当的时候试一下，”梅格说，“跟着他们，别说话，等到乔跟劳里玩得心情好了，你再默默走上去给她一个吻，或是做点讨人喜欢的事。我敢说，她会回心转意与你和好的。”

“我试试吧。”艾米答道，觉得这个忠告正合心意。她一阵风似的收拾好便追了出去；两位朋友已经走远，身影渐渐消失在山的那头。

他们去的地方离河不远，在艾米到来之前，两人已做好准备。乔见她走来，就背过了身去。劳里却没看见，他正小心翼翼地沿着河岸滑行，试探冰块的厚度，因为刚才他察觉到了一股暖流来自于冰川雪地之间。

“我去第一个转弯探探路，要是没有问题，我们再比赛。”艾米刚听他说完，就见人已飞驰而去，穿戴一身毛边大衣和暖帽活像个俄罗斯小伙子。

乔听到艾米在她身后气喘吁吁地跑着，艾米一边跺脚一边对着手掌哈气，试着套上溜冰鞋，但乔头也不回，沿着河慢慢滑着“之”字，幸灾乐祸妹妹此时的惨况，只是这种快感中又夹杂着些许苦涩和不安。她怒火中烧，愤怒使她失去了理智，就好像邪恶的想法和感情，如果不立刻发泄掉，必定酿成大祸。劳里在弯口转弯时，回头大声喊道：

“靠岸边滑，河中间不安全。”

乔听到了，但艾米正使劲儿套鞋，什么都没听到。乔回头看了一眼，心里的小恶魔在她耳边卖力叫道：

“不管她听到没有，让她自求多福吧！”

劳里滑过拐弯处后便不见了踪迹，紧跟着乔也滑到了拐弯口。落在后头的艾米却冲向了河中心的那片更加平滑的冰面。乔停下来了一会儿，不知为何她心头涌起了一种异样的感觉。接着她决定继续向前滑去，但她还是不自觉得停下了脚步，转身搜寻艾米的身影，也就在那时乔看到了艾米的双手在空中乱晃，身子一下掉入了破碎冰面露出的冰窟窿里头，那河面上溅起的水花和艾米的惨叫声把乔吓坏了。乔想向劳里求救，却怎么也发不出声音；她想冲上前去救艾米，但她的双腿似乎一点力气也没有。在那一刻乔只是呆呆地杵在原地，她的脸上布满了恐惧，双眼死死盯着黑漆漆的水面上漂浮着的那顶小蓝帽。这时一个身影从乔的身边飞驰而过，只听劳里向乔大喊：

“快拿根栏杆来！快！快！”

乔都不知道自己是怎么做到的，在接下来的几分钟里，她如同着了魔似地照着劳里的吩咐行动。镇静的劳里伏在冰面上，用自己的手臂和一根曲棍球棒撑起了艾米的身子，一直等到乔从栅栏上拽下了一根栏杆赶来后，他俩才一同把艾米那孩子从冰窟窿里弄了出来。被救起的艾米伤势不重，只是被吓得不轻。

“走吧，我们得赶紧送她回家，把我们的衣服都给她披上，我要把这碍事的溜冰鞋脱掉。”劳里说着使劲儿扯开衣服带子，用自己的大衣把艾米裹起来。

两人打着冷战把艾米送回家，众人身上脸上水珠泪珠直往下滴。一阵忙乱之后，艾米裹着毛毯在暖和的炉火旁睡着了。自始至终，乔几乎没说话，她脸色苍白，衣饰不整，裙子撕破了，双手被冰块、栅栏和坚硬的衣扣刮得青一块紫一块。当艾米安安稳稳睡着后，房间里安静下来，马奇太太坐在床边，把忙得团团转的乔叫来给她包扎受伤的双手。

“她没事儿了吗？”乔低声问，后悔不已地望着那个险些在她眼皮子底下永远消失于惊险冰层下的金发脑袋。

“没事儿，我的乖乖。她没受伤，甚至都不会感冒，你能用衣服裹着她并及时把她送回家，这是个很明智的做法。”母亲满意地答道。

“这些都是劳里的功劳。我当时没阻止她往中间走。妈妈，如果她没了，那就是我的错。”乔悔恨不已，涕泪横流，重重坐在床边，讲述了事情经过，痛斥自己当时狠心，啜泣着说自己差一点失去了妹妹，幸好艾米化险为夷，真是感谢上帝。“都怪我的坏脾气！我努力想改好，以为已经可以了，哪知道发作起来越可怕。噢，妈妈，我该怎么办？我该怎么办啊？”可怜的乔绝望地喊道。

“乖乖，提防和祷告吧，千万别气馁，不要觉得心魔是无法击败的。”马奇太太边说边把乔乱蓬蓬的脑袋靠在自己肩上，无比温柔地吻了她湿润的脸颊，乔哭得更加伤心了。

“妈妈你不知道，也想象不出我脾气有多坏！我发火的时候好像什么事都干得出来，做出没有人性、伤害他人的事，还幸灾乐祸。我担心有一天我会做出可怕的事情毁掉自己的一生，让所有人都恨我。噢，妈妈，帮帮我吧，一定要帮帮我！”

“我会的，孩子，我会的。别哭得这么伤心了，但一定要记住今天，并且要下决心不再让这种事情发生。乔，乖乖，我们都会遇到各种各样的试探，有些比今天这种更大，常常要花一生的时间来克服。你以为自己的脾气是天底下最坏的吗？其实我以前的脾气跟你如出一辙。”

“妈妈你怎么会有脾气？你从来都不生气啊！”乔惊讶得一时忘记了悔恨。

“我努力了四十年，现在才刚刚能控制住它。我过去几乎天天生气，但我现在学会了不表现出来，我还想学会感知不到它，这可能又得四十年。”

深爱的母亲脸上呈现出忍耐和谦卑，乔觉得它的说服力更胜于最最严肃的斥责。得到母亲的安慰和信任，她心里好受多了。了解到母亲有和自己一样的缺点，并在努力改正，她更加能接受自己了，更坚定了改正的决心，虽然四十年对于一个十五岁的少女来说显得有些漫长。

“妈妈，我知道当马奇叔婆或别的一些人说出令你烦恼的话的时候，你偶尔会紧闭双唇走到屋子外面去，那是不是生气了？”乔问道，觉得自己跟妈妈比以往更加亲近了。

“是的，我学会了不让气话脱口而出，每次我觉得要违背意愿说出一些的时候，我就走开一下平复心情，反省当时的薄弱意志和脾气暴躁。”马奇太太叹口气，又笑了笑，边说边顺便绑乔散乱的头发。

“你是怎么学会克制住自己的脾气的呢？这个问题一直困扰着

我——我总是在还没反应过来前就说出难听的话。而且说得越多我变得越糟糕，以至于以恶语伤人取乐。我亲爱的妈咪，快跟我说说你是怎么做到的。”

“因为我的母亲曾经帮助过我……”

“就跟你现在为我们做的一样……”乔打断了马奇太太的话，并满怀感激地亲了一下母亲的脸颊。

“但我在比你稍大一点的时候便失去了她，很多年我都不得不独自打拼，而且我太过好强，也不愿向任何人示弱。所以乔，那时的我过得很艰难，我因为失败而流了无数次眼泪，但不管我怎么努力都毫无进展。直到我遇见了你的爸爸，我感到了前所未有的幸福，发现想要做个好人已不再是那么难的事了。可是不久以后我有了你们四个小女儿，又赶上了我们家境况有了改变，我的那个老毛病便又开始发作了，毕竟我天生脾气并没有那么好，看着自己的孩子们成天吵着要这个那个的确实非常考验我的耐心。”

“可怜的妈妈！那之后是什么帮你挺过去的呢？”

“是你的父亲，乔。他总是很有耐心 —— 从没有疑心也不抱怨 —— 总是满怀着希望，辛勤地工作并诚心地等待，在这样的一个人身边生活，你会为自己没有和他一样有耐心而感到羞耻。他为我提供帮助，使我的心得到了安慰。他还用事实告诉我，如果我想让自己的小姑娘们有德行，那我自己必须要在孩子们面前作出示范。想想这是为了你们的成长考虑而不是我个人，这样我实践起来就容易多了。当我不小心说了失礼的话的时候，你们震惊的目光会比任何言语还要让我自责。你们的爱，尊敬和信任是我努力以身示范所得到的最甜蜜的报答。”

“噢，妈妈！我要是能做得有你一半那么好就满足了。”深受感动的乔慨叹道。

“我亲爱的宝贝，我希望你能做得比我更好，但你必须时刻警惕你父亲常提到的你‘内心的敌人’，否则的话它就算没有毁掉你的一生也会让你痛苦万分。你已经受到了警告，一定要记住，在还没像今天这样给你带来伤痛和悔恨之前，试着用尽全身心力去控制自己急躁的脾气。”

“我一定尽力，真的，妈妈。但我需要你的帮助和提醒，阻止我乱发火。以前我看见爸爸有时用手指按住双唇，异常亲切却严肃地看着你，你就紧咬嘴唇走出去。他这样是不是在给你提醒？”乔轻声问道。

“是的。我请他这样做来帮助我，他总记着。那个小小的手势和亲切的目光，把我从坏脾气中拯救出来。”

看到母亲似乎要哭出来，讲话时嘴唇颤抖，乔担心自己说得太多了，便赶紧轻声问道：“我问的这些问题是不是让你伤心了？我不是有意的，妈妈。你的话让我觉得踏实又幸福。”

“我的乔，你可以向母亲倾诉任何事。自己的女儿跟我说心里话，知道我有多么爱她们，这叫我开心又骄傲。”

“我害怕提到坏脾气让你不开心。”

“没有，乖乖，只是说到了你父亲，我就想起了自己有多么想念和感激他，他不在家，我要更加努力地照顾四个小女儿，让你们生活得平安幸福。”

“妈妈，但爸爸离开的时候你没掉眼泪，到现在也不埋怨，你好像从来都不需要帮助。”乔疑惑地问。

“我把最好的东西奉献给祖国，等你父亲离开后才掉眼泪。我为什么要埋怨呢？我们一家是为国家奉献，最后一定会因为这个决定更加幸福。我不需要帮助，是因为我有一个比你父亲更好的朋友安慰和支持我。孩子，你人生的烦恼和诱惑才刚刚开始，以后可能会更多，但有了天父的力量和仁爱，那就好像平凡的父爱，你就能战胜并超越它们。你越深爱、信任天父，受到世俗力量和思维的约束就越小。天父是永世和平、幸福和力量的源泉，他的慈爱关怀亘古不变，永远与你相伴。坚守住这个信念，就像向妈妈倾诉一样，向天父尽情倾诉自己的苦恼、希冀、罪过和悲伤吧。”

乔沉默不语，只紧紧拥抱着母亲，衷心地静静祈祷，内心归于平静。在那悲喜交加的时刻，她不但体会到了痛苦的悔恨绝望，也品尝到了甜蜜的成长。天父对孩子的爱强势过天下任何一个父亲，又温柔过天下任何一个母亲，在母亲的引导下，她离这位朋友更近了。

艾米在梦中蠕动了一下，叹了口气，乔立刻抬头看去，脸上那从未有过的表情好像是想马上弥补过失。

“在气头上的时候，我让乌云蒙住了双眼，根本不想原谅她，今天要不是劳里，一切就晚了！我怎么可以这么恶毒?”乔俯身轻轻抚摸妹妹披散在枕上的湿发，说道。

让乔刻骨铭心的是艾米好像听到了她的话，睁开眼睛，展开双臂，冲她笑了一下。两人什么都没说，只是隔着毯子紧紧拥抱在一起，忘记了所有的不愉快。

第九章　梅格初入“浮华市集”[1]

“金家的孩子们在这个时候出麻疹，这对我来说是这世界上最幸运的事了。”梅格说。时值四月，她站在自己房间里，把行李放进大皮箱，姐妹们则围在她旁边。

“安妮·莫法特兑现了她的承诺，真是太好了。可以尽情玩乐足足两个礼拜，太开心了。”乔边搭话，边用长胳膊把几件裙子叠起来，“呼啦啦”的动作像个风车。

“而且天气也好，我真替你高兴。”贝思说着，麻利地从自己的宝贝箱子里挑出几条围巾和丝带，借给姐姐出席舞会。

“我也想穿戴上这些漂亮东西，出去玩一场。”艾米嘴里衔着满满一口针，边说边巧妙地把它们插进姐姐的针垫里。

“我希望大家都能去，既然不行，就等我回来给你们讲发生的奇闻妙事。你们借东西给我，帮我收拾行李，对我这么好，这点小事我一定做到。”梅格一边说一边四周看着，眼光落在那简朴、在她们

① 浮华市集（Vanity Fair），出自小说《天路历程》。《天路历程》中“基督徒”和“忠信”二人走出旷野，来到了一个名叫“浮华”的城镇，城里有一个终年不散的市集活动，叫“浮华市集”。市集上卖的尽是世俗浮华虚空的东西，例如功名利禄等满足人类欲望的物质商品。最终“基督徒”抵制住了诱惑，逃离浮华镇，为追求真理，继续向天国前进。

眼中却近乎完美的行装上面。

“妈妈从宝箱里拿了什么给你?”艾米问。马奇太太有个杉木箱子，里头装着家境富裕时的几件旧物，她准备挑合适的时候送给四个女儿。那天马奇太太开箱子的时候艾米正好不在，所以艾米向梅格发问。

“一双丝袜，一把讲究的雕花扇子，还有一条好看的蓝色腰带。那件紫罗兰色的丝绸裙子本来是我想要的，但没时间改尺寸，只好穿我自己那条旧的塔勒坦①薄纱裙了。”

“它比我的新薄纱裙子还好看，绑上腰带就更美了。只可惜我的珊瑚手镯砸坏了，不然还可以给你戴。”生性豪爽的乔说，只是她的财物大多又残又破，没什么用处。

“宝箱里有一套漂亮的旧式珍珠首饰，但妈妈说年轻姑娘最美丽的饰物是鲜花，劳里也答应会送来全部我想要的，”梅格答道，“来瞧瞧，这是我的新灰色旅行衣，羽毛刚好卷进帽子里；那是礼拜天和小型晚会穿的府绸裙子，贝思，春天穿会不会有些沉闷?唉！换做紫罗兰色的丝绸裙子就好了。”

“没事儿，你还可以穿塔勒坦参加大型晚会呢，更何况，你穿白衣裳就像个天使。”艾米边说边心驰神往地看着那一小堆漂亮衣饰。

“可它不是低领的，走起路来也不够摇曳生姿，但也只能这样了。我那件翻新的蓝色家居服倒是挺好，刚刚镶了边，就像新的。我的丝绸外衣过时了，帽子也没莎莉的好看，我对自己的伞太失望了，我本来不想说的。本来是让妈妈买一把白柄黑伞的，她却忘了，买回来一把黄柄绿伞。这把伞结实整洁，我本不该抱怨的，但跟安妮那把金顶丝绸伞放在一起，就完全被比下去了。”梅格叹息着，极不满意地打量那把小伞。

“去把它换了。”乔提议。

“我没这么不懂事，让妈妈为我花钱已经很艰难了，我不想再让她伤心。我就只是随便说说，不会不识时务的。丝袜和两对新手套

① 塔勒坦（tarlatan），轻质平纹细布，在19世纪多用来制作舞会礼服。

是我最大的安慰了。乔，你真是好妹妹，把自己的借给我。我有两双新的，旧的也洗干净了，气派极了。”梅格说着，又看了一眼放手套的箱子。“我看安妮·莫法特的晚礼帽上有几个蓝色和粉红色的蝴蝶结，你能帮我打几个吗？”她问，这时贝思刚好从汉娜手里接过的一堆白色薄纱。

“不，我不打，太醒目的帽子配没有饰边的素净衣服不好看。”乔断然说道。

“我什么时候才能有幸穿上锁了真花边的衣裳，戴上打了蝴蝶结的帽子？”梅格心烦意乱地说。

“那天你说只要能去安妮·莫法特家，你就满足了。”观察细致的贝思轻声提醒她。

“没错，我是这样说过！哦，我也很开心，并没有奢求太多，可是好像人得到的越多，野心就越大，是不是？这会儿行李装好了，万事俱备，只欠妈妈来收拾我的舞会礼服了。”梅格说着，看了看装得半满的行李箱，又扫了一眼熨补多次，被她一本正经称作“舞会礼服”的白色塔勒坦薄纱裙，开心起来。

第二天天气很好，梅格彬彬有礼地跟大家告别，出发体验两周新奇快乐的生活。马奇太太起先不赞成这次出行，担心玛格丽特回来后对现实生活更加不满。但梅格缠着要去，莎莉也承诺会好好照顾她，而且，经过了整个冬天的苦闷工作后，外出放松一下也是一件快事，母亲便同意让女儿去见识一下上流社会的生活。

莫法特一家确实非常时髦。豪宅金碧辉煌，主人举止优雅，单纯的梅格一开始有些拘谨。不过，奢华放纵却心地善良的莫法特一家很快就使客人放松下来。可能是因为相处之后，梅格隐约觉得他们并非十分有教养，也并非十分聪明，虽然衣着华丽，其实内在也不过凡尘俗世中人而已。挥金如土，豪华马车，锦衣华服，除了享乐还是享乐，这种惬意的生活正是梅格所向往的。她很快就学会了模仿身边那些人的言行，故作姿态，拿腔拿调，说话的时候时不时掺上一句半句法语，烫卷头发，收窄衣裳的腰身，还学着评论时下的服饰。她看了越多安妮·莫法特的漂亮物件，就越是艳羡不已，自惭形秽。现在，家在她的心目中已经变得阴沉空洞，工作也变成了一件无比艰苦的事情。她只觉得自己是个一贫如洗、心灵受到严重伤害的姑娘，新手套和丝袜也安慰不到她。

不过她没什么时间来烦恼，因为三位年轻姑娘都在忙着享受“快乐时光”。安妮交友广泛，熟谙待客之道，安排她们白天逛街、散步、骑马、访友，晚上就去戏院、歌剧院或在家里玩乐。安妮的几个姐姐都是十分漂亮的年轻女子，一个已经订婚，在梅格看来，这是非常有趣而浪漫的事。莫法特先生是个胖胖的快活老绅士，与她父亲相识；莫法特太太是位胖胖的快活老太太，跟自己的女儿一样，非常喜爱梅格。那一家人都宠爱着她，叫她“黛茜”，把她惯得晕头转向。

到了“小型晚会”那晚，她发现那件府绸裙子根本上不了台面，其他姑娘们都穿着薄裙，打扮得天仙一样。她只好穿上塔勒坦，但跟莎莉簇新的裙子一比，立即相形见绌，显得寒酸过时。姑娘们瞟了她的裙子一眼便互换眼色，梅格见此双颊烧得通红。她虽然性格温柔，但十分好强。大家对此未发一言，不过莎莉主动提出帮她梳头发，安妮帮她系腰带，那位订了婚的姐姐贝拉则称赞她手臂洁白。大家都是出于好意，但梅格看到的只是她们对穷姑娘的怜悯。她心情沉重地独自站在一边，姑娘们说说笑笑地像披着薄纱的蝴蝶一样飞来飞去。正在梅格伤心难受的时候，女佣突然送进来一箱鲜花。没等她开口，安妮就打开盖子，人群中爆发出一阵惊呼，原来箱子装的全是鲜艳的玫瑰、杜鹃和绿蕨。

“这肯定是送给贝拉的，准没错，乔治常常这样做，不过这次这些真是太美了。”安妮边喊边深深地嗅了一下。

“那位先生说花是送给马奇小姐的。这还有张字条。”女佣人边说边把字条递给梅格。

“太有意思了，谁送的？你还藏着个情人呢。”姑娘们开始围着梅格起哄，显得十分好奇、惊讶。

“妈妈写的字条，劳里送的鲜花。”梅格简短答道，暗自感激劳里没有忘记诺言。

“噢，这样啊！”安妮阴阳怪气地说。梅格把字条塞进口袋，把它当作护身符抵御妒忌和虚荣。上面短短几句话饱含了爱意，梅格看后精神大振，她的心情也因为美丽动人的鲜花而好了起来。

梅格的心情又愉快了起来，她挑出几支绿蕨和玫瑰留给自己，麻利地把箱子里的花分成几把漂亮的花束，分发给朋友们点缀在胸前、头发和衣裙上。她愉快而得体的做完这些，大姐卡莱拉不禁称她为“最甜美的小东西”，其他人也十分欣赏她的小心意，她的沮丧心情也一扫而空。其他人都跑到莫法特太太面前展示去了，只剩下她插了几支绿蕨到自己的卷发上，又别了几朵玫瑰花在裙子上，对镜一照，裙子好像没那么难看了，只见一张神采飞扬明眸善睐的脸庞。

那天晚上她尽情跳舞，十分开心。大家待她都非常友善，她还被奉承了三次。安妮请她唱歌，有人称赞她声音甜美。林肯少校打听“那位水灵灵的、漂亮眼睛的小姑娘”是谁，莫法特先生坚持与她共舞，风度翩翩地说她“不懒散、舞步轻快有力”。一切都让她心情十分愉快，不料后来不经意听到的几句闲话让她的情绪瞬间低落。当时她正坐在温室里等舞伴去拿冰块给她，突然听到花墙的另一边有人问道：

“他多大啊？”

“我猜十六七岁吧。”另一个声音回答。

“那些姑娘中，有一个会嫁给他，你觉得呢？莎莉说他们现在走得很近，老先生十分宠爱她们。”

“我敢说马奇太太早就有所打算，而且打得一手好牌，虽然有点操之过急，显然那姑娘还没想过这种事。”莫法特太太说。

“她刚才说了个小谎，好像真料到纸条是她妈妈写的，鲜花送进来的时候还羞红了脸。可怜的孩子！只要她打扮入时，一定很漂亮。你说要是我们提议礼拜四借条裙子给她穿，她会不会生气？”另一个人问道。

“她自尊心挺强的，但我相信她不会介意，毕竟她就只有那一条过时的塔勒坦薄纱裙。她要是今晚可以把那条旧裙子毁掉的话，我们就有理由给她条像样的裙子了。”

“我们到时候再看吧。我会邀请那位小劳伦斯先生，当然是以向黛西致意为理由，然后我们就可以拿这件事开点玩笑、解解闷儿。”

另一边，梅格的舞伴一回来便看见她双颊发红，情绪相当激动。梅格的确有很强的自尊心。在那种情况下也多亏了她的自尊心，梅格才得以忍了下来。她的那些朋友们说的话让她又羞又恼，厌恶至极。梅格再怎么天真，也不至于听不懂她们闲聊的内容。梅格试着忘掉刚刚听到的那些话，但却怎么也忘不掉。那几句——“马奇太太早就有所打算”“撒了个有关她妈妈的小谎”和“过时的塔勒坦薄纱裙”——的话不停地在梅格的耳边回响，梅格被折磨得快要哭了，她只想冲回家诉苦，听听家人们的建议。梅格知道这么做是不可能的，她尽力摆出一副开心兴奋的模样，没有人看出她在努力伪装自己。当舞会结束时，梅格的心里别提有多高兴了。夜里梅格静静地躺在床上，她不停地回想着，疑惑又愤懑，不禁想到头痛欲裂，几滴泪水从她那发烫的脸颊滑落。那些愚蠢却出自好意的话为梅格打开了一扇通往新世界的大门，却打破了那方旧天地的平静——梅格一直以来都在那里度过了她快乐的孩童时光。梅格和劳里之间纯洁的友谊就这么被无意中听到的那番愚蠢的对话给曲解了。莫法特太太总是喜欢以自己的想法揣度别人，她猜测的那些“世俗的打算”也使梅格对自己的母亲产生了一丝怀疑。不仅如此，梅格一直觉得穷人家的女儿只需满足于衣着朴素就好，现在就连她的这个想法也因为受到那些觉得旧衣服就是灾难的女孩子们的同情而开始动摇了起来。

可怜的梅格整夜辗转难眠，起床时眼皮都睁不开，心情糟糕透了。她一方面埋怨朋友乱嚼舌根，一方面又责备自己不敢开诚布公地说出真相，堵上悠悠众口。那天早上姑娘们全都很慵懒，到中午的时候才提起精神编织毛线。梅格立刻察觉到朋友们的异常，她们更加敬重她，还十分关注她的言谈，用好奇的眼光看她。这让她又惊又喜，不明就里，直到贝拉从书本里抬起头，做作地说道：

“亲爱的黛茜，我送了一份请帖给你的朋友劳伦斯先生，请他礼拜四过来。我们也想结识一下她，这可是特意为了你喔。”

梅格的脸“唰”地红了，不过她突然想捉弄一下这些姑娘，于是假装严肃地作答：“谢谢你们的心意，但我担心他不会来了。”

“Chérie①，为什么？”贝拉小姐问。

“他太老了。”

“孩子，你说什么？我想知道他到底有多大年纪？”卡莱拉小姐嚷道。

“我猜差不多七十了。”梅格答道，假装数打了多少针毛线才拼命忍住笑。

“你这个小滑头！我们说的当然是那个年轻人。”贝拉小姐笑着喊道。

“哪来的年轻人！劳里还是个孩子。”听到梅格这样形容那个所谓的“情人”，姑娘们不禁互换了个古怪的眼色，见此梅格也笑了。

“他和你年纪差不多。”南妮辩解。

“和我妹妹乔的年纪更接近，我八月份就满十七岁了。”梅格边说边仰了一下头。

“他给你送鲜花，多好啊，对吧？”不识趣的安妮还想继续问下去。

“确实，他经常送的，送给我们全家人，因为他们家多的是，而我们又喜欢。你们知道，我妈妈和劳伦斯老先生是朋友，两家孩子在一起玩是再自然不过的事了。”梅格希望她们能就此打住。

“黛茜一看就是还没有参加过社交活动。”卡莱拉小姐朝贝拉点了点头，说道。

“真是天真烂漫。”贝拉小姐说着耸了耸肩。

“我打算出门给我家姑娘们买点东西，各位小姐，需要我带点什么吗？”莫法特太太问道，她穿着一件镶边丝绸裙子的，像头大笨象一样缓缓走进屋来。

“夫人，不用麻烦了，”莎莉答道，“我已经有一条粉红色的新丝绸裙子礼拜四穿了，没什么想要的了。”

“我也不……”梅格话到嘴边又咽了回去，她突然想到确实想要几件东西，却求而不得。

“那天你准备穿什么？”莎莉问。

---

① 法语：亲爱的。

“要是能把它补好的话，就还是那条白色旧裙子，我昨晚不小心撕破了。”梅格想尽量自然地说出来，却觉得很别扭。

“怎么不捎信回家，让他们再送一条来？”不善观察的莎莉问道。

“我只有这么一条。”梅格好不容易才说出口。莎莉却还没会过意来，她善意地惊叫道：“只有那么一条？别逗了……”她的话只说了一半，贝拉就赶紧冲她摇头，友善地插话道：

“这有什么好笑的。她又不用出门社交，用不着这么多衣服。黛茜，就算你有一打，也没必要跟家里要。我有一条漂亮的蓝色丝绸裙子，我穿着嫌小，只能束之高阁，不如你穿吧，就当给我面子，好不好，亲爱的？”

“谢谢，但我并不介意穿这条旧裙子。对像我一样大的小女孩来说，这条裙子挺合适的。”梅格说。

“请允许我把你打扮得时髦一点。我喜欢做这种事。你打扮后肯定是个标致的小美人。你打扮好以后才能再见人，我们要像参加舞会的灰姑娘和仙姑一样，突然在大家面前出现。”贝拉的话充满了说服力。

梅格很想看着自己打扮后能不能变成“小美人”，于是无力拒绝这样友好的提议，只能点头同意，原来对莫法特一家的不满也被抛到九霄云外了。

礼拜四晚上，贝拉把自己和女佣关在房里，两人合作把梅格改造成一个时髦女子。她们给她烫卷头发，在她的脖子和胳膊上扑上香粉，给她的嘴唇上抹珊瑚色的唇膏，让它们更娇艳欲滴，要不是梅格反抗，霍丹斯还会给她打点“胭脂”。她被塞进一件天蓝色的裙子里，裙子又紧又窄，让人几乎透不过气来，对着镜子一照，领口低到让矜持的梅格羞得满脸通红。她们还给她戴上一套银丝首饰：包括手镯、项链、胸针，还有耳环；那对耳环被霍丹斯用一条看不见的粉红色丝线系着。胸前点缀着一丛香水月季和一条花边褶带，把梅格一双玉肩修饰得美艳动人，那双高跟丝绒靴让她最后的心愿也圆满了。再加上一条滚边手帕、一把羽毛扇和一束礼花，终于打扮好了。贝拉小姐满意地端详自己的成果，就像小姑娘打量着刚刚装扮好的洋娃娃。

“小姐真是 charmante，très jolie①。”霍丹斯拍手欢呼，有点装腔作势。

“出去给大家看看吧。”贝拉小姐说着就领梅格去见等待在房间里的姑娘们。

梅格拖曳着长裙跟在后面，裙摆窸窸窣窣，耳环走一步摇一下，卷发上下抖动，心“砰砰”直跳。刚才那面镜子已清楚地说明她是个“小美人”，让她觉得自己的“好戏”终于上场了。站在那里的几分钟，朋友们热情地赞美她，她就好像寓言里的寒鸦，尽情享受借来的羽毛，其他人则像一群喜鹊，叽叽喳喳地吵闹着。

“趁我换衣裳的时候，南妮，你教她走路，别叫她被自己裙摆和法式高跟鞋绊倒。卡莱拉，用银蝴蝶发夹把她左边的那绺长出来的卷发夹起来。谁也别把我的杰作弄毁了。”贝拉对自己的作品相当满意，说完就匆匆走开了。

“我不敢下楼怎么办啊，我头晕目眩，四肢僵硬的，就像只穿了一半衣服。”梅格对莎莉说。此时舞会的铃声响起，莫法特太太派人来请年轻小姐们立刻赴会。

“你完全变了个样儿，不过这样真的很漂亮。我都不好意思站在你身边了，多亏贝拉的好品位，当然还有你的法国味儿。这些花儿就这么随意挂着，小心别被绊倒了。”莎莉回答，努力忽视梅格比自己漂亮这个事实。

梅格牢记这个忠告，缓缓步下楼梯、走进客厅。莫法特夫妇和几个来得早的客人已经聚在那里了。梅格很快就发现锦衣华服的魅力，就是能吸引旁人并获得尊敬。几位之前从未拿正眼瞧过她的年轻小姐突然变得热情起来；几位上次舞会只是盯着她看却没采取任何行动的年轻绅士，现在请求引荐了，而且对她十分殷勤，说了许多愚不可及却好听的话；几位坐在沙发上品头论足的老太太起了兴趣，打听她是哪家闺秀。梅格听到莫法特太太回答其中一个说：

“黛茜·马奇的父亲在部队里是上校，是我们的远亲，可惜他们家道中落了。他们家还是劳伦斯家的世交。姐们儿，告诉你吧，我

---

① 法语：迷人，真漂亮。

家内德很喜欢她呢。”

“噢!”那老太太戴上眼镜，又上下打量了梅格一番。梅格假装没听到，并没有被莫法特太太的连篇谎话所震惊。那种“头晕目眩”的感觉依然没有消失，但她把现在的情景想象成自己正扮演着一个时髦女子，过得就快活多了，只是两肋被紧身裙勒得隐隐作痛，双脚不停地踩到裙摆，还总在害怕那对耳环会突然被甩出去，弄丢或摔破了。她正摇着折扇，笑着听一位假装幽默的年轻人讲无聊的笑话，突然，她收住了笑声，变得手足无措起来，原来她看到劳里正站在对面。他紧紧盯着她，虽然躬身、微笑示意，但坦诚的眼睛却毫不掩饰地流露出惊愕和不快；见此她羞愧万分，只恨没穿上自己那条旧裙子。她看到贝拉用手肘碰了碰安妮，两人的目光在她和劳里身上转来转去，更加心慌意乱，还好劳里看上去像个孩子，而且十分害羞，她这才安心。

“把这种念头塞进我的脑子里，他们可真够无聊的。可我不会在乎的，他们影响不了我。”想通之后，梅格一路窸窣地拖着裙摆走到房间对面，大大方方地和她的朋友握手。

“真高兴你来了，我还怕你不来呢。”她像个大姐姐一样说。

“乔想让我来看看你的状况，回去后告诉她，我就来了。”劳里答道，觉得她那副假装大人的腔调十分好笑，但并没有正眼瞧她。

“你会跟她说些什么?”梅格问。她第一次在劳里面前觉得别扭，很好奇他对自己的看法。

“我会说我不认识你了，你看上去太成熟了，变得一点儿都不像你自己了，这让我挺害怕的。”他边说边笨拙地摩挲着手套上的纽扣。

“你别瞎说了！这些姑娘们打扮我只是为了好玩，我也乐意这样。你说乔看到我，会不会把眼珠子都瞪出来了?”梅格问道，想引导他说觉得自己这样更好看。

“我想她会的。”劳里严肃答道。

“你难道不喜欢我这个样子?”梅格发问。

“不，不喜欢!”劳里回答得果断直接。

“为什么?”梅格的语气甚为焦急。

他瞥了一眼她新烫的鬈发、裸露的双肩和镶着精致花边的裙子，接着他的回答也一反常态，没了往日的温文尔雅，把她羞得想找个地缝钻进去。

“我讨厌轻浮招摇的女孩。”

这话出自一个比自己年纪还小的男孩子之口，梅格又羞又气，她气冲冲转身就走，只留下一句话：“从没见过你这般无礼的男孩子。”

怀着乱糟糟的心情，她走到一扇安静的窗户边，想让脸颊不那么烫，紧身裙箍得她面色潮红，浑身不舒服。就这么傻站着的时候，林肯少校跟她擦肩而过，不一会儿，只听他跟他母亲说道：

“他们在耍那个小姑娘，我原想让您见见的，但她完全被毁了，今晚上一无是处，就是一只洋娃娃。”

“啊，上帝！”梅格叹息道，“要是我理智地穿上自己的衣服就好了，就不会遭人厌恶，也不会这么难受和羞愧。”

她把额头贴在冰凉的窗玻璃上，让窗帘半遮着自己的身影，完全没察觉她最喜欢的华尔兹已经开始。这时，有人碰了一下她，她转身一看，竟是劳里。只见他满脸后悔，郑重地向她鞠了个躬，伸出手来：“请恕我适才冒犯，能和我跳支舞吗？”

“我怕会委屈了你呢。”梅格试着摆出一副生气的样子，却没成功。

“一点都不委屈，我真心想跟你跳舞。跳嘛，我不会再惹你生气的。虽然我不喜欢你的衣服，但真的觉得你漂亮极了。”他还做了个手势，似乎言语还不足以表达他的钦慕之情。

梅格被逗笑了，心也软了。当他们站在舞池里等着跟上音乐节拍时，她悄声提醒道：“小心我的裙子，别把你绊倒了；还有这双鞋子折磨死我了，让我像个傻鹅。”

“把裙子围在领口，别起来就可以了。”劳里边说边低头看梅格那双小蓝靴，显然对它们很欣赏。他们迈开轻快而优雅的舞步，由于在家里练习过，这对活泼的年轻人配合得天衣无缝，给舞场增添了快乐的气氛。他们欢快地旋转跳舞，觉得这次小争执让彼此更亲近了。

“劳里，能帮我个忙吗？”梅格说。她刚跳了一会儿便气喘吁吁了，只得停下来，也不解释，劳里就站在一边替她摇扇子。

“当然！”劳里欣然答应。

“回到家里千万别告诉她们我今晚上的打扮。她们不知道这是个玩笑，妈妈会担心的。”

“那你为什么要这样做？”劳里没说话，但眼神就是这个意思。

梅格着急地说：“我会亲口告诉她们一切，向妈妈‘坦诚’我有多愚蠢。我想自己说。求你别说，可以吗？”

“我发誓我不会说的，但要是她们问我，我该怎样作答？”

“就说我看上去不错，玩得也很愉快。”

“前半句是真话，只是后半句我怎么说得出口？你玩得好像并不愉快，难道不是吗？”劳里盯着她的神情促使她压低声音说道：

“是，刚才是不太愉快，不要觉着我反感这些。我这样装扮只是想找点乐子，却发现这样做一点好处都没有，我已经开始厌烦了。”

“内德·莫法特走过来了，他要干什么？”劳里蹙起黑色的眉头说道，好像并不欢迎这位少主人的到来。

“他定了三场舞，我猜他是来找我做舞伴的。烦死人了！”梅格说着摆出一副无精打采的样子，逗乐了劳里。

直到晚饭时候，劳里才有机会再跟她说上话，当时她正跟内德还有他的朋友费希尔一起喝香槟。劳里觉得那两个人就像“一对傻瓜”，他觉得自己有义务像兄弟一样照顾马奇姐妹，必要时站出来为她们战斗。

“别喝多了，明早会头疼得炸开似的。我从不会多喝。梅格，你知道的，你妈妈不喜欢你这样。”他在她椅边俯身低声说道，此时内德正转身往她的杯子里又斟满酒，费希尔则正弯腰捡她的扇子。

“今天晚上的我不是梅格，而是轻浮的‘洋娃娃’。明天我就会收起这‘轻浮招摇’的模样，重新做回好女孩儿。”她讪笑一声，答道。

“那么，希望明天已经到来。”劳里嘟囔着，怏怏离开了。看到她变成这个样子，他心里不太好受。

就像其他姑娘一样，梅格一边跳舞一边调情傻笑，卖弄风情。

晚饭后她跳华尔兹，从头到尾都跌跌撞撞的，长裙子还差点绊倒她的舞伴。见她这番嬉笑玩闹的模样，劳里心生厌恶，他边看边在心里想好了说辞，却始终没有机会对她说，因为梅格总是躲着他，直到他去道晚安为止。

“一定要记得哦!”她说道，剧烈的头痛已经袭来，所以笑得很勉强。

“Silence à la mort!①”劳里边回答边做了个夸张的手势，转身离去。

这一幕小小的场景激起了安妮的好奇心，但梅格没精神扯闲篇儿，她爬上床，觉得自己像是参加了一场化装舞会，可惜玩得并不尽兴。第二天她一整天都头昏脑涨，礼拜六就回家了。两个礼拜的玩乐弄得她身心俱疲，感觉在那“繁华世界”待得太久了。

“安安静静的，不用整天寒暄社交，这样真好。家虽然不豪华，却是个好地方。”礼拜天晚上梅格跟母亲和乔坐在一起，惬意地环顾四周说道。

“乖乖，听你这么说我真高兴，我一直害怕经过这次假期，你会把家看成贫穷又沉闷的地方。”妈妈答道。她那天时不时向女儿投去担心的目光，孩子脸上的任何变化都逃不过母亲的眼睛。

梅格愉快地跟大家分享她的经历，一再强调她玩得十分开心，但情绪似乎不太对劲儿。两个小妹妹去睡觉了，她还心事重重地坐在那里盯着炉火，沉默不语，神情忧愁。时钟敲了九下，乔也说要去睡觉了，梅格突然起身，跪在贝思的矮凳上，双肘放到母亲的膝上，勇敢地开口道：

“妈咪，我想‘坦诚’。”

“我早有预料，乖乖，怎么了?”

“需要我走开吗?”乔知趣地问道。

“当然不用。我有什么事瞒过你了?在两个小妹妹面前我无法启齿，但我想把我在莫法特家干的那些荒唐事都告诉你们。”

“我们洗耳恭听。”马奇太太微笑着说，只是笑容中带着一丝

---

① 法语：守口如瓶，至死方休。

焦虑。

“我跟你们讲过她们帮我重新打扮了一番，但我没告诉你们，她们给我涂脂抹粉，烫卷头发，穿紧身裙，把我收拾得像个时髦女人。劳里虽然嘴上没说，但我知道他心里也觉着我荒唐，有个人甚至说我是‘洋娃娃’。我知道这样很愚蠢，但她们奉承我，说我是个美人呀这些胡话，我便稀里糊涂地任她们摆布了。”

“就这些?”乔问，马奇太太则默默看着女儿那张漂亮却沮丧的脸，不忍责备她干的荒唐事。

“还有，我还喝了香槟，嬉笑玩闹，学人家卖弄风情，总之丑态百出。”梅格内疚地说。

“我猜不止这些吧。”马奇太太边说边将手抚过女儿娇嫩的脸庞。梅格突然涨红了脸，慢慢说道：“是的。还有件无聊的事，但我想说出来，因为我痛恨别人这样揣测、议论我们和劳里。”

接着她告诉她们在莫法特家听到的各种蜚短流长。乔看到母亲一边听一边紧闭嘴唇，看上去十分气愤竟然有人把这种念头灌输给天真无邪的梅格。

“哎呀，这是我听到的最无耻的废话!”乔义愤填膺地叫道，“你怎么当时不走出来澄清?”

“这太尴尬了，我做不到。最初我是无意听到的，后来我又羞又恼，都没想过该走开了。”

“等我见到安妮·莫法特，你就瞧瞧我是怎么解决这种荒唐事的!什么‘早就有计划’，什么待劳里好是为了他家的钱，以后会娶我们!如果我告诉他那些无聊的家伙是怎么谈论我们穷人家的孩子，他一准会跳起来!”乔说着大笑起来，似乎这个事情深究起来不过是一个笑话。

“要是你告诉劳里了，我死都不原谅你!她不该说出去的，是吗，妈妈?”梅格焦急地问道。

“对，千万别再提那些愚蠢的闲话了，快忘掉吧。”马奇太太严肃地说，“我把你交到那些我不太了解的人手中，是我考虑不周。我敢说，他们心地善良，只是过于世故、缺乏教养，对年轻人总怀着庸俗想法。梅格，对于这次出行可能对你造成伤害，我有说不出的难过。”

“不要难过，这件事伤害不了我。我会把坏的全忘掉，只记住好的，我确实也玩得很开心，很感谢你允许我去。妈妈，我不会伤心和不满的。我知道自己有点傻，我会留在你身边，直到可以自己照顾自己。不过，我还是得说我喜欢被人家夸赞和欣赏的感觉，很不错呢。”梅格说道，有点不好意思自己如此的坦诚。

“这再正常不过了，只要这种喜欢不过分，不会引诱你去做傻事或做一个正直的人不该做的事情，那就没坏处。梅格，要学会识别和珍惜有意义的赞美，用谦虚和优雅来赢得优秀的人对你的敬意。”玛格丽特坐着想了一会，乔则背手站在一旁，眼神专注却有些疑惑。她看到梅格脸红地谈论仰慕、情人这些东西，觉得十分新鲜；觉得在那两个礼拜里自己的姐姐似乎飞速地成长了，从她身边飘走了，飘进一个她无法追随的世界。

“妈妈，你有没有在做什么‘打算’，就像莫法特太太所说的那种？”梅格害羞地问道。

“有啊，乖乖，有很多呢，每个母亲都有自己的打算，但我的打算跟莫法特太太说的不同。我会告诉你其中的一些，是到了和你聊聊爱情与婚姻的时候了，把你小脑袋里的浪漫想法拨回正途。梅格，你还年轻，但也不至于听不懂我的话。这种话从母亲嘴里说出来最恰当了。乔，也许很快就到你了，所以也一起来听听我的‘打算’吧。如果觉得我的这个打算还不错的话，就帮我一起施行。”

乔走过来，坐在椅子扶手上，感觉要参与到一件极其严肃的事情中去。马奇太太握着两个女儿的手，充满期待地看着两张年轻的脸庞，用严肃却轻快的语气说：

“我希望我的女儿们美丽动人、多才多艺、正直善良，能够做一个让人们欣赏、怜爱、尊敬的女孩儿。希望她们能拥有幸福的青春，嫁个好人家，愿上帝看顾，让她们尽可能过上毫无忧愁、充实且快乐的生活。被一个优秀的男人爱上并结为夫妻是一个女人生活中很重要、很甜蜜的事，我衷心希望我的女孩儿们可以体会到这样美好的经历。梅格，做打算是件很自然的事，有所期望并在默默等待中积极地准备是十分正确明智的做法。因为只有这样，当幸福的时刻来临时，你们才能担起责任，觉得自己值得拥有这份快乐。我亲爱的孩子们，我对你们有很高的期望，但并不是要你们在这世上盲目乱闯——仅仅因为那些男人有钱、有豪宅就嫁给他们。这些豪宅并不是真正的家，因为这里面缺少爱。金钱是必需品，也非常珍贵——如果使用得当，便是十分高尚的事——但我绝不愿看到你们把它视作最重要甚至唯一想要争取的奖赏。如果你们能过上幸福、受人宠爱、心满意足的生活，我宁可你们嫁给穷人，也不愿你们做没有尊严、终日不得安宁的皇后。”

“贝拉说，穷人家的姑娘如果不主动点儿，就永远没有机会了。”梅格叹道。

“那就别结婚好了。”乔果断地说。“乔，说得好，宁愿做快乐的单身姑娘，也不做伤心的妻子或整天只想着找个丈夫的肤浅姑娘。”马奇太太坚定地说道，“梅格，不要烦恼，真心相爱的情人很少会被贫穷吓倒。我知道的一些最优秀、高贵的女士原本也是寒门出身，她们值得被爱也受到了爱神的垂青。耐心等待吧，让我们的家充满幸福，这样，当你们建立了自己的家庭，就可以把它变得和我们的家一样幸福；如果等不到，就在这里满足地度过一生。好孩子，记住——我和爸爸是你们随时都可以倾诉心事的知己。不管你们是结婚还是单身，我们都希望并且相信自己的女儿可以成为我们一生的骄傲和安慰。”

“妈咪，我们一定可以！一定！”姐妹俩异口同声地真诚答道。聊完，马奇太太也和她俩道了晚安。

第十章　匹克威克社和邮局

冬去春来，一种新游戏又流行了起来，春天里白天变长了，下午也有了更多劳动和玩乐的时间。院子也该打理一下了，四姐妹各有一小块地，可以按自己的心意打理。汉娜常说："我只用从烟囱看一眼，就知道哪块地是属于谁的。"她说得没错，因为姐妹们挑选种子的趣味和她们的性格如出一辙。梅格种了玫瑰、天芥菜、长春花，还有一棵小橙子树在她的地里。乔喜欢做实验，地里的植物每季都不重样儿。今年种植的是欣欣向荣的向日葵，收获的葵花籽送给了科克尔托叔婆和她的小鸡吃。贝思的园子还是老样子，种的是幽香扑鼻的鲜花，还有香豌豆、木犀草、飞燕草、石竹、三色堇、青蒿和给小鸟吃的繁缕、给猫咪吃的猫薄荷。艾米在园子搭了花架子，小巧蜿蜒，好看极了，上面爬满了一圈圈五颜六色的金银花和牵牛花，像喇叭，像铃铛，甚是雅致，还有亭亭玉立的白百合、娇嫩的草蕨，各种奇花异草，竞相盛开，争奇斗艳。

天气晴朗的时候，她们就松土浇水、散步、到河里划船，或者出去采花，下雨的时候就待在家里玩游戏，有旧游戏，也有新游戏，总之都很有创意。其中一个叫"匹克威克社"，因为当时流行组建神秘社团，她们觉得应该也建一个，加之姐妹们推崇狄更斯①，就把社团叫作“匹克威克社”。尽管中间偶尔断了几次，但这个社团坚持了足足一年。每个礼拜六晚上，她们便聚集在大阁楼举行社团活动，内容如下：将三张椅子并排摆在一张桌子前面，桌上放着一盏灯和四枚印着不同颜色“P. C.②”二字的白色社徽，还摆着一份《匹克威克文集》周报。四姐妹都是这份报纸的撰稿人，爱舞文弄墨的乔任编辑。七点整，四位社员爬上阁楼，把会徽绑在头上庄严地坐下。梅格最大，自称塞缪尔·匹克威克；文学才女乔，号为奥古斯都·斯诺格拉斯；脸色红润的胖贝思，名为特雷西·塔普曼；自不量力的艾米则给自己起名为纳撒尼尔·温克尔。主席匹克威克朗读社团报纸，报纸上都是创意新奇的故事、诗歌、地方新闻、有趣的广告，以及对每个人的错误和缺点的温馨提示。这天，匹克威克先生戴着一副没有镜片的眼镜，先敲了敲桌子，清了清嗓子，使劲瞪一眼斜靠在椅背上的斯诺格拉斯先生，等他坐正了才开始朗读：

匹克威克文集

18××年，5月20日

诗人角

周年纪念颂

今夜我们重聚于此，
头戴徽章，举行庄严的仪式，
在匹克威克大厅，
庆祝我们第五十二个周年纪念日。

我们全数到齐，个个身体健康，
没有一人先行离队。
我们又看到彼此熟悉的脸蛋儿，
再次友好地牵起手来。

我们所敬爱的匹克威克先生，
忠守于自己的岗位，
他戴着一副眼镜，

---

① 查尔斯·狄更斯（Charles Dickens，1812—1870），19世纪英国批判现实主义文学作家。1837年狄更斯创作了其第一部长篇小说《匹克威克外传》（*The Pickwick Papers*）。

② P. C. 取自匹克威克社英文单词Pickwick Club的首字母。

正读着我们内容丰富的周报。

虽然感冒让他的声音嘶哑又尖厉，
我们还是听得有滋有味，
只因他所说的话语，
一字一句都饱含着智慧。

身长六英尺的斯诺格拉斯坐在高处，
姿态优雅却略显笨拙，
冲着同伴们眉开眼笑，
棕色的脸上喜气洋洋。

诗歌之火点亮了他的双眸，
他与自己的命运奋力抗争，
他的眉宇间透出雄雄野心，
鼻子上竟沾染了一抹墨渍！

接着是娴静的塔普曼，
他面色红润、体态丰满、长相甜美，
他总被俏皮话逗得笑到不能自已，
还从椅子上跌滑了下来。

拘谨的小温克尔也出席了，
他把每根头发丝儿都梳得整整齐齐，
尽管他很讨厌洗脸，
但称得上仪表模范。

一年已逝，我们仍在一起
打趣，嬉笑和阅读，
踏上文学之径，
通往至高无上的荣耀。

愿我们的社报兴盛，
愿我们的社团长存，
愿来年上帝赐福于
务实欢乐的匹克威克社。

奥·斯诺格拉斯

假面婚礼

（威尼斯的故事）

一艘艘贡多拉①驶过河流停靠在大理石台阶旁，身着华服的人们纷纷下船登岸，随人潮蜂拥挤向阿德龙伯爵家的豪华大厅。骑士、贵族小姐、小精灵、侍者，修道士和卖花姑娘全都聚在一起欢乐地舞蹈。厅堂内回荡着甜美的歌声和多彩的旋律，假面舞会就在这欢笑与奏乐中继续进行着。

“殿下，您今晚见过维奥拉小姐了吗？”一位殷勤的吟游诗人向挽着他的臂膀姗姗步入舞会厅堂的精灵女王问道。

“见着了，真是绝代佳人，神情却显得郁郁寡欢！看得出她的礼服也是经过了精挑细选，毕竟一个礼拜后，她就要嫁给她恨之入骨的安东尼奥伯爵。”

① 贡多拉（Gondola），行驶于威尼斯水巷中的两头尖的平底船。

“坦白说安东尼奥伯爵真让我妒忌。瞧，他正从那边走来，除了他脸上戴着的黑色面具，光看他今天的这身打扮真像个新郎。等他把面具摘下，我们就能知道安东尼奥伯爵会怎样对待那位并不爱他却被其父逼着要许配给他的美人儿了。”吟游诗人接着说道。

“听传闻说维奥拉小姐已经有交往甚密的爱人，他是一位年轻的英国艺术家。但他的求婚却遭到了老伯爵的唾弃。”精灵女王一边说着一边同吟游诗人共舞。

舞会的气氛随着一位牧师的出现被推向了高潮。牧师领着一对年轻人来到挂有紫色天鹅绒帘布的壁龛前并打手势让他们屈膝跪下。在场欢闹的人群立刻安静了下来，只听到喷泉的出水声和月光下橘子园的沙沙声。这时阿德龙伯爵说道：

“各位嘉宾，请原谅我以这样的方式邀请你们来参加我女儿的婚礼。神父，仪式可以开始了。”

众人齐刷刷把目光移向了这对新人，见二人仍没有摘下面具，不禁诧异地低声悄语起来。虽然大家心中都十分好奇，但碍于礼节谁也没发问。在场的观众们一直等到这场神圣的婚礼仪式结束后才心急地围着伯爵问个究竟。

“我要是知道我早就告诉各位了。但我目前我只了解这假面婚礼是我那腼腆的女儿维奥拉一时兴起想出来的主意，我也只好依着她。好啦，我的孩子们，游戏结束了，快将面具取下来接受我的祝福吧。”

那对新人依然没有跪下的意思。但新郎的声调使众人大为震惊。当新郎将面具摘下，维奥拉的那位艺术家情人费迪南德·德弗罗的高贵面孔出现在了大家的面前。只见可爱的维奥拉靠在他的怀里，看起来幸福喜悦、明艳动人，而新郎胸前佩戴着的那枚属于英国伯爵的星形徽章则闪闪发亮。

新郎向老伯爵说道：“大人，您曾对我的登门求亲不屑一顾，还命令我等到能有安东尼奥那样的名望和财富的那一天再来娶您的女儿。您太低估我了，你野心再大，也无法拒绝德弗罗和德维尔伯爵这样历史悠久的姓氏，更何况他的家产富可敌国，为了娶到这位美丽的小姐，也就是我的妻子，他不惜一切代价。”

老伯爵站在那里像石化了一样。费迪南德转身面对着不明就里的众人，露出胜利的微笑，愉快地说道：“我有话想对你们说，我勇气可嘉的朋友们，愿你们和我一样能顺利找到真爱，愿你们也能用这种假面婚礼的方式娶到和我的新娘一样美丽的姑娘。”

塞·匹克威克

为什么匹克威克社像一盘散沙？

因为它的成员们一个个都不守规矩。

南瓜记

从前，有个农夫在自己的园子里播下了一粒小种子，过了一段时间，种子发芽长出了藤蔓并结了许多个南瓜。等到了十月的一天，农夫瞧见南瓜已成熟便摘了一个带到市场，结果被一个瓜果商买下来放在自己的商店里。一天早上，一个头戴棕色帽子、身穿蓝色裙子的圆脸扁鼻小姑娘来替妈妈买瓜。她把瓜拉回家后，切好放进大锅煮，然后分出一些，在里面加上盐和牛油捣烂了做晚餐；又把剩下的南瓜和一品脱①的牛奶、两个鸡蛋、四勺糖、肉豆蔻以及一些梳打饼全部盛在一个大盘子放在炉子里烘焙到色泽金黄、香喷喷为止。第二天，南瓜就被马奇一家吃光了。

特·塔普曼

匹克威克阁下：

我与阁下讨论一下罪行罪人是个名叫温克尔的小伙子他发出笑声给这个社团惹了不少麻烦有时还不愿意为这份精美的报纸投稿我希望您能饶恕他的罪行让他呈上一则法国寓言了事因为他一个故事也写不出而且还有很多功课要做脑子不够用以后我一定抓紧时间写一些commy la fo 法语，像样的作品。恕我行笔匆匆因为上课时间要到了。

纳·温克尔敬上

［作者在上文像个男人般坦白了自己往日犯下的轻微罪行。如果我们这位年轻的朋友好好学习一下标点符号就更好了。］

不幸事故

上礼拜五，我们被地下室传来的剧烈的撞击声以及痛苦的叫声所吓到，大家连忙冲到了地下室，结果发现我们心爱的主席大人正趴倒在地上。原来他在取用来生家里炉火的木柴时不小心被绊了一下。我们看到了现场遍地狼藉，因为匹克威克先生摔倒的时候，头和肩膀都跌进了水桶里。他还将一小桶软皂打翻在他那强壮的身躯上，衣服也被弄得破烂不堪。我们把他抬出这个危险的地方，帮他检查了身体后发现他并没有受太大的伤。所以我们可以很开心地告诉各位匹克威克

① 品脱（pint），液体容量单位，多用于英美国家。

先生现在康复得很好。

编者

讣告

我们有义务记录下这件沉痛的事——我们亲爱的朋友雪球·帕特·鲍太太突然神秘地不见了。这只可爱的猫是它那热心且爱慕它的朋友们的爱宠。她的美万众瞩目，人们钦慕她的优雅与美德。她的离开让众人痛惜万分。

最后见到她时，她正坐在门边盯着屠夫的货车。有人猜测是某个坏人被她的美貌所吸引，因此无耻地将她偷走了。几个礼拜过去了，我们的猫依旧音讯全无。我们的希望破灭，只好给她的篮子系上黑丝带，把她的盘子收起来，为永远失去她而哭泣。

一位富有同情心的朋友附上如下悼词：

挽　歌

——悼雪球·帕特·鲍

为失去我们的小宠物而哀悼，
为她不幸的命运叹息，
因为再也看不到坐在火炉边的她，
绿色旧门边也没了她淘气的踪迹。

栗子树下的一个小土堆，
是她的婴儿长眠的小坟；
而我们却无法在她的坟前哭泣，
只因不知她现身处何处。

她空置的床，闲置的球，
再也等不到归来的主人；
门边也不再传来那
和缓的轻叩声和充满深情的呜呜声。

新来的那只抓老鼠的猫，
面孔脏兮兮的；
她猎捕不如我们的爱猫，
连玩耍的姿态也没她潇洒。

她在雪球玩耍过的大厅，
静悄悄地溜来溜去。
她对狗只敢吐口水，
而雪球却敢追着它们跑。

她温顺努力，也有用处，
但模样却登不上大雅之堂；
亲爱的，她怎么能够比上，
你在我们心中的位置？

奥·斯

广　告

奥伦丝·布拉格小姐，一位拥

有独特见解的成功演讲人，将于下周晚上的例会之后在匹克威克大厅做关于“论妇女及其地位”的著名专题演讲。

每周例会将在厨房进行，教年轻小姐们烹饪。主讲人汉娜·布朗，诚邀全体成员参加。

“畚箕社团”将于下周三集合，列队前往“社团活动室”顶层。所有队员需着工作服，肩扛扫帚，于九点整准时集合。

贝思·邦斯太太将于下周展出她的新式玩偶女帽。最新的巴黎样式已到货，欢迎订购。

几个星期后在巴维尔戏剧院将上演一场新话剧，此剧将超越美国舞台上出现的任何戏剧。这部震撼人心的话剧名为《希腊奴隶》（又名：《复仇者康士坦丁》）。

温馨提示

如果塞·匹洗手时少用点肥皂，早餐就不会总迟到了。

请奥·斯不要在街上吹口哨。

请特·塔别忘记艾米的手帕。

请纳·温不要因为裙子上有九道横褶这种事烦恼。

一周总结

梅格——良好。

乔——差。

贝思——优秀。

艾米——中等。

主席读完报（在此我向读者保证，这是当年几个有诚意的女孩子写出的一份有诚意的报纸），社员中爆发出一阵掌声，接着斯诺格拉斯先生站起身提议道。

“他”摆出一副国会议员的架势说道：“主席先生及各位先生，我提议招纳一位新成员—— 一位名副其实、深刻认同本社精神，能够将其发扬光大、提升社报的文学价值、快乐风趣的先生。我提议西奥多·劳伦斯先生成为匹克威克社的荣誉一员。来吧，欢迎他吧。”

斯诺格拉斯突然改变的语调把姑娘们逗笑了，但她们还是面露难色，他落座的时候大家也都默不作声。

主席说："我们来投票决定吧，赞成这项动议的请说'同意'。"

斯诺格拉斯率先大喊了一声同意，让众人大跌眼镜的是贝思接着也害羞地表了态。

"反对的请说'不同意。'"

梅格和艾米反对。温克尔先生站起来，温文尔雅地说："我们不想要男孩子，他们只会取笑我们，给我们添乱。这是个女子社团，我们希望能一如既往，有自己的隐私。"

"我怕他笑话我们的报纸，拿这个取笑我们。"匹克威克扯着额前的一撮小鬈发说道。她犹豫时就会做这个动作。

斯诺格拉斯跳了起来，非常认真地说："先生，劳里不会做这种事情的，我以一个绅士的荣誉向你担保。你知道吗，他热爱写作，能够丰富我们报纸的格调，让我们不那么伤春悲秋。他帮了我们那么多，我们无以为报。我想我们至少可以给他一个席位，欢迎他加入社团。"

这番说辞巧妙的暗示了劳里入社的好处，塔普曼听完站起身来，似乎已做好了选择。

"对，就算我们有所顾虑，我们也应当这样做。我觉得他可以加入，如果他爷爷愿意的话，也可以加入。"

贝思的慷慨陈词打动了一众社员，乔起身赞许地和她握手。斯诺格拉斯激动地喊道："那么现在，再投一次票吧。记住，是我们的劳里哦，要说'同意'！"

"同意！同意！同意！"三姐妹齐声答道。

"棒极了！上帝会保佑你们的！如今，按温克尔那形象至极的说法，最要紧的是'抓紧时间'，有请我们的新成员吧。"乔在众人惊慌之中一把拉开壁橱柜门，只见劳里坐在一个破布袋子上，因为强忍住笑，憋得脸色通红、双眼含泪。

"乔，你这个淘气鬼！叛徒！怎么能这样？"三个姑娘叫道。斯诺格拉斯喜不自胜地把她的朋友拉上前，拿出一把椅子和一个会徽，把他安置好。

"你们两个坏家伙真是镇定得可怕。"匹克威克开口说道，假装蹙起眉头，却化作了温柔一笑。不过，新成员很会审时度势，他站起身来感激地向主席行礼，彬彬有礼地说道：“主席先生和女士们——对不起，是先生们——请允许在下做一下自我介绍：山姆·维勒①，愿听各位差遣。”

“好！好！”乔叫喊的时候撞到了旧长柄炭炉的把手，碰得砰砰响。

劳里挥了挥手，接着说道：“我忠实的朋友和高贵的担保人，那位尽心尽力将我介绍给各位的人，不该为今晚的暗渡陈仓受到责备。这是我的主意，她在我软磨硬泡下才妥协。”

“算了，别把一切罪责都揽在自己身上，你知道的，藏在柜子里是我的主意。”斯诺格拉斯打断他的话，把这当成一个玩笑。

“先生们，别听她的话，我才是始作俑者，”新社员向匹克威克先生行了个维勒式的点头礼，说道，“不过我用名誉担保，今后决不再犯，以后我会为了不朽社团的利益付出我的一切。”

“听呀，听呀！”乔把长柄炭炉的盖子当作铙钹乱敲一气，叫道。

“接着说，接着说！”温克尔和塔普曼说道，主席则亲切地躬了一下身子示意。

“还有，为了感激大家的厚爱，也为了增进我们邻国之间的友好关系，我在花园低矮的那一角的树篱里设了一个‘邮局’。那个小房子模样的‘邮局’有好几个门，为了方便各方通信，每道门都上了挂锁。它原本是一间旧的鸟巢，我把门堵上，把屋顶打开，这样就可以放置各种物件，信件、手稿、书本和包裹都可以在那里传递，还能节省我们的宝贵时间；我们两国各执一把钥匙，我相信这个事情一定妙不可言。请让我献上这把属于社团的钥匙，再次衷心感谢各位的厚爱，允许我加入贵社。”

维勒先生放了一把小钥匙在桌上就退下了，热烈的掌声随即响起，乔使劲摇晃长柄炭炉，把它弄得哐哐作响，好一会儿才恢复了秩序。接着是长时间的讨论环节，大家都语出惊人，卖力表现。会议气氛十分活跃，开了将近一个小时，最终在以为新成员发出三声

---

① 山姆·维勒（Sam Weller），劳里使用的这个化名出自狄更斯的小说《匹克威克外传》，山姆·维勒在小说中是匹克威克先生的仆人。

欢呼中结束。对于接受山姆·维勒加入社团，大家一点都不后悔，因为他极有献身精神，表现出众，活泼快乐，简直就是个模范社员。他的演说效果震撼；文笔也绝佳，充满爱国热忱，引经据典，而且活泼有趣，一点也不哀怨。毫无疑问，他发扬了会议“精神”，并给社报注入了新的“格调”。乔觉得他的文章甚至可以媲美培根①、弥尔顿②、甚至莎士比亚的大作，而且对自己的文风产生了很大影响。

“邮局”成了一个举重若轻的机构，业务繁忙，几乎与真正的邮局不相上下——传递着各种各样稀奇古怪的东西：悲剧、围巾、诗词、腌菜、花园种子、长信、乐谱、姜饼、橡皮擦、邀请函、训斥信，甚至小狗等。劳伦斯老先生也觉得有趣，凑热闹地送来了一些奇怪包裹、神秘短信和逗趣的电报；而他家那位拜倒在汉娜围裙下的园丁，还放了一封情书让乔代为转交。大家知道这个密事后笑得前仰后合，完全没想过这个小小的邮局今后会放进多少封情书！

---

① 弗朗西斯·培根（Francis Bacon，1561—1626），英国文艺复兴时期散文家、哲学家，是英国唯物主义创始人。

② 约翰·弥尔顿（John Milton，1608—1674），英国诗人、政论家，其代表作品有长篇诗歌《失乐园》。

第十一章 马奇姐妹的假期试验

“今天是六月一号啊！明天金一家就要去海滩，我终于可以自由啦！三个月的假期，我肯定会玩得很愉快的！”梅格嚷道。这天天气和煦，她回家就看到乔筋疲力尽地歪在沙发上，贝思帮她脱下满是尘土的靴子，艾米在为大家做柠檬汁提神。

“噢，马奇叔婆今天出发了，我太开心了！”乔说，“我多害怕她会要我一起去，要是她开口，我就不得不去了。但你知道，梅园就像教堂的坟地一样令人乏味，我但愿她别说。我们急匆匆地帮老太太收拾，每次她开口跟我说话，我心里都吓得咯噔一下，因为我为了早点收拾完好送走她，干活儿异常卖力殷勤，真怕她反倒离不开我了。终于等到她上了马车，我才松了一口气。岂料车子正要出发时，她探出头来说：‘约瑟芬，你能不能……’我吓了一跳，转身撒腿就跑，剩下的话也没听清楚，一直跑到拐角才安心。”

“可怜的乔！她进来的时候，那样子就像身后有只熊追着她似的。”贝思心疼地抱着姐姐的双脚说道。

“马奇叔婆真是个抽血鬼，对不对？”艾米评论道，然后挑剔地喝了一口她的混合饮料。

“她是想说吸血鬼，不是抽血鬼，不过算了。天气和煦，不用太讲究用词。”乔嘟囔道。

“你们要怎么过这个假期？”艾米问，巧妙地转移话题。

“我要在床上躺着，什么都不做，”梅格的声音从摇椅深处传来，“这个冬天，我每天一早就被叫醒，天天为别人忙活。现在我要随心所欲地睡个够。”

“不行，”乔说，“这种慵懒的方式不适合我。我搬来了一大堆书，我要躲到那棵老苹果树上度过我的好时光，如果不玩……”

“别说玩乐!”艾米发难道，报了“抽血鬼”这一字之仇。

“那就‘唱歌’，反正和劳里一起，这词用得正好，他歌唱得棒极了。”

“贝思，我们别做功课了，玩个痛快，休息休息，女孩子就该这样。”艾米提议道。

“好的，如果妈妈同意，我就不做了。我想学几首新歌，夏天到了，我得给娃娃们做点当季的衣服穿，它们看上去可怜兮兮的。”

“妈妈，可以吗?”梅格扭头向正在“妈咪角”做针线活儿的马奇太太问道。“你们可以尝试一个礼拜，看看是什么感觉。估计到了礼拜六晚上，你们就会发现，只玩乐不劳动，和只劳动没玩乐一样难受。”

“怎么可能，不会的!我肯定这样会很享受的。”梅格喜滋滋地说。

“现在我提议，我们干一杯。就像我的‘朋友和伙伴赛丽·甘普①’说的那样——永远快乐，不用劳碌!”这时在座的每一位都分到了柠檬汁，乔举着玻璃杯站起来叫道。

大家愉快地一饮而尽，试验自此开始，那天大家便懒洋洋地打发完了剩下的时间。梅格第二天早上直到十点钟才出现。她独自一人吃早餐，完全没有食欲。乔没有往花瓶里插花，贝思也没有打扫，艾米又把书扔得满屋子都是，房间显得寂寥又凌乱，只有“妈咪角”跟平时一样整洁怡人。梅格就坐在那里“读书休息”，实际上是打着哈欠琢磨着自己的薪水可以买件什么样子的漂亮夏装。乔上午和劳

① 赛丽·甘普（Sairy Gamp）是英国作家查尔斯·狄更斯的小说《马丁·翟述伟》中一位酗酒的护士。

里在河边玩，下午就爬上苹果树读《大世界》①，看得她眼泪哗哗。贝思翻出了玩具娃娃家族居住的大衣柜里头的所有东西，准备整理，结果整理到一半就累了，便跑去弹琴了，任由这些家当乱七八糟摆着，暗自庆幸自己不用洗碗了。艾米收拾了下花架，穿上漂亮的白色罩袍，梳整齐鬈发，坐在金银花下画画，期待有人看到她，打听这位年轻的艺术家是何方神圣。可惜只盼到了一只多事的长脚蜘蛛，盯着她的作品看得津津有味，她只好去散步，恰逢大雨，淋得像只落汤鸡似的回了家。

她们在喝茶的时候交流心得，都觉得这天过得相当开心，只是日子似乎变得格外漫长。梅格下午去街上买了一匹"漂亮的蓝薄纱"，裁开后才发现这种薄纱经不起洗涤，这一个小意外让她有些烦躁。乔划船的时候把鼻子上的皮肤晒脱了皮，脑袋又因为看书看久了疼得厉害。贝思为衣柜一片狼藉而郁郁寡欢，又因为一下子要学三四首歌有点吃力。艾米十分懊恼淋湿了罩袍，因为第二天就是凯蒂·布朗的晚会，现在她"无衣可穿"，就像弗洛拉·麦克弗林赛②一样。但这些都不算什么，她们告诉母亲试验一切顺利。母亲笑而不语，和汉娜一起做完姐妹们没做的工作，把家收拾得整齐舒适，有条不紊。"玩乐和劳动"的试验效果不在大家的预料之中，大家都觉得奇怪和别扭。日子越来越漫长，天气也变化无常，跟她们的脾气一样，大家心里都空落落的无所适从。而魔鬼撒旦可不会让你闲着，他总会给你找点事做的。不用做事多享受啊，梅格针线活派出去让别人做，接下来却发现时间苦闷又难熬，忍不住自己也开始干了，结果在莫法特家翻新衣服的时候，因为太使劲儿把自己的衣服

① 《大世界》（*The Wide, Wide World*）是由美国小说家苏珊·华纳（Susan Warner，1819—1885）所写的女性小说。该书出版于1850年，书中主要讲述了幼年被迫离开父母寄养于爱默生阿姨家的少女艾伦·蒙哥马利（Ellen Montgomery）如何在人生导师约翰·汉弗莱（John Humphrey）的陪伴下长大成人的故事。

② 弗洛拉·麦克弗林赛（Flora McFlimsey）出自19世纪美国诗人威廉·艾伦·巴特勒（William Allen Butler，1825—1902）于1857年发表的讽刺诗《无衣可穿》（*Nothing to Wear*）。

弄破了。乔捧着书不撒手，一直读得两眼发涩，看见书就厌烦，脾气也变得暴躁，还跟好脾气的劳里吵了一架；她哭得伤心极了，后悔之前没和马奇叔婆一同离去。贝思倒过得十分安逸，因为她常常忘记了这是光玩乐不劳动的日子，不时去干干往日的活计。但还是被大家的情绪影响了，她脾气一向温柔平和，也变得有些暴躁，有一次还摇了几下可怜的乔安娜，骂她“怪物”。日子最难过的是艾米，她的娱乐圈子小，她被三位姐姐丢下自娱自乐，很快就发现自己虽然多才多艺，在家中位置重要，其实是大家的大负担。她不喜欢娃娃，觉得童话故事太幼稚，也不能从早到晚只画画。茶会很无聊，野餐也就那样，除非好好组织。“夏天就该住在一栋装满和善姑娘的漂亮房子里，或者外出旅游，这样过才开心。跟三个自私的姐姐和一个大男孩在家里待着，神（圣）人也会发火。”我们的错词小姐心生抱怨。这几天她算是尝够了欢乐、烦躁，继而百无聊赖的滋味。

没人愿意承认自己厌倦了这个试验，但到礼拜五晚上大家都松了一口气，暗自窃喜终于熬完了一个礼拜。幽默感十足的马奇太太想让教训更深刻，决定采用一种恰当的方式来结束这个试验。她给汉娜放了一天假，让姑娘们充分品尝光玩乐不劳动的恶果。

礼拜六的早上，姐妹们醒来发现厨房没生火，餐厅没早餐，母亲也不见了。

“天哪！出了什么事？”乔瞪着惊愕的大眼睛四处张望，嚷道。

梅格跑上楼，但很快就下来了，神情不再紧张，却十分困惑，还带着几分愧色。

“妈妈没生病，只是很累。她说要在房间里静养一天，让我们自力更生。太奇怪了，一点儿不像平日里的她。但她说这个礼拜她做得太辛苦了，让我们别抱怨，自己照顾自己吧。”

“那太简单了！正合我意啊，我正发愁没活干。我的意思是，没有新的消遣，你们知道的。”乔赶紧又补了一句。

实际上，这时候对她们来说，做一点事情是一种很好的放松。她们决心做好，但就像汉娜说的“做家务可不是过家家”，她们很快就意识到这句话的真实含义了。食品柜里有很多存货，贝思和艾米摆餐具，梅格和乔做早餐，边做边疑惑为什么用人觉得做家务辛苦。

梅格说：“虽然妈妈说不用管她，她会照顾自己，但我还是该拿一些吃的上去。”她站在茶壶后面指挥，还挺有主妇的架势。

众人开饭前，一托盘的早餐配备出来了，连同厨师的问候一同被送上去。虽然茶烧得苦涩，鸡蛋煎煳了，饼干也被小苏打弄得满是点点，马奇太太还是接过了早餐并表示感谢；乔走后，她欣慰地笑了。

“可怜的孩子们，她们将会有一段艰难时光，不过这对她们有益无害。”她取出早就准备好的美味食物，悄悄丢掉煮坏了的早餐，免得伤了她们的自尊心，这便是一种让姐妹们十分感激的来自母亲的“善意的谎言”。

下面怨声载道，面对失败的早餐，首席厨师委屈极了。“没事儿，我来做午饭，我当用人，你当女主人，保护好你的手，招待好客人，只管发号施令。”乔说，其实她对烹饪的见解比梅格还要糟糕。

这个提议十分体贴，玛格丽特欣然接受，到客厅去扫出沙发下面的垃圾，拉上窗帘以节省掸灰尘的工夫，快速地把客厅收拾得井井有条。乔深信对自己的能力，为了弥补吵架造成的嫌隙，她当即在“邮局”放上一张字条，邀请劳里过来吃饭。

“你最好先看看有什么能款待的，再请人不迟。”梅格知道了这个热情却匆忙的宴请后，说道。

“噢，这里有咸牛肉和好多土豆，我再去给大家买些芦笋，还有大龙虾，用汉娜的说法就是‘尝尝鲜’。我们可以做莴苣沙拉，虽然我不会，但可以看烹调书。甜点是牛奶冻和草莓；想高雅一点的话，可以煮点咖啡。”

“乔，别一下子尝试那么多，免得搞砸了，你做的东西只有姜饼和糖果可以下咽。这个宴会我是要当甩手掌柜的，劳里是你请来的，你得负责款待他。”

“你不用做任何事，只用寒暄下宾客，帮我做布丁。如果我忙昏了头，你来点拨我几句，怎么样？”乔受伤地说道。

“行啊，不过除了面包和几道甜品外，其他的我都不会。在这之前，你最好先求妈妈同意。”梅格谨慎地说道。

“那当然，我又不傻。”乔气鼓鼓地走开，不满居然有人质疑自己的能力。

“你想买什么就买什么吧，别来打扰我。我要出去吃饭，没法操心家里的事，”马奇太太对前来请示的乔说，“我从来就不喜欢做家务，今天我要给自己放个假，读书、写字、访友，好好享受一下。”

乔看到一向忙碌的母亲一早悠哉轻松地坐在摇椅上读书，觉得就好像发生了什么罕见的自然现象，简直比日食、地震、甚至火山爆发还稀奇。

“不知怎么了感觉一切都不顺心，”乔一边自言自语一边下楼，“贝思在那边哭，不用说，家里肯定出了事。如果艾米再来烦我，我一定推搡她几下。”

乔心里难受，赶忙冲进客厅，看见贝思正对着金丝雀皮普啜泣。它在笼子里直挺挺地躺着，可怜的小爪伸向前方，好像在乞求食物，显然它是被饿死的。

“这全是我的错——我把它忘得一干二净——笼子里的饲料和水一点都没剩。噢，皮普！噢，皮普！我对你太残忍了！”贝思流着泪把可怜的小鸟放在掌心，想把它唤醒。

乔偷偷看了看小鸟半睁的眼睛，探了探它的心脏，发现它全身僵硬冰冷，只能摇了摇头，主动提出把它装殓在自己的多米诺骨牌盒子里。

“把它放在炉边，或许等它身子暖和起来后就又能活蹦乱跳了。”还抱有一丝希望的艾米说道。

“它是饿死的，不要再烤它了。我要给它缝一件寿衣，就葬在园子里。以后我再也不养鸟了，再也不了，我可怜的皮普，我不配养鸟。”贝思双手捧着爱鸟坐在地板上，低声自责道。

“今天下午举行葬礼，我们全出席。行了，贝思，别哭了。大家心里都难过，这礼拜事情乱糟糟的，这个试验最大的牺牲品就是皮普。给它缝件寿衣，安置在我的盒子里，宴会一结束，我们就给它举行一个肃穆的小型葬礼。”乔说，感觉自己正要开始干一件大事。

她让其他人留下来安慰贝思，自己则走到杯盘狼藉的厨房。她系上大围裙后便埋头开始做家务，她刚把要洗的碗碟堆好，就看见炉火熄了。

“真是个好兆头!”乔嘟囔道,猛地一下打开炉门,使劲捅里头的炉渣。

重新把炉子里的火捅着之后,乔想着自己可以趁水还没烧开的这段时间出门去市场逛逛。在外面走着走着,乔觉得自己的精神又振作了起来。乔很高兴自己能在市场上买到一些划算的东西。在买完了龙虾仔、几根非常老的芦笋和两盒发酸的草莓后,乔便提着沉甸甸的食材吃力地走回家。等乔把一切整理妥当的时候已到了吃午饭的点,厨房里的炉子也正烧得滚烫。汉娜离开前在厨房里放了一盘用来做面包的面团慢慢发酵,之后梅格又早早地将面包团揉好放在炉边等它第二次发酵,但她转身就把事儿给忘了。正当梅格在客厅里招待莎莉·加德纳的时候,门突然被撞开,只见从外头冲进来一个浑身沾满面粉和炉灰,情绪激动,蓬头垢面的人儿,那人尖声询问道:

“喂!这面包团都膨胀到盘子外边去了是不是已经发酵好了?”

莎莉禁不住笑出了声,而梅格只是点了点头,眉毛却抬得老高,这让那“怪物”赶忙跑出了客厅,毫不迟疑地把发酵好了的酸面包放进了烤炉。马奇太太瞧了瞧周围的情况,还跟正坐着给躺在多米诺骨牌盒子里的皮普缝制寿衣的贝思说了些安慰人心的话,随后便出了家门。当头戴灰色软帽的母亲的身影消失在拐角处时,马奇姐妹们感到一种奇怪的无力感;几分钟后克罗克小姐登门拜访,并说是来享用午餐,她的到来更是让这四个小女孩感到绝望。克罗克小姐是位身材干瘦、皮肤发黄的老姑娘,她有着尖尖的鼻子和一双对周围充满好奇的眼睛。克罗克小姐总在观察周围的一切,并把自己看到的事儿当作日后闲聊的谈资。姑娘们都讨厌这位克罗克小姐,但马奇太太却教导她的孩子们要善待这位老姑娘,仅仅是因为她年事已高、家庭贫困且没有什么朋友。梅格为克罗克小姐搬来了一张安乐椅,试着尽心招待这位客人,而克罗克小姐则不停地问长问短,对一切事情都要品头论足一番,还讲了一些她认识的人的琐事。

乔那天上午的焦头烂额和惨痛经历简直是一言难尽,做的午餐也成了笑柄。因为不敢再去向梅格请教,她只能独自解决,发现做饭并没有她想的那么简单。她煮了一个小时的芦笋,笋头全都煮掉了，主茎也更难咬了。她把沙拉酱的味道调毁了，沮丧之下，任由面包烤煳了。大龙虾变成了神奇的猩红色，她捶开虾壳挑出来里面的肉，结果那小得可怜的肉落到莴苣叶堆里消失了。为了让芦笋早点下锅，土豆煮得有些匆忙，结果没有煮熟。牛奶冻成了一坨一坨，草莓被小贩做了手脚，看上去是熟透了，吃起来却酸掉了牙。

“好吧，要是他们饿了，可以吃牛肉、面包和黄油填饱肚子，只是一上午都白忙活了，太气人了。”乔边想边拉响了开饭铃，这铃声比平时整整晚了半个小时。乔又热又累地站在那里看着为劳里和克罗克小姐准备的盛宴，这两位客人一位是尝遍珍馐美味的公子，一位是专爱搬弄是非的饶舌妇，内心顿觉沮丧。

每样菜肴都只被尝了一口，就被冷落在一旁，可怜的乔羞得要钻到桌子底下。艾米咯咯直笑，梅格表情痛苦，克罗克小姐噘起了嘴，劳里则努力说笑想让宴席的气氛活跃起来。乔的拿手菜是水果，因为她放糖的量拿捏的正好，还会淋上一大罐香喷喷的奶油。当桌子上摆上精致的玻璃盘，乔发热的脸颊总算凉了一些，松了一大口气。众人全都垂涎欲滴地看着浸在奶油里的红色玫瑰小岛。克罗克小姐最先吃了一口，脸都扭曲了，赶紧喝水。看到水果上桌后很快就没剩多少，乔害怕不够，自己就没吃，她看到劳里还在继续，只是嘴巴微噘，两眼死死盯着眼前的盘子。热爱美食的艾米将满满一勺送进嘴里，却呛住了，慌忙用餐巾掩面离席。

“哎，怎么啦？”乔高声问道，声音颤抖。

“你放的不是糖吧，是盐，奶油是酸的。”梅格悲痛地摆摆手答道。

乔叹息了一声，跌坐在椅子上，想起最后放糖的时候十分匆忙，胡乱在厨房桌上的两个盒子中拿了一个撒到了草莓上；牛奶之前也忘记要放到冰箱里。她脸色羞得通红，忍不住要落泪了，此时正好看到了劳里的眼睛。虽然劳里努力让自己像个英雄，眼睛里的委屈却出卖了他。她突然觉得整件事很滑稽，于是放声大笑，笑得眼泪都流了出来。其他人也都笑了，包括那位被姑娘们戏称为“嘎嘎叫”的老小姐。最后，大家吃着面包、黄油、橄榄，说说笑笑的，在欢乐的气氛中结束了这顿不幸的午餐。

“我现在没有心思洗碗打扫，我们严肃起来，为小鸟举行葬礼吧。”看到大家起身，乔提议。一心要赶在下个朋友的餐桌上八卦这个新段子的克罗克小姐先行告辞了。

他们为了贝思都严肃了起来。劳里在果园蕨草的下方挖了个墓穴安置小皮普；心善的女主人哭得一塌糊涂。她们给墓穴上盖了苔藓，立了石碑，碑上挂了个用紫罗兰和繁缕编的花环，还刻了墓志铭。铭文是乔做饭的时候想出来的：

皮普·马奇长眠于此，
逝于六月七日；
爱之憾之，
永不忘怀！

仪式一结束，贝思就心情沉重地躲回自己的房间，却找不到落脚的地方，几张床都没有整理；她掸干净枕头，把东西物归原位，做完这些，心里舒坦了一些。梅格帮乔收拾盛宴的残局，洗完半个下午就过去了。两人都筋疲力竭，一致同意就用茶和烤面包当晚餐。

酸奶油好像让艾米的脾气更差了，劳里便好心带她出去骑马。马奇太太下午回家时看到三个大女儿竟然在劳动，再瞟一眼壁橱，便知试验已经成功了一半。

几位小主妇还没来得及休息，就又有几位客人到访，只得赶紧准备招待客人。泡茶，跑出去买东西，一两件必须做的针线活只得放到后面再做。黄昏裹着露珠悄悄到来，姐妹们陆续在门廊聚齐，那里开满了含苞待放的六月玫瑰，美丽极了。大家坐下的时候，要么就累得哼哼一声，要么就心烦得叹一口气。

“今天真是太糟了！”乔第一个说道，她每次都第一个说话。

“日子好像没平时那么漫长，却过得一点都不顺心。”梅格说。

“哪里像个家。”艾米添了一句。

“没有妈咪和小皮普，家不成家了。”贝思叹道，失神地看了一眼上方空空如也的鸟笼。

“乖乖，妈妈在这儿呢，要是你想，明天可以再养一只鸟。”

马奇太太说着走过来坐在她们中间，看上去她的休闲一日也并不比她们开心多少。

“姑娘们，你们满意这个试验吗？要不要再试上一个礼拜？”她问。这时贝思凑到她身边，其余三个姐妹也把脸转向她，笑容灿烂，就像花儿向着太阳。

“我不要！”乔果断拒绝。

“我也不要。”其他人也都齐声附和。

“那么，你们的意思是要承担责任、服务他人，对吧？”

乔摇着脑袋评论道：“游手好闲、四处玩闹没有一点好处；太无聊了，真想现在就有事情做。”

“建议你学学简单的烹饪。这是个有用的技能，每个人都得会。”马奇太太说。想到乔的宴会，她暗自笑了，已经从克罗克小姐那里得知了一切。

“妈妈，你放手让我们自立更生，是不是就想看看我们会怎么做？”梅格叫道，把怀疑了一整天的事儿说了出来。

“是的，我想让你们清楚一个道理，只有每个人都各司其职，大家的日子才会过得舒心。当我和汉娜做着原本该你们做的家务事时，你们过得挺好的，但你们看上去并没有很开心，也不领情。所以我给你们一个小教训，看看如果人人都只顾自己，结果是怎样。只有相互照顾，各司其职，休息的时候才会更愉快；宽容忍耐，家庭才会舒适幸福。你们同意吗？”

“同意，妈妈，我们同意！”姑娘们异口同声地答道。

“我建议你们再一次挑起自己的担子。虽然担子有时候看起来很沉重，但它对我们有益，只要学会了挑法，担子就会变轻。工作是好事情，人人都有份儿。它有益身心，让我们没时间无聊和去做坏事。比起金钱和流行服饰，它更能给我们带来力量感和独立感。”

乔说：“我们会像蜜蜂一样勤劳工作，并且热爱它，等着瞧吧！学做饭就是我的假期任务，下一次宴会我一定成功！”

“妈咪，我要给爸爸做件衬衣，分担你的工作。我有能力也愿意这样做，虽然我不喜欢针线活，但这比成天讲究自己的衣着更有意义，再说我的衣裳已经很好了。”梅格说。

“我每天都要做功课，不再花那么时间在弹琴和玩布娃娃上。我应该笨鸟先飞，多学习，不能只顾着玩。”贝思表了决心。艾米则学姐姐们的样子英勇宣布：“我要学会开纽扣孔和注意用词。”

“很好！我对本次试验结果非常满意，看来我们不用再试一次了，只是别走向另一个极端——操劳过度。要作息规律，每一天都过得充实而快乐，你们要明白只有妥善使用时间，才能发挥它的作用。这样，即便是穷人，青春也会快乐无比，生活也会圆满成功，到老的时候也不会有遗憾。”

“我们记得了，妈妈！”她们也确实牢记心头了。

第十二章　劳伦斯营地

贝思成了“邮局”的女局长，因为她是在家时间最长的，可以定时收集信件，也很喜欢每天打开那扇小门和分派信件。七月的一天，她走进来，双手捧满了信件包裹，像一便士邮政的邮递员①一样满屋子分发。

“妈妈，这是你的花！劳里总是把这事挂在心上。”她说着把鲜花插进“妈咪角”的花瓶里。那位细致周到的男孩儿每天都要送来一束鲜花。

“梅格·马奇小姐是一封信和一只手套。”贝思接着把信件递给正坐在妈妈身边缝袖口的姐姐。

“咦，我在那边落了一双，怎么现在只送来了一只？”梅格瞧着灰色的棉手套问道，“你会不会把另一只掉到园子里了？”

“不会的，我保证，‘邮局’里就只有这一只。”

“我讨厌单只手套！不过没事的，总会找到另一只的，这封信是我要的一首德语歌的译文。这不像劳里的字迹，应该是布鲁克先生写的。”

马奇太太瞧了一眼梅格，她今天穿着一件花格子晨衣，美丽动

① 一便士邮政（the Penny Post），创立于1840年的英国传统邮政服务体系。

人，额前的小鬈发随风轻轻飘动，又添几分娇俏妩媚。她坐在小工作台边哼歌边做针线活，桌子上堆满了整齐的白布匹，她脑子里做的少女美梦却是天真烂漫的。马奇太太见她一点也没有觉察到自己的心思，满意地笑了。

“这里有乔博士的两封信，一本书，外加一顶滑稽的旧帽子，盖住了整个邮箱，还卡在了外面。”贝思说笑着走进书房，乔正坐在里面写作。

“劳里太狡猾了。我跟他说我想戴大点儿的时髦的帽子，因为天气一热，我的脸就很容易被晒伤。他说：‘为什么要管它是否时髦？戴一顶大帽子就是了，多舒服！’我说要是我有我一定戴，他就送了这顶来试探我。我就要戴上跟他闹着玩，让他知道我不在乎时髦不时髦的。”乔把这顶过时的阔边帽挂到柏拉图的半身像上后便拆开信读了起来。

一封是妈妈写的，乔读着读着脸颊就红了，眼眶也湿润了，因为信上写道：

乖乖：

我有些话想跟你说，看到你为了控制自己的脾气做出了如此大的努力，我深感欣慰。你从未向他人提及自己的努力、失败或成功，可能以为除了那位每天帮助你的“朋友（我敢说就是你那本封面卷了边的指导书）”外，其他人不会注意。其实我都看到了，而且完全相信你的诚意和决心，因为它们已经初见成效了。继续加油，乖乖，要耐心勇敢，记住有一个人比任何人都更关心、爱护你，那就是我。

爱你的

妈妈

“这封信让我开心极了！比黄金万两和无数的赞美更珍贵。噢，妈咪，我的确在努力！你一直关心着我，我一定会坚持下去。”

乔把头埋在手臂里，母女间的小小的浪漫让她洒下了几滴幸福的泪珠。她本以为她的努力没有人注意和认可，如今却意外地获得了她一向最看重的母亲的赞扬，这封信就倍加珍贵，更能鼓励她了。她把纸条像护身符一样别在上衣里，时刻警醒自己，更增强了迎战、征服心魔的信心。接着，她打开另一封信，不清楚里面是好消息还是坏消息，映入眼帘的是劳里龙飞凤舞的大字：

亲爱的乔：

你好！

明天有几个英国女孩和男孩来我家做客，我想玩个痛快。要是天气好，我打算在长草坪上搭帐篷，所有人划船去那边吃午饭，然后打槌球，点篝火，唱歌跳舞，自由自在地玩乐。他们都很和善，喜欢玩这些。布鲁克会一起去，他看着我们男孩子，凯特·沃恩负责看着女孩子。求你们各位一定光临，千万不能差了贝思，没有人会烦她的。不用操心野餐食物，我会操办所有事，是好朋友就一定要出席哦！

请恕行笔匆匆。

爱你的，

劳里

“有好消息！”乔叫着冲进去向梅格报喜。

“我们当然会去，对吧，妈妈？还可以给劳里帮忙呢，我会划船，梅格会做午饭，两个妹妹也可以帮点小忙。”

“但愿沃恩姐弟不是古板老成的人。乔，你对他们了解吗？”梅格问。

“我只知道他们是四姐弟。凯特比你大，弗雷德和弗兰克是双胞胎，年纪跟我相仿，小妹妹叫格莱丝，大概十岁。他们在国外认识的，劳里喜欢那两个男孩子。我猜他不怎么喜欢凯特，因为劳里一说起她就严肃地抿起嘴唇。”

“我真庆幸我的法式印花衣裳还挺干净，这种场合穿合适又好看！”梅格开心地说，“你有什么合适的衣服吗，乔？”

“红灰色的那件划艇衣就行。我要划船，还要四处跑，想穿轻便一些。你会来的吧，贝思？”

“你要是能让那些男孩子别来跟我说话的话我就去。”

“一言为定!”

“我不想扫劳里的兴，也不怕布鲁克先生，他是个大好人。但是我不想玩游戏，不想唱歌，也不想说话。我就埋头干活，不打扰别人。乔，你带着我，我就去。”

“我的好妹妹，你在努力克服害羞呢，我真替你开心。我知道改正缺点很困难，而一句鼓励的话就能使人备受鼓舞。妈妈，谢谢你。”乔说着给了母亲感激一吻。对马奇太太来说，这个吻比所有东西更宝贵，仿佛能让她瘦削的脸庞重返青春时的粉红圆润。

“我收到了一盒巧克力糖和我想要临摹的图画。”艾米说着打开包裹给大家看。

“我收到了一张字条，劳伦斯先生叫我今晚灯亮前过去弹琴给他听，我会去的。”贝思接着说，她跟老人的友谊发展神速。“我们赶紧行动，今天把明天的活儿也干完，明天就可以心无旁骛的玩耍啦。”乔说着放下笔，拿起扫帚。

第二天一早，当太阳潜入姑娘们的闺房向她们昭示好天气时，他看到了一幅有趣的图景：姐妹们各个为野营盛会做足准备。梅格的前额摆着一排小卷发纸；乔在晒伤了的脸上涂了厚厚一层面霜；贝思因为即将和乔安娜分离，昨晚与它同床共寝聊以慰藉；艾米更是出人意料地用夹子夹住鼻子，想把讨厌的扁鼻梁夹高。这种夹子是艺术家们在画板上用来夹画纸的，用在这里再合适不过了。太阳公公被这幅搞笑图景逗笑了，喷出万道金光，把乔闪醒了。她看到艾米鼻子上的装饰物，忍不住大笑起来，把一众姐妹都吵醒了。

阳光和笑声是野营盛会的好兆头。两家人都匆忙行动起来。贝思最先准备好，她倚在窗前不断更新邻居的新动态，把正在梳妆打扮的三姐妹弄得更是手忙脚乱。

“有个人拿着帐篷出来了！巴克太太把午饭放进一个食盒和一个大篮子里。劳伦斯先生正仰头观察天空和风向标。我希望他也一起去。那是劳里，打扮得像个水手，真是个帅小伙！噢，天哪！一马车的人，一位高个女士，一个小女孩，还有两个可怕的男孩儿。有一个腿跛了，真可怜，他拄着拐杖。劳里提都没提过这个。姑娘们快点！要迟到了。呀，那是内德·莫法特，没错。梅格，快看，这是不是我们逛街那天向你行礼的那个人?”

“没错。他怎么也来了，真奇怪。我还以为他在山里呢。那是莎莉，她回来得真是时候。乔，你看我这样好看吗?”梅格焦急地问道。

“好看极了。把裙子提起来，帽子戴正，这样斜翘着叫人看着有些悲伤，而且风一吹就飞跑了。行了，我们出发吧!”

“噢，乔，你不会是要戴这顶丑帽子出去吧？这太不可思议了！你别把自己弄得像个男人。”梅格好言相劝。此时乔正把劳里开玩笑送来的过时阔边草帽用一根红丝带系起来戴在头上。

“我正有此意，它太棒了，既遮太阳，又轻便，还大。这帽子还能逗乐，再说，我只想要舒舒服服的，不介意像个男人。”乔说完抬脚就走，其他人跟在后头，像一支快乐的小队伍，姐妹们人人着一身夏装，十分好看，活泼的帽子下露出发自肺腑的笑颜。

劳里跑上前迎接她们，热情地把她们介绍给他的朋友。大家在草坪会客厅逗留了几分钟，氛围活跃。梅格发现凯特小姐虽然已经二十岁了，穿着打扮却是美国姑娘轻松就能模仿的简约风格，顿时松了一口气；又听到内德先生一再强调自己来这里就是为了见她一面，心里更是满足。乔终于知道为什么劳里一提凯特就“严肃地抿起嘴唇”，因为这位女士自带一种生人勿近的气场，不像其他女孩那样轻松、自在、随和。贝思观察了一下刚来的男孩子，认定跛了的那个温顺柔弱，一点都不“可怕”，还想好好待他。艾米觉得格莱丝举止优雅、活泼快乐，两人默默对视了几分钟就成了好朋友。

帐篷、午饭还有槌球用具早已被送到了营地，大伙儿立刻坐上小艇出发。两艘小艇齐头并进，岸边只剩下挥舞着帽子的劳伦斯老先生一人。劳里和乔划一艘，布鲁克先生和内德先生划着另一艘，淘气叛逆的双胞胎兄弟之一弗雷德·沃恩则努力地划着一只轻型划艇，像只受惊的水虫一样在两艘小艇之间横冲直撞。乔那顶滑稽的帽子派上了不少用场，值得在此感谢一下。乔的帽子一开始便化解了尴尬的气氛，逗得大伙儿开怀大笑；乔在划船的时候，她头上那顶帽子会上下摆动，为大家扇出一阵清凉的微风；乔还说如果下起雨来，可以把这帽子当把雨伞。凯特觉得乔的一举一动实在新奇：特别是当乔弄丢了自己的船桨时，她会大喊一声“克里斯托弗·哥伦布①!”；还有劳里在找位子坐下的时候不小心被乔的脚绊了一下，劳里会问乔：“我亲爱的朋友，我有没有伤到你了?”凯特小姐戴上眼镜观察了好几次这个奇怪的女孩后得出了“虽然古怪，但挺聪明”的结论，然后远远地朝着她微笑。

另一只艇上，梅格舒舒服服地坐在两个划桨人对面，两位小伙子喜笑颜开，竞相使出看家的“技巧和灵敏”，把艇划得相当平稳。布鲁克先生十分严肃，很少说话，但声音悦耳动听，棕色的眼睛炯炯有神。梅格喜欢他性格沉稳，把他视作一部行走的百科全书，懂得各种有用的知识。他不大跟她说话，却时常看着她，所以梅格确定他对自己并不反感。内德是大学新生，派头十足。他并不是特别聪明，好在性情随和，倒是个野营活动的好伙伴。莎莉·加德纳一边打起十二分精神护着自己的白裙子别被弄脏，一边和横冲直撞做各种恶作剧吓得贝思心惊胆战的弗雷德交谈。

长草坪并不远，他们抵达的时候，帐篷就已经搭好了，三柱门也早已支了起来。这是一片怡人的绿草地，中间长着三棵茂盛的橡树，还有一块打槌球用草坪，平滑而狭长。

“欢迎来到劳伦斯营地!”年轻主人说道，大家踏上绿地，兴奋得发出了阵阵惊呼。

“布鲁克担任总指挥，我是军需官，其他男士是参谋官，各位女士则是陪同。这个帐篷是为你们搭建的，第一棵橡树做你们的客厅，第二棵做餐厅，第三棵做营地的厨房。快，我们趁天还没热起来，先玩个游戏再来做饭。”

弗兰克、贝思、艾米和格莱丝坐在一旁看其他八个人玩。布鲁克挑了梅格、凯特和弗雷德；劳里则选了莎莉、乔和内德。英国孩子玩的不错，但美国孩子也不逊色，劲头很足，寸土必争，像是受

---

① 克里斯托弗·哥伦布（Christopher Columbus，1451－1506），意大利航海家和探险家。凯特小姐之所以认为乔的行为古怪是因为乔在发出感叹时不用“我的上帝啊!”这种普通的表达而是用“克里斯托弗·哥伦布!”来代替。

了 1776 年精神①的鼓舞。乔和弗雷德之间发生了几次小的冲突，有一次还差点吵起来。乔打到最后一道门时失了一球，很是恼火。弗雷德紧咬着不放，这次轮到他先发球，然后才是乔。他一击把球打到了三柱门上，停在了离球门一寸远的地方。因为离得有些远，他就跑上来看个究竟，趁其他人也离得远，就偷偷用脚轻轻碰了一下球，球便穿过了球门。

“我过来了！哈哈，乔小姐，我要第一个进球，打败你！”年轻人挥着球棍喊道，打算再击一球。

“你碰了一下球，我看到了。现在该我打了！”乔厉声道。

“我没碰它，我发誓。或许是球自己滚的，但没犯规啊。请站开一点吧，好让我击球。”

“我们美国人从不赖皮，至于你们，想赖就赖吧。”乔十分生气。

“谁都知道，美国佬手段最多。这是你的球，拿去吧！”弗雷德说完就把她的球打出去老远。

乔开口想骂人却忍住了，只觉得脑门充血；她发了一会呆，然后使劲儿捶倒一个三柱门。此时弗雷德击中桩标，欣喜若狂地宣布自己的得胜。乔去捡球，花了好一番工夫才在矮树丛里找到。她冷静地走回来，不说话，只是耐心等待击球。打了好几个回合，她终于收回失地，可这个时候对手几乎就快赢了，对方的凯特是倒数第二个击球，而球就在桩标边上。

大家围过来观看最后一击，弗雷德兴奋地叫道：“啊呀，我们赢定了！再见，凯特。乔小姐欠我一个球，你们完蛋了。”

“美国佬的手段就是宽恕敌人。”乔边说边瞟了他一眼，小伙子“唰”地羞红了脸。“尤其是他们打败了敌人的时候。”她又补了一句，把凯特的球晾在一边，对着自己的球漂亮一击，赢得了这一局。

劳里把自己的帽子抛向空中，却突然想到不能太过喜形于色，因为输的一方是自己的客人，于是赶紧咽下喝彩声，悄悄对自己的朋友说：“干得漂亮，乔！我看到他确实要赖了，但我们不能挑明，

---

① 1776 年精神（the Spirit of 1776），是美国独立战争后出现于各大新闻报头的热点词语。

我相信他下回不敢再这么做了。”梅格假装帮她理好一处松开的辫子，把她拉到一旁夸赞道：“这事太气人了，你竟然忍住没发脾气，乔，我真替你开心。”

“梅格，别夸我了，到现在我还想给他一巴掌呢。我刚才在蓖麻树丛里待了好一会儿才压下一腔怒火，不然早就爆发了。我的火气还没消呢，所以他最好别靠近我。”乔答道，在大帽子底下咬紧双唇，狠狠瞪了一眼弗雷德。

“该准备午饭了，”布鲁克先生看看手表，说道，“军需官，你生火打水，我跟马奇小姐、莎莉小姐一起布置饭桌，可以吗？哪位煮得一手好咖啡？”

“乔会。”梅格骄傲地推荐妹妹。乔自己最近经常下厨学烧菜，学了不少技艺，这次可以小试牛刀一番，就走过去负责咖啡壶。男孩子用两个小姑娘捡来的干树枝生火，然后去附近的水泉打水。凯特小姐写生，贝思把灯心草编织成小垫子当盘子，弗兰克在旁边跟她聊天。

在总指挥和他的助手们的努力下，各种各样美味的食物和饮料很快就摆满了餐桌，还点缀了绿叶，看起来雅致极了。乔告知咖啡已经煮好，众人各自落座，大快朵颐。大家胃口特别好，因为年轻人本就消化功能好，又做了运动。这顿午餐吃得相当愉悦，一切都是那么新奇：大家的欢声笑语惊动了附近吃草的一匹老马；饭桌坑坑洼洼，弄得杯碟都放不稳，有意思极了；牛奶里掉进了橡子；小黑蚁主动跑来分享美食；好事的毛毛虫从树上晃荡下来想看个究竟；三个白发小童在篱笆那边偷看；一只讨厌的狗在河对岸向他们大声乱叫。

“这儿有盐，要不要加一点？”劳里递上一碟草莓，对乔说道。

“谢谢，我更喜欢蜘蛛。”她挑起两只不慎在奶油里淹死的小蜘蛛，反驳道。“你居然敢提我那个糟糕的宴会？你这回办得好，就来取笑我？”乔又补充了两句，于是两人都笑了起来，装草莓的瓷碟不够，就凑在一个碟子里吃。

“我到现在还记着那天玩得特别开心呢。这顿午饭我可不敢居功，我没做什么，都是你、梅格和布鲁克的功劳，真是太谢谢你们了！吃完后我们玩什么？”劳里问。午饭后他也不知怎么安排了。

“天凉下来之前就玩游戏吧，我带了‘猜作者’的游戏卡。凯特小姐应该也有些好玩的新奇游戏，去请教下她。她是客人，你该多陪着。”

“你不也是客人吗？我原以为布鲁克会和她谈得来，但他却总跟梅格搭话，凯特只能透过她的那副怪眼镜使劲儿瞪他们。乔，我去了，别跟我扯礼节规矩，你自己也没遵守。”

凯特确实会玩几种新游戏，考虑到姑娘们不想多吃，男孩们再也吃不下了，大家便移步到“客厅”玩一种叫“废话接龙”的游戏。

“大家来讲故事，一个人起头，什么废话都行，不限时长，但要注意，一到关键时刻就要刹住，第二个人得立刻接上，依此类推。要是玩得好，这游戏会相当有趣的，整个故事全无章法，悲喜交加，跌宕起伏。布鲁克先生，起个头吧。”凯特用一种颐指气使的语气说道。梅格十分敬重这位家庭教师，把他跟其他几位男士一视同仁，见此情景十分吃惊。

草地上，布鲁克先生躺在两位年轻小姐的脚边，漂亮的棕色眼睛凝视着波光粼粼的小河，遵守命令起头道：

“从前，一个穷得只剩下一把剑、一个盾的骑士出去闯荡江湖。他辛辛苦苦游历了快二十八年，终于来到一个好心的老国王的宫殿。老国王有一匹心爱的小公马，他颁令要是有人能将此马毫发无损地驯服，就能得到一大笔酬金。骑士决意一试，虽然这匹健壮的小马野性难驯，但慢慢地还是被驯服了，并很快和新主人建立了感情。每天训练的时候，骑士都骑着国王的爱马穿过城市，四处寻觅那在他梦中出现过无数次的漂亮脸庞，却一直没找到。一天，他策马经过一条人烟稀少的街道，看到那动人的脸庞出现在一座废弃城堡的窗口。他狂喜地打听住在这座旧城堡里的是谁，才知是几个被俘的公主，被施了咒语关在这里日夜纺纱织布赚钱，换取自由。骑士很想救出她们，可惜他也没钱，只能每天路过那里，远远看着那张绝世容颜，期盼哪天公主能走出来沐浴阳光。最后他决定闯入城堡想办法帮她们。他上前敲门，大门开了，他看到……”

“一位绝代佳人，她十分欢喜地喊道：‘终于来了！终于来了！’”凯特接上故事，用上她喜欢的法国小说的那种风格。

“‘是她！’古斯塔夫伯爵抑制不住内心的激动，喊着伏倒在她脚边。‘噢，请起身！’她说着伸出玉手。‘绝不起身！除非你告诉我怎样才能救你出去。’骑士跪在那里起誓。‘唉，是残酷的命运将我囚禁于此，暴君不死，何谈自由？’‘那个坏蛋在哪里？’‘在淡紫色的客厅里。去吧，勇敢的爱人，快救我出困境。’‘遵命，我定将和他血战到底！’他说完豪言壮语就冲了出去，‘砰’的一声撞开淡紫色客厅的大门，正要走进去，却被……”

“当头痛击，一个穿着黑袍子的老家伙抡着一本大部头儿的希腊词典打了他，”内德说，“那个什么什么爵士立马回过神来把暴君扔出窗外，转身顶着眉头上的大包凯旋，与佳人会合；却发现门被锁了，他只好撕开窗帘做了一条绳梯，下到一半突然断了，往下坠落了六十英尺，一头栽进了护城河。他水性极好，绕着城堡游到一扇有两个壮汉把守的小门前，他把两个壮汉的脑袋用力对撞得咯咯作响，壮汉昏过去之后，他轻松地破门而入，走上一段石台阶，上边灰尘积了一英尺厚，癞蛤蟆有拳头那么大，马奇小姐，蜘蛛能把你吓得崩溃尖叫。他突然在石台阶上看到了一样东西，当即寒毛直竖，他看到……”

“一个高大的鬼影子，穿一身白衣，脸上蒙着面纱，瘦得皮包骨头的手提着一盏灯，”梅格接上，“它招招手，沿着一条像坟墓似的黑暗走廊悄无声息地滑行。阴森的盔甲雕塑立在两边，周围一片死寂，灯火是蓝色的，鬼影不时转过脸来，两只可怕的眼睛透过白色面纱发出阵阵幽光。他们走到一扇门前，门上挂了帘子，突然从里面传来悦耳的音乐。他跳上前要进去，鬼影把他拽了回来，威胁他，在他面前举起一个……”

“鼻烟盒。”乔怪里怪气地说，吓得大家屏住呼吸，“骑士礼貌地说了声‘谢谢’，然后嗅了一下，立刻狂打了七个大喷嚏，脑袋都快震掉了。‘哈！哈！’鬼影笑出了声。他透过钥匙孔看到公主仍在纺纱赚钱；捡起为她而来的牺牲者，把他放进一个大锡箱子里，箱子里还拥挤地塞着十一个无头骑士，他们全都站起来，开始……”

乔停下歇口气，弗雷德趁机插了进来："跳起了角笛舞。城堡在他们跳舞的时候变成了一艘全速前进的战船。只听船长吼道：'拉起三角帆，拉下中桅帆，背风转舵，开炮！'这时一艘葡萄牙海盗船正驶入眼帘，前桅杆飘着一面黑旗。船长又喊道：'伙伴们，冲啊！'于是一场大战拉开帷幕。当然是英方胜出啦，他们是常胜将军。他们俘虏了海盗船长后，就将战船直接驶过纵帆船，那船的甲板上堆满了尸体，背风排水孔里鲜血横流，因为他们方才是'短兵相见，拼死肉搏！''副水手长，把系在桅帆上的绳索解开一条拿过来，用那绳子把这家伙的手捆住，要是这坏蛋还不赶紧招供，就干掉他。'英方船长这样命令道。但那葡萄牙人咬紧牙关不吐一字，于是水手们逼他走跳板，在一旁像疯了一样欢呼。狡猾的葡萄牙人潜到水里，游到战船下面凿穿了船底，扬满风帆的船沉了下去，'沉入海底，海底，海底'，那儿……"

"噢，天啊！我该怎么接？"莎莉叫道。此时弗雷德的大段废话结束了，里面混乱的航海用语和生活描写都来源于他最喜欢的一本书。"唔，他们沉入海底，一条漂亮的美人鱼等在那里，美人鱼看到箱子里的无头骑士非常悲伤，大发慈悲地把他们放在盐水里腌好，希望能发现他们的秘密，因为是女人，好奇心就强。不久就有个人潜下来，美人鱼对她说：'要是你能把这箱子带上去，我就把里面的珠宝送给你。'她很想让这群可怜的骑士死而复生，无奈自己没有力气把这个沉重的箱子带出水面。那人把箱子带上去，打开一看，里面哪里有珠宝，一气之下就把箱子丢在一片荒无人烟的旷野里，被一个……"

"小牧鹅女发现了。她在这块地里养了一百只肥鹅，"艾米接棒说，解救了江郎才尽的莎莉，"她十分同情骑士们的遭遇，向一位老妇人请教帮助他们的方法。老妇人告诉她'让你的鹅告诉你吧，它们什么都知道'。于是她便问鹅，旧脑袋掉了应该再装个什么东西做新脑袋，那一百只鹅就张开了嘴巴齐声尖叫……"

"'卷心菜！'"劳里赶紧接上，"'就它了！'姑娘说着跑到自家园子里摘了十二颗大大的卷心菜。她刚把卷心菜装上，骑士们就复活了。他们谢过小牧鹅女就开心地离开了，并没意识到换了脑袋，这世间跟他们一样的脑袋太多了，见怪不怪了。我们那位骑士折返回去寻访心爱之人，打听到公主们已经靠纺纱赎了身，除了一个，其他全部嫁人了。听到这个消息，骑士心急如焚，骑着一路和他患难与共的小马往城堡冲去，看看留下的是哪位。隔着树篱，他看到心爱的公主正在花园里采花。‘可以给我一朵玫瑰花吗？’他问道。‘你自己过来拿吧。我不能离你太近，这样不合礼数。’公主温柔地说道。于是他开始尝试翻过树篱，但它好像越长越高了；然后试着从中间突破，但它却越长越密；万般无奈下，他只能耐心地把细树枝一根根折断弄出一个小洞，从洞里探过去苦苦恳求：‘让我进来吧！让我进来吧！’但美丽的公主好像不清楚他的意图，还在那儿平静地摘玫瑰，让他一个人苦苦挣扎。他冲没冲进去呢？让弗兰克来告诉大家吧。”

“我不会啊，我没参加呀，我从来都不玩这些的。”弗兰克慌忙说道。他哪里知道怎样从感情的困境中解救出这对荒唐的情人。贝思早就躲到了乔的背后，格莱丝则是睡着了。

“那么说可怜的骑士就被困在树篱上了？”布鲁克先生问道，眼睛依旧凝视着河面，手里仍然把玩着插在纽扣孔上的蔷薇。

“我猜后来公主打开了门，给了他一束玫瑰。”劳里说着自己笑了起来，把橡子扔向他的家庭教师。

“看我们编了篇什么废话文章！多来几次，或许我们能编出几篇聪明点的故事，你们知道‘真心话’吗？”等众人自嘲完自己瞎编的故事，莎莉问道。

“我真希望自己知道。”梅格认真地说。

“我指的是一个游戏。”

“怎么个玩法？”弗雷德问。

“哦，像这样，大家把手叠起来，选一个数字，然后按顺序把手抽回来，抽回来的次序和选的数字一样的人得诚实地回答其他人提的问题。很有意思。”

“我们玩玩吧。”喜欢尝试新东西的乔说。

凯特小姐、布鲁克先生、梅格和内德宣布退出。弗雷德、莎莉、乔和劳里开始玩这个游戏，劳里最先中招。

“你心目中的英雄是谁?”乔问。

“爷爷和拿破仑。”

“你觉得这里最漂亮的女士是哪位?”莎莉问。

“玛格丽特。”

“你最喜欢谁?”弗雷德问。

“当然是乔!”劳里理所当然地答道，大家大笑。乔耸耸肩，轻蔑地说:“你们的问题无聊透了!”

“再玩一次吧!‘真心话’这个游戏真不赖。”弗雷德说。

“对你来说，确实是个好游戏。”乔悄声说道。这次是她抽中了。

“你最大的缺点是什么?”弗雷德问，想用这个问题试探她是否诚实，而他正缺乏这种品格。

“暴脾气。”

“你最想要什么?”劳里问。

“一对靴带。”乔揣测着他的用意，没让他得逞。

“这不是真实的答案。你得说真正最想得到的东西。”

“天赋，难道这不是你恨不得可以送给我的吗，劳里?”她带着调皮的笑意看着那张失望的脸。

“男士有什么品格最让你钦慕?”莎莉问。

“真诚勇敢。”

“现在该我了。”最后抽中的弗雷德说道。

“给他点颜色瞧瞧。”劳里向乔窃窃私语，乔点了点头，立即问道:

“你有没有在槌球比赛里作弊?”

“嗯，呃，作了一点点弊。”

“好的!你的故事是不是借鉴了《海狮》①?”劳里问。

“是有一些。”

“你是不是认为英国人在各方面都很完美?”莎莉问。

---

① 根据从事露易莎·梅·奥尔科特研究的北卡罗来纳大学教授丹尼尔·希利(Daniel Shealy)在其2013年编订的《小妇人》中的注释，此处《海狮》(*The Sea Lion*)是由美国通俗小说家西尔纬纳斯·科布(Sylvanus Cobb，1823—1887)创作于1853年的航海小说。

“不这样认为，我就枉为英国人。”

“真是头百分之百的‘约翰牛’①。行了，莎莉小姐，不用抽数字了，轮到你了。我要问的问题可能会让你觉得有些难堪。你是不是觉得自己风情万种？”劳里说。乔则向弗雷德点头示意和解。

“真是个鲁莽的小伙子！当然不是。”莎莉喊道，那做作的神态却恰恰反映了事实。

“你最讨厌什么？”弗雷德问。

“蜘蛛和大米布丁。”

“你最喜欢什么？”乔问。

“跳舞和法国手套。”

“嘿，我觉得‘真心话’这个游戏真是无聊至极。要不换个有趣的，我们玩‘猜作者’来动动脑子吧。”乔提议道。

内德、弗兰克和小姑娘们也加入了游戏，三个年长一些的就坐到一旁闲聊。凯特小姐再次拿出素描本，梅格在一旁看她画，布鲁克先生则躺在草地上，手里拿着一本书，却没翻开看。

“你画得真好！我多希望我也会啊。”梅格带着羡慕和遗憾语气说道。

“怎么不学呢？我觉得你很有绘画的鉴赏力和才华。”凯特小姐礼貌地答道。

“没时间学。”

“我猜你妈妈可能希望你学习别的才艺吧，我妈妈开始也反对，但我偷偷学了几节课，证明给她看我的才华，她就允许我继续学了。你也可以偷偷地跟着自己的家庭教师学啊？”

“我没有家庭教师。”

“我忘了美国姑娘跟我们不一样，都是上学校的。爸爸告诉我这些学校都十分气派。你上的是私立学校吧？我猜。”

“我没上学。我自己就是个家庭教师。”

---

① 约翰牛（John Bull），是英国作家约翰·阿布斯诺特（John Arbuthnot，1667—1735）于1727年出版的讽刺小说《约翰牛的生平》（*The History of John Bull*）中的主人公，该人物具有英国绅士的典型性格，后常被用作英国人的形象代名词。

“噢，是吗!”凯特小姐叫道，其实还不如直接说：“天啊，真糟糕!”因为她的脸上写的分明就是这个意思。梅格红着脸直懊恼自己刚才的过分坦诚。

布鲁克先生立马抬起头来解围道：“美国姑娘像她们的先人一样热爱独立、自力更生，所以她们被人尊重。”

“噢，没错，她们这样做自然很好、很体面。我们国家也有很多尊贵的年轻小姐这么做，为贵族效力。你知道的，那些绅士的女儿都很有教养又多才多艺。”凯特小姐用一种高高在上的语气说道，这话极大地伤害了梅格的自尊心，让她更讨厌自己的工作了，觉得它让她蒙羞。

“马奇小姐，你喜欢那首德文歌吗?”布鲁克先生问道，打破了让人尴尬的沉默。

“哦，喜欢!歌词太美了，真感激替我翻译的那个人!”说话间，梅格闷闷不乐的脸上又有了生气。

“你不懂德文吗?”凯特小姐大吃一惊，问道。

“读得不是很好。之前是父亲在教我，但他现在不在家，没有人纠正我的读音，所以我只能慢慢地自学。”

“要不现在就读一点吧，这里有一本席勒①的《玛丽·斯图亚特》②，还有一位自愿教你的家庭教师。”布鲁克先生把书放到她的腿上，冲她鼓励地笑了笑。

“我不敢读，这书太难了。”梅格说道。她十分感激，但在一位博学多才的年轻小姐面前，她不太好意思开口。

“要不我先读几句，鼓励下你。”凯特小姐说完挑了其中最优美的一段读了一遍，一个字都没读错，却没有一丝情感，让人觉得枯燥至极。

布鲁克先生听了没做任何评价，凯特小姐把书还给梅格，梅格

---

① 弗里德里希·席勒（Friedrich Schiller，1759—1805）是18世纪德国著名的剧作家。

② 玛丽·斯图亚特（Mary Stuart，1542—1587），苏格兰女王，被其表亲英格兰女王伊丽莎白一世以叛国罪软禁在英格兰并处以死刑。1800年席勒创作了悲剧《玛丽·斯图亚特》。

傻傻地说道："我猜是诗歌吧。"

"有一些是的，读这段吧。"

布鲁克先生把书翻到"可怜玛丽的挽歌"的那一页，嘴角闪现出几分狡黠的笑。

顺着新教师手中长草叶的指点，梅格羞涩地一点一点读下去。她的声调温婉，再拗口难读的词句也变得像诗歌一样动听。长草叶一路指下去，将梅格领到了一个如泣如诉的世界，她达到了忘我的境界，旁若无人地读下去，读到悲惨的女王说的话时，都哽咽了。当时她要是看到了那双棕色眼睛，一定会戛然而止，但她没有抬头，于是圆满结课了。

"读得好！"待她停下来，布鲁克先生称赞道。事实上，有不少单词她都读错了，但他装作没听到，表露出"乐于教授"的样子。

凯特小姐戴上眼镜，将面前的迤逦场景研究了一番，合上素描本放低身段说道："你的发音很好听，假以时日必是个聪明的朗读者。我建议你学学德语，因为这门技能对教师来说很有价值。我得去管管格莱丝了，她太活蹦乱跳了。"凯特小姐说着缓缓离开，耸着肩自言自语道："我来这里可不是为了陪一个女家庭教师的，她年轻漂亮又怎样。这些美国佬真是奇怪，跟她们一起，劳里恐怕会学坏了。"

"英国人看不起女家庭教师，不像我们认为人人平等，我竟忘了这点。"梅格看着凯特小姐远去的身影，懊悔地说道。

"可惜据我所知，男家庭教师在那里也不太受尊重。玛格丽特小姐，对于劳动者来说，美国可是最美好的地方。"布鲁克先生一副心满意足的样子，梅格见此也不好意思再感慨自己辛苦了。

"真庆幸我生活在美国。虽然我不喜欢这份工作，但我从中获得了巨大的满足，所以我从来不抱怨。我真希望能像你一样热爱教书。"

"要是你的学生跟劳里一样，你会喜欢的。可惜明年我就会失去他了。"布鲁克先生说着，使劲儿在草坪上戳洞。

"他是不是去上大学？"梅格嘴上这样问，眼睛里的意思却是："你有什么计划呢？"

"是的，是时候上大学了，他已经做好了准备。他走了，我就参军，那里需要我。”

“你有这样的计划，我真高兴！”梅格叫道，“我认为每个年轻人都应该有这样的志愿，虽然家里的母亲和姐妹们会难过。”说着，她又伤感起来。

“我没有母亲和姐妹，也没几个在乎我生死的朋友。”布鲁克先生说道，语气中带着一丝苦涩，心灰意冷地把蔫玫瑰放到戳好的洞里用土盖上，弄得像座小坟墓。

“劳里和他爷爷会非常在乎的，要是你受了伤，我们也都会担心的。”梅格发自肺腑地说。

“多些，我很高兴你能这么说。”布鲁克先生振作精神说道。还没聊完，内德就骑着一匹老马跑过来在女士们面前笨拙地展示他的高超骑术，搅得这一天再也不得安宁了。

格莱丝和艾米刚和大家一起跟着内德绕着田野跑了一圈，刚停下来歇口气，格莱丝便问艾米：“你喜欢骑马吗？”

“喜欢极了。爸爸有钱那会儿，我姐姐梅格经常骑的，可现在我们没马了，只有‘爱伦树’。”

“跟我讲讲‘爱伦树’吧，它是一头驴吗？”格莱丝好奇地问。

“你不知道，乔嗜马如命，我也是如此，可我们没有马，只有一个旧横鞍。我们园子外面的一棵苹果树长了一个漂亮的矮树丫，乔正好可以把马鞍放上去，在弯起的枝丫上拴上缰绳，我们只要一有兴致就跳上‘爱伦树’驰骋。”

“好有趣啊！”格莱丝笑着叫道，“我家有一匹小马，我几乎每天都去公园骑马，和弗兰德还有凯特一起，真是惬意，我的朋友们也去，整个骑马道都是先生小姐的身影。”

“哎呀，多棒啊！我盼望着有一天也能去国外看看，但我想去罗马，而不是罗瓦。”艾米说。她压根不知道罗瓦是什么，也不想问别人。①

① 格莱丝所说的骑马道是英国伦敦海德公园内的一条宽阔大道，英文名为 Rotten Row，艾米没有听说过这条路，误认为罗瓦（the Row）是和罗马（Rome）差不多的某个城市。

两个小姑娘身后坐着的弗雷克听到了她们的对话。看到精力旺盛的小伙子们做着各种滑稽的体操动作，他烦躁地一把推开自己的拐杖。正在收拾撒落在地上的“猜作者”游戏卡的贝思听见动静抬起头，腼腆却友好地问：“你累了吗，我能为你做些什么吗？”

“跟我说会儿话吧，求你了，我一个人呆坐在这里快闷死了。”弗兰克答道，一看就是在家里被人宠惯了的孩子。

对于胆小的贝思来说，这难度不亚于让她发表拉丁语演说。但她现在无处可逃，也没有乔这把保护伞，可怜的小伙子又可怜兮兮地看着她，她只能下决心勇敢地尝试一下。

“聊些什么呢？”她边问边收拾着卡片，收好了正要扎起来，却掉了一半。

“嗯，我想听板球、划艇和打猎这一类的事情。”弗兰克说道，还没弄明白自己的兴趣应是力所能及的事情。

“天哪！这可怎么办？我对这些东西一无所知。”贝思想，惊慌之间忘记了小男孩的不幸。她想打开他的话匣子，于是说道：“我从没见过打猎，不过我猜你很擅长这个。”

“那是以前，我再也不可能打猎了，我越过一道该死的五栅门时把腿弄伤了，再也不能骑马、放猎狗了。”弗兰克叹了长长的一口气，说道。

见此，贝思直恨自己口无遮拦，说了不该说的话。

“你们的鹿比我们丑陋的水牛漂亮多了。”她说道，转身看着大草原找话题，暗自庆幸自己曾经读过一本乔十分喜爱的男孩子读本。

事实证明水牛有一种能让人镇静下来的功能，而且听起来也非常顺耳。贝思一门心思想让弗兰克开心起来，完全忘记了胆小害怕。看到她竟然和一个之前避之唯恐不及的“可怕男孩”聊得不亦乐乎，乔、梅格和艾米全都惊喜万分，贝思对此却丝毫没有察觉。

“善良的贝思！她同情他，所以待他好。”乔说着从槌球场那边看着她微笑。

“我一向都说她是小圣人。”梅格不容置喙地说。

“弗兰克这样开心的笑，我很久没听过了。”格莱丝对艾米说。她们正坐在一起一边谈论着玩偶，一边用橡果壳做着茶具。

“我姐姐贝思，只要她愿意，就会成为一个‘吹毛求疵’的姑娘。”艾米说道，她对贝思的成就非常满意。她想说的是“令人痴迷”，不过反正格莱丝也不知道这两个词是什么意思，“吹毛求疵”挺好听的，而且能让人刮目相看。

看了一场即兴马戏表演，下了狐入鹅群棋，又打了一场槌球友谊赛，不知不觉一个下午就过去了。夕阳西下，大家动手拆帐篷，收篮子，撤下三柱门，把行李装上船，大家顺流而下，引吭高歌。内德来了兴致，用轻柔的颤音哼起一首小夜曲，先是那忧伤的迭句：

孤独，孤独，啊！哦，孤独，

然后是歌词：

我们正当青春年少，心儿多愁善感，呵，为什么要拉开距离如此冷漠？

他没精打采地看着梅格，梅格见了忍不住笑出声来，打断了他的歌声。

“你怎能这般无情地对我？”他嘟囔道，声音湮没在众人欢快的合唱里，“你一整天都和那个一本正经的英国女人形影不离，现在还来取笑我。”

“我不是故意的，只是你那个样子太好笑了，我忍不住啊。”梅格答道，不理会他前半句的责备。她确实整天都躲着他，莫法特家的晚会还有后来听到的闲话给她带了不可磨灭的影响。

内德生气了，转头求莎莉安慰，他嗔怪道：“你说这姑娘是不是一点也不解风情？”

“的确如此，不过她是只小乖鹿。”莎莉答道，既承认了朋友的缺点，同时也维护了朋友。

“反正不是只受打击的鹿吧。”内德想说句俏皮话，可惜年轻人火候不够。

小团体在草坪上集合，诚挚地互道晚安，十分不舍，因为沃恩姐弟们就要出发去加拿大了。四姐妹穿过花园回家，凯特小姐看着她们的背影说道："美国姑娘太过热情奔放，但熟悉之后，便会被她们迷住。"这时她收起了高高在上的语气。

"我完全同意。"布鲁克先生附和道。

第十三章　空中楼阁

九月的一个温热的下午，劳里躺在吊床上惬意地摇着，思考着邻居的几个姐妹在做什么，却懒得去看个究竟。他心情烦躁，因为这一天毫无收获，他很想从头再过一次。天气闷热，让人懒洋洋的，他死也不读书，惹怒了布鲁克先生；又弹了半个下午的钢琴，惹恼了爷爷；还淘气地暗示他的一只狗要发疯，把女佣们吓得快疯了；接着又无理取闹地指责马夫怠慢了他的马儿，和马夫大吵一架；最后就跳上了吊床，怒不可遏，觉得世人皆是傻瓜。好在夏日静好，焦躁如他也平静了下来。盯着眼前绿意盎然的七叶树，他开始做各种白日梦。正想象着自己在海上颠簸做环球旅行，突然传来一阵声响，瞬间就把他拉回到了岸上。透过吊床的孔眼，他看到马奇姐妹走出家门像是要去探险。

“这个时间点，那几个姑娘究竟要去哪儿？”劳里边思考边睁开惺忪的睡眼想看清楚。邻居们打扮古怪：每人戴一顶阔檐的大帽子，斜挎一个棕色亚麻布小袋，手里拿着根长棍。梅格拿着一个垫子，乔抱着一本书，贝思拎着一个篮子，艾米夹着一个画夹，悄悄穿过花园走出后院的小门，爬上那座位于屋子和小河之间的小山丘。

劳里自言自语：“好呀！去野餐都不叫我！她们不是要去划那只艇吧？她们没有艇的钥匙呀，不会是忘了拿吧。我把钥匙给她们送去，顺便去看个究竟。”

虽然他有半打帽子，但还是花了好长时间才找到一顶，接着又到处找钥匙，最后发现居然就在自己的口袋里。这么一耽误，当他跳过护栏追出去时，姑娘们早都走不见了。他抄近路跑到停放小艇的地方，在那里等她们，却迟迟不见人来，只好爬上小山丘眺望。小山丘的一处被松树林遮挡着，林子深处传来清脆悦耳的声音，胜过松叶的沙沙声和蝉儿的鸣叫声。

他透过灌木丛看了一眼，顿时神清气爽，惊叹道："真是好风景！"

眼前果然风景美如画，只见四姐妹坐在树荫里，斑驳的树影在她们身上摇曳，风儿将她们的发梢吹起，也吹散了她们脸上的炽热，几个林子里的小孩儿继续忙着手头的活计，丝毫没把她们当外人。梅格穿着一条粉红色裙子，坐在她带来的垫子上，手灵巧地做着针线活，绿意盎然，衬得她像一朵娇艳的玫瑰；贝思在铁杉树下厚厚松果层里挑挑拣拣，打算用来做些小东西；艾米在描画蕨草；乔一边编织一边大声地朗读。男孩望着她们，有点不好意思，觉得自己没被邀请，理应走开；却是依依不舍，因为一个人实在无聊，不甘寂寞的心又被林子里宁静的小部队深深吸引。他呆站在那里，一只专心觅食的小松鼠从他旁边那棵松树上溜下来，突然看到了他，惊得往后一缩，尖叫一声。贝思听到了，抬头看见了桦树后那张渴望的脸，与他对视后会心一笑。

"我能过来吗？会不会打扰到你们？"他问道，缓缓走上前。

梅格皱起眉头，可乔反对似的瞪了她一眼，抢先说道："当然可以，我们一开始就该叫上你，但是怕你不喜欢这种女孩子的游戏。"

"你们的游戏我都喜欢。要是梅格不想我来，我可以走的。"

"你在这里做点事情，我就不反对，这里可不留闲人。"梅格严厉而优雅地回答。

"太感谢了。让我在这儿待一会儿吧，我愿意做任何事，家里太闷了，就像撒哈拉大沙漠。我该做点什么呀？针线活、读书、拣松果，还是画画？或者一股脑儿全做了？尽管吩咐，我乐意效劳。"劳里说完就恭恭敬敬地坐下，让人忍俊不禁。

"我要织袜子的脚后跟，你来读完这个故事吧。"乔一边说一边

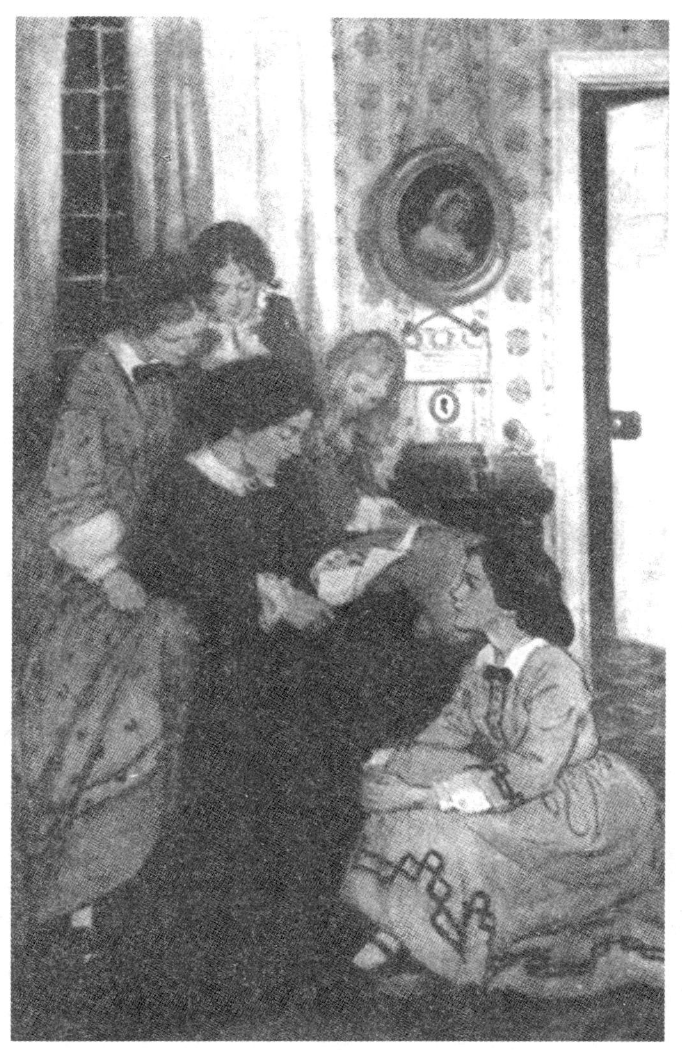

递书给他。

“遵命，小姐。”他顺从地答道，读得十分卖力，只为证明自己万分感激能成为“勤劳蜜蜂协会”的一员。

他读完这个不长的故事，为了犒劳自己，大着胆子问了几个问题。

“女士们，请问这个迷人的、充满教育意义的机构是不是一个新组织？”

“你们想让他知道吗？”梅格问三个妹妹。

“他会笑话的。”艾米提醒道。

“谁怕他笑话呀？”乔说。

“我觉得他会喜欢的。”贝思接着说。

“我当然会喜欢！我发誓不笑话你们。乔，别怕，说吧。”

“怕你？嘿，你知道的，我们过去经常演《天路历程》的情景剧，投入了整个冬季和夏季，不曾中断过。”

“嗯，我知道的。”劳里说着聪明地点头。

“谁跟你说的？”乔问。

“小精灵。”

“不是的，是我。那天晚上你们都不在家，他心情很差，为了给他解闷，我就跟他讲了这个。乔，他很喜欢，别责骂任何人。”贝思胆小地说。

“你真是个小喇叭。算了，这下倒不用多做解释了。”

“求你了，告诉我吧。”劳里看到乔神情不悦地埋头编织，赶紧说道。

“噢，她没把这个新计划跟你讲吗？是这样，为了过一个充实的假期，我们每个人都给自己定个任务，然后投入全部精力。假期快结束了，我们没有虚度光阴，全都完成任务，真叫人开心。”

“真好，我也该这么想的。”劳里非常懊悔自己无所事事地虚度了这么多光阴。

“妈妈喜欢我们在户外多走走，我们就把事情拿到这里来做，享受一番。为了添些情趣，我们把东西装进布袋里，戴上旧帽子，拿着登山棍，扮演‘朝圣者’，几年前就是这样玩的。我们称这座山丘为‘愉悦山’①，因为从这里可以眺望到我们未来希望生活的乡村。”

乔边说边用手指着远处，劳里坐起身来顺着乔指的方向寻望，越过树林间的缝隙只见一条宽阔的蓝色河流，河的另一边是一片草地，还可以看到远处波士顿的郊区。再放远望去，一座青山直入云霄。夕阳西沉，天空发出秋季落日的光辉。泛着金紫色的云彩盘旋于山顶之上，银白色的群山高耸入云，在一片淡红色的晚霞中如同“天国”的顶端般闪耀。

“美轮美奂！”审美能力极高的劳里称赞道。

“那边的景色总是这样让人痴迷，变幻多姿，气象万千，我们很喜欢看。”艾米说道，恨不能画出这风景。

“乔说起我们未来希望生活的乡村，指的是真正的乡村，有猪和鸡，还可以晒干草。多好啊，我只愿山顶上真的存在那么美丽的地方，我们可以住在那里就好了。”贝思若有所思地说。

“还有一个更美好的地方，等我们变得足够好了，就能去了。”梅格用最甜美的声音答道。

“道阻且长啊，我只想现在就有一双翅膀，像燕儿一样，飞进那扇金色大门。”

“贝思，你终会到达那里，只是时间早晚的问题，不用担心，”乔安慰道，“我才是那个需要奋斗、劳动、攀登和等待的人，还可能永远都进不去。”

“我会陪着你，给你安慰，只要你愿意。我还要走过漫漫长路才能看到你们的‘天国’。贝思，如果我到晚了，你会帮我美言几句吗？”

小伙子的神情让小贝思不安起来，她平静地注视着形态变化万千的云彩，鼓励道：“只要诚心向善，终其一生孜孜不倦，他就能进去。我相信‘天国’之门没有上锁，门口也没有人把守。在我的脑海中，就像画里一样：当辛劳的基督徒涉水而来的时候，金光附体

---

① 愉悦山（the Delectable Mountains），出自《天路历程》，是约翰·班扬虚构的地方，山里风景秀丽，常有牧羊人在山上放牧。

的众神伸出双手来迎接他们。”

“要是我们虚构的空中楼阁可以成为现实，而且可以住在里面，是不是很有趣？”乔沉默片刻后问道。

“我的空中楼阁数不胜数啊，不知该选哪一个。”劳里躺在地上说着，扔了个松果给刚刚把他行踪暴露了的那只松鼠。

“你选最喜欢的那一个吧。是什么呢？”梅格问。

“我要说了，你也会说吗？”

“会的，如果妹妹们也说。”

“我们会的。劳里，说吧。”

“先把世界游个遍，然后在德国定居，恣意享受音乐。做一个知名音乐家，让全世界的人都来听我的演奏，不用烦恼什么钱呀生意的，只用享受生活，做想做的事。就是我最喜欢的空中楼阁。梅格，你的是什么呢？”

玛格丽特似乎觉得有些羞于启齿，她拿着一根蕨草在眼前晃了晃，假装要赶走一只小昆虫，缓缓说道：“我想要一栋豪宅，里面装满了各种珍贵的东西：美味食物、漂亮衣服、名贵家具、可心的丈夫，还有大把钞票。我是宅子的女主人，一切按我的心意来安排，用人很多，我不用干活。我爱死这样的生活了！但我不会闲着，我会行善，让所有人都深深地爱上我。”

“你的空中楼阁难道不需要男主人么？”劳里调皮地问。

“你听到了，我说了‘可心的丈夫’。”梅格边说边假装认真绑鞋带，让大家看不到她的脸。

“你怎么不说你想要个博学多才、聪明体贴的丈夫，还要生几个天使一样的小孩？你知道你的空中楼阁要是缺了他们，就是不完美的。”直率的乔说道。她正处于混沌时期，对浪漫的恋情嗤之以鼻，当然小说里的除外。

“你的还只有马儿、墨水瓶和小说呢。”梅格反戈一击。

“这不好吗？我要一个马厩养满阿拉伯骏马，几间屋子堆满书本，还有一瓶神奇墨水写文章，我的作品会跟劳里的音乐齐名。在走进我的阁楼前，我想成就一番大业——史诗般精彩的流芳百世的事业。现在我还不知道它是什么，我正在筹谋，到时定会一鸣惊人。

我想我将会写书，名利双收，这挺合适我的。这就是我最喜欢的梦想。”

“我的梦想是平平安安地待在家里，和爸爸妈妈一起，帮忙照顾家人。”贝思满意地说。

“你别无所求了吗？”劳里问。

“能拥有自己的小钢琴，我已经很满足了。我只求我们能够健健康康、团团圆圆，再无他求。”

“我有太多愿望了，最大的愿望就是做一名艺术家，去罗马画漂亮的画，成为全世界最优秀的艺术家。”艾米说出了自己的小愿望。

“我们志向远大，不是吗？除了贝思，我们全都想名利双收、事事如意。我想看看最后谁能梦想成真。”劳里说着嘴里还嚼着青草，像头冥思苦想的小牛犊。

“我已经手握打开空中楼阁的钥匙，但能不能打开这扇门还要再瞧瞧。”乔故作玄虚地说。

“我也有门钥匙，可惜不能随意用。可恶的大学！”劳里心烦地叹了口气，嘟囔道。

“我的钥匙是这个！”艾米挥挥手中的笔。

“我还没有。”梅格哀怨地说。

“不，你有呢。”劳里立马说道。

“在哪儿？”

“你脸上。”

“胡说八道，脸蛋有什么用。”

“等着呗，看它会不会带来好事。”男孩答道。自以为发现一个小秘密，暗自笑了。

梅格用蕨草遮住羞红的脸，没有再问下去，而是看着河对岸，眼中流露出真挚的期待，那天布鲁克先生讲述骑士故事时，也是这样的神情。

“十年后要是我们还活着，就聚一聚，看看有几个人能如愿以偿，我们离梦想又近了多少。”乔说，她的鬼点子总是来得特别快。

“天哪！那时我得多老了——二十七岁！”梅格叫起来。她才十七岁，却总觉得自己是个大人了。

“到那时我和你二十六岁，特迪①。贝思二十四，艾米二十二。那时候我们该有所作为了！”乔说。

“乔，我希望到那时能做出点引以为傲的成就，但我实在太懒，只怕会蹉跎岁月啊。”

“妈妈说，你缺乏动力，只要有动力，你一定会干出一番大事。”

“真的？我发誓一定努力，但愿我能找到动力！”劳里叫道，猛地坐起身来，“能够讨到爷爷的欢心，我该知足了，也确实这样做了，但你们知道，这与我的性子相悖，太痛苦了。他要我成为像他一样的印度商人，倒不如一枪毙了我。我厌恶茶叶、丝绸、香料，觉得他的破船拖来的全是垃圾。这些船只要是到了我名下，它们就是沉了海，我都不会在乎。我顺从他的心意，为他读四年大学，他便该放过我，别逼我做生意。但他铁了心要我走他的老路，除非我像父亲一样离家出走，自谋出路。但凡家里还有人能陪着老人，我明天就远走他乡。”

劳里言辞激烈，好像一点小事就能刺激得他付诸行动。他正处于发育高峰期，也是青少年逆反期，行为懒散，内心躁动，总希望能独自闯天涯。

“我有个主意，你开着家里的大船出去闯荡闯荡再回来。”乔说。一想到如此大胆的动作，她的想象力泛滥；所谓的“特迪的冤屈”又激起了她的同情心。

“乔，那不对，你不能说这样的话，劳里也不会听从这坏主意。好孩子，你应该遵从爷爷的想法，”梅格摆出大姐的架势说道，“努力把大学念好，当他看到你在尽力讨他欢心，就不会对你这么蛮横了。你也说家里没有旁人能陪伴和关爱他了。如果你招呼都不打一声就丢下他，你永远都不会原谅自己的。别烦了，只要你尽了责任，就会被人敬爱，有所回报，就像好心人布鲁克先生一样。”

“关于他，你知道些什么？”劳里问。他讨厌说教，却感激梅格的好建议。刚才他莫名其妙地说了些气话，现在想换个话题。

“就是你爷爷说的那些——他精心照料自己的母亲，直到她去

① 劳里正式名字西奥多的昵称。

世。不愿抛下母亲，国外再好的人家请他当家庭教师他都没去。还有他赡养了一位护理过他母亲的老太太，却从不宣扬自己的善行，总是尽心尽力，慷慨、坚强、善良。”

“正是如此，他真是个大好人!”劳里真挚地说。梅格此时却一言不发，激动得脸蛋通红。“我爷爷就是爱这样偷偷了解别人，然后到处宣扬这人的美德，让大家都喜欢他。布鲁克还不知道你母亲为什么对他这么好，请他跟我一起去你们家，对他以礼相待，亲切周到。他觉得你们的母亲什么都好，回来后好些天都念叨她，还热切地谈论你们姐妹几个。要是我实现了梦想，一定为布鲁克做点事。”

“不如现在就做吧，别把他气得生不如死。”梅格讽刺道。

“小姐，你怎么知道我惹他生气啦?”

“每次看他离开时的脸色就知道了。要是你表现好，他就神采飞扬，步履轻快；要是你调皮了，他就苦着个脸，走路拖沓，好像是想再折回去重教一次。”

“啊哈，真是如此?原来你看看布鲁克的脸色，就能猜出我的上课表现，是吧?我看到他路过你家窗户的时候躬身微笑，原来他给你发了一封电报呢。”

“没这种事。别生气，还有，呃，别把这些话跟他说!这只能说明我关心你的进步，还有你要知道，在这里说的全是私密话，不能外传。”梅格喊道，担心自己一时的口无遮拦会惹祸。

“我从不嚼舌根。”劳里一脸“正气凛然”地答道，乔曾经这样描述过他这种偶然流露的表情。“如果布鲁克要当晴雨表，我就得注意，让他报些好天气。”

“你别生气。我刚才不是有意说教或者说是非，也不是闲得无聊乱说。我只是看乔这么怂恿你，怕你做了，将来会后悔。你待我们这么好，我们当你是亲兄弟，什么话都跟你讲。我是出于好心，原谅我吧。”梅格热情又害羞地伸出了手。

劳里有些羞愧自己方才的一时气恼，紧紧握住梅格的小手，诚恳地说：“是我该说对不起。我脾气本就暴躁，今天又郁闷了一整天。你们就像我的亲姐妹，给我指出缺点，我开心着呢。我刚才一时鲁莽，要是失礼了，你别在意啊。我真心感激你呢。”

一心为了让马奇四姐妹相信自己没有在生气，劳里竭尽全力地讨她们欢心——他先是为梅格绕棉线，又背诵诗歌逗乔开心，帮贝思摇落松果，还教艾米画蕨草，足足坐实了“勤劳蜜蜂协会”成员的名号。当他们正兴致勃勃地谈论有关家养乌龟的生活习性（正巧一只友善的乌龟从河里缓缓爬上了岸）时，远处传来一阵微弱的铃声——那是汉娜在通知他们茶已经“泡上”了。于是他们便掐着晚饭点回到了家。

“我还能再来吗？”劳里问。

“能，但你要好好表现，热爱读书，就像启蒙读本里孩子们被要求做到的。”梅格微笑着说。

“我会试试。”

“那你来吧，我要教你织毛线，就像苏格兰男人那样。现在袜子很紧俏呢。”乔说着挥挥手里的袜子，就像挥舞蓝色毛线旗帜一样。众人在大门外道了别。

当天晚上，贝思在暮色中为劳伦斯先生弹琴，劳里就站在布帘后面聆听。这位小乐师弹出的简单旋律总能抚平他那颗易怒的心。他望着一旁的老人，只见他坐在那里，一只手托着头发灰白的脑袋，无限柔情地在追忆他最疼爱的小孙女。小伙子念及下午的谈话，决定开开心心地做出牺牲。他对自己说：“去他的空中楼阁，我要守着亲爱的老人。他需要我，我是他的全部。”

第十四章　乔的秘密

到了十月份，天气开始冷了下来，下午也变短了，乔在阁楼上忙碌。和煦的阳光从高高的窗户外照进来，都过了两三个小时，乔还窝在旧沙发上，伏在摊着稿纸的大箱子上奋笔疾书，她的爱鼠“扒扒”在头顶的横梁上大摇大摆地散步，身边跟着它的大儿子—— 一个显然对自己胡须非常得意的鼠小伙儿。乔聚精会神地写着，直到写完最后一页，然后龙飞凤舞地签上自己的名字，丢下笔喊道：“好啦，我已经拼尽全力了！要是这次还不行，只能等到下次精进了再投。”她靠在沙发上，把稿子又仔细审阅了一遍，四处加了些破折号，又画了跟小气球似的感叹号，然后把稿纸卷起来用一根漂亮的红丝带绑着，又严肃地看着它发了会儿呆，她对这篇作品可是倾注了大量心血。

乔在阁楼上的书桌是一个挂在墙上的旧碗柜，里面收着她的手稿和几本书，碗柜是锡制的，所以非常安全。柜门一关，同样富有文学才情、见书就啃的流动图书馆“扒扒”就只能看着柜子叹气了。乔从锡柜里取出另一份手稿，把两份稿子都装进衣袋，就悄悄下楼去了，留下她的老鼠朋友啃钢笔、喝墨水。

她轻手轻脚地穿衣戴帽，从后屋的窗户爬出来，站在一个矮门廊的屋顶上，纵身跳落到草地上，绕了个圈子来到路边，镇定下来之后就搭上一辆过路的马车直奔城里，脸上带着快乐而神秘的表情。

无论谁见了，都会觉得她行为古怪。她一下车就飞快地奔到一条熙熙攘攘的大街上，在一个门牌号码前才放慢脚步，费了好大劲儿才找到地方，踏进门廊的时候抬头看了看脏兮兮的楼梯，呆站了一会儿，突然转身一头扎进大街，走得和来时一样飞快。这样来来去去好几次，把对面楼上倚在窗前观望的一位黑眼少年逗得哈哈大笑。第三次折回来时，乔使劲摇摇脑袋，拉下帽檐遮住眼睛，这才走上楼梯，脸上的表情好像是准备把牙全拔光。

楼门口挂着几块招牌，其中一面是牙医的，一对假颌缓缓地一张一合，里头一副洁白的牙齿引人注目。少年盯着假颌看了一会，拿起帽子，穿上大衣，走下楼来站在街对面，打了个寒战，笑着自语："她一向喜欢单独行动，要是她实在疼得受不了，总得有人把她送回家吧？"

十分钟后乔跑下楼梯，脸涨得通红，一看就是刚刚受了一番折磨。她碰到少年时，不是很开心，只点了个头就擦身而过。他却跟上去关切地问道："刚才是不是很痛苦？"

"还好。"

"这么快就好了？"

"是的，感谢老天。"

"怎么一个人来的？"

"不想其他人知道。"

"从没见过你这么古怪的人。你弄出来了几个？"

乔莫明其妙地看着自己的朋友，接着就大笑开来，好像有什么特别搞笑的事。

"我想弄出来两个，但还得等一个礼拜。"

"你笑什么呀？乔，你在耍什么花招？"劳里疑惑地问。

"你又在耍什么花招？先生，你在上头那间桌球室干什么呢？"

"不好意思，小姐，那是健身房而非桌球室，我刚才在学击剑。"

"我太开心了。"

"为什么？"

"你可以教我呀，我们演《哈姆雷特》的时候，你扮演的雷欧提斯的击剑那一幕一定精彩。”①

劳里笑了起来，开怀的笑声感染得几个过路人也笑了起来。

“不管演不演《哈姆雷特》，我都可以教你的，这个有趣的运动让人神清气爽。不过你刚才那句‘我太开心了’说得挺严肃的，是不是还有什么别的原因？”

“对，我开心你没到桌球室去，我不喜欢你去那里。你常去吗？”

“不常去。”

“希望你别去。”

“乔，这没什么不好的，我在家也打桌球，但这游戏没有好对手就不好玩，我喜欢玩桌球，有时就和内德·莫法特或者别的朋友来玩玩。”

“噢，是吗？那太令人惋惜了，慢慢地，你就会上瘾，荒废时间，挥霍金钱，变成纨绔子弟。我一直希望你能自尊自爱，不让朋友失望。”乔晃着脑袋说。

“难道男孩子偶尔玩玩没坏处的游戏就没了尊严吗？”劳里气急地问。

“要看怎么玩、在什么地方玩。我不喜欢内德这帮家伙，也不希望你跟他们一起。妈妈不准我们请他来家里，虽然他想来；要是你变成他那样，她也不会再让我们一起玩了。”

“真的吗？”劳里慌忙问道。

“当然，她讨厌肤浅的年轻人，宁愿把我们全关进硬纸箱里，也不想我们跟他们打交道。”

“哦，那她用不上硬纸箱了，我也不想成为那种人，但我有时是真喜欢这种没坏处的游戏，难道你不喜欢吗？”

“喜欢，没人反对这种游戏，你喜欢就玩呗，只是别太过，好吗？不然，我们的好日子就到头了。”

---

① 《哈姆雷特》（*Hamlet*）是英国剧作家威廉·莎士比亚（William Shakespeare，1564—1616）于1599年至1602年间创作的悲剧作品。原文中乔提到的雷欧提斯（Laertes）是《哈姆雷特》剧中人物。雷欧提斯是奥菲娅（Ophelia）的哥哥，他因为自己父亲和妹妹的死去找哈姆雷特复仇，两人在剧末展开了一场击剑决斗。

“我会做个完美无瑕的圣人。”

“我受不了圣人，就做个淳朴正派的好少年吧，我们就永远在一起。要是你成了金家儿子那样，我都不敢想。他有很多钱，却不会花在正途上，只会酗酒赌博，离家出走，还盗用他父亲的名讳，真是坏事做尽。”

“你不会觉得我也会做出这些事吧？太看得起我了！”

“不，不是，哎呀，不是的呀！只是我听说金钱能腐化人心，有时我真希望你没钱，那我就不用担心这些了。”

“乔，你为我担心？”

“你郁郁寡欢、愤懑不平的时候，我就有些担心；你很固执好强，一旦走上歪路，就很难劝回来。”

劳里沉默着往前走。乔看着他的样子直懊恼自己心直口快。只见他嘴角含笑好像是在嘲笑她的忠告；眼睛像是要喷火。

“你是不是打算给我训一路话？”他脱口而出。

“当然不是。怎么这么问？”

“如果是，我就坐车回家；如果不是，我就和你一起走回去，并且告诉你一个有趣至极的新闻。”

“那我不训话了，我想听新闻。”

“很好，走吧，不过这是个秘密，我告诉你了，你也得跟我说一个你的秘密。”

“我没秘密。”乔话没说完就想起自己确实有一个秘密，赶紧住了口。

“你自己心里明白——你藏不住事的，你不说，我也不说了。”劳里叫道。

“你的秘密有趣吗？”

“嘿，那是当然！涉及的人你都认识的，非常有趣呢！你该听听的，我一直忍着没讲出来。来吧，你先说。”

“你回家要只字不提，行吗？”

“只字不提。”

“私底下，你不会取笑我吧？”

“我从不会取笑别人。”

“不，你会的。你只要想知道什么，总会从人家嘴里套出来。不知道你是怎么得逞的，天生就会骗人。”

“多谢夸奖。赶紧说吧。”

“好吧，我投了两篇文章给一位报社编辑，他下礼拜就回复我。”乔凑到她的密友耳边，悄声说道。

“哇哦，马奇小姐，美国著名女作家!”劳里叫着，把自己的帽子抛向空中，然后接住。他们此时刚走到了郊外，有两只鸭、四只猫、五只鸡和六个爱尔兰小童看到了这番情景，全都被逗得大笑不止。“嘘！我敢说，没戏的，但我总要试试才会死心。这事儿我没跟别人提过，不想让他们失望。”

“一定能成功。乔，如今每天出版的文章有一半都是垃圾，相比之下，你的故事可以比得上莎士比亚的大作。要是它们能见报，那多有趣！难道不该为我们的女作家自豪一下?”

乔的眼睛亮了起来。朋友的信任让她心中甜蜜；朋友的赞扬比报纸上的追捧文章更动听。

“你的秘密呢?特迪，要公平哦，不然我再也不会相信你了。”她说，劳里的鼓励点燃了她巨大的希望，但乔试图把它熄灭。

“说出来可能让人有些尴尬，但我从来没有发誓不能说，那我就说出来，只要我知道了好消息，不跟你说我心里就不舒服。我知道梅格的手套在哪里。”

“就这个?”乔有些失望。劳里边点头边意味深长地眨眼睛。

“就这个，等我说完，你就明白了。”

“那好，说吧。”

劳里俯到乔耳边轻声说了几个字，乔闻声色变。她呆呆地盯着他，诧异又生气，然后继续边走边厉声问道：“你从哪里知道的?”

“我看到的。”

“在哪儿?”

“口袋里。”

“一直都在?”

“对，浪不浪漫?”

“不，让人恶心。”

“你不喜欢？”

“当然不。这太荒谬了，怎么可以这样。哎呀！梅格要是知道了会说什么？”

“记住，你不能跟别人说。”

“我可没答应。”

“我以为我们已达成默契，而我也相信你。”

“嗯，我现在不会说出去的，但这太恶心了，真希望你没说过。”

“我还以为你会开心呢。”

“开心梅格被人抢走？没门！”

“等到哪天也有人来抢走你时，你就没那么难受了。”

“看看谁敢。”乔凶神恶煞地喊道。

“我也想看看！”劳里想到那时的情景抿着嘴笑了起来。

“我这人听不得秘密，听了你的话，我脑子里乱糟糟的。”乔没有丝毫感激之情地说道。

“跟我一起冲下山坡，你就好了。”劳里提议。

眼前平滑的山路蜿蜒而下，着实诱人，眼见周围没人，乔抵挡不住诱惑冲了下去，不一会儿帽子和发梳就掉了，发夹也散了一地。劳里先跑到终点，见到自己的治疗方法灵验了，颇为满意。只见他的“阿塔兰忒”① 气喘吁吁，头发散乱，眼睛发亮，双颊红润，脸上没有丝毫不开心了。

“我真想变成一匹马儿，在这清新的空气中尽情驰骋不知疲倦。这样跑步真是太得劲了，但看我变成了什么鬼样子。去把我的东西捡回来，像个小天使一般，况且你本来就是嘛。”乔说着坐到一棵枫树下面，绯红的叶子已落满河岸。

劳里悠闲地散着步去捡掉落的东西，乔扎起辫子，只希望这时千万不要有人路过看见她这乱糟糟的模样，但恰恰有一个人走过来

① 阿塔兰忒（Atalanta），古希腊神话人物，是伊阿索斯（Iasus）的女儿，擅长狩猎和奔跑。伊阿索斯希望阿塔兰忒早日嫁人，阿塔兰忒于是宣布只要与她赛跑赢了的人就能娶她，最终希波墨涅斯（Hippomenes）靠女神阿弗洛狄忒（Aphrodite）给的三个金苹果影响了阿塔兰忒的注意力而赢得了比赛。

了，不是别人，正是梅格。她穿着一身整洁的礼服出门访友，显得淑女风韵十足。

“你到底在这儿干什么？”她惊讶却优雅地看着妹妹乱蓬蓬的头发问。

“捡树叶。”乔温顺地答道，手里挑拣着刚刚捧起的枫叶。

“还有发夹，”劳里把半打发夹丢到乔的膝上，接着说道，“梅格，这条路长了发夹、发梳，还有棕色的草帽。”

“乔，你刚刚跑步了，你怎么能这样？你什么时候才能安分一点？”梅格斥责道，同时理了理袖口和被风吹起的头发。

“等我老得走不动了，拄着拐杖的时候再说吧。别总催我长大，这是揠苗助长，梅格，看到你突然长大我已经很难过了，就让我做小姑娘吧，尽量久一点。”

乔边说着低下头用红叶遮住微颤的双唇。她最近觉得玛格丽特正迅速成长为一个女人，姐妹分离是迟早的事，但劳里说的秘密加速了这一天的到来，让她害怕。劳里看到她满脸愁容，为了不让梅格也注意到，他急忙问道：“你穿得这么漂亮，刚才去哪里串门了？”

“加德纳家。莎莉跟我说了贝拉·莫法特的婚礼。婚礼奢华极了，一对新人已经去巴黎过冬了。多浪漫啊！”

“梅格，你是不是很羡慕呀？”劳里问。

“确实羡慕。”

“感谢上帝！”乔嘟囔道，把帽子猛的一拉系好。

“怎么啦？”梅格好奇地问。

“你要是看重金钱，就绝对不会嫁给穷人。”乔说。劳里赶紧示意她别说漏嘴，她却冲他皱眉头。

“我不会‘嫁给’任何人。”梅格说完昂着头就走了。乔和劳里在后头说说笑笑，还向河中丢石头打水漂。“真像没长大的孩子！”梅格暗想，她要不是穿着最漂亮的衣裳，可能也会忍不住和他们一起胡闹。

之后的一两周里，乔古里古怪的行为让姐妹们感到莫名其妙。每次邮递员一按门铃，她就冲了过去；每次碰到布鲁克先生的时候，她都言语粗鲁；常常一个人坐在一旁，愁眉苦脸地看着梅格，一会跳起来推她一下，一会又没有缘由地亲吻她。劳里经常和她打暗号，谈论些什么“展翅的雄鹰”，最后姐妹们只好认定这两个人都入了魔。自乔跳窗出去那日算起，第二个礼拜六，劳里追着乔满园子跑，最后在艾米的花架子下捉住了乔，坐在窗边做针线活的梅格看到了，心中有几分不快。她看不清那两个人在底下干什么，只听到刺耳的笑声，随后是喁喁细语，和一记响亮的拍报纸的声音。

“真拿这姑娘没办法，怎么就不肯做个安静的淑女。”梅格心烦地看着跑来跑去的两个人，叹息道。

“我希望她不肯，她现在这个样子多有趣多可爱。”贝思说。贝思看到乔与别人而不是自己说悄悄话，她心里有些难过，只是没表现出来。

“这太不雅了，不过我们从来都没办法让她安分下来。”艾米又说。她坐在那里为自己做批新的装饰花边，头上的鬈发被扎成了两个漂亮服帖的小辫子，让她觉得自己像个优雅的淑女。

几分钟后乔冲了进来，躺到沙发上假装看报纸。

“报纸上有什么有趣的文章吗？”梅格放下身段问道。

“是个小故事，也不是什么大作。”乔边回答边小心翼翼遮住报纸的名字。

“还是大声读出来吧。让大家消遣一下，也免得你闲着胡闹。”艾米像个家长一样地说道。

“故事叫什么名字？”贝思问，纳闷乔为什么把脸藏在报纸后面。

“《画王争霸》。”

“听起来不错。读读看。”梅格说。

乔用力清了下嗓子，深吸一口气，然后飞快地读起来。姐妹们听得津津有味。故事浪漫又哀婉，最后大部分人物都死了。

“我喜欢写漂亮图画的那一节。”艾米在乔停下后称赞道。

“我更喜欢描写情人的那一部分。太巧了，维奥拉和安吉洛是我最喜欢的两个名字。”被凄婉的情人那部分打动的梅格擦着眼泪说。

“谁写的？”贝思问。她似乎从乔的脸上看出了端倪。

朗读者突然坐起来，丢开报纸露出红扑扑的脸，抑制住兴奋强装镇定地大声答道：“你姐姐。”

“是你！”梅格叫道，手中的针线活掉到了地上。

“这太棒了！”艾米评价道。

“我就知道！我就知道！噢，我的乔，我真为你骄傲！”贝思跑上去紧紧抱住姐姐，为她的伟大成功欢呼雀跃。

哦，姐妹们兴奋得忘乎所以了！梅格起先不敢相信，直到见了清清楚楚印在报上的“约瑟芬·马奇小姐”几个字时才相信；艾米礼貌地对故事中绘画方面的描述评论一番，又提供一些写续集的思路，可惜没法继续了，因为男女主角都已毙命；贝思兴奋不已，高兴得唱唱跳跳；汉娜进来看到“乔的东西”，惊讶万分，大喊“莎士①转世！谁能想到！”马奇太太得知后更是无比自豪。乔笑得流出了眼泪，觉得自己走到了人生巅峰，此生无憾。报纸在大家手上传来传去，如同“展翅的雄鹰”一样在马奇家的上空翱翔！

“跟我们讲讲。”“什么时候发表的？”“拿了多少稿费呀？”“爸爸会说些什么？”“劳里笑话你了没？”全家人围着乔，一口气问了这么多问题。每逢家里有一点点喜事，这些淳朴的、相互深爱的人儿都要狂欢一番。

“姑娘们别嚷嚷了，听我娓娓道来。”乔说。她对自己的《画王争霸》十分得意，想着伯尼小姐②对她的杰作《伊夫莱娜》的自豪感也不过如此吧。她讲述了自己的投稿经历，补充道：“当我去询问投稿结果时，编辑说两篇他都喜欢，但新手作家没有稿酬，只是把文章登出来，再加些评论。编辑说这是一种很好的锻炼，等到新手作家水平提高后，谁都愿意付稿酬的。我就把两篇故事都给他了。今天我收到了这一篇，劳里撞见了非要看，我就给他看了，他说写得不错。我准备再写几篇，让他帮我洽谈下次的稿酬。我真高兴，我马上就能养活自己了，还能帮衬你们。”

说到这里，乔喘不过气来了，把头藏在报纸后面，情难自已地

---

① 莎士比亚。

② 弗朗西斯·伯尼（Frances Burney，1752—1840），英国女作家，1778年匿名出版了书信体小说《伊夫莱娜：一位少女初入社会的经历》（*Evelina or the History of a Young Lady's Entrance into the World*）并获得文学批评界中肯的评价。

洒下几滴泪珠。自食其力、获得所爱之人的称赞是她最大的心愿，这件事好像是迈向幸福终点的第一步。

第十五章　一封电报

“一年之中最让人讨厌的就是十一月了。”一个阴沉沉的下午，梅格倚在窗边看着草木萧条的园子说道。

“我就是这个月出生的。”乔闷闷不乐地说，完全没留意自己鼻子有块墨渍。

“今天要是发生件好事，我们就认为它是个好月份。”贝思说。她对什么都充满希望，甚至对十一月也是如此。

“也许吧，但这个家什么时候有过好事发生？”心情不好的梅格说，“我们日日夜夜苦干，却一点改善也没有，生活还是这样枯燥无味，就跟驴子推磨一样。”

“啊呀，怎么这么悲观啊！”乔叫道，“可怜人儿，难怪你会这样，看着别的姑娘们风光快乐，自己却一年到头工作。但愿我能为你安排命运，就像我给笔下的女主人公安排的一样！你天生丽质，心地善良，我要给你安排个有钱的亲戚留下一笔意外之财。你成了横空出世的女继承人，对曾经小看你的人嗤之以鼻，漂洋过海，成了高雅的贵妇人，然后衣锦还乡。”

“这种事情，现如今是不会发生的。男人得好好工作，女人得嫁个好人家，才能有钱。这个世界真不公平。”梅格苦涩地说。

“我和乔会赚大钱给你们花的。过上十年，我们一定会发财。”艾米说。她坐在角落里做泥饼——汉娜就是这样称呼她的那些小鸟、水果、脸谱之类的陶土物件。

“不能等了，谢谢你们的好意，我对你们的墨水和泥土可没什么信心。”梅格叹了口气，又回过头盯着霜寒露重的园子。乔抱怨着沮丧地把胳膊支在桌子上，艾米使劲儿拍着陶土，此时坐在另一扇窗户旁边的贝思笑着说：“马上就双喜临门了。妈咪到街口了，劳里正穿过园子，他好像有好消息要告诉我们。”

两人一起进来了，马奇太太跟往常一样问道：“姑娘们，有爸爸的信吗？”劳里用一种让人无法拒绝的方式说道：“有谁想出去兜风？我做数学题做得头疼，想出去清醒一下，今天虽然是阴天，可空气清新，我打算去接布鲁克，所以就算外面天气不好，车子里头肯定是热热闹闹的。来吧，乔，你和贝思都来，行吗？”

“我们当然来。”

“感谢你的好意，但我没空呀。”梅格赶紧拿出针线篮子。她和母亲一致认为，至少对她来说，最好不要经常和这位年轻绅士乘车出游。

“我们三个很快准备好。”艾米边喊边跑去洗手。

“太太，有什么需要我帮忙的吗？”劳里在马奇太太椅边俯身问道，言谈中饱含着一如既往的温情。

“没有，谢谢你。不过，亲爱的孩子，要是你方便，就帮我去邮局看看。今天应该有信来，但邮递员还没到。马奇先生的信历来准时，怕是路上耽误了时间。”

刺耳的铃声打断了她的话音，不久，汉娜就拿了一封信走进来。

“太太，是一封可怕的什么电报。”她小心翼翼地把电报递过来，像是怕它会突然爆炸损坏什么东西。

听到“电报”两个字，马奇太太一把拿过信，看完那两行字，就脸色苍白地跌回椅子里。这片小小的纸像利箭一样刺穿了她的心。劳里赶紧冲下楼端水，梅格和汉娜扶着妈妈，乔声音颤抖地大声读道：

马奇太太：

你夫病重。速来。

华盛顿布兰克医院
S. 黑尔

众人屏气凝息，屋内寂静无声，屋外也暮气沉沉，世界好像突然变了样；姐妹们围着母亲，有一种似乎所有的快乐和生活支柱都将被夺走的感觉。

不久，马奇太太回过神来，又看了一遍电报，向几个女儿伸出手臂，用一种她们永远都无法忘怀的语气说："我这就出发，然而也可能已经晚了。哦，孩子们，孩子们，一定帮我挺过去！"

好长一段时间里，房间里只能听到众人的啜泣声，夹杂着断断续续的安慰声和轻柔的劝解声，然而满怀希望的低语最终还是化为泣不成声。可怜的汉娜最先从悲痛中走了出来，不经意间为众人树立了好榜样，告诉众人，工作能治愈痛苦。

"上帝会保佑好人的！别把时间浪费在掉眼泪上，太太，得赶紧收拾行李。"她真诚地说，一只手拿起围裙擦脸，另一只粗糙的手用力握了握女主人的手，就走开了，用三倍的劲头干起活来。

"她说得对，现在不是流眼泪的时候。姑娘们，镇定点，让我思考一下。"

可怜的姑娘们拼命让自己镇定下来，母亲坐了起来，脸色苍白，神情却平静了许多。她强忍悲痛的心情，思考着接下来该怎么做。

"劳里在哪儿？"她镇定下来后，弄清楚了最先要做的几件事，立刻问道。

"我在这儿，太太。让我为您做些什么吧！"匆匆忙忙从隔壁房间赶出来的小伙子回应道。刚才他悄悄退到隔壁，因为他善良的眼睛不忍看到这深切的悲伤。

"发封电报告诉他们我马上就出发。我就搭明天一早的第一趟车。"

"还有什么吩咐？马匹已经备好，想去哪儿、干什么都行。"他一副打算飞到天边儿去的样子。

"送张便条给马奇叔婆。乔，给我笔和纸。"

乔从刚刚抄好的稿子里撕下一页反面空白的，还拉了张桌子到

母亲跟前。她知道，为了这次遥远而悲伤的旅行，必须借到一笔钱。只要能为爸爸借到哪怕一点点钱，她愿意付出一切。

“去吧，好孩子，别拼命赶路伤了自己，犯不着。”

马奇太太的警告显然被抛诸脑后。五分钟后，只见劳里骑着自己的骏马从窗边狂奔而过。

“乔，赶快去收容所告诉金夫人我不去了。顺便买齐这些东西，我马上列出来，它们会有用的，医院商店的不一定好，我得准备些医护用品。贝思，去跟劳伦斯先生要两瓶陈年葡萄酒。为了你们父亲我可以放下尊严求人，他该喝最好的。艾米，让汉娜把黑色行李箱搬下来，梅格，你来帮我找用得上的东西，我脑子一团乱麻。”

既要写，又要思考，还要指挥一切，这位可怜的太太感到力不从心。于是梅格求她到自己的房间里安静地坐上片刻，一切工作由她们打理。大家各自散去，就像随风散去的树叶。那封电报就像一道咒语，把温馨平静的家庭搅得支离破碎。

劳伦斯先生急匆匆地跟着贝思过来了，善良的老人带来了他能想到的各种慰问品给病人，并承诺在马奇太太离家期间照顾姑娘们，这让马奇太太放心不少。他提供了一切帮助，包括自己的罩衣，甚至提出亲自护送，当然后者是不可能的，马奇太太怎么可能让老人长途跋涉。不过，当他提出此事时，马奇太太脸上流闪过一丝欣慰，毕竟她心急如焚地一个人出门确实不妥。老人皱起浓眉，搓了搓手抬脚就走，说马上回来。大家忙乱之中便没在意。不料梅格拿着胶鞋、端着茶跑到门口的时候，却突然看到了布鲁克先生。

“马奇小姐，听到这个消息我很难过，”他平和善意地说，让她不安的心倍感温暖，“我来请求护送你妈妈。劳伦斯先生派我去华盛顿办点事，我真的很高兴可以在那边帮衬一下她。”

梅格伸出手，胶鞋掉到了地上，茶也差一点泼了，那真诚的感激之情让布鲁克先生觉得更大的牺牲都值得，更别说只是花点时间照顾马奇太太。

“你们都是大好人！妈妈肯定同意。有人照顾她，我们就放心了。非常、非常感谢你呀！”梅格激动得不能自已，布鲁克先生低头看着她，棕色的眼睛闪烁着异样的光芒。梅格突然想起茶快凉了，赶紧把他领进客厅，说这就去叫母亲。

劳里回来的时候，一切都安排好了。他从马奇叔婆那里带回一封信，里面有急需的钱和几句她以前常念叨的话——她早就多次劝诫她们，让马奇参军愚不可及，不会有好结果，她希望她们下次能够把她的劝告听进去。看完之后，马奇太太把纸条扔进火炉里，把钱装进钱包，紧闭着双唇继续收拾行李。乔要是在的话，一定能读懂她那副神情的含义。

一转眼一个下午过去了。办妥了其他需要跑腿的差事后，梅格和她的母亲便忙着缝纫衣物，贝思和艾米在一旁准备茶水，汉娜则麻利地熨好了衣服，但乔却还没有回家。她们不禁开始担忧了起来，大家都不知道乔的脑子里又想出了什么疯狂大胆的主意。劳里跑出去找乔，但没找到，最后倒是乔自己一个人回来了。她一边走进屋里，一边露出奇怪的表情，那表情里混杂着戏谑又害怕、满意又遗憾的神色，这让看到她这副样子的家人们都感到莫名其妙。当她们还处于茫然不已的状态时，乔又掏出了一卷钞票放在母亲的面前，抽噎着说道："这是我给爸爸用来养病还有带他回家的钱！"

"我的乖乖，你上哪儿弄来的这么多钱？25 美元！乔，你没做出什么傻事吧？"

"没有，这是我老老实实赚来的钱，我既没去乞讨，也没去向别人借，更没有去偷。这是我自己挣来的，我想你们不会责怪我的，因为我只是卖掉了属于我的东西。"乔边说边摘下了她头上的软帽，她的短发引起了在场的人们一阵惊呼。

"你的头发！你漂亮的头发！""噢，乔，你怎么可以这样？那是你最引以为傲的头发！""好女儿，你没必要这么做的。""她不像我的乔了，但我更爱她了。"

在大家的喊叫声中，贝思把乔的脑袋紧紧搂在怀里。乔假装满不在乎，却骗不过大家。她用手拨了一下棕色短发，表明对新发型的喜爱，说道："这又不是什么影响国家命运的大事，贝思，别哭得那么伤心了。这正好灭灭我的虚荣心，我对自己的头发也太骄傲了些。乱蓬蓬的头发剪掉了，脑袋都变得轻便爽利了。理发师说短头发很快就能卷起来，像男孩头一样活泼好看，又容易梳理。我挺开心的，把钞票收好，我们开饭吧。”

“乔，把整件事一五一十地跟我说一遍。我不希望你这么做，但不能责怪你，因为我知道你是多么愿意为所爱的人牺牲你所谓的‘虚荣心’。不过，乖乖，你不必如此的，我怕你会后悔啊！”马奇太太说。

“不，我不会！”乔坚定地说。这次胡闹没被严惩，她松了一口气。

“是什么鼓励你这样做的？”艾米问。对她来说，剪掉一头秀发无异于砍掉她的脑袋。

“嗯，我太想为爸爸做点事了。”乔回答。此时大家都围到饭桌边，年轻人胃口好，心里烦恼也吃得下饭。“跟妈妈一样，我不喜欢向人借钱，我了解马奇叔婆，只要向她借一点钱，她就会唠叨个没完，她一向如此。梅格这季度的薪水付了房租，我的却买了衣服，我觉得自己很坏，想着怎么样都要筹点钱，就算卖掉自己的鼻子。”

“乖乖，别觉得自己坏。你没有冬天穿的衣服，用自己辛苦赚来的钱买几件最朴素的衣服，这没有错。”马奇太太慈爱地看着乔说道。

“开始我并没起意要卖头发，我就是一边走一边想自己能做点什么，甚至想着钻进富丽堂皇的商店里随便拿。路过理发店的橱窗，我看到摆着几个标了价的辫子，有一个黑色的还没我的粗，标价四十元。我突然想到我有一样东西可以卖钱，就不假思索地走了进去问他们要不要头发，我的值多少。”

“我竟看不出你这样勇敢。”贝思肃然起敬。

“老板是个小个子男人，一直在给自己的头发上油，似乎活着就只为做这件事。他一开始有点目瞪口呆，应该是不习惯女孩子闯进他店里卖头发。他说没兴趣，我的头发颜色不时髦，卖不了好价钱，要经过他的加工才值钱。天快黑了，我担心如果不能马上做成这笔买卖，那就再也做不成了，你们知道的，我做事不喜欢半途而废。我求他买下头发，跟他讲我这样着急的原因。我知道说出来很傻，但这让他改变了主意，我当时太激动了，话说得颠三倒四。他妻子听了好心劝道：‘买下吧，汤姆，帮帮这位小姐吧，换作是我有一把值钱的头发，我也会为我们的吉米这样做的。’”

“吉米是谁?”喜欢打破砂锅问到底的艾米问道。

“她的儿子，她说也参军了。相同的境遇让陌生人成为朋友，是不是?那男人给我剪头发的时候，她一直跟我聊天分散我的注意力。”

“第一下剪下去的时候你有没有觉得不寒而栗?”梅格打着哆嗦问道。

“趁老板做准备的时候，我瞧了自己的头发最后一眼，仅此而已。我从不在这种小事上哭鼻子。不过我坦白，当我看到自己的宝贝头发被摆在桌上，摸摸脑袋上短粗的发茬时，心里怪怪的。这种感觉有点像断胳膊断腿。那女人见我盯着头发，就捡起一绺长发让我自己留着。妈妈，现在我把它交给您，以此来纪念我往日的模样。短发真舒服，我想我以后再也不会留长发了。”马奇太太把卷曲的棕色长发挽起来，和一绺灰白色的短发一起放进抽屉里，只说了一句：“难为你了，乖乖。”见她脸色不太好看，姑娘们便换了话题，强打着精神谈论布鲁克先生是如何如何好，又说到明天一定是个好天气，还说爸爸回来养病的时候就可以享受天伦之乐了。

到了十点钟，大家毫无睡意，马奇太太把刚完成的针线活放在一旁，说：“来吧，姑娘们。”贝思走到钢琴前弹奏父亲最喜欢的赞美诗。大家鼓足勇气开口唱了起来，但越唱越伤怀，都唱不下去了，最后只剩下贝思一个人深情独唱，因为音乐就是对她心灵最好的慰藉。

“上床睡觉，不要讲话，抓紧时间休息，明天我们要早些起床。晚安，孩子们。”马奇太太在唱完赞美诗后说道，因为大家都没有心情再唱一首了。

她们安静地吻别母亲，轻轻地爬上床，仿佛生病的父亲就躺在隔壁。尽管家中突逢变故，贝思和艾米还是很快入睡了，梅格却完全睡不着，躺在床上做她短短前半生里最为严肃的思考。乔躺着没动，梅格以为她已经睡了，却听到一阵压抑的呜咽声，她一伸手摸到一张湿漉漉的脸，不禁小声道：

“乔乖乖，怎么啦?是为爸爸伤心吗?”

“不，现在不是。”

“那是为了什么？”

“我的——我的头发！”可怜的乔冲口而出。她把头埋在枕头里试图掩盖自己的啜泣声，却没达到效果。

梅格没觉得好笑，她无限温柔地亲吻和拥抱着这位伤心的女英雄。

“我不是后悔，”乔哽咽着郑重声明，“要是可以的话，我明天还会这么做。我这样傻哭，只是我的虚荣心作祟。别告诉别人，我已经好了。我以为你睡着了，这才悄悄为我的长头发流几滴眼泪。你怎么也还没睡？”

“睡不着，心里乱糟糟的。”梅格说。

“想想开心的事情，很快就会睡着了。”

“我试了，更清醒了。”

“你想到了什么？”

“俊美的脸——尤其是眼睛。”梅格答道，黑暗中暗自笑了。

“你最喜欢什么颜色的眼睛？”

“棕色，我的意思是，有时候蓝色也很漂亮。”

乔大笑起来，梅格厉声喝止她别说话了，接着又亲切地承诺会替她卷头发，随后就进入了梦乡，住到她的空中楼阁去了。

午夜钟声敲响，夜深人静，一个人影在床间轻轻走动，把这边的被角掖好，把那边的枕头摆正，然后停下来深情凝视每张熟睡的面孔许久，带着祝福亲吻每个孩子，最后怀着无限的爱意真诚祈祷。她拉起窗帘望着外面沉闷的夜色，这时月亮忽然穿云破雾而出，在她脸上洒下一片仁慈的光辉，好像在凉凉夜色中低语：“别担心，善良的人儿！守得云开见月明。”

第十六章　致马奇太太的信

寒冷的清晨，天蒙蒙亮，姐妹们就点亮灯阅读她们的小书，从来没有如此虔诚过。对于她们，真正的磨难已经降临，而这小书中处处都能找到帮助和宽慰。她们早上穿衣的时候约定，要高高兴兴地和母亲道别，不流泪、不诉苦，让她本已焦虑不堪的路途轻松一点。她们走下楼时感觉世界变了个样——外面天色灰暗、悄无声息，家里却灯火通明、手忙脚乱。如此早的早餐显得有些奇怪，汉娜戴着睡帽在厨房里跑来跑去，那张熟悉的脸也变得有些陌生。大行李箱已放在了大厅里，沙发上摆着母亲的外套和帽子。母亲坐在那里，努力咽下早点，脸色因昨晚忧心思虑过度、一夜无眠而显得苍白疲惫，姑娘们见了觉得很难履行之前的约定。梅格忍不住眼泪汪汪，乔三番五次地躲到厨房的碾磨后面抹眼泪，两个小妹妹也面色惨白，仿佛从未如此悲伤过。

谁都没怎么说话，出发的时间就要到了，大家坐着等马车，姑娘们围着母亲忙碌，一个替她叠围巾，一个把她的帽带拉直，一个为她穿上套鞋，还有一个为她系好旅行袋。

马奇太太对她们说："孩子们，我把你们托付给汉娜和劳伦斯先生。汉娜一向忠诚，我们的好邻居劳伦斯先生会把你们当作自己的孩子一样守护，我不担心这些，我担心的是你们能否正确对待这次变故。我不在的时候，你们不要烦恼悲伤，也不要无所事事，或者试图逃避现实，以为忘记了就舒服了。要照常工作，工作是天赐的安慰。满怀希望，辛勤工作，不管发生了什么，都要谨记，你们决不会失去父亲。”

“好的，妈妈。”

“梅格，乖乖，你要谨慎一些，看好几个妹妹，事事与汉娜商量，遇到困难就去找劳伦斯先生。乔，你要有点耐性，不要灰心丧气做傻事，多给我写信，做个勇敢的姑娘，给大家帮助和鼓舞。贝思，弹弹琴安慰自己，有时间就帮忙做点家务。至于你，艾米，尽力帮忙，乖乖听话，开开心心地待在家里，别闯祸。”

“会的，妈妈！我们会的！”

这时传来“嘎嗒嘎嗒”的马车声，大家站起来仔细听。痛苦的时刻来临，姑娘们挺住了，没有人哭泣，没有人逃避，或发出叹息，虽然她们心里都十分沉重。她们让母亲把深情的问候带给父亲，虽然心里想着说这些话或许已经太迟。大家默默吻别母亲，温柔地依偎着她，然后看着母亲的马车离去，努力笑着挥手告别。

劳里和他爷爷也过来送别，布鲁克先生身强力壮、踏实可靠，姑娘们当场送他一个外号“大好人先生”。

“再见，我的乖乖们！愿上帝保佑我们平平安安！”马奇太太轻声说道。她在每张可爱的小脸上亲了一下，然后匆匆登上马车。

马车缓缓向前行进，此时太阳冉冉升起。马奇太太回头望去，只见众人站在大门口，朝霞照在他们身上，真是个好兆头。他们也看到了旭日，都微笑着挥手。马车转过街角，马奇太太最后看了一眼四姐妹开心的笑脸，身后站着守护者劳伦斯老人、忠实的汉娜和忠诚的劳里。

“大家对我们真是太好了！”她说着转过头，见到年轻人脸上恭敬和同情的神色，又一次印证了这句话。

“他们就是这样的人。”布鲁克先生开朗地笑道。他的笑声很有感染力，马奇太太也忍不住微笑起来。就这样，旅途在灿烂的阳光和欢声笑语中开始了。

劳里和爷爷回去吃早餐，姑娘们在家里休息一下，邻居一走，乔便说：“我觉得好像发生了一场地震。”

“似乎半个家都没了。”梅格可怜兮兮地接着说。

贝思开口要说话，却说不出话，只用手指着母亲桌子上一叠补好的长筒袜。母亲在这样紧张忙碌的时刻还在为她们着想。虽然这只是一件小事，却深深地触动了她们的心，让她们违背先前的约定，伤心痛哭起来。

汉娜也不劝，由她们尽情宣泄悲伤，看她们哭得差不多了，才端着咖啡壶走过来营救。

“好了，年轻的小姐们，别忘了你们母亲说过的话，不要伤心。来，喝杯咖啡，然后就开始干活，为这个家出份力。”

咖啡乃是良药，那天早上汉娜又把咖啡煮得极香。她不断劝小姑娘们多喝点热咖啡，咖啡壶嘴里冒出来的阵阵香气也让人无法抗拒。姐妹们凑到桌边，把手帕当餐巾，过了一会就都平静下来。

“‘满怀希望，辛勤工作’是我们的座右铭，看谁记得最牢。我要照常去马奇叔婆那里。唉，又要听她训话了！”乔抿了口咖啡，来了精神。

“我也要去金家，不过我宁愿待在家里做家务。”梅格说道，后悔自己把眼睛哭红了。

“不用啦。我和贝思可以把家打理得整整齐齐。”艾米郑重其事地插话说。贝思急忙拿出抹布和洗碗盆说：“汉娜会教我们做的，你们回家的时候我们会把一切都弄得妥妥帖帖。”

“我觉得忧虑挺有意思的。”艾米边吃着糖边说道。

众人忍俊不禁，心里也好受了些。梅格则冲这位能从糖碗里找到安慰的小姑娘摇了摇头。

一看到卷饼，乔严肃了起来。两姐妹出门去上班，不断凄凄切切地回头望向窗口，往日里母亲一定会凭窗而立，跟她们道别，今天却不在了。不过，贝思没有忘记这个小小的家庭仪式，她代替母亲站在窗前，向两位姐姐点头示意，像个红脸的中国娃娃。

“真是我的好贝思！”乔说，满怀感激地挥挥帽子。“梅格，再见，我希望金家孩子今天不会惹你生气。梅格，别太担忧爸爸。”快分手时她又说。

“我也希望马奇叔婆别唠叨，你的头发很好看，像个男孩子。”

梅格答道，极力忍住笑。只见妹妹的脑袋上耷拉着短短的鬈发，架在宽大的肩膀上，显得又小又滑稽。

“这是我唯一的安慰。”乔摸了摸劳里送她的大帽子，转身离去，觉得自己就像一只被剪了毛的羊在寒风中瑟瑟发抖。

很快，父亲的消息传来，让姑娘们甚为宽慰。尽管病情严重，但在医护人员的精心护理下，已经有了起色。布鲁克先生每天都寄来一份病情报告。梅格身为一家之长，每次都坚持由自己来读这些信。日复一日，信中的消息越来越让人开心。开始的时候，四姐妹都争着写信，写好后，由其中一人把厚厚的信封小心翼翼地塞进邮筒。大家都十分看重这些华盛顿通信。

其中有几封很有代表性，我们不妨截下来读一读。

我最亲爱的妈妈：

读了来信，我们喜悦的心情简直难以言表，您捎来的好消息让我们高兴得哭了。布鲁克先生真是大好人，幸好劳伦斯先生在华盛顿的生意需要他去，有他能在你们身边长时间陪伴照料，真是雪中送炭。妹妹们都很听话。乔帮我做针线活，还坚持要做那些最难的活儿。幸亏我知道她的“道德冲动”长久不了，才不会担心她会操劳过度。贝思兢兢业业，总记着您跟她说的话，她担心爸爸，整天闷闷不乐，只有坐在她的小钢琴前才会轻松下来。艾米很听我的话，我也悉心地照顾她。她会自己梳头，我正在教她开纽扣孔和缝补袜子。她干得很卖力，您回来的时候一定会满意她的进步。劳伦斯先生像老母鸡一样看着我们——这是乔的原话，劳里待我们非常热情友好。你们在那么远的地方，我们有时郁郁寡欢，觉得自己像孤儿，是劳里和乔逗我们开心。汉娜是个大圣人，从不骂人，十分尊重我，总叫我“玛格丽特小姐”，您知道，这称呼很郑重。我们全都平安并且忙碌，只是日夜盼望你们回来。请转达我对爸爸最诚挚的爱。

永远属于您的梅格

和这张字迹娟秀的香笺形成鲜明对比的，是下面这张墨迹斑斑、张牙舞爪的大信纸：

我亲爱的妈咪：

为亲爱的爸爸欢呼三声！爸爸身体一好转，布鲁克就赶紧发电报告诉了我们，真是大好人。收到信后我冲上阁楼，想感谢上帝对我们一家的厚爱，却只会哭着说："我好高兴！我好高兴！"这跟真正的祈祷有什么区别呢？我在心中已经祈祷了无数次。我们过得挺好，我已经开始享受这种生活了，大家互相帮助，家就像一个温暖的鸟巢。要是您看到梅格坐在主位，拼命想扮个好妈妈，定会忍不住笑出来。她越来越美了，有时候我竟会爱上她。两个妹妹是真正的天使，至于我——嗯，我就是我，我还是乔。哦，我得告诉您，我差点就跟劳里吵了一架。因为一件小事，我心直口快地说了他几句，他就生气了。我又没错，只是说话的方式不对，他就头也不回地回了家，说要我先认错，他才会再来。我也宣布说不会求他原谅，真是气死我了，一整天都闷闷不乐的，多希望您在我的身边。我和劳里都很要强，很难放下身段认错，我以为他会先来向我道歉，因为我有理。但他没有来，晚上我想起艾米掉到河那次您跟我说过的话，又去读了我的小册子，心里舒坦了一些，想到不能因一时之怒蒙蔽了双眼，便跑去向劳里求和。谁知在门口遇到了他，他也是跑来向我道歉的。我们相视一笑，互相说了对不起，就和好了。

昨天我帮汉娜洗衣服时胡诌了一首侍（诗）。爸爸喜欢我这些傻里傻气的小玩意儿，现随信寄上逗他一笑。帮我紧紧抱抱爸爸，也替我好好亲亲您自己。

您的"混孩子"乔

肥皂泡之歌

洗衣女神哟，我欢歌一曲，
你看洁白的泡沫泛起；

我使劲又洗又漂，
把衣服拧干晾起来；
在悠悠清风中晃荡，
此时天上阳光灿烂。

我祝愿能把一周的尘污，
从我们的心灵洗去，
让水和清风施展魔法，
将我们洗得和它们一样纯净；
让地球上真有一个，
灿烂辉煌的洗涤日！

在有用的一生中，
愿内心平静，花开不败；
忙碌的脑袋顾不上去想
悲伤、烦恼和忧郁；
每当我们勇敢地挥起扫帚，
忧虑就会一扫而空。

我高高兴兴地，
肩负每天劳动的任务；
它使我身体强健，内心充满希望，
我学会快乐地说：
“头脑可以不去思考，心灵可以不去感觉，
但手，必须永远工作！”

亲爱的妈妈：

信封空间有限，只能装下我的爱，和我一直保存在家里留待爸爸观赏的三色堇干花。我每天早上读书，白天乖乖表现，晚上哼着爸爸的曲子入睡。我现在唱不了《天国之歌》，它只会让我伤感哭泣。大家都相处得很好，虽然没有你们，日子过得也还算愉快，艾米要我把这页纸剩下的地方留给她，所以我只能写到这儿了。我每天都记得盖好被子，给钟上发条，还有打扫房间。

亲亲爸爸的脸颊。噢，快快回到我的身边……

你疼爱的小贝思

Ma Chère Mamma①：

我们挺好的我总做功课从不和姐姐们正（证）实——梅格说我的意思是驳策（斥）所以我把两个词都写出来让你挑。梅格待我很好每晚吃茶点时都让我吃果冻乔说这东西对我十分有益因为它让我性格温和。劳里对人太不尊重了我如今已经十岁多了，他还管我叫“黄毛丫头”当我学海蒂·金说 Merci② 或者 Bonjour③ 的时候他就说语速很快的法语来笑话我。我那条蓝裙子的袖子全磨破了，梅格帮我换了一对新的，但前面的颜色却换错了换成了比裙子还要蓝的颜色。我很难过但没有生气我经得起磨难我真希望汉娜能浆硬一点我的围裙并每天做荞麦。为什么不呢？我的问号画得漂亮吗？梅格说我的标点付（符）号和拼写很不得体我觉得很委曲（屈），但是哎呀我有太多事要做了，不能停下。再会，给爸爸送上我成堆的爱。

深深爱您的女儿

艾米·科蒂斯·马奇

亲爱的马奇太太：

我斤（仅）写几句话想说我们过得丁（顶）好。姑娘们聪明又勤快。梅格小姐很快就能当一个顶好的管家。她对这方面感兴趣，而且很快就能掌握里头的窍门儿。乔样样都走在前头，但从不四（事）先盘算，你永远不会知道她下一秒会出什么乱

---

① 法语：我亲爱的妈妈。

② 法语：谢谢。

③ 法语：你好。

子。她礼拜一洗了桶衣服，还没绞干就上了浆，还把一条粉红色的印花裙子染成了蓝色，我差一点都笑死了。这群小家伙里贝思最乖，她节简（俭）又牢靠，是我的好帮手。她什么都尽力去学，小小年纪就上市场买菜了，还在我的指点下记账，像是那么回事呢。我们一只（直）都节省，安赵（按照）您的意思，我每周只让姑娘们和（喝）一次咖啡，给她们吃简单健康的主食。艾米有好衣服穿，有甜食吃，也不发牢骚了。劳里还是淘气，经常把屋子闹得翻天覆地；不过他能让姑娘们心情好，我就让他们胡闹去。那位老先生送来好多东西，多得让人厌饭（烦）了，不过他是号（好）心，我做仆人的也不该说三道四。面包发起来了，不多说了。向马奇先生致敬，祝愿他不会再患非（肺）炎。

汉娜·莫莱特敬上

2号病房护士长：

拉帕汉诺克营地很平静，部队状态良好，军需部运转正常，特迪上校手下的地方卫队尽忠职守，总指挥劳伦斯将军每日巡视，军需官莫莱特维持军中秩序，赖昂少校专门负责晚间巡哨。收到华盛顿方面的好消息后，我军鸣枪二十四响庆祝，并于总部举行阅兵仪式。

总指挥致以美好祝愿！

特迪上校同祝

尊敬的夫人：

小姑娘们都安好。贝思和我孙子天天都向我汇报。汉娜堪称仆人典范，像龙一样保护美丽的梅格。幸好天气一直晴朗；请尽管使唤布鲁克，若费用超支，请支取我的现款。勿让您先生物资匮乏。感谢上帝，愿他早日康复。

你诚挚的朋友和仆人

詹姆士·劳伦斯

第十七章　忠实的小贝思

整整一个礼拜这间旧屋子里都盛行着一股勤勉谦和之风，甚至惠及邻里。人人都思想高尚，个个都自我克制，着实出人意料。但当她们对父亲的担忧缓解之后，就不知不觉松懈了，又变回了老样子。当然，她们没有忘记那个座右铭，只是“满怀期待，辛勤工作”似乎越来越容易做到，辛苦劳作之后，她们觉得应该休个假来犒劳下自己，这一休就休了许久。

乔一时大意，没裹好剪了头发的脑袋，患了重感冒，又因为马奇叔婆不喜欢听鼻塞的人读书，乔就被禁足在家里养病。乔乐得清闲，在家从阁楼搜罗到地窖，翻箱倒柜地找到了砷剂和书，就躺到沙发上悠闲地养病。艾米发现家务和艺术创作不能兼顾，便又回去摆弄她的泥饼去了。梅格天天去做家教，在家的时候偶尔做些针线活，她自以为是在做，其实常常拿着针线发呆，更多的时候是写长信给妈妈，或者反复品味从华盛顿寄来的急件。只有贝思一如既往，极少偷懒或悲伤。

贝思每天都忠实地做好一切家庭琐事。由于其他姐妹们都健忘，屋子里又没个主事的，她便把许多原本不该她的工作也做了。每当她思念母亲、担忧父亲的时候，她就躲到一个衣柜旁边，把脸埋进旧衣服悄悄哭一场，轻声祷告。没人知道是什么力量让她哭完之后重新振作，但大家都明显感受到了她的善解人意，所以哪怕遇上一点小问题都愿意向她倾诉。

大家都没意识到这次经历正在考验着她们的品格。最初的紧张过去之后，她们都觉得自己出色的表现值得称颂。她们也确实表现优异，却犯了没有坚持下去的错误。这个错误让她们焦虑和后悔，这才从中汲取了教训。

“梅格，我希望你能去赫梅尔家看看。妈妈让我们别忘了他们。”马奇太太离开后的第十天，贝思这样说道。

“今天下午不行，我太累了。”梅格回答，她正惬意地坐在椅子里一边晃着一边做针线活。

“你能去吗，乔？”贝思又问。

“外面风太大，我还感冒着呢。”

“我还以为你已经好了。”

“跟劳里出去还行，但去赫梅尔家就不行。”自知这说法有些牵强，乔讪讪地笑了一下。

“你怎么不自己去？”梅格问。

“我每天都去，但小婴儿病了，我不知道该怎么办。赫梅尔太太上班去了，小婴儿是洛珊在照顾，但病得越来越厉害了，我觉得你们或者汉娜该去那里看看。”贝思恳切地说，于是梅格答应第二天去一趟。

“贝思，向汉娜要些小零食带去，外面的空气对你有好处，”乔说，又充满歉意地添了一句，“我也想去的，但想先把故事写完。”

“我头痛，觉得很累，所以想你们谁能去一趟。”贝思说。

“艾米马上就回来了，让她替我们跑一趟。”梅格提议。

“好吧，我歇一会儿，等她回来。”说完，贝思在沙发上躺了下来，两位姐姐重新干起自己的事儿，把赫梅尔一家的事忘得一干二净。一个小时过去了，艾米还没有回来，梅格进房间去试新裙子，乔全神贯注在写故事，汉娜在厨房的炉火前沉睡，这时，贝思轻手轻脚地戴上帽子，往篮子里装上一些给可怜的孩子的小零食，顶着沉重的脑袋走进刺骨寒风中，宽容的眼睛中流露出明显的伤感。她回来时天色已晚，没人看到她爬到楼上，把自己独自关在母亲的房里。半小时后，乔到“妈咪角”找东西，这才看见双眼通红的贝思坐在药箱上，神情黯淡，手里还拿着一个樟脑瓶。

“天哪！发生了什么事？”乔喊道。贝思伸出手，似乎是警告她离远一些，并迅速问道：“你以前是不是得过猩红热？”

“好多年前和梅格一起得的。怎么了？”

“那我告诉你吧。呜，乔，小婴儿死了！”

“什么小婴儿？”

“赫梅尔太太家的。赫梅尔太太还没回家，那孩子就死在我膝上了。”贝思啜泣道。

“我可怜的乖乖，这对你来说太可怕了！今天原本应该是我去的。”乔满脸悔恨地说道，伸出手扶妹妹到母亲的大椅子上坐下来。

“乔，我不觉着可怕，只是感到很难过！我一到那里就看出来了，他病得很厉害了。洛珊说她妈妈已经去找医生了，我想让小洛珊歇一下，就抱过婴儿。他好像睡着了，突然哭了一小下，然后痉挛起来，再之后便躺着不动了。我想给他暖脚，小洛珊喂他牛奶，他却一动不动，我就知道他肯定是死了！”

“好贝思，别哭，那你做了些什么呢？”

“我坐在那儿轻轻抱着他，直到赫梅尔太太把医生带回来。医生宣布他已经死了，接着又替喉咙痛的海因里希和明娜看病。‘猩红热，太太，你该早一点请我来的！’他生气地说。赫梅尔太太解释说，她没钱，所以想先试着自己替小婴儿治病，但现在一切都晚了，她只能求他治治其他几个孩子，慈善机构会支付费用。听到这里，他才有了笑意，态度也变得亲切了。小婴儿死得这么惨，我和大家一起痛哭，这时医生突然转过身，叫我马上回家服颠茄，要不然我也会得猩红热的。”

“不，你不会的！”乔叫道，惊恐地紧紧抱住妹妹，“噢，贝思，要是你得病了，我永远都不会原谅自己！我们该怎么办啊？”

“别害怕，我想我不会病得很重的。我看了妈妈的书，里面说这种病开始时会头疼、喉咙痛、浑身不舒服，我现在就是这样，我服了些颠茄，现在感觉好些了。”贝思说着把冷冰冰的手放在滚烫的额头上，想让脸色变得好看些。

“要是妈妈在家就好了！”乔叫道，突然觉得华盛顿是那么的遥远。她一把夺过书，看了一页，瞧了瞧贝思，摸了一下她的额头，又观察了她的喉咙，严肃地说："贝思，一个多礼拜了，你每天照顾小婴儿，又和其他几个孩子待在一起，我怕你就是得了这个病啊。我去叫汉娜过来，她什么病都知道。"

"别叫艾米来，她没得过，我不想把这病传染给她了。你和梅格不会再得了吧？"贝思忧心忡忡地问。

"我想不会。得了也不要紧。是我活该，我是自私的蠢猪，竟然让你去，自己却待在这里写废话！"乔嘟囔着去找汉娜过来。

好汉娜一听吓得睡意全无，马上带头赶了过去，她安慰乔不用着急，说人人都会得猩红热，医治得当就不会死人。乔相信了，觉得心里轻松多了，两人说着话上去叫梅格。

"现在，我告诉你们该做些什么。"汉娜说。她已替贝思检查了一遍，问了她一些问题。"乖乖，我们请邦斯医生来给你看看，保证一开始就对症下药。然后我们送艾米上马奇叔婆家躲几天，免得她也被传染上。你们姐妹两个留一个在家里，陪贝思一两天。"

"当然是我留下，我是老大！"梅格抢先说道，看上去又焦急又自责。

"我留下是应该的，她得病都是我的错。我答应过妈妈，这差事我来跑，我却没去。"乔态度坚决地说。

"贝思，你想谁留下？一个就够了。"汉娜说。

"乔吧。"贝思满足地把头靠在姐姐身上，问题很快就解决了。

"我去跟艾米说。"梅格有些不开心地说，但也松了口气，因为她并不喜欢护理，乔却喜欢。

艾米抵死不从，激动地声明她宁可得猩红热也不去马奇叔婆家。梅格跟她商量，恳求她，甚至逼迫，都没用。艾米态度坚决，就是不去。梅格绝望了，只得抛下她，去向汉娜求救。就在她出去的时候，劳里进了客厅看到了把头埋在沙发垫里抽泣的艾米。她道出了自己的委屈，满心希望能得到安慰。但劳里只是把双手插在口袋里，在房间里走来走去，轻轻吹着口哨拧眉苦想。不一会儿，他在她身边坐下，甜言蜜语地哄道："做个明事理的小妇人吧，听她们的。好了，别哭了，听听我的快乐计划。你去马奇叔婆家住，我每天去接你出来坐车或者散步，我们痛痛快快地玩。是不是比闷在这里更好？”

“我不想这么被打发走，好像我是个碍事的。”艾米受伤地说道。

“你怎么能这样想，这是为了你好呀。你不想被传染吧？”

“当然不想，但我敢说我可能也得病了，我一直和贝思待在一起。”

“那你就更得马上走，省得被传染上。换换空气，小心休养，对身体有好处，就算不能彻底治好，也会病得轻点。小姐，我建议你尽快动身，猩红热可不是闹着玩的。”

“但马奇叔婆家很无聊，她又是个坏脾气。”艾米说道，心里有些畏惧。

“我会每天去那里跟你说贝思的情况，带你出去游玩，你怎么会闷呢？老太太喜欢我，我嘴甜多哄哄她，她就会由着我们，不来找我们的麻烦了。”

“你能用那辆大轮子马车带我出去玩吗？”

“我以绅士的名誉保证。”

“每天都来？”

“一言为定。”

“贝思的病一好，就接我回家？”

“一分钟都不耽误。”

“真的去戏院看戏？”

“只要有可能，去多少次都行。”

“嗯——这样的话——我答应。”艾米慢吞吞地说。

“好姑娘！把梅格叫来，跟她说你服从安排了。”劳里满意地拍了拍艾米，却不知这一拍比刚才的“服从”两字更让艾米生气。

梅格和乔跑下楼来见证这一奇迹，艾米骄矜地觉得自己做出了巨大牺牲，答应只要医生确认了贝思的病情，她就去。

“小贝思怎么样了？”劳里问。他特别疼爱贝思，却不愿表露心中的万般焦虑。

“她在妈妈的床上躺着，现在觉得好些了，婴儿的死刺激了她，我敢说她只是感冒而已，汉娜也这儿说，但贝思愁容满面的，这让我心神不宁。”梅格回答。

“真是祸不单行!”乔说道，急得把头发挠得乱七八糟，“屋漏偏逢连夜雨，妈妈不在，我们就像没了主心骨，简直不知所措。”

“嘿，别把自己弄得像头箭猪，太难看了。乔，把头发整理好，告诉我，是给你妈妈发封电报呢，还是做点别的什么?”劳里问。对于朋友剪掉一头长发，他一直耿耿于怀。

“我正犹豫着呢，”梅格说，“要是贝思真的病了，我们理应告诉她的，但汉娜让我们不要这样做，因为妈妈不能丢下爸爸，告诉她只能让他们干着急。贝思的病不会拖很久的，汉娜知道该怎么办，再说妈妈嘱咐过要听她的话，所以我想就听她的吧，但总觉得有些不妥。”

“唔，这个，我也不知道该怎么说。不如让医生先看看，然后你再去问爷爷。”

“对。乔，快去请邦斯医生，”梅格命令道，“要等他看了，我们才能作决定。”

“乔，你别动。我来做这些跑腿的事。”劳里说着拿起帽子。

“我怕你忙着呢。”梅格说。

“不忙，今天的功课我已经做完了。”

“你假期还学习呀?”乔问。

“向我的好邻居们学习。”劳里说完冲了出去。

“我的好少年将来一定大有作为。”乔赞许地看着他跳过树篱。

“作为一个男孩子，他干得很不错。”梅格勉强地回答着这个她不感兴趣的话题。

邦斯医生检查后，说贝思有猩红热的症状，但并无大碍。可是当他听完赫梅尔家的事后神情严肃，命令艾米立即离开。于是艾米带着防治猩红热的药品，由乔和劳里左右护卫，起程前往马奇叔婆家。

马奇叔婆拿出一贯的待客之道接待他们。

“你们今天来干什么?”她问道，两道尖锐的目光从眼镜框上方射出来；站在她椅子后面的鹦鹉这时候尖叫道：

“走开。男孩禁止入内。”

劳里退到窗边，乔讲述了事情经过。

“我早就料到了，你们混到穷人堆里出事了吧。艾米要是没有得病，倒可以留下干点活儿，不过我肯定她也会发病的，看这样子就像。孩子，别哭，一听别人哭鼻子我就烦。”艾米正要哭出来，劳里调皮地扯了扯鹦鹉的尾巴，鹦哥宝莉吓得“嘎”地叫了一声：“哎呀，完了！”滑稽的小模样逗得艾米破涕为笑。

“你们母亲信里怎么说？”老太太冷漠地问道。

“父亲好多了。”乔拼命忍着笑回答。

“哦，是吗？但我想也撑不了多久。马奇家的人一向都没耐力。”老太太满不在乎地说。

“哈！哈！千万别说死，吸一撮鼻烟，再见，再见！”宝莉大声尖叫道，在椅子上跳来跳去，劳里捏了一下它的屁股，它竟跑去抓老太太的帽子。

“闭嘴，你这没规矩的破鸟！嗳，乔，赶紧回去吧，不成体统啊，这么晚了还跟一个小年轻四处乱晃……”

“闭嘴，你这没规矩的破鸟！”宝莉大叫，从椅子上跳起来要啄这位“小年轻”，劳里听到这一句，笑得捂着肚子乱颤。

独自留在马奇叔婆身边的艾米告诉自己：“我怎么能忍受这种生活啊，但我要尽量忍着。”

“滚开，丑八怪！”宝莉尖叫道。听到这句粗话，艾米也忍不住笑出声来。

第十八章　暗无天日

贝思真的得了猩红热，病情比大家预想的还要严重，但汉娜和医生都认为暂无大碍。姑娘们对这病一窍不通，劳伦斯先生也不被允许前来探望，只能由汉娜来安排一切，邦斯医生也尽心尽力地忙碌，留了一些护理工作给乔来做。为了避免把病传染给金家，梅格就留在家里料理家事，她每次写信的时候都焦虑不安，带着一种负罪感，因为信中不能提到贝思的病。她知道跟母亲隐瞒这件事是不对的，但母亲嘱咐过要听汉娜的话，而汉娜不想“让马奇太太知道，她会为这件小事担心的”。

乔夜不分白天黑夜地照顾贝思，这任务并不辛苦，因为贝思十分坚强，只要她能控制住自己，就绝对会忍住病痛，不吭一声。但有一次她发起了高烧，声音嘶哑，满嘴胡话，把床罩当作心爱的小钢琴，在上面乱弹一气，还想唱歌，却因为喉咙肿了没唱出来。还有一次，她连最熟悉的人也认不得了，把亲人的名字都叫错了，还哀求着要见母亲。可把乔吓坏了，梅格也恳求汉娜让她写信把真相告诉妈妈，连汉娜也说：“可以考虑一下，但目前还没有危险。”此时华盛顿又发来了一封信雪上加霜，说是马奇先生病情恶化，短期内不可能归家。

真是暗无天日啊，屋子里凄风愁雨，死亡的阴影笼罩着曾经幸福的家，姐妹们在不安中工作，心情是多么的沉重啊！梅格常常独自一人坐在角落里干着活掉眼泪。她深深体会到自己以前是多么的富有，拥有这些无法用金钱买到的——爱、庇护、平静和健康。乔守在昏暗的房间里，眼睁睁地看着妹妹受病痛折磨，耳边萦绕着她的呻吟，更加体会到贝思的天性是多么善良美好，所以大家都把她放在自己心中最温柔的地方。乔还懂得了贝思为他人无私奉献的愿望有多可贵，她践行每个人都可能拥有的朴实的美德，为家庭增添欢乐，这比财富、美貌都更宝贵，每个人都应该倍加热爱和珍惜。

被流放的艾米热切地盼望着能够回家照顾贝思，她再也不觉得做家务辛苦或烦人了。想起那些被自己忽略的活儿都是贝思替她做的，她十分愧疚。劳里整天像个鬼魂在屋子里晃荡。劳伦斯先生把大钢琴锁上了，因为钢琴勾起了他对小邻居的思恋，她曾在这里给他带来了多少黄昏时分的慰藉。大家都记挂着贝思。送奶工、面包师傅、杂货店老板、肉铺老板都打听她好些了没，可怜的赫梅尔太太也过来为她的考虑不周请求原谅，顺便为明娜要了一件寿衣。邻居们也纷纷送上各种慰问品和祝福，连最熟悉她的人都大吃一惊，害羞的小贝思竟然结交了这么多朋友。

此时贝思躺在床上，身边有她心爱的乔安娜做伴，在神志恍惚之际她也没有忘记这个孤苦无依的娃娃。她也舍不得那几只猫儿，但怕把病传染给了它们，就没养在身边。病情稳定的时候，她总是担心乔有个三长两短。她给艾米送去问候，请姐妹们转告母亲，她很快就会写信去，并常常求来纸和笔，勉强写上几句，这样父亲就不会以为自己忘了他。但不久这种偶尔的清醒状态也没有了，她开始卧床不起，神志不清地说着胡话，有时又昏睡过去，醒着的时候也是气息微弱。邦斯医生一天来两次，汉娜整晚守着，梅格把一封写好的电报放在书桌上，准备随时发出，乔更是寸步不离贝思。

十二月一日对她们来说确实是最冷的一天。这天寒风呼啸、大雪纷飞，似乎预示着一年将尽。邦斯医生早上过来的时候，盯着贝思看了许久，用自己双手紧紧握住她的滚烫的小手，好一会儿才轻轻放下，语气低沉地对汉娜说：“马奇太太要是走得开，最好现在就回来。”汉娜点点头，吓得一个字都说不出，紧张得嘴唇直颤；梅格听了这话，好像全身的力气都被抽走了，跌坐在椅子里；乔小脸顿时煞白，愣了一会，跑到客厅一把抓起电报，胡乱套上衣帽就冲进了狂风暴雪之中。乔很快就办完事回来了，正默默脱下大衣，这时劳里拿着一封信走进来，说马奇先生的病情有了起色。乔感激地读完信，心情却依然沉重，劳里见她满脸愁容，忙问："怎么了？是不是贝思的病又加重了？"

"我发电报叫妈妈回来了。"乔说，沉着脸使劲儿脱胶靴。

"做得好，乔！是你做的决定吗？"劳里问道。他注意到乔双手直抖，一直脱不下来靴子，便把她扶到坐到大厅里的椅子上，帮她脱那双烦人的胶靴。

"不。是医生让我做的。"

"噢，乔，情况没这么糟吧？"劳里吃惊地叫了起来。

"确实很糟，她已经认不出我们了，连绿鸽子也不聊了，就是墙上爬的藤叶，她把那个叫作绿鸽子。她不像我的贝思了。谁能帮帮我们呀，爸爸妈妈都不在，上帝又离得那么远。"

大滴大滴的泪珠顺着乔的脸颊滚下来，她无助地伸出手，仿佛在黑暗中摸索，劳里一把握住她的手，声音也哽咽了，半天才轻声说道："有我呢。抓紧我，乔！"

乔说不出话，却真的抓紧了他。这次温暖友好的握手抚慰了她疼痛的心，好像把她领到了上帝神圣的手边，只有他才能将她救出困境。

劳里很想说几句贴心的安慰话，却一时想不出合适的，只能默默站着，无限柔情地轻轻抚摸着她垂下来的脑袋。这胜过了千言万语，乔感受到了他无言的关怀。冥冥之中，她体会到了爱化解悲伤时甜蜜的感觉，很快她擦干了眼泪，心里觉得好受些了，感激地抬起头来说道："谢谢你，特迪，我心情好些了，没那么绝望了。万一真有什么不幸的事情发生，我也会挺住的。"

"乔，往好的方面想，就会有力量了。你妈妈很快就会回来，到时一切都会好起来的。"

"幸好爸爸身体好转了，这样妈妈回来也不会过于惦记他。噢，老天！怎么这样祸不单行，我身上的担子比谁的都重。"乔叹道，把湿手绢展开铺在膝盖上让风吹干。

“梅格难道不是同样承受着重担吗？”劳里生气地问。

“噢，她当然同我一样伤心，但她没有我爱贝思那样深，也不像我那么思念她。贝思是我的心肝，我不能失去她。我不能！我不能！”

乔用湿手绢掩面，绝望痛哭，刚才她是一直强忍着才没掉眼泪。劳里用手揉揉眼睛，想说点什么，嗓子眼却好像被什么东西堵住了，嘴唇也不住颤抖。这很没有男子气概，但他就是控制不住。等了一会，乔的呜咽声静了下来，他才乐观地说：“我想她不会死的。她这么善良，我们又这么爱她，我相信上帝不会夺走她的。”

“好人不长命。”乔嘟囔道，不过还是停止了哭泣。朋友的话让她振作了起来，尽管内心仍然充满了怀疑和恐惧。

“可怜的姑娘，你是累着了。你可不是悲观的人。歇会吧，我这就让你开心一下。”

劳里一步并作两步地跑上楼去，乔把疲倦的脑袋伏在贝思那顶棕色小帽上面。这顶小帽子自从被主人放在桌子上后，就没挪过位置了。它肯定有魔力，能把乔变得跟它的主人一样温柔。此时劳里跑下楼来，递过一个装着酒的玻璃杯，她微笑着接过，勇敢地说：“为了贝思的身体健康——干杯！特迪，你是个神医，是个会安慰人的朋友，我该怎么报答你呢？”她又添了一句，这时酒帮她恢复了体力，宽慰话也让她的精神振作。

“迟早我会向你讨债的，不过今晚我还想送你一样东西，比酒更暖心。”劳里说着，脸上露出得意的笑。

“是什么？”乔好奇地问，一时忘记了痛苦。

“昨天，我给你妈妈发了封电报，布鲁克先生回电说，她就回，今晚到。一切都好转的，我这样做，你开心吗？”

劳里讲得很快，激动得脸色转眼间变得通红。怕姑娘们失望，贝思伤心，他一直瞒着此事。乔脸色发白，从座椅上跳起来，待他一说完就扑了上去，双臂环着他的脖子，高兴地叫喊道：“啊，劳里！啊，妈妈！我太开心了！”她不哭了，而是放声大笑，颤抖着搂紧她的朋友，仿佛被这从天而降的消息弄晕了。

劳里心里一惊，却表现得相当镇定。他轻拍她的背安抚她，见她渐渐恢复了，就腼腆地在她脸上吻了一两下。乔瞬间清醒了，她一只手握着楼梯扶手，另一只手把他轻轻推开，气喘吁吁地说：“噢，别这样！我刚才不清醒，不是故意要抱你的，你太好了，不顾汉娜的反对给妈妈发电报，所以我才忍不住。把事情经过告诉我吧，别让我喝酒了，它会让我干傻事。”

“我不介意的，”劳里笑着说道，整了整领带，接着说，“是这样，你知道我和爷爷都心神不宁，觉得汉娜越了界，你妈妈应该知道此事。如果贝思——我是说如果一旦她出了事，你妈妈永远都不会原谅我们。所以我让爷爷开口说出该采取行动这话，昨天就冲去邮局了。你也知道医生那张冰山脸，而汉娜每次一听我说要发电报，就几乎要拧下我的脑袋。我一向不能忍受被人‘约束’，于是打定主意就把电报发了。你妈妈就要回来了，我知道火车到站时间是夜里两点，我去接，你只需收敛一下你那狂喜之情，安顿好贝思，静候你母亲回家。”

“劳里，你真是个天使！要我怎么感谢你呀？”

“再扑到我怀里一次吧。我很喜欢。”劳里说，一脸调皮。他脸上足足两个礼拜没有出现这种表情了。

“还是算了吧。我换个人扑一下，等你爷爷来的时候。别闹了，回家休息吧，半夜还要起来呢。上帝保佑你，保佑你，特迪！”

乔退到了墙角，说完话就猛地闪进厨房不见了踪影。她坐在碗柜上，告诉聚在那里的一群猫儿她“高兴，呵，真高兴！”此时劳里离开了，觉得这事情自己干得相当漂亮。

“从没见过这么喜欢多管闲事的家伙，不过我原谅他，希望马奇太太立刻就回。”乔宣布这个好消息的时候，汉娜说着感觉松了一口气。

梅格不露声色，内心狂喜，然后看着信出神，乔整理病房，汉娜则说：“赶紧做两个饼，万一还有什么人会一起来。”寂静的房间仿佛一阵清风吹过，被一种比阳光还要明亮的东西照亮了。每样东西都似乎感觉到了这充满希望的变化。贝思的小鸟又唱起了歌，艾米的窗台花丛里出现了一朵含苞待放的玫瑰，炉火也烧得格外欢畅，两姐妹每次碰到，都要紧紧拥抱，苍白的脸上都露出笑容，彼此悄声鼓励："妈妈要回来了，姐妹们！妈妈要回来了！"大家都欢喜雀跃，只有贝思躺在床上昏迷不醒，感受不到希望和喜悦、怀疑和恐惧。眼前的人儿让人心碎——曾经红润的脸庞如今没有一丝血色，灵巧的双手变得骨瘦嶙峋，从前总是带着微笑的双唇现在紧闭着，往日里漂亮整齐的头发凌乱地散落在枕头上。整整一天了，她就这么躺着，偶尔醒来时才模糊地喊一声："水！"嘴唇干得连话都说不了。乔和梅格整天都在她床前侍候，照料、等待、期盼，把一切希望都寄托在上帝和母亲身上。整整一天大雪纷飞，寒风呼啸，时间过得特别慢。最后，夜幕终于降临了，姐妹俩坐在床的两侧，每当时钟敲响，便眼睛一亮，互相对视，因为钟声每响一下，妈妈就更近一些。医生来看过了，说午夜时分病情可能会有转机，或是好转，或是恶化，他那时会再来。

汉娜筋疲力尽，倒在床脚边的沙发上就沉沉睡去了。劳伦斯先生在客厅里走来走去，他宁可面对一个造反的炮兵连，也不愿看到马奇太太进门时焦急的神色。劳里躺在地毯上假装休息，其实是看着火苗沉思，衬得他的黑眼睛清澈温柔，分外漂亮。

两姐妹永远都忘不了那个晚上，她们守候着贝思，异常清醒，一种深沉的无力感袭来，在这种时刻，谁又能怎么样呢？

"要是上帝赐贝思一条生路，我一定不再抱怨。"梅格低声祈祷。

"要是上帝赐贝思一条生路，我愿一生爱他敬他，做他的仆人。"乔同样满怀热情地说。

"我宁愿没长心脏，免得受这种锥心之痛。"过了一会儿，梅格叹着气说道。

"这样多灾多难的日子，什么时候才是个头儿？"乔沮丧地说。

时钟敲了十二下，两人一心看着贝思，到了忘我的境界，恍惚间觉得那张苍白的脸上闪过一丝变化。屋子里静得可怕，只有狂风的呼啸声打破这沉寂。疲倦的汉娜还在沉睡，只有姐妹俩看到了，好像有一个白色的幽灵落到了床上。一个小时过去了，什么都没发生，只听到劳里的车悄悄出发去车站了。又一个小时过去了——仍不见有人归来，姐妹俩开始焦躁不安，一会儿担心母亲被暴风雪延误，一会儿又担心路上出了什么意外，更害怕华盛顿那边发生什么变故。

深夜两点多了，乔站在窗边，正感叹这漫天飞雪的世界是如此乏味，突然听到床头有动静，赶紧回头，只见梅格捂着脸跪在母亲的安乐椅前。乔吓得心像被什么东西揪住了，浑身发凉，心想："难道是贝思去了，梅格不敢跟我说。"

她走到床边，发现似乎真的发生了重大转机。贝思退了烧，脸上不再潮红，痛苦的神情也消失不见，沉睡中那张可爱的小脸苍白却平静。乔见了竟没有伤心痛哭的念头，她在这个自己最疼爱的妹妹跟前俯下身来，在她湿漉漉的额头上深情一吻，轻声说道："再见！我的贝思，再见！"

也许被这动静惊动了，汉娜突然醒了，快步走到床前，看看贝思的脸，摸了摸她的手，又凑过去听她的呼吸声，然后把围裙甩过头顶，坐在摇椅里摇来摇去，压低声音说："退烧了！她睡得很香，身上在冒汗，气出得也顺畅了。谢天谢地！噢，老天保佑！"

姐妹俩还没回过神来，医生就进来证实了这个好消息。医生是一个相貌平平的人，但此刻她们觉得他简直长得超尘脱俗。他用父亲般慈爱的眼神看着她们微笑，说："是的，孩子们，我想小姑娘这次是挺过来了。房间里保持安静，让她睡吧，等她醒来，给她……"

到底给她什么，谁都没听到，梅格和乔蹑手蹑脚地走过漆黑的走廊，坐在楼梯上紧紧拥抱对方，满心欢喜得说不出话来。当她们走回去，与忠诚的汉娜亲吻和拥抱的时候，发现贝思像往常一样，脸颊枕在手上睡得正香，脸上有了生气，呼吸轻柔，似乎刚刚入睡。

"要是妈妈这个时候出现就好了！"乔说。此时，冬夜即将结束了。

"看，"梅格拿着一朵含苞待放的白玫瑰走过来，说道，"我本以为到明天这朵花都不会开，没法放在贝思手中，万一她——离开我们。但它竟然今晚就开了，我想把它插到我的花瓶里，摆在这儿，这样乖乖醒来的时候，第一眼就能看到这朵小玫瑰和妈妈的脸。"

熬过了一个漫长伤心的不眠夜，第二天早上，乔和梅格耷拉着沉重的眼皮向外望去，觉得从未见过如此美丽的日出和可爱的世界。

"像是童话世界。"梅格站在帘子后面，欣赏着这流光溢彩的美景，笑着说道。

“快听！”乔跳起脚喊道。

是的，楼下门铃响了，汉娜叫了一声，接着劳里愉快地轻声说道：“姑娘们，她回来了！她回来了！”

第十九章　艾米的“遗嘱”

家里发生这些事情的时候，艾米正在马奇叔婆家苦熬。她充分品尝到寄人篱下的滋味，第一次意识到家人是有多宠爱她。马奇叔婆反对溺爱，这当然也是出于好心。小姑娘表现不错，很得她的欢心；其实老太太对侄儿的几个孩子在心里也是爱的，只是她认为这种爱不应当说出来。她的确尽力想让艾米快乐，但是，天哪，她用错了方法！有的老人尽管满脸皱纹、白发苍苍，内心却仍然充满朝气，能体谅孩子们的忧愁和喜悦，让他们觉得自在，并能寓教于乐，以最温和的方式给予和得到友谊。可惜马奇叔婆没有这个天赋，她规矩极多，整天板着脸，说话啰嗦乏味，令艾米不胜其烦。老太太发觉艾米比她的姐姐要乖巧听话，觉得自己有责任根除她从家里带来的娇气和惰性。于是她亲自用她六十年前所接受的教育方法来教导艾米，结果让艾米心惊胆战，觉得自己像只落网苍蝇，无法摆脱那只一丝不苟的蜘蛛织出的天网。

她每天早上都要洗茶杯，还要把旧式汤匙、一个圆肚银茶壶、几面镜子擦到锃光发亮。紧接着还要打扫房间，这任务可是非常艰巨的！因为几乎没有一丁点儿灰尘可以逃过马奇叔婆的眼睛，再加上家具的腿脚全都是爪型的，还刻了很多永远都擦不干净的浮雕。然后还得喂宝莉，给巴儿狗梳毛。因为老太太患有严重的腿疾，几乎总坐在她的大座椅上，所以艾米还得取东西、传达命令，楼上楼下跑十几个来回。好不容易干完这些体力活，她还得做一件极费脑子的事——做功课。最后，她可以玩一个小时，她是多么享受这段时间哟！

劳里每天都来，对着马奇叔婆甜言蜜语，一直说到她同意让艾米跟他一起外出。然后他们一起散步、骑马，度过一段快乐时光。午饭后，她得一动不动地坐着大声读书，老太太经常是一页没听完就睡着了，一睡就是个把小时。接着是缝合拼接各色布匹或者缝制手巾，艾米表面顺从，内心却拼命抵抗，就这样一直缝到黄昏时分，才可以自在玩乐到吃茶的时候。晚上的时间是最难熬的，因为马奇叔婆开始大讲特讲她年轻时候的故事。这些故事枯燥无味，艾米每次都盼着上床睡觉，为自己的悲惨命运痛哭一场，但每次还没有挤出半滴眼泪就睡着了。

要是没有劳里和老女佣埃丝特，这种可怕的日子简直是一天也过不下去。光是那只鹦鹉就能让她神经错乱，因为没过多久它就发觉艾米不喜欢它，于是使出浑身解数做各种恶作剧来泄愤。她一走到它跟前，它就抓她的头发；她刚把鸟笼洗干净了，它就打翻了里面的面包和牛奶；趁马奇叔婆打瞌睡的时候去啄莫普，把他弄得狂吠不止；还在客人面前喊她的名字，总之举手投足都证明它是一只十足讨人厌的破鸟。她也受不了那只狗—— 一只肥胖的、没礼貌的畜生，每次一给它洗澡，它就朝她乱吼乱叫；想吃东西的时候，就四脚朝天地往地上一躺，一脸痴呆，这样的求食，一天得有十多次吧。厨师十分粗鲁，老车夫是个聋子，唯一理会她的人只有埃丝特。

埃丝特是个法国女人，她已经和夫人（她这样称呼自己的女主人）共同生活了很多年，对老太太有很大影响力，因为老太太没她就活不下去。她本名叫作埃丝特尔，马奇叔婆命她改名字，她就改了，条件是绝不要求她改变自己的宗教信仰。她喜欢上了艾米小姐，熨烫夫人花边的时候，常让她坐在身边，给她讲在法国生活时的奇闻轶事，让艾米大开眼界。马奇叔婆藏品极多，于是埃丝特准许艾米在大宅子里随意走动，细细欣赏放在大衣橱和旧式柜子里的奇珍异宝。艾米最中意的是一个印度木柜，里面有许多奇形怪状的抽屉、小分类架和暗格，装着各种饰物，有的贵重，有的只是怪异，都是年份不同的古董。艾米一边欣赏一边将这些珍奇摆放整齐，她感到了前所未有的满足。在这些玩意儿当中，艾米特别喜欢马奇叔婆的首饰盒，在盒子里头的天鹅绒软垫上盛放着四十年前一位美女曾经佩戴过的首饰——有马奇叔婆在社交场合上戴过的石榴石饰物；马奇叔婆的父亲在她的婚礼那天送给她的珍珠；她的情人送的钻石、黑玉纪念戒指和饰针；嵌有她亡友的肖像和一撮被编成柳絮状的发丝的小盒式吊坠；她的一个小女儿在婴儿时期戴过的手链；马奇叔父的大手表……还有一个被许多孩子玩过的红色印章。艾米还发现了一个首饰盒，马奇叔婆的结婚戒指被单独摆放在里面，虽然老人的手指已经胖得戴不上这枚戒指了，但她仍把它当作最珍贵的珠宝一般小心地收藏了起来。

“如果愿望可以成真，小姐你希望从这里边儿挑选出哪一样呢？”负责看管这些珍奇的埃丝特向艾米问道。

“我最喜欢这些钻石，但这些钻石还没被镶嵌在项链上。我还是比较喜欢项链，它们真是太好看了。如果要我选的话我会选这条。”艾米一边欣赏着一串挂有沉沉的十字架的纯金黑檀木珠一边回答道。

“我也十分中意这串链子，但我并不想把它当作项链。啊，不！对我来说，这是诵经时用的念珠，我应该像一个虔诚的天主教徒一样手数念珠祈祷。”埃丝特痴痴地望着那串精美的珠链，说道。

艾米问：“你是说要把它当作你平时挂在镜子上的那串香木珠链一样使用吗？”

“是的，在祷告的时候用。不是把它当作华而不实的首饰戴在脖子上，而是用来作精美的诵经念珠，这对于圣徒们来说是件十分喜悦的事。”

“埃丝特，你看起来总能从自己的祷告中得到很大的安慰，而且每次祷告后睁开眼来总是露出平静又满足的表情。我真希望我也能像你一样。”

“如果小姐是天主教徒的话，你会得到真正的安慰。就算行不通，你也可以每天一个人静思冥想和祈祷，就像我之前伺候过的一位优秀的女主人那样。她拥有一间小教堂，遇到困难时常独自在教堂里寻求慰藉。”

“我这么做合适吗？”艾米问。她如今孤独寂寞，非常需要一种帮助。贝思不在身边提醒，她觉得自己都快要把那本小册子给忘得一干二净了。

“那很好啊，你会迷上的，要是你愿意，我很乐意把化妆室整理一下给你用。不用请示夫人，你可以趁她睡觉的时候进去独自坐一会，静思反省，祈求上帝保佑你姐姐。”

埃丝特心地善良，同情马奇姐妹们的处境，所以她说话时十分虔诚，流露了真实的感情。艾米觉得这个建议不错，便同意她把自己房间隔壁的一个亮堂的小密室布置起来，希望它能帮到自己。

“不知马奇叔婆去世后这些好东西会到谁手里。”她说着，慢吞吞地把打磨得发亮的念珠放回原处，将珠宝箱一一关好。

“到你和你的几个姐姐手里。这个我知道，夫人常跟我讲她的心事。我见证了她的遗嘱，就是这样写的。”埃丝特笑着低声说道。

“太好了！不过我希望她现在就能给我们。拖着让人心烦。”艾米看了那些钻石最后一眼后，评论道。

“小姐太年轻了，还不到佩戴这些首饰的时候。夫人说过，谁第一个订婚就可以得到那套珍珠首饰。我猜你离开的时候会得到那只蓝色绿松石戒指，因为夫人认为你举止得体，仪态迷人。”

“是吗？噢，要是真能得到那个漂亮戒指，做个小羊羔我又何妨！这比吉蒂·布莱恩的那个要好看几十倍。不管怎么说，我喜欢马奇叔婆。”艾米兴冲冲地试戴那只绿松石戒指，下定决心要得到它。

从这天开始，她简直成了温顺听话的模范，老太太看到自己的训练成果斐然，乐得喜笑颜开。埃丝特在小房间里放置了一张小桌子，又在它面前摆了一张脚凳，上方挂了一幅从一间上锁的屋子里拿来的画。她以为这画不值什么钱，只是觉得合适，就借来了，心想夫人永远都不会发现，即使发现了也不会管。却不知这是一幅世界名画的珍贵摹本。心系艺术的艾米抬头看着圣母那张亲切温柔的脸，心头千思万绪，柔肠百转，眼睛从不觉得累。她把小圣约书和赞美诗集摆在桌上，还放了一个花瓶，每天插上劳里带来的最美丽的花儿，并来“独自坐一会，静思反省”，祈求上帝保佑姐姐。埃丝特送给她一串带银十字架的黑色念珠，但艾米不确定它是否适合新教徒做祈祷用，就把它挂在了一边。

小姑娘十分虔诚地做着这一切。离开了安全温暖的家，孤身在外，她渴望能有一双善良的手扶她一把，于是本能地求助于那位强大而慈悲的“朋友”，他父亲般的爱如此亲切地环绕着他的小孩子。此刻她得不到母亲的帮助，去独立思考和自我约束；有人给她指点了方向，她便努力去寻找，信心满满地踏上征程。不过作为一个新的朝圣者，此刻艾米肩上的担子似乎过于沉重。她尝试着忘掉小我，保持乐观，一心向善，就算没有人看到，也没有人为此称赞她。为了使自己潜心向善，她做出的第一份努力就是立一个遗嘱，像马奇叔婆那样，这样就算她真的病入膏肓、撒手人寰，她的财产也可以得到公平而慷慨的分配。一想到要和自己小小的“珍藏”分别，她就心如刀割；在她眼里，这些小物件儿就跟老太太的珠宝一样珍贵。

她花费了一小时的玩乐时间，费尽心思才写出这份重要的文件，埃丝特帮助她更正了一些法律用词。当这位热心的法国女人签上自己的大名后，艾米这才呼出一口气，把文件放到一旁；她准备再拿给劳里看看，让他做自己的第二个见证人。这天是雨天，她爬到楼上一间大屋子里找乐子，还带上了宝莉。屋子里有满满一衣橱的过时戏服，埃丝特准她穿着这些戏服玩闹，这是她最喜欢的娱乐活动了，穿上褪了色的绸缎衣裳，对着全身镜走来走去，优雅地屈膝行礼，长裙拖曳，发出悦耳的窸窣声。这一天她玩得乐此不疲，都没听到劳里拉门铃。劳里探头探脑地看进去，刚好看到她摇着扇子，晃着脑袋，一本正经地走来走去。她头上缠着一条硕大的粉红色头巾，身上穿着的蓝色的缎子衣裳和蓬松的黄裙子，三者搭配起来怪异极了；因为穿着高跟鞋，走路也小心翼翼的。事后劳里向乔描述了这个滑稽的场景：她穿着艳丽的服装忸怩作态，宝莉紧跟后面，一会儿缩头缩脑，一会儿昂首挺胸，拼命模仿她的一举一动，有时还停下来笑一声或者大叫：“我们不是挺好的吗？滚，丑八怪！闭嘴！亲亲我，乖乖！哈！哈！”

劳里费了好大力气才忍住了笑，不至于惹怒公主殿下。他敲敲门，艾米优雅地欢迎他。展示完自己的风采，又把宝莉赶到了角落，她才说道："坐下歇会儿吧，等我先把这些东西脱下来。我要和你商量一件十分严肃的事情。"劳里跨坐到了一张椅子上。艾米摘下头上粉红色的庞然大物，接着又说："这鸟真是我命中的克星。昨天，叔婆睡着了，我正敛声屏气保持安静，宝莉却在笼子里尖声大叫，胡乱扑腾，我便过去把它放了出来。我发现笼子里有一只大蜘蛛，就把它捅了出来，见它溜到了书架下面。宝莉紧追其后，压低脖子向书架下面张望，怪声怪气地说：'乖乖，出来散个步吧。'我没忍住，笑出了声，宝莉听到便叫骂起来，叔婆被吵醒了，把我们两个骂了一顿。"

"蜘蛛接受了那老家伙的邀请吗？"劳里打了个呵欠，问。

"接受了，它爬了出来，宝莉却吓得转身就跑，拼命往叔婆的椅子上跳，看着我追蜘蛛就大喊：'抓住它！抓住它！抓住它！'"

"撒谎！呵，上帝！"鹦鹉叫起来，又要啄劳里的脚指头。

"要是你是我养的，我就拧断你的脖子，你这老孽畜！"劳里向鸟儿挥拳头喊道。宝莉把头一偏躲过去了，"嘎嘎"地庄严叫道："哈利路亚！上帝保佑，乖乖！"

"我好了。"说着，艾米把衣橱的门关上，然后从口袋里拿出一张纸，"我想请你看看这个，告诉我它是否合理、合法。我觉得我应当这样做，世事无常，我不想死后引起纠纷和不快。"

劳里咬咬嘴唇，微微转过身子，背对这位杞人忧天的朋友，带着令人咂舌的认真劲头读着下面这份错字连篇的文件：

我的遗愿和遗属（嘱）

我，艾米·科蒂斯·马奇，在此心智健全之际，将我的全部财产曾（赠）送并遗曾（赠）给以下各位：

给父亲：我最好的素描、地图和艺术品，包括画框。还有一百美元，他可以自由支配。

给母亲：除了那条带口袋的蓝围裙，真诚地献上我全部的衣服，我的肖像和奖章。

给亲爱的姐姐玛格丽特：曾（赠）送我的录（绿）松石戒指（假如我能得到），装鸽子用的绿色箱子，我最好的花边，还有我给她画的以纪念她的“小姑娘”的那幅肖像。

留给乔：我的胸针（用封蜡补过的那个），我的铜墨水台（她弄丢了盖子的那个），还有我最珍爱的石膏兔子（因为我十分后悔烧掉了她的那本故事集）。

送给贝思：（若我先她而去）我的娃娃和小衣柜、扇子、亚麻布衣领和我的新鞋子，如果她病好后身材消瘦穿得下的话。在此我为曾经取笑过老乔安娜说声抱歉。

给我的朋友和邻居西奥多·劳伦斯：我遗曾（赠）我的纸壳子文件夹，陶土马（虽然他说过这马没有脖子）。我的任何一件艺术品，只要他喜欢，就给他；以报答他在我们痛苦的时候给我们的帮助；我最好的作品是《圣母玛利亚》。

留给我们尊敬的恩人劳伦斯先生：一个紫色盒子，它的盖子上镶了镜子；用来装钢笔再漂亮不过了，还可以睹物思人，让他记起那位对他感激不尽的过世了的姑娘。她感谢他帮助了她的家人，尤其是贝思。

我最要好的玩伴吉蒂·布莱恩，我希望她获得那条蓝色丝绸围裙和我的金珠戒指，还有我的一个吻。

送给汉娜：她想要的硬纸箱子和我留下的全部拼接布匹，希望她“看到它时，就会想起艾米”。

我最有价值的财产已经分配完毕，我希望每个人都满意，不会责备过世之人。我原谅所有人，并坚信号角响起时我们会再次聚首。阿门。

签字：艾米·科蒂斯·马奇
时间：公元一八六一年十一月二十日
见证人：埃丝特尔·梵尔奈
西奥多·劳伦斯

最后一个名字是用铅笔签的，艾米提醒他要用墨水笔再重签一次，并替她把文件妥善封印。

“你怎么会想到这个的？有人跟你说贝思要分配自己的东西了

吗？”劳里严肃问道。这时，艾米在他面前放了一截扎文件用的红丝带，还有封蜡，一支小蜡烛和一个墨水瓶。

她解释了一遍，然后焦急地问道：“贝思怎么样了？”

“我本不该说的，但既然谈到了，就告诉你吧。有一天她觉得自己快不行了，便告诉乔，她想把她的钢琴送给梅格，猫咪给你，可怜的旧娃娃给乔，因为乔会为她而爱惜这个娃娃的，她很遗憾自己只有这么点儿东西留给大家，就把自己的头发一人一绺分给我们和其他人，把挚爱留给爷爷。她根本没起立遗嘱的念头。”

劳里一边说着，一边签字封印，却许久没有把头抬起来，直到一颗大大的泪珠缓缓滑落到纸上。艾米一脸忧愁，却只问道：“人们偶尔会在遗嘱上添些附言之类的话吗？”

“会的，他们称这为‘补遗’。”

“那我的也添上一条，我希望把我的鬈发通通剪掉，分发给朋友们当个念想。我刚才忘了，想现在补上，虽然这会有损我的遗容。”

劳里把这条添上了去，为艾米做出这最后也是最伟大的一个牺牲而欣慰。然后又陪她玩了一个小时，还耐心地听她诉苦。当他起身告辞时，艾米拉住了他，嘴唇颤抖着低声问道：“贝思是不是真的要离开我们了？”

“恐怕是的，但我们必须往最好的方向想。乖乖，别哭。”劳里像兄长一样张开手臂抱住她，给了她极大的安慰。

劳里走后，艾米来到自己的小教堂，坐在暮色中，一边为贝思祈祷，一边伤心落泪。若是失去了贝思这个温柔的小姐姐，怕是一千个一万个绿松石戒指也安慰不了艾米的心。

第二十章　推心置腹

我觉得任何语言都无法描述马奇太太和她的女儿们重聚的场景，她们一起度过了十分美妙的几个小时，但这很难用文字表达，因此我打算将这当中的细节留给我的读者们自行想象。我只能说当时整栋房子中都弥漫着幸福的气息，梅格的愿望也成了真。贝思从漫长又安心的梦里醒来时，第一眼看到的正是那朵玫瑰花和母亲的脸。贝思的身子还太过虚弱，没力气发出一声惊叹。她只是露出了微笑，心满意足地躺在母亲的怀里。接着贝思又一次陷入了沉睡。梅格和乔只能站在一旁等候母亲，因为她的手正被熟睡中的贝思紧紧握着，马奇太太不忍心将贝思的手松开。汉娜为刚刚结束旅途归来的马奇太太盛上一盘令人眼前一亮的早餐，她发现自己此刻找不到其他方式来表达她内心的激动。梅格和乔像忠实顺从的幼鹳一样一边给母亲喂饭，一边听母亲低声诉说父亲目前的情况。马奇太太不但跟两个女儿说起布鲁克先生答应会留在华盛顿照顾她们的父亲的事，还提到了回家的途中因暴雨造成了的列车延误。马奇太太说她刚到站时已是疲惫不堪、忧心忡忡，感觉浑身发冷，还好看到前来迎接的劳里那张充满希望的脸，她才感到了莫名的一丝安慰。

这是多么奇怪又愉快的一天！屋外阳光灿烂，一片欢腾，人们似乎全都走出家门迎接这场初雪。屋子里却安静平和，大家照看病人十分辛苦，此时全都睡了，安息日的寂静笼罩着整间屋子。汉娜打着瞌睡，守在门边；梅格和乔如释重负，幸福地闭上疲倦的双眼躺下休息，就像两只历经狂风暴雨的小船，终于平安地驶进了宁静的港湾。马奇太太想陪着贝思，便坐在大椅子上休息，时不时睁开眼来瞧瞧、摸摸，对着自己的孩子发呆，那样子活像一个吝啬鬼看管着失而复得的财宝。

与此同时，劳里匆忙赶去安慰艾米，他十分会讲故事，连马奇叔婆听了都“从鼻子里头哼了几声笑”，而且没说过一句“我早就告诉过你”。艾米这回表现得十分坚强，看来她在小教堂里下的功夫初见成效了。她很快就擦干了泪水，按捺住想见母亲的急切心情，劳里说她表现得“像个最棒的小妇人”，老太太也表示真心赞同，这个时候，她脑子里竟没有浮现那个绿松石戒指。宝莉似乎也被打动，叫她好姑娘，请上帝保佑她，还用极其友好的语气求她“来散个步，乖乖”。她本来很想高高兴兴地出门，在阳光灿烂的雪地里玩个尽兴，但她发现尽管劳里像个男人一样掩饰着，其实身子困得直往下滑，就劝他在沙发上躺一躺，自己则用这个时间给母亲写封信。她这封信写了好长时间，等她回来时，只见劳里把头枕在手臂上，直挺挺地酣睡着。马奇叔婆拉上了窗帘，守在一边，脸上露出少有的慈祥宽厚的表情。

过了一会，她们开始意识到，他可能要睡到晚上才会醒。要不是艾米看见了母亲，发出的欢叫声将他惊醒，我想他是不会醒的。那天，城里城外的幸福小姑娘有许多，但艾米绝对是最最幸福的那一个，她坐在母亲的膝上诉说自己的悲惨经历，母亲则报以赞赏的微笑和爱抚。两人一起来到了小教堂，艾米解释了它的由来，母亲听后并没有反对。

“相反。乖乖，我很喜欢它呢。”她把目光从沾满灰尘的念珠，转到翻得毛了边的小册子和挂着常青树花环的漂亮画像上。“有事烦恼悲伤时，能有个地方清静一下很不错呢。人生之路会遇到很多风雨，只要我们寻求帮助的方式正确，就能挺过去。我想我的小女儿正在慢慢明白这个道理。”

“是的，妈妈，回家后我打算把我的书和那幅画的摹本放在大壁橱的一角。我会尽力画的，只是总画不好圣母的脸——她太美了，我画不出精髓——那婴儿倒还画得还行，我很喜欢他。我常想，神子也曾经是个小孩呀，似乎就拉近了和神的距离。这样一来，就好画了。”

艾米指了指坐在圣母膝上笑着的圣婴，举着的手上戴着一样东西，马奇太太看到了不觉一笑。她什么都没说，但艾米读懂了她的眼神，她迟疑了一会儿，然后郑重其事地说：“我原本打算告诉你的，但一时间忘了。这戒指是马奇叔婆今天送我的。她把我叫到跟前，吻了我一下，然后给我戴了这个戒指，说十分信赖我，想把我永远留在身边。绿松石戒指太大了，她就给了我加了这个滑稽的护圈。妈妈，我想戴着，行不行？”

“很漂亮，不过艾米，我认为你戴这种首饰为时尚早。”马奇太太一边说，一边看着那只小胖手的食指上戴着一圈天蓝色宝石，还有一个由两个金色小箍扣在一起组成的奇怪护圈。

“我会努力的，不会贪慕虚荣的，”艾米说，“我喜欢这枚戒指，并不只是因为它漂亮，还因为我戴上它，它能时刻提醒我一些东西，就像故事里的那个女孩戴手镯一样。”

“你是指马奇叔婆吗？”母亲笑着问。

“不是，是提醒我不要自私。”艾米说得诚恳，这让母亲止住了笑，严肃地听起女儿的小计划。

“我最近常常静思己过，我有一大堆毛病，其中严重的就是自私，我要尽最大的努力克服这个毛病。贝思不自私，所以大家都爱她，为失去她而伤心难过。如果我生病了，大家远远不会这么伤心的，我也不配让大家如此。但我非常希望能有一大堆爱我、思念我的朋友，所以我会努力向贝思学习。只是我常常遗忘初心，要是有个东西能在身边时刻提醒我，我想会好一些。我们可以这样试试吗？”

“当然，不过我对大壁橱的角落更有信心。乖乖，戒指就戴着吧，尽力而为。我相信你会进步的，因为诚心学好就已经成功了一半。我得回去看看贝思了。小女儿，振作起来，很快就能回家了。”

那天晚上，梅格正在给父亲写信，汇报旅行者已平安到家。乔悄悄爬上楼，走进贝思的房间，看到母亲坐在老地方。她站了一会，用手指绞着头发，一副焦虑难安、犹豫不决的样子。

“怎么啦，乖女儿？”马奇太太拉住她的手，关切地问，鼓励女儿说吐露心事。

“妈妈，我想跟你说件事。”

“和梅格有关？”

“你猜得真准！是的，和她有关，虽是件小事，但让我心烦意乱。”

“贝思睡着了，你小点儿声，跟我说说，这到底是怎么一回事？我希望，那个莫法特没来过吧？”马奇太太开门见山地问道。

“没有，要是他来，我一定给他吃闭门羹，”乔说着挨着母亲脚边，在地板上坐下来，“去年夏天，梅格在劳伦斯家丢了一双手套，只找回来了一只。我们都把这事给忘了，但一天特迪告诉我，是布鲁克先生拿了另一只，一直收在马甲口袋里，有一次掉了出来，特迪便揶揄他。布鲁克先生亲口承认喜欢梅格，却不敢开口，因为她还小，而自己又太穷。您看，这件事是不是很可怕？”

“你觉得梅格喜欢他吗？”马奇太太焦急地问。

“饶了我吧！我根本就不懂什么是爱情，还有这问题简直太荒谬了！”乔露出既感兴趣又轻蔑的滑稽表情，大喊道。“在小说里，坠入爱河的女孩儿们通常会表现出面红耳赤、昏厥不起、日渐消瘦，一举一动都透着傻气。但梅格并没有像小说里那些恋爱的女孩儿那样，她照常吃饭、喝水和睡觉。每次我提到那个男人的时候，梅格都会直视我的眼睛。她只有听到特迪拿关于恋人的话题开玩笑时才会羞得满脸通红。我跟劳里说了不许他开这种玩笑，可他根本没把我的话放在心上。”

“那你觉得梅格不喜欢约翰，对吧？”

“谁？”乔瞪着眼睛问道。

“布鲁克先生。我现在叫他‘约翰’。我们是在医院的时候叫起来的，他也喜欢我们这样喊他。”

“噢，天哪！我知道了，你们会接受他的。他帮助过父亲，你们不会赶他走的，如果梅格愿意，你们会把她嫁给他的。卑鄙的家伙！

他讨好爸爸，帮助你，就是要骗取你们的欢心。”乔气得又揪起自己的头发。

“亲爱的，别发火，我把事情经过告诉你。约翰受劳伦斯先生委托，陪我一起去医院，尽心尽力地照顾你可怜的父亲，我们怎么可能不喜欢他呢？在梅格的事上他十分坦诚，他已经诚实地告诉我们他爱她，但得先有一个舒适的家，才会向她求婚。他只求我们允许他爱梅格，为她效力，拼尽全力赢得她的爱慕，如果他做得到的话。他确实是个出色的小伙子，我们没法拒绝他的请求，但我也绝不会同意让梅格这么小就订婚。”

“当然不能同意，那样做就太傻了！我早就知道苗头不对，我早就察觉到了，没想到会这么糟糕。我真想自己和梅格结婚，把她留在安全的家里。”

这个奇怪的念头把马奇太太逗乐了，但她严肃下来说道：“乔，我对你推心置腹，希望你不要向梅格透露。等约翰回来，他们两个人待在一起时，梅格对他是什么感情就一目了然了。”

“等她看到那双她常说的漂亮眼睛，一切就都完了。那人含情脉脉地看着她，她柔软的心定会像阳光下的黄油一样融化掉。她读他寄来的病情报告，比读你的信还频繁，我说起这事，她居然还掐我；她喜欢棕色的眼睛，不觉得约翰这名字难听；她会坠入爱河，我们在一起时的那种宁静、欢乐、温馨的时光再也不会有了。我想都想得到！他们会在屋子附近谈情说爱，我们不得不躲开。梅格一定会被爱情冲昏了头，不会再跟我好了。布鲁克会攒到一笔钱，将她带走，把我们家挖一个洞。我到时心都会碎的，一切都会变得讨人厌。啊，天啊！我们要是男孩子就好了，那样可以少多少烦恼！”

乔怏怏不乐地把下巴搁在膝盖上，心里用拳头猛揍那位该死的约翰。马奇太太叹了一口气，乔听到了，舒了一口气，如释重负。她抬头问道：“妈妈，你也不喜欢这样吧？我太高兴了。我们把他赶走，让他哪儿凉快哪儿待着去；不要把这件事告诉梅格，一家人还跟原来一样开开心心地生活在一起。”

“乔，我错了，刚才不该叹气，你们今后每个人都会有自己的家庭，这是再自然不过的事情，我何尝不想把女儿们在身边多留几年。

我很遗憾这件事来得这么快，梅格才十七岁，而约翰也要过几年才有组建家庭的能力。我和你父亲的想法是，她不能在二十岁之前订婚或结婚。如果她和约翰相爱了，他们可以等，这也是对他们爱情的考验。她心地纯良，我倒不担心她会待他不好。我美丽善良的女儿！我希望她幸福地步入婚姻殿堂。”说到最后，母亲的声音有些颤抖。

“您难道不希望她嫁个有钱人吗?”乔问。

“金钱是个好东西，也非常有用，乔，我不希望我的女儿生活贫苦，同样也不希望她们过于贪慕金钱。我希望约翰有份收入稳定的好工作，能够维持生计，让梅格的日子过得舒心就好。我并不希望我的女儿嫁入名门望族，锦衣华服，地位显赫。如果地位和金钱，与爱情和品行不相背离，我欣然接受，安心地祝他们幸福。但根据经验，我知道小门小户虽然每天都要为生活奔波，却拥有着真正的幸福，略微有些缺衣少食，却使得稀有的快乐显得更加甜蜜。梅格成长于不富裕的家庭但她一直让我欣慰，要是我没看错的话，约翰是个好男人，拥有了他的心，她会更加富有，这可比金钱更加宝贵啊。”

“妈妈，我明白了，也赞同您的想法，但梅格让我太失望了，我一直计划着让她在不久的将来嫁给特迪，享尽一生的荣华富贵。这样不好吗?”乔仰头问道，神情开朗了一点。

“你知道的，他比她小。”马奇太太刚说了一句，乔就插嘴道：“只小一点儿，他少年老成，个子又高，只要他愿意，他一举手一投足都可以像个大人的。而且他富有、慷慨、善良，爱我们全家人。这计划泡了汤，太可惜了。”

“恐怕在梅格眼里，劳里是个小弟弟呢，他像个风向标似的说变就变，怎么靠得住呢?别操心了，乔，让时间，还有他们自己的心来决定他们是否能成为伴侣吧。对这种事情过于干预反而不好，我们还是不要去理会这些你所说的‘无聊的浪漫’，免得伤了邻里和气。”

“好吧好吧，我不管了，但我讨厌看到本可以厘清的事情变得乱七八糟、纠缠不休。真希望能有个熨斗在头上压着，让我们永远长不大。可恨花骨朵儿终要绽放，小猫咪终要长成大猫，长大真是件让人遗憾的事情！”

“你们谈什么熨斗啊猫儿的？”梅格拿着写好了的信悄悄走入房间，问道。

“闲聊而已。我要去睡了。走吧，佩吉①。”乔说着伸了个懒腰，把自己像动物拼图一样伸展开来。

“写得不错，文笔优美。请加上一句，替我问候约翰。”马奇太太把信扫了一遍，交还给梅格。

“您叫他‘约翰’呀？”梅格笑着问道，天真无邪地看着母亲的眼睛。

“对，他就像儿子一样待我们，我们很喜欢他。”马奇太太答道，对女儿也报以热切的眼神。

“我真开心，他太孤独了。晚安，妈妈，有您在身边我们觉得很安心呢。”梅格这样答道。

母亲给了女儿深情一吻。梅格走后，马奇太太带着既满意又遗憾的心情对自己说：“她还没有爱上约翰，但很快就会爱上了。”

① 佩吉（Peggy）也是玛格丽特的昵称。

第二十一章　劳里胡闹，乔来平息

第二天乔的脸色令人无法捉摸。那个秘密在她心头难以释怀，要想装得若无其事很不容易。梅格注意到乔的神神秘秘，但她却不急于追问，因为她知道对付乔的最好办法是反其道而行，她肯定，只要她不问，乔一定会自己把心事全盘托出。然而令她感到诧异的是，乔缄口不言，并且显出一副傲慢的样子，这毫无疑问气到了梅格，她也装出高冷寡言的样子，专心照顾母亲。此时马奇太太已接手乔的护理工作，并叮嘱被闷在家这么久的女儿好好休息，尽情消闲玩乐。这让乔无事可做了。艾米又不在，劳里便成了她唯一的救星。她虽然很喜欢劳里做伴，此时却有点怕他，因为他爱戏弄别人，简直到了无可救药的地步，她担心他会诱哄她，从她口里套出秘密来。

她果然没猜错，这位爱恶作剧的小伙子发觉乔有点心事，立马下决心要刨根问底，这让乔受尽折磨。他哄骗、贿赂、愚弄、威胁、责骂，假装漠不关心，想要出其不意地从她那里套出真相。他先是声称他已经知道了，然后又说他其实一点都不关心，最后凭着这软磨硬泡的功夫，终于心满意足地发现此事牵扯到梅格和布鲁克先生。自己的家庭教师竟然不信任他让他心中愤愤不平，于是不停琢磨怎么好好出这一口怨气。

梅格显然此时已把这事忘了，专注于为父亲的归来做准备，但突然间，在她身上似乎发生了某种变化，有一两天她变得完全不像她自己。听到有人叫她都会被吓一跳，人家看她一眼她就会脸红，话也变得很少，做针线活时一副小心翼翼、神情恍惚的样子。母亲问起时，她回答自己一切都好，乔问她时，她也求乔不要管。

“她肯定觉得空气中都弥漫着这种东西——我是指爱情——而且她陷入得很快。那些症状她几乎全都有了——容易兴奋、暴躁、厌食、失眠，背地里闷闷不乐。我还撞见她在唱他给她的那首歌，一次她竟然像你一样喊‘约翰’，脸随即红得像朵罂粟花。我们到底该怎么办？”乔说。看样子她已经准备采取措施，无论多么激烈都在所不惜。

“唯有等待。不要干涉她，保持和气和耐心，等爸爸回来，事情就都能解决了。”母亲回答。

“梅格，这有一封你的信，封得这么严实。太奇怪了！特迪给我的信从来不封。”第二天，乔边分发小邮箱里的邮件边说。

马奇太太和乔正埋头做自己的事情，突然听到梅格一声惊叫，两人抬起头来，只见她盯着那封信，一脸惊恐。

“孩子，出什么事了？”母亲跑向女儿，乔则试图伸手去夺那封闯祸的信。

“这肯定是搞错了——他不会寄这样的信的。噢，乔，你怎么能这样做？”梅格掩面痛哭，就像心碎了一般。

“我！我什么也没做！她在说什么？”乔叫道，一头雾水。

梅格温柔的眼睛被怒火点燃，她从口袋里掏出揉成一团的信，扔向乔，斥责道：“信是你写的，那坏小子帮了你。你怎能这么卑鄙无礼，这么残酷地对待我们俩？”

乔基本没听到她说了什么，她和母亲忙着读这封信，上面的字迹很奇怪。

最亲爱的玛格丽特：

我再也抑制不住自己的感情，一定要在我回来之前知道我的命运。我还没敢告诉你父母，但我想如果他们知道我们彼此相爱，就一定会同意的。劳伦斯先生会帮我找一个好工作，而你，我的宝贝，你将使我得到幸福。我求你先什么都不要跟你家里人说，只用写上一句知心话让劳里转交给“爱你的约翰”。

“噢，这个小混蛋！我答应妈妈保守秘密，他就这样报答我。我得去把他臭骂一顿，把他带过来求饶。”乔喊道，恨不得立即伸张正义，法办真凶。但母亲拦下了她，脸上带着一种少有的神情，说道：“乔，站住，你得先撇清自己。你搞了这么多恶作剧，我怀疑这事你也参与了。”

“我发誓，妈妈，我没有！我从来没见过这封信，完全不知情，千真万确！”乔说话时神情极为认真，母亲和梅格相信了她。“如果我参与了，我一定会做得比这漂亮，写一封合乎情理的信。我想你们也知道布鲁克先生不会写下这种粗俗东西的。”她接着说，轻蔑地把信扔掉。

“但这像是他的字迹。”梅格把这封信和手中的一封比较，支支吾吾地说。“哎呀，梅格，你没回信吧？”马奇太太着急地问。

“我、我回了！”梅格再次捂着脸，满是羞愧。

“这就糟了！快让我把那坏小子抓过来解释清楚，然后教训他一顿。不把他抓来我绝不罢休。”说完乔又冲向门口。

“安静！这事由我来处理，它比我想象中的情况更糟糕。玛格丽特，把整件事情来龙去脉说清楚。”马奇太太命令道，一面在梅格身边坐下，一面抓着乔的手不放，唯恐她溜出去。

“第一封信我是从劳里那儿收到的，他看上去不像对这事知情，”梅格低着头说，“一开始我也很不安，打算告诉你，后来想起你十分喜欢布鲁克先生，我就想，就算我把这个小秘密藏上几天，你也不会怪我的。我太傻了，还以为这事没有人知道，而当我在考虑怎么答复时，我觉得自己就像书里那些遇到这种事情的女孩子一样。原谅我，妈妈，我现在因为做的傻事得到了报应。我再也没脸见他了。”

“你跟他说了些什么？”马奇太太问。

“我只说我年龄还小，还不适合谈这种事情。我还跟他说我不想对你们有所隐瞒，让他必须跟父亲说。我非常感谢他的好意，也愿意做他的朋友，但仅仅限于朋友关系，短时间内不想考虑发展成其他的关系。”

马奇太太松了一口气，露出欣慰的笑容，乔拍手称快，叫道：“你简直可以媲美卡罗琳·珀西①，那个谨言慎行的楷模！接着说，梅格。他怎么回复你的？”

“他回了一封说法完全不同的信，跟我说他从来没有写过什么情书，他很抱歉我那淘气的妹妹乔竟这样随意冒用我们的名字。约翰在信中言辞友善，对我十分尊重，但我觉得糟糕透了！”

梅格靠在母亲身上，一脸绝望，乔急得边在屋子里团团转，边念叨着劳里的名字。忽然，她停了下来，拿起两封信仔细比对了一遍，很肯定地说道：“我看布鲁克这两封信他都没见过。都是特迪写的，他把你的信留着，用来向我吹嘘，因为我不把秘密告诉他。”

“不要藏小秘密，乔。快跟妈妈说，免得我找你麻烦，我本该那么做的。”梅格警告道。

“上帝祝福你，孩子！妈妈跟我说了。”

“行了，乔。我来安慰梅格，你去把劳里找来。我要把这事弄清楚，赶紧结束这场恶作剧。”

乔跑出去后，马奇太太轻声告诉梅格布鲁克先生的真实感情。“嗯，亲爱的，你自己的想法呢？你是否足够爱他，愿意等到他有能力为你组建家庭的那一天？还是你想暂时无拘无束？”

“我受够了担惊受怕的感觉，起码在很长一段时间内，我都不想跟情或爱有什么联系了，也许永远都不，”梅格任性地说道，“如果约翰不知道这是出闹剧，那就别告诉他，让乔和劳里管住自己的嘴。我不想被当成傻子一样欺骗和戏耍。这多丢脸啊！”

看到一向性格温柔的梅格被这个恶作剧激怒，并且自尊心也受到了伤害，马奇太太连忙安慰她保证不再提起此事，以后也会谨慎处理。一听到大厅里传来劳里的脚步声，梅格立即跑进书房，马奇

---

① 卡罗琳·珀西（Caroline Percy）是英国儿童文学女作家玛丽亚·埃奇沃恩在1814年出版的小说*Patronage*中创作的主要人物之一。该人物性格直率不做作，自尊，举止沉着稳重。

太太独自接见了这个罪魁祸首。怕他不来，乔还没有告知叫他来的原因，但劳里一看到马奇太太的脸就明白了，于是愧疚不安地站在那里转帽子，让人一眼就看出就是他干的。乔被支出了房间，却没走远，她在大厅里踱来踱去，像个担心囚犯会逃走的守卫。客厅里的谈话持续了半个小时，声音忽高忽低，但姑娘们却无从得知两人到底谈了些什么。

当她们被叫进去时，劳里在母亲身边站着，一脸悔意，乔当场便原谅了他，只是觉得此时表露出来不太明智。梅格接受了劳里低声下气的赔礼道歉，在劳里跟她保证布鲁克先生完全不知道这个玩笑后，梅格才松了一口气。

"我到死都不会告诉他，严刑拷问也不说，请原谅我吧，梅格，我愿意为你做任何事，来证明我的歉意。"他接着说，着实羞愧难当。

"我尽量吧，但这种行为实在没有绅士风度。劳里，我真没想到你竟这样狡诈，这么坏。"梅格用尽可能严厉的语气责备劳里，以此掩饰少女的窘态。

"我深知自己不可原谅，就算你们一个月不理我，我也是自找的，但你们不会真这样对我的，是吗?"他双手抱拳做出恳求的姿势，说话的语气具有无法抗拒的说服力。尽管他干了这样的坏事，大家也都没法再讨厌他。

梅格原谅了他，马奇太太虽然努力保持严肃，但听完他充满悔意的道歉，看着他在受到伤害的梅格面前低声下气，她板着的脸色也缓和了下来。

乔独自站到一边，打算对劳里硬起心肠，于是绷起脸来，显得一副完全不以为然的样子。劳里瞟了她两次，见她毫无怜悯之意，他觉得受了伤害，便转身背对着她，一直等其他人都说完了，才向她深深鞠了一躬，一声不吭地走出门去。

劳里刚走，乔便后悔了，她应该更宽容一点的，当梅格和母亲上楼后，她感到十分寂寞，渴望见一见特迪。挣扎片刻后，她还是控制不住自己的冲动，于是带了一本要还的书，来到那座大房子前。

"劳伦斯先生在家吗?"乔问一位正走下楼梯的女佣。

"在的，小姐。但我想他现在不太想见客。"

"为什么？他生病了吗？"

"唉，不是，小姐，他刚和劳里少爷吵了一架，小先生不知为什么大发脾气，惹得老先生十分恼火，所以我现在不敢走近他。"

"劳里在哪儿？"

"他把自己关在房间里，我敲了半天门都没理我。饭菜准备好了，却没有人来吃，我都不知道该怎么办了。"

"我去看看是发生了什么事情。他们两个我都不怕。"

乔走上去，使劲儿敲劳里小书房的门。

"别敲了！不然我开门教训你一顿！"小绅士朝门外大声恫吓道。

乔又立刻敲了起来，紧闭的门忽然敞开，还没等劳里从惊讶中回过神来，乔已快步冲了进去。乔看到他真的大动肝火，但她知道如何对付他，她摆出一副后悔的样子，优雅地屈膝跪了下来，温柔地说道："我刚才不该对你发脾气，你能原谅我吗？我是来跟你和好的，你要是不原谅我，那我就不回去了。"

"行了，乔，起来吧，别像只鹅一样。"他别扭地回复了乔的请求。

"谢谢，我起来了。我能问下发生了什么事吗？你看起来心情不太好。"

"我被人推搡了，实在是忍不下去！"劳里愤怒地吼道。

"谁推搡你了？"乔问。

"我爷爷。要换作别人我早就……"这位心灵受创的年轻人并没有接着说下去，只是狠狠挥了挥右臂。

"这没什么大不了的。我也常常推搡你，你从来不生气的。"乔安慰道。

"呸！你是个女孩子，那样推来推去是一种玩笑。但我不允许男人推搡我。"

"你要是当时的表情也像现在这样阴沉的话，我想没人敢故意去惹你的。你爷爷为什么这么对你呢？"

"就因为我不肯告诉他为什么你妈妈把我叫去谈话。我答应过不说的，当然不能言而无信 。"

“你不能换个说法应付一下你爷爷吗？”

“不能，他就是要我说真相，全部真相，除了真相其他一概不听。假如能撇开梅格，我可以告诉他部分真相。既然不能，我只能一句也不说，任凭他骂去，最后这老头竟然一把抓住我的领口。我赶紧脱身溜掉，担心自己气昏了头，会做出什么糊涂事来。”

“这是他不好，但我知道他肯定后悔了，还是下去讲和吧。我来帮你说。”

“我死也不会去的！就因为开了一个玩笑，我便要被你们每个人轮流教训、揍一顿不成？我是对不起梅格，也已经堂堂正正地道了歉。但我在保守秘密这件事上没有做错，我不会再道歉了。”

“但他并不知道这些呀。”

“他应该信任我，而不是把我当婴儿一样看待。没用的，乔，他得明白我能够照顾自己，不需要再牵着人家的围裙带子走路了。”

“你们俩就是辣椒罐子！”乔叹道，“那你打算怎么解决这事？”

“哦，他应该向我道歉，当我说我不能把这件事告诉他时，他应该要相信我。”

“拜托！爷爷不会道歉的。”

“他不道歉，那我就不下去。”

“哎呀，特迪，理智一点。就让这事过去吧，我会尽我所能解释清楚的。你总不能一直待在这里吧，这样胡闹有什么用呢？”

“我本来就没打算在这里久留。我要悄悄溜走，浪迹天涯，当爷爷想我时，他很快就会回心转意的。”

“也许是这样，但你不该就这样一走了之，让他担心。”

“别讲道理了。我要去华盛顿看看布鲁克。那地方充满乐趣，我要丢开烦恼痛快玩一场。”

“那真是太有趣了！我真希望我也能跟你去。”乔脑海里浮现出一幅幅首都军营里生动的军人生活画面，一下忘记了自己当前说客的角色。

“那就一起走吧！为什么不呢？你可以去给你父亲一个惊喜，而我则给布鲁克来一个突然袭击。这个玩笑太妙了。干吧，乔。我们可以留一封平安信，然后马上出发。我的钱足够用。这事儿对你只有好处，全无坏处，因为你是去看父亲啊。”

乔一度似乎就要点头了，虽然这个计划有些轻率，却与她的性格正好相合。她早已厌倦了操心和关禁闭式的生活，渴望换一个环境，父亲、充满魅力的军营和医院，自由自在的欢乐生活，这些想法混杂在一起，让她不禁心驰神往。她一双眼睛闪闪发亮，憧憬地望向窗外，但当她的目光落到对面的老屋上时，她摇摇头，伤心地做出了决定。

“假如我是个男孩子，我们可以一起出走，痛痛快快玩一场。可惜我是个悲惨的女孩子，这个社会要求我老老实实守在家里。别诱惑我了，特迪，这个计划太疯狂了。”

“这正是乐趣所在。”劳里说。他天生任性，冲动之下，疯狂地想要冲破束缚，竟然要做这出格的事情。

“闭嘴！”乔捂着耳朵叫道，“‘恪守妇道’注定是我的命运。我也最好还是认命吧。我是来感化你的，不是来听你教唆我的。”

“我知道梅格一定会对这种计划泼冷水，但我以为你更有胆量呢。”劳里开始用激将法。

“坏小子，闭嘴吧！坐下好好反省自己的罪过，别撺掇得我也犯错。如果我能让你爷爷来向你道歉，你是不是就不走了？”乔严肃地问。

“嗯，但你做不到。”劳里答道，他愿意和解，但觉得必须先平息心中的怨气。

“既然我能对付小的，当然就能对付老的。”乔离开时嘀咕道，劳里则双手托腮，弯腰盯着铁路图看。

“进来！”乔敲响了劳伦斯先生的门，老先生的声音听起来越发生硬了。

“是我，先生，来还书的。”乔走进门，温和地说道。

“还想再借吗？”老先生脸色烦躁，却尽量装得没事。

“要的。我迷上了约翰逊①，想读读第二部。”乔答道，希望靠

① 塞缪尔·约翰逊（Samuel Johnson，1709—1784），英国诗人，随笔作家和词典编纂者。

再借一本鲍斯威尔①的《塞缪尔·约翰逊传》来缓和老人的心情，因为他曾经推荐过这本描写生动的著作。

他把梯子推到放约翰逊文集的书架前，紧锁的浓眉舒展开了些。乔跳上去，坐在梯子顶上，假装正在找书，心里却琢磨着把话题引入这次来访目的的最好方法。劳伦斯先生似乎猜到了她正在想心事，他在屋子里快步绕了几圈，然后转头看着她，突然发问，吓得乔失手把《拉塞勒斯》② 封面朝下掉到了地上。

“那家伙干了什么？别替他打掩护。看他回家后的那副样子，我就知道他闯祸了。但他一个字也不跟我说，我推搡他，想吓他说出真相，他却逃上楼，把自己反锁在房间里。”

“他是做错了事，但我们已经原谅他了，而且一同发誓不跟别人说。”乔不情不愿地开口说。

“那不行，不能因为你们姑娘们心肠软，他就可以给自己找借口。如果他干了坏事，就应该坦白道歉，并接受惩罚。说出来吧，乔，我不想被蒙在鼓里。”

劳伦斯先生神情可怖，语气严厉，乔真想拔腿就跑，但她正坐在高高的梯子上，而他就站在脚下，就如同一只挡道的狮子，她只好原地不动，硬着头皮开了口。

“是真的，先生，我不能说。妈妈不让说。劳里已经坦白承认了，也道了歉，并受到了足够的惩罚。我们不说出来并非要保护他，而是为了保护另外一个人，如果您干预，那只会增加麻烦。还请您不要管了。这件事我也有部分责任，不过现在什么事都没了，所以

---

① 詹姆斯·鲍斯威尔（James Boswell，1740—1795），18世纪英国传记文学作家。作为约翰逊的朋友，鲍斯威尔从1763年开始发表著作《塞缪尔·约翰逊传》（*Life of Samuel Johnson*）。

② 《拉塞勒斯》（*Rasselas*），原书名为《拉塞勒斯：一个阿比西尼亚王子的故事》（*The History of Rasselas, Prince of Abissinia*）。该书为塞缪尔·约翰逊于1759年创作的哲理小说。故事主要讲述阿比西尼亚国的王子拉塞勒斯厌倦了从小在美丽的山谷中的生活，与他的同伴离开家乡四处远游，寻找幸福的真谛。此处作者欲借拉塞勒斯反映劳里对离家见见世面的渴望。

让我们把它忘掉，聊聊《漫步者》① 或什么令人愉快的东西吧。”

“去他的《漫步者》！下来，跟我保证这个冒失的小子没有做出什么忘恩负义、鲁莽无礼的事。如果他做了，尽管你们对他这么宽容，我也要亲手揍他。”

此话虽然听着十分严重，却并没有把乔吓倒，因为她知道这个脾气火暴的老绅士绝不会动他的孙子一根手指头的，他说的话得反过来听。她顺从地走下梯子，在既不把梅格牵涉进去，也不背离事实的前提下，把恶作剧尽可能描述得轻些。

“唔——啊——好吧，如果那小子是因为信守诺言才不说，而不是因为固执，我就原谅他。这家伙的牛脾气很难管束。”劳伦斯先生边说边把头发挠得像被狂风吹过一样凌乱，紧锁的眉头也舒展开来。

“我也很固执，任性起来就像脱缰的野马，任谁也拉不住，不过，一句好话却能驾驭我。”乔想为朋友说句好话，而她的朋友却好像刚走出一个困局，又陷入了另一个麻烦。

“你觉得我待他不好，对吗？”老人尖锐地问道。

“噢，哎呀，不是的，先生，其实您有时对他甚至过于宠爱了一些，而当他需要您的耐心时，您又稍微心急了一点儿。您看是这样吗？”

乔决定一吐为快，努力装得十分镇静，不过等她壮着胆子说完，还是不由得哆嗦了一下。老人只是把眼镜“啪”的一声往桌上一扔，坦诚又大声地说道：“你说得对，小丫头，我就是这样！我爱这孩子，但他把我折磨得受不了啦，继续这样下去，我不知道会出什么事。”老先生的回答出乎乔的意料，却也让她松了一口气。

“我告诉您吧，他想离家出走。”话一说出口，乔便后悔了。她其实是想提醒他，劳里无法忍受太过严格的管束，希望他对小伙子可以更宽容一点。

劳伦斯先生红润的脸瞬间变了颜色，他坐下来，忧郁地瞟了一眼挂在桌子上方的那幅美男子画像。画像是劳里的父亲，他年轻时

---

① 《漫步者》（*The Rambler*）是塞缪尔·约翰逊在1750年至1752年之间出版的散文周刊，每周两期，散文内容涉及宗教、文学和政治。

离家出走，并且违背专横老人的意愿结了婚。乔猜想他又回想起了痛苦懊悔的往事，真希望自己刚才能把嘴闭上。

“除非是被逼急了，不然他不会这样做的，书读倦了的时候他也会这样吓唬我们。我也常有这种想法呢，尤其是在剪了头发后，所以如果您发现我们丢了，不妨发个寻人广告，找两个男孩，也可以考虑在开往印度的轮船上查查有没有我们。”

她说着笑起来，劳伦斯先生松了一口气，显然把这全部都当成了一个玩笑。

“你这冒失鬼，怎敢这样说话？你眼中还有我这个长辈吗，你的规矩呢？现在这些姑娘、小伙子啊！他们真会折磨人，但没有他们，我们又活不下去。”他愉快地揪揪她的脸颊，“去，把那小子叫来吃饭，告诉他没事了，让他别在他爷爷面前愁眉苦脸的，我受不了。”

“他不会下楼的，先生。他现在心情很差，因为他说不能告诉您时，您不相信他，还推搡他，这样大大伤害了他的感情。”

乔努力装出一副可怜兮兮的样子，但肯定没成功，因为劳伦斯先生笑了起来，于是她知道她胜利了。

“我要为此道歉，我想，还得感谢他没有反过来推搡我。那家伙想我怎样做呢？”老人为自己的暴躁感到有点惭愧。

“如果我是您，我会给他写一封道歉信，先生。他说要是您不道歉，他就不下来，还说要去华盛顿，而且越说越离谱。一封正式的道歉信可以让他意识到自己有多么愚蠢，并让他心平气和地走下来。试试吧。他喜欢有趣的事，而这样比当面说好多了。我把信带上去，向他讲明道理。”

劳伦斯先生瞪了她一眼，戴上眼镜，慢慢说道：“你真是个狡猾的小猫，不过我不介意被你和贝思牵着鼻子走。来，给我一张纸，让我们把这件荒唐事结束掉。”

这封信措辞诚恳恭敬，就像一位绅士伤害了另一位绅士后表达深深歉意。乔在劳伦斯先生的秃顶上亲了一下，跑上楼把道歉信从劳里的门缝底下塞了进去，并透过钥匙孔劝导他要听话、有涵养，还讲了一些好听的大道理。看到门又锁上了，她便把信留在那儿让劳里自己看，自己则打算悄悄走开，才走了几步，年轻人便从楼梯扶手上滑下来，站在下面等她，脸上流露出一种无比赞许的神色。“乔，你真好！刚才有没有被训得头破血流？”他笑着说。

“没有，总的说来，他相当和气呢。”

“啊哈！我都想通了。连你都把我丢在屋里，我感觉都快崩溃了。”他内疚地说。

“别这么说，翻开新的一页，咱们从头开始，特迪，我的孩子。”

“我不断翻开新的一页，又不断把它们一一毁掉，就像以前糟蹋我自己的练习本一样。我总在重新开始，感觉永远不会有结果。”他悲哀地说道。

“去吃你的饭吧，吃饱了就会好过一些。男人肚子饿的时候总喜欢发牢骚。”乔说罢飞快走出前门。

“这是对‘我派’的‘标签’。①”劳里引用艾米的话来回答，乖乖地和爷爷一起进餐去了。此后一整天老人心情甚佳，在言谈举止上也十分尊重“小绅士”。

人人都以为事情就此结束了，可是留下的创伤难以弥补。虽然其他人都忘得一干二净，梅格却一直记着。尽管她从不提及某个人，但是心里却时常想到他，而且做的梦也更多了。一次，乔在她姐姐的书桌上翻找邮票的时候搜到了一张纸片，看见上面潦草地写着“约翰·布鲁克太太”几个字。乔悲戚地呻吟着把纸片投进火中，她知道劳里的胡闹加速了她又恨又怕的那一天的到来。

① 艾米所说的原意为：“这是对我的性别进行诽谤。”

第二十二章　怡人的草地

之后的几个礼拜大伙相安无事，就好像暴雨过后的平静。两个病人都康复得很快，马奇先生也写信说他新年伊始就可以回家了。贝思很快就能躺在书房的沙发上玩一整天了，最开始是跟那几只宠爱的猫儿玩，后来还能做点修补玩具娃娃的活计，这工作已经落下太久了，让人难过。她曾经灵活的肢体变得僵硬无力，乔每天用自己强壮的手臂抱她到外面透气。梅格兴高采烈地为"乖乖女"烹调各种美食，把一双手都熏黑了，而艾米，这位小圈子里的忠实小跟班，则苦口婆心地劝说姐姐们收下她的宝藏，以庆祝她的回归。

圣诞节即将到来，屋子笼罩在一股神秘的节日气氛中。乔为这个与众不同的快乐圣诞频频献计，提出许多完全不可能实现或荒唐透顶的庆祝方式，常常让大家笑得浑身颤抖。劳里同样异想天开，竟然想出些点篝火、放烟花、搭"凯旋门"的主意。两人针锋相对，各不相让，最后，那对心怀雄心壮志的朋友终于偃旗息鼓，绷着脸东奔西走，大家正以为他们就此作罢的时候，却又看到两人走到一起，吵吵闹闹地笑个不停。

几天来，天气异乎寻常的暖和，预示着一个阳光灿烂的圣诞节的到来。汉娜"从骨子里感觉到"这一天将会是一个天大的好日子，事实证明确实如此，事事顺心如意，人人心想事成。首先，马奇先生来信说，他很快就会与家人们团聚。然后，贝思那天早上觉得自己精神特别好，她穿着妈妈送给她的礼物—— 一件柔软的深红色美利奴羊毛晨衣——被隆重地背到窗前观赏乔和劳里的献礼。两位“誓不罢休的家伙”大显身手，为名声而战，仿佛小精灵一样一夜之间创造了一个妙趣横生的神奇景观。花园里一位高贵的雪人少女亭亭玉立，头戴冬青枝花冠，一只手挽着篮水果鲜花，另一只手拿着一大卷乐谱，冰冷的肩膀上披着一条彩虹色的阿富汗披肩，唱出一首圣诞颂歌，歌词写在一面粉红色的横幅上：

高山少女

——致贝思

愿上帝保佑你，我亲爱的贝思女王！
愿你无所畏惧，
这个圣诞佳节，
愿健康、平安和幸福一直伴你左右。

在此为我们辛勤的蜜蜂送上鲜果，
还有沁人芬芳的花朵。
再献上供她在钢琴上弹奏的乐谱，
还有忙碌奔走时围的阿富汗披巾。

快看那乔安娜的肖像画，
那可出自“拉斐尔第二”之手，
为了将这幅作品画得惟妙惟肖，
她可是费了不少工夫。

请收下这条红色的缎带，
将它系在猫咪咕噜小姐的尾巴上。
还有可爱的佩格①亲手做的冰淇淋，

① 佩格（Peg）是梅格（玛格丽特）的昵称之一。

满满一桶，就像座“勃朗峰”①。

我的这些创造者们将他们最真挚的爱
都装进了我冰雪的胸膛，
请从劳里和乔的手中收下这些礼物吧，
还有这位阿尔卑斯少女。

贝思见了，笑得开心极了，劳里跑上跑下搬礼物，乔则语无伦次地致词并将礼物一一呈上。

激动过后，乔把贝思抱到书房休息，贝思吃着高山少女篮子里的葡萄，心满意足地叹息道：“我真是太幸福了，要是爸爸也在，就完美了。”

“我也一样。”乔拍拍口袋，里面装着她垂涎已久的《〈温蒂妮〉和〈辛德拉姆与他的伙伴〉》。

“我当然也一样。”艾米响应道。她正在认真研究母亲送的、裱在精致画框中的版画《圣母和圣婴》。

“我也是！”梅格喊道。她正在抚摸绸缎裙子上面的银色褶皱，这是她平生第一件绸缎衣服，是劳伦斯先生坚持要送给她的。

“我又何尝不是呢？”马奇太太看着丈夫的来信，又看着贝思的笑脸，轻轻抚摸着那枚刚刚女儿们别在她胸前的用灰色、金色、栗色和深棕色头发做成的胸针，充满感激地说道。

在这平淡乏味的俗世，有时确实会发生一些像书里写的那样的巧合，给人们带来极大的安慰。你说巧不巧，半个小时前，大家都还在说只可惜了一件事，不然就完美了，谁曾想这件事就发生了。劳里拉开客厅大门，悄悄探头进来。他刚刚可能是翻了个筋斗，又或是像印第安人战士那样呐喊过，脸上写满了抑制不住的兴奋，声音神神秘秘的、却透着欣喜，大家止不住都跳了起来。他气喘吁吁，用怪怪的腔调说：“又一个圣诞礼物，送给马奇家！”

---

① 勃朗峰（Mont Blanc），被视为阿尔卑斯山的最高峰，位于法、意交界处。

话音未落，他便被轻轻推到一边，他原来的位置上出现了一个高个男人，头上蒙得只露一双眼睛，由另一个高个男人搀扶着，那男人想说什么却又没能说出口。大家顿时乱了，有那么一阵子，跟疯了似的，一言不发地做出最古怪的举动。母女四人蜂拥而上用手臂动情地将马奇先生团团围住。乔都快晕了，不得不被劳里抱到瓷器储藏室里救治，真是丢脸啊；布鲁克先生吻了梅格，下一秒赶紧结结巴巴地解释这纯属误会；艾米这个一向矜持的小姐，被凳子绊了一跤，也顾不得爬起来，顺势抱着她父亲的靴子大哭。马奇太太最先回过神来，抬手示意道："嘘！别忘了贝思还在休息！"

可已经迟了，书房的门猛地被打开，穿着红色晨衣的小人儿出现在门口，欢乐给羸弱的身体以力量，贝思径直扑进父亲的怀中。此后发生的事情已经无关紧要了，因为大家心头洋溢的幸福早已冲走了昨日的痛苦，此时此刻，留下的只有甜蜜。

此时发生了一件事，虽不浪漫，却让大家开怀大笑，重回凡尘俗世。大家看到汉娜站在门后捧着肥硕的火鸡抽噎，原来她从厨房冲出来的时候，忘了手上还拿着火鸡。等笑声平息下来，马奇太太向布鲁克先生表达了谢意，感谢他尽心尽力照顾自己的丈夫。这时布鲁克先生突然想到马奇先生需要休息，就赶紧拉过劳里匆匆离开。大家要求两位病人休息，两人只得听从，便一起坐在了一张大椅子上闲聊。

马奇先生说，早就想给她们一个惊喜，天气一暖和，医生就允许他趁机出院。还聊到了布鲁克这个年轻人如何热心，如何正直可敬之类的。说到这里马奇先生暂停了一下，瞥了一眼梅格，见她正在使劲捅炉火，便皱起眉头疑惑地看了看妻子，其中深意，留给各位看官自己想象。马奇太太轻轻点了一下头，突然问丈夫要吃点什么，这又是为什么呢，也留给各位想象。乔见到这个眼色，立刻明白了，阴着脸去拿酒和牛肉汤，砰地一把关上门，喃喃自语道："我恨死了棕色眼睛的年轻人，有什么可敬的！"

众人从没吃过如此丰盛的圣诞晚餐。汉娜端上的大火鸡就像一个奇观。火鸡肚子里面塞满了填料，烤得外焦里嫩，而且装饰得非常好看。诱人的葡萄干布丁入口即化，果子冻也一样，艾米开心得就像掉进蜜罐里的苍蝇。一切都称心如意，可真是上天眷顾，汉娜说："太太，我刚才昏了头，我没有布丁拿去烤，把葡萄干塞到火鸡里头，或者把火鸡包在布里煮，真是个奇迹。"

劳伦斯先生祖孙俩来马奇家共进晚餐，布鲁克先生也来了，乔恶狠狠地瞪着他，逗得劳里乐个不停。贝思和父亲并排坐在桌子前面的两张安乐椅上，适量的吃点鸡肉和水果。他们为健康举杯，讲故事、唱歌，像老人说的那样"追忆往事"，玩得开心极了。本来计划了要滑雪，但姑娘们不愿离开父亲，于是客人们便早早离开了。夜幕降临，幸福的一家人围坐在炉火边。

那是一段漫长的谈话，大家聊了许多，随后是一段短暂的沉默，乔率先问道："就在一年前的平安夜，我们一起抱怨着即将来临的倒霉圣诞节。你们还记得吗？"

"总体来说，这一年过得还算愉快！"梅格笑着盯着火苗说道，暗自庆幸自己刚才得体地招待了布鲁克先生。

"我认为这一年过得挺艰难的。"艾米评论道，看着手上亮闪闪的戒指想心事。

"好在这一年已经过去了，我很开心，因为盼回了爸爸。"坐在父亲膝上的贝思轻声说道。

"我的小朝圣者们，你们这一路确实坎坷，尤其是后半程。但你们勇敢地走下来了，我相信，你们很快就能卸下肩上的担子。"马奇先生满意地说，慈爱地望着围在身边的四张小脸。

"您是怎么知道的？妈妈告诉您的吗？"乔问。

"没告诉多少。不过，有迹可循嘛，我今天就有一些发现呢。"

"噢，跟我们说说有哪些！"坐在他身旁的梅格喊道。

"这就是一个哟。"他抬起那只放在他椅子扶手上的小手，指着那变得粗糙的食指、手背上一个烫伤的疤，还有手掌上的两三个硬茧，说道，"我记得这只手曾经白皙娇嫩，你最关心的便是怎样保养它。它那时真的很漂亮，但在我眼中，它现在更漂亮了，我从上面的每一个瑕疵读出一个小故事。就把这当作对名利场的一场幡祭吧，而这只不再娇嫩的手得到的也不仅仅是硬茧，还有其他美好的东西。我相信满是针眼的手指缝制出来的物件一定经久耐用，因为里头一针一线饱含深情。梅格，我的好孩子，相较于娇嫩的双手和时髦的才艺，我更看重一个人照顾家人的能力，因为它能让家幸福。能握着这只善良勤劳的小手，我感到十分自豪，真心希望不会有人这么快就来恳求我放开它①。”

如果梅格希望她长时间的耐心劳作得到回报的话，那么在父亲握手和赞许笑容中，她已如愿以偿了。

“那乔呢？夸她几句吧，她可辛苦了，对我可好了。”贝思凑到父亲耳边嘀咕道。

他笑着望向坐在对面的那位高个姑娘，只见她棕色的脸庞上带着不常见的柔情。

“尽管留了一头卷毛短发，我在你身上已经看不到一年前我离开时的那个‘乔小子’的影子，”马奇先生说，“我看到的是一位年轻女士，领头别得笔挺，靴带系得整齐，谈吐文雅，既不吹口哨，也不像以前一样随意地躺在地毯上。为了照顾病人而劳心劳力，小脸苍白清瘦了，可我瞧着喜欢，因为它变得更柔和了。嗓门也没那么大了；她不再上蹿下跳，走路也斯文了；像母亲一样照顾那个小人儿，我真高兴。我怀念我的野姑娘，可若是她变成了一个坚强、乐于助人、心地善良的小妇人，我也很满足的。我不知道我们家的淘气鬼是不是真的变乖了，但我知道逛遍整个华盛顿，也没有一样好东西值得我用好女儿乔寄来的 25 美元买下来。”

听到父亲的夸奖，乔锐利的眼睛一时模糊了，消瘦的小脸在炉火映照下变得红润，她觉得自己当得起这赞美。

“现在轮到贝思啦。”艾米说，她渴望快说到自己，但愿意先等等。

“关于她，我不敢多说，怕说多了会吓跑她，虽说她如今没之前那么害羞了。”父亲乐呵呵地说。一想到自己差一点就要失去这个女儿，就把她抱得紧紧的，脸贴着脸，深情地说：“我的贝思，待在我身边，我要你平平安安的，愿上帝保佑你！”

沉默了一会后，他低头看了看坐在他脚边矮凳上的艾米，吻了

① 这里的“放开它”亦有“答应让她嫁出去”的意思。

一下她光泽的秀发，说道：

“我留意到，吃饭的时候艾米不再挑食，一整个下午都帮妈妈打杂，晚上还给梅格让座，耐心愉悦地为大家服务。我还注意到她不再动不动就烦恼，也没照镜子，甚至没炫耀戴的那个漂亮戒指，所以我可以肯定，她已经学会了多为他人着想，少为自己考虑。她下了决心塑造自己的品格，就像塑造自己的小泥人一样。我为此开心，为她制作出来的优雅塑像而骄傲，但我更为我的女儿拥有能为自己、为别人美化人生的才华，而感到无比自豪。”

当艾米谢过父亲，并讲述了戒指的来历后，乔问道：“贝思，你在想什么呢？”

“今天我读《天路历程》，读到‘基督徒’和‘希望’历尽艰险，来到一片一年四季开满百合花的怡人青草地上，在那儿愉快地歇脚，就像我们现在一样，接着继续向他们的目的地前进。”贝思答道，同时从父亲的怀抱中溜出来，缓缓走到钢琴前，接着说道，“唱圣歌的时间到了，我想坐回我的老位子，试着唱唱朝圣者们听到的那首牧羊童子之歌。父亲喜欢那歌词，我特地为他谱了曲。”

说着，贝思坐到宝贝小钢琴前，轻轻触动琴键，边弹边唱。那甜美的声音恍如隔世，大家本以为已无缘再听了。这古朴的圣歌仿佛为她而作。

脚踏实地之人不惧失败，
克恭克顺之人不会自满；
谦虚之人心中自有，
上帝做他的引路人。

我满足于自己所拥有的，
无论少还是多；
主啊！我惟求知足常乐，
只因此乐主珍惜。

漫漫朝圣路，

担子很沉重；
此生微小，来世极乐
生生世世最快乐！①

① 贝思在此处所唱的赞美诗源自《天路历程》的“屈辱谷”这一章节中牧童所唱的歌谣。

第二十三章 马奇叔婆解决问题

次日，母女几个围着马奇先生忙得团团转，就好像工蜂围着蜂后。她们把其他事都放一边，专心侍候这位新病人，看着他，听他说话，这些好意把马奇先生弄得差点招架不住了。贝思坐在沙发里，他就躺在她旁边一张大椅子上，另外三个女儿围在身边，汉娜时不时探头进来“偷偷看一眼好先生”，似乎一切都圆满幸福。但又似乎缺了点什么，除了两个妹妹外，大家都感觉到了，只是都不愿意承认。马奇夫妇不时看一眼梅格，然后交换一下焦虑的眼色。乔有时突然变得严肃，还有人看到她对着布鲁克先生遗落在大厅里的雨伞挥拳头。梅格像丢了魂儿似的一言不发，门铃一响便惊得跳起来，一听到约翰的名字便面红耳赤。艾米说：“大家都好像在等着什么似的，心神不宁的，太奇怪了，爸爸已经平安回家了呀。”贝思则单纯地纳闷，为什么邻居们最近来得没有之前勤了。

下午梅格坐在窗边，经过马奇家的劳里一下子心血来潮，单膝跪在雪地上，表情夸张地捶着胸脯，扯着头发，还抱着拳头苦苦哀求，好像是在乞讨着什么恩典。梅格叫他放尊重些，赶紧走开，他又用自己的手帕假装擦泪，然后像走不稳路似的绕过墙角，“伤心欲绝”地离去。

“那呆头鹅是什么意思？”梅格笑了笑，明知故问。

“他在向你示范，你的约翰将来会怎么求婚。感动吧！”乔奚落道。

“别说‘我的约翰’，这不妥，也不是事实。”但梅格却依依不舍地慢慢说完这四个字，似乎这几个字十分悦耳。“乔，别烦我了，我跟你说过我对他没那方面的意思，这事也没什么可说的，我们还像以前一样做朋友。”

“我们办不到，因为话已经说出口了，劳里的恶作剧已经将你在我心中的形象给毁了。我看出来了，妈妈也是。你一点也不像过去的你了，好像离我越来越远。我不会烦你，我会像一个男人一样接受这个事实，但我很想给它来个了断。我痛恨等待，所以，要是你做好了决定，就请快刀斩情丝。”乔没好气地说。

“除非他先开口，否则我不好说什么；但他不会开口的，因为爸爸说我还太小。”梅格一边说，一边低头做事，脸上的笑容有些牵强，似乎表示在这一点上她不太赞同父亲的观点。

“如果他真的开口了，你该不知如何是好了，你不会聪明、坚决地说‘不’，只会哭鼻子脸红，让他得逞。”

“我才没你想象的那么傻和软弱。我知道该说什么，我都计划好了，以防措手不及。谁也不知道将来会发生什么事，我希望自己有备无患。”

梅格不知不觉中摆出了一副盛气凌人的姿态，就和她脸颊上两朵变幻不定的红晕一样迷人，见此，乔不禁微笑起来。

“能告诉我，你会说什么吗？”乔肃然起敬地问。

“当然能，你十六岁了，可以听我说心事了，再说要是你以后碰到这种事情，我的经验或许会对你有借鉴意义。”

“我不打算碰这种事情。看着别人谈情说爱倒是挺好玩的，但轮到了自己，我一定会觉得自己像个傻子。”乔说。想到这里，她不觉惊恐万分。

“我不这样认为，如果你很喜欢一个人，而他也喜欢你。”梅格好像是自言自语着，看向了外面的小巷子。夏天的黄昏时分，她常常看到恋人们在这里散步。

“你不是打算要把这番话告诉那个男人吧？”乔毫不客气地打断了浮想联翩的姐姐。

“哦，我只会冷静、决绝地说：‘谢谢你，布鲁克先生，你的心意我知道了，但我赞同父亲的话，我还太小，还不到订婚的年纪，这件事请不要再提了，我们还是像以前一样做朋友吧。’”

“哼！说得倒是强硬、冷酷！我不信你真会这样说，即使说了他也不会死心的。如果他像小说里头那些被拒绝的年轻人一样纠缠不休，你会为了不伤害他的感情就答应他的。”

“不，我不会。我会告诉他，这是我的最后决定，然后昂首走出房间。”

梅格说着站起来，正准备预演那昂首退出的一幕，走廊里突然传来一阵脚步声，她吓得赶紧走回座位，拿起针线活，飞快地缝起来，仿佛要在规定时间内完成活计，才能活命。见到这一幕，乔拼命忍住笑，这时有人轻轻敲门，她没好气地开了门，板着一张吓人的脸。

“下午好。我来拿我的伞，顺便看看你爸爸今天情况如何。”布鲁克先生说。看到姐妹二人神情迥异的脸，他迷惑不解。

“很好，爸爸在搁物架上，我去找他，告诉伞你来了。”乔的回答颠三倒四。她退出房间，给梅格一个发表言论和彰显尊严的机会。但乔一走，梅格便侧身向门口走去，低声说：“妈妈见到你一定很开心。请坐，我去叫她。”

“别走，玛格丽特，你怕我吗？”布鲁克先生一副万箭穿心的样子，弄得梅格以为自己干了什么极度无礼的事情。他以前都不叫她玛格丽特的，现在这名字从他嘴里念出，她惊讶地发现，听起来竟然是那么自然、那么甜蜜，于是脸涨得红到了头发根。她急于显得友好、自在，于是做了个信赖的手势，伸出手，感激地说道：“你对爸爸这么好，我怎么会怕你呢？只想着要感谢你呢。”

“要不要我告诉你该怎样感谢？”布鲁克先生问道，一把握住梅格的小手，低头望着她，棕色眼睛里充满着深沉的爱意。梅格的心怦怦直跳，想逃开，却又想留下听个明白。

“噢，不，请别这样，还是不说了吧。”她边说边试着抽回手来，看起来很害怕，尽管她不愿意承认。

“我不会纠缠你的，梅格，我只想知道，你对我有没有一点好感。亲爱的，我是那么爱你。”布鲁克先生温柔地告白了。

到了该冷静地说那番漂亮话的时候了，但梅格却没开口。她全忘光了，只是低着头答道："我不知道呀。"说得很小声，约翰不得不弯下腰来才能勉强听到这傻里傻气的答复。

他似乎一点也不嫌麻烦，满意地顾自笑着，感激地抓住那只丰满的小手，诚挚地劝说道："你能努力找到答案吗？我很想知道，我最终是否能如愿，不弄个清楚我就没法安心工作。"

"我还小……"梅格吞吞吐吐地说，她不明白自己为何如此慌张，却十分享受这种感觉。

"我愿意等，与此同时，你可以学着喜欢我。亲爱的，这门课不难吧？"

"如果想学就不难，但是……"

"那就学吧，梅格。我很愿意教的，这比教德语容易。"约翰插话道，连她另一只手也握住，这样她的脸便无处可躲，他可以弯下腰来仔细端详了。

他说得如此恳切，梅格羞怯地偷偷看了他一眼，却发现他一双含情脉脉的眼睛藏着快活，似乎胜券在握、十分得意，这让梅格不觉恼了。此时脑海里浮现出安妮·莫法特教给她的愚蠢的卖俏邀宠之法，沉睡于小妇人内心深处的支配欲突然觉醒，让她忘乎所以。她感到兴奋、感到古怪，一时手足无措，竟然冲动地抽出双手，厉声说道："我不想学。请走开。别烦我！"

可怜的布鲁克先生大惊失色，仿佛听到他那漂亮的空中楼阁轰然倒塌的声音。他从没见过梅格发这样大的脾气，心中甚是疑惑。

"你说的是心里话？"他紧随其后，焦急地问。

"当然。我不想为这种事情烦恼。父亲也说没必要。太早了，我也宁愿不想。"

"请问，你会慢慢改主意吗？我愿意安静地等待，再考虑考虑吧。别戏弄我，梅格。我想你不会这样做的。"

"对我千万别抱什么想法。"梅格说。一句话既要了威风，又让情郎心急如焚，心中升起一股戏弄人得逞的快感。

他脸色阴沉了下来，变得惨白，神情像极了她所崇拜的悲情小说男主角，但他既没像他们那样拍额头，也没在屋子里走来走去，只是痴痴站着，含情脉脉地看着她，她不由得心软起来。要不是马奇叔婆在这有趣的时刻，一瘸一拐地走进来，接下来还不知道会发生什么事。

老太太在外头散步，遇见了劳里，听说马奇先生已经回来了，忍不住要看自己的侄子，就马上乘车来了。此时一家人正在后屋忙碌，她轻手轻脚走进来，本想给他们一个惊喜。倒当真给了二人一个惊吓：梅格像见了鬼似的吓了一跳，布鲁克先生赶紧溜进了书房。

“天哪，这是怎么一回事？”老太太早瞧见了那位小脸煞白的年轻人，又看了看面红耳赤的梅格，把手杖敲得一响，喊道。

“他是爸爸的朋友。我被您吓了一跳！”梅格吞吞吐吐地说，知道这下又要被训诫一番了。

“这还用说，”马奇叔婆回答，顺势坐下，“但你爸爸的朋友说了什么，把你的脸弄得红得跟朵芍药似的？这里面一定有事，我要弄清楚。”说着又敲了一下手杖。

“我们只是随便聊聊。布鲁克先生来取回自己的雨伞。”梅格开口说，只盼望布鲁克先生已拿着雨伞安全走出了屋子。

“布鲁克？那小伙子的家庭教师？啊！我明白了。这事我知道的。有一次乔在读你爸爸的信，无意间说漏了嘴，我逼她告诉我的。你不会已经答应了他吧，孩子？”马奇叔婆震惊地问道。

“嘘！他会听到的。要我叫妈妈来吗？”梅格心烦意乱地说。

“等等。我有话要跟你说，必须马上说。告诉我，你想嫁给这个库克①吗？要是你这么做，我不会留给你一分钱。记着这话，做个明智的姑娘。”老太太认真地说。

马奇叔婆十分擅长挑起最温顺之人的逆反心，并且乐此不疲。我们多数人骨子里头都会有一些意气用事，坠入爱河的年轻人更是如此。如果马奇叔婆劝梅格接受约翰·布鲁克，她极有可能会说一生不予考虑；但她却威胁她不要喜欢他，于是她立马便铁了心要接受他。她本来早有此意，再加上这么一刺激，就草率做了决定。梅格异常激动，勇敢地反驳老太太：“马奇叔婆，我想嫁给谁就嫁给谁，你的钱，爱留给谁就留给谁吧！”她说着坚决地点了一下头。

---

① 马奇叔婆一时激动，说错了名字，这里指的是布鲁克。

“放肆！小姐，你就是这样对待我的忠告吗？到茅草房里头做你的爱情美梦去吧，过不了多久，你就会明白什么叫失败，到时你一定会追悔莫及！”

“总不会比某些空守豪宅的人差吧？”梅格反击。

马奇叔婆戴上眼镜，仔细端详着梅格，她从未见过这个姑娘如此生气。梅格此时已忘乎所以，只觉得自己非常勇敢、独立，能按照自己的意愿为约翰说话，并维护自己爱他的权利，这让她欣喜万分。马奇叔婆发现自己出师不利，思考片刻后，决定再战一次，尽量温和地说：“这样，梅格乖乖，听我的话，别犯傻。我是为你好，不希望你第一步便走错了，自毁前程。你应该嫁个有钱人帮衬家里。嫁个有钱人，这是你的责任，记住这句话。”

“爸爸妈妈可不是这么想的，他们知道约翰穷，还依然喜欢他。”

“好孩子，你的父母幼稚得跟孩子一样，根本不懂世故。”

“我就喜欢他们这样！”梅格坚定地大声说。

马奇叔婆不为所动，继续开导道：“这个鲁克①没钱，也没什么有钱的亲戚，是吗？”

“没错。但他有很多热心肠的朋友。”

“朋友不能当饭吃。你就看吧，到时他们会变得多么冷漠。他没有做生意吧？”

“还没有。劳伦斯先生会资助他。”

“这不是什么长久之计。詹姆士·劳伦斯是个不靠谱的怪老头。这么说来你是宁愿嫁给一个没钱、没地位，还没生意的小子，干更苦的活儿，也不愿听我一句劝，嫁到富裕人家享一辈子福啰？梅格，我以为你是个聪明孩子呢。”

“即使我再等上半辈子，也不会嫁得比这更好！约翰善良聪明有才华，他勤劳肯干，一定能有一番作为。他勇敢有趣，大家都敬他、爱他。我一个小姑娘家，也没钱，还总有些迷糊，他喜欢我，这让我自豪。”梅格真挚地说，显得更加楚楚动人。

“孩子，他知道你有个阔亲戚。我想这就是他喜欢你的真实

---

① 马奇叔婆又记错了布鲁克的名字。

原因。”

“叔婆，您怎么能说这种话？约翰不是这种卑鄙小人，要是你再这样说，我可不听了。”梅格气愤地说道，脑子里一片空白，只剩下老太太的胡乱猜测。“我的约翰不会为了钱结婚，我也不会这么做的。我们会自食其力，也愿意等。我不怕没钱，你看我不也一直都很幸福嘛。我相信，我会跟他在一起的，因为他爱我，而我也……”

突然想起自己还没做决定，梅格便没有再说下去；而且她刚让“她的约翰”走开，他可能正无意间听着她这番前后矛盾的说辞呢。

马奇叔婆大动肝火，她一心想为漂亮侄孙女找一门好亲事，却不料对方不领情。看到姑娘那张幸福洋溢的青春面庞，孤独的老太太不由得感到心酸苦楚。

“很好，这事我可撒手不管了！你这个任性的姑娘，你不会知道，你说的这番傻话，让你失去了多少东西。我就不再久留了。我对你失望透顶，也没心情见你父亲了。你出嫁的时候就别指望了，我不会给你一分钱。你那位布克①先生的朋友们会照顾你们的。我跟你再无瓜葛。”

接着，马奇叔婆当着梅格的面“砰”地关上门，气冲冲地乘车走了，仿佛把梅格的勇气也一股脑儿卷走了。梅格便一个人站着发呆，不知道是该笑呢、还是该哭。还没等她想明白，布鲁克先生就走了进来一把抱住了她，一口气说道：“梅格，我没忍住，留下来偷听了。谢谢你这样维护我，也感谢马奇叔婆帮我证实，你心里真的有我。”

“要不是她诋毁你，我还不知道自己这么在乎你。”梅格说。

“那我不用走开了吧，可以留下来庆祝一下吗，亲爱的？”

这本来又是一个好机会，梅格可以发表那番决定性的讲话，然后优雅的离开，但她完全没有这个意思，而是把脸靠在布鲁克先生的马甲上，温顺地低语道：“是的，约翰。”这将使她永远在乔面前抬不起头来。

在马奇叔婆离开一刻钟后，乔蹑手蹑脚走下楼梯，在大厅门口

① 马奇叔婆再次说错了名字。

停顿了片刻，听到里头没什么动静，满意地点点头，笑着自言自语："她已经按计划将他打发了，这事儿就这么了了。让我去问问这有趣的经过，好好笑一场。"

不过可怜的乔再也笑不出来，她刚踏进门便怔住了，眼前的情景把她吓得眼睛瞪得老大，快跟她的嘴一样大了。她原是要进去为成功退敌而狂欢，盛赞姐姐意志坚定地将讨厌的情郎扫地出门；却看到敌人沉着地坐在沙发上，意志坚定的姐姐则坐在他的膝上，脸上带着最柔顺的神情。真是触目惊心啊，乔猛吸了一口冷气，犹如一盆冷水当头泼下——形势急转而下，让人无法预料，她都快气晕了过去。听到动静，那对情人回过头来，看到了她。梅格跳了下来，神情既骄傲又害羞，但"那个男人"，乔这么称呼他，竟笑了，还吻了一下呆若木鸡的不速之客，冷静地说道："乔妹妹，祝贺我们吧！"

这简直就是伤害之外，又添侮辱，这口气叫乔如何咽得下去，她愤怒地甩开双手，一声不吭地消失了。她跑上楼，冲进房间，悲愤交加地大叫："啊，赶紧下楼去看看吧！约翰·布鲁克正在干伤风败俗的事，而梅格竟然满心高兴！"乔说的话把屋里的两个病人吓了一跳。

马奇夫妇赶紧冲出房间。乔往床上一扑，一边哭一边骂骂咧咧地把这个可怕的消息告诉贝思和艾米。可两位小姑娘却觉得这是一件极其开心又有趣的事，乔从她们那里得不到安慰，只得躲到阁楼的避难所去，向她的老鼠们倾诉烦恼。

没人知道那天下午客厅里发生了什么，但大家聊了很多。一向寡言少语的布鲁克先生滔滔不绝，令人刮目相看，他热切地提出了求婚，介绍了自己的计划，还说服大家一切都依照他的想法。

还没等他描述完自己计划为梅格营造的乐园，用茶的铃声便响了。他骄傲地挽着梅格入座，幸福之情溢于言表；乔见了，再也没有心思妒忌，或者沮丧了。约翰的一往情深和梅格的端庄高贵深深打动了艾米；贝思远远看着他们微笑；马奇夫妇怜爱、满意地审视着这对年轻人；看来马奇叔婆说他们夫妇"像两个不懂世故的孩子"，所言不虚。大家都没吃多少。但是人人都兴高采烈的，家里有了第一桩喜事，仿佛蓬荜生辉了一般。

"梅格，现在你不能说没有好事进家门了吧？"艾米一边说，一边构思着要把这对恋人画入一幅画中。

“对，肯定不能这样说了。自从我了这句话，家里发生了多少事！好像是一年前了吧。”梅格答道。她此刻正在做着脱离了面包牛油这类俗物的美梦。

“阳光总在风雨后，我相信我们家已经时来运转了，”马奇太太说，“很多家庭偶尔会遇上多事之秋，一年里发生许多事情。我们去年就是这样，但总算有个好结局。”

“希望明年会更好。”乔嘟囔道。看到梅格当着她的面迷恋一个陌生人，她心里难以接受。乔对一些人爱得深切，唯恐失去他们的爱，甚至唯恐他们对自己的爱意变淡。

“我希望从今年起的第三年，会有更好的结局。我对此有信心，只要我实施自己的计划。”布鲁克先生看着梅格微笑承诺，仿佛现在对于他来说，一切都能实现了。

“这似乎等得太久了吧？”恨不得婚礼立即举行的艾米问道。

“我还没准备好，还有好多东西要学，还嫌时间太短呢。”梅格答道，甜蜜的脸上露出一种从未有过的严肃神情。

“你只用等待，我负责干活。”约翰说到做到，立马就捡起了梅格的餐巾，脸上宠溺的表情让乔直摇头。这时，前门“砰”地响了一下，这让乔松了一口气，暗想：“劳里来了，我们可算能聊点正经事了。”

但乔料错了。只见劳里兴冲冲地蹦进来，手里捧着一大束结婚捧花，要送给“约翰·布鲁克太太”，俨然误以为是自己的精心运作促成了这桩好事。

“我早就知道，布鲁克一定会如愿以偿的，他就是这样，只要下决心要做一样事，就算天塌了也能做好。”劳里献上了花和贺词。

“承蒙夸奖，不胜感激。这话真是个好彩头，我在这儿就邀请你参加我的婚礼。”布鲁克先生答道。他待人一向平和，包括对自己调皮捣蛋的学生。

“就算天涯海角，我也会赶回来参加，单单乔那天的脸色就值得我回来赏玩了。小姐，你好像不大开心呢，出什么事啦？”劳里边问边跟在乔身后，随众人一起来到客厅一角，迎接劳伦斯先生。

“我不赞成这门亲事，但我已经决定了忍气吞声，不说一句坏话。”乔严肃地说。“你不会明白，失去梅格，我有多痛苦。”她颤抖着声音接着说。

“你并没有失去她，只是同别人分享。”劳里安慰道。

“再也不可能一样了。我失去了最亲爱的朋友。”乔叹息道。

“你有我呢。乔，我知道我不够好，但我一定会伴你左右一生一世。我发誓我一定会的!”劳里认真地说。

“我知道你一定会的，真是太谢谢你了。特迪，你总给我带来极大的安慰。”乔感激地握着劳里的手回答。

“好了，别苦着张脸了，好姑娘。你瞧，这事儿没什么坏处呀。梅格觉得幸福，布鲁克只要再努力一段时间就能把小家安顿好了。爷爷会资助他。看到梅格住进自己的小屋，多让人开心啊。她走后我们会度过一段美好的时光，我很快就会大学毕业，那时我们便结伴到国外好好游历几趟。这样说安慰到你了吗?”

“但愿真能这样吧。但谁知道三年里会发生什么事呢。”乔沉思道。

“那倒是的。难道你不愿意朝前看，想象一下那时我们会是怎样开心吗?我愿意朝前看。”劳里回答。

“不看也罢，我怕看到一些伤心事。现在大家都这么开心，我想将来也不会更开心了。”乔说着慢悠悠地环视房间，眼前一亮，看到了令人愉快的场景。

父母亲并肩而坐，静静怀念着他们大约二十年前的初恋场景。艾米为那对年轻的恋人作画——他们坐在一旁，沉浸在自己的美好世界里，脸上泛着爱情的光辉，这美是小画家无法描摹出来的。贝思躺在沙发上，和她的老朋友愉快地交谈，老先生握着她的手，觉得它仿佛有一种力量，可以领着他走过她曾走过的宁静世界。乔躺在自己最喜欢的矮椅上，表情沉重而平静，这恰恰就是她的风格。劳里靠在她的椅背上，下巴贴着她的卷发，笑容灿烂，冲着映了两人身影的穿衣镜里头向她点点头。

梅格、乔、贝思和艾米的故事就此落幕。是否再次起幕，取决于读者们是否喜欢这部家庭故事剧《小妇人》的第一部略。

Part Two
第二部

第一章　闲话家常

为了给我的读者们接着讲述马奇家的故事，并以轻松的心情去参加梅格的婚礼，我们可以先聊聊马奇一家的近况。我先把话说在前头，我担心年长的读者可能会觉得这个故事里“谈情说爱”情节太多（我倒不害怕年轻人会提出这种反对意见）。对此，我只能借用马奇太太的话：“我家里有四个快乐的姑娘，那边还有一个潇洒的小伙子做邻居，你还期待看些什么别的故事呢？”

三年过去了，平静的家庭几乎没有什么变化。战争已经结束，马奇先生平安地待在家里，忙于读书和他小教区的事务。他的性格和风度让人觉得，他天生就是一个牧师——沉默寡言、勤勤恳恳，富有书本中无法学到的智慧；乐善好施、生性虔诚，让人既敬畏又爱戴。

尽管贫穷和正直的个性让他无缘于俗世名利，却帮他吸引了许多可敬的人，就像芳香的花草吸引蜜蜂那样自然。一般来说，马奇先生赠给他人的花蜜提炼自他五十年艰辛生涯，一点也不苦涩。真诚的年轻人发现，这位头发灰白的学者有着和他们一样年轻的内心；女人们有了心事或遇到了麻烦，也会本能地向他倾诉疑虑，确信能从他那里得到最温柔的怜悯和最智慧的建议；有罪之人将他们造的孽告诉这位心思纯净的老人，只为得到训斥与救赎；天赋之人视他为知己；野心勃勃的人在他那里找到了更高尚的抱负；即便凡夫俗子也承认，他的信仰虽然“不值钱”，却美好而真实。

在外人看来，这个家庭似乎掌握在五个充满活力的女人手中，大多数事情上也确实是这样；但一家之主仍然是那位坐在书堆里的安静的学者，他才是这个家庭的精神支柱和抚慰者。遇到麻烦时，繁忙焦虑的妇女们总是寻求他的帮助，发现他无愧于丈夫、父亲这两个神圣的称呼。

姑娘们把心托付给母亲守护，把灵魂托付给父亲灌溉，将爱奉献给忠诚地为她们生活和工作的父母，这爱随着岁月流逝而日益深厚。爱赐福人生、超越生死，就像最甜蜜的纽带将他们温柔地绑在一起。

马奇太太虽然比之前老了许多，却依然精力充沛、乐观积极。现在她全身心都放在梅格的婚事上，无暇顾及医院和收容所的志愿者工作，那边满屋子受伤的“男孩”和烈士遗孀看来要怀念这位慈母般传教士的探视了。

约翰·布鲁克英勇入伍，服了一年兵役，直到受伤后被送回家，就没再归队了。他的领章上没加星，肩章上也没加杠，却依然无怨无悔。他在大好年华，放下自己的事业和爱情，不顾一切，投身疆场，真是难能可贵啊。约翰完全服从退役的命令，一门心思恢复身体，准备重新工作，为了给梅格一个家而奋斗。他自尊心强，坚决不依靠他人，拒绝了劳伦斯先生的慷慨资助，做起了书记员，觉得用自己尽责工作获得的薪水来创业比冒险借贷更让人心安。

梅格每天就是工作和等待，变得越来越有女人味儿，家务活儿干得愈发好了，人也愈发漂亮了，爱情真是个绝佳的美容圣品啊！她满怀少女的憧憬与期待，可一想到要低调地开始新的生活，就免不了有些失望。内德·莫法特和萨莉·加德纳刚刚成婚，梅格忍不住将他们豪宅豪车、堆积成山的礼物、精美的礼服和自己所拥有的对比，多么希望也能拥有那些啊。可当她想到约翰为了这个小家、为了等待她而付出耐心的爱与辛劳时，不知怎的，心中的妒忌与不满很快就烟消云散了。他们坐在暮色中谈论他们的小计划时，前途总是变得美好而光明，富贵显赫的萨莉被遗忘了，梅格仿佛才是基督教世界最富有、最幸福的姑娘。

乔没有回去伺候马奇叔婆了，因为老太太看上了艾米，提出请当今最好的老师来给她上绘画课，用这个来收买她。为了这个好处，艾米就去服侍这个刁钻的老太太了。这样，艾米上午当差，下午学画画，过得十分滋润。乔一心扑在文学创作和照顾贝思上头。虽然贝思患猩红热这件事已经过去很久了，可身体从那时起却一直很虚弱。确切来说，她已经不算病人了，却再也不能像以前那样面色红润、身体康健了；但贝思还是一如既往的乐观、开朗、安静，忙前忙后默默地做她喜欢做的事。很久以后，那些深爱她的人才意识到，她是每个人的朋友、家中的天使。

至于乔，只要《展翅的雄鹰》刊登她的“废话”，并每专栏付给她一美元的稿酬，她就觉得自己是个有钱女人，然后笔耕不辍。只不过，她那高速运转的小脑袋和蓬勃的野心却酝酿着许多大计划：阁楼上的那个旧锡碗柜里，墨渍斑斑的手稿越摞越高，终有一天它们会使马奇的名字名垂青史。

劳里为了讨爷爷欢心，听话去了大学，他如今正用最轻松愉快的方式上学。他为人慷慨，举止得体，又有才华，所以人缘极好。但他太善良了，常常为了帮助别人走出困境，自己却陷了进去。和许多其他前途光明的年轻人一样，他站在被宠坏的悬崖边，要不是有一个“避邪的护身符”，他可能早就被宠坏了。幸好他还记得那位一心要确保他能成功的慈祥老人；那位把他当儿子一样照顾的、母亲似的朋友；最后，最重要的是，他知道有四位天真烂漫的姑娘全心全意地爱他、敬他、信赖他。

劳里只是个“快活的世俗男孩”，他当然也会嬉闹、调情，变得像公子哥一样，赶时髦、多愁善感，热衷体育项目，总之就是大学里流行的那些事。他要人也被耍，满口俚语，不止一次险些被停学，甚至开除。但这些恶作剧都是源于一时兴起和寻开心，他总能通过坦率的认错，体面地赎罪，或者用他那炉火纯青的、让人无法拒绝的口才，让他自己化险为夷。实际上，他对自己这些虎口脱险颇为自得，喜欢向姑娘们描述他战胜暴怒的导师、威严的教授，和铲除敌人的场景。姑娘们把“班上的男人们”视作英雄，也永远都听不厌“我们自己人”的战绩。劳里经常带男同学到家里来，姑娘们于是常能沐浴在这些“大人物们”的笑声中。

艾米尤其享受这份荣耀，很早便意识到并学会了如何施展她天生的魅力，于是成了这个圈子里的可人儿。梅格深爱她的约翰，因而并没有将其他男人放在眼中。贝思太害羞了，能做的就只有偷偷看着他们，诧异艾米竟敢如此使唤他们。乔在这方面就是个绝缘体，她发现自己总是不由自主地去模仿绅士的姿态和言谈举止，对她来说，这些似乎比为年轻小姐的标准礼仪要自然多了。男孩子们都很喜欢乔，可绝对不会爱上她；在艾米的神龛下，却极少有人能在退下前，不发出一两声深情的叹息。说到深情，自然而然地就说到了“斑鸠屋”。

那是布鲁克先生为梅格建造的新家——一座棕色的小房子——的名字。这是劳里取的名字，说它跟这对柔情的恋人再合适不过了，他们“就像一对斑鸠一样，先接吻再谈情”。这座屋子很小巧，屋子后边有个小花园，前边有块手帕大小的草坪。梅格计划在这个地方建造一个喷水的池子，种些小灌木丛和漂亮的鲜花：尽管目前没有喷水池，只有一个饱经风霜的水瓮，或者说更像一个残破的污水盆；灌木丛不过是几株落叶松幼苗，还不知道能不能成活；至于许多鲜花，只是插上了几丛枝条，表明那里已埋下了种子。尽管如此，房子里的一切都让人愉悦。从阁楼到地下室，幸福的新娘都无可挑剔。不可否认，过道太窄了，幸好他们也没有钢琴，因为谁也没法将整架钢琴搬进去。餐厅太小，来六个人就会显得拥挤。厨房的楼梯间太小了，仆人们和瓷器似乎就只能胡乱塞进煤球箱了。然而一旦习惯了这些小缺点，就会觉得这屋子不能更完美了。因为屋子的陈设处处彰显了高雅的情趣和品位，效果让人满意极了。虽然不见大理石台面的桌子和落地的穿衣镜，小客厅里也不见蕾丝边的窗帘，却有简约的家具，大量书籍，一两幅雅致的画，窗台上的一丛鲜花，四处点缀的还有朋友送的漂亮礼物——因为饱含爱意所以越发珍贵。

劳里送的礼物是一尊“塞姬”① 伯利安瓷②像，约翰将它的托架

---

① 塞姬（Psyche），古希腊神话人物，爱神丘比特（Cupid）的妻子。

② 伯利安瓷（Parian），一种精细的白瓷。

拿下来了，但这一点儿都没有损伤她的美。艾米的那双艺术家之手为屋子悬挂了朴素的薄纱窗帘，看起来多优雅啊，任何室内设计师都做不到的。乔和妈妈将梅格为数不多的几个箱子、桶和包袱放进了她的储藏室，连带美好的祝愿、快乐的寄语和幸福的期盼；在这点上，没有哪一间储藏室会更胜一筹了。汉娜将所有的锅碗瓢盆重新摆放了十几次，做好了生火的全部准备工作，让“布鲁克太太”到家就能点着火；我相信，要不是汉娜的劳动，这间簇新的厨房不可能如此舒适、整洁。我还怀疑，别的主妇是否也会在开始新生活时有这么多的抹布、容器和碎布袋子；贝思准备的量，足够梅格用到银婚的时候了，她还发明了三种不同的专门用来擦拭新娘瓷器的抹布。

那些花钱请人做这些的人们永远不会知道他们错过了什么，这些家务虽然琐碎，可由那饱含爱意的双手来做，就变得分外美好。对此，梅格深有感触，她小房子里的每一样物件，无论是厨房里的擀面杖，还是客厅桌子上的银花瓶，都力证了家人的爱与温情的筹谋。

他们一起制订计划的时光，是多么幸福啊！郑重的嫁妆采购中，又犯了些多么可笑的错误啊！劳里买来些莫名其妙的便宜货，又诱发了怎样的哄堂大笑！这位少年爱开玩笑，即便很快就要大学毕业了，还是像个孩子。他最近心血来潮，每周拜访的时候，都为年轻主妇带来一些新奇、实用的精妙玩意儿。这次是一袋怪异的晾衣夹；下次是一个神奇的肉豆蔻碾磨机，头一回试用就散了架；还有一个刀具清洁器，却把所有的刀具都弄毁了；一个除尘器，把地毯的绒毛除得干干净净，却独独除不了尘土；省力肥皂，把手都洗脱了皮；强力胶水，除了把上当买主的手指牢牢粘在一起，别的什么东西都粘不住；还有各种锡制品；从放零钱的玩具储蓄罐到奇怪的锅炉，那锅炉可以产生蒸气清洗东西，使用过程中却随时会爆炸。

梅格屡次劝阻无效，约翰嘲笑他，乔则称他为“再见先生”。可是劳里正处于狂热之中，非要为美国人新奇的设计买单，想看到他朋友的家一点点装饰起来。于是大家每周都会看到一些新鲜的荒唐事。

终于，一切都准备妥当了，艾米甚至为不同颜色的房间搭配了颜色各异的肥皂，贝思也为第一顿饭摆好了餐具。

“你满意吗？这看上去是不是有个家的样子啦？你觉得在这儿会幸福吗？”马奇太太问，正挽着梅格的手巡视着这新王国。此刻，她们仿佛比从前更依恋对方了。

“是的，妈妈，实在是太满意了。感谢你们所有人。我都幸福得说不出话来了。”梅格回答，脸上的表情比言语更有说服力。

“她要是有一两个用人就更好了。”艾米穿过客厅，说道。她在那里打算确定墨丘利铜像的摆放位置，是玻璃柜呢，还是壁炉台更好。

“妈妈和我讨论过这个，我决定先采纳她的建议。洛蒂会帮我打杂和忙前忙后，应该不会剩下太多要做的事了。我只用做点事，足够让我不会懈怠和想家就行了。”梅格心平气和地答道。

“萨利·莫法特可是有四个用人。”艾米说道。

“梅格就算有四个，她这小房子也住不下呀，难道让先生和夫人到花园里去露营吗？”乔插嘴道。她系了一条蓝色大围裙，正在给门把手做最后的打磨工作。

“萨莉是有钱人家的妻子，女佣和她的豪宅很相配呢。梅格和约翰起于微时，可是我认为，小屋里的幸福并不比大豪宅里的少。像梅格这样的小妇人要是什么活儿都不做，只知道打扮、使唤人、八卦闲聊，那就大错特错了。我刚结婚那会儿，总希望我的新衣服穿破了或磨损了，这样就能愉快地缝缝补补了。我厌倦了钩编和缝手绢呀。”

“你为什么不到厨房捣鼓下做饭呢，妈妈？萨利说她就是这么玩的，尽管她从来没做成功过，用人们也总是嘲笑她。”梅格说道。

“后来我就是这么做的，但不是‘捣鼓’，而是向汉娜学习了做法，所以佣人们也没必要嘲笑我。那时我把这当作玩闹，但当我有一段时间连用人都请不起了，就庆幸我不仅有意愿，也有能力为我的女儿们烹饪健康食品。梅格，乖乖，你和我的起点相反。等约翰更富裕一些的时候，你现在学到的东西会逐渐用上的，不管多阔气的家庭主妇，要想让伺候她的人尽心尽力，就该对家务事有充分的了解。”

“是的，妈妈，我相信你的话。”梅格说，她恭敬地听着这个小忠告。就管家这个吸引人的话题，大部分主妇都会有很多话说的。一分钟后，她们上了楼，梅格望着她堆满亚麻织品的衣橱，接着说：“妈妈你知道吗？在我的小房子里，这间是我最喜欢的。”

贝思也在那里，正把雪白的织品整齐地摆放在架子上，她开心地看着这一大堆漂亮的礼物。梅格说话的时候，三个人都为亚麻织品背后那个玩笑而大笑起来。记得马奇叔婆之前说过，要是梅格嫁给“那个布鲁克”，就休想从她那里得到一分钱。然而，等事后她消了气，就后悔说了这誓言，老太太十分为难。她一向说话算数，就只能千方百计想着如何转圜。最后她想出了一个极为自得的方法。她任命弗洛伦斯的妈妈卡罗尔太太作为中间人，去采购和缝制了一大堆房间和桌子的亚麻装饰物，还印上了标记，当作卡罗尔太太的礼品送给梅格。卡罗尔太太忠实地依计行事，但还是走漏了风声，这一做法赢得了马奇全家的赞赏。马奇叔婆还假装一副不知情的样子，坚持说她一分钱都不给梅格，除了很早就许诺过的要送给第一位新娘的那串过时的珍珠项链。

“看到这个真让人开心，只有当家主妇才会有这样的领悟。我年轻时曾有个朋友，成家的时候才六床被单，还好有个洗手盅①相伴，她才心满意足。”有着老道主妇品位的马奇太太用手轻抠着绣花台布。

“我可是一个洗手盅都没有呢，不过汉娜说，光这份家当就够我用一辈子了。”梅格看上去挺满足的，她确实也可以满足了。

“‘再见先生’来了。”乔在楼下喊道，大伙就走下楼来迎接劳里。对于她们平静的生活来说，劳里的每周拜访可是一件大事。一位人高马大，理着平头，戴着毡帽，衣着宽松的年轻人大踏步走了过来。走到那低矮的篱笆门口时，他没有停下脚步去开门，而是直接一跨，快速走到了马奇太太跟前，伸出双手，诚恳地说：

---

① 洗手盅（finger bowl），盛水的玻璃碗，一般摆放在餐桌上供用餐后的客人清洗手指。

“妈妈，我来了！是的，我万事都好。”

后一句话算是对老太太眼神的答复。他漂亮的眼睛与她关切的眼神坦诚对视，就这样，这个小仪式按照惯例以母亲似的亲吻而告一段落。

“送给约翰·布鲁克太太，连带着制造者的祝贺与赞美。贝思，愿上帝保佑你！乔，你真让人耳目一新。艾米，你真漂亮，怎么还能做单身小姐呢？”

劳里说话的时候，递给了梅格一个牛皮纸包裹，顺便扯了下贝思的发带，还盯着乔的大围裙看，而后在艾米面前装出一副心醉神迷的模样，最后和每个人握手，于是大家便聊了开来。

“约翰去哪里啦？”梅格焦急地问道。

“他去准备明天结婚证书的材料了，夫人。”

“特迪，最后一场比赛，哪一方赢了？”乔发问，虽然已是十九岁的大姑娘了，她依然对男人们的运动兴致勃勃。

“我们呀，这还用问。要是你也在场就好啦。”

“兰德尔小姐‘可人儿’还好吗？”艾米笑着问道，那笑容含义颇深。

“更残忍了，我被折磨得不成人形，你看不出吗？”劳里夸张地叹息道，把那宽厚的胸膛拍得砰砰响。

“最后一个礼物又要闹什么笑话？梅格，快把包裹打开瞧瞧。”贝思问道，眼睛好奇地盯着圆鼓鼓的包裹。

“这个放在家里用处很大的，可以防火防盗。”劳里说着，在姑娘们的笑声中拿出一个更夫用的摇铃。

“梅格夫人，当约翰不在家，你又觉得害怕的时候，就在前窗摇响它，左邻右舍立即就会惊醒。这可是个好东西，对不对？”劳里做了个示范，吵得姑娘们都不禁捂耳朵。

“感谢你们的配合！说到感谢，有件事我一定要提，你们得感谢汉娜，是她让婚宴蛋糕摆脱了被毁掉的厄运。我来的时候正巧蛋糕被送进屋，要不是她的勇敢守护，我一定会咬几口的，上面放了好多诱人的葡萄。”

“劳里，我真怀疑你还会不会长大。”梅格像个主妇一样说道。

“夫人，我尽力吧。只是，怕是不会再长大很多的。在这衰退的年代，六英尺大概是所有男人的极限了。”少年答道，他的头顶都快和枝形小吊灯一般高了。

“我觉得在这样簇新的房间里吃东西，是对它的一种亵渎，我太饿了呀，先休会吧。”他马上补充道。

“我和妈妈还要等一下约翰，还有些事得安排一下。”说完这话，梅格匆忙离开了。

“我和贝思得去趟凯蒂·布莱恩家，为明天的婚礼多准备一些鲜花。”艾米说着，扣了顶别致的帽子到她漂亮的鬈发上，和众人一样，极为得意这种打扮。

“亲爱的乔，别丢下你的小男孩。我精疲力竭了，没人扶我就回不了家。无论如何，别脱下围裙，虽然怪里怪气，但还挺好看的。”劳里说道。乔把他特别讨厌的那个围裙塞进宽大的口袋里，伸出双手扶住脚步虚浮的劳里。

“特迪，行了，我要和你严肃地商量一下明天的正事，”他们出门的时候，乔说道，“你必须保证到时会好好表现，不会捣乱和搞糟我们的计划。”

“绝不捣乱。”

“严肃的时候不准说笑。”

“绝不说笑。你才是那个会这么做的人。”

“还有，求你啦，在举行仪式的时候，不要看我；要是发现你看我，我一定会笑场的。”

“不会的，你看不见我的。你会大哭特哭，泪水会模糊你的双眼。”

“除非是痛彻心扉，我才不会哭呢。”

“比如某人去上大学，是吧？”劳里插了话，然后意味深长地大笑。

“别得意，我只是陪着姐妹们小哭了一下。”

“这可是事实。另外，乔，爷爷这礼拜好吗？没发脾气吧？”

“没有呀，怎么啦？是不是你惹事了，想知道他的反应？”乔敏锐地问。

“不是！乔，你觉得，要是我惹了事，还敢看着你妈妈的眼睛，说‘一切都好’吗？”劳里忽然停下了脚步，摆出一副受伤的表情。

“不，我不觉得。”

“那就别怀疑这怀疑那了。我只是缺钱花了。”劳里说道。她诚恳的话语给了他安慰，他接着往前走了。

“特迪，你花钱如流水啊。”

“嘿，不是我花钱，是钱自己就流走了啊。不晓得什么原因，我还没回过神来，钱就都没了。”

“你如此喜欢帮助别人，来者不拒。我们听说了亨肖的事，还有你为他所做的一切。要是你总把钱花在这样的事上，就不会有人怪罪你啦。”乔激动地说。

“噢，他太夸张啦。他一个人可比一打我们这样的懒散小伙子有用多啦，我的一点点帮助，就可以让他不用干活干到快累死，为什么不做呢？”

“自然要做的。但是，我看不出你那十七件马甲、数不胜数的领带，还有每次回家都要换一顶的新帽子有什么用处。我还以为你已经过了追求时髦的年纪。但这毛病时常还会冒出来玩些新花样。如今倒流行起了扮丑：你把头发剃成了寸板，穿这一身紧身夹克，手上戴双那个什么橘色手套，脚上还套了双厚底方头靴。要是这身难看的装扮不花什么钱，我也不啰嗦了，可它照样花那么多钱，那就一点让我满意的地方都没有了。”

听了这一通教训，劳里笑得前仰后合，毡帽于是掉在地上了，乔一脚踏上帽子。这个侮辱更为他提供了一个机会来表现粗糙服饰的优点——他捡起那顶被踩变形的帽子，折起来塞进了口袋。

“别再训话啦，你最好啦！我这个礼拜快烦死了，回到家里来就是想放松一下。我明天依旧要不吝金钱地打扮一番，让我的朋友们开心。”

“把头发蓄起来，我就还你安生日子。这不是贵族讲究，我只是不想让人以为和一个职业拳击手似的少年纠缠不清。”乔郑重其事地说。

“我们这样剪这种低调的发型，是因为它有益于学习。”劳里答道。他自愿剪掉漂亮的鬈发，留这种四分之一英寸长的短发茬，说明他不在乎外表，怎么能责怪他爱慕虚荣呢？

“乔，顺便提一句，我觉得那个小帕克为了艾米真是要死要活的了。他一直说起她，为她写诗，一脸痴迷的模样惹人怀疑。他那稚嫩的激情小火苗最好赶紧被浇熄，对不对？”沉默了一会儿，劳里像兄长一样语重心长地说。

“那是当然。几年之内，我们都不想家里又有什么结婚喜事。上帝哪，这帮孩子整天都在琢磨什么啊？”乔满脸震惊，好像在她心里，艾米和小帕克还是小孩子。

“这是个快节奏的时代，我们的结局无法预知。小姐，你还像个婴儿，可下一个嫁人的就是你，留下我们这群人叹气。”劳里说着，冲着这个正在衰退的时代摇起了头。

“别慌，我是个不讨人喜欢的女孩儿，我不会有人娶的，就算这样，那也是上帝的恩典，每个家里都有一个不嫁人的老姑娘。”

“你总是不给别人机会呀，”劳里说着，斜睨了一眼乔，晒得黝黑的脸上升起了些许红晕，“你从不展示性格中温柔的那一面。要是哪个小伙子碰巧看到了这样的你，绝对会情不自禁地表达对你的爱慕，你会像古米治夫人①一样，向她的情人泼冷水，还会像个刺猬似的，叫人不敢碰你，连看都不敢看了。”

“我厌烦这种事。我很忙，没时间去管那些无聊话。用结婚这种方式拆散一个家，真是太可怕了。行了，不聊这个话题啦。梅格的婚礼让我们有些神经质啦，尽聊些情人之类的荒谬事情。我不想为这个发脾气，不如换个话题吧。”乔一脸恼怒，仿佛略微一被刺激便会泼出一盆冷水。

无论劳里出于什么情绪，他都通过这个方式发泄了出来：二人在门口分别时，他轻声长长地吹了个口哨，说出了一个骇人的预言：“乔，记住我的话，你会是下一个嫁人的。”

---

① 古米治夫人（Mrs. Gummidge）是狄更斯的小说《大卫·科波菲尔》中的人物。

第二章　马奇家的第一场婚礼

六月的一个清晨，万里无云，满满一门廊的玫瑰花儿们一大早便苏醒了，在灿烂的阳光下露出明媚的笑容，好像一个个友好的小邻居，事实也正是如此。花儿们随风摇曳生姿，兴奋得一脸绯红，低声议论着见到的一切。有一些花儿正从饭厅窗户窥探，看到里面正摆着宴席；还有一些花儿向上攀缘着，向正在为新娘打扮的姐妹们点头微笑；其他的花儿则向那些在花园、门廊、大厅里忙前忙后的人们挥着小手。所有的玫瑰，无论是盛放的娇艳花朵，还是颜色最浅的待放蓓蕾，都将自己的美丽和芳香献给长期以来爱它们、照顾它们的和善的女主人。

梅格自己也仿佛是一朵玫瑰，那天，她心灵中最甜美、最美好的东西似乎都绽放在脸上，整张脸散发着美丽与柔情。她不要丝绸礼服，婚纱上也没有蕾丝花边，甚至连白色香橙花都不要。“今天我不想见外人，也不想打扮得花枝招展，”她说，“婚礼时不时髦不重要，重要的是我爱的人们在身边。我希望我还是他们眼里那个熟悉的我。”

所以她亲手缝制结婚礼服，将少女心中的柔情期待与天真烂漫都倾注进去。妹妹们把她的秀发盘起，她唯一的饰物就是几朵铃兰花，因为在所有的花中，这花是“她的约翰”的最爱。

打扮完毕，艾米欣喜地打量着姐姐，赞美道：“你看上去确实是我们的亲亲梅格，只是太漂亮、太可爱了。真想抱抱你，就是怕弄皱了你的衣服。”

“你这么说，我就满意这装扮了。请都来拥抱我，亲吻我吧。别管我的衣服啦，今天，我想在衣服多添些这样的褶皱。”梅格向妹妹们张开双臂，妹妹们如沐春风地依偎着姐姐好一会儿，庆幸新来的爱情并未冲淡往日的姐妹深情。

“好了，我要去帮约翰系领带了，接着跟爸爸在书房里独处一阵子。”梅格跑下楼去完成这些小仪式，之后就跟随妈妈左右，寸步不离，因为她读出妈妈虽然面带微笑，内心却暗自伤怀——第一只小鸟就要离巢了。

三个妹妹站在一起，为自己简单的打扮做最后修饰。这是一个绝佳时机，让我们来看看三年时光都如何雕刻了姑娘们的容颜，然后描述一番，因为此情此景，一切都如此美好。

乔的棱角已经柔和了很多，虽不算优雅，但已学会了举止自如。卷毛小平头已长回浓密的鬈发，小脑袋和高个子和谐了许多。如今棕色的脸颊气色不错，双眸闪着柔光，那尖刻的舌头吐出来也只有温和的话语。

贝思身材更加纤细、脸色更加苍白，性格也更加沉静了，美丽而和善的眼睛愈加大了，露出的眼神哀而不伤。年轻的脸庞上笼罩着病痛的阴影，却透出几分坚毅。贝思很少怨天尤人，总是乐观地说“很快就会好起来的”。

艾米成了当之无愧的“家庭之花”，虽然才十六岁，却有了成熟女性的神态风度——不是漂亮，而是一种难以言表的魅力——那就是优雅。从身体曲线，一举手一投足，衣服的摆动，秀发的垂顺，人们都能察觉这种魅力——并非有意为之，却无比和谐，如同美本身，吸引了许多人。扁鼻子仍是艾米的痛，因为它绝对不会长挺了。她苦恼的还有嘴巴，它太宽了，烦人的是还有一个坚毅的下巴。其实这些碍眼的特征让她的脸与众不同，只是她自己意识不到。她安慰自己，还好有白皙的肌肤，热情的蓝眼睛，和更加浓密的金色鬈发。

三位姑娘都穿着她们最好的夏日礼服——银灰色的套裙，发间和胸口都别了红玫瑰。三位姑娘正值青春年少，脸上彰显着活力，心头则洋溢着幸福。她们生活一向忙碌，此刻得到补偿，满眼渴望地阅读着女子爱情故事中最甜美的篇章。

没有繁文缛节，一切礼仪都轻松自在。所以马奇叔婆到场的时候颇为吃惊：出来欢迎她的竟然是新娘，还是跑步出来的，新郎则正在固定一个掉落的花环，牧师爸爸就一只胳膊底下夹一瓶酒，郑重其事地走上楼。

“哎呀，一塌糊涂啊！”老太太喊道，跌坐在她的贵宾席上，把她那条淡紫色波纹丝绸裙子上的皱褶弄得沙沙响，“孩子，你要到婚礼的最后一刻才能露面呀。”

“叔婆，我不是展示品，不会有人盯着我，也没人议论我的衣着，或者计算婚礼的花费。我太幸福了，才不管其他人说什么、想什么。我要用自己中意的方式举办这小婚礼。亲爱的约翰，你的锤子。”梅格说完就走开了，去帮“那男人”干那件不合时宜的工作。

布鲁克先生没说“谢谢”，却在弯腰接过那件一点都不浪漫的工具的时候，在折叠门背后亲吻了那位小新娘。那神态让马奇叔婆老泪纵横，赶紧掏出手帕来抹眼泪。

突然传来什么东西撞倒的声音、叫喊声、劳里的笑声，还传来了粗俗的感慨声：“上帝啊！嘿！乔又把蛋糕撞翻了！”诱发了一阵骚乱。骚乱还没止，又来了一群堂表兄妹，可谓“大队人马驾到”，正如贝思小时候常说的那样。

“让那小巨人离我远点，真是比蚊子还讨人厌。”老太太在艾米耳朵旁窃窃私语，这时屋子里人满为患，劳里的黑色头顶可谓鹤立鸡群。

“他向我承诺过，今天会循规蹈矩。他会彬彬有礼的，只要他愿意这么做。”艾米答道。她溜过去警告海格力斯当心巨龙①，没想到却适得其反。劳里对老太太纠缠不休，弄得她不胜其烦。

没有常见的婚礼游行，马奇先生和一对新人站到绿色的拱门下的时候，全场却顿时肃静了。母亲和妹妹们挤在一起，仿佛非常不

① 海格力斯（Hercules），古希腊神话人物，传说力大无穷。海格力斯为取得金苹果，替擎天巨神阿特拉斯背负苍天。最终阿特拉斯帮海格力斯成功诱杀了看守金苹果的巨龙拉冬，助海格力斯得了金苹果。此处海格力斯和巨龙分别指的是劳里和马奇叔婆。

愿意梅格出嫁。父亲在宣读誓词时数次哽咽，这让仪式更加美妙而庄严。新郎的手颤抖得很明显，回答的声音也小得叫人听不清；梅格却直视丈夫的眼睛说："我愿意!"表情和言语中有着无限温柔的信任，母亲见此深感欣慰，马奇叔婆却不屑一顾。

乔差一点儿就哭了出来，只不过她察觉劳里正目不转睛地盯着她，调皮的黑眼睛透着欢乐和感动，太滑稽了，便忍住没哭了；贝思把头靠在母亲肩膀上；艾米像座典雅的雕像似的立在那里，一束阳光照射到她光洁的额头和发间的鲜花上，美艳不可方物。

恐怕不会就这么结束呢。刚一礼毕，梅格就哭着说道："第一个吻献给妈咪!"她转过身，献给妈妈饱含深情的一吻。在接下来的一刻钟里，她更像一朵娇艳欲滴的玫瑰了，无论是劳伦斯先生，还是老汉娜，大家都充分利用这个机会献上祝福。老汉娜包着条精心编织的头巾，在过道里就扑向梅格，又哭又笑地喊道："乖乖，祝福你，祝福一百遍！蛋糕没有被毁，全都好好的。"

听了这话，大家都振作了精神，说了或尝试说了些恭维话，效果不错，心情轻松了，自然就有了欢声笑语。没有展示礼物的环节，因为礼物早就被放进了房间里；没有精致的早餐，好在午餐很丰盛，有点缀着鲜花的蛋糕和水果。劳伦斯先生和马奇叔婆发现三个赫柏①女神来回穿梭，提供的玉露琼浆只有水、柠檬汁和咖啡，他们耸了耸肩，向对方笑了笑。大家都没问为什么没有酒，直到劳里端着一个装满食物的托盘，走到新娘跟前，非要为她服务，顺便一脸疑惑地轻声问道：

"是不是乔不小心打碎了全部的酒？也许是我看花了眼，早上还见到地上有一些酒瓶子碎片。"

"不关乔的事，你爷爷很客气地送来了他最好的酒，马奇叔婆也送来一些。可爸爸都送去军人之家了，除去给贝思留的一些。你晓得的，他觉得只有病人才可以喝酒。妈妈也说过，她和女儿们都不会在家里请小伙子喝酒。"

---

① 赫柏（Hebe），古希腊神话中宙斯和赫拉的女儿，司掌青春的女神，亦是为众神斟酒的女神，这里指的是马奇三姐妹。

梅格严肃地说着，她以为劳里会紧锁眉头或嘲笑一番，可他没有，只是快速地瞥了她一眼，用他惯用的口吻说："我喜欢这个想法。我看够了喝酒害人，希望别的女人也能有你们这样的觉悟。"

"但愿这不是你的经验之谈，不是吧？"梅格担心地问。

"我发誓不是。可也不要太乐观，我没那么好，再说，这对我来说算不上诱惑。我长大的那个国度，喝葡萄酒就像喝水一样，一点危害都没有。我讨厌酒，可要是有一个漂亮姑娘给你敬酒，你是不会有拒绝的念头的，对吧？"

"但你必须拒绝，就当是为了别人，不为你自己。劳里，答应我，就当为我添一条让今天成为我一生中最幸福的日子的理由。"

这个突如其来的认真请求，让少年迟疑了片刻，比较起自我克制和被人嘲弄的滋味，似乎后者更让人无法忍受。梅格深知，他只要作出承诺，就会竭尽全力去遵守。她察觉到了自身的影响力，为了朋友获益，她用女人的方式施加影响。她一言不发，只是仰望着他，脸上洋溢的幸福胜过千言万语，那笑容仿佛是在说："今天任何人都不可以拒绝我的请求。"劳里当然也不例外，他笑着把手递给她，真诚地回复道："布鲁克太太，我答应你。"

"感谢你，感谢万分。"

"特迪，'祝你的决心长长久久'，干杯！"乔喊道，她摇着杯子，赞许地朝他微笑，溅起的柠檬汁就当为他洗礼。

就这样，干了这杯酒，许了诺言，虽然面对的诱惑很多，劳里依然信守诺言。姑娘凭借与生俱来的智慧，抓住这样一个幸福时刻为朋友筹谋，劳里为了这个得感激她们一辈子。

午餐后，众人三五成群地在房子里和花园里散步，尽享房屋内外的阳光。梅格和约翰恰巧一同站到草坪中央。正和艾米沿着小路散步的劳里灵光乍现，给这不时髦的婚礼添了浓墨重彩的最后一笔。

"所有已婚人士手牵手，就像德国人那样，围着二位新人起舞，我们单身汉和未婚姑娘们在外面围一圈，组成一对一对地跳！"劳里喊道。他用词巧妙，非常有煽动性，大家一致同意，跟风跳了起来。马奇夫妇和卡罗尔夫妇起了头，其他人迅速参与了进去。萨莉·莫法特犹豫片刻后，也把裙摆撂到手臂上，一把将内德拉进圈里。最有趣的是劳伦斯先生和马奇叔婆这一对：稳重的老先生跳着庄严的滑步过来邀请老太太，后者把拐杖往胳膊下一夹，步履轻快地随着老先生和大家一起绕着新人跳起来。年轻人呢，就像仲夏时节的蝴蝶一样，满花园里纷飞。

大家跳得喘不过气来的时候，即兴舞会才到了尾声，众人于是陆续散去。

“乖乖，祝你幸福。真心希望你万事如意，但我觉得你很快就会后悔的，”马奇叔婆对梅格说道，又接着对送她上马车的新郎说：“小伙子，你捡了个宝贝，不要辜负她。”

“内德，这是我参加过的最美妙的婚礼啦，这是为什么呢？它一点也不时髦呀。”驱车离开时，莫法特太太跟丈夫谈论道。

“劳里，我的孩子，要是你也想有这福气，就在这些小姑娘里头找一个，我便心满意足了。”上午的兴奋劲儿已过，劳伦斯先生说着，就躺进了安乐椅上休息。

“爷爷，我会竭尽全力，务必让您满意。”劳里格外恭敬地答着，一边小心翼翼地取出纽扣孔里的鲜花，那是乔给他插的。

小屋离这里很近，梅格仅有的新婚旅行就是挽着约翰安静地散步，从老屋走到新房。梅格走下楼梯，身穿一袭鸽灰色长裙，头戴白丝带草帽，活像一位漂亮的贵格会①女教徒。众人围了上来，依依不舍地跟她道别，就好像她要去到很遥远的地方。

“亲爱的妈咪，别觉得我离开了您，别觉得我深爱约翰，对您的爱就变少了。”她说完，伏在妈妈身上，热泪盈眶；好一阵子才缓过来，接着说：“爸爸，我每天都会回来。就算结了婚，我也想继续占据你们大家心中的老位置。贝思要经常来陪着我，也欢迎乔和艾米常来做客，看看我在家务上闹的笑话。谢谢大家让我的新婚之日如此开心，再见，再见！”

脸上洋溢着爱意、希望与自豪的众人站在那里目送梅格，只见

---

① 出自英文 Quaker，音译为贵格会，是基督教新教中的一个教派团体，创立于 17 世纪中期的英国，该宗教团体的正式名为教友派或公谊会（the Religious Society of Friends or Friends Church）。

她手捧鲜花，依偎在丈夫的臂弯中，渐行渐远。她幸福的脸庞在六月的暖阳下熠熠生辉——就这样，梅格开始了她的婚姻生活。

第三章　艾米的艺术尝试

要分清楚才能和天赋，得费些时日，对那些野心勃勃的年轻男女更是如此。艾米历经磨难才弄清楚二者的区别。她错把热情当灵感，带着年轻人的胆大妄为试遍了各种艺术。“泥饼”作坊停业了一段时间后，她一门心思放在了钢笔画这种最精致的艺术上，从中展现了极高的品位和技能；那些雅致的手工作品不仅赏心悦目，还能带来利润。只是，钢笔画太伤眼睛，她只好将钢笔和墨水丢到一边，又开始进军烙画领域。在她进攻之际，全家人都生活在惶恐之中，生怕起火了。因为木头的烧焦味整天萦绕在屋子里，烟雾频繁地从阁楼和棚屋里窜出来，烧红的拨火棍被胡乱地丢在地上，为了防止起火，汉娜总在睡觉之前打好一桶水，在门边放上用餐铃。艾米先是在擀面板下面烙上了十分醒目的拉斐尔的头像；接着她又在啤酒桶盖和糖罐上分别烙画了酒神巴克斯和一个唱歌的小天使；最后，她尝试着描绘“盖里克在买女店员推销的手套”①，这火便又烧了一段时间。

---

① 该画面情节出自十八世纪英国小说家劳伦斯·斯特恩（Laurence Sterne，1713—1768）所创作的小说《感伤的旅行》（*Sentimental Journey Through France and Italy*）。原情节描述了主人公约里克和商店女店员之间的互动，上文的“盖里克”疑似作者笔误。

手指烫伤了，烙画便自然而然变成了油彩。艾米沉迷于其中，热情不减。一位艺术家朋友送来废弃的调色板、刷子和水彩，有了装备的艾米便开始涂抹起来，那画出的田园风光和海洋景致可真是陆地未见、海上难寻。她画中的庞然巨牛，完全可以在农产品展览会上得奖；她笔下的船只，颠簸得厉害，哪怕是最有航海经验的人也会晕船，且一点儿也不遵守船体结构及缆索准则，内行人看一眼就会笑得直不起腰来；黑皮肤的男孩画像，和黑眼睛的圣母画像，在画室的角落凝视着你，暗含穆里罗①的画风；油褐色阴影的脸，配上错位的猩红条纹，这是伦勃朗②；丰盈的女人和胖嘟嘟的婴儿，则是鲁本斯③的风格；透纳④的意境则出现在描绘暴风雨的画面中：蓝色的雷、橘色的闪电、棕色的雨、紫色的云，中间夹了一团番茄色，像是太阳或救生圈，也可能是水手衫或国王的长袍，任君想象。

接着，艾米又折腾起了木炭肖像画。挂成一排的全家人肖像，粗糙又黑黢黢，像是刚从煤箱里掏出来似的。然后是铅笔素描，这回好些了，画得挺像，尤其是艾米的头发、乔的鼻子、梅格的嘴巴和劳里的眼睛。后来，艾米又重操旧业，倒腾起陶土和石膏，她将朋友们的模样制成雕像摆在屋子的各个角落，像幽灵似的，要是从壁橱架上掉下来，没准还会砸中谁的头。她把邻居的孩子们骗来当模特，孩子们事后颠三倒四地描述她的诡秘行径，让她听起来像个女妖怪。然而，一场意外让她在这门艺术上的努力戛然而止，也浇灭了她的热情。那是某一天，她找不到其他好模特，只好用自己漂亮的脚铸模。一天，一阵骇人的撞击声和尖叫声把大家吓了一跳，

---

① 巴托洛梅·埃斯特班·穆里罗（Bartolamé Esteban Murillo，1617—1682）是西班牙巴洛克风格绘画大师。其宗教主题绘画以及妇女、小孩的肖像画尤为西方艺术界瞩目。

② 伦勃朗·凡·莱因（Rembrandt van Rijn，1606—1669），著名的荷兰画家，擅长绘画上的明暗处理（chiaroscuro）。

③ 彼得·保罗·鲁本斯（Peter Paul Rubens，1577—1640），巴洛克时斯佛兰德画家，丰腴的女性形象是其绘画的特征之一。

④ 约瑟夫·马洛德·威廉·透纳（Joseph Mallord William Turner，1775—1851），英国著名的浪漫主义画家，擅长用水彩描绘风景。

赶紧跑来营救，只见艺术小狂人在工作室里蹦蹦跳跳，一只脚被牢牢卡在一整盆石膏里——石膏变硬的速度快得让她意外。费了好大劲，冒着极大风险，艾米的脚才被挖出来。不过乔在挖的时候，没忍住笑了出来，刀插得深了些，划到了那只悲催的小脚，算是给她的艺术尝试留下一个永恒的记忆。

此后艾米消停了下来。可不久又迷上了写生，于是整日流连于河边、田野上、树林里研究风景，还渴望能够描摹古迹。她总是感冒，因为经常坐在湿草地上绘下“美妙的写生”：由一块石头、一根树桩、一只蘑菇、一根折断的绒毛花梗，或者“一大朵云彩”构成，成品就像是羽毛床褥展览一样精彩。她顶着仲夏的烈日，泛舟河上，不惜晒黑皮肤，只为研究光影；她眯眼打量，不顾鼻子起皱，只为找准视角。

米开朗琪罗曾断言，“天赋就是持之以恒。”如果所言非虚，艾米倒是具备一点这种超尘脱俗的品质。不论历经多少困难、失败和挫折，她都坚持下来了，并且坚信，终有一天她的作品会被视为“高雅艺术”。

她学习、创作，还享受其他，决心就算当不了艺术家，也要做一个有魅力的才女。在这方面她更为成功一些，她是那种乐天派，交友广泛，轻而易举地就能被他人喜爱，生活得轻松又体面，所以一些时运不济的人不得不去相信：这小姑娘命中福星高照。人见人爱、处事圆滑是她的天赋之一。讨人喜欢、举止得体是她的本能，她永远知道见什么人说什么话，总是如此顺应时势、沉着镇定，所以姐姐们常说：“艾米到了法庭上，就算没有提前做准备，她也会应对自如。”

艾米也有一个弱点，那就是渴望进入“上流社会”，尽管她不知道究竟什么是“上流”。在她眼中，钱、地位、流行的才艺、优雅的举止是最让人羡慕的东西。她乐于和拥有这些东西的人交往，却常常真假不分，赞美了不值得赞美的东西。她从未忘记自己原本出身名门，就因为家道中落失去了“上流地位”，于是她培养自己的贵族品位和情感，准备一有机会就重回上流社会。

朋友都叫她“我的贵妇”，她也非常渴望能成为真正的贵妇，内心深处也已当真。只是她不曾明白，优雅是用金钱买不到的，高贵的气质也不是地位能赐予人的。良好的教养总是自然流露，外在的缺陷倒是其次。

“妈咪，我需要你的帮忙。”有一天，艾米从外面回来，严肃地说道。

“什么忙呀，小姑娘？”妈妈答道，这个高贵的小姐在她眼里依然是个“孩子”。

“下个礼拜，绘画班就会放假了。我想在女孩们回家过暑假之前，请她们来家里玩一下。她们很渴望看一下这边的河，去那座断桥写生，还有从我的画册里临摹几幅她们欣赏的画。她们在各方面都待我很好，我非常感激。她们都是富家女，而我是穷人家孩子，但她们从不歧视我。”

“她们为什么要歧视你呢？”妈妈问，带着一脸姑娘们说的“玛丽亚·特蕾莎①神态”。

“我们都清楚的，哪有人不嫌贫爱富。你不必像一只溺爱子女的母鸡，看到小鸡崽被大鸟欺负，就怒得羽毛竖起来。哎呀，丑小鸭总会变成白天鹅的。”乐观、好脾气的艾米无忧无虑地笑着说道。

马奇太太被逗笑了，压下做母亲的自尊，问道：“既然这样，我的天鹅，你的计划是什么呢？”

“下礼拜，我想请女孩们来吃午餐，雇辆车带她们去想去之处，也许还会划船，总之，就是给她们办一个小型艺术聚会。”

“我觉得这计划可行。你午餐想要些什么？蛋糕、三明治、水果和咖啡，我想这些就够了吧？”

“哎呀，不行！必须要有牛舌、鸡肉冷盘、法式巧克力，以及冰淇淋。那些女孩子一向都吃这些的。尽管我还在为自己的生计奔波，却希望我的午餐体面又高雅。”

“会来多少位小姐？”妈妈严肃起来，问道。

“全班有十二到十四个人，但我确定有些人不会来的。”

---

① 玛丽亚·特蕾莎（Maria Theresa，1717—1780），出生于奥地利哈布斯堡王朝，奥地利首位女大公，神圣罗马帝国皇后。

“上帝啊，宝贝，你得雇一辆大马车带她们出去玩。”

“哎呀，妈妈你想多了！来的人不会超过六到八个。如此的话，我只用租一辆沙滩马车，再把劳伦斯先生的‘樱桃弹跳车（就是敞篷大马车，汉娜就是这么发音的）’借来就行了。”

“艾米，所有这些加起来会很贵的。”

“我算过了，不会很多的，而且我来付钱。”

“乖乖，你想过没有？这些女孩对这些东西已经习以为常。我们再怎么尽力，对她们来说都是老一套。也许简单点的计划更能得她们的欢心。给她们换个口味，对我们来说也更好，不必去买或借那些没必要的东西，也不用尝试与我们境况不符的做派。”

“要是不能照我的意思做，那我宁愿不办啦。我肯定，如果你和姐姐们可以给我搭把手，这聚会就能办好。我不明白，是我自己出钱呀，为什么还是不能办？”艾米喊道，众人的反对反而让她更加坚持。

马奇太太深知，经验是最好的老师。只要情况允许，她会放手让女儿们自己去从经验中汲取教训。要是孩子们不像拒吃泻药、通便剂一样冥顽不灵的话，她会主动把教训变得轻一点。

“行吧，艾米，既然你执意如此，不介意付出那么多钱、时间和耐心，我也没什么话说了。去和你的姐姐们讨论一下吧，无论你做什么样的决定，我会全力帮你。”

“谢谢妈妈，你真好。”艾米说完，就去向姐姐们宣布她的计划了。

梅格当场就同意了，答应会帮忙，还主动奉献她的所有东西，无论她的小房子，还是最贵重的盐匙。乔却紧锁眉头，反对整个计划，打一开始就一点忙都不想帮。

“究竟是什么原因，你要浪费自己的金钱，惊动你的家人，把这个家闹得鸡犬不宁，只为取悦那群一点都不待见你的女孩子？我还以为你很高傲、很有主见，不会去取悦那些穿法国靴子、乘双座马车的世俗女人呢！”乔发话了。她的小说正写到悲剧高潮，给打断了，哪还有心情讨论什么“上流社会”聚会活动。

“我没想取悦任何人，更何况，我也讨厌被人施舍的滋味！”艾米气冲冲地答道。这姐妹俩一提到这类问题就会炸毛。“那些女孩很在意我的，我也在意她们。尽管你把她们的时髦贬得一无是处，但她们确实很友好，见识多，天赋也高。你是不介意别人是不是在意你，也不介意可不可以融入上流社会，更不注意培养自己的举止和品位，可我在意啊。我会充分利用每一次机会。你尽可抱起双臂、鼻孔朝天过你的清高日子，自以为是自立自强，随便你。我可不想这样！”

只要艾米磨顺溜了嘴皮子，思维发散开来，就总能占上风，似乎总占着理；而乔呢，崇尚自由，愤世嫉俗，喜欢走极端，争吵中总是一败涂地。艾米把乔的自立观描述得活灵活现，二人都忍不住大笑一场。争论从这个时候变得更温和。最终，尽管违心，乔还是同意牺牲一天时间给格伦迪夫人①，帮她做这件“无聊之事”。

请柬发出去了，几乎所有人都接受了邀请；这场盛大的活动安排在下礼拜一。汉娜却老大不开心，因为这活动毁了一周的工作节奏。她预言：“雨（如）果衣服不能按时洗熨，一旦（切）都将乱套。”家庭机器的主轴出了故障将影响全局，但艾米的格言是“永不放弃”，既然做了决定，就排除万难坚持到底。第一，汉娜的烹饪让人失望：鸡肉太老，牛舌太咸，巧克力的起泡也没做好；然后，蛋糕和冰淇淋的开支比预期多；马车和其他各种杂费也一样。分开看都是些小钱，加在一起却是多得吓人。贝思患了感冒，躺在床上。梅格家的客人突然变多了，把她困在了家里。乔心不在焉，经常摔碎了东西，出岔子，情况糟糕得让人难以忍受。

“还好有妈妈助我一臂之力，不然我完全挺不住啦。”艾米后来回忆起这些，心中充满了感激，其实大家早就把“那个季节最好笑的事”忘得干干净净了。

要是礼拜一是个坏天气，小姐们决定就推迟一天，这一安排惹恼了乔和汉娜。礼拜一上午，天气没个定性，这比一直下雨更惹人

---

① 格伦迪夫人（Mrs. Grundy），是英国剧作家托马斯·莫顿（Thomas Morton，1764—1838）的五幕喜剧《加快耕耘》（*Speed the Plough*）中的一个未登场女性角色。该角色固守传统道德观念，经常在生活中苟求和干涉他人。该人物此后成了英国文化中的一个典型表象。

烦。一会儿是毛毛细雨，一会儿又出太阳，接着又刮了会儿风，让人下不了决心；等到作决定的时候，已经晚了。天刚蒙蒙亮，艾米就起床了，还催促其他人也起了床，众人吃过早餐，便开始整理屋子。她忽然发现客厅太简陋了，但没有停下来叹息，而是物尽其用，巧妙地布置起来：用椅子遮住地毯上的破洞，用常春藤镶边的画作盖住墙上的污点，用自己造的雕像填满角落；乔也将插满鲜花的漂亮花瓶散放到各处，这么一布置，屋子倒是显得艺术味儿十足。

她打量着桌上的大餐，色香俱全，真心希望味道也不错，还希望那些借来的杯子、瓷器和银餐具能完好无损地还回去。车子订好了，梅格和妈妈也随时待命，贝思在厨房里给汉娜打下手，乔许诺做到情绪高涨、和蔼可亲，尽管她心不在焉、头疼不已，坚持不认同每个人、每件事，可最终还是做出了让步。艾米一脸倦容地打扮着，强打精神期待着快乐时刻：午餐圆满结束后，她将和朋友们驱车去享受一下午的艺术乐趣，那“樱木弹跳车”和断桥是她得意的东西。

艾米在接下来的几个钟头里坐立难安，在客厅和门廊之间蹦来蹦去，众人的想法就像风向标一样没个定性。十一点的一场阵雨显然浇灭了姑娘们的热情，本该十二点到的，结果一个都没来。两点了，疲倦的一家人坐在大太阳底下，为了避免浪费，吃掉了午餐中容易馊的食物。

次日清晨，艾米醒来一看到太阳，就说：“今天的天气很好，她们绝对会来的。我们要忙碌起来啦，好好准备一番。”她嘴上是这么说，心中却悄悄希望自己从没说过什么礼拜二，因为她的兴趣和那蛋糕一样，有点蔫儿了。

“没买到龙虾，你们今天做不成沙拉啦。”过了半个钟头，马奇先生进屋，一脸无奈地说道。

“用鸡肉代替吧，做沙拉的话，肉老一点也没关系的。”马奇夫人提议道。

“汉娜把鸡肉放在厨房的桌子上，就那么几分钟，就成了几只猫咪的腹中食。艾米，我对不起你。”猫咪的守护女神贝思赶紧解释道。

“那就非龙虾不可啦，只有牛舌肯定不够的。”艾米毅然决然地说。

“那我赶紧到镇上去买一只回来，需要不？”像殉道者一样高尚的乔问道。

“你只会把龙虾往胳膊下一夹，包都不包一下就拿回家，这是存心气我吧。还是我亲自跑一趟吧。”已经开始失去耐性的艾米答道。

艾米蒙上厚面纱，跨了个时下流行的旅行篮子，就出发了。她想着坐车吹吹凉风，兴许就不会那么烦躁了，也好熬过接下来一天的辛劳。费了一些周折，把清单上的东西都买了，还买了一瓶调味品，怕家里没有，再来买会浪费时间。她坐在回家的车里，为自己的未雨绸缪而得意万分。

旅行车里除了她之外，只有一个乘客——一个打盹的老太太。艾米把面纱收了起来，为了打发无聊的旅途时光，她开始回忆起钱都花去哪儿了。她一心合计着满卡片难算的数字，再加上这人上车时，车也没停，所以她没察觉到新上来了一位旅客。一个男性的声音喊道“早上好，马奇小姐”，她这才抬头，发现是劳里的大学朋友中最文质彬彬的那一个。艾米极度期盼他能在她之前下车，以至于完全忘记了她脚边的篮子。她暗自庆幸身上穿的是新的外出服，于是向少年道了声早安，语气是一如往常的温柔热情。

得知了这位先生会在她之前下车，艾米心中的石头落了地，于是两人聊得热火朝天。正当她起劲儿地聊着高雅话题的时候，老太太准备下车，步履蹒跚地走到车门旁，踢翻了篮子——哎呀，完了！——尺寸巨大，色彩艳俗的龙虾完全暴露在了这位高贵的都铎王朝王室成员面前。

“上帝啊，她落下了食材。”不明真相的少年叫了起来，赶紧用手杖将鲜红色的庞然大物拨回原处，打算追去把篮子还给老太太。

“不是的——这是——这是我的。”艾米低声说，脸色涨红得像那只龙虾。

“噢，上帝啊，请原谅我。这是只非常棒的龙虾，不是吗？”少年急中生智地说道，饶有兴趣却十分克制，无愧于他的教养。

艾米迅速镇定下来，大大方方地将篮子放到座位上，微笑着问：

“想不想尝尝用它做的沙拉，还有见一见那些品尝它的漂亮小姐们?”

这话说得非常有技巧，抓住了男人的两个软肋。龙虾立刻被赋予了一圈让人浮想联翩的光环，对“漂亮小姐们”的好奇也让他不再留意那滑稽事。

“我肯定他会把这一幕当成笑话讲给劳里听的，但我听不见就心不烦。”少年躬身离去的时候，她脑中浮现了这个想法。

她没在家里提起这场相遇（尽管她发现，调味汁从踢翻的篮子里流出来，顺着衣服蜿蜿蜒蜒流到裙子上，弄脏了衣裙），而是忙着做各种准备工作，越发心烦意乱了。十二点，万事再次俱备。艾米能感到邻居们对她这场聚会的关注目光，所以她非常期待能用今天的成功来掩盖昨天的失败。于是，她叫来了那辆“樱木弹跳车”，意气风发地驱车去迎接她的客人们。

“听，那是车轱辘声，小姐们到了！我到门廊去迎客，这样显得热情好客。这可怜的宝贝遭遇了这么多烦心事，我得做点什么让她开心点。”马奇太太说着，向门廊走去。实际情况是，她朝门外扫了一眼，就退回屋里来了，一副耐人寻味的模样，因为，她看到宽大的车厢里只坐着艾米和另一个姑娘，显得空荡荡的。

“贝思，赶快去叫汉娜，把桌上的食物撤一半下来。在一个姑娘面前摆十二个人吃的量，叫人笑话。”乔边喊边跑，着急得都来不及停下大笑一场。

艾米镇定自若地走进来了，欢快而热情地招待着这位仅有的守信客人。尽管剧情突变，其他家庭成员也很快适应了角色。埃利奥特小姐觉得马奇家的人都很有意思，他们身上的欢乐情绪仿佛与生俱来，由内而外自然散发。艾米和朋友高高兴兴地用完午餐，参观了画室与花园，激烈地讨论了一番艺术，就坐上一辆双轮轻便马车（可惜了豪华的“樱木弹跳车”）安静地欣赏附近的景色；夕阳西下的时候，聚会散场了。

艾米疲惫而镇定地走进家门。据她观察，这个倒霉的宴请就像没发生过一样，除了乔嘴角那条似笑非笑的皱纹。

“乖乖，你们下午出去兜风，玩得高兴吧?”妈妈礼貌地问道，说得仿佛来了十二个女孩似的。

“埃利奥特小姐看上去很好相处。我看她玩得很高兴的。”贝思异常热情地发表着评论。

“分一些蛋糕给我，可以吗？我还真需要一些，最近客人很多，我自己做的蛋糕可差远了。”梅格一脸认真地问道。

“都带走吧，家里就只有我一个人喜欢吃甜食，没等我吃完就会长霉的。”艾米回答，想到那样慷慨的准备却得了这么个下场，不禁暗自叹息。

“太可惜了，要是劳里在这儿，还能帮着吃一点。”当她们坐下来，两天中第二次吃冰淇淋和沙拉的时候，乔开口了。

妈妈使了个眼色，警告乔不要再发表进一步言论，大家安静地胡吃海塞着，直到马奇先生轻声说：“古时候，人们最爱吃沙拉了，伊夫林……”没等他说完，全家人就哄堂大笑起来，终止了这场“沙拉的历史”演说，把博学先生吓了一跳。

“把这些吃的都装进篮子，送到赫梅尔家去吧，他们德国人喜欢大杂烩，我却见不得这些。我犯傻，但不能让你们吃撑了。”艾米擦着眼泪喊道。

“看到你和那位朋友坐在那个——你把它叫作什么来着的——车里颠来颠去，就像两个小果仁在一个大坚果壳里跳来跳去，还有妈妈兴师动众地准备恭迎一群客人，却只看两个的时候，快笑死我了。”乔笑得浑身直颤。

“乖乖，你失望，我也很难过，但是为了满足你的愿望，大伙儿都拼尽全力啦。”马奇太太说道，语气里充满了慈爱的遗憾。

“我心满意足啦。我履行了诺言，失败了也不怨我。我问心无愧，”艾米颤抖着声音说道，“对大家的帮助，我感激万分，要是你们不再提起此事，至少一个月的时间，我会更加感激。”

此后的好几个月里，都没人提及此事，可但凡提及“宴请”这个词，大家都会露出一丝会意的笑。另外，劳里送了一个生日礼物给艾米，是一个可以佩戴在她的表链上的小饰品，恰好是个小珊瑚龙虾。

第四章　乔的文学创作心得

幸运之神突然向乔招手了，在她人生之路上抛下了一把幸运钱币。虽说不是金币，但我毫不怀疑，通过写作得来的这笔小钱给她带来的快乐不亚于五十万。

每隔几个礼拜，她就闭关一次，穿着“胡诌工作服”，全心全意地写起小说来，她自己把这形容为“掉进旋涡”，因为小说一天不写完，她就一天不能安宁。那条“胡诌工作服”是一件黑色羊毛围裙，她就在上面随心所欲地擦墨水；头上的帽子质地相同，帽子上饰有一个可爱的红色蝴蝶结；只要她清理好桌面准备动手写作，便把头发塞进帽子里。爱打听的家人把这顶帽子看成一盏信号灯，她一戴上帽子，就和她保持距离，只是偶尔探头好奇地问一句：“乔，灵感在燃烧吗?”她们甚至都不敢随便说话，还得根据帽子的位置做个预判。这个表现力丰富的物品，如果是压低在额头上，暗示她正在构思最难的情节；要是帽子被时髦地斜戴着，就说明正文思泉涌；要是被扯下来丢在了地板上，则是没有灵感了。此时此刻，闯进屋子的人便会悄无声息地退出，直到帽子上那朵红色蝴蝶结欢快地立起时，才有人敢和她说话。

她从不觉得自己是天才，只要来了创作的欲望，就会一门心思扑上去。她生活得很快活，只要坐定了，进入到她脑海中虚构的世界，就会觉得心平气和，因为里面有许多亲切真实的朋友，让她忘记了贫穷、烦恼，还有坏天气。她茶饭不思、夜以继日，却觉得白天和黑夜太过短暂，因为只有在这种时候，她才会觉得幸福，体会到活着的意义，虽然在这段时间里她别的方面一事无成。这种灵感来袭一般会持续一到两个礼拜，然后她会浮出“旋涡”，整个人又饿又困，暴躁又沮丧。

有一次，她刚从一次这样的袭击中复原，就被克罗克小姐拉去听一个讲座。所谓善有善报，这次听课让乔萌生了一个新想法。这个课程的对象是教徒，是一个关于金字塔的讲座。乔实在不明白为什么让这样的听众听这种主题的讲座。她只能想到一个牵强的理由，这些听众们一天到晚都想着煤炭和面粉的价格，整天要解的谜比斯芬克斯之谜①更复杂，向他们展示法老们的光辉事迹，能够让他们少想些歪门邪道。

她们到得有些早，趁克罗克小姐扯正袜跟的当口，乔观察起跟她坐在一排座位上的人，打发无聊的时间。她左手边坐着两位家庭妇女，她们宽大的额头配着软帽，手里一刻不停地编着织物，嘴里却讨论着女权主义；再过去，坐的是一对低调的情人，十分自然地手牵着手；一位郁郁寡欢的老姑娘从纸袋里掏出薄荷糖来吃；一位老先生正盖着一方黄头巾打一个课前小盹；乔右手边，她仅有的邻座是个貌似很好学的少年，正专注地看报纸。

确切来说，他看的是一张画报，乔闲得无聊，就观赏起离她最近的那幅画作，思索着是怎样的一个离奇故事需要如此夸张的插图来串联。画面上，一个全副武装的印第安人在悬岩边跌倒了，一只狼正瞄准了他的喉咙。旁边呢，有两位火暴的少年正短兵相接，双脚异常的小，眼睛也大得吓人。遥远的地方，有一个头发凌乱的女人正拼命逃跑，惊恐得嘴巴张得老大。少年停下来翻页的时候，发现乔在偷看，就好心地分给她半份，率真地问：“想看一看吗？真是绝好的故事。”

乔笑着接过画报，她从小就喜欢跟男孩子相处，年岁渐长依然

① 斯芬克斯（Sphinx），希腊神话中出现的狮身人面怪，传说常叫过路行人猜谜，猜不出的人会被当作食物吞噬掉。

如此。乔迅速沉迷于故事里扑朔迷离的情感旋涡、谜团和凶杀中去了，这是这类故事惯用的伎俩。这个故事可以被归为激情泛滥的通俗文学那一类。作家江郎才尽的时候，就用一场大灾难把剧中半数人物都踢出局，剩下的一半则为那一半的出局而欢呼雀跃。

“绝好的文章，对吗?”当乔的眼睛扫到这半份报纸的最后一段时，少年问。

“我觉得，要是我们来写，也能写这么好。”乔回答道，看到少年欣赏这种垃圾作品，她觉得好笑。

“如果我能写出这种故事，那就走大运啦。我听说，她靠写这种故事赚了个盆满钵满哩。”说着，他用手指了指故事标题下的那个名字——S. L. A. N. G. 诺思布里夫人。

“你跟她认识?”乔忽然有了兴致。

“不，只是读过她的全部作品。我的一个朋友就在这家报社工作。”

“你是说，她靠写这种故事发了财?”乔再看了一眼画报上那些焦虑的人物和密密麻麻随处可见的惊叹号，眼神中多了一丝敬意。

“确实如此！她把大众的喜好摸得门儿清，靠写这些赚了许多钱。”

讲座这时候开始了，乔什么都没听进去。当桑兹教授唠叨着贝尔佐尼①、奇阿普斯②、圣甲虫③和象形文字的时候，她悄悄抄下报社的地址。报社正悬赏一百美元，征集轰动性小说，乔决定大胆地尝试一下。到了讲座结束，听众从睡梦中醒来的时候，乔已经将一大笔钱收入囊中（作为报纸稿酬，这可不是第一笔了）。乔一直沉迷于故事情节的编造中了，犹豫着决斗场景是该放在私奔前，还是谋杀后。

回家后，她对这个计划只字未提，只是第二天就立刻投入到创作中了，这情况让妈妈焦虑难安：“灵感燃烧”时，妈妈就是如此。

---

① 乔万尼·巴蒂斯塔·贝尔佐尼（Giovanni Battista Belzoni，1778—1823），意大利威尼斯探险家和考古学家，致力于埃及古迹的发掘搜集工作。

② 奇阿普斯（Cheops），希腊人对古埃及法老胡夫的称呼。

③ 圣甲虫（Scarabaeid），一种被古代埃及人视为神物的昆虫。

以前，乔从没尝试过写这种风格的文章，仅仅满足于为《展翅的雄鹰》写一些温和的罗曼史。她的戏剧经验和博览群书如今都有了用武之地，让她了解到一些戏剧效果的概念，也为她的故事提供了情节、对话和服装方面的素材。她充分运用自己对不安情绪的理解，尽量让故事充满失望和绝望。故事发生在里斯本，用一场地震做结局，既在意料之外，又在情理之中。她一声不吭地寄出小说，在里面还夹了张便条，用谦虚的口吻写道：能否获奖，笔者不敢奢望，拙作价值几何，鄙人皆会欣然接受。

六个礼拜的等待太漫长了，对一个保守秘密的姑娘来说，这时间就更为漫长了，但是，乔做到了。正当她要放弃希望，觉得再也见不到自己的手稿的时候，来了一封让她吃惊到无法呼吸的信。打开信封的那一瞬间，一张一百元的支票飘落在她的膝盖上。那一瞬间，她看着支票的惊恐眼神就好像看到了一条蛇；她接着开始读信，读着读着就哭了起来。如果那位和蔼可亲的先生知道，他写的这封客套信能让人产生如此强烈的幸福感，我想他会把所有空闲时间都拿来写信了。乔觉得那封信比钱更珍贵，因为信鼓舞了她，她发现自己努力了这么多年，终于获得了别人的认可，虽然只是写了个惊悚小说，已经足够让她心花怒放了。

乔镇定了下来，双手拿支票和信走到家人面前，告诉大家她获奖的消息时，世上没有比她更自豪的小妇人了。众人都怔住了，然后就是激动地欢呼。故事见报后，大家都一一读了，而且赞誉有加。爸爸先是称赞她的语言精湛，爱情描写很是新奇真挚，悲剧情节引人入胜。然后他摇摇头，用一种鼓励的语气说："乔，你可以写得更好。向最高的目标前进，别太计较钱。"

"我反而认为整件事里最大的好处就是钱呢，你打算怎么处置这么一大笔钱呢?"艾米满脸崇拜地看着这张神奇的纸条，问道。

"让贝思和妈妈到海边去小住一两个月。"乔不假思索地答道。

"真棒啊！不行，我不去，姐姐，我要是这么做了，就太自私了。"贝思说。她摆着纤纤小手，深深地吸了一口气，就像吸着新鲜的海风似的，停下之后，就推开了眼前晃来晃去的支票。

"去，一定得去，一言为定。这才是我写故事的初衷，不然不会成功的。我只为自己时，从来都不会成功的，你看，我写作，为你挣钱的同时，也成全了我自己，难道不是吗？而且，妈咪也需要呼吸新鲜空气，她不会扔下你的，所以你要一同去。等你回来，身体养胖了，脸色也红润了，那就太棒啦！总能药到病除的乔医生万岁！”

讨论来讨论去，她们最终还是去了。贝思回来时，虽然不如期望中的长胖和变得红润，身体却是觉得好多了。马奇太太呢，则宣布像是年轻了十岁。乔于是非常满意这项投资，又开始精神抖擞地写作，想着再挣些可爱的支票。那一年，她着实赚了好几笔，逐渐意识到自己在家中地位的提升，她用神笔写的“垃圾”让家人过得更舒服了。《公爵之女》的稿酬付清了肉铺的账单，《幽灵之手》的给家中添了一块新地毯，《考文垂的咒语》的则抵掉了马奇一家杂物和衣着方面的花销。

财富是众人梦寐以求的东西，当然贫穷也可以往光明的一面引导。逆境有一点好处，人们可以从艰苦的奋斗中体会到真实的快乐。世间的智慧、美丽与才能，一半都要归功于逆境的激发。乔非常享受这种满足感，不去嫉妒那些富家女了，想到自己可以养活自己，不用依靠别人，她心里觉得舒坦极了。

她的小说并没有引起很大的反响，好在卖得不错。她深受鼓舞，决定再勇敢地试上一试，做到名利双收。她把新小说誊抄了四遍，让所有的知己提意见，然后忐忑地把稿子寄给了三个出版商。最后，书稿终于有了下家，却被要求删掉三分之一的内容，甚至包括所有她颇为得意的章节。

“现在，我必须做出选择，要么把小说捆起来，塞回我的锡橱柜子里发霉；要么自己花钱出版；要么迎合出版商，做些删减，拿到稿酬。对咱们家来说，能出名固然是好，但还是钞票来得实惠，我想听听大家对这个重大事件的看法。”乔边说，边召开了一个家庭会议。

“乖乖，别毁了你的书，这个故事里面有你还没意识到的深意，构思很好。搁一搁吧，等时机成熟了，再出版吧。”这是爸爸的建议，他践行他的布道，三十多年来，他耐心地等待着自己的果实成熟，尽管现在果实已经芳香四溢，他也不着急去采摘。

“我看啊，对乔来说，比起等待，尝试一下更有价值，”马奇太太说，“这类作品最好的检验方式便是评价，能指出她没想到的长短处，有利于她下次写出更好的文章。我们难免袒护她，可是外界对她批评和赞誉会让她受益匪浅，就算没稿费也值得。”

“对。”乔紧锁眉头说道，“确实如此。我在这个故事上花的时间太久了，已经不清楚它的好坏，对情节的判断也是马马虎虎。让别人冷静地、不偏不倚地看看，表达一下他们的想法，这对我大有裨益呢。”

“如果是我，我不会删一个字儿。删了无疑是毁了它，因为相较于故事里人物的行为，他们的思想更有趣。如果任由故事情节发展，不作任何解释，会让人一头雾水。”梅格说，她相信这部小说是迄今为止最出色的。

“但艾伦先生说，‘删掉阐释性段落，使故事简洁而富有戏剧性，让人物自己讲故事。’”乔打断了梅格，将话题引向出版商的建议。

“按照他说的改吧，他晓得什么样的书卖得好，我们却不晓得里面的门道。写本出色的畅销书，多赚些钱，越多越好。等慢慢积累了名气，你就有资本改变风格，写一些哲学的、玄学的人物。”艾米对此事的观点倒是很务实。

“是么，”乔笑着说道，“如果我的人物是‘哲学的、玄学的’，那不是我的本意，我不了解那些的，除了听爸爸说起过。要是我的小说里能捕捉到一些爸爸的睿智思想，反倒是件好事了。贝思，你的看法呢？”

“我只想小说赶快印出来。”贝思面带微笑，就说了这一句；无意识地强调了“赶快”这个词。天真无邪的眼神中流露出的渴望，让乔心中一寒，产生了一种不祥的预感，于是决定“赶快”冒险一试。

于是，少女作家带着斯巴达人的坚决果敢，把她的处女作往桌上一摆，像个食人妖怪似的残忍地对其“断筋碎骨”。为了取悦所有人，她征求了每个人的建议，结果就像《伊索寓言》中的老人和驴那样，没有让任何人满意。

爸爸欣赏小说里无意识的玄学特色，虽然乔心存怀疑，还是保留了这部分特色；妈妈觉得描述的比重太大，于是就统统删掉，连同许多必要的过渡部分；梅格钟爱悲剧，那么乔大写特写痛苦的情绪来迎合她；至于艾米，她不喜欢搞笑的情节，乔便带着悲天悯人的情怀枪毙了用来缓和故事中严肃人物的轻松场景。她还把故事删掉了三分之一，硬生生把它毁于一旦。然后，乔就自以为是地寄出去了；这部可怜的小说，如同一只拔光了毛的知更鸟，被放飞到光怪陆离的世界去碰运气。

还好，小说发行了，乔拿到了三百美元的稿酬，赞颂和批评也接踵而至。比她预想的要多得多，让她陷入了困惑的旋涡，好一阵子都没法抽身。

“妈妈，你说过，评论对我有好处，可有什么好处呢？评论本身都自相矛盾，把我都搅糊涂了，我究竟是写了本前途无量的书，还是把基督教全部十诫都违反了个遍？”悲伤的乔哭诉道。她正仔细看着一堆评论，一会儿自信开怀，一会儿又愤怒郁闷。“第一个人说：‘这是一本佳作，字里行间洋溢着真善美。书中的一切都是那么美好、纯洁和健康。’”疑惑不解的女作家继续念道，“第二个人说：‘这本书理论有问题，尽是些惊悚的幻想、唯心论的观点和反常的人物。’嘿，我什么理论都没用，也不信奉什么唯心论，我的人物都来源于真实生活，这个评价怎么讲都讲不通啊。第三个人说：‘此书是美国近年来最优秀的小说之一’（我才不信呢！）；还有一条断言：‘这本书危险至极，虽然题材新颖，写得气势磅礴，充满炽热的情感。’看嘛！有人诋毁它，也有人赞美它，但绝大多数人都坚持说，我在阐明一个深奥的道理，其实我写这本书，单纯是为了消遣和金钱呀。要是这本书全文付印，或者干脆不印，就好啦，我讨厌被别人这样误解。”

家人们、朋友们都时常来安慰她、表扬她。但对高傲、敏感的乔来说，这真是段艰难的时光。她的出发点很好，只是事情没办好。但此事还是对她有好处的，因为一些有意义的批评意见，对作家的帮助很大。最开始的委屈劲儿淡去，她甚至能自嘲那本可怜的小说了，不过，她依然相信它的价值。经过了这次打击，她觉得自己变得更聪明和强大了。

“无法成为济慈①那样的天才，有什么要紧的!”乔坚强地说，“我还笑话他们呢，他们诋毁我取材于真实生活的东西，说它们是假的、荒谬的；却对我在傻脑袋里虚构的场景赞赏有加，说它们‘自然、温柔、真实而迷人’。我就拿这些自我安慰了，等我准备就绪，就从头再来，再写一本。”

① 约翰·济慈（John Keats，1795—1821），19世纪英国浪漫主义诗人。

第五章 梅格和约翰一家

像大多数新妇一样，梅格开始婚姻生活时，就下决心成为一个模范主妇。梅格想让约翰感到家就像天堂一般，总是能看到妻子的笑颜，每天过着优渥的生活，衣服上的纽扣掉了总能在察觉之前被补回。梅格满怀爱意和充沛的精力，心情愉悦地投入到家务中，尽管遇到了一些麻烦，但总抱着必胜的决心。她的伊甸园一点也不平静，小妇人为了讨丈夫欢心，过于心急，结果总是手忙脚乱，四处忙活，总是有操不完的心，不亚于真正的马大①。有时，她累得连笑的劲儿都没有了；约翰顿顿美味佳肴，吃得都有些消化不良了，竟忘恩负义地要吃什么粗茶淡饭。至于纽扣，她很快就发现，根本无从得知又掉到哪儿去了，只能感慨于男人的粗心大意，然后逼他自己缝。梅格倒要看看约翰自己缝的扣子能不能经得住大力气地胡乱拉扯。

他们十分幸福，尽管他们已经发现，仅靠爱情是不能维持生活的。约翰发现妻子娇艳依旧，尽管她的微笑隔着熟悉的咖啡壶。梅

---

① 马大（Martha），指忙于做家务的妇女。《圣经·新约·路加福音》第 10 章第 38—42 节中记载了马大和马利亚接待耶稣的故事。故事中马大作为家中女主人为款待耶稣忙里忙外，思虑过重，而她的妹妹马利亚什么都没做只是坐在耶稣身旁静心听道。

格每天照样得到浪漫的吻别，每当这时，丈夫还会温柔地问道："宝贝，要订些小牛肉或羊肉送到家做饭吗？"小屋不再是被美化了的精致的居所，而成了过日子的家，年轻的夫妇很快就意识到这个变化的好处。开始的时候，他们像过家家似的料理家务，在家里像孩子一样玩闹。后来，作为一家之主的约翰感到肩膀上责任重大，慢慢开始经商。梅格则脱下她精致的披肩，换上大围裙，正如前面所写的一样，充满干劲、糊里糊涂地做起家务来。

烹饪热情达到顶峰的时候，她通读了科尼利厄斯夫人的料理书①，有耐性地细心地像解数学题一样解决烹饪中的难题。偶尔成功了，菜量却太大，她就把全家人都邀请来吃大餐；失败了，就打个包，让洛蒂私下偷偷带给小赫梅尔们吃。要是哪天晚上和约翰一起结算了家庭开支，她的烹调热情就会暂时消退，接着过一段节俭日子，让可怜的男人吃点面包布丁和大杂烩，喝反复加热的咖啡，伤了他的心，尽管他以坚强忍耐著称。只不过，在梅格找到持家的黄金法则之前，又给家里添置了一件少年夫妻用来过日子的必备之品——家用腌坛。

家庭主妇都希望看到储藏室里堆满自己做的蜜饯，带着这种热情，梅格动手腌制醋栗②冻。她让约翰定购了一打小坛子和大量糖，因为他们自家种的醋栗已经熟了，得马上处理一下了。约翰坚信"我的妻"无所不能，自然也相信她的技艺，他下决心帮妻子实现心愿，让他们仅有的硕果用最合意的状态贮存起来，等到冬季享用。就这样，家里迎来了四打可爱的小坛子和半桶糖，约翰还请了个小男孩帮梅格摘醋栗。她把美丽的秀发塞进小帽子里，袖子挽到手肘，系了条尽管有护胸但看上去还挺娇媚的格子花围裙。年轻的主妇开始了工作，对成功势在必得，她可是见过汉娜做了不下一百次呀！起初，那一排坛子真把她吓了一跳，但约翰是那样爱吃果冻，在架子顶层摆一排可爱的小坛子，多好看啊，梅格便决心把它们全部都

---

① 该书为玛丽·胡克·科尼利厄斯（Mary Hooker Cornelius，1796—1880）于1846年出版的料理书，原书名为《年轻主妇之友》（*The Young Housekeeper's Friend*）。

② 醋栗是一种外观光鲜可爱的小浆果，外形像樱桃。

装满。她用了整整一天时间又摘、又煮、又滤，忙碌地研制果冻。她使出浑身解数，还借鉴了科尼利厄斯夫人的那本书，仔细回忆汉娜的做法，生怕有什么地方遗漏了。她再煮、再加糖、再过滤，然而，那可恶的东西生死不“结冻”啊。

她想，索性就这样围裙也不解地跑回家，向妈妈求助。但约翰和她有过约定，绝不拿他们小家的烦恼、试验和争吵去叨扰娘家人。他们当时还笑话“争吵”这个词，好像这是个荒谬的词。他们遵守了这个约定，凡事只要能自己解决就不求助于人；也没有人干预他们，因为这是马奇太太提出的计划。于是在炎炎夏日之中，梅格只能孤身一人捣鼓可恶的蜜饯。直到下午五点，她坐在一片狼藉的厨房里，搓着一双沾满果酱的手，痛哭不已。

让人激动的新生活刚起步的时候，梅格常挂在嘴边的话就是：“只要我丈夫愿意，他随时都可以带朋友回来，我一切准备就绪，绝不会手忙脚乱，也不会埋怨他，会让他觉得很舒适，让他看到整洁的屋子，快乐的妻子和丰富的菜品。我最爱的约翰，可以请任何人来，不用征求我的意见。我一定会欢迎他们。”

毋庸置疑，这番话多么中听！听到这样的话，约翰骄傲得喜形于色，觉得能娶到这么懂事的妻子简直是三生有幸。虽然他们时常有客人来访，每次却都事先打了招呼，以至于到现在，梅格都没有展示大度的机会。然而，人生不如意事，十之八九，遇到了，我们也只能惊诧、懊恼，还有拼命忍受啦。

一年有三百六十五天，恰恰那一天，约翰毫无征兆地领了一个朋友回来。他完全忘记了果冻的事，要不是这样，他就该罪无可赦了。约翰想，幸好早上预定了美味，这时候应该已经煮好了吧，他沉醉于美好期待营造的迷人效果中：桌上摆着美味的饭菜，娇妻上前来迎接丈夫，至于他呢，作为年轻主人和丈夫，怀着抑制不住的满足感，陪着朋友迈向自己的府邸。

他走进斑鸠房，眼前的一切却叫他失望。前门一般是敞开着迎接客人，现在紧闭着，还上了锁。台阶上污泥还没清理，那是昨天踩上去的，客厅的窗户关得死死的，窗帘拉得严严实实。他看不到那一袭白衣、发间夹一个迷人小蝴蝶结的漂亮妻子在走廊做针线活，也不见女主人忽闪着眼睛害羞地笑着出来迎接客人。什么也没有，一个人影都没有，除了一个长相凶狠的小子在醋栗丛下睡觉。

“怕是出事了，斯科特，你先在花园里待一会儿，我要去找一下布鲁克太太。”被萧瑟的气氛弄得警觉起来的约翰说道。

顺着一股刺鼻的糖烧焦了的味道，他急忙绕过前屋。斯科特先生神情疑惑，亦步亦趋地跟着。布鲁克忽然不见了踪影，斯科特识趣地在远处停住了脚步，但他还是可以看见和听见发生的一切。身为一个光棍，他觉得眼前的情景很有意思。

厨房里一片混乱，充斥着绝望的气氛。第一批果冻被倒入了一个个罐子里，另一批还摆在地上，第三批在炉上愉快地煮着。像条顿人一样冷静的洛蒂，正安之若素地啃着面包，喝着醋栗酒。果冻依旧呈现着让人绝望的液体状，布鲁克太太呢，则坐在那里，把头埋在围裙里无助地啜泣。

“我最爱的女孩儿，怎么啦？”约翰叫着冲了进去，眼前是妻子手上可怕的烫伤，耳朵里听到的是突如其来的噩耗，心里又想着花园里的客人，简直是一头乱麻，不知道怎么办才好。

“哎呀，约翰，我又热又累，快愁死啦。我一直在倒腾果冻，彻底累垮啦。你得来帮我，不然我会死的！”精疲力竭的主妇说完，就扎进他的怀抱，赠送给他一个名副其实的甜蜜欢迎，因为她的围裙和地板上沾满了甜蜜的果酱。

“乖乖，为了什么事烦恼啊？有什么吓人的事发生吗？”约翰急着问道，温柔地吻了一下已经歪到一边去了的小帽子。

“是的。”梅格抽泣着回答道，显得十分绝望。

“那赶紧跟我说说，不要哭啦。我能承受任何事，就是受不了你哭，说出来吧，宝贝。”

“那——那果冻不凝结成果冻，我不晓得怎么办好！”

约翰·布鲁克哈哈大笑，不过他以后再也不敢这么笑了。喜欢开玩笑的斯科特听见这开怀大笑，也不禁笑了起来，这无疑给了可怜的梅格致命一击。

“就这事？把这些果冻全都扔掉，别为这个烦啦。你喜欢吃果冻，我给你买个几夸脱①，看在上帝的面子上，别这样哭泣烦恼啦，我领了杰克·斯科特来吃晚饭，然后……”

约翰没来得及说完，梅格就将他推到一边，凄凉地摆了摆手，跌坐在椅子里，大声喊道，语气夹杂了愤慨、斥责和无助：

“请人来吃饭？可家里一片狼藉啊！约翰·布鲁克，你怎么可以这么做？”

“嘘，花园里有客人！这可恶的果冻，我忘得一干二净，但如今没退路了。”约翰看着眼前的一切，无比焦虑。

“你应该提前找人带个话给我，要么早上跟我讲一下也好啊，我这么忙，你应该记得的呀。”梅格气冲冲地继续说道。要知道，兔子急了也会咬人的。

“我自己早上都不知道呢，而且也来不及找人带话，我是在回来的路上遇见他的。我从没想过要事先征求你的同意，你常说我想请谁就请谁的。我之前没这么做过，以后要是这么做了，就吊死我！”约翰补充道，一脸委屈。

“但愿不要！现在马上把他带走，我不想见他，也不做晚饭。”

“我就要！牛肉和蔬菜在哪儿？那是我叫人送回家的，还有布丁呢？那是你承诺会做的。”约翰叫喊着，向食橱冲过去。

“抱歉，我没空做任何东西，本想着回娘家吃的，我太累了。”梅格说着，又哭了起来。

约翰温柔谦和，但他也是人，辛苦工作了一整天，累了，也饿了，满怀期待地回到家，看到的却是一片狼藉的房子、空空的桌子和一个坏脾气的妻子，这叫他如何心平气和、举止文雅。但他仍旧忍住了，如果不是不幸说错了个词，可能就安然度过了这场小风波。

“是的，事情全乱了套，可要是你能够帮我一把，我们就能招待好客人，让他宾至如归。乖乖，擦干眼泪，只用稍微使点力气，为我们随便做点儿吃的，我们已经饥不择食了。我们吃点冷肉、面包和奶酪就行了，不会向你要果冻吃的。”

本来只是个善意的玩笑，但“果冻”一词让之前的努力功亏一

① 夸脱是个容量单位，主要在英国、美国及爱尔兰使用。

箕。梅格觉得，这就是在暗讽她惨痛的失败，实在是太残忍了，他的话磨光了她最后一点耐心。

“你还是自求多福吧，我没力气了，不能为任何人‘使点力气’了。用骨头、粗面包和奶酪招待客人，像什么话。我绝不会让这种事发生在我们家。把那个斯科特引到我的娘家去吧，就说我不在家，病了，死了，说什么都行。我不想见他，你们俩嘲笑我，嘲笑我的果冻，随便你们。你们休想在这儿吃到任何东西。”梅格发泄完这些气话，把围裙一扯，就赶紧退出战场，跑回卧房顾影自怜了。

她去楼上的时候，那两个家伙干了些什么，她没法儿知道，只知道斯科特先生并没有被带到她娘家去。两个男人一起悠闲地散步离开后，梅格下楼来，发现杯盘狼藉，显然是大杂烩留下的，心中顿觉厌恶。洛蒂汇报说，他们吃了很多东西，有说有笑的，主人还让她把那些甜东西都丢掉，把坛子也藏起来。”

梅格想去向妈妈诉苦，可是羞于启齿自己的错误，对约翰的忠心也让她犹豫了。“约翰是有些残忍，可家丑不能外扬。”她草草整理了一下房子，打扮得光鲜亮丽地坐在那里，等待着约翰来向她赔礼道歉。

很可惜，约翰没这么做，他对这件事抱着另外一种看法，把它当成一个笑话讲给斯科特听，并且尽量帮他的娇妻开脱。他热情而周到地尽地主之谊，朋友也极为喜欢这个即兴聚会，说今后还会再次拜访。约翰心里很不开心，只是没有表露。他觉得是梅格让他置身于困境之中，他走投无路的时候，她又对他置之不理。“跟丈夫说可以随便请人，给他完全的自由，让他信以为真，带了人回来，却发火了，还责备他，让他置身于尴尬的境地中，让人嘲笑、怜悯，这太不公平了啊。对，太不公平啦！梅格必须意识到她的错误。”

用餐期间，他满腔怒火，等他送走斯科特，走回家的时候，心中的愤怒又平静了下来，取而代之的是一抹温情。“可怜的小人儿！她努力想哄我开心，这太难为她了。她是有错，那也是因为她还年轻。我得悉心地引导她。”但愿她没跑回娘家去——他不喜欢闲言碎语，也不喜欢别人插手自己的家事。想到这里，有那么一瞬间，他又生起气来，但紧接着又怕梅格会把眼睛哭坏了，就又心软了。他走得越发快了，下定了决心，要平静友好、异常坚决、绝对坚决地为妻子指出她犯了什么错。

梅格也决意要“平静友好、坚决地”告诉丈夫他有什么责任。她极其渴望跑上前拥抱他，向他道歉，换来丈夫的亲吻和安慰，她相信，他会如此的。然而看到约翰过来，她什么都没做，只是装作很自然地哼起小调，摇着摇椅，做着针线活，就像悠闲的贵妇坐在她华贵的客厅里。

约翰有些失望，因为没看到预料中的柔弱、伤怀的尼俄伯①。然而，自尊心使然，他向梅格先道歉，所以就一声不吭地、闲庭信步地走进来，躺进沙发里，说了句话来打开话题：“宝贝，我们要走进新时代了。”

“不反对。”梅格同样平静地答道。

布鲁克先生抛出了几个大家普遍感兴趣的话题，都被布鲁克太太泼了冷水，谈话的热情渐渐熄灭了。约翰走到窗前坐下，打开报纸，整个人掩在后面了；梅格则在另一扇窗户下坐定，做起了针线活儿，聚精会神地缝着拖鞋上的新玫瑰形花结。两个人都一言不发，表面上极为平静而坚决，只是觉得心里别扭极了。

“上帝啊！”梅格心想，“跟妈妈说的一样，婚姻生活真让人厌烦，确实需要无尽的爱和耐心。”“妈妈”一词让她回忆起妈妈很早以前给她的其他忠告，那时自己还不相信、不接受。

“约翰是个好男人，但也有自身的缺点；你得学着去发现和容忍那些缺点，同时也要看到你自身的缺点。他是个很有主意的人，但只要你心平气和地跟他讲道理，不要没耐心地反驳，他是会放下执念的。他爱较真，过分拘泥事实，这种性格没什么不好的，虽然你说他‘爱折腾’。梅格，不要有欺骗他的言行，你就会得到他的信任和你需要的支持。他有脾气，不像我们这样来得快、去得也快，他那沉睡的怒火要么不发作，一发作就很难熄灭。要小心，非常小心，

---

① 尼俄伯（Niobe），古希腊神话人物，因冒犯了阿波罗和阿尔忒弥斯的母亲勒托而痛失自己的孩子。终日以泪洗面，悲伤万分的尼俄伯最后被宙斯变成了西皮洛斯山的一块石头。

千万别惹火烧身；想要和睦幸福的生活，就要维护他的尊严。切记，要是你俩都有错，你要主动道歉，千万别怄气、误解和说气话，因为这样常常会让情况更糟，让你更加痛苦与悔恨。”

梅格坐在夕阳下，手里做着针线活，脑海里回想着妈妈的话，尤其是最后那一句。他们之间，头一回闹得这么不可开交，她回忆起那些不经大脑的气话，现在想起来真是又蠢又伤人，自己还像个孩子一样的发怒。可怜的约翰回到家，见到这样一个烂摊子，一想到这里，她的心就软了几分。她泪眼婆娑地看着他，他却完全没有察觉。她放下手里的针线，站起身来，心想：“我来做第一个开口说抱歉的人吧。”他好像也没接收到心电感应。她缓缓穿过房间，强压下自尊心，走到他旁边，那人却无动于衷。有一瞬间，她觉得自己实在做不到，但转念一想：“总要起个头呀，只要我尽了力，就问心无愧了。”她接着弯下腰，温柔地亲吻丈夫的额头。问题顺理成章地就都解决了。一个道歉的吻抵得上千言万语啊，约翰立马把她搂了过来，让她坐在膝上，温柔地对她说：“拿那些可怜的小果冻罐子开玩笑，是我不对。宝贝，原谅我吧，我绝不再犯，”可他又笑话了，“噢，告诉你吧，对，笑了不下一百回呢。”梅格也笑了，两人声称那是他们制作过的最甜蜜的果冻。要知道，那个小腌菜缸保存的是家庭的和睦呀。

此事过后，梅格专程宴请了斯科特先生，兴高采烈地为他献上一道道精心制作的美食。席间，她表现得欢乐而优雅，诸事顺利，可谓是宾主尽欢。斯科特先生说，约翰真有福气，回家的路上一直感慨自己凄凉的光棍生活。

秋天，梅格又迎来了新的历练。萨莉·莫法特和她再续朋友之谊，经常来她的小屋串门，也邀请“可人儿梅格”去她的大别墅消遣。梅格很开心，因为天气阴沉的日子常常让她觉得孤独。家里人都各司其职，约翰晚上才回家，她除了缝缝补补、看看书和出去逛街，就没别的事做了。一来二去，梅格就渐渐习惯了跟朋友拉家常和逛街。看到萨莉有的漂亮东西，她就希望自己也能有，还因为求之不得而深感遗憾。萨莉非常友好，经常提出送她一些小玩意儿，梅格虽然眼馋，却没有接受，因为约翰不喜欢她这么做。结果，这个糊涂的小女人却做了件让约翰更厌恶的事。

丈夫信任她，告知了她收入，被信任的感觉真好，他交给她的不光是他的幸福，还有男人最珍视的东西——钱。她晓得钱存放的位置，怎么用都行。她只需要把每一项开支都记个账，按月上交一次账本，谨记自己是穷人妻。迄今为止，她做得很好，省吃俭用，账目记得一清二楚，每个月给他过目的时候都坦坦荡荡。但是，那个秋天，梅格的伊甸园闯进了一条毒蛇，就像那些现代的夏娃一样，用衣服而非苹果诱惑了她。梅格不想让人觉得寒酸，被人怜悯。她气自己的贫穷，却又羞于承认现状；于是，她偶尔会购置些可爱的物件来安慰自己，这样一来，萨莉也不会觉得她手头拮据。每次买完，她总会有一种负罪感，因为它们都不是什么生活中的必需品。好在都不值什么钱，不用担心。渐渐地，小物件越买越多。逛街的时候，她再也不是站在一旁的看客了。

可是，小物件的花费累积起来也挺吓人，到了月底结账的时候，梅格被总支出惊呆了。约翰在那个月非常忙，没工夫管账单；第二个月又出差了；第三个月，就来了一次季度结算，就是这一次，让梅格终生难忘。因为临近结算日的某一天，梅格做了件让自己良心难安的荒唐事。萨莉买了好多丝绸，梅格也想买一块新的——一块漂亮的浅色丝绸，用来做参加宴会的礼服。她那件黑色的丝绸裙子很一般，另一件较薄的丝绸晚礼服，是未婚姑娘才会穿的。新年的时候，姐妹们都会从马奇叔婆那里收到 25 美元压岁钱，她还有一个月就能拿到这笔钱了。这块迷人的紫罗兰色丝绸正在打折，她的钱足够买它，前提是她敢拿。约翰说过，他的钱也是她的。但是，这不仅会用去还没拿到的 25 美元，还会挪用家庭资金中的 25 美元，他会同意吗？她也拿不准。萨莉极力鼓动她买，还说要借钱给她，这就把梅格诱惑得迷失了自我。正在她摇摆不定的时候，商贩扬起了那块闪闪发光的瑰丽丝绸，吆喝道：“夫人，绝对划算的，我发誓。”梅格喊道：“我买。”于是当即扯了丝绸，付了账单。萨莉兴高采烈的，梅格也跟着笑了，仿佛这事儿没什么大不了，接着就坐车离开了，有种像偷了东西、被警察围追堵截的感觉。

待她回家铺开那迷人的丝绸料子，想以此缓和内心的自责和痛苦，可是，在她眼里，这段料子并没有那么光鲜亮丽了，好像也没那么合适了。“50美元”仿佛印满了整块丝绸，即使收起了布料，那印记也依旧在脑海中萦绕，完全没有马上要穿新衣服的快乐，倒像是遇到了阴魂不散的傻帽的幽灵，叫人害怕。当晚，约翰翻出账本的时候，梅格的心咯噔一下，结婚后第一次，她居然对丈夫产生了害怕的情绪。虽然他现在看上去心情不错，可和善的棕色眼睛好像随时会露出严厉的目光。她觉得他已经有所察觉，只是暂时不说。家里的账单都付清了，账本条目明晰。夸赞完她，约翰正打算翻开旧皮夹，他们管它叫“银行”，梅格清楚那里边空空如也，就赶紧抓住约翰的手，神经兮兮地说道：

“我的个人开销账单，你看不看啊？”

约翰从没要求过要看，可她一直想要他看。他见到女人们需要的怪异物件时，常常一脸讶异，她喜欢看这样的表情。她让他猜测“滚边”是个啥，追问他“抱紧我①”是什么意思，或逗他惊叹一声：三朵玫瑰花、一片绒布，还有两根细绳儿，组合起来竟是一顶软帽啊，还得要6美元呢。当晚，他像往常一样，装作十分乐意打听她的花销，吃惊于她的大手大脚，他这么做，是因为他为自己精打细算的妻子骄傲啊。

梅格慢慢掏出小账本，摆在他跟前，然后找了个由头——为疲倦的约翰抚平额头上的皱纹，就站到他的背后。她站在那里越说越心慌：“亲亲约翰，我很愧疚，最近有点过于大手大脚了。呃，我经常逛街，免不了就买了些物件，萨莉怂恿我，我就买了呀。我的新年红包可以填补上一部分。可买完我就后悔了，因为我晓得你会认为我干了件荒唐事。”

约翰哈哈大笑，一把将她拉了过来，喁喁细语道：“别躲躲闪闪的。你就是买了一双天价靴子，我也舍不得打你呀。我妻子的脚是我的骄傲，只要是双好靴子，哪怕多花几美元又有什么关系。”

靴子是她上次买的一个小东西，约翰说话时，眼光正好扫过这

① “抱紧我”是“hug-me-tight”的中文直译，该英文单词的实际含义是女式紧身短马甲。

笔账。梅格心惊胆战地想："哦，要是被他发现那可怕的50美元，他会说些什么？"

"比靴子更贵，是一条丝绸裙子。"她内心绝望，却强装镇定地说道，希望这件糟糕透顶的事情赶紧了结。

"呃，乖乖，按照曼塔里尼先生①的说法，'该死的总数'是多少呢？"

梅格心里清楚，这可不是约翰的说话风格。他抬头看向梅格，在这件事发生之前，她可以安之若素地迎接并回应他的目光。可此时，当她翻开账本的时候，别过了脸。她指着总数，这还没算上那50美元，就已经是个庞大数目了，要是加上了它，真让人心惊肉跳了。好长一段时间，屋子里哑雀无声，直到约翰缓缓开口道——梅格可以从中体会到约翰正在强压着自己的脾气："呃，我不太懂行情，50美元买一件衣服算贵吗？你是不是还买了一整套的时髦装饰和小物件来搭配它？"

"还没做成衣服，也没装饰。"梅格吞吞吐吐地说，忽然想到做衣服还得花些钱，她更加局促了。

"对一个小妇人来说，二十五码丝绸绰绰有余了吧，我确信，我的妻子要是穿了这匹丝绸做成的裙子，定会和内德·莫法特的妻子同样迷人。"约翰干巴巴地说。

"约翰，我知道你会生气的，可我就是控制不住自己啊。我不是故意要乱花钱，我没想到这些小玩意儿加起来这么贵。我见萨莉随意挥霍着，要是我不买东西，她就怜悯我，这叫我怎么受得了啊？我努力让自己知足，可怎么做不到啊。我过够了穷日子啊……"

她最后一句话轻得像蚊子声，以为约翰不会听见，可还是被他听见了，并且觉得十分痛心。因为梅格，他牺牲了很多享乐的机会。话刚说出口，她就悔不当初，想要咬断自己的舌头。只见约翰一把推开账本，站起身来，声音颤抖地说道："我就怕这样。梅格，我尽

① 曼塔里尼先生（Mr. Mantalini），查尔斯·狄更斯的小说《尼古拉斯·尼克尔贝》（*Nicholas Nickleby*）中的人物，说话总带"该死的"（Damned）这个词，经常偷拿其妻子的钱，此处约翰疑似借曼塔里尼先生来与梅格开玩笑。

力而为吧。”这几句话比骂她、打她，更让她伤心欲绝。她跑上前去抱紧他，一边流着悔恨的泪水，一边哭道：“哦，约翰，我亲爱的，善良、勤奋的男孩儿。这不是我的本意啊。我怎么可以说出这样恶毒、虚伪又不知感恩的话呢？噢，我怎么能这样啊？”

善良的约翰立刻就原谅了她，一句斥责的话都没说；但梅格知道，约翰不会这么快忘记她做过的事、说过的话，虽然他可能不会再提起。她发过誓，不管富贵还是贫穷，她都会爱他，可是她，作为他的妻子，大手大脚地挥霍了家里的钱，还抱怨他穷，真是太可恶了！更糟的是，约翰从此变沉默了，装作没事人一样，却在镇上待得更久了，晚上梅格独自一人都已经哭着入睡了，他还在工作。后悔了一个礼拜，梅格都快给拖病了，接着，她发现约翰取消了自己新大衣的订单，于是更加绝望了，她可怜的小模样真是我见犹怜。她一脸惊讶地问约翰，是什么原因让他取消订单，他只说了一句话：“宝贝，我买不起啊。”梅格没有接话。几分钟后，约翰在大厅里看她用那件旧大衣掩面，哭得撕心裂肺。

他们当天晚上聊了很久，梅格领悟到丈夫的品行因为贫穷而更值得被爱了。贫穷仿佛把他锻造成一个真正的男人，让他更有力量与勇气去拼搏，让他学会用柔和的耐心去包容他的爱人们的错误，和安抚他们的欲望。

次日，梅格放下自尊，到萨莉家坦白了家底，还求她买下自己那块布料。心地善良的莫法特太太当即就答应了，后来又将布料当礼物回赠给她；当然她思虑周全，并没有马上就送。接着，梅格把那件大衣买回来了。约翰回家的时候，她把那件男式大衣套在身上，问他欣不欣赏她这件新的丝绸衣裳。那么，约翰是如何作答的，如何接受这个礼物的，接着又发生了哪些美妙的事情，留待大家想象吧。此后，约翰晚上回来得更早了，梅格也不乱逛街了。早上，幸福的丈夫穿上那件大衣，晚上，忠诚的小妇人帮他脱下。日复一日，转眼间仲夏已至，梅格又有了新的经历，那是一个女人生命中最记忆犹新、最温情的时刻。

那是一个礼拜六，劳里兴奋地跑进斑鸠屋的厨房，迎接他的是一阵钹响，只见汉娜两只手各拿着一个平底锅和锅盖，拍打着。

“小妈妈情况如何啊？人呢，都去哪里啦？为什么等我回家了才告诉我？”劳里压低声音问。

“那乖乖幸福得像个女王，大伙儿都在楼上围着看呢。厨房这里经不起龙卷风，快去客厅，我去把她们叫下来招待你。”汉娜丢下这个复杂难懂的答案，笑呵呵地离开了。

乔很快下来了，手里骄傲地捧着一个大枕头，枕头上搁着法兰绒包裹。她一脸严肃，眼睛忽闪忽闪的，因为抑制着某种感情，所以说话的声音古怪极了。

“把眼睛闭上，手臂伸出来。”她引导着。

劳里惊慌失措地退到角落里，把手藏在身后央求着：“谢谢，不要啦，我还是不抱了，会掉下来的，会摔着的，一定会！”

“那可就见不着小外甥咯。”乔果决地说，假装转身走开。

“抱！我抱！摔坏了，你要负责啊。”劳里听从乔的指挥，勇敢地把眼睛闭上，这时候，有人往他怀里放了一样东西。只听乔、艾米、马奇太太、汉娜和约翰突然大笑起来，他睁开了双眼，发现怀里不止一个婴儿，而是一双呀。

怪不得他们笑话啊，他那滑稽模样，就算贵格教徒也会笑话。他目瞪口呆地立在那里，先是凝视着那两个还没有意识的小生命，然后又转过头来看着闹腾的看客。乔看着他那傻气的模样，笑得都坐到了地上。

“上帝啊！是双胞胎啊！”过了好一阵子，他才冒出这么一句话。接着就转过头去向女人们求救：“快抱走他们，快来人啊，我忍不住笑了，它们会摔下来的。”脸上的表情既好笑又可怜。

是约翰救了自己的孩子们。他两手各抱一个，踱来踱去，似乎初步领悟了照顾婴儿的秘诀。劳里在一旁，笑得眼泪直流。

“这是这个季节里最好玩的笑话，对吗？我隐瞒你，只为给你个惊喜。我觉得这效果不错。”乔恢复了呼吸，接着说道。

“我这辈子从没这么惊喜过，太有意思啦。两个都是男宝宝吗？叫什么名字呀？让我再看看他们。扶我一下吧，乔。太惊喜了，我的心脏都受不了啦。”劳里说道。他用一种纽芬兰大狗瞧小猫咪的仁慈神态，盯着两个小婴儿。

“龙凤胎，看看，多漂亮的一对啊！”爸爸骄傲地说，面带微笑地看着两个红皮肤的小家伙蠕动着，把他们看作是羽翼未丰的天使。

“从没见过这么出色的孩子。怎么区分男宝宝和女宝宝啊？”劳里躬身下来仔细端详着这对金童玉女。

“艾米用了个法国人的法子，给男孩绑了条蓝丝带，女孩则绑条红色的。以此区分。还有一个方法，一个宝宝是蓝眼睛，另一个则是棕色眼睛，特迪叔叔，吻一下他们吧。”乔戏谑地说。

“我怕他们不喜欢这样吧。”劳里说，他总是觉得做这种事有些难为情。

“他们绝对会喜欢的。因为经常被人亲，习以为常啦。先生，赶紧吻吧！”乔发号施令道，生怕他会请人代劳。

劳里遵从乔的命令，噘起嘴巴，小心翼翼地在两个家伙的小脸蛋上各吻了一下，那模样又逗得众人大笑，结果把小宝宝给弄哭了。

“看吧，我就说他们不喜欢的！这一个是男宝宝，看他踢腿、挥拳出去的样子，有模有样地。噢，小布鲁克，去攻击跟你差不多块头的家伙，行不？”劳里被胡乱挥动的小拳头击中了脸，兴奋地喊道。

“男孩将取名为约翰·劳伦斯，女就沿用她妈妈和奶奶的名字，叫玛格丽特。为了避免有两个梅格，小名儿就叫黛西吧。如果没有更好的名字，我提议，小男孩就叫杰克吧。”艾米姨妈兴致勃勃地说道。

“给他起名叫德米·约翰，简称德米①。”劳里说。

“黛西和德米，多押韵！劳里最会取名字，我就知道。”乔拍手称赞道。

这本书直到最后一章，两个宝宝都在用“黛西”和“德米”这两个名字，所以，特迪这次显然取了个好名字啦。

---

① Demi的音译，本意是“一半”。原文中Demi John直译就是“一半约翰”，也就是“小约翰”的意思。

第六章　乔和艾米的外访

“走吧，乔，到点了。”

“什么事？”

“和我一起拜访六家人，你答应过的，不会忘了吧？”

“我这辈子是冲动地做了许多傻事，但我想我还没疯狂到说要一天拜访六户人家，要知道，拜访一家都够我郁闷一个礼拜的。”

“真的，你说过的，是我们之间的协议。我替你给贝思画素描肖像，你就乖乖地和我一起去回访邻居。”

“‘要是天气好的话’，夏洛克①，协议还有一个前提呢，我可是严格遵守协议的。瞧，东方有一大片乌云，说明外面天气不太好呢，我不用去啦。”

“你这是钻空子。天气很好，没有下雨的迹象，你不是总为自己的信用而自豪吗？遵守约定吧，要对得住你的荣耀，尽尽你的义务吧，接下来的六个月你都可以过得心安理得。”

那段时间，乔很热衷于缝制新衣。她为全家人缝制外套，极为得意，因为她的针线功夫和笔头功夫一样出色。然而，她第一次试

① 夏洛克（Shylock），是莎士比亚戏剧《威尼斯商人》（*The Merchant of Venice*）中的角色。夏洛克在剧中是一个放高利贷的富豪，此处乔指的是艾米。

穿自己新缝的衣服时，就被抓去当壮丁，要在七月份的一个酷暑天里着盛装出去拜访，太让人恼火了。她讨厌这种正式的拜访，要不是艾米和她有约定，贿赂她，许诺她一些东西，她肯定是不会干的。可这次她是逃脱不掉了，只得恨恨地挫着剪刀，说是听到雷雨声了，可最终还是屈服了。她收起针线活儿，不情愿地拿上帽子和手套，跟艾米说殉道者已经就位。

“乔·马奇，你这个倔姑娘，圣人都被你惹得发怒了。你不是打算这副样子出去拜访人家吧？”艾米一脸愕然地问。

“怎么不行？我这身衣服整整齐齐的、穿着凉快又舒服，正适合这灰蒙蒙的大热天。要是人们更看重我的衣着，而非我这个人，我还不想见他们呢。为了让人们喜欢你、喜欢你的衣服，你尽管打扮得优雅得体些吧。你认为这样做是值得的，我却不这么认为，我讨厌裙饰。”

“哎，上帝啊！”艾米叹气道，“她现在处于一种抵触的情绪，还没等我把她安抚好，她就会把我搞疯的。今天出门，我也不乐意啊，但我们欠了社交的债呀！除了我们两个，家里还有谁能还这笔债？乔，只用穿漂亮点儿，帮我走走过场，你要我做什么都可以。你能说会道，只要你愿意，打扮起来还是很有些贵族派头的，举止也会非常优雅，我会为你自豪的。我一个人去会害怕的，你一定要陪我，给我照应。”

“你这个鬼灵精，用这些甜言蜜语来骗你臭脾气的姐姐。亏你想得出，我有贵族派头、有教养，不敢一个人去！每一句话都荒谬至极！行吧，既然非去不可，那我就去吧，我会尽力的。就由你来做这次出访的将领吧，我服从你的任何指挥，满意了吧？”乔说，她倔强的态度突然来了个一百八十度的大转弯，变得像绵羊一样顺从。

“真是我的小天使！赶紧去把你最好的衣服都套上吧，每到一处我都会教你如何表现，怎么样才能留下一个好印象。我希望人人都喜欢你，我想他们会的，只要你尝试着和善些。梳个美一点儿的发型，插一朵粉红色玫瑰在软帽上。你穿素色衣服显得太古板了，这样点缀一下好看多了。别忘了戴上那双浅色手套，还有拿上你的绣花手绢。我们顺道去梅格家一下，跟她借一把白阳伞，这样一来，我就可以把我的那把鸽灰色阳伞借给你用了。”

艾米打扮着，与此同时，还在发号施令，乔完全顺从，一点反对意见都没有。但是，当她磨磨唧唧穿上新薄纱裙的时候，还是叹了一口气；给帽带系那个完美的蝴蝶结时，紧锁眉头；戴领圈时，恶狠狠地拨弄上面的别针；扯出手绢时，整张脸都扭曲了，因为手绢上的刺绣划得她鼻子生疼，和这个迫在眉睫的拜访使命一样让她难受。她把手塞进那双有三个纽扣和一根穗子的小手套里，总算完成了这高雅装扮的最后一步。乔转过头，像个痴儿一样，温顺地对艾米说：“真折磨死我了，只要你觉得我这样能见人，我就是死也值得了。”

“我很满意这身装扮。慢慢转个圈，我要看个清楚。”乔转了个圈，艾米四处修饰了一下，接着往后退了一步，歪头用宽容的眼光审视了一番。“可以，不错。我最满意你的头饰了。白软帽上插红玫瑰，真是魅力四射。挺胸抬头，手自然地放着，忽略手套小了的问题。乔，有件东西跟你很配，来，戴上披肩。我围披肩不好看，但你围着正合适呢。马奇叔婆送了你这么一条惹人爱的披肩，真让人开心，尽管样式简单，却非常好看呢，搭在手臂上的褶皱真是雅致极了。帮我看看，我斗篷上的刺绣花边是不是对齐的？我裙子的扣子都扣好了吗？我喜欢把靴子露出来，虽然我的鼻子不好看，但我有一双漂亮的脚呀。”

“你是漂亮的可人儿，叫人看着就高兴。”乔说完，像个鉴赏家似的，透过双手摆成的框，看着艾米金发上点缀的蓝色羽毛饰物。“请问小姐，我这盛装是一路拖着扫灰，还是提起来？”

“走路就提起来，进屋就拖着。这种拖地长裙很配你，你得学会拖着裙裾优雅地走路。你有一只袖口只扣了一半，赶紧扣好。如果不注意这些细枝末节，就永远都不会有完美的形象，赏心悦目的整体形象是一点一点积攒起来的。”

乔一边叹气，一边扣袖口的扣子，几乎绷掉了手套上的扣子。终于打扮停当了，两个人出发了。汉娜从楼上窗户伸出头来目送她们，说她们“美得像画儿一样”。

“乔姐姐，切斯特家的人都自诩优雅，你得表现出最好的仪态。

千万别言语粗鲁、行事古怪，行吗？尽量平静、冷静、安静，这样最稳妥，又有淑女风范，十五分钟而已，对你来说不是难事。”快到第一户人家时，艾米说道。此时她们已经拜访过梅格，借到了白阳伞，也接受了一手抱一个孩子的梅格的检阅。

“让我记一下，‘平静、冷静、安静’，行，我想我能做到。我在舞台上饰演过一个一本正经的小姐，舞台下我也试试。你会看到我的表演功力。别紧张，妹妹。”

艾米看上去像是放松了一点，可狡猾的乔完全是死抠她的话去做：拜访第一家的时候，她呆坐着，手脚优雅地放着，裙褶摆得一丝不苟，平静得像夏天的海面，冷静得像冬天的雪人，安静得像狮身人面像。切斯特夫人聊到她“迷人的小说”，切斯特小姐们聊起舞会、野餐、歌剧和时装，都提不起乔的兴趣。她只会微笑、低头和端庄冷淡地回答“是”或“不是”，对所有的发问都是如此。艾米使眼色让她“说话”，想让她开口，甚至用脚悄悄踢她，均告徒劳。乔呆若木鸡地坐在凳子上，姿态和莫德的脸如出一辙：“五官端正却冷若冰霜，面无表情却光彩照人。”①

“马奇家的二小姐高傲又无趣！”切斯特家的人送完客后关上门，他家的一位小姐评论道，却恰巧飘进了客人的耳朵。乔轻声笑着穿过门廊，艾米则因为配合不当而闷闷不乐，不禁责怪起乔来。

“你完全曲解了我的话！我只让你端庄稳重一点，但你把自己弄成一个彻头彻尾的呆头鹅。到了兰姆家尽量亲切点。要像其他姑娘们一样闲话下家常，要提起对服装呀、调情呀那些废话的兴趣。她们是上流社会的人，跟她们交往对我们很有好处。不管怎样，我都要留下一个好印象给她们。”

“我会表现得亲切点，闲聊啊、娇笑什么的，你们说起的任何鸡毛蒜皮的喜好，我都会为你们惊叹和欢呼。我乐意做这种事，现在我来饰演所谓的‘魅力姑娘’吧，模仿梅·切斯特吧，稍微改善一下，我可以做到的。看兰姆一家会不会感慨说：‘乔·马奇真是个活

① 引自英国诗人阿尔弗雷德·丁尼生（Alfred, Lord Tennyson, 1809—1892）于1855年发表的诗歌《莫德》（*Maud*）。

泼可爱的姑娘呀！’”

艾米的担心不无道理，乔一旦中了邪，天晓得什么时候才能恢复正常呢。艾米看着姐姐脚步轻快地走进隔壁的会客厅，向所有的姑娘们致以热情之吻，向所有的少年们投去优雅的微笑，兴致高昂地拉起了家常。旁观者艾米被乔的情绪吓得瞪大了眼睛，脸色阴晴难辨。兰姆太太很喜欢艾米，缠上了她，非要艾米听她没完没了地讲述卢克雷霞最后的反击，三位快乐的少年则正在附近伺机而动，打算一旦兰姆太太稍有停顿，就上前营救艾米。此情此景，艾米分身乏术，没法去阻止乔；而乔像被顽皮的精灵附身，跟兰姆太太似的喋喋不休。一群人围在乔的身边，艾米竖起耳朵，企图打探下她那边的状况，从那边传来的只言片语让她惊慌不已，瞪得像铜铃一样的眼睛和抬起的手让她的好奇心备受折磨，笑声阵阵又诱得她很想过去体会他们的乐趣。瞧瞧这些只言片语，艾米内心的煎熬就不难想象了。

“她的马术极好。是谁教的啊？”

“无师自通。我们把旧马鞍上绑在一棵树上，她以前就在那上面练习上马、拉缰绳和骑马。她如今什么样的马都敢骑，不晓得害怕为何物。马房对她降低收费，因为经过她驯服的马儿是可以给女士骑的。她对骑马有着非同寻常的热忱，我经常跟她讲，如果她在别的方面一事无成，倒可以考虑当个驯马师来讨生活。”

听到这种胡话，艾米简直无法忍受了，人们会觉得她是个相当豪放的小姐啊，她最不想给别人留下这种印象。可是她能采取什么措施呢？老太太的故事只说了半截，离全部讲完还久着呢，乔又抖出了其他的故事，爆出更滑稽的秘密，犯了更不可饶恕的错误。

“对呀，艾米那天简直绝望了，所有的好马都被骑走了，只剩下三匹歪瓜裂枣，第一匹是跛的，第二匹是瞎的，第三匹很倔：要它走，得先往它嘴里塞泥。聚会上骑这种马，倒还行，对吧？”

“她选了哪匹马呀？”一位显然被故事吸引住的先生笑着问道。

“她一匹马都没选。她听说河对岸的农场里有一匹漂亮又精神的马驹，尽管还没有女士尝试过，但还是决心试一下。那真是场惨烈的搏斗啊，从没有人给这匹马上过鞍，她竟自己上了。上帝啊！她居然牵着马蹚过了河，给它上了鞍，还把它带到了马棚，把老头惊得目瞪口呆。”

“她骑了吗？”

“必须的啊，而且玩得很快活呢。我还想着她会被摔得缺胳膊断腿地送回来，结果她驯服了那匹马，成了那次聚会的灵魂人物呢。”

“她胆子真大！”小兰姆先生向艾米投去了赞许的目光，很想知道他妈妈到底在说什么，居然把那女孩弄得满脸通红、手足无措。

不久，话题突然跳到了服饰，艾米的脸又红了几分，更加手足无措起来。一位小姐跟乔打听，在哪里可以买到她野餐的时候戴的那顶漂亮的淡褐色帽子。乔这个小傻瓜不说两年前买那顶帽子的地方，而是没必要地坦白道：“哦，颜色是艾米涂的。这种颜色柔和的帽子是买不到的，所以我们就按照自己的喜好给帽子上色。有一个懂艺术的妹妹，真是上天的恩赐。”

“这想法太有创意了！”兰姆小姐喊道，觉得乔真是好玩。

“比起她别的精彩事迹，这都是小菜一碟啦。这姑娘无所不能：她去参加萨莉的舞会，缺一双蓝色靴子，就把她那双脏兮兮的白靴子涂成了最可爱的天蓝色，你见所未见的，光滑得就像绸缎做的呢。”乔补充道，话里话外都为妹妹的成就而自豪，气得艾米恨不得用名片盒砸她才解恨。

“我们前些天拜读了你的佳作，很是喜欢呢。”兰姆大小姐说道，本来是恭维这位文学女士。但不得不承认，这位女士此刻丝毫没有一点作家气质。

“作品”仿佛是乔的逆鳞，只要有人提了，反而会适得其反，她可能变得严肃，感觉像被侵犯了一样；可能突然调转话锋，就像此刻这种情况。“太可惜了，你没有更好的书可以读吗？我之所以写那些垃圾，是因为好卖，一般人热衷于看这种俗气的东西。你今年冬天去不去纽约啊？”

兰姆小姐既然说了“喜欢”她的小说，乔这么回答就显得既不太领情，也不礼貌了。刚说出口，乔就察觉到犯了错。害怕事情更加不可收拾，她忽然记起应该先起身告辞，这个决定如此唐突，其他三个人的话都没说完，如鲠在喉。

“艾米，我们要告辞了。亲爱的朋友们，再会啦，要来我们家呀，期待你们的拜访哟。兰姆先生，我可不敢邀请您；但要是您老真的光临寒舍，我哪里忍心赶您走呀。”

乔模仿着梅·切斯特那过分热情的做派，那滑稽模样把艾米逗得哭笑不得，只得赶紧冲出了屋子。

“我表现得很棒吧？”离开后，乔得意扬扬地问道。

“不能更坏了，”艾米毫不犹豫地否定了她，“你中了什么邪，怎么把事都拿出来说？什么马鞍呀、帽子呀、靴子之类的？”

“哎呀，多有趣啊，给大家逗逗乐嘛。我们家的情况，他们又不是不知道，用不着假装我们有马夫，每季能买三四顶新帽子，跟他们一样能想买什么就买什么。”

“那也不用把我们的小花招都跟他们讲呀，用这样的方式揭自家的短。你有没有一点儿正常的羞耻心啊？永远都不知道什么样的话该说，什么样的话不该说。”艾米绝望地抱怨道。

可怜的乔难为情了，安静地用硬邦邦的手绢擦拭鼻尖，好像在反思自己的过错。

“在这家，我该怎么做呢？”当她们走近第三户要拜访的人家时，乔问道。

“随你，我不管了。”艾米的回答简单明了。

“那我就痛快玩咯。那几个小伙子在家里，我们会玩得很快活的。上帝啊，我要改变一下了，束手束脚地憋死我了！”乔大大咧咧地说着。社交方式总是合不了艾米的意，她也心烦意乱的。

三个小伙子和几个漂亮小孩的热情欢迎，将乔的不快一扫而空。她留下艾米去和女主人还有恰好也来此地拜访的都铎先生寒暄，自己就专心地和年轻人一起玩。她觉得这样的改变让她来了精神。她兴致勃勃地听他们讲大学里的故事，默默地爱抚着猎狗和卷毛狗，举双手赞同“汤姆·布朗①是条汉子”，也不管这种话是不是她一个

---

① 汤姆·布朗（Tom Brown）是英国作家托马斯·休斯（Thomas Hughes，1822—1896）于1857年出版的小说《汤姆·布朗求学记》（*Tom Brown's School Days*）中的主人公。

女孩子该说的。一位少年问乔要不要去观赏他的乌龟池，乔爽快地就跟着走了，女主人见此冲她微微一笑。那位慈爱的夫人此时正在整理她那和子女拥抱（像熊抱，却很亲切）时弄皱了的帽子，对她来说，这顶帽子比心灵手巧的法国女人制作的无可挑剔的首饰更珍贵。

艾米任由乔随便玩乐，她自己也无拘无束地玩着。都铎先生的叔叔娶了位英国小姐，这位小姐是一位在位勋爵的远房亲戚。艾米无比崇敬这个家族。虽然生于合众国，她和大多数美国上流社会的人一样，对封建制度中的爵位无比崇敬——这是对早期君主信仰的一种默认的忠诚。若干年前，皇室一位金发女士踏上这个国度的时候，即使是阳光下最民主的国家，也被这种忠诚搅起了波澜。也许是年轻国家对历史悠久国家的敬意吧，就如同大儿子对专治的小妈妈的爱，小妈妈能管住儿子的时候，便拥着儿子；儿子叛逆了，就一顿训斥令其远走高飞。不过，就算艾米和英国贵族的远亲聊得十分酣畅，她也没忘记时间。在这家盘桓的时间拿捏得相当好，尽管艾米不愿和这个贵族圈子分别，但还是起身告辞了。她四处找乔，殷切地盼望着她那屡教不改的姐姐不会又干了什么让马奇家丢脸的事。

情况还不算最坏，不过艾米觉得已经够坏了。乔在草地上席地而坐，周围是一帮男孩子，一只脏爪子大狗横躺在她节庆礼服的裙摆上。她正在跟那些满脸艳羡的家伙讲述劳里的恶作剧。一个小孩正拿着艾米的宝贝阳伞戳乌龟，另一个正在乔最好的帽子上方嚼姜饼，还有一个正戴着乔的手套摆弄着球。大家都玩得兴高采烈。当乔找齐她那些被污损了的随身物品，抬腿要走的时候，她的卫队簇拥着她，央求她再次拜访，并说道："听你讲劳里的恶作剧真是太有意思啦。"

"都是棒小伙儿，对吧？和他们相处了一小会儿，我觉得整个人都变得年轻和活泼啦。"乔说着，将手背在后面，散起步来，一方面是因为习惯，另一方面是想把弄脏了的阳伞藏在身后。

"你怎么总避开都铎先生？"艾米问，聪明地避而不谈乔那凌乱的装扮。

"我讨厌他。他爱摆谱，怠慢妹妹，烦扰父亲，跟母亲说话的时候也不尊重。劳里说他是个花花公子，我也觉得他不值得结识，便不搭理他啦。"

"那也该对他以礼相待吧。你就冲他冷淡地点了个头；对汤米·张伯伦，你却谦和有礼，又是鞠躬，又是微笑的，他父亲是开杂铺店的。你把对他俩的态度对调一下，这才对呀。"艾米抱怨道。

"这样可不对，"乔反驳，"我讨厌都铎，不尊重他，更不欣赏他，就算他的爷爷的叔叔的侄子的侄女是勋爵的第三代表妹，那又怎么样？汤米虽然贫穷又内向，可他心地善良啊，还很聪明。我觉得他好，想对他表示尊重。就算他整天接触的都是牛皮纸包裹，他在我眼里也是绅士。"

"跟你争论这些没有用。"艾米叹道。

"乖乖，确实没用，"乔插嘴道，"我们还是表现得友善些吧，在金家留一张名片吧，显然他们全家人都外出了，谢天谢地啊。"

马奇家的名片盒终于派上了用场，两位小姐接着往前走。到了第五户人家，那家的小姐们已经有约了，乔再一次谢天谢地。

"那我们打道回府吧，今天就不去马奇叔婆家了。她家随时都可以去的。穿着这么好的礼服拖一路的灰，实在是太可惜了，何况我们现在很累，还很烦躁。"

"随你怎么说吧。叔婆喜欢我们穿着时髦的服饰，正正式式地去她家拜访，这才敬意十足啊。对我们来说，这都是一抬脚的事儿，却能给她带来多少快乐啊。这绝不会对你的衣服有多大的损伤，都不到那些脏狗和那群野孩子造成的损伤的一半。低一下头，我帮你拍掉帽子上的姜饼渣。"

乔低头看了一眼自己脏兮兮的衣服，又看了一眼妹妹依旧光鲜亮丽的裙子，懊恼地说道："艾米，你真是个好女孩！真想能像你一样，做点小事就能轻而易举地讨人的欢心。我也想过做一些，但要花好多时间啊，我在伺机而动，准备做个大好事，小事就算了吧。但我觉得，最后还是小事最有用。"

艾米被逗笑了，马上消了气，温和地说道："一个女孩子，尤其是没钱的女孩子，应该学着待人亲切一些，因为除此之外，别无他法来报答别人的善意。要是你牢记这一点，多加练习，肯定比我更招人喜欢，要知道，你有更多的优点呀。”

“我是个脾气暴躁的老东西，怕是永远都改不好了；我赞同你的观点，我能为一个人豁出命去，却没法委屈自己去取悦他。我这样的爱憎分明，是不是很糟糕呀？”

“要是没掩饰好，会更糟糕。不瞒你说，我也不喜欢都铎，但我没必要跟他讲这些，你也没必要去跟他说。更不要因为厌恶他，损坏了自己的形象。”

“但是我觉得，女孩子不喜欢哪个小伙子，就该把这种观点表达出来，如果不用言谈举止，还可以用别的什么方法吗？太可惜了，说教是行不通的，从对付特迪以来，我就明白了这个道理。但是我能从许多小事上潜移默化地对他施加影响。要是可行的话，这法子对其他人应该也能奏效。”

“特迪太优秀了，不能拿其他小伙子与他相提并论。”艾米一脸认真地说。要是那“优秀”的男孩听到这话，肯定会乐得合不拢嘴。“如果我们长得美，抑或有钱、有地位，也许还可以率性而为。可我们什么都不是，就对那群我们不喜欢的小伙子皱眉头，对喜欢的呢，就微笑，这样做有什么意义呢，只会让人觉得我们像古怪的清教徒。”

“就因为长得不漂亮，也没钱，我们就要去认同那些我们不喜欢的人和事，是吗？这样的道德准则真不赖！”

“我说不过你，我只知道这是为人处世之道。违背它的人只会被人笑话。我讨厌改革家，也奉劝你不要强出头。”

“我喜欢就行了，我还想自己就是一个改革家呢。被世人笑话又如何，这世界没有改革家就转不起来了呀。我们两个人谁都说服不了谁，你是守旧派，而我是新派。你会有舒适的生活，至于我呢，我的生活会很热闹。我觉得自己很享受那些批判与起哄呢。”

“行啦，你还是消停一下。收起你那些新奇想法，别去叨扰叔婆。”

“我尽力做到不叨扰她吧。可是，一到了她跟前，我就像着了魔似的说一些特别唐突的话，或者一些激进的观点。这就是我的劫数啊，可我忍不住呀。”

她们看见卡罗尔姑姑和老太太正兴致勃勃地聊着什么趣事。看到姑娘们走进来，她们就没再说了，不自然的表情暴露了她们——她们刚才正在聊侄女们。乔心情很差，又开始犯倔了；艾米则尽职尽责，忍气吞声地迎合众人，活脱脱一位善良的天使。这种一团和气的氛围很快打动了所有人，两位长辈慈爱地称呼她“我的乖乖”，话里话外的意思就是：“这姑娘每天都有进步。”

“乖乖，你会去义卖会做事，对吗?”卡罗尔太太问道，艾米坐在她的邻座，贴心的小模样是长辈们最喜欢的。

“对啊，姑姑，切斯特夫人问我想不想帮忙。我说可以照看一个展台，因为我只有时间可以奉献了。”

“我不想去，”乔突然插嘴道，“我不喜欢别人的恩惠。切斯特家的人觉得，给我们一个为上流社会的义卖会帮忙的机会，仿佛是个天大的恩惠似的。艾米你竟然同意了，真让我惊讶，他们就想让你为他们卖力。”

“我乐意。义卖会不仅是为切斯特家举办的，也是为有困难的普通人而办。他们邀请我一起劳动，分享快乐，是出于好心啊。出于好心的恩惠，不会给我带来困扰的。”

“这想法太对了、太合适了。乖乖，我欣赏你懂得感恩。帮助那些懂得为善举而感恩的人，乃人生一大乐事。有些人不知感恩，真让人恼火。”马奇叔婆一边评论，一边从眼镜框上面打量着乔。此时乔坐得离她有点远，郁闷地摇着摇椅。

如果乔晓得，此刻，有一股巨大的福气正在她和艾米之间徘徊，只能赐予一个人，她会立刻温顺得像只鹌鹑。可惜我们没有特异功能，看不到别人脑子里的想法。作为普通人，看不到倒好一些；看不到，心里还舒坦些，免得浪费时间，白白生气。乔接下来的言论断送了她好几年的享乐机会，同时也让她认识到过分地仇视恩惠的教训。

“我厌恶恩惠，它们压得我透不过气，把我变成了奴隶。我宁可什么都靠自己，绝对的独立。”

“咳!”卡罗尔姑姑和马奇叔婆对视了一眼，轻咳了一声。

“我告诉过你吧。”马奇叔婆说道，朝卡罗尔姑姑果断地点头示意。

幸好乔还不知道自己干了什么样的蠢事，依然得意扬扬地坐在那里，一脸叛逆，十分刺眼。

“乖乖，你会讲法语吗？”卡罗尔姑姑抓着艾米的小手问道。

“我会讲法语，这还要感谢马奇叔婆，她让埃丝特经常和我用法语对话。”艾米答道，那一脸的感激之情逗得老太太露出了亲切的笑容。

“你呢，你的法语好吗？”卡罗尔太太对着乔问道。

“一个字都不会呀。我很笨，学东西很吃力的。我讨厌法语，那是门放荡又傻气的语言。”她没礼貌地答道。

两位年长的女士又对视了一眼，马奇叔婆问艾米：“乖乖，你如今的身体，强壮又健康，是吗？眼睛不疼了吧？”

“完全不疼了，谢谢夫人的关心。我身体不错，计划明年冬天做些大事。这样，幸运之神降临时，我就可以随时动身去罗马啦。”

“好孩子！这是你应得的，我坚信，终有一天你能去到那里的。”马奇叔婆赞许地拍着她的小脑袋说，此时艾米正为她捡起线团。

“暴脾气，闩上门，坐火边，纺起纱。”

宝莉站在乔坐的椅子的靠背上，前倾着身子，瞪着乔的脸，肆无忌惮地怪叫，滑稽的模样让人止不住想笑。

“真是只能说会道的鸟。”老太太评价道。

“乖乖，出来散个步吧？”宝莉一边喊，一边跳向瓷器橱柜，好像是想要块糖。

“多谢，我马上来。艾米，告辞吧。”乔给这次拜访画上了句号，更深刻地意识到她真的不适合外出拜访。她和长辈们握手道别，像个绅士一样；艾米则是和她们亲吻道别。两位小姐走了，一个给人留下的印象是阴影，另一个则是阳光。等她们走得不见了踪影，马奇叔婆做出了决定：“玛丽，这事儿由你来做吧，我来买单。”只听卡罗尔姑姑坚定地答道：“只要她父母亲应允，我会带上她的。”

第七章　艾米受邀访欧

切斯特夫人的义卖会很是高雅，选帮手的时候也很挑剔，邻里间的小姐们若能被请去负责一张展台，那可是一件荣幸的事，每个人都对这个义卖会很感兴趣。艾米收到了邀请，乔则没有，这其实对所有人来说都是一件幸事，此时乔正是盛气凌人的年纪，要学会怎样与人和平共处之前，还要栽不少跟头。于是这位“高傲又无趣的家伙”被遗忘在了角落里，艾米却被请去负责艺术展台，这是对她才能与品位的充分认可，于是她全力准备，确保展出的艺术品合适并且有价值。

所有的事情都很顺利，直到义卖会开幕前夕那个小冲突，要知道，当老老少少二十五六个女人，各有各的脾气与偏见，聚在一起做事时，难免会产生冲突。

梅·切斯特极其嫉妒艾米比她更讨人喜欢，当时还发生了一些鸡毛蒜皮的小事，就又增强了这种嫉妒。梅的彩绘花瓶，放在了艾米一幅精致的钢笔画旁边，结果黯然失色——这是第一根刺；在最近的一场舞会上，让所有姑娘都为之倾倒的都铎，和艾米共舞四次，梅却只有一次——这是第二根刺；其实最让她耿耿于怀的是一个谣传：马奇家的姑娘在兰姆家嘲笑她，这为她即将采取的不友好措施找到了借口。这事儿原是乔的过错，她模仿得那么惟妙惟肖，任谁都能看出模仿的是梅，而那爱开玩笑的兰姆一家又把笑话散布了出来。切斯特夫人听说有人嘲笑女儿，非常生气。两位始作俑者却完全不知道后来发生了什么，所以，可想而知，艾米听到下面这段话后是有多么惊愕。义卖会前夕，当艾米正在给她漂亮的展台做最后修饰的时候，切斯特夫人过来，语气温和，神情却冷淡地说："乖乖，我听说，由于我把这个展台给了别人而非我的女儿，小姐们颇有微词呢。这张展台最显眼，有人还说它是所有展台中最吸引人的。我的女儿们作为义卖会的主要组织者，大家认为最好让她们负责这个展台。我很抱歉，我也知道你是真心为这个义卖会好，不会计较个人得失。你要是愿意，可以负责另一个展台。"

切斯特夫人先前以为，要说出这番言辞是件很容易的事，真要开口时，却发现很难坦然地说出来。艾米先是信任地看着她，然后满脸惊愕和疑惑。

艾米觉得这件事没这么简单，却又猜不透。只得率真地表达自己的伤心难过，轻声说："您一个展台都不愿意给我，对吗？"

"不是这样的，乖乖，别生气了。你瞧，我也是权衡再三才做的决定。我的女儿们当然得起个带头作用，大家觉得这个展台的位置最配她们。当然我感谢你花了这么大力气把它布置得如此迷人，但人们有时候必须得牺牲小我，我一定会再给你找一个很棒的展台。你中意花卉展台吗？几个小女孩儿在负责，但干得不顺利，正沮丧着呢。你有能力妙手回春，大家都知道，花卉展台一向人气很旺的。"

"最吸引男士。"梅添了一句，艾米从那神情中读出她忽然失去展台的真正原因。她气红了脸，却没有说些女孩子气的尖酸话，而是出奇温和地答道：

"您做主吧，切斯特夫人。只要您喜欢，我立即让出这个展台，去花卉展台那边。"

看着艾米在展台上摆放得极为雅致的漂亮笔架、彩绘贝壳和新奇灯饰，可都付出了极大的心血，梅心里有些过意不去了，开口道："只要你愿意，把这些东西也带走吧，放到那个展台上去。"她本是好意，艾米却误读了这句话，赌气地说道："哦，那是，它们是挺碍事。"便仓促地把那堆艺术品一股脑儿兜进围裙里，扬长而去，感觉她和她的艺术品都受到了天大的羞辱。

“哎呀，她疯了。上帝啊！妈妈，我真后悔让你说这些话。”梅说着，哭丧着脸看着展台上空出来的位置。

“姑娘们吵架一会儿就过去了。”她妈妈答道，很羞愧自己掺和了这件事，她也确实应该羞愧。

花卉展台的女孩儿们兴高采烈地迎接艾米和她的珍宝，这使得她不安的情绪略微平复了一些，她立刻就开始干活了，心想既然不能在艺术展台上一展所长，那就在花卉展台功成名就一番。可是似乎诸事不顺。时间太紧，她已经有些疲倦了，其他人都自顾不暇，没人能给她帮把手，小姑娘们只会帮倒忙，这些小乖乖们叽叽喳喳的像群喜鹊，天真地忙前忙后想让展台展示出最佳状态，却搞得一团糟。艾米临时竖起的常春藤拱门不是很稳当，往上面的吊篮里一装东西，架子就摇摇欲坠的，似乎要砸到她的头上；她最漂亮的那幅瓷砖画被溅了水，画里丘比特的脸上多了一滴黑色的眼泪；她用榔头干活的时候，砸伤了手；做事的时候迎了穿堂风，受了风寒，她于是更加忧心第二天的开幕式。所有经历过这种遭遇的女性读者都会怜悯可怜的艾米，并愿她能一切顺利，圆满完工。

晚上回到家，艾米讲述了此事，全家人都为她不平。妈妈评论这虽然是个耻辱，但艾米应对得当；贝思说她绝不会去义卖会了；乔则义愤填膺地问艾米，为什么不带着她那些精美的艺术品一走了之，让那群卑鄙小人去折腾他们的义卖会。

“我不能因为他们卑鄙，我就跟着卑鄙，我不认同这种做法，尽管我被伤害了，有权利生气，可我不想表露消极情绪。比起大吵大闹，我平静地接受，会让她们更愧疚，是不是，妈咪？”

“乖乖，这种品质值得称颂。以德报怨是最正确的做法，尽管有时很难做到。”妈妈深以为然地说道。

虽然各种怨恨呀、报复呀的念头时不时地引诱她，但是第二天，艾米从早到晚都坚守住了信念，用善念压制住内心的敌人。她有一个极好的引子，那是一个让人意外却及时的无声提示。那天早上，小姑娘们在前厅整理花篮，她则在布置展台，她拿出自己珍视的作品：一本小书，书的封面是爸爸从他的珍宝里翻出来的古董；她又在优质的犊皮纸书页里给不同的文章配了相应的插图。艾米一脸自豪地翻着画满精致花样的书页，目光停留在一行诗上，随即陷入了沉思。那是一行用明亮的鲜红、天蓝和金黄三种颜色勾了云朵花边的字，配的插图是善良的小精灵在荆棘与玫瑰花丛中跑来跑去、互助互爱。诗句是："爱邻居，如爱自己。"

"我应当爱我的邻居，但我没做到啊。"艾米想着，从鲜艳的书页上抬起头，看向大花瓶后面的梅，梅有些沮丧，因为艾米拿走那些精美艺术品后留下的空缺，那些大花瓶可补不了。艾米站在那里翻着手里的书，每一页上都写了几句对善妒、无情之人的温柔训斥。从大街上、学校、工作场所，还有家庭中，我们每天都会无意识地接触到不少智慧而接地气的布道。义卖会的展台也能是布道讲坛，只要它能让人们明白善良的、有益的和永不过时的道理。在这种境况下，艾米的良心受到了小书的启发，并且牢记于心，立即付诸实施——这是我们许多人都做不到的。

一群姑娘站在梅的展台旁，品评着精美的展品，对更换女售货员这件事说三道四。尽管她们故意很小声，但艾米心里明白，她们就是在议论她，而且是仅凭一面之词在那里胡乱非议。真让人生气，但她已经调整好了心态。不久，证明此事的机会就来了；只听梅沮丧地说："如何是好啊，来不及制作些别的艺术品了。我又不想随随便便的滥竽充数。这张桌子本来挺好的，现在一塌糊涂。"

"我保证，只要你去求她，她会物归原处的。"有人建议道。

"闹了这么一出，还有这个可能吗？"梅刚刚说完这话，大厅那边就传来了艾米清脆的说话声："别说求，想用的话，就拿去吧。我正准备提出来物归原处呢。它们本是你那张展台上的，不适合我这张展台。都在这里，请收下吧。我很抱歉，昨晚急匆匆地抱走这些摆设。"她点头示意，说说笑笑地把东西都放回了原位。接着赶紧离开，她认为做好事很简单，却对做完后留下来听人说感谢的话这件事有点难为情。

"哇，她真是贴心极了，对吗？"一位小姐喊道。

没人听见梅是怎么回答的。只听见另一位小姐冷笑了一声，语气酸溜溜的像柠檬汁，说道："是挺贴心的。她心里清楚得很，在她自己的展台上，这些东西根本卖不出去。”哎，这话说得有点儿过了。我们牺牲自己利益的时候，总渴望能得到点别人的赞赏啊。有那么一瞬间，艾米有些后悔了，她觉得并不总是善有善报。可很快她就意识到，还是有好报的，她开始有了灵感，展台在她的一双巧手下焕发了生机，小姐们也都来给她帮忙。那个小善举仿佛让众人冰释前嫌，真是出乎意料呀。

艾米觉得那真是漫长、难熬的一天啊。她常常是孤身一人坐在展台后边。因为谁会在夏天买花啊，小姑娘们没多久就待不住了、跑了。还没到晚上，她的鲜花就已经开始有凋零之像了。

整个义卖会上，人气最旺的要算艺术展台了，那边门庭若市，销售员得意扬扬地捧着哗啦哗啦直响的钱箱，一刻不停地忙活着。艾米怅然若失地望着那个方向，多希望在那边的是自己，那会是多么如鱼得水、心满意足啊。但她却坐在这个门可罗雀的角落里。这对有些人来说不算什么；可换做一个活泼美丽的小姐，就不光是无聊了，简直是比死还难受啊。想到自己这落寞样子晚上还会被家人、劳里，还有劳里的朋友们看到，她更沮丧了。

天黑了，艾米才回家。尽管她没发牢骚，连她做了些什么也没提，可她苍白的小脸和沉默不语泄露了秘密，大家都看出来，她度过了艰难的一天。妈妈殷勤地为她多倒了一杯茶。贝思帮她梳妆，还给她编了个可以戴在头上的漂亮花环。乔更是一反常态地精心打扮，还邪恶地暗示要去“掀翻”① 那些展台。

“乔，拜托你，别做出格的事。我不想捅娄子，这事就翻篇吧，你不要轻举妄动。”艾米哀求道，然后出门去，想再弄一些鲜花，让她那张蔫不拉几的展台焕发生机。

“我只想打扮得迷人一些，把熟人吸引过来，让他们在你那个角落多停留一会儿。特迪和他的朋友都会来助你一臂之力的，我们会度过一个开心的夜晚。”乔边说话的时候，就倚在门边等候着劳里。没过多久，暮色中熟悉的脚步声越来越近，她小跑着去欢迎他。

“这还是我的小伙子吗？”

---

① 原文除其字面意思，亦有扭转局势之意。

“千真万确，就像你是我的小姑娘！”劳里绅士地把她的手夹到自己的胳膊底下，简直是春风得意。

“哎，特迪，怎么会有这种事！”乔作为姐姐，愤愤地向他讲述艾米的遭遇。

“我那帮朋友马上就坐车过来了。如果我不能让他们买光艾米全部的花，在她的展台前安营扎寨，我就吊死自己！”劳里说道，狂热地拥护艾米的事业。

“艾米说，那些花一点都不吸引人了，鲜花也可能没办法按时送来这里。我本来不想冤枉别人，或者多心的。要是鲜花不能按时到位，我也不会觉得意外；卑鄙的事情，有一就有二。”乔厌恶地说。

“海斯没把我们花园里最好的花采来送给你吗？我跟他讲过的。”

“我不清楚啊，他可能是忘了吧。你爷爷身体不适，我不想去跟他要花，这样会烦扰到他，尽管我真的想要一批。”

“上帝啊，乔，你不该有这种想法，你不需要‘问’的！我的花就是你的花。我们的东西不总是对半分的吗？”劳里说道，那语气总是逼得乔不得不发脾气。

“哎呀，我可不想！你某些东西的一半并不适合我。我们还是别站在这里打情骂俏了。我要去给艾米搭把手，你去玩吧，要是你能发发善心，让海斯送一批新鲜的花朵到大厅来，我会每天为你祈福的。”

“能不能现在就为我祈福？”劳里调情似的问道，吓得乔毫不客气地赶紧关上大门，在栅栏后面喊道：“特迪，一边去，我没空！”得益于这两位同谋，那天晚上桌子真的被“掀翻”了。因为海斯送来了一大批鲜花，还送来了一个漂亮的篮子摆在桌子中央，篮子里的花插得那可是堪称一绝。马奇一家全体总动员。乔火力全开，卓有成效。大量的游客在展台前驻足了许久，笑着听乔讲些无聊话，不停地赞赏艾米的高雅品位，显然是在这个展台玩得很开心呢。劳里和他的朋友们都殷勤地大显身手，买光了花束，在展台前流连忘返，艾米的角落于是成了大厅里最热闹之处。如今艾米可谓是渐入佳境，对众人的感激之情到了无以复加的地步，只能竭尽全力地表现出活泼和优雅；也许就是那个时候，她总结出：善，最终还是有善报的。

义卖会上，乔的得体的举止简直可以做范本了。艾米喜滋滋地享受着众星拱月的待遇，乔则在大厅里四处闲晃，收集各种闲话，这些闲话让她茅塞顿开，终于知道切斯特夫人临时变卦的原因。她很自责，原来她也有份勾起她们对艾米的敌意，便打算为艾米洗刷冤屈。她还听到艾米早上以德报怨的善行，觉得艾米真是心胸宽广的模范。她路过艺术展台的时候，朝那上面瞥了一下，想看看有没有妹妹的作品，却一个都没看到。乔心想，“肯定是藏起来不想让人看到。”她可以不在意自己受的委屈，但要是欺负到了她家里人头上，她是断然不能忍的。

“乔小姐，晚上好呀。艾米那边进展如何？”梅用息事宁人的语气说道，想向人们展示她也可以很宽容。

“她把能卖的东西都卖完了，如今玩得正开心呢。你明白的，花卉展台一向人气很旺的，最吸引男士。”乔没忍住，给梅来了一个小小的下马威，梅的反应却如此温顺。这让乔有些不好意思，于是称赞起那几个还没卖出去的大花瓶来。

“艾米做的灯饰还在吗？我打算买来给爸爸。”乔问道，急切地想知道妹妹作品的下落。

“她的作品早就全部卖光啦。我特意把它们摆在显眼的位置，帮我大赚了一笔呢。”梅答道，她那天也跟艾米一样，克服了各式各样的小诱惑。

乔听后非常满意，赶紧回去向大家汇报这个好消息。艾米听说了梅的言辞和态度后，既感动又惊讶。

“好了，先生们，我想你们去别的展台做点贡献，要和在我的展台上一样慷慨啊，尤其是艺术展台。”她指挥着“特迪的兄弟”，姑娘们都这么叫大学里的朋友。

“那张展台的格言是‘切斯特，收钱，快收钱’，要像男人一样地完成任务。记住，你们花在艺术品上的每一分钱都是值得的。”当这帮忠诚之士即将出发攻城略地之时，乔抑制不住内心的激动，说道。

“得令，坚决服从。但马奇家的姑娘比梅迷人多了。”小帕克绞尽脑汁想说点俏皮的恭维，当即就被劳里打断了。劳里说："很好，孩子，真是个小男孩!"然后慈爱地拍拍他的头，把他赶走了。

"把那些花瓶买下来。"艾米悄悄对劳里说，想给她敌人心中的后悔之火最后再添一铲煤。

让梅喜出望外的是，劳里不但买下了，还一边胳肢窝夹一个花瓶，在大厅里四处展示。别的兄弟也一样慷慨，随手买了各种脆弱的小物件，还提着沉甸甸的蜡花和精细的手绘扇子、金银丝绣的公文包，还捧着其他一些实用的小商品漫无目的地游荡着。

卡罗尔姑姑也在场，欣慰地听完了整件事，在角落里跟马奇太太窃窃私语。马奇太太听了很满足，带着既自豪又担忧的表情，朝艾米望去。几天之后，她才吐露她为什么开心。

众人宣布义卖会圆满闭幕。梅向艾米说晚安的时候，不再像以前那样热情得过了头，只献上了深情一吻，那表情似乎在暗示："抱歉，这事就翻篇儿吧。"艾米心满意足了。她回到家里，见到客厅的壁炉架上摆着那两只花瓶，里面插满了鲜花。劳里手舞足蹈地吆喝着，"奖励给宽宏大量的马奇小姐。"

深夜，姐妹们一起梳头发的时候，乔真诚地说道："艾米，你的优点远不止如此，比我认可的多得多。你讲原则、慷慨、品格高尚。你总是那么讨人喜欢，我衷心地敬佩你呀。"

贝思头靠在枕头上，补充道："是的，我们都敬佩你、爱你，因为你主动原谅他人。花了这么多心思，还得下决心卖掉自己的得意之作，却几乎就被梅毁了，要做到原谅她该多么难呀。像你那般宽容大量，我是做不到的。"

"好了，二位姐姐，别这样夸奖我了。我做这些，只是希望别人也能善待我。我说立志想当一位淑女的时候，你们还嘲笑我，但我的本意是想当一位思想高尚、举止优雅的真正的淑女。我按照自己了解的方式摸索着。我没法解释清楚。吝啬、愚蠢，还有吹毛求疵，都是大多数人会犯的小毛病，我想克服它们。我很努力，可惜还是做得不够，希望有朝一日，能做到像妈妈一样就好啦。"

艾米的语气极为诚恳，于是乔给了她一个贴心的拥抱，说道："我现在明白你的愿望啦绝不会再嘲笑你了。你比自己预料的做得更好。我会虚心向你求教，我相信，你已经窥得其中的奥秘了。好妹妹，接着摸索吧。有朝一日，你会有收获的，那时，我会比任何人都开心。”

一个礼拜后，艾米真的有了收获；可怜的乔却笑不出来。那是卡罗尔姑姑的来信。马奇太太神采飞扬地看着信，惹得一旁的乔和贝思好奇是什么好消息。

“卡罗尔姑姑准备下个月去国外，她想……”

“要我和她同行！”乔忽然打断道。她喜不自胜地从椅子上飞了下来。

“乖乖，不是——不是你，是艾米。”

“噢，妈妈！她太小了。按顺序来，我是第一个。我盼了那么久。游学对我很有帮助的，这简直太棒了。我必须得去！”

“乔，怕是不行啊。姑姑点明要艾米去。她给了这样一个恩惠，已经很不容易了，我们不好再提什么要求了。”

“为什么啊？我累死累活的，艾米就坐享其成。哎呀，这不公平，不公平！”乔愤愤不平地哭诉道。

“乖乖，我恐怕这里头也有一部分要怨你自己呢。姑姑前几天跟我聊天的时候提到，她觉得你举止莽撞、太有主见了，很替你惋惜。她在信里说，似乎是摘录了一些你的原话——我原本的计划是邀请乔，但‘恩惠压得她透不过气来’，她还‘厌恶法语’，所以，我想我不会贸然请她同行了。艾米更听话，她会和弗洛结为很好的旅途伴侣的，她会怀着感恩之心，接受这次旅行中我们给她点点滴滴的帮助。”

“噢！我这破嘴，我这该死的破嘴！为什么不会闭上它呢？”乔后悔不迭，回忆起那些惹祸的言辞。听了乔对信中摘录她原话的解释，马奇太太痛心地说：“我也想你可以去，这次是没戏了。尽量让自己开开心心地接受现实，别自责和后悔啦，这会让艾米没了兴致的。”

“我尽量吧。”乔说着，拼命眨眼睛憋回眼泪，弯腰把刚才激动之中打翻的篮子捡起来。“我要向她学习，不是脸上开心，而是发自肺腑的开心。对于她的幸运，不存一丝嫉妒。可这太难了啊，我这次真是太失望啦！”乔最终还是流下了几滴无比伤心的眼泪，打湿了手中鼓囊囊的针垫。

“乔姐姐，我是个自私的家伙，可我真的离不开你啊。你如今走不了，我倒是挺开心的。”贝思轻声说着，一把抱住了乔，还有她的篮子。那撒娇似的拥抱和满脸的依恋给了乔安慰，虽然她刚刚还极度后悔，想给自己来几个耳光，接着低声下气地去求卡罗尔姑姑，让她背负这个恩惠吧，她会感激涕零地接受的。

等艾米回家的时候，乔早已融入到举家同庆的活动中，可能还做不到跟往常一样发自肺腑，却也不至于抱怨艾米的好运气。那位小姐也觉得这是天大的好消息，内心狂喜，却没有外露，依然优雅得体。当天晚上，她就着手整理颜料、打包铅笔；其他那些收拾衣服、钱和护照之类的琐事，就丢给那些游离于艺术幻想之外的人们来做。

“姐姐们，对我来说，它不仅是一次愉快的旅行，”她一边强调，一边刮着她最好的调色板，“它将对我的职业生涯起决定性作用，假如我有任何天赋，罗马是个发掘它的好地方，我会做些事来证明它。”

“要是没有呢？”乔一边问，一边红着眼睛为艾米缝一个新领结。

“那就回家呗，靠教画画维持生计。”这个野心家带着哲人般的镇定说道。一想到这种可能性，她脸色可就有些难看了，继续刮起了她的调色板，仿佛是要在希望破灭之前再奋力一搏。

“不可能，你不会如此。你不喜欢辛苦地工作。你会嫁个有钱人，天天待在家里享福。”乔反驳道。

“你有时候能说中，但是我觉得这个不可能。我也希望你能说中，倘若我做不成艺术家，我倒是很想能够帮助那些真正的艺术家。”艾米笑着说道，比起穷酸的绘画教师，好像热衷慈善的贵妇人这一人设更合她的胃口。

“哼！”乔感慨道，“只要是你想要的，你都将会得到，因为你总能得偿所愿——而我，从来都是一场空。”

“你也想去？”艾米一边问，一边皱着眉头拿刮刀轻拍着鼻子。

“想死了。”

“那一到两年之后，我邀请你来。我们结伴在古罗马广场探究遗迹，把我们讨论了那么多次的计划都实施了。”

“谢谢！期待那一天的来临，该是多么快乐啊，我一定会提醒你曾经许下的这个诺言，若是真有这样一天。”乔答道，强颜欢笑地接纳了这个空头支票似的高尚提议。

准备的时间很紧，所以到艾米走之前，屋子里都是一团乱麻。乔坚强地挺住了，直到那灵动的蓝丝带消失在视野里，她立刻躲进了自己的阁楼避难所，痛哭到不能自已。艾米也很勇敢地挺过来了，直到轮船扬起风帆，舷梯撤下的那一瞬间，她忽然意识到，这片破涛汹涌的大海很快就要让她和那些最爱她的人分离。她立马抱住最后一位送她的人——劳里，呜咽着说：“呜，要是有什么不测，要帮我照顾她们……”

“小乖乖，我答应你，要是有什么不测，我会来找你、安慰你。”劳里温柔地说道，不曾料到，日后真的被请去践行这番承诺。

于是，艾米扬帆起航，去那个旧世界①探索一番。对少年人来说，那是一个多么新奇和迷人的世界啊！父亲和朋友都站在岸边目送她远行，殷切地祝福这个乐天的女孩，愿上天垂怜，好运常伴她左右。她朝他们挥手，直到看不见他们的身影，只看到夏日海面上炫目的阳光。

---

① 这里指的是欧洲。

第八章 艾米的海外来信

最爱的大家：

此刻我就坐在巴斯饭店一扇临街的窗户前，它位于伦敦的皮卡迪利大街①。这地方并不时髦，可叔叔几年前路过此处，心里就再也容不下别的地方了。但我们不打算在这儿久居，就没必要纠结它时不时髦了。噢，我想跟你说我太喜欢这里的一切啦，可竟不知道从何说起！要说的地方太多啦。所以，我只能给你讲一些我日记本上的片段。离家以来，我一事无成，除了乱写乱画之外。

在哈利法克斯港口②的时候，我曾寄了一封短信，当时我感觉很糟。但从那之后，我渐渐过得开心起来了，很少生病，整天在甲板上闲晃，好多快乐的人来给我解闷儿。每个人都待我非常友好，尤其是那些高级船员。乔，别笑话我。在船上，绅士们真是必不可少的，可以依靠他们，他们还能照顾你。反正他们也没什么事做，让他们发挥点作用，倒是对他们的恩赐了。不然，我真担心他们吸烟

---

① 皮卡迪利（Piccadilly），是伦敦市中心的主要街道之一，从西边的海德公园角一直延伸至东边的皮卡迪利转盘。

② 哈利法克斯（Halifax），位于加拿大新斯科舍省，是加拿大主要的海港城市之一，经常有横渡大西洋的船只过往停靠。

过度而死。

旅途中，姑姑和弗洛都身体抱恙，想静养一下，所以我做完力所能及的事后，就自己去找乐子。在甲板上悠闲地散步，看瑰丽的日落，多么畅快的空气和汹涌的波浪啊！感觉和我们骑着奔腾的骏马飞驰一样刺激啊。真希望贝思也能来，这里对她的身体有好处。至于乔，她会爬上主桅的三角帆，坐到那上头，或者其他什么叫不出名字的高地方。她会和轮机员成为朋友，对着船长的话筒乱吹，玩得忘乎所以。

真像在天堂里一样，但看到爱尔兰海岸的时候，我还是很开心，它非常可爱，郁郁葱葱，阳光充沛，遍地棕色的小木屋。一些山上还有遗迹，山谷里有绅士们建的别墅，小鹿们在山谷的平坦处吃草。那是个大清早，但看到了如此美景，我就不后悔起了个早床。海湾里停满了小船，岸上风景如画，头顶上玫瑰色的天空。此景终生难忘。

在皇后镇①的时候，伦诺克斯先生——我新结识的一个朋友——下船了，和我们分别了。我谈起基拉尼湖②时，他叹了口气，看着我，吟唱道：

噢，你听说过凯特·科尔尼吗？
她生活在基拉尼湖畔；
她目光所及之处，
危险降临，插翅难飞，
*凯特·科尔尼的眼神，能毁掉一切。*③

---

① 皇后镇（Queenstown）是位于爱尔兰科克郡南侧的一个大西洋沿岸港口小镇。此镇名是为了经念1849年维多利亚女王的到访，1920年后被改名为科夫镇（Cobh）。

② 基拉尼湖（the Lakes of Killarney），位于爱尔兰的凯里郡（County Kerry）。

③ 该歌谣出自19世纪小说家摩根小姐（Sidney Owenson Morgan，1781？—1859）的诗作《凯特·科尔尼》（*Kate Kearney*）中的第一诗节。

这首诗歌是不是挺莫名其妙的？

我们只在利物浦①停泊了几个钟头。这地方脏兮兮的，还很嘈杂，能早些离开，我倒是挺开心的。姑丈冲下船买了一双狗皮手套，几双丑陋笨重的鞋子和一把雨伞，还顺便剃了个络腮胡子，这可是头等大事。然后，他自诩装得像个货真价实的英国人，却在第一次让人擦鞋子的时候，就被擦鞋童看出站在他面前的是个美国人，那小家伙笑嘻嘻地说："先生，擦好啦，用的是最新的美国佬鞋油。"姑丈被逗得哈哈大笑。噢，我必须告诉你们那个伦诺克斯干了件什么荒唐事！他委托沃德——他的一个继续同我们一起旅行的朋友——为我订了一束鲜花。我进房间第一眼就看到了那束漂亮的鲜花，上面附了一张卡片，写着"罗伯特·伦诺克斯敬赠"。姐姐们，是不是很有趣？我喜欢旅行。

我得抓紧时间了，不然都来不及写到伦敦。整个旅程就像是坐船穿过一个极长的画廊，有看不完的风景地貌。我饶有兴趣地观察那些农家小院，屋顶是茅草盖的，屋檐上攀爬了常春藤，窗户像格子，门口站着健壮的女人和面色红润的孩子们。这里的牛似乎比我们那儿的更温顺些，正站在齐膝高的苜蓿里；母鸡心满意足地咯咯叫，似乎没有它们的美国伙伴那样神经兮兮。

我从来都没看到过如此美妙的颜色——草绿油油的，天空湛蓝，谷物金黄，丛林则是郁郁葱葱的——弗洛和我一路上都沉浸在喜悦之中。我们一刻不歇地从船的一侧跳到另一侧，不想错过任何风景，要知道，船可是以六十英里每小时的速度往前冲呢。姑姑累了，去休息了，姑丈专心致志地读着旅行指南，对其他事充耳不闻。当时就是这样一幅场景。我跳起来喊道——"噢，丛林里有一抹灰色，一定就是凯尼尔沃思城！"弗洛冲到我这边的窗户前头，感慨着——"真美啊！我们去那里玩玩吧，好不好嘛，爸爸？"姑丈则默默打量着他的靴子——"不好，乖乖，那是个啤酒厂，你想喝啤酒吗？"

片刻安宁之后——弗洛喊道："上帝啊，那儿有个绞刑架，有人正往上爬呢。""在哪儿，在哪儿？"我一边尖叫，一边望向窗外，只

① 利物浦（Liverpool），英国西北部港口城市。

见两根高高的柱子上架着一个横梁，还挂着几条锁链。“那是煤矿。”叔叔抬了一下眼皮，评论道。“这边有一群可爱的羊，全躺着在。”我说。弗洛更是激动地补充道：“爸爸，快看啊，羊儿多漂亮！”“小姐们，那是鹅。”姑丈回应道，有些不耐烦，我们便消停了下来。弗洛于是坐下来读《卡文迪什船长的风流史》，我则独享美景。

到达伦敦的时候，那里当然在下雨啦。放眼望去，全是雾和雨伞。我们休息了片刻，拆开行李，在阵雨的间隙去购置了一点东西。由于我离家的时候太匆忙了，东西没备齐，玛丽姑姑就给我添了些新物件。包括一顶点缀有蓝色羽毛的白帽子，一条配套的棉布长裙，还有一件绝顶精美披风。在摄政街①购物真是太痛快啦，每样商品都那么便宜——一码极漂亮的丝带只要六便士。我买了一些囤起来，还打算去巴黎买双手套。这话听起来有没有点高雅和富裕的意思？

趁着姑姑和姑丈外出了，我和弗洛雇了一辆出租双轮马车，打算去外头兜兜风。事后我们才得知，小姐们独自乘坐马车是不成体统的。乘马车真好玩啊！我们被木挡板拦在车厢里，车夫把车驶得飞快，弗洛很害怕，让我设法叫停马车。可车夫在外面，高高地坐在车厢后方的位置，我靠近不了他。他听不到我的叫喊，也没瞧见我在前头挥舞阳伞。于是，我们无助地坐在“咔哒咔哒”的马车里，以惊险万分的速度拐过每一道弯。就在我快要绝望的时候，忽然发现车厢顶上有扇小门，于是捅开了它，露出了一双红色的眼睛。只听车夫醉醺醺地说：“干啥，小姐？”我努力板着个脸下达命令，然后“砰”的一声摔下车门，车夫答道：“好的，好的，小姐。”就让马慢慢走着，慢得就像是去葬礼。我又捅开门催道：“略微快一些吧。”他立即又让马飞驰起来，跟之前一样匆忙。我们只能自求多福了。

天气晴朗，我们去旁边的海德公园里玩，可以看出来，我们骨子里还是有些贵族气质的。德文郡公爵的府邸就在隔壁，因为经常可以看到他的侍从在公园的后门晃悠。威灵顿公爵也住得很近。乖

① 摄政街（Regent Street），位于英国伦敦西区，由著名建筑师约翰·纳什于1825年建成，是19世纪英国上流社会的时尚购物地标之一。

乖，这是怎样一幅场景啊！和《潘趣周刊》① 一样精彩。富态的贵妇们坐在她们红色和黄色的四轮马车里；车后坐的是穿着长筒丝袜和天鹅绒外套的漂亮用人；车前坐的是搽了粉的车夫；伶俐的女佣们正照顾着小主人，小脸真是白里透红啊；端庄的小姐们睡眼惺忪；公子哥儿们头戴怪模怪样的英式帽子，手上套着淡紫色的小山羊皮手套，到处闲晃；大个子士兵们穿着红色的短夹克，斜扣着玛芬帽，样子很是滑稽，我都想给他们画素描了。

练马道的法语叫作“Route de Roi”，也叫作国王路。可如今它似乎变成了一个马术学校。那里的马都是良驹；那里的男人，特别是马夫的马术，也是极好的。但女人们在马上则肢体僵硬，蹦来蹦去，跟我们的规矩不太一样。我真想给她们展示一下美式的策马奔驰。这里的女人就只会穿套单薄的骑装，头戴高帽，严肃地骑着马儿一颠儿一颠儿地小跑，就像坐在玩具诺亚方舟②里似的。这里所有人，包括老人、健壮的女士、小孩子，都擅长骑术；这儿的年轻人很喜欢调情。我见过一对青年恋人互赠玫瑰花蕾，然后插在纽扣眼里，真是有情调啊，确实是个不错的小把戏。

我们下午则参观了威斯敏斯特大教堂③，但没法儿描述给你们听呀——我只能说它太宏伟了！简直无法用言语来形容。我们晚上要去看费克特④的戏。给我此生最幸福的一天画上圆满的句号。

午夜

---

① 《潘趣周刊》(Punch)，创刊于1841年，是19世纪流行于英国的讽刺和幽默杂志。刊名出自英国传统木偶喜剧《潘趣与朱迪》(*Punch and Judy*)。

② 诺亚方舟（Noah's Ark)，《圣经·旧约》中诺亚听从上帝的吩咐为逃过洪水灾难所建造的大船。

③ 威斯敏斯特大教堂（Westminster Abbey)，位于英国伦敦，著名的歌特式英国皇家教堂。

④ 查尔斯·艾伯特·费克特（Charles Albert Fechter，1824—1879)，英国著名戏剧演员，曾饰演过莎士比亚戏剧中的埃古、哈姆雷特和奥赛罗等角色。

夜已经深了，我还是要和你们说说昨晚的事，不然，我没法安心地寄出早上这封信。你们猜，我们昨天喝茶的时候，谁来了？弗雷德和弗兰克·沃恩兄弟！就是劳里的那两位英国朋友，我真是惊呆了！要不是有名片的提示，我差点不认识他们了。两个人都长高啦，蓄着络腮胡子。弗雷德长相俊朗，很有英伦味；弗兰克恢复得很好，腿只是稍微有一点跛，不需要借助拐杖了。他们从劳里那里得知我们的地址，就上门来邀请我们去他们家做客，但姑丈不愿意，我们只好再找时间回访了。我们一行人去了戏院，度过了一个愉快的夜晚。弗兰克一门心思都放在弗洛身上，弗雷德就跟我聊着各个时期的好玩的事，仿佛相见恨晚。转告贝思，弗兰克问候过她，听说她生病的事，很替她伤心呢。我们也聊到了乔，弗雷德笑着要向“那个大帽子致敬”。他俩都记得劳伦斯营地哩，也记得在那里度过的快乐时光。这事儿仿佛已经过去很久了，不是吗？

这是姑姑第三次敲墙啦，我得搁笔了。这真是奢侈的伦敦贵妇人的生活写照啊，写信写到了深夜，屋子里堆满了漂亮物件，脑袋瓜里乱糟糟地塞着公园、戏院、新礼服，还有那些殷勤的小伙子——动不动就“啊”一声，用手捻着他们金黄色的小胡子，真是十足的英国贵族派头啊。我说了一大堆废话啊，我真的很想你们。

你们永远爱的艾米

亲爱的姐姐们：

在上封信里，我跟你们讲述了我们的伦敦之行。沃恩一家真是友好，为我们举办了热闹的派对。所有活动里，我最喜欢的是参观汉普顿展览馆和肯辛顿博物馆——在汉普顿，我亲眼看到了拉斐尔的草图；博物馆的展厅里则挂满了透纳、劳伦斯①、雷诺兹②、荷加斯③，和其他一些大家之作。我们当天在里士满公园玩得真快活啊，组织了一场正式的英式野餐，公园里有漂亮的橡树和成群的麋鹿，

---

① 托马斯·劳伦斯（Thomas Lawrence，1769—1830），英国肖像画家。

② 乔舒亚·雷诺兹（Joshua Reynolds，1723—1792），英国肖像画家。

③ 威廉·荷加斯（William Hogarth，1697—1764），英国画家、版画家和讽刺漫画家。

多得让我没法一下子画完。我甚至听见了夜莺的歌声，目睹了云雀直冲云霄。感谢弗雷德和弗兰克，让我们畅快地“玩转”伦敦；和他们道别的时候，我还挺难过的呢。我发现，尽管伦敦人接纳一个人时有些慢热，只要他们认可你了，那好客程度真是无人能及的。沃恩一家盼望着明年冬天在罗马与我们重聚。要是他们不去的话，我会很失落的，因为格雷斯已经和我成了很要好的朋友，两个小伙子也很好——尤其是弗雷德。

好吧，还没等我们在巴黎安顿下来，弗雷德就跟来了，他说是来度假的，借道去瑞士。姑姑起先有些抗拒，好在他应对沉着，姑姑就不好再说什么了。如今我们相处融洽，幸好他来了，他的法语说得可好啦，跟本地人没区别；如果没他，我们可怎么办哟。姑丈会的法语单词还不到十个，总喜欢大着嗓门用英语喊话，仿佛那样别人就会听懂似的。姑姑的法语发音过时了。我和弗洛自诩很懂法语，却发现事与愿违。幸好有弗雷德“代言”，这是姑丈的原话。

我们玩得可快活啦！一天到晚四处参观，饿了就停下来，在愉快的小餐馆美餐一顿，在这期间，遇到了各种滑稽有趣的事情。下雨天我就流连于罗浮宫里的画作中。乔对那些杰出的作品只会嗤之以鼻，她没有艺术热情呀，可我有，而且我正在迅速培养自己的艺术审美和品位。乔更偏爱伟人的遗物。我在巴黎瞻仰了她最爱的拿破仑的三角帽和灰大衣，他婴儿时期用过的摇篮和旧牙刷；还有玛丽·安托内特①的小鞋子，圣·丹尼斯②的戒指，查理曼大帝③的宝剑，连同其他很多有趣的纪念物。回家之后，我可以跟你们聊个几天几夜，只是现在来不及写啦。

---

① 玛丽·安托内特（Marie Antoinette，1755—1793），法国波旁王朝末代国王路易十六的王后，法国大革命爆发后与路易十六相继被送上了断头台。

② 圣·丹尼斯（Saint Denis），3世纪巴黎主教，天主教圣徒，后殉道，被后人称为法兰西和巴黎的主保圣人，亦是天主教“十四救难圣人”之一。

③ 查理曼大帝（Charlemagne，742—814），768年成为法兰克国王，他所建立的王朝统治领域从西欧扩张至欧洲中部。

皇家宫殿真是个天堂般的地方，堆满了珠宝和漂亮物件，我喜欢得快疯了，却买不起。弗雷德想买几个给我，我当然不会接受。布洛涅森林①和香榭丽舍大街②也 très magnifique③。那几位皇室成员，我也有过几面之缘——皇帝④是个丑陋、冷酷的男人；皇后⑤漂亮却脸色苍白，在我看来，打扮得也没什么品位：紫色的裙子和绿色的帽子、还搭配了一双黄手套；小拿泊⑥是个俊俏的男孩，坐在他的四匹马拉的大车里，一边和家庭教师说着什么，一边向沿途的人群飞吻，车上的左马驭者身着红色绸缎夹克，车前方和车侧方分别配了一个骑马的卫兵。

我们经常去杜乐丽花园⑦散步，那地方真是赏心悦目，虽然我更喜欢古老的卢森堡公园⑧。拉雪兹神父公墓⑨真是奇特，许多墓穴像一个个小屋子，人们探头进去，会看见一张摆着死者的肖像或画像的桌子，还有椅子，那是特意为前来吊唁的人们而设的。这多有法国味啊！

---

① 布洛涅森林（Bois de Boulogne），位于法国巴黎西部的森林公园。

② 香榭丽舍大街（Avenue des Champs Elysées），位于法国巴黎市中心的商业区。

③ 法语：非常宏伟壮观。

④ 此处指的是于1852年即位的法兰西第二帝国皇帝拿破仑三世，本名夏尔·路易·拿破仑·波拿巴（Charles Louis Napoleon Bonapare，1808—1873）。

⑤ 指欧仁妮·德·蒙蒂若（Eugénie de Montijo，1826—1920），人称欧仁妮皇后，拿破仑三世之妻。

⑥ 小拿泊（Little Nap）指的是拿破仑四世，全名拿破仑·欧仁·路易·让·约瑟夫·波拿巴（Napoleon Eugène Louis Jean Joseph Bonapare，1856—1879），拿破仑三世与欧仁妮皇后的独子，法兰西第二帝国皇太子。

⑦ 杜乐丽花园（the Tuileries gardens），法国杜乐丽皇宫的花园，位于卢浮宫与协和广场之间。

⑧ 卢森堡公园（Luxembourg gardens），位于法国巴黎，法国参议院的公园，内有许多著名雕像。

⑨ 拉雪兹神父公墓（Pere la Chaise），法国巴黎最大的墓地，多位名人被埋葬于此地。

我们的房间在里沃利大街[1]上，在房间的阳台上就可以欣赏这条长街的灿烂景象。要是白天玩够了，晚上不愿意外出，在阳台上拉下家常也是极好的。弗雷德很风趣，是我认识的小伙子中最随和的——劳里除外，劳里的举止更有魅力。弗雷德要是再黑点就好了，我不喜欢皮肤白皙的男人。但沃恩家多富裕啊，家世也显赫，我就不嫌弃他们的黄头发了，况且我的头发还黄一些呢。

下个礼拜，我们会启程去德国和瑞士。因为行程很紧张，我只能写这寥寥几笔了。我会写日记的，像爸爸建议的那样，尽可能“准确地记忆、清楚地描述所有那些所见所闻”。这很锻炼人啊，比起这些潦草的文字，我的写生本也许更能让你们了解我的旅行。

再会，献上一个温柔的拥抱。

你们的艾米 于巴黎

我亲爱的妈咪：

还有一个钟头，我就要启程去伯尔尼[2]了，我来跟你说说发生了哪些事，有些事很重要的，你马上就会发现的。

沿着莱茵河溯流而上，真是妙不可言啊，我坐在船上，就可以尽情享受这一切。你可以把爸爸那些旧旅行指南找出来参考一下，我是没有那么漂亮的文笔的，描述不出如此美景。我们在科布伦次玩得很开心。弗雷德在船上和几个从波恩来的学生交了朋友，他们为我们演奏了小夜曲。那是个月色撩人的晚上，大概是夜里一点钟的时候，从窗外传来阵阵美妙的歌声，我和弗洛被吵醒了，于是跳下床，躲到窗帘布后边向外窥探，发现是弗雷德和那几个学生在楼下唱歌。那场景真是浪漫啊——有河、有浮桥、有对岸的大城堡、皎洁的月光洒满大地，还有那柔肠百转的歌声。

他们演唱完毕，我们就往楼下扔了些鲜花，看到他们哄抢一空。他们对着楼上躲在暗处的小姐们送来飞吻，接着就笑呵呵地离开了，

---

① 里沃利大街（Rue de Rivoli），法国巴黎著名的商业街道之一，位于卢浮宫和杜乐丽花园附近。

② 伯尔尼（法文名：Berne），1848年被定为瑞士联邦首都。

我想他们是抽烟、喝酒去了。次日清晨，弗雷德深情地从马甲口袋里拿出一朵皱巴巴的花给我看。我却嘲笑他，告诉他扔那朵花的不是我，而是弗洛。他可失望了，一把将花扔到窗外去了，这才镇定下来。我预感会和这个男孩发生点情感纠葛。

巴登巴登①的温泉浴场，和拿骚②的一样，都非常好玩！弗雷德在巴登巴登掉了笔钱，我骂了他一顿。只要弗兰克不在，弗雷德就需要有人管着。凯特之前说过，她盼着他早点结婚。我也这样觉得，结婚对他有好处。法兰克福是个好地方，我在那儿参观了歌德的故居，席勒的雕像，还有丹尼克尔③著名的雕塑"阿里阿德涅"。那是一尊非常高雅的雕塑，要是我对希腊神话了解更多，兴许更能体会到其中的曼妙。我羞于向别人请教，似乎人人都应该知道这个故事，不知道的也假装知道啦。我真想乔能把整个故事给我讲一遍。我也该多读点书啦，发现自己什么都不懂，这太让人难堪了。

现在来谈正经事吧，事情已经发生，弗雷德刚离开。他一向待人友善，幽默风趣，深得大家的喜爱。直到唱小夜曲的那个晚上，我还只当他是结伴旅游的朋友，没有其他什么想法。那件事发生之后，我突然意识到，对他来说，我们那些月下散步、阳台聊天和遇到的奇闻轶事，已经不单单只是寻开心了，还有别的深意。我没有挑逗他，妈妈，我发誓，我牢记你的忠告，努力克制自己。但别人主动喜欢我，我怎么阻止呢？我没有引诱他们来喜欢我，要是我讨厌的人喜欢我，我会很困扰的，虽然乔说我没心肝。我预计妈妈会反对，姐姐们会嚷嚷："噢，真是个爱慕虚荣的坏女孩儿！"但我已经想好了，只要弗雷德向我求婚，我就答应，尽管我还没疯狂地爱上他。但我喜欢他，而且我们的交往很融洽。他年轻聪明、英俊又多金——比劳伦斯家有钱得不止一点点哦。我猜他父母会同意我们的，我应该会过得很幸福，他的家人都很谦和有礼、慷慨大方，还

---

① 巴登巴登（Baden-Baden），位于德国黑森林（the Black Forest）西部，奥斯河（Oos River）沿岸，是德国著名的温泉小镇。

② 拿骚（Nassau）位于德国莱茵兰—普法尔茨州（*Rhineland-Palatinate*），坐落于兰河河谷（Lahn River Valley），以温泉疗养地闻名于世。

③ 德国雕塑家。

很喜欢我呢。我觉得，弗雷德作为长子会继承到房产。那房子太让人满意啦！就在市区一条时髦的大街上，没有我们美国人的大房子那么浮夸，可是绝对舒适，摆满了英国人所推崇的货真价实的宝贝。我喜欢那房子，纯正的英式宅子。我见过他家精致的餐具、传家的珠宝、忠实的仆人，还有乡下宅邸的画像，有园林、大房子、迷人的庭院和漂亮的马匹。噢，这就是我想要的呀！比起姑娘们趋之若鹜的爵位名头，我更喜欢这些，因为爵位只是徒有其表。我也许是有些金钱至上，可我穷怕了呀，要是有可能，我一分钟都不想多忍。我们姐妹中总得有一个嫁得好啊；梅格没这么做，乔不会，贝思还做不到，就让我来吧，把大家的日子都变得好过些。我不会和一个我讨厌或鄙视的人结婚的，我保证。尽管弗雷德不是我最想要的英雄，但也算表现得很好了。只要他很爱很爱我，给我自由，我总会爱上他的。我整个礼拜都在想这件事。弗雷德喜欢我，这是再明显不过的事情了。他没说什么，但很多细节都泄露了他的心思：他从来没有和弗洛并肩走路；坐车、吃饭、甚至散步的时候，他总在我这边；只有我们两个人的时候，他总是深情地看着我。谁斗胆跟我搭讪，他就对那人横眉冷对。昨天的宴会上，一个奥地利长官盯着我们，然后跟他的朋友——一个潇洒的男爵——说什么“艳丽的金发女郎”之类的东西。弗雷德听了，就像头发狂的狮子，使劲儿切肉，肉都差点飞出了盘子。他不具备英国人的沉稳冷静，反而很暴躁，可能他继承了苏格兰的血统，从他迷人的蓝眼睛就能看出来。

昨天黄昏的时候，我们一行人去了城堡，不包括弗雷德，他去邮局拿完信，再来找我们。我们在遗迹附近闲逛，参观储存了巨大酒桶的地窖，观赏很久之前选帝侯为他的英国妻子建造的漂亮花园，玩得真是快活啊。我最爱那大露台，那里的视野极好。别的人都进到室内去参观，我则坐在露台上，试着临摹墙上挂着一圈殷红色的忍冬花和灰色的石狮子头。一种浪漫气氛在周围发酵，我坐在那儿，观赏着内卡河奔腾于山谷之间，听着城堡下奥地利乐队的演奏，就像小说里的女主角一样，等待着情郎。我预感到将会发生点什么，已经做好了心理准备。我非常镇定，没有脸红或颤抖，只是有一点点激动。

不久，弗雷德的声音传来，他步履匆忙地穿过大拱门走向我。见他满脸愁容，我于是将刚刚的思虑都抛诸脑后，急忙问他发生了什么事。他说刚收到一封信，信中说弗兰克病重，家人让他赶紧回家。所以他得连夜坐车离开，只有说声“再见”的时间了。我替他难过，也替自己失望。但这两种情绪只持续了很短的时间，他就握着我的手说道，“我很快就会回来。艾米，你不会忘记我吧?”那语气，再明显不过了。

我没说话，只是看着他，他好像挺满意这种回应。一小时后，他就要启程了，做什么都来不及了，只能简单说些祝福和道别的话，所有人都很舍不得他。我知道他想表白，可从他之前的暗示性话语中，我猜测，他曾向他的父亲许诺，暂时不会做求婚之类的举动，老先生害怕这个鲁莽的男孩会娶个外国妻子。好在，我们很快会在罗马重逢。那时，要是我没变心意，当他问：“愿意嫁给我吗?”我会回答：“谢谢你，我愿意。”

这是件极为私密的事情，可我想让妈妈你知情。请不要担心我，我是你“聪慧的艾米”呀，我绝不会干傻事的。尽管多给我一些建议，如果可行，我会照做的。妈咪，真希望能和你面对面好好聊聊。要爱我，相信我。

永远属于你的艾米 于海德堡

第九章　脆弱的烦心事

“乔，我很担心贝思。”

“妈妈，为什么？那两个孩子出生后，贝思看上去特别健康。”

“我如今担心的，不是她的身体，是她的精神状态。我肯定，她有心事。我希望你去弄清楚缘由。”

“妈妈，你怎么会有这样的想法？”

“她经常独自一人呆坐着；也不像过去那样，常常和你父亲说说话了；有一次，我发现她趴在小婴儿身上哭；唱歌的时候，她总唱些悲伤的曲子；脸上也时常露出一些让我捉摸不透的神情。她不像贝思了，真让我担心。”

“你问过她吗？”

“我尝试过一两回，她要么避开我的问题，要么露出痛苦忧虑的神情，我只好作罢。我从不逼我的孩子们跟我说心事。我几乎不需要等很长时间，她们就会主动来告诉我。”

马奇太太说着，瞥了一眼乔。看对面的那张脸的神情，似乎真是对贝思的秘密毫不知情。乔一边沉思，一边做针线活，过了好一阵子，说道：“我想她是长成大姑娘了，开始做梦啦，有了希望、恐惧和不安，她不知道原因，也没办法去解释。哎呀，妈妈，贝思已经十八了，我们竟没有察觉，把她当孩子看，忘了她已经成长为一个女人啦。”

“确实如此啊。甜心们，你们长大了，真是快啊。”妈妈叹了口气，微笑着答道。

“这是再正常不过的事啦，妈咪。索性就别为这个烦心了，任由您的小鸟们陆续离巢吧。我保证绝不会蹦得太远，如果这样能给您安慰。”

“乔，这真是最大的安慰了。如今梅格出嫁了，只要有你在家，我就觉得踏实。贝思太弱，艾米太小，指望不上她们。每次需要苦力的时候，你总是一马当先。”

“哎呀，您知道我不介意做苦力的，每个家里都必须有一个擦擦洗洗的人。艾米的细致活儿做的不错，我就做不来。但要我清洗全部的地毯，或者照顾半个家的病人，那是我的拿手活儿。艾米在国外如鱼得水，可若是家里出了什么事，我才是您的顶梁柱。”

“贝思我就托付给你了，因为她温柔的小心扉只会最先向她的乔敞开。要友善再友善，不要让她感觉有人在观察和议论她。只要她能恢复健康，重新振作起来，我就别无所求了。”

“幸福的小女孩儿！我可是有好多烦心事呢。”

“乖乖，你在烦什么呢？”

“等我先解开贝思的烦恼，再告诉你吧。我的没那么磨人，就先放一放吧。”乔说完接着做针线活，善解人意地点点头，这让妈妈放心不少，至少目前是放心了。

乔表面上忙忙碌碌，却在暗中观察贝思的一举一动。推翻了好多自相矛盾的猜测后，她最终确定了，似乎这个猜测最符合贝思的变化。一个小意外给了她解开烦恼的灵感，接下来靠的还是她活跃的想象力和真挚的爱心。一个礼拜六的下午，就她和贝思两个人在家，她装作埋头创作，其实是借机观察贝思。贝思坐在窗前，安静得有些反常，手里的针线活总往下掉；她郁郁寡欢地用手抚着头，望向外面萧瑟的秋日景观。突然有人吹着口哨经过窗外，如同一只爱唱歌的画眉鸟，随后一个声音传来：“平安无事，晚上见！”

贝思吓了一跳，向窗外探去，微笑着点头，向这个过路人行注目礼，一直看着他匆匆走远。然后她小声地对自己说：“那男孩看上去多可爱、多健壮、多快活啊！”

“哎呀!”乔感慨道，一直盯着妹妹的脸，脸颊上的红晕很快淡去了，笑容转瞬即逝；不久，一滴晶莹的泪珠落在窗台上。贝思害怕让乔看出端倪，赶紧擦干眼泪，偷偷瞧了一眼姐姐，见她正埋头写作，一门心思放在她的《奥林匹亚的誓言》上。等贝思转过头去，乔又观察起了妹妹，见她好多次轻轻地揉眼睛，侧脸上写满了柔情和哀怨。乔也热泪盈眶起来，害怕暴露自己，就借口说要拿稿纸，开溜了。

“我的上帝，贝思爱劳里啊!”她在房间里坐着无声地喊道，被方才的发现吓得小脸煞白。“真是怎么都想不到啊！妈妈会说些什么呢？我不知道，要是他……”乔停住了，忽然冒出了一个念头，脸涨得殷红。“他不爱她，那就糟糕了！他必须要爱贝思，我会让他爱的!”她信誓旦旦地说道，朝墙上照片里的劳里摇头，他却淘气地冲她笑。“噢，上帝啊，我们没心没肺地长大了。梅格结婚有了宝宝，艾米在巴黎风光无限，贝思有了喜欢的人，我是唯一那个聪慧又规矩的姑娘啦。”乔凝视着照片沉思了片刻，接着舒展开额头上的皱纹，对着墙上少年的脸点着头坚定地说道：“嗯，先生，谢谢你。你确实有魅力，可你比风向标更没个定性。别再写那些煽情的短信啦，也别对着我那样肉麻地微笑，没用的，我不会接受的。”

她接着又叹了一口气，发起呆来，暮色降临的时候才清醒过来，下楼去看看有什么新发现，却更坐实了这一猜测。劳里常常调戏艾米，戏弄乔，可是对贝思，却总异常谦和有礼，但大家都是如此待贝思的啊，以至于没人想过劳里对贝思多存了一份心思。事实上，最近大家更多的是觉得：“我们的男孩”愈发爱乔啦。乔却不想听人提起这个话题，要是谁敢提一个字，她必定臭骂一顿。如果让他们知道，劳里和乔去年曾互相说过各种情话，或者，想说些情话却被扼杀在萌芽状态，他们肯定会得意地说：“我告诉过你吧?”但乔不喜欢“调情”，总提防着这种事。她会信手拈来一个笑话或用微笑，把刚刚冒出头的危险给挡回去。

劳里刚读大学时，几乎每个月都要谈一场恋爱。但这些炙热的爱火很快就夭折了，没产生什么不好的后果。乔觉得挺好笑的，每个礼拜和劳里见面的时候，劳里会跟她掏心掏肺地讲述这些周而复始的追求、绝望和放弃的故事，乔听得津津有味。但有一阵子，劳里不再四处拈花惹草，而是隐隐暗示要用情专一了，时不时还沉浸于一种拜伦①式的忧郁中。之后他闭口不谈那些柔情蜜意，开始给乔写些富有哲理的字条，读书也勤奋了。他宣布要“钻研”学习，以优秀的成绩获得荣誉学位。相比夕阳下的喁喁细语，温柔地牵手，含情脉脉的眼神，劳里的这些改变更合这位小姐的胃口。因为乔思想成熟，对感情却一窍不通。比起现实生活中的英雄，她更喜欢虚构的英雄。若是厌倦了虚构的英雄，可以把他们锁进那个锡制碗橱里，要的时候再取出来；现实生活中的英雄可比这个麻烦。

自从发现了这个惊天大秘密，情况就不一样了。当晚，乔用一种全新的眼光观察劳里。她看到贝思非常安静，而劳里对她非常友好。要不是有了这个先入为主的新想法，她是看不出什么异常的。此刻，她正天马行空的胡思乱想，因为长时间地进行传奇小说创作，她已经无法像常人一样思考。跟以前一样，贝思在沙发上躺着，劳里则坐在她身边的一张矮凳上，跟她讲各种八卦，跟她打趣；贝思期待着他的每周“讲述”，他也总能给她惊喜。但当天晚上，乔总觉得贝思看向那张生机勃勃的黑黝黝的脸时的眼神是异常快乐的。只见贝思兴致勃勃地听他讲那些扣人心弦的板球赛，尽管她听不懂像梵语一样高深的“截住一个贴板球”“击球员出局”“一局中三球”之类的术语。乔目不转睛地看着他们，觉得劳里的态度越发和善，有时甚至故意压低声音，没之前笑得那么多了，偶尔还会走神。他关怀备至地给贝思的脚盖上软毛毯，真是温柔极了。

“怎么办呢？怪事已经发生了，”乔在屋子里边转边想，“要是他们相爱了，她会把他改造成天使一般的人，他也会让心爱的姑娘过得开心舒适。他会情不自禁地做这些，我坚信，只要其他人不碍事，他会做到的。”因为碍事的就是她，不会是别人，乔忽然觉得自己应该赶紧闪人。但她能闪去哪儿呢？她怀着一腔为妹妹奉献一切的热情，坐下来思考怎么解开这个烦心事。

---

① 乔治·戈登·拜伦（George Gordon Byron，1788—1824），英国著名的浪漫主义诗人代表之一。

她身下的这个旧沙发是大家一致认可的沙发鼻祖——长长的、宽宽的、鼓囊囊的，很矮，有点破旧，当然也该破了。因为姑娘们从婴儿时期就在上面睡觉和平躺着了；孩提时代，她们在沙发靠背后头掏东西，把沙发扶手当马骑，还在沙发底下养宠物；少女时期，她们坐在沙发上，疲惫的小脑袋就靠着它休息，做着梦，倾听温柔的话语。这张沙发是全家人的心头好，因为它是大家心灵的港湾，乔最喜欢在沙发的某个角落消磨时间。这张德高望重的沙发上有好些枕头，有一个又圆又硬的，罩着一个有点扎手的马毛套子，两头各钉了一个球形纽扣，这个不舒适的枕头是乔个人所有。她把它当成防身武器，用它设置障碍，严格控制睡眠时间。

劳里对这个枕头再熟悉不过了，而且有足够多的理由厌恶它。因为在顽皮嬉闹的少年时代，他曾被枕头残忍地袭击过。他如今很眼馋沙发角落里那个紧挨乔的位置，那枕头却经常让他无缘此地。他们管这个枕头叫作“香肠”，如果它竖着放，就意味着你可以接近或在那位置上落座；若是横在沙发中间，无论男人、女人，抑或是小孩，谁要是敢去烦她，都没好果子吃！那天晚上，乔忘了封锁她的领地，坐下来不超过五分钟，一只庞然大物——劳里就降临了，还把两条胳膊平摊在沙发背上，两条大长腿舒展在沙发前，心满意足地叹道：“哎呀，太得劲儿了！”

“不准说俚语！”乔嚷着，使劲儿摔下枕头。已经太迟了，哪还有放枕头的位子，枕头滚到地上，神秘地不知所踪。

“喂，乔，别像个刺头似的。人家苦学了整整一个礼拜，衣带渐宽的。我需要爱抚，这是我应得的。”

“贝思会安抚你，我没空。”

“不，她不喜欢我打扰她，但你喜欢呀，你不是突然不喜欢了？你讨厌‘你的男孩’了，想冲他扔枕头？”

这是她听过的最诱人的请求。但她很快就浇灭了“她的男孩”的热情之火——她严肃地问道：“这个礼拜，你送了多少束花给兰德尔小姐啊？”

“什么都没送，千真万确。她刚刚订婚了。”

“听到这个，我真开心，你又傻又费钱的行为之一，就是给那些你一点都不在意的姑娘送花和礼物。”乔继续斥责道。

“我喜欢的聪明姑娘们，不让我送‘花和礼物’啊！我总得做点什么吧？我的感情需要‘出口’。”

“妈妈禁止我们跟男孩子暧昧，开玩笑也不可以。特迪，你却玩着命地在说些暧昧的话。”

“‘你也可以这样呀’，我真想不顾一切地对你说这句话，可我不能这么说，我只能说——如果所有人都觉得是开玩笑，那这种快乐的爱情小游戏就无伤大雅啦。”

“对，这游戏似乎是挺有趣的，可我尝试过了，怎么都学不会啊。大家都在互相试探，我要是不随大流，是有点难堪，但我好像在这方面没什么长进。”乔答道，已经忘记了要扮演人生导师。

“跟艾米请教吧，她在这方面很有天赋。”

“对，她懂得掌握分寸，总是恰到好处。我认为，有些人不费吹灰之力就能讨人欢心；有些人却总是分不清场合，胡乱说话和做事。”

“你学不会暧昧，我真开心。聪慧率真的姑娘会叫人眼前一亮的。她友好快乐，从不犯傻。乔，我只跟你一个说，我身边有些姑娘做的有些过了，我都为她们羞耻。我确定，她们没有坏心思，可要是她们知道，我们小伙子在背后如何评价她们，她们绝对再也不这么做了。”

“她们也在背后议论，而且女孩子的看法更犀利，你们才是被损得最惨的那群，因为你们和女孩们傻得一般无二。如果你们行为检点了，姑娘们也会检点的；既然晓得你们爱听她们说胡话，她们就坚持下来啦。你们倒来责怪起她们了。”

“小姐，你了解的还挺多，”劳里带着一种优越感说道，“虽然我们偶尔装作喜欢，其实我们心里讨厌嬉闹和暧昧的。绅士们从不谈论漂亮、端庄的女孩子，就算要谈论，也是充满敬意。真是个不谙世事的姑娘！只要你做一个月的我，就会看到一些事让你小小的震惊一番。我发誓，每次看到轻浮的姑娘，我总想和我们的朋友科克·罗宾齐声说：‘呸，滚！厚颜无耻的家伙！’”

劳里对女人的态度十分矛盾，滑稽得让人忍不住想笑：一方面，他的骑士精神不允许他诋毁女子；另一方面，他又本能地厌恶那些上流社会比比皆是的放荡行径。乔知道，世俗的妈妈们都把小劳伦斯当作乘龙快婿的最佳人选；女儿们也对他芳心暗许；各个年龄阶段的女士都吹捧他，把他惯成了个花花公子。因此，乔满眼醋意地关注着他，害怕他被宠坏了；发现他依旧欣赏端庄的女子，乔的欣喜之情溢于言表。而后，她忽然语重心长地轻声说："特迪，如果你的感情一定要有个'出口'，去找一位你由衷敬佩的端庄美丽的姑娘吧，全身心地爱她，不要在那些傻姑娘们身上浪费时间。"

"你真是这么想的吗？"劳里看着她，神情有些古怪，既焦虑又欢喜，十分复杂。

"是真的。最好等你大学毕业之后，一般都是这样。与此同时，你要努力让自己能够胜任这个角色。你还不够好，还远远配不上……呃，任何一个端庄的姑娘。"乔几乎就说出了那个名字，脸色也有些古怪。

"我确实配不上！"劳里附和道，脸上露出从未有过的谦卑。他耷拉着眼皮，魂不守舍地把乔围裙上的穗子绕在手指上玩。

"上帝啊！永远都配不上！"乔心想，接着尖声说："唱首歌给我听吧，我特别想听点音乐，尤其是你的歌声。"

"谢谢夸奖，但我更想待在这儿。"

"噢，不可以，这里没位子。去做点有意义的事吧。你个子太大，没法做附庸品。你也不喜欢被拴在女人的围裙上吧？"乔引用劳里自己说过的一些叛逆话来反驳他。

"呃，这取决于是谁的围裙！"说到这儿，劳里大着胆子用力拉了一下穗子。

"你去还是不去？"乔呵斥道，跳起来去抓枕头。

劳里立刻逃走，待他刚刚唱起"漂亮的邓迪戴上软帽"，乔就先溜了。直到少年气冲冲地离开，她也没出现。

当夜，乔在床上辗转反侧，刚要入睡，就听见了压抑的啜泣声。她赶紧跑到贝思床边，着急问道："乖乖，怎么啦？"

"我没吵醒你吧？"贝思啜泣着说道。

"乖乖，是不是旧伤又让你难受了？"

"不是的，是新伤，可我忍得了。"贝思说着，试着憋住泪水。

"告诉我，我会治好你，就像我之前常做的那样。"

"你治不好的，没救了。"贝思说到这儿已经泣不成声了，依偎在姐姐怀里，绝望地哭着，乔吓得惊慌失措。

"哪里疼呀？要不要我去叫妈妈？"

贝思无言地回答了第一个问题，漆黑的夜里，她迷迷糊糊地把一只手按在胸口上，仿佛是那里在疼，另一只手则搂紧了乔。她急切地小声说道："不，不要，不要叫她。我很快就好了。来，躺到我身边，摸摸我'痛死了的'小脑袋吧。我会乖乖入睡的，我保证。"乔顺从地做了，只是，当她的手温柔地摩挲着贝思滚烫的额头和湿润的眼皮时，心头有许多话儿想要说出来。乔尽管还小，但已经了解到心灵和花儿一样娇嫩，要温柔对待，让它顺其自然地绽放。因此，虽然她自信已经晓得了是什么诱发了贝思的新伤，但还是极为亲和地问："乖乖，你是不是有烦心事？"

"是的，乔。"过了好长一段时间，贝思才回答道。

"跟我说说，能让你舒服点吗？"

"现在还不是时候，还不可以。"

"那我就不逼你了。但小贝思，记住哦，只要你愿意，妈妈和我会很乐意听你倾诉烦心事，给你提供帮助。"

"我晓得啦，我以后会跟你说的。"

"现在没那么痛了吧？"

"嗯，好多了，乔，你真是灵丹妙药。"

"乖乖，睡吧，我跟你睡一张床吧。"她们就这样脸挨着脸睡着了。次日，贝思恢复了状态，一切如常。青春期的头疼和心痛都不会拖很久，一句关爱的话就能治得八九不离十了。

但乔已经做好了决定，深思熟虑几天后，她跟妈妈提了一个计划。

"妈咪，你前几天问我有些什么愿望，我现在告诉你一个吧，"只有乔和妈妈在场的时候，乔谈到了这个，"今年冬季，我想离家远行，在别的地方生活一阵子。"

"乔，能告诉我原因吗？"妈妈一下子抬起头来，想知道乔的话里还有什么隐含意思。

乔埋头做着手里的针线活，冷静地说："我想尝试点新东西，迫切地想出去见见世面，做些事业，多学些东西。我总想着些儿女情长的桥段，得换换思路。今年冬季没我什么事，所以我想检验下自己的翅膀，先飞个近点的地方。"

"你打算飞去哪里呢?"

"纽约，这是我昨天想到的。柯克太太曾经写信问你，让你推荐一位品行端正的年轻人去照顾她的孩子，顺便做些针线活。一时间倒是很难找到合心意的人，但我想我可以尝试一下，我应该是个合适的人选。"

"乖乖，你要去那个寄宿公寓做用人!"马奇太太惊叫着问道，但绝没有生气的意味。

"怎么会是做用人呢？柯克太太是您的朋友——她是世上最和蔼可亲的人啊——我相信，她会善待我的。她的房间和住客的隔断了，所以不会有人知道我的，就算知道了又怎么样呢。这是个正经工作，我不觉得羞耻。"

"我同意你的观点，但你的小说创作呢?"

"换个新环境，更有益于创作。我会有新的见闻、想到新点子；就算在那里没太多时间写作，我也能为我的垃圾作品带回一大堆素材。"

"那是当然。但你匆忙离开，怕还是有其他原因吧?"

"是的，妈妈。"

"能告诉我吗?"

乔抬起头来，过了一会，又把头埋下去，忽然脸红了，然后吞吞吐吐地说道："也许是我自恋，会错意了，但——怕是——劳里喜欢我喜欢得有些过头了。"

"很明显，他是才开始喜欢你的，怎么，你不喜欢他吗?"马奇太太焦急地问。

"哎呀，不是的！我一直都喜欢那个亲爱的男孩，也为他骄傲，但仅此而已，别无其他。"

"乔，听到这句话我很开心。"

“为什么？求你说说原因。”

“乖乖，我觉得你们不合适做夫妻。你们作为朋友可以相处愉快，就算经常吵架也可以很快和好。我害怕的是，一旦你们成为终身伴侣，就会束缚住彼此。你们性格太相似了，过于向往自由，再加上脾气暴躁，性子又倔，根本没法幸福地生活在一起。婚姻需要爱情，也需要无限的耐心和克制。”

“我也有这种感觉，只是不知道怎么说出来。你觉得他才开始喜欢我，我真开心。要是让他难过了，我会很愧疚的。我不应该因为感激那个亲爱的老熟人，就爱上他吧？”

“你确定他对你的感情？”

乔脸颊上的红晕更深了，神情复杂，交织着喜悦、骄傲和痛苦，少女说起初恋情人的时候，就是如此。她答道：“妈妈，恐怕我没猜错。他没说出口，但眼神暴露了太多感情。我觉得自己最好在这层窗户纸捅破之前离开。”

“我同意，如果这个方法可行，你就去吧。”

乔松了口气，沉默片刻后，笑着说道：“如果莫法特太太知道了此事，她会惊讶你对子女的管教竟如此宽松，同时又会欢欣雀跃呢，因为安妮又有机会成为劳里的妻子啦。”

“噢，乔，母亲们会用不同的方式去管教自己的子女，可期盼是相同的——期盼她们的孩子获得幸福。梅格成功地找到了幸福，我为她开心。至于你，我放你去享受自由，直到你玩腻了，因为到了那个时候，你才会意识到，原来还有比它更甜蜜的东西。艾米现在是我最担心的，但她有判断力，这点很好。贝思嘛，我只求她身体健康。对了，她这两天好像心情好点些了，你和她聊过了吗？”

“嗯，她坦白了有烦心事，说是过段时间再告诉我是什么。我没追问了，因为我觉得自己猜到了。”乔于是讲述了她目睹的小故事。

马奇太太听完直摇头，不觉得这件事有多浪漫，而是一脸严肃地重申观点——为了劳里，乔是该走开一段时间了。

“等计划敲定了，我们再告诉劳里吧。这样，他来不及感到悲伤，我就已经逃走了。贝思肯定会觉得，我离开是去寻开心，这就是事实，因为我不能告诉贝思是为了避开劳里。可我离开之后，她就能爱抚和安慰他，让他走出这段感情的泥沼。劳里失恋了这么多次，已经习以为常了吧，很快就能从阴影中走出来的。”乔乐观地说道，可心里总有一种不祥的预感挥之不去，害怕这次的会比以前那些难受多了，劳里没那么容易从这次失恋中走出来。

家庭会议上大家讨论了这个计划，并一致同意，因为柯克太太爽快地雇用了乔，承诺会让她过得舒服，像在家里一样。家教的薪水能让她养活自己，空余时间还可以写点东西赚些钱；而新环境、新社交不仅对她的创作有好处，还很融洽呢。乔憧憬着未来，想赶紧离开。因为对她来说，家太小了，已经装不下她的不安于现状的心和冒险精神。等一切尘埃落定，她忐忑不安地通知劳里，劳里竟出人意料地平静接受了。最近他变沉稳了些，但依然很开心。众人取笑他，说他浪子回头，翻开了新的篇章。他一本正经地答道：“正是如此，而且我会一直保持的。”

乔心中的大石头落了地，庆幸劳里的美德来得正是时候，让她能心情轻松地收拾行李；贝思好像更开心了，乔希望自己的付出能让大家都获益。

“有个东西需要你特别照顾一下。”乔在出发前夕对贝思说道。

“你的手稿吗？”贝思问。

“不是的，是我的男孩。帮我好好照顾他，可以吗？”

“当然可以，但我弥补不了你在他心中的位置。他会很痛苦，很想念你的。”

“他会好起来的，听着，我把他交给你啦，任由你折磨他、宠溺他、教导他。”

“我会为了你全力以赴的。”贝思承诺道，觉得乔看着她的眼神有些古怪。

劳里来送乔的时候，对乔轻声说了一句含义颇深的话：“乔，没用的。我会紧密关注着你，要是你干了什么荒唐事，我会第一时间跑去把你带回家。”

第十章 乔的日记

纽约，十一月

亲爱的妈咪和贝思：

我打算给你们写封长信，虽然我不是那位在欧洲旅行的美丽小姐，我依然有一大堆事情要跟你们讲。离别那天，当爸爸那张可爱、衰老的面孔从我的视线里消失时，我感到了一丝忧伤。要不是一位爱尔兰女士带着四个哭哭啼啼的小孩子，分散了我的注意力，我也许会掉几滴咸咸的眼泪。每当那几个孩子张嘴要哭嚎的时候，我自娱自乐地隔着座位朝他们丢姜饼。

太阳公公很快就上山了，真是个好兆头，我的心情也跟着变好了，开始全身心地享受这次旅程。

柯克太太迎接我的时候非常和蔼可亲，我立刻便有了家的感觉，尽管那个大房子里住满了陌生人。她给了我一间有趣的小阁楼起居室——只剩这一间了，不过房间里有一个炉子，一张好桌子就摆在亮堂的窗边，我随时都能坐下写作。窗外风景不错，还能看到对面的教堂塔楼，于是我当场就爱上了我的小房间，觉得爬再多阶楼梯也值了。儿童房是我教书和缝纫的地方，那是间舒适的屋子，隔壁就是柯克太太的私人起居室。两个小女孩长得挺漂亮——却被宠坏了，我想。可等我讲完故事《七头坏猪》，她们就爱上了我。我会成为一个模范女家庭教师，这一点我毫不怀疑。

比起在大桌上吃饭，我更喜欢和孩子们一起吃饭。我现在就是这样吃饭，因为我有些不好意思在大桌子上吃饭，有人相信吗？

“噢，乖乖，就像在自己家一样，别拘束，”柯克太太像妈妈一样地说，“你能想象得到，我要料理这么一大家子，真是从早到晚忙得脚不沾地。但只要我想到孩子们和你在一起是多么安全，我就放心不少。所有的房间都对你开放，我会尽我所能，把你的房间布置得舒适宜人。要是想社交，公寓里有些人还挺有趣的，晚上的时间是你自己的。遇到麻烦了就来找我，我会尽量让你开心的。喝茶的铃声响了，我得先去换一顶帽子。”她急匆匆地离开了，把我留在新窝里自己收拾。

不久，我走下楼时，看到了一件助人为乐的事。这栋房子很高，每段台阶都很长，我站在第三段台阶的口上，等一位扛着一筐很重的煤的小女仆先走，她艰难地往上爬。女仆的身后跟着一位先生，他接过她肩上的筐子，一路扛到顶楼旁的一个小房间门口，放下煤离开的时候，对小女仆和气地点了一下头，带着外国口音说：“这样才对，瘦小的背哪里背得动这样重的东西。”

你们不觉得他很善良吗？我很高兴可以看到这样的事，爸爸说过，细微事见品格。当晚，我跟柯克太太讲了这件事，她笑着告诉我：“那个好人一定是巴尔教授，他就爱做这种好事。”

柯克太太跟我说，巴尔教授是柏林人，博学又善良，可惜穷困潦倒。他靠教书养活自己和他那两个没爹没妈的外甥。他姐姐和一个美国人结了婚，按照姐姐的遗愿，两个外甥必须在美国接受教育。这故事挺无聊的，却引起了我的兴趣。柯克太太把自己的起居室借给他上一些课，我听了很开心。起居室和儿童房中间只隔着一扇玻璃门，也就是说，我能偷偷瞧他一眼，这样就能跟你们描述他的长相。妈咪，他是个快四十岁的老男人，不会出乱子的。

用完茶，和小女孩们玩了几个睡前游戏，我取出我的新朋友——一个巨大的针线篮子，安静地干了一晚上的活。我会坚持写日记形式的书信，每周寄一封给你们。晚安，明日再叙。

礼拜二晚上

今天早上的课气氛非常活跃，孩子们闹得就像塞万提斯笔下的桑丘，有那么一瞬间，我真想抓住她们乱晃一气。善意的小天使给了我灵感——试试教她们体操，一直把她们练累了，就能安分地坐下来。吃完午饭，女佣把她们领出去玩，我就像小梅布尔一样“心甘情愿”地去缝缝补补。正当我庆幸自己会锁漂亮的扣眼的时候，有人打开了起居室的门，然后又把它关上，接着像只大黄蜂似的嗡嗡唱道：“Kennst du das land①。”我知道偷看是一种非常不得体的行为，但我就是忍不住啊，我撩起了玻璃门上的帘布，窥视着里面。巴尔教授正在整理他的书本。我赶紧看清了他的长相，典型的德国人——身材健壮，头上顶着鸡窝似的棕色头发，浓密的胡须，挺拔的鼻子，眼神是我见过最和善的。听惯了美国人刺耳或含糊的腔调，他洪亮的声音倒是挺好听的。他穿着褪色的衣服，有一双大手，除了牙齿还算漂亮，脸上的五官长得不怎么样。但我就是喜欢他，因为他学识渊博，穿着挺括的亚麻布衬衫，像个绅士，尽管穿着掉了两个扣子的外套和打了块补丁的鞋。他一脸严肃地哼着歌，走到窗户前把风信子球挪到太阳底下，接着摸摸猫咪，见猫咪像老朋友似的接受他的爱抚，他这才露出了笑容。一听到敲门声，他就高声喊道：“Herein②!”我正打算躲开的时候，忽然看到进来的是一个举着一大本书的小可爱，就停下了脚步想看个究竟。

“我的巴尔，我要。”小家伙使劲儿摔下书，奔向他。

“巴尔是你的。过来吧，我的蒂娜，让他给你一个大大拥抱。”教授说。他笑着把她抓过来，举过头顶，就是举得有点高啦，弄得小家伙不得不低下小脑袋才能亲到他。

“我要上课课啦。”那有趣的小家伙说道。巴尔便把她安置在桌边，将她带来的大字典翻开，递给她一张纸和一支铅笔。小家伙就开始乱涂乱画，偶尔还翻一页字典，胖嘟嘟的小手指在页面上划来划去，似乎在找什么单词，严肃的小模样让人忍俊不禁。巴尔站在她旁边，慈爱地摸着她漂亮的头发。那小家伙是他的女儿吧，虽然

---

① 德语：你熟悉这个国家吗。

② 德语：进来。

她长得不像德国人，更像法国人。

又响起了一阵敲门声，两位小姐进来了，我就埋头做针线活了。这次我坚守了美德，没有偷窥，却仍能听见隔壁的喧嚣和对话。一位姑娘总喜欢娇笑，还卖弄风情地说：“哎，教授。”另一位的德语发音很糟糕，简直让教授忍无可忍了。

两位小姐仿佛是在挑战教授的忍耐力底线，因为我听见他一直在说：“错了，错了，不是这样的，你没按我说的读。”还听到了一阵很剧烈的敲击声，应该是他拿书锤了桌子，紧接着绝望地感慨：“唉！今天真是个坏日子。”

可怜的男人，真让人同情。等小姐们离开，我又瞥了他一眼，看他是否幸存了下来。只见他精疲力竭地躺在椅子里，闭目养神，直到两点的钟声敲响，才从椅子里跳起来，把课本放到口袋里，好像要去上下一堂课了。他轻轻地抱起在沙发上熟睡的蒂娜，离开了。我猜他的日子过得挺艰难的。柯克太太问我想不想五点钟下楼跟房客们吃晚饭。因为有点儿恋家了，我就答应了，只为去看看都是什么样的人和我住在同一栋屋子里。于是，我打扮得大方得体地跟在柯克太太身后，想悄无声息的进场，可惜她太矮了，遮不住我这个高个子。她把我安置在她身边的位子上。等我发烫的脸冷静下来，才敢抬头张望，只见长桌旁座无虚席，每个人都在埋头吃饭——尤其是男士们，好像要在规定的时间内吃完似的。他们可以算是风卷残云了，一吃完就溜之大吉了。这儿的人无外乎就是一些自私自利的小伙子，浓情蜜意的小夫妻，一心扑在儿女身上的已婚妇女，还有热衷政治的老头。我想，除了那位看上去算聪明的单身甜姐儿，我不想跟任何人有交集。

教授被遗忘在了桌子的末席，正大着嗓门回答旁边那位老先生的提问，老先生耳朵有点背，却很有好奇心；他还和邻座的一个法国男人聊着哲学。要是艾米在场，她早就背过身去了，因为他是个大胃王啊，那狼吞虎咽的模样会吓着“高贵的女士”。但我不介意，就像汉娜说的，我乐意“看人们吃得津津有味”。教了一整天傻瓜，那可怜的男人肯定需要多吃些。

用完餐，我走在楼梯上，两个小伙子正在大厅的穿衣镜前整理帽子。我听见两人窃窃私语道："新来的那个人是什么来头?"

"家庭教师，或者类似的什么职业吧。"

"她凭什么能和我们坐在一起用餐?"

"作为夫人的朋友。"

"脑子灵光，就是没什么品位。"

"完全没有。我们抽根烟，就走吧。"

我起先觉得很生气，然后就觉得没什么了，家庭教师这个职业和职员一样体面呀。据这两个"上等人"的评价，就算我没品位，可我有脑子啊，这已经比某些人要厉害多了。他们踩着嗒嗒作响的皮鞋走了，抽着烟，像两座烟囱似的。我讨厌这种世俗之人!

礼拜四

昨天是平静的一天，教教书、做做针线活，就窝在我的小房间里写东西。房间里点着灯，烧着火炉，很是惬意呢。我道听途说了一些新闻，还被引荐给教授认识了。原来蒂娜是洗衣房里那个熨衣服的法国女人的孩子。小家伙对巴尔教授着了迷，总像个跟屁虫似的跟着他满屋子转，逗得巴尔很开心。虽然他还是个"光棍"，却很喜欢小孩子呢。柯克家的基蒂和明妮也很迷他，跟我讲关于他的各种事情，他发明的游戏、捎的礼物，还有讲过的奇妙童话。小伙子们却都在挖苦他，叫他老弗里茨、德国拉格啤酒，大熊（星）座，给他取各种外号。柯克太太却告诉我，他像个孩子似的享受着这些，好脾气的接受，所以大家都喜欢他，尽管他是个外国人。

那位单身女士是诺顿家的小姐——多金又有修养，还很亲切。今天在餐桌上，她和我搭话了（是的，我又去大桌子上用餐了，我觉得观察人太有意思啦)。她邀请我去她的房间转转。她收藏了不少好书和好画，她认识一些有趣的人，对我很亲切，所以我也要随和些。我确实想跻身上流社会，只是我的这种和艾米喜欢的那种不太一样。

昨天晚上，巴尔先生来起居室给柯克太太送报纸，我正在那里。柯克太太不在，但小大人明妮引荐道："这位是妈咪的朋友，马奇小姐。”她干的真漂亮，不是吗？

“对，她是个快活的家伙，我们可喜欢她了。”基蒂童言无忌地补充道。

我们互相欠了一下身子，然后相视一笑，因为前头那句认真的介绍和后面率真的补充对比起来十分滑稽。

“噢，对了，马奇小姐，听说这些小调皮惹你生气了。她们要是再调皮，就跟我说，我立刻来教训他们。”他沉着脸说道，小家伙们却觉得好笑。

我答应他的提议，然后他就走了，但我们好像挺有缘分的，经常能碰到。我今天路过他房间的时候，雨伞不小心碰开了他的房门。只见他穿着袍子待在那儿，一手拿着一只大大的蓝色短袜，一手拿着针线。我向他解释了碰开门是个意外，就赶紧离开，他倒大大方方地朝我挥手，手里还拿着短袜与针，开心地高声喊着：

“今天天气晴朗，适合出门。Bon voyage，mademoiselle①。”

我下楼梯的时候笑了一路，想着那可怜的男人要自己缝缝补补，替他有些难过。德国男人的刺绣功夫我是了解的，可短袜就缝补得没那么漂亮了。

礼拜六

今天除了拜访诺顿小姐这件事，没别的特别事啦。诺顿小姐有一屋子的漂亮物件，人也非常和善，她把所有珍宝都向我展示了，还问我喜不喜欢听讲座和音乐会，愿不愿意陪她去，做她的女伴。我敢肯定柯克太太跟她提过我们家的境况，这是一个善意的恩惠呀。我自尊心极强，但诺顿小姐的恩惠不让我觉得负担，于是欣然接受了。我回到儿童房的时候，听到起居室里面非常热闹，就往里面看了一眼，只见巴尔先生在地上爬，背上驮着蒂娜，被基蒂用一根跳绳牵着；两个小男孩在用椅子搭的笼子又叫又跳，明妮则正在给他们喂芝麻饼吃。

---

① 法语：一路顺风，小姐。

“我们在扮动物。”基蒂解释道。

“快看我的大象!”蒂娜接着说，手里正拽着教授的头发。

“弗朗兹和埃米尔每个礼拜六下午会来串门，妈咪总是让我们随便玩儿，对不对，巴尔先生?”

“大象”站起身来，和孩子们一样，一本正经地对我说道：“确有此事，我可以做证。如果我们太吵了，你就‘嘘’一声，我们就会小点声。”

我同意了这个提议，但没关门，因为和他们一样，我也喜欢这个娱乐——第一次见到这么有趣的玩乐哩。他们玩捉迷藏和打仗游戏，又唱又跳的。夜幕降临的时候，他们都爬到沙发上，挤到教授周围听他讲述引人入胜的童话故事，比如落在烟囱上的白鹳啦，小“精灵”随着雪花降临人间之类的。要是美国人能跟德国人一样质朴纯真就好了，难道不是吗?

我好热爱写东西啊，要是资金充裕，我会不停地写下去的，可就算我用的是薄稿纸，字也尽量写得很小，这封长信花费的邮票钱也会让我发怵。你们看完艾米的信，请尽快转寄给我。我的小新闻和艾米的贵妇生活相比，真是太平淡了；可我相信，你们依然会乐意看我的信。特迪最近是不是发奋读书啦，都没空给他的朋友们写信么?贝思，替我看好他，跟我说说两个婴儿的近况吧。我很爱很爱你们。

你们忠实的乔

另外：我把信从头到尾读了一遍，发现巴尔占了很大的篇幅。要知道，我总对古怪的东西感兴趣，何况我确实没别的东西可写。愿上帝保佑你们!

十二月

我珍贵的贝思：

这封字迹潦草的信是写给你的，让你清楚我在这儿的近况，逗你一笑。这里的生活尽管平淡，却相当好玩，就为这个，高兴起来吧!经过艾米所说的那种大力神般的努力，我在小姑娘们的智力与道德方面苦苦耕耘，新思想终于在她们身上开枝散叶啦，小家伙们终于对我言听计从。她们虽然没蒂娜和那些小男孩那么好玩，但我对她们恪尽职守，她们也喜欢上了我。弗朗兹和埃米尔这两个快活的小男孩很对我的胃口。他们结合了德国人和美国人的精神，总是热血沸腾的。每个礼拜六下午，屋里屋外总是一片欢腾。天气晴朗的时候，他们会像学校一样，集体去外面散步。教授和我负责纪律，那时候真是有趣！

我们如今是非常要好的朋友，他也成了我的老师。我确实没办法回绝，这事说来挺逗的，我必须跟你讲讲。从头讲起吧，有一天，我路过巴尔先生房间的时候，被正在里面找东西的柯克太太叫住了，她对我说：

“乖乖，你见过这么乱的窝吗？来，帮我摆好这些书，我把他所有家当都翻了个底朝天，只想找到我最近给他的六条新手帕，被他怎么处置了。”

我走了进去，一边收拾，一边环视四周。这确实是个“窝”：书籍和纸张四处放着；壁炉架上放着海泡石烟斗和旧笛子，貌似都是坏的；一只没尾巴的邋遢鸟在窗台上叽叽喳喳地叫着；另一个窗台上则放了一盒小白鼠做装饰；手稿上放着未完工的小船和几根绳子；炉火前烤着脏兮兮的小靴子；屋子里全是那两个被溺爱了的外甥弄出来的污迹，教授几乎成了外甥奴。经过好一番寻找，总算找到了其中三条手帕——一条在鸟笼上，另一条墨迹斑斑，还有一条被用作垫子给烧煳了。

“这个家伙啊！”好脾气的柯克太太笑着说，一边把这些残骸丢进了碎布袋。“其他三条手帕可能是被绞开做成了船索，或者包裹被割伤的手指头，抑或是成了风筝尾巴吧。太可怕了，但我不可以责怪他。他总是好脾气地任由那两个小男孩欺负，所以有点记不住事儿。我承诺过给他洗衣服和缝补，可他忘了把东西拿出来，我也顾不上核查，他偶尔就会惨到没衣服穿。”

“我替他补吧，”我提议道，“我不介意的，他也不必知道是我做的。我乐意——他对我这么好，帮我拿信，还把书借给我看。”

紧接着，我整理好他的东西，把他那两双短袜的后跟给缝好了——那后跟被他奇怪的缝法弄得歪七扭八的。我一个字也没跟他透露，也盼着他不会发现。可上个礼拜，有一天，我正做这些的时候，被他抓了个现行。他给其他人上课的内容引起了我的兴趣，我觉得很好玩，就也想学学。他上课的时候，蒂娜跑进跑出的，所以门就半敞开着，我可以听到教课的声音。从头到尾，我就坐在那扇门旁边，一边缝补着最后一只破短袜，一边拼命理解他给一个像我一样蠢笨的新学生讲的内容。那个女学生下课离开了，我以为他也离开了，因为房间里静悄悄的。我嘴里一直念着一个动词，坐在椅子里摇啊摇的，样子非常滑稽。听到一声轻笑，我抬起头，发现巴尔先生正冲我笑着，还暗示蒂娜不要作声。

我停止了念叨，像只傻鹅似的看着他。“所以，你偷看我，我也偷看了你，咱们扯平了，呃，我是不是说了冒犯你的话啦，你想跟着我学德语吗?”他问道。

“想啊，但你那么忙，我又是个傻学生。”我胡乱说道，脸染成了玫瑰色。

“时间是可以挤出来的，聪明才智也是可以被发掘的。我很愿意晚上给你上个小课，马奇小姐，我要报答你呀。”他指着我手里的针线活说道。

“‘理应如此，’那些慈祥的女士们私下传着话，‘那个老男人真傻，他对我们的劳动视若无睹啊，居然没发现他袜跟上的洞不见了，还当是掉了的纽扣能再长一个，针线能自动缝上哩。’噢！我有眼睛啊，我看见啦；我有心，并且满心感激啊。来偶尔上个小课吧，不然就别再为我和我的外甥们干这些神话一样的事了。”

这么一说，我自然无法拒绝，再加上这实在是个学德语的好机会，就跟他达成协议，并且开始上课了。才上了四节课，我就陷入了语法的深渊。教授耐心地教导我，但这对他绝对是一种折磨。他时常失望地看着我，弄得我笑也不是、哭也不是。在他的课上，我哭过也笑过。每次恼羞成怒之前，他就扔下语法书踱出房间。这时候我就会觉得很羞耻，仿佛被永久地抛弃了，但不曾责备他分毫。我慌乱地整理好自己的笔记纸，正准备冲到楼上房间痛哭，他就进来了，神情轻松而愉快，仿佛是我有什么荣耀加身似的。

“好啦，我们来尝试一种新学法。我们一起来读些幽默的小Märchen①，不去啃那本乏味的语法书了。它给我们制造了那么多困难，就一边凉快去吧。”

他说话的态度如此亲切，翻开《汉斯·安徒生童话》的动作又是如此诚恳，这让我更内疚了，于是我努力学习，这劲头逗得他很是开怀。我顾不上害羞，孜孜不倦（我想不到比这更好的词了）地学着，跟长单词纠缠，凭直觉发音，真是拼尽全力了。当我念完第一页，停下来歇口气的时候，他鼓掌，发自肺腑地喊道：“Das ist gut②！进步很大啊！该我读了。我读德语的时候，你要竖起耳朵听。”他读了起来，大嗓门里轰隆隆地冒出一个一个单词，搭配上他丰富的面部表情，简直就是一场视听盛宴。幸好这个故事是《坚定的锡兵》③，你晓得的，这是个十分有趣的故事，所以我可以随便笑，还笑得很大声呢，尽管我才听懂了一半不到。他一本正经地读着，我在一旁兴奋着，整件事如此滑稽，我实在是忍不住要笑啊。

从此以后，我们的关系更融洽了。我如今能把课文读得很流利了，这种教学方法很合我的胃口。故事和诗歌里包含的语法，我一眼就能看出来，就像把药裹在果酱里一样。我很喜欢这种方式。他乐此不疲地教我——他真是个好人，难道不是吗？我想送他一个圣诞礼物，因为直接给课时费怕是会唐突了他。让妈咪给我些好建议吧。

我真高兴，劳里戒了烟，留起了头发，看上去开心又忙碌。贝思你瞧，你管得比我好多了呢。乖乖，我不嫉妒你，尽力而为吧，只是别把他变成圣人了。要是他一点都不调皮了，我怕是会觉得他无聊了。把我的信读一点给他听。我没空写太多信啦，只能这样了。感谢上帝，愿贝思能继续这么舒心。

一月

---

① 德语：童话。

② 德语：真棒。

③《坚定的锡兵》由丹麦童话作家安徒生所著。

新年快乐！祝你们所有人，我最爱的家人，这里面自然包括劳伦斯先生和小伙子特迪。我真是太喜欢你们寄给我的圣诞包裹了，竟不知道如何表达这喜悦之情了，因为直到晚上，我都已经不抱有什么希望的时候，才收到它。

我早上收到你们的信，但信中只字未提包裹的事情，你们是想给我一个惊喜吧。我起初有些失落，因为我“总觉得”你们不该把我遗忘。喝完下午茶，我萎靡不振地坐在房间里，这时候，邮局送来了那个饱经摔打的沾满泥的大包裹。我抱着它又蹦又跳。这亲切的包裹让我振作，我席地而坐，边看边吃、又笑又哭，这是我一贯的荒唐行径。都是我想要的礼物，是你们做的，而不是买的，这样更好。贝思新做的“擦墨水围裙”太棒了，汉娜做的那盒硬姜饼会成为我的珍宝。妈咪，我肯定会穿上你寄来的那条漂亮的法兰绒裙子。爸爸那些做了标记的书我也会一丝不苟地读完。谢谢大家，万分感谢！

说起书，倒让我想起来，我现在的藏书可丰富了：新年那天，巴尔先生送了一本漂亮的莎士比亚文集给我。他很珍视那本书，将它荣幸地和他的德语《圣经》《柏拉图》《荷马史诗》《弥尔顿》放在一起，我也常常拜读它。所以他把书递给我的时候，我激动的心情可想而知。书没有硬皮封面，只写着我的名字，还有：“你的朋友弗里德里克·巴尔赠。”

“你经常提到想有一个藏书室，我现在先送你一本。这些盖子(他指的是硬皮封面)之间有好多本书，是一整套。认真读读莎士比亚的书，对你有好处。研究他书里的人物形象，有助于你读懂现实世界中的人，然后用你的笔将他们描写出来。”

我拼命向他表达我的感激之情。如今，说起“我的藏书室”，估摸着我已坐拥一百本藏书了。我从来不知道莎士比亚的作品竟有如此丰富的内涵，当时也没有一个像巴尔这样的老师讲解给我听。现在，可别嘲笑他那糟糕的名字啦，叫起来既不是贝尔①，也不是比

① 原文是Bear，音译为“贝尔”，英语中的意思是熊。

尔①，人们常叫成那两个，其实是德国人才能发准的介于二者之间的发音。你们俩都爱听他的故事，我真开心，盼着将来把他介绍给你们认识。妈妈会喜欢他的热心待人，爸爸会钦佩他的博学，我呢，两者都赞赏，能有新“朋友弗里德里克·巴尔”，我非常满足。

我囊中羞涩，也不清楚他的喜好，所以就准备了些小玩意儿，散放在他的房间里，这样他发现的时候会觉得惊喜。这些东西有实用的，有漂亮的，还有好玩的：桌子上的新墨水台，插鲜花用的小花瓶——他喜欢插枝鲜花或绿色植物在一个玻璃杯里，给房间增添点生机，还有一个风箱垫子，如此他就不会烧焦艾米说的“mouchoirs②”啦。我做的垫子传承了贝思的风格：形状像一只大大的蝴蝶，身躯肥胖，翅膀黑黄相间，触须是用毛线织的，眼睛是玻璃球做的。他非常喜欢，把它当作艺术品搁在壁炉架上，可见这并不实用。他尽管贫穷，却从没忽视公寓里任何一个仆人和孩子，所以这里的每一个人，不论是法国洗衣妇，还是诺顿小姐，都记挂着他，我乐见其成啊。

除夕之夜，公寓举办了一个化装舞会，大家玩得不亦乐乎。我没有服装，本来没想着下楼的。但临开始的时候，柯克太太忽然想起她有一件旧绸缎裙子，诺顿小姐又借了些丝带和羽毛给我装饰。我就打扮成马拉普洛太太③的样子，戴着面具优雅地步入舞会。没人发现我的真实身份，因为我伪装了声音，而且大家怎么都不会想到高傲寡言的马奇小姐（这里的大部分人都觉得我古板又冷漠，对待那些只会嚼舌根的小人，我就是这个态度）居然会跳舞和打扮，还会突然冒出这种话——“真是一场已死之人的美好狂欢啊，如同一幅尼罗河畔的讽喻画。”我玩得很快活，众人拿下面具的时候，他们看我的眼神真是有趣。我听见一个小伙子对他的同伴说，他认识我，我以前是个演员，他印象中在一个小剧院见过我，事实并非如此。

---

① 原文是Beer，音译为“比尔”，英语中的意思是啤酒。

② 法语：手帕。

③ 马拉普洛太太（Mrs. Malaprop）是英国剧作家理查德·谢里丹（Richard Sheridan，1751—1816）的代表作喜剧《情敌》（*The Rivals*）中的人物。

梅格会喜欢这种笑话的。巴尔先生扮的是尼克·波顿，怀里抱着一个完美的小仙女——是蒂娜装扮的仙后蒂塔妮亚①。用特迪的话说，看他们跳舞就像“欣赏美景”。

我回到房间回顾我这一年，总的来说是非常开心的，虽然有许多失败，但终究还是有一点进步的。因为现在的我，总是很乐观，工作得很有劲头，对其他人的兴趣也比以往更浓，真让人满足啊。愿上帝保佑你们！

永远爱你们的乔

① 原文中乔所提到的尼克·波顿（Nick Bottom）和仙后蒂塔妮亚（Titania）是16世纪英国戏剧家莎士比亚创作的喜剧《仲夏夜之梦》中的角色。

第十一章　乔的挚友

尽管乔快乐地游走在她的社交圈中，每天忙碌着赚她的面包钱，希望自己的努力能得到甜蜜的回报，但她仍不忘挤出时间来写作。对一个有野心的贫穷女孩来说，眼下以赚钱为目标是再自然不过的了。只是为了达成目的而采取的手段有些不太好。她发现金钱可以赐予人权力，所以决心二者同时兼顾，不是为了自己，而是为了她爱的人们，她对他们的爱，远超于对自己的生命。乔想给家里添置一些能让家人生活得更舒服的物件；她想给贝思买来所有她想要的东西，无论是冬季里的草莓，还是放在她卧室的风琴；乔还想靠自己的能力出国并且希望自己手上总有足够的积蓄，这样她就能豪掷千金做善事——这是乔多年以来最大的梦想。

那篇获奖小说像是给她指了条路，经过漫长跋涉和努力攀登，就能到达快乐的“空中楼阁”。那场小说之殇曾一度打垮了她，公众舆论像一个巨人，吓趴了比她更勇敢的杰克们①，他们攀爬的豆茎可比她的更粗。就像那位不朽的英雄，首次尝试之后，她休养生息了一阵子。如果我没记错的话，杰克第一次尝试的结局是摔了下来，巨人那惹人爱的财宝他是分文未得。乔心里那“站起来再试一次”

① 出自英国民间童话《杰克和豆茎》(*Jack and the Beanstalk*)。故事里杰克顺着豆茎攀爬到巨人的宫殿，偷走了巨人的宝物。

的意愿，和杰克的一样强烈，于是，她这一次另辟蹊径，从阴暗面爬上去，获得了很多财富，可丢掉了更为珍贵的东西。

乔着手写轰动性小说，在那个暗无天日的年代，就算是最优秀的美国人也读垃圾小说。她没跟任何人说，她编造了一个“令人毛骨悚然的故事”，鼓起勇气亲自送去给《火山周报》的编辑达什伍德先生。她虽然没读过《衣裳哲学》①，但凭着女人的直觉，她知道，比起优秀的品质或魅力四射的风度，服装更能起绝对性作用。于是乔穿着自己最精致的衣裳，努力克制自己的激动和紧张，大着胆子走上两截漆黑肮脏的楼梯，进入一间一片狼藉、烟雾缭绕的房间。三位脚跟翘得比帽子还高的先生坐在里头。他们看到了乔，但谁都没费一下神向乔脱帽问好，乔被这架势吓坏了。她在门口徘徊良久，终于尴尬地小声说道：

“打扰了，这里是《火山周报》的办公室吗？我想找达什伍德先生。”

那双翘得最高的脚跟落了下来，一位吸烟吸得最凶的先生站了起来，小心翼翼地用手指夹住香烟，边点头边往前迈了一步，带着一脸倦意。乔决心无论如何要办成此事，赶紧把手稿呈上，慌乱地将精心准备的说辞吞吞吐吐地讲完了，她每说一句，脸就更红一分。

“我的一个朋友希望我来提供——一个故事——就当是一次尝试吧——想听听您的意见——如果这个能入您的眼，她很愿意再写一些。”

乔涨红着脸慌乱说着话的时候，达什伍德先生已经接了过去，用一双脏兮兮的手翻着整洁的稿纸，挑剔地从上到下扫视着。

“我想，这不是第一次尝试吧？”他留意到稿纸上标了页码，单面书写，没有像新手一样用丝带扎起来。

“不是的，先生。她发表过几篇作品了，刊登在《巧言石旗帜报》上的一个故事还获了奖。”

---

① 《衣裳哲学》（*Sartor Resartus*），又名《旧衣新裁》，是由苏格兰作家托马斯·卡莱尔（Thomas Carlyle，1795—1881）创作的社会批判性哲理小说。

“噢，真的吗？”达什伍德先生很快打量了乔一下，好像已经将她所有的穿着打扮尽收眼底，无论是软帽上的蝴蝶结，还是靴子上的纽扣。“行吧，只要你愿意，就把它留下吧。我们手头上这种文章太多了，都不晓得怎么处置了，但我会通读一遍，下礼拜给你回复。”

这么一来，乔倒不想把手稿留下了，因为达什伍德先生完全不对她的胃口，但在那种情形下，她又能做什么呢？只能躬了一下身子，接着离开。这时的她看起来十分孤傲，她被激怒或者觉得羞辱的时候，就是这个样子。当时她恼羞成怒，先生们相互会意的眼神，分明就是在笑话她编造的“我的朋友”。她带上门的时候，编辑们说了些什么话，乔没听清是什么，只听见那话引起了好一阵大笑，这让她觉得狼狈至极。回家的路上，她甚至都要决定再也不去那个地方了。她靠粗暴地缝围裙来发泄，过了一两个小时，她就能心平气和地回忆起那个场景了，还渴望着下个礼拜的到来哩。

让她开心的是，第二次去的时候，只有达什伍德先生一个人在那儿。和上一次相比，达什伍德先生这次要清醒一些，也更随和一些；也没有无休止抽烟，这样看来，第二次会面要比第一次愉快多了。

“这稿子我们收了（编辑们从不说‘我’这个字），只要你不介意做些修改。原稿太长了，删掉那些我标记了的段落，篇幅上就可以了。”他以一副公事公办的口吻说道。

这还是乔的手稿吗？稿纸上都是褶皱，好些段落都被画了线；这样做，无异于让一位慈爱的母亲砍断她宝宝的双脚，只为能把它放进新摇篮里。她看了看是哪些段落被标记了，惊讶地发现都是些道德反思的环节，那可是她为许多传奇事件精心设置的铺垫啊。

“先生，我觉得每个故事里都必须要有道德反思，所以我有意安排让故事里的罪人悔悟。”

乔忘了她的“朋友”才是作者，用了作者才有的口气。这逗笑了达什伍德先生，让他放下了那张编辑才有的呆板脸，说道：“要知道，公众只想要乐子，不想听布道。如今道德卖不了钱。”这其实是一句非常错误的言论。

“那么，您觉得这样修改一下，就能行吗？”

“是的，内容新颖，故事讲得不错，语言也很优美。”达什伍德先生亲切地答道。

“你们如何——就是，报酬有多少？”乔吞吞吐吐地说，不知该如何表明心意。

“呃，对，那个，这种文章的稿酬一般是25到30美元，一登报就兑现。”达什伍德先生答道，说得好像是自己不小心忘记了。据说，这是编辑们的一贯伎俩。

“很好，你们登吧。”乔心满意足地把手稿递给他，相比之前一美元写一个专栏故事，就算只有25美元，也是个很高的报酬呢。

“我可不可以转告我的朋友，如果她写了更好的故事，你们仍会采用？”乔问道。成功给了乔勇气，只是没发觉她早就露了馅。

“那个，我们得先看看稿子，现在不能承诺会采用。告诉她，写短一点，刺激一点，别管什么道德。你的朋友这次想署个什么名儿？”他随口问道。

“请不要署任何名字，她不喜欢名字被登出来，也没有笔名。”乔说着，不由得脸红了。

“那就如她所愿吧。下个礼拜故事会见报。是你来取稿酬，还是我送过去？”达什伍德先生问道，表现得他很想知道这位新撰稿人是何方神圣。

“我来取吧，先生，再会！”

乔离开之后，达什伍德先生把脚放到桌上，文绉绉地说道：“老套路，穷酸又傲气，但她会成功的。”

根据达什伍德先生的指点，乔把诺思布里太太作为故事的原型，陷入了浮躁的轰动性文学的洪流。幸好一位朋友抛给了她一件救生衣，她才能再次浮出水面，没被淹死。

同大部分年轻的三流作家一样，乔采用了许多异国人物和场景，恶棍、伯爵、吉卜赛人、修女、公爵夫人都出现在她的故事里，准确生动地完成他们的角色任务，尽量不负众望。她的读者们也丝毫不纠结语法、标点，还有可能性之类的小事。达什伍德先生仁慈地特许她做他的专栏作家，支付给她最低的稿酬，觉得也没必要向她解释，他待她如此殷勤的真实原因，其实是他的一个廉价文人被别人用更高的薪水挖走了，他被人设计陷入了困境。

她迅速地爱上了新工作，因为她瘪瘪的钱包鼓起来了！几个礼拜以来，小积蓄缓慢却稳定地增加着，那是为了带贝思明年夏天去山里度假而准备的。她很满足，却为一件事而介怀，她没敢跟家人说她在写这种文章。她预感到父母不会同意的，但还是想先按照自己的意愿做着，事后再求他们原谅。小说没署名，所以这个秘密没那么容易被揭穿。当然，达什伍德先生很快就知道了真相，也承诺保守秘密，奇怪的是他竟然做到了。

她觉得写这种文章不会害人，因为她知道自己肯定不会去写那些让她羞耻的文章。她盼望着那个幸福时刻的来临——她把钱放在家人面前，大家笑谈这个守口如瓶的秘密。一想到这里，她内心的愧疚之情就平息了。

但达什伍德先生只收耸人听闻的故事，别的故事都不收。要达到惊悚的效果，只能折磨读者的灵魂，为了这个目的，就得绞尽脑汁，从历史和传奇，陆地和海洋，科学和艺术，警察局档案，甚至从疯人院的新闻里搜刮题材。乔很快就意识到，她的人生经验太单纯了，不足以使她窥视到社会表层之下悲剧世界的全貌。于是她从商业的视角看问题，另辟蹊径来弥补自己的短板。她焦急地寻找故事题材，因为做不到技巧精湛，就全心全意地想做到内容新颖。她在报纸上收集意外事故、大事件，还有犯罪案件；还去公共图书馆借阅有关毒药的书，惹得管理员疑心四起。她到大街上观察行人的面孔，研究周围所有人，无论好人、坏人还是中庸之人。她钻进封尘已久的古代遗迹里寻找事实或神话，年代久远，却历久弥新啊；她充分利用仅有的机会去体会人世间的愚蠢、罪恶与痛苦。她自以为很成功，却不想无意中已经开始丧失女子特有的仁心。她生活在一个罪恶的社会中，尽管是虚构的，却对她影响颇深，她的心灵和思想吸收的可都是危险和虚幻的养分啊。对人性的阴暗面过早地接触，快速地结束了她无忧无虑的青春岁月，尽管过不了多久，我们每个人都会有这个经历。

对他人激情与情感的过多描述，让她研究和反思起自己的来，意识到自己沉湎于一种病态的娱乐中，而健康的年轻灵魂绝不会这么做。错误的行为总会受到相应的惩罚，幸好乔在最需要这种惩罚的时候，惩罚降临了。

我不确定是什么帮她塑造人物，是研读了莎士比亚的作品呢，还是女人向往诚实、勇敢、健壮的直觉指引了她。乔在赋予她想象中的英雄以太阳底下所有最完美的品质的时候，发现了一个现实生活中的英雄，尽管他身上有许多平常人的缺点，可仍然引起了她的兴趣。在一次交谈中，巴尔先生建议乔去寻找并研究简单、真实、讨人喜欢的人物，对于作家来说，这是非常好的练习。乔听从了他的建议，她偷偷地私底下研究起他来——如果让他知道了，肯定会非常吃惊的，因为可敬的教授谦虚地认为自己不值得被研究。

最让乔迷惑不解的是为什么他赢得了所有人的喜爱。他贫穷又普通，年纪一大把了，长得也不帅气，跟风度翩翩，仪表堂堂或者才华横溢都扯不上关系，但他像温暖的火一样吸引人，人们不自觉地聚拢在他周围，就像围着温暖的壁炉一样。他没钱，却好像总是送东西给别人；他是外国人，但所有人都把他当朋友；他年纪已长，却有一颗孩子般的快乐童心；他长得平庸无奇，甚至还有点奇怪，好些人却觉得看得还挺顺眼；就连他的怪癖都被大家原谅了。乔经常暗中关注他，试图发现他到底有什么魅力，最终得出结论，是仁爱之心创造了奇迹。即使他伤心了，也会“把头藏在翅膀里”，从来都只把阳光的一面给别人看。他的额头上有几条皱纹，可时光之神好像记得他如何与人为善，所以只在他额前留下了轻轻几道浅浅的痕迹；嘴角的有着让人赏心悦目的线条，这得益于他的友好话语和爽朗笑容；他永远不会露出冰冷或严苛的眼神；那双大手温暖而有力，传达出的含义胜过千言万语。

仿佛连他的衣着也沾染了主人一部分的好客品质：衣服很宽松，似乎是想让他觉得舒适；宽大的马甲表明它下面包裹着一颗宽容的心；洗得发白的外套自带一种和蔼可亲的光环。几个口袋松垮地耷拉着，显然证明经常有小手插到里头去，拿着满满一手东西出来。他的靴子也让人倍感亲切，领子不如别人的一样坚硬，不会发出刺耳的声音。

“原来如此!”乔对自己说道，她终于发现，诚恳地对待自己的同胞可以美化和升华一个人的形象，即便这个人是一个矮胖的德国教师，吃饭狼吞虎咽，不得不自己缝短袜，还被“巴尔”这么个名字所累。

乔重视美德，也像大多数女性一样尊重才智；她得知了教授的一个小秘密，这让她更加尊重他。他自己从来没提过，人们自然也无从得知，在他家乡的城市，他因为学识渊博、为人正直，极受推崇和尊敬。直到有一位同乡来看他，那同乡和诺顿小姐闲聊，提到了这个可喜的事实，乔又从诺顿小姐那里听说了此事，再加上巴尔先生从未炫耀过此事，乔因此更尊重他了。巴尔先生虽然在美国只是个潦倒的德语教师，在柏林却是位受人尊敬的教授，乔得知此事，很是为他骄傲。这个秘密就像一剂浪漫作料，极大地美化了他朴实、艰难的生活。

巴尔还具备一种比才智更美好的品质，极为意外地展示在乔面前。要知道，诺顿小姐有资格进入大多数社交圈，那些场合，乔只有沾她的光，才能有机会接触。这位寂寞的女士对胸怀大志的姑娘很是优待，她给乔和教授提供了很多友善的帮助。一天晚上，她带着二人去参加一场为几位名流举办的精英聚会。

乔做好了去膜拜那些大人物的打算。远在家乡之时，这位热血的年轻女士就对他们心怀崇敬。但就在当晚，她对天才们的崇敬之情遭受了重创。她发现那些伟人也是世俗男女，花了好长一段时间才接受这个现实。我可以想象乔的沮丧心情，她用崇敬的目光羞怯地看了一眼一位久负盛名的诗人——他字里行间描述的是一个以“热情、火焰和朝露”为生的仙人形象——结果却看到他狼吞虎咽地进餐，急得他那聪明的脸庞涨得通红。这个偶像形象崩塌了，她调转目光，又看到了别的让她幻想破灭的景象。某个小说家站在两个圆酒瓶之间，像钟摆一样有规律地徘徊不定；一位知名的神学家居然当众挑逗一个当代的斯塔尔夫人，而夫人正生气地瞪着另一个叫科琳①的女人，因为科琳在不露声色地讽刺她没能成功地吸引到渊

---

① 斯塔尔夫人（Madame de Staëls，1766—1817），法国浪漫主义作家。1807 年发表半自传体小说《科琳》（*Corinne*），该小说讲述了苏格兰少年内维尔同时爱上意大利女诗人科琳和英国女人露西尔的故事。

博哲学家的注意力；哲学家正矫揉造作地品茶，一副睡眼惺忪的模样；一旁的女士滔滔不绝地让他插不上话；至于那些科学界的名流们，他们这个时候避而不谈软体动物和冰川时期，反而聊着艺术，埋头痛快淋漓地吃着牡蛎和冰淇淋；那为号称是俄耳甫斯①第二的青年音乐家，曾经受到了整个城市的追捧，此刻却在谈论赛马；在场的英国贵族代表倒成了聚会里最正常的人。

宴会还未过半，乔心目中的大人物就都幻灭了。她坐到宴会一角去平复心情。巴尔先生不久也加入了她的阵营，他显然融入不了这里的氛围。不一会儿，几位哲学家大谈起各自的爱好，竟慢慢演变成休息室里的一场名人辩论。这种谈话远在乔的理解范围之外，但她仍然喜欢听，虽然她连康德②和黑格尔③是何方神圣都不晓得，“主观”和“客观”更让她听得云里雾里，而她“内在意识”的唯一硕果就是谈话结束后的严重头疼。她慢慢理解到世界正分崩离析，然后根据新的和——据谈话者所说的——比以前好无数倍的原则获得新生，而宗教很可能被推论为虚无，才智将成为世间的主宰。乔完全没有任何哲学或玄学知识，但听着听着，她就没有缘由的兴奋起来，快乐和痛苦各占一半，觉得自己就像节庆里被放飞到天空中的小气球，在时间与空间中游离。

她回头想询问一下教授的意见，却看到他正用一种她从未见过的最为严肃的眼神盯着她。他冲她摇头，唤她离开，但那时她正沉迷于思辨哲学的无拘无束，就没起身，想知道那些智者把所有的旧信仰毁灭以后，还能依赖什么。

巴尔先生是个谦虚谨慎的人，不急于表达自己的观点，不是因为犹豫不决，而是观点太真挚和严肃，很难轻易说出口。他看了一眼乔和其他几位少年，发现他们都沉迷于绚烂的哲学烟火。教授紧锁眉头，很想说上几句，因为他害怕这些血气方刚的年轻人会被烟

---

① 俄耳甫斯（Orpheus），古希腊神话人物，音乐家、诗人和歌手。

② 伊曼努尔·康德（Immanuel Kant，1724—1804），德国作家、哲学家。

③ 黑格尔（Hegel，1770—1831），德国哲学家，19世纪唯心论哲学的代表人物之一。

火带错了路，炫耀过后，才发现剩下的只有空空的烟花棒和被烧焦的双手。

他拼命忍住，除非有人邀请他发言，他才会义愤填膺地用真理捍卫宗教——辩论让他发音不准的英语变得悦耳，连平庸的脸也神采飞扬起来。他艰辛地抗争着，因为那些智者能言善辩，他没察觉自己已经战败了，还像铮铮铁汉一样坚守阵地。乔不明白为什么，觉得听了他的言论，世界又回到了正常的轨道。古老的信仰源远流长，总会比新的更胜一筹。上帝不是一股虚无的能量，不朽也不是美丽的泡沫，而是神佑的事实。乔觉得自己又脚踏实地起来。巴尔先生讲完了，他讲得比所有人都好，却没能说服他们，但乔想鼓掌对他表示感谢。

结果她什么都没做，只是记住了这一幕，由衷地敬重他。她心里明白，要他在那种场合说出自己的看法，需要很大的决心，只是他的良知不允许他一言不发。她总算意识到，品格是比财富、爵位、才智和美貌更宝贵的东西；如果崇高就是某位智者定义的“真实，崇敬和善意”，那她的朋友弗里德里克·巴尔就不止是善良，而是崇高了。

日复一日，这一信念越发坚定了。她重视他对自己的评价，渴望得到他的敬重，不想辜负他的友谊。就在这个愿望最为强烈的时候，发生了一件事，差点让她功亏一篑。都是一顶三角帽惹的祸。有一晚，教授顶着一个用报纸折的士兵帽来给乔上课，帽子是蒂娜给他戴的，他却忘了摘下来。

“显而易见，他在下楼之前没照镜子啊。”乔边想边笑。他说完“晚上好”，就正襟危坐下来，准备给她讲《华伦斯坦之死》①，丝毫没意识到这节课的主题和帽子构成了滑稽的反差。

她起初一点提示都没讲，她喜欢听他遇到趣事时的哈哈大笑，所以想让他自己去发现。不久，她自己忘了这件事，因为听德国人朗读席勒的作品是会入迷的。朗读结束后，开始上课，课堂气氛活

---

① 《华伦斯坦之死》（*Wallenstein's Death*）是德国剧作家席勒于1799年发表的历史剧《华伦斯坦》中的第三部，该剧主要讲述欧洲三十年战争（the Thirty Year's War，1618—1648）期间神圣罗马帝国的最高指挥华伦斯坦的衰落和惨遭刺杀的结局。

跃，因为乔那晚很开心，那顶三角帽让她一直难以控制表情。教授不明就里，终于忍不住停下来，用让人无法拒绝的语气，略带惊讶地问道："马奇小姐，你在老师跟前笑什么？你表现得这么差，对我还有一丝尊重吗？"

"老师，您戴着这种帽子，叫我如何尊重得起来啊？"乔反问道。

大大咧咧的教授板着脸抬起手，从头上拿下那顶小三角帽，盯着它看了一会儿，突然笑得前仰后合，那笑声就像大提琴的琴声一样悠扬。

"哈！我看到了，这是小调皮蒂娜的杰作，把我弄成个傻子。行啦，没事啦，可如果你今天不认真学习，也得戴上这顶帽子。"但是，课堂气氛凝固了片刻，因为巴尔先生看到了帽子上的一幅画。他拆开报纸帽子，用极度厌恶的语气说道："我不想在这栋房子里看到这种报纸。这不适合被孩子看到，也不适合给年轻人读。这份报纸太糟糕了，干这种没道德事的人真烦人。"

乔扫了一眼那页报纸，上头有一幅好笑的插图，画了一个疯子、一具尸体、一个大反派和一条毒蛇。她很不喜欢这张图，却有一种冲动让她打开报纸，并非是因为不悦，而是担心，因为有那么一刹那，她以为那张报纸是《火山周报》，还好不是，再加上她想到，就算碰巧是的，报纸上也印了她的某个故事，也不会暴露她的署名，于是就没那么慌张了。但她的神情和脸上的红晕还是泄露了秘密。其实，大大咧咧的教授看到的事情比人们以为的要更多一些。他清楚乔在为报社供稿，在报社遇到她也不是一次两次了，他非常渴望拜读她的作品，但因为乔对此事绝口不提，他也不便多问。此时他灵光一现，想到她可能在做一件自己羞于启齿的事，这让他担心不已。他没有像其他一些人自我暗示道："这事儿跟我没关系，我没权力说任何话。"在他心里，她只是个缺钱的小姑娘，背井离乡来到这里，没法得到母亲的爱和父亲的关怀。他产生了一股想要帮助她的冲动，这冲动来得迅速而自然，就像见到婴儿落水，就会伸手救助一样。他脑中电光火石，脸上却不露声色。等到报纸翻页，乔的针已经穿好了线的时候，他已经可以神态自若，一本正经说出："是的，你把报纸丢在一边是正确的。这不是正经小姑娘该看的东西。

这些文章能取悦一些人，可我就算让外甥们玩火药，也不会让他们看这种害人的垃圾。”

“并非所有这类文章都是害人的，只是荒唐而已，你瞧，只要有需求，我觉得供点稿子也没坏处啊。好些可敬的人就把写轰动性小说当作正经营生呀。”乔说着，用针使劲刮着裙子，划出一条小裂痕。

“威士忌也有需求，但我想我们都不会去兜售它。如果那些可敬的人了解到自己造成了怎样的危害，他们就不会觉得自己做的是正经营生了。他们不能把毒药裹在小糖果里，喂给小孩子吃啊。这是不对的，他们该稍微思考一下，行动之前先把糟粕清扫干净。”

巴尔先生义愤填膺地说着，手里揉着三角帽，走向火炉边。乔安静地坐在一旁，看着三角帽变成了无害的烟，从烟囱里飘了出去。帽子烧完后良久，乔的脸还火辣辣的，仿佛那火也烧到了她。

“真想将这类报纸全都付之一炬。”教授嘟囔着，如释重负地离开了火炉。

乔想，要是把她楼上那堆报纸全给烧了，火焰会有多大呢？这时候，那些辛辛苦苦赚来的钱就像大山，压得她良心难安。然后，她又自我安慰道：“我的故事跟它不一样，我的只是荒唐，压根儿不会害人，因此我不必担忧。”于是，她拾起书本，一脸好学的模样问道：“先生我们还接着学吗？我会很听话，很守规矩的。”

“但愿如此吧。”他言简意赅地说，但影射之意超乎她的想象啊。他既严厉又亲切的眼神，让她恍惚间觉得自己的额头上就印着《火山周报》几个大字。

回到房间，乔就赶紧拿出报纸，一丝不苟地重读自己的每一个故事。巴尔先生有点近视，所以偶尔会戴眼镜，乔之前试戴过一回，镜片把书中的小字全都给放大了，真是有趣啊。如今，她似乎戴上了教授的精神或道德眼镜，只见荒唐故事中的瑕疵正对她龇牙咧嘴，她于是泄气极了。

“都是些垃圾，若是我再这么写下去，它们会比垃圾更可怕，因为一篇比一篇更惊悚。为了金钱而胡乱写作，害人也害己啊。这就是事实啊，只要认真地通读一遍，连我自己都会觉得自惭形秽，要是被家人或者被巴尔先生看到了，我该如何面对他们啊？”

光想想这种可能性，乔的脸就热辣辣的。她把一整捆报纸都丢进了火炉，火焰几乎把烟囱给烧着了。

“对了，火炉才是这些容易点着的废话的归宿。我宁可把整栋房子烧毁，也不想有人被我的火药炸飞。”她心想，炽热的眼睛看着《侏罗省魔鬼》迅速化为一堆灰烬。

三个月的劳动被付之一炬，只剩下一堆灰和搁在膝盖上的钱。乔坐在地上，一脸严肃地思考该如何处理她的酬劳。

“幸好还没伤害到什么人，我想我可以留下这笔钱，我花了多少时间啊。”她心想。可沉思好长一段时间后，她又不耐烦地补充道：“要是自己是个没心肝的，那就方便多了。如果我不想着要做好事，做坏事时不会心里不舒服，我会活得多舒坦啊。有时候，我会禁不住期盼爸妈对这种事不要这么苛刻。”

噢，乔，可别期盼这个，要感谢上帝让“爸妈如此苛刻”。那些没有这种监护人的孩子们真是值得同情啊！好的监护人会用原则围住孩子；这些可能被没耐性的孩子看作监狱围墙的原则，事实上确是为妇女塑造品格的坚实基础啊。

乔认定金钱无法补偿她所承受的压力，于是不再写轰动性故事了，却走到了另一个极端，她那一类人就是如此行事。她延续了舍伍德夫人①、埃奇沃思小姐和汉娜·摩尔②的风格，写出了一个新作品。其实把它称为随笔或布道文更恰当，因为说教意味过浓。她本就犹豫不决，因为这种新风格跟她的天马行空和浪漫情怀完全不搭调，就像穿着上个世纪紧身的花哨礼服参加化装舞会一样让人不舒服。她把这篇布道之作投给了好几家报社，都石沉大海，于是只能赞同达什伍德先生的观点——道德不值钱。

然后，她又转战儿童故事，如果不是她待价而沽，这个故事是很容易卖出去的。唯一能支付给她满意的稿酬，让她觉得青少年文

---

① 玛丽·舍伍德（Mary Sherwood，1775—1851）是英国儿童文学小说家，其代表作有《菲尔柴尔德一家》（*The History of the Fairchild Family*）。

② 汉娜·摩尔（Hannah More，1745—1833），英国剧作家，诗人和社会改革家，致力于儿童的道德和宗教礼仪教育。

学有利可图的人是一位知名人士。这位先生试图让所有人都皈依他那种信仰。尽管乔乐意为儿童写作，却不能答应让笔下所有淘气包就因为不去某个主日学校上学，于是被熊吃了，或被疯牛顶了；而所有去上学的好孩子呢，就可以获得各种恩赐，从金色姜饼到他们去世时的守护天使，还得让那些天使嘴里呢喃着赞美诗或布道词。就这样，种种尝试之后，乔什么也没写出来。认清现实的乔盖上墨水台，用一种恰如其分的谦恭语气说道："我真是一窍不通啊，等我弄明白了再动笔吧；在这段时间，如果创造不出更好的作品，那就'先把脏东西清扫干净'，至少能做到问心无愧。"乔能做出这个决定正说明了她在第二次从豆茎上摔下之后还是有所长进的。

内心的革命如火如荼之时，她的外在生活一切如常——忙碌而平静。就算她偶尔显得严肃或伤感，也没人发觉，当然巴尔教授除外。他默默关注着她，乔绝不会知道他正在关注她。巴尔教授想看她有没有听明白他的责备并从中汲取教训。他十分满意看到乔已经克服了诱惑。两人从未谈及此事，但他清楚她已放弃那种鲁莽的写作了。这是从她不再沾有墨迹的右手食指推测出来的，不仅如此，她晚上的时间是在楼下消磨的，也没再去报社了，并且学习的时候更勤奋、更有耐心了。所有迹象都表面，她正全身心投入到某些有益的事情中，不管是不是喜欢的事。

作为真正的朋友，他给她各种帮助。乔也觉得很开心，暂时不用写作了，除了德语之外，她还可以学习别的课程，为谱写自己人生中的轰动性故事做好铺垫，那真是个愉快而漫长的冬天呵。

六月的时候，她将离开柯克太太的公寓。临别之际，大家看上去都很难受。孩子们伤心欲绝，巴尔先生根根头发都立了起来，他只要一烦躁就会把头发揉得乱蓬蓬的。

"回家吗？噢，可以回家了，真幸福啊。"在最后一个晚上的告别会上，当她告诉他，她要回家的这个消息时，他说完这句话，就默默坐在一角拉扯胡子。

她一大早就要出发，于是在前一天晚上跟大家话别。到他跟前的时候，她热情地说："先生，如果旅行的时候途径我家，别忘了来拜访我们，好吗？要是你忘了，我绝不会原谅你，因为我想让他们都认识你这个朋友。”

“是吗？我可以来吗？”他异常急切地看着乔问道。

“可以啊，下个月就来吧。那个时候劳里毕业，毕业典礼是件新鲜事，你会喜欢的。”

“就是你常说的那个最好的朋友？”他说话的语调都变了。

“对，我的男孩特迪，我很是为他骄傲，很想让你们互相认识一下。”乔抬起头来，心无杂念地憧憬着介绍二人碰面时的场景。看着巴尔先生脸上的神情，她忽然记起一个事实——她和劳里的关系似乎超越了“最好的朋友”。她极力想表现得若无其事，不想脸却不由自主的红了。她越是克制，脸反而越红。幸好蒂娜坐在她膝上，她才能得以渡过难关。那孩子依依不舍地抱着她，她借此机会把脸扭到一旁，不想让教授看到。可他已经看到了，心情也起了变化，从一时的焦虑恢复到正常。他发自肺腑地说道：“我恐怕没时间来，但我恭祝这位朋友前程远大。祝你的家人都幸福快乐。愿上帝保佑你们！”他边说边亲切地和乔握手，接着把蒂娜扛在肩膀上走开了。

可是，等两个外甥入睡之后，他满脸倦容地在火炉边呆坐良久，忽然觉得“heimweh①”或是思乡之情像洪水一眼涌上心头。他一度回想起那个场景——乔抱着小孩子坐在那里，脸上带着从未有过的柔情——于是他双手托头坐了一会儿，然后在房间里走来走去，好像在寻找着什么。

“那不属于我，我不该抱着这种幻想。”他对自己说，然后就是叹息，与其说是叹息，不如说是呻吟。接下来，仿佛是在责备自己无力抑制这种奢望，他走到枕边去亲吻了顶着乱蓬蓬头发的两颗小脑袋，抽起了他那极少用到的海泡石烟斗，然后翻开了他的《柏拉图》。

他已经像个男子汉似的拼尽全力了，但两个调皮捣蛋的小外甥、一支烟斗，就算再加上那本神圣的《柏拉图》，能比得上一个理想中的完美家庭给他的满足感吗？

次日一大早，他还是去了车站和乔告别。幸好有他，乔才能带

① 德语：乡愁。

着愉快的回忆踏上一个人的旅程。有一张熟悉的面孔向她微笑道别，还有紫罗兰的香气做伴，最棒的则是，她怀揣着一个幸福的想法："好吧，过了一个冬天，没写成一本书，也没赚到钱，却结识了一个值得深交的朋友，我会用尽一生维系住和他的友谊。"

第十二章　“情痴”劳里的心痛

无论劳里的动机是什么，他那年学得相当卖力，以优秀的成绩顺利毕业。朋友们也评论他的拉丁语演讲像菲利普斯①一样优雅，口才和狄摩西尼②一样好。大家都在场，他的爷爷——噢，该是多自豪呀！——还有马奇先生和马奇太太，约翰和梅格，乔和贝思，都由衷地欣赏他，为他欢喜。这个年纪的男孩子一般不会把这种成就放在心上，只是他们往后获得的成就，可能就难以获得这样的赞赏了。

“我不得不留下来把这顿讨厌的晚宴吃完，但我会明天一早赶回家，姑娘们，你们能来接我吗，就像往常那样？”结束了一天的欢庆，劳里将姑娘们扶上马车时，说道。他嘴里说着“姑娘们”，其实说的就是乔，因为只有她一个人遵守着这个老传统。她不忍拒绝她出色又成功的男孩提出的任何要求，于是热情地答道：“特迪，我会来的，不管是晴天还是雨天，走在你前头，用单簧口琴吹奏《为凯旋的英雄欢呼》，为你开路。”

劳里向乔道谢时的表情，让她顿时惶恐：“噢，天啊！我预感到

---

① 温德尔·菲利普斯（Wendell Phillips，1811—1884），英国演说家和社会运动改革家。

② 狄摩西尼（Demosthenes，公元前 384—322 年），古希腊演说家和政治家。

他会说的话啦，到那个时候，我该如何面对啊？”

晚间的思考和早上的劳作略微缓和了她心中的恐慌。她得出一个结论，自己想这么多都是白费力气，她已经让对方完全有理由相信她会怎么答复，对方是不会求婚的。她在约定的时间出发了，希望特迪什么都不要做，这样她就不会伤害他那脆弱的感情。她先去拜访了梅格，嗅了嗅、吻了吻黛西和德米，更坚定了她和劳里当面交谈的信心。可当她看到远处走来的强壮身影，竟有了一种掉头跑开的强烈冲动。

“乔，单簧口琴哪儿去啦？”一走入能听见对方说话声音的范围，劳里就喊道。

“我忘记拿了。”乔又有了信心，因为这样的招呼一点都不像情人。

要是以前在这种场合，她早都抱上了他的胳膊，可她今天没这么做，他也没抱怨，情况不妙啊。他们快速地谈论着各种八竿子打不着的话题，一直从大路走到一条小路，那条小路经过树林，通往家的方向。这时，他放慢了脚步，话说得也不那么流畅了，偶尔还出现可怕的停顿。眼看谈话在沉默之井中不断坠落，乔赶紧挽回道：“如今，你必须要好好过一个长假了。”

“正有此意。”

语气中的坚定意味，让乔迅速地抬头看向他，只见他正盯着她，从他脸上的表情，乔肯定，骇人的时刻终究来临。于是，她伸出手哀求道：“特迪，不要，请不要说话！”

“我要说，而且你也一定要听我说。乔，你反对也没有用，我们得把话挑明了，越早越好，这样对你我都好。”他突然激动地答道，脸也涨得通红。

“你想说什么就说吧，我听着。”乔像豁出去了似的说道。

劳里是个缺乏经验的情郎，但他的感情极为真挚，他要“把话挑明”，就算这尝试以失败告终。他还是那样急躁地开门见山，尽全力想让声音保持镇定，但还是偶尔会喘不过气来。

“乔，从认识你的那天开始，我就情不自禁地爱上你了，你对我那么好。我想跟你表白，但你不许。今天你一定要听完，然后表明你的态度，我不想再这么拖下去了。”

“我想让你把这些话都放在心里，别说出来，我以为你早就明白了……”乔开口道，却发现要说出这些话比她想象的更难。

“我明白你暗示过，但女孩子就是这么矛盾啊，你永远都猜不透她们的真实想法。她们口里说的是‘不’，也许意味着‘是’，仅仅只是为了好玩，就把男人耍得团团转。”劳里用这个让人无法辩驳的“事实”反击道。

“我不是那种女孩子。我从没想过要你如此爱我，要是可能的话，我会一直离你远远的。”

“是的，你就是这么做的，但这无济于事，只会让我更加爱你啊。我辛辛苦苦地学习，就是为了让你开心；我也戒掉台球了，只要是你讨厌的事，我都不做了，我默默等待，从来不说抱怨的话，只盼着你终有一天会爱上我，尽管我离优秀还差了十万八千里……”他忽然哽咽了，手里折断了金凤花，然后清了清他那“碍事的喉咙”。

“不是的，你很优秀，对我来说，你真是优秀得过分了，我非常感激你，相当为你自豪，还非常喜欢你呢。我没法如你所想的那样爱你，我也不晓得原因啊。我尝试过，却无力做出改变。要是我不爱你，却说我爱你，那就是说谎。”

“乔，这是事实吗？千真万确吗？”

他忽然停了下来，一把抓住她的手，带着一种让乔久久不能忘怀的表情问道。

“乖乖，是真的，千真万确。”

他们现在已经在小树林里了，靠近篱笆的地方。当乔极不情愿地说出最后一个字时，劳里松开了乔的手，扭过头去，反复想要接着往前走，他平生第一次觉得那篱笆变得让人无法逾越。他于是把脑袋靠在长满青苔的柱子上，呆呆站在那里，把乔吓了一跳。

“噢，特迪，我很抱歉，抱歉得不得了，要是杀死我自己能让你好受的话，我会这么做的！我盼着你可以想开一些，我也是身不由己啊。要知道，强迫自己去爱一个自己不爱的人，这怎么做得到呢？”乔有失淑女风范地叫喊着，内心极为懊恼；她温柔地拍着他的肩，想起好久之前他就是如此安慰她的。

“但有时是做得到的。”一个沉闷的声音从柱子后面传过来。

“我不认为这种爱情是正确的。我不会去尝试的。”乔的回答很坚决。

两人沉默了好长一段时间，只听见一只画眉在河边的柳树上欢唱，风吹得长长的青草沙沙响。不久，乔在篱笆旁的台阶上坐下，很严肃地说道：“劳里，我想跟你说一件事。”

他如临大敌，仿佛是被击了一枪，昂起头，暴躁地喊道：“乔，别跟我说那件事，我现在承受不了这个消息！”

“说哪件事？”她问，不明白他为什么反应这么激烈。

“关于你爱那个老男人的事。”

“什么老男人？”乔问道，猜他说的一定是他爷爷。

“你信中总写到的那个魔鬼教授。如果你告诉我，你爱他，我肯定做出些极端的事来。”他攥着拳头，两眼喷着怒火，那样子仿佛会说到做到的。

乔忍住了想笑的冲动。她也被激怒了，针锋相对地说：“特迪，别乱说！他不老，也不是魔鬼；他善良又亲切，是仅次于你的、我最好的朋友。求你了，别那么激动。我想对你友好一点，但我知道，只要你乱说我的教授，我就会发怒的。我从没想过会爱他或者别的什么人。”

“你不久会爱他的，那时候我该怎么办啊！”

“你也会爱上其他人的，聪明点，别想这些烦心事啦。”

“乔，我不会爱上其他人的，你永远都在我心里，永远！”他激动地说着，跺了一下脚以示强调。

“这可如何是好啊？”乔叹道，发现感情的事竟比她想象中要难应付得多。“我要跟你说的事，你都还没听呢。坐下，听我跟你说，因为我确实想好好处理这件事，让你开心。”她说道，想通过和他说些小道理来安慰他，反倒证实了她对爱情一窍不通。

劳里从乔最后那番说辞中看到了一线希望，赶紧坐到乔脚边的草地上，把胳膊搁在篱笆的底层台阶上，一脸期待地仰望着她。在乔来看，摆这么个姿势，让她如何能镇定地说话或清醒地思考。他满眼爱意，乞求似的看着她，睫毛上还湿漉漉地挂着一两滴泪珠，那是她的铁石心肠惹的祸；此情此景，叫她如何对她的男孩说那些断情决意的话呢？她温柔地把他的头扳向一旁，一边抚弄着他那头为她而蓄——真的，这太让人感动了！——的鬈发，一边说道：“我跟母亲的看法一致，我们两个不合适啊，脾气都很急躁，性子也都倔，这可能会让我们双方都觉得是一种折磨，如果我们傻到要……”说到最后一个词时，乔犹豫了一下，却被欣喜若狂的劳里抢先说出了口。

“结婚——不会的，不会是折磨！乔，如果你爱我，我能变成一个完美的圣人，你有能力把我变成任何你想要的样子。”

“不，我不能。我的尝试将会以失败告终。我是不会拿我们的幸福来做赌注的，这个尝试风险太大。我们达不成一致，永远都达不成，就让我们做一辈子好朋友吧，千万别干鲁莽事。”

“不，只要有机会，我们会的。”劳里不服气地嘟囔着。

“行了，放聪明些，‘理性认识’这件事。”乔央求道，已经无计可施了。

“我没那么聪明，也没法如你所说的‘理性认识’，这对我没有帮助，只会让你对我更绝情。我觉得你没心没肺。”

“我倒是想没有呢。”

乔的声音都有些颤抖了。劳里认为这是个好现象，便转过头来，调动起浑身的说服力，用从未有过的哄死人不偿命的语气说道：“乖乖，顺了大家的意吧！每个人都盼着我们两个在一起。爷爷早有此意，你的家人也乐意，况且，我没有你就活不下去了。说你同意，我们就能幸福地生活在一起，说吧，快说吧！”

乔几个月后才明白她是有多坚定，才坚持这个决定——她明确了自己不爱她的男孩，而且永远都不会爱上。要做出这个决定很艰难，但是她做到了，因为她知道再这么拖下去也没用，对劳里来说还很残酷。

“既然没法儿真心地说‘同意’，我宁愿不说。你迟早会明白我是正确的，还会感激我……”她认真地说道。

“我会谢你？除非让我死！”劳里从草地上跳了起来，一想到这点就气得不行。

“会的，你会的，”乔坚决地说，“过一阵子，你就能从这件事里走出来，遇到一个多才多艺的好姑娘，她会爱慕你，做你豪宅的漂亮女主人。我做不到这些。我相貌平庸，笨手笨脚，性格古怪，年纪又大，你会觉得我让你难堪的，而且我们肯定会吵架——你瞧，我们现在就已经吵得不可开交——我厌恶故作高雅的上流社会，你却喜欢，没准你以后还会不喜欢我乱写东西，可我不写东西就活不下去。我们的生活会很不幸，会宁愿我们没结婚，那多可怕啊！”

“说完了吗？”劳里问，他对乔突然爆发说出的这段预言已经失去了耐性。

“说完了，还有最后一句话，我觉得我是不会嫁人的，我一个人过得挺开心的，我不会为了凡人而草率地放弃我最爱的自由。”

“我比你更了解你自己，”劳里打断了乔的话，“这是你如今的想法，可你终有一天会陷入爱河。你会爱到发狂，要死要活。我可以预见，你就是这个样子，我却只能在一旁看着。”气急败坏的情郎把帽子摔到地上，要不是那一脸悲戚，你肯定会觉得他扔帽子的动作很滑稽。

“没错，我会为他要死要活的，如果这个人出现在我的生命中，我会不由自主地爱上他。你就自求多福吧！”失去耐心的乔对着可怜的特迪吼道，“我已经仁至义尽了，你却胡搅蛮缠，总是戏弄我，强求于我，你太自私了。我会作为朋友永远喜欢你，真的很喜欢，可我绝不会嫁给你；你越早明白这一点，就对我俩越有好处——我言尽于此！”

乔这话讲得跟吃了枪药似的。劳里盯着乔看了半晌，好像不晓得该如何自处，于是用力转过身去，狠狠地说道：“乔，终有一天，你会后悔的。”

“嘿，你这是要去哪里？”被劳里的表情吓得不轻的乔喊道。

“去地狱！”这答案可真能安慰人。

见他晃晃悠悠地沿着河岸走向小河，有那么一瞬间，乔吓得心脏都不跳了。一个年轻人会寻死，得是做了多蠢的事，犯了多重的罪，或者经受了多大的痛苦呀。劳里不是弱者，一次失败击不垮他。

他没想过要戏剧性地投河，却鬼使神差地把帽子和外套抛到了他的小船上，然后铆足劲儿划船离开，那速度比他在任何比赛中的速度还要快。见那可怜的少年正奋力抛开烦恼，乔心中的石头落了地，同时紧紧攥着的双手也松开了。

“这法子对他有益，等他到家的时候，就会平静下来，还会自责，反倒弄得我不好意思见他了。”她一边想着，一边缓缓走回家，觉得自己仿佛扼杀了某个无辜的生灵，接着把他埋到了树叶子底下。她转念一想：“我得赶紧去见见劳伦斯先生，确保他会善待我可怜的男孩。我盼着劳里会爱上贝思，他可能将来会的；可我又开始怀疑自己有没有猜错了贝思的心思。噢，上帝啊！怎么会有姑娘挑逗了情郎，然后又将其拒绝的？简直太绝情啦！”

她肯定在这种事情上，没人会处理得比她更合适：她找到了劳伦斯先生，鼓起勇气道出了这件伤心事的前因后果，接着就崩溃了，为自己的铁石心肠痛哭流涕；慈祥的老先生尽管很失落，却丝毫没有责备她。他觉得匪夷所思，这世上居然有姑娘不爱劳里，同时也期盼着乔会回心转意，可他比乔更清楚——爱是强求不来的。于是，他只能忧伤地摇头，想着把他的男孩带离伤心地；虽然他不愿承认，可暴脾气小子离开乔的时候，说的那些话，确实让他焦虑难安啊。

劳里回到家里的时候已是筋疲力尽，但他仍装得神态自若。他爷爷看见他的时候，装作什么都不知道，头一两个小时，伪装得相当成功。夕阳的余晖中，祖孙俩一起坐着闲聊，这曾是他们最享受的时刻，可这一次，老人无法像以前那样谈笑自如，小伙子就更没法听进去那些对他去年成就的恭维话了。对现在的他来说，那次成功就好像是“空爱一场”。他耐着性子听了一会儿，就走到钢琴旁弹奏了起来。窗户没关，恰好乔和贝思在花园里散心，这是唯一的一次，她比妹妹更懂这曲子，因为劳里弹奏的是贝多芬的《悲怆奏鸣曲》，用的是一种从他未用过的弹法。

“可以说，你的演奏很棒，只是悲怆得让人想掉眼泪。少年，给我们演奏个欢快点的曲子吧。”劳伦斯先生说道。他善良的心中满是怜悯之情，很渴望告诉劳里，却不知从何说起。

劳里很快地进入了一首活力四射的曲子，狂风骤雨似的弹奏了几分钟，如果不是在一个简短的间隙里传来了马奇太太的叫声："乔乖乖，快进来，我需要你。"他会强颜欢笑地完成演奏的。

这恰恰是劳里的心里话，就是表达的意思不一样！他开了个小差，就不知弹到哪个地方了，曲子戛然而止，演奏者默默地坐在夜色中。

"我装不下去了。"老先生喃喃说道。他站起身子，蹒跚地摸到钢琴旁边，把慈爱之手搭在劳里宽厚的肩膀上，带着女人般的温柔说道："我的孩子，我了解，我都了解。"

劳里愣了一会儿，随即尖声问道："谁跟你说的？"

"乔本人。"

"那就彻底了解了！"他说着，烦躁地拂开肩上爷爷的手；出于男人的自尊，他无法接受男人的同情，虽然他对爷爷的怜悯充满感激之情。

"还没完全了解，我还有件事没说，说完才算了解，"劳伦斯先生用从未有过的亲切语气答道，"你如今应该不太想留在家里吧？"

"我没想过要逃避一个女孩子。乔不能阻止我见她，我要待在这里，想待多长时间就待多长时间。"劳里赌气似的说。

"你还是我心里的那个绅士吗，怎么能如此行事呢？我也挺失落的，可那女孩儿也是身不由己啊，你现在只有一条路，那就是避开一阵子。你想要去哪儿呢？"

"随便什么地方，我不关心。"劳里站起身来，一副无所谓的样子笑着说道，这副模样让他爷爷很是忧心。

"接受现实吧，像个男人一样；看在上帝的份儿上，千万别冲动。你不是本来就打算去国外的吗，那就去吧，试着忘记这件事，为什么不呢？"

"我不去。"

"你不是一心想去的吗？我也许诺了，让你大学毕业就去的。"

"噢，可我没说要自己去啊！"劳里叫道，快步穿过房间打算出去，脸上带着一副爷爷从未见过的表情。

"没说让你自己去呀。某个人已经做好了和你一起浪迹天涯的准备。"

“是谁，爷爷?”他好奇地停下脚步。

“我呀。”

劳里飞奔过来，握住爷爷的手，声音沙哑地说：“我是个只考虑自己的畜生，但爷爷，你了解的……”

“上帝保佑！是啊，我太了解啦，因为我年轻的时候也经历过，又亲眼见你父亲经历过。行了，我的好男孩，乖乖坐在这儿，我来讲讲这个计划吧。全都准备就绪了，可以立即施行。”劳伦斯先生说着，牢牢抓紧少年，似乎是害怕他会像他父亲过去那样离家出走。

“那爷爷，计划是什么呢?”劳里坐下来了，可表情和声音依然怏怏的。

“伦敦的生意需要人打理，我原本是想让你过去的，但我亲自去处理会更合适；这边的生意交给布鲁克，他可以管理得当；我的合伙人太勤快了，什么事都替我干完了，我抓着这个位子，就是等你来继任，我可以立即卸任的。”

“可您不喜欢远游的呀，爷爷。您一大把年纪了，我不应该劳烦您。”劳里说道。对于爷爷这样的付出，他很是感动，可要是这样，他宁可自己一个人前往了。老先生太清楚他的想法了，极度想遏制住他这个念头；他确信，以劳里现在的情绪，是不适合自己一个人解决这件事的。一想到出门在外哪里有家里舒服，他就觉得遗憾，可他压下这份遗憾，坚定地说道：“感谢上苍，我还不至于老掉牙啊。我很期待这个计划哩。这对我非常有益啊，我这把老骨头不会觉得折磨的，如今旅行根本就像坐在家里的椅子上一样舒适啊。”

劳里焦躁不安地动来动去，让人觉得是不是他的椅子不太舒适，或者是他有些抵触这个计划；老先生连忙解释道：“我不想干涉你，或者成为你的包袱。我跟着一起去，是因为我觉得比起留在家里，我去了，你会更开心些。我没想过要缠着你，拉着你闲晃，我给你自由，你可以去任何你想去的地方，我会自得其乐的。伦敦和巴黎，我都有可以串门的朋友。在这期间，你可以去意大利、德国和瑞士，在那里，你可以肆意地欣赏画作、聆听音乐、观赏风景，还有体验冒险。”

在这之前，劳里觉得他的心支离破碎，世界成了一片荒僻的旷野；可一听到爷爷匠心独运地揉进最后那句话里的诱人词语，他破碎的心就突然有了生机，荒僻的旷野里也出现了一两片绿洲。他怏怏地叹息道："爷爷，随你吧，我去什么地方，做什么事情，都无所谓。"

"小伙子，记住，我有所谓。我任由你去放飞自我，希望你可以充分利用这次机会整理自己的情绪。劳里，同意吧。"

"爷爷，随你吧。"

"很好，"老先生心想，"现在你是无所谓，可总有一天，这个承诺可以帮你摆脱忧伤，否则，就是我错了。"

劳伦斯先生是位精神矍铄的老先生，深知打铁要趁热，这个失恋的人儿还没回过神来进行反对，两人就启程了。出发之前，要些时间来准备行装，在这期间，劳里的言行举止和平常的失恋者一般无二：真是喜怒无常啊，一会儿暴跳如雷，一会儿郁郁寡欢，还茶饭不思，邋里邋遢，花了大把的时间在激烈的钢琴弹奏上。他不跟乔打照面，却站在窗户后头偷看她。那张悲恸的脸，夜夜萦绕在乔的梦里，日日让她觉得自己罪孽深重。同其他失恋者不一样，他从来不提自己的单相思，也不许别人提起，即使是马奇太太想要安慰他或怜悯他，也不可以。从某种意义上来说，这反倒让他的朋友们松了一口气；只是启程之前的几个礼拜里，大家都心神不宁。"那亲爱的小男孩要出门排解忧愁，等回来的时候就会高高兴兴的了。"大家都开心地说道。当然，对于他们的错觉，他只能忧伤而傲慢地皱着眉头一笑置之，深知自己对乔的爱是忠贞不渝，不会改变的。

他在离别的时候假装欢欣雀跃，用来掩饰自己内心的不安，却仿佛总在露馅。大家似乎都没被这股欢喜劲儿给感动，但是为了他，都努力装出一副被感动了的样子。他表现得非常棒，直到马奇太太吻了一下他，在他耳边轻声说了句慈爱的话语。然后，他觉得时间不多了，就急忙把所有人都抱了个遍，包括痛苦的汉娜，之后就赶着投胎似的跑下楼梯。一分钟后，乔也下楼来了，想着如果他回头看她了，她就对他挥挥手。他真的回头看她，折了回来，用手臂圈住她；由于她站的阶梯比他高一阶，他便仰视着她，那神色让言简意赅的乞求更显得哀婉而动人。

“乔，还是不行吗?”

“特迪，乖乖，我也想我行。”

除了短暂的停顿，别无其他。随后，劳里挺直身子说道：“没事儿，别介意。”然后一言不发地离开了。噢，怎么可能没事儿啊，而且乔介意啊。听了她的狠心答复后，劳里把卷毛脑袋放在她手臂上搁一会儿，当时她觉得她好像是在自己最好朋友的身上捅了一刀；而当他头也不回地离开时，她明白，劳里的男孩时代一去不复返了。

第十三章　贝思的难言之隐

春天，乔一回家就被贝思身上的变化吓了一跳。没人提起，似乎也没人发觉到，因为这种变化十分缓慢，每天都能看到她的人是不会轻易发现的；长时间不见她的人却能够敏锐地发现这一目了然的变化。乔心情沉重地看着妹妹的脸：一如秋天时的苍白，而且又瘦了许多，脸色惨淡而透明，就像是被夺走了精气一般，虚弱的肉体中闪耀出神性之光，显示着莫名的悲剧之美。那时，乔看到、也感受到了，却没说什么，光晕效力很快消失了，贝思看起来很开心，于是就没人质疑她的身体状况。不久，乔有了别的烦心事，就一度忘记了她的担忧。

等劳里离开之后，家中恢复了平静，乔的心头又涌上了那种似有若无的焦虑感，如影随形。她坦诚了自己的罪过，也获得了家人的原谅；可当她展示出小金库，提议去山里旅行，贝思打心底里感激她，只是不想去离家太远的地方，倒是更想再来一趟海边小憩。就像奶奶没法儿丢下小婴儿，乔携同贝思一起到了那个宁静的处所，在那里，贝思可以常常待在室外，新鲜的海风还可以吹红她苍白的脸颊。

那不是个旅游胜地，身边的人也都很平易近人，可就算如此，姐妹俩也没怎么结交别的人，而是更喜欢两个人单独待着。贝思太害羞了，不善社交，而乔呢，一门心思都放在贝思身上，根本不管别的人。所以她们成了彼此的唯一，两个人遗世而独立，丝毫没有察觉到自己已经引起了旁人的关注；那些人用怜悯的眼光看着强壮的姐姐和羸弱的妹妹，她们总是形影不离，似乎是冥冥之中已经感觉到她们就快要永久地分离了。

她们真的有这种预感，只是两个人都不愿捅破，其实最亲最近的人之间，往往都存在着一层很难冲破的隔膜。乔觉得她的心和贝思的心之间隔着一层纱，可当她想要去拨开这层纱时，虚空之中似乎有某个神圣的力量阻止了她，她只好等着贝思先开口。她很好奇，也庆幸，她的父母似乎并没有像她一样察觉出贝思的变化。过了几个礼拜的清净日子，她的心越发沉重了，她对家里人守口如瓶。她肯定，如果贝思回家的时候身体还是老样子，家人们自然可以看出来。乔更好奇的是，妹妹是不是已经意识到了这个残酷的现实；当她头枕在乔的膝头上，在温暖的岩石上躺着，吹有益身心的海风，听着脚下海浪奏鸣曲的长长几个小时里，那小脑袋瓜里都在思考什么呀？

贝思后来向她吐露了答案，当时，她安静地躺在那里，乔当她是睡着了，于是放下手中的书，悲伤地望着她，想从她虚弱的脸颊上找到一线生机。结果却让她失望，贝思的脸颊极为清瘦，小手虚弱得连捡来的粉红色的小贝壳都抓不住。一想到贝思正渐渐走远，她就感到前所未有的痛苦，不禁把她最亲爱的珍宝搂得更紧了。有那么一阵子，她的双眼被眼泪模糊到什么都看不清了，等她能看清的时候，贝思正仰着小脸望着她，说道："亲爱的姐姐，你自己发现了，我真开心。我想过跟你说，但我开不了口。"其实她不必说出口的，因为乔已经从她温柔的目光中读出来了。

乔一言不发，只是把自己的脸和贝思的紧紧贴在一起，她也没有流泪，因为在最伤心的时刻，乔反而不会哭鼻子。那个时候，乔成了更软弱的那个，还需要贝思搂着她，在她耳边说些悄悄话来安抚和鼓励她。

"姐姐，我早就发现了，如今也习以为常了，现在也可以很坦然地想起或者忍受这件事了。你也和我一样接受这个事实吧，不要为我担心，因为这是一种解脱，确实如此。"

“贝思，你在秋天的时候闷闷不乐的，是因为这个吗？你莫非是那个时候就发觉了，然后一个人默默扛了这么久？”乔问道，内心十分抗拒接受或是承认这是贝思最好的解脱。不过了解到贝思的烦心事跟劳里没关系，这点让她松了一口气。

“嗯，当时我放弃了对生命的渴望，却不想面对现实。我试着把它当作一种假想病，不想让家人为我担心。见到大家都身体强健，满脑子幸福计划，不免伤感自己永远没法儿像你们那样生活了。乔，我那时心情真是糟透了。”

“噢，贝思，你怎么不跟我倾诉呢？我会给你安慰和帮助的！你怎么把我蒙在鼓里，自己一个人扛呢？”乔温柔地斥责着，一想到贝思孤军奋战，学习向健康、爱情和生命道别，还强颜欢笑地承受苦难，乔就心痛无比。

“这么做，或许是我错了，可我的出发点是好的。我不知道自己猜的是不是正确的，所以跟谁都没提，我也盼着是我自己胡思乱想。那时候，妈妈那么担心梅格，艾米又在国外游历，你和劳里又如此开心——至少当时看起来是这样；我要是在那种情况下吓唬你们，那可就真是自私了。”

“贝思，我以为你对劳里芳心暗许。我之所以离开，是因为我没法让自己爱上他啊。”乔激动地喊出了所有秘密。

见贝思被自己的想法震惊了，乔虽然悔恨，却还是微笑着柔声说道：“乖乖，原来你没爱上他啊！我害怕真是如此，还想象着当时你那可怜的小心脏正饱受相思之苦。”

“哎哟，乔，他当时那样爱你，我怎么会对他产生那种感情呢？”天真无邪的贝思反问道。“不过我真的非常爱他。他待我这么友好，我自然会爱上他啊！可他只能做我的哥哥，绝无其他可能。我盼着他终有一天做我的真哥哥。”

“反正绝不是因为我，”乔断然拒绝，“就选艾米吧，他们两个正合适，我现在对谈情说爱的事没兴趣。谁成了谁，我一点都不在乎；贝思，我只关心你，你一定要健康啊。”

“噢，我渴望健康，非常渴望！我拼尽全力了，身体却一天比一天虚弱，也愈发肯定，我不可能像以前一样健康了。乔，我的生命就像潮汐一样，流逝的时候就像退潮一样，虽然缓慢，却是势不可当啊。”

“会有力量可以阻挡它的，贝思，你的潮汐不会退得如此之快的，你才十九岁，正是青春年华啊，我不会让你离开的。我会工作、祈祷，与命运抗争。我要不惜一切留下你，总有办法的，还来得及。上帝不会如此残忍地从我身边把你抢走的。”悲伤的乔不屈地叫喊道，她的态度永远不可能像贝思那么虔诚和恭顺。

简单而真诚的人们很少会说他们如何虔诚，他们不会夸夸其谈，而是用行动说话。这行动往往比说教或者发誓更有效。贝思没办法证明或解释是什么样的一种信念，给了她放弃生命和笑对死亡的勇气与耐心。如同一个极容易相信别人的孩子，她深信不疑地把身心都交由上帝与大自然——众生的天父和天母——来做主。她相信他们，也只有他们，才能引导人们更加坚强地面对今生和来世。面对乔如此真挚的感情，贝思怎么舍得用说教一样的言辞来指责她，反而更爱她，把这珍贵的世俗之爱抓得更紧了。天父从没要求我们断情绝爱，反而让我们通过爱更贴近他了。贝思没法说出“我乐意离开人世”这种话，因为对她来说，活着是如此幸福；于是她只有抱紧乔，在她的怀里啜泣道：“我尽量做到心甘情愿吧。”此时，悲伤洪流的第一个浪头淹没了两个姑娘。

贝思不久就平静下来，问道：“回家之后，你会跟他们说这件事吗？”

“我觉得用不着我开口，他们自己就能发现。”乔叹息着说，因为如今她仿佛可以看出贝思的日渐衰弱。

“或许不能。听说彼此深爱的人常常会忽略这种事。如果他们没发现，你帮我跟他们说吧。我不想瞒着他们，让大家有个心理准备，或许对他们更仁慈。梅格有约翰和两个宝宝作为寄托，至于你，你一定要做爸爸妈妈坚强的后盾，乔，行吗？”

“只要我能做到。可是，贝思，我还心存希望呢。我要继续认为这是一种假想病，你也要相信你不是真的病了。”乔尝试着乐观积极地讲出这些话。

贝思躺在岩石上，思索了片刻，接着用她一贯平静的口吻说道：

“我不晓得该如何表达我的这些想法，我只跟你说这些；因为我只会对我的乔姐姐吐露心事。我的意思是，我觉得上帝似乎并没有想过让我长寿。我和你们不一样，我从来没想过长大后要做什么；也不会跟你们一样去考虑什么婚姻大事。我觉得自己好像什么都干不成，只是个傻傻的小贝思，只能在屋子里跑跑腿，出了家门就一无是处。我舍不得离开这人世啊，最让我难过的是要离开家人和朋友。我一点儿都不畏惧，可似乎到了天堂，我也会想家。”

乔一言不发地坐在那儿，听着海风的叹息声和海浪拍击岩石的声音。一只白翼海鸥从空中飞过，银色的胸脯熠熠发光。贝思满眼悲伤地盯着它看，直到它飞不见了。一只灰色羽毛的水鸟飞来海滩上，快活地跳来跳去，还自顾轻声唧唧叫着，似乎十分享受这阳光和海浪。它悄悄来到贝思身边，友善地注视着她，接着落在温暖的岩石上，旁若无人地整理它湿润润的羽毛。贝思觉得心里暖暖的，微笑起来，那小家伙好像是在向她示好，提醒她还有大好的时光可以享受。

“多乖巧的小鸟！乔，你看它真温顺啊。和海鸥相比，我更喜欢小沙鸥。它们虽然没那么有野性，长得也不够漂亮，可它们看上去快活又无邪。去年夏天来这儿的时候，我常把它们叫作‘我的小鸟’，妈妈也说那些小鸟很像我——忙碌的棕色家伙们，总栖息在岸边，自得其乐地哼唱着它们的小调。乔，你就像强壮而野性的海鸥，热爱狂风暴雨和大海远方，总是独自寻欢；梅格则像斑鸠；艾米呢，则是她画笔下的云雀，努力想冲破云霄，却总是掉回她的小窝。亲爱的小女孩儿！她虽然心比天高，性子却善良而温柔，不论飞到什么地方，她都会记得我们这些家人的。我盼着还能和她见面，可她好像飞得太远了。”

“她春天的时候会回来。你得准备好招待她。我会把你调养得气色很好的。”乔开口说。她发觉贝思的诸多改变中，言谈方面的变化最为明显。

“亲爱的乔，别再抱任何期待了，这对你也没什么好处。我们别再悲伤了，就好好享受这等待时相互陪伴的时光吧。我们会很快活的，毕竟我的身体也好多了，要是你照顾我，我相信这病可以很快治好的。”她说得对。她们旅行结束回到家里，无须多言，父母就一眼看到了曾祈祷过不要发生的事情。短途旅行把贝思给累坏了，她一到家就倒在床上，说着回家有多么开心。乔走下楼，看到爸爸站在壁炉身旁，把头靠在上面，她母亲也一动不动，妈妈向她伸出双臂，似乎在求助一般。乔明白自己不必再绞尽脑汁去想如何告诉他们贝思的隐情了。于是她走上前，抱住妈妈，一句话也没有说。

第十四章　新印象

下午三点钟的时候，在盎格鲁街①散步能将尼斯市的时髦王国一览无余。那真是个魅力四射的地界，宽阔的走道两侧种满了棕榈、鲜花和一些叫不上名的热带植物，一边临海，另一边则紧靠着一条宽车道，车道旁旅馆和别墅鳞次栉比，再远一点则是橘子园和群山。这条步行道上汇聚了来自各个国家的人，他们说着各国的语言，穿着五花八门的服饰。天气好的时候，这儿就像嘉年华一样热闹非凡。高傲的英国人，活跃的法国人，古板的德国人，潇洒的西班牙人，长相难看的俄国人，恭顺的犹太人，还有自由自在的美国人都聚到了这里，驾车、闲坐，或者随便走走，聊聊新闻，评论下刚刚抵达尼斯的炙手可热的名流——里斯托里②，或狄更斯；维克托·伊曼纽尔③，或桑威奇

① 盎格鲁街（Promenade des Anglais），被称为“英国人散步大道”，是法国尼斯一条沿着地中海海岸的著名海滨步行道。

② 阿德莱德·里斯托里（Adelaide Ristori，1822—1906），意大利女演员，19世纪著名的悲剧演员之一。

③ 维克托·伊曼纽尔二世（Victor Emmanuel Ⅱ，1820—1878），1861年即位为意大利国王。

群岛①的女王。和游客们相比，各式各样的马车和侍从也毫不逊色，尤其是女士们自己驾驶的低篓四轮四座大马车：车厢前，两匹雄赳赳的矮种马跑着；车厢上罩着艳丽的纱网，用来兜住她们飘出狭小车厢的宽大的裙摆；车厢后，还站着小马夫。

圣诞节那天，一个高挑的少年背着手，心不在焉地漫步在步行道上。他长得像个意大利人，穿着打扮又像英国人，却全身一股美国人的独立精气神儿——这些特征糅合在一起，引来了各式女子的爱慕眼光；那些身穿黑色天鹅绒礼服，胸前系着玫瑰色领带，手戴软皮手套，扣眼里插着香橙花的公子哥们，虽对少年不屑一顾，却又很快妒忌起他的身材。

周围美女如云，少年却不怎么在意，只是偶尔瞥一眼某个穿着蓝色裙子的金发女孩。他很快就走完了步行道，在十字路口徘徊，似乎还没决定好，是去公共公园听乐队演奏呢，还是顺着海滩一路走到城堡山。听到一阵急促的“哒哒”马蹄声，他抬起头来环顾四周，只见一位单身小姐驾着一辆小马车沿着街道急速驶来，小姐风华正茂，金发飞扬，身着一袭蓝裙。他痴痴地看着，而后如梦初醒，像个小男孩一样挥着帽子跑上前迎她。

“噢，劳里，真的是你吗？我以为你永远都不会来呢！”艾米一边喊着，一边丢下缰绳，伸出双手。一个法国母亲看到了这一幕很是恼火，赶紧催着女儿离开，唯恐让她看到这些“疯子英国人”不成体统的举止后会有样学样。

“路上耽误了点时间，可我承诺过，要陪你过圣诞节的，所以我来了呀。”

“爷爷身体好吗？你们什么时候抵达的呀？住在哪个地方？”

“爷爷好得很，我们是昨晚到的，住在尚旺饭店。我去过你们下榻的饭店，但你们不在。”

“我有太多话想跟你说了，我都不晓得从何说起啦！快上车，让我们好好聊聊吧。我正愁没人陪我兜风哩。弗洛在为今晚养精蓄锐，

① 桑威奇群岛（Sandwich Island），夏威夷群岛的旧称，该岛由英国航海家詹姆斯·库克（James Cook，1728—1779）于1778年发现并命名。

所以没法陪我。”

“晚上是有舞会吗?”

“我们饭店举办了一个圣诞派对。这儿美国人很多，派对是他们为了庆祝节日而举办的。你会和我们一起参加的吧?叔婆会喜欢的。”

“感谢你的邀请。我们现在往哪儿走呢?”劳里一边问，一边抱着手臂往椅背上靠去。这个动作正合艾米的心意，因为她想驾车;她很享受阳伞、马鞭和白马背上的蓝色缰绳。

“我得先去银行拿个信，再去城堡山玩玩。那里景色秀丽，我想去喂孔雀。你以前去玩过吗?”

“前几年的时候经常去，我不介意再去一次的。”

“跟我说说你的事吧。上一次知道你的事，还是从你爷爷的信里，那时他正盼着你从柏林回来。”

“对，我在柏林待了一个月，接着在巴黎见了他，他在那边安顿下来了，会在那边过冬。他在那边有朋友，还能找到很多乐子，我俩相处得很愉快，然后我就放心地来这里找你啦。”

“这路线计划得太棒了。”艾米赞道，总觉得劳里的身上丢失了什么东西，却说不清到底是什么。

“对呀，你也知道，他不喜欢旅行，而我又讨厌总待在一个地方。所以我们分头行动，就谁也不耽误谁啦。我经常陪在他身边，他乐意听我的冒险，我也喜欢在外游荡回家的时候，爷爷欢喜地迎接我的感觉。这地方真像个又脏又老的破坑，对吧?”正当他们驾着车顺着街道驶向这个老城区的拿破仑广场的时候，他一脸嫌恶地补充道。

“灰蒙蒙的风景有一种朦胧美，我倒不介意呢。山川如此曼妙，狭窄的街道纵横交错，单是看上几眼就让我开怀。现在，我们就先让这支游行队伍先过马路吧，他们往圣约翰教堂那边去。”

劳里怏怏地打量着这支行进中的队伍，牧师们头顶华盖，修女们蒙着白色面纱、手里拿着点燃的小蜡烛，教徒们身穿蓝色衣裳，边走边唱;艾米则暗中观察劳里，一种从未有过的羞涩之情悄悄涌上心头。艾米发觉他变了，身侧这个忧郁的男人，不再是她离开时那个无忧无虑的男孩儿了；他长得越发帅了，也越发沉稳了。这时，和艾米重逢而激发的喜悦之情渐渐消退，他看上去好像有些累了，无精打采的——不是生病了，深究起来，也不是不开心，而是有点少年老成的意味，可这一两年他不是过得逍遥自在吗，怎么反而会这样呢？艾米弄不明白，也不敢贸然发问，只好摇了摇小脑袋；这时候，游行队伍歪七扭八地穿过帕格里奥尼桥的拱门，走进了教堂里，于是她轻轻鞭打了一下她的小马驹。

“Que pensez-vous①？”艾米卖弄着她的法语，出国之后，她会说的法语句子越来越多，可惜质量跟不上数量。

“小姐未曾虚度光阴，收获颇丰啊。”劳里满脸钦佩的神情，把手放在胸前弯着腰答道。艾米脸上飞起了喜悦的红晕，可不知为何，她并不满意这些恭维话，觉得还不如从前在家时他那些直率的表扬来得自在。那个时候，每逢节日劳里都会同她嬉闹，说她“开朗得很”，并赞许地拍着她的头然后开怀大笑。她并不喜欢劳里的新调调，尽管他不常用这种腔调。因为他虽然脸上露出赞许的神情，可惜语气听起来却毫无感情。

“如果他长大了就得变成这样，我宁愿他永远不要长大。”艾米心想，带着一种莫名的失落和别扭的感觉，却要努力装作轻松快活。

在阿维格多银行找到了那封珍贵的家信之后，她就把驾车的任务交给了劳里，如饥似渴地开始读信。此时他们正沿着一条蜿蜒的林荫道行驶，路两侧有绿色的篱笆，里头清新的香水月季开得正盛，跟夏天一样。

“妈妈在信里说，贝思的身体状况每况愈下。我经常想是不是该回家去了，可大家都让我再‘待一下’，于是我就照做了，因为这种机会太难得了。”艾米神情严峻地盯着信，说道。

“我觉得留在这里是对的。小乖乖，你在家里帮不上什么忙，只要他们晓得你在国外身体健康、心情愉悦、玩得快活，就会觉得欣慰的。”

他往艾米这边凑了凑，说话的模样跟从前一模一样。这就驱散

① 法语：你在想什么？

了那些偶尔会困扰艾米心绪的烦恼，因为，劳里的言行举止，尤其是那声哥哥般的“乖乖”都仿佛给了她信心，就算真的陷入了困境，她在国外也不是孤身一人。不久，她大笑着向劳里展示了一张乔的速写肖像，画里的乔穿着她的写稿工作服，帽子上那朵蝴蝶结突兀地立着，嘴里吐出一串字：“灵感在燃烧！”

劳里微笑着接过肖像，放到自己的马甲口袋里，怕“万一被风给吹走了”，然后兴致勃勃地听艾米读那封生动的信。

“对我来说，这个圣诞节会和往年一样快活，早上收礼物，下午和你一起读信，晚上还有派对呢。”艾米边说，边在老城堡的遗址前跳下了车，这时，一群华贵的孔雀围了上来，温顺地期盼着他们手里的食物。艾米站在城墙上一个比劳里站的位置更高一点的地方，一边微笑，一边向这些美丽的鸟儿投面包屑。这时，如同她刚刚观察劳里一样，劳里也不由自主地向她投去好奇的目光，想看看分别了这么长时间，她身上都有哪些变化。他找不到任何让他疑惑或失望的地方，只看到了一些值得钦佩和赞美的品质。略去她举手投足中一丝丝的故作姿态，她还像过去一样生气勃勃、优雅得体；另外，她的仪表中又注入了一种只可意会不可言传的气质——那就是优雅。艾米一向比同龄人早熟，言谈举止中都透出一股泰然自若的劲儿，这让她看上去更像个阅历丰富的女子，其实不然；尽管她容易急躁的老毛病时不时还会冒出来，但她强大的意志会控制住自己；而异国的历练也没有改变她天生的率真性格。

上面这些并不全是劳里看艾米喂孔雀时体会到了。因为他已经沉迷于眼前的场景了，就像一幅漂亮的小画让他记忆犹新：笑容明媚的姑娘站在阳光中，光晕把她的衣服渲染得色彩柔和、脸颊烘托得清新红润、发丝照耀得金光闪闪，整个人在怡人的景色中熠熠生辉。

他们爬上山顶的岩石平台之后，艾米向劳里挥了挥手，似乎是欢迎他光临自己的老地方，她东指一下、西指一下地问劳里：“你没忘记那个大教堂和科尔索吧？那边海湾有拉网捕鱼的渔夫们；还有下面那条可爱小路，可以通到弗朗加别墅和舒伯特塔楼的；但是，最美的地方要数大海远处的那个小点啦，听说叫科西嘉岛，这些你都没忘记吧?”

“没忘啊，没什么变化啊。”他热情寥寥地答道。

“乔会放弃所有只为瞧瞧那个举世闻名的小点!”艾米兴致勃勃地喊道，很想让劳里也跟她一样情绪高昂。

“她会的。”他简短地答道，接着转过头来，瞪大眼睛望着那个小岛，看来乔比拿破仑这个篡位者更伟大啊，瞬间就能把这个小岛变得有趣起来。

“替她仔细欣赏下这个小岛吧，接着我们来聊聊，这些日子你都经历了什么事。”艾米坐了下来，打算跟他促膝长谈。

但她未能如愿，虽然他也坐了下来，还有问必答，她也只能从中得知他曾经漂泊于欧洲大陆，还去了希腊。闲晃了一个钟头，他们就驱车返回饭店了。劳里问候过卡罗尔太太之后，就告辞了，并许诺晚上来参加派对。

艾米当晚特意打扮了一番，表现得也是可圈可点。长时间的分别同时改变了两个年轻人。艾米对老朋友有了新印象，不再把他看作是“我们的男孩”，而是一个帅气随和的男人。她发觉自己会不由自主地渴望得到他的另眼相看。艾米了解自己的长处，善用品味与技巧让它们得以充分展现。对没钱的漂亮女人来说，这无疑是另一种财富啊。

在尼斯市，塔勒坦棉织布和薄纱不值几个钱，于是，艾米在这些场合就用它们将自己打扮一新。她效仿智慧的英国时尚，小姐们衣着简约，用鲜花、小玩意儿和各种花哨的小饰物把自己打扮得魅力四射。这些小饰品价格不贵，效果却很显著。我们不得不承认，艺术家的品位有时候可以控制女人，让她们追捧古董头饰，雕像般的姿势，还有古典服装。但是，我们都有各自的不足，少女身上有缺点是多么情有可原啊，她们的美貌让我们一饱眼福，不加修饰的虚荣心也可以让我们心情畅快呀!

“真希望他会觉得我美丽动人，接着回去这样描述给我的家里人听。”艾米对自己说，此时她身上穿的是弗洛以前穿过的一件白色丝绸礼服，披着一块崭新的透明薄纱，白皙的肩膀若隐若现，衬得她的秀发色泽金黄，真是艺术味儿十足。她还很有品位地把头发上的厚波浪与卷毛梳在脑后，扎成了一个赫柏女神似的发髻，其余的头发则随意落下。

“这发型不时髦，却很漂亮，我不想把自己打扮得怪里怪气的。”每当有人建议她去赶时髦做个鬈发、蓬蓬头或者编辫子时，她就是这样回答。

艾米没有配得上这种正式场合的名贵首饰，只好用玫瑰色的杜鹃花给她的羊毛裙围了一圈花朵边；至于她空荡荡的白皙香肩，就用精致的绿色藤蔓做了装饰。她回忆起那双涂色的靴子，像个小女孩儿似的满意地审视着此时脚上穿的白色缎面便鞋，竟在房间里跳起了滑步舞来，自顾自欣赏着她这双充满贵气的玉足。

“我的这把新扇子和鲜花真是相配啊，手套也配得迷死人，手帕是叔婆送的，上头的真丝花边提升了我整套服装的品位。要是我的鼻子和嘴巴长得再古典些，那就太完美了。”她双手各拿着一根蜡烛，挑剔地一边审视着自己，一边评价道。

尽管艾米为自己的长相苦恼，可走出房间的时候，她依然是一副相当喜悦和优雅的模样。她几乎不跑步——她觉得那不是她的风格，因为她身材高挑，不适合嬉戏奔跑，而更适合迈那种像朱诺天后①般高贵优美的稳重步伐。等待劳里的时候，艾米在狭长的大厅里踱来踱去，开始的时候，她伫立在枝形吊灯底下，灯光洒在她头发上，效果绝佳；可她临时改变了心意，便走到房间的另一端，仿佛为她女孩子气的想法——想要别人一眼看去，觉得惊为天人——觉得难为情。却不料歪打正着，劳里此时正低调地走进大厅，艾米却丝毫没有察觉，正站在远处的窗棂旁，侧着头，一只手提着裙裾，红色窗帘和白色倩影相得益彰，就好像一座精心安放在那里的雕像。

“戴安娜②，晚上好呀！”劳里说着，满意地看着艾米，这正是艾米想要的效果。

“阿波罗③，晚上好呀！”她微笑应答。劳里看起来如此

---

① 朱诺（Juno），罗马神话人物，宙斯的妻子。

② 戴安娜（Diana），罗马神话人物，狩猎和月亮女神。

③ 阿波罗（Apollo），古希腊神话人物，太阳和光明之神，拥有音乐才华。

débonair①，想到自己将会在这样一位风度翩翩的男士的陪同下步入宴会厅，艾米就由衷地同情起那四位长相平庸的戴维斯小姐们。

“这花是送你的，记得你讨厌汉娜称之为‘短花束’的那种花束，所以这是我亲手插的。”劳里一边说，一边递给她一束精致芬芳的鲜花，花束上的花托她心仪已久，正是她每天路过卡迪利亚花店橱窗时看到的那个。

“你真是太好了！”她感动地惊呼道，“如果我早知道你今天就到，就能给你准备点礼物了，尽管可能没你的礼物这么漂亮。”

“谢谢夸奖。这束花没那么好看，是你的美丽衬得它如此漂亮。”他恭维道，逗得艾米忙摆手，把手腕上的银手镯晃得丁零零地响。

“快别这么夸我了。”

“我想着你爱听这种话呢。”

“只是不想听你说，这太奇怪了，我还是爱听你过去那些心直口快的话。”

“你这么说，我真开心。”他一脸欣慰地回答道，接着他帮她把手套上的纽扣扣好，让她帮忙看看自己的领带打好了没，他们在家乡结伴参加舞会的时候，总是这样互相帮忙。

当晚，狭长的大厅里的汇聚了形形色色的人们，这样的场景是欧洲大陆绝无仅有的。热情好客的美国人把他们在尼斯市认识的所有人，不论名头，都请来了，竟有几位贵族莅临，为圣诞舞会添色不少。

一位俄国王子低调地在角落里坐了一个小时，和一位身材魁梧的女士聊着天。那位女士穿着黑色的天鹅绒礼服，短脖子上戴着一圈珍珠项链，这身装扮，真是活像哈姆雷特的母亲。一位十八岁的波兰伯爵扎进了女人堆里，女士们都唤他“漂亮的宝贝儿”。一个德国贵族之类的家伙似乎是专为美食而来，只见他盲目地四处游荡着，搜罗着任何能吃的东西。男爵罗思柴尔德的私人秘书是一个大鼻子犹太人，他蹬着一双紧绷绷的靴子，平易近人地冲着大家微笑，仿佛主人的名讳给他加上了一圈金色的光环。一个自称是皇帝朋友的

① 法语：温文尔雅。

法国矮胖子来这里，只为满足自己的舞瘾。英国主妇德·琼斯女士带来了自己的八个子女，让舞会增色不少。除此之外，舞会上还有好些舞步轻快、大嗓门的美国女孩，品貌端庄、中规中矩的英国小姐，几位长相平庸却性子泼辣的法国姑娘，同样的，还有那群在哪儿都能看见的旅居小伙子，正尽情地玩闹，不同国籍的母亲们就坐在墙壁边的凳子上，笑盈盈地看着他们和自己的女儿一起跳舞。

任何一个年轻姑娘都可以想象得到当晚艾米挽着劳里的胳膊"亮相"时，是怎样一种感觉。艾米清楚自己看起来美丽动人，她热爱跳舞，觉得自己的双脚就是为跳舞而生，她享受这种让人愉悦的能力。小姐们第一次察觉到自己能够用与生俱来的美貌、青春以及女性魅力支配一个迷人的新天地时，这种感觉就会油然而生。艾米确实可怜戴维斯家的女儿们，她们笨手笨脚，长相平庸，只有一个严苛的爸爸和三个更严苛的未嫁人的姑姑做她们的护卫者。艾米走过她们身边时，向她们和善地行礼。艾米做得恰到好处，不仅向她们展示了她的裙子，还点燃了她们对这位高贵的朋友的好奇心。乐队奏响了第一个音符，艾米的脸上就飞起了红晕，眼睛熠熠生辉，脚不耐烦地跺着地板，急于想让劳里知道她的舞技了得。所以，当劳里气定神闲地问她："你愿意跳舞吗?"她的震惊可想而知。

"来到舞会上就是想跳舞的呀!"

她惊诧的表情和抢白，让劳里意识到自己的错误，赶紧接着说道："我是指跳第一支舞，请问我有这个荣幸吗?"

"要是把伯爵的邀舞往后推一推，就能把这个机会给你了。他的舞跳得真是棒，不过看在你是老朋友的份上，伯爵应该会谅解的。"艾米说着，希望那个头衔会有用，能够让劳里明白，她是不可小觑的。

不过，艾米只得到了劳里的几句恭维话，"漂亮的小个子男孩，可惜矮个子波兰人配不上'身材高挑，超尘脱俗的诸神之女。'①"

他们周围全是英国人，所以艾米不得不规规矩矩地跳着沙龙

① 该句出自英国诗人丁尼生于1833年发表的诗歌《丽人梦》（*A Dream of Fair Women*）。

舞①，并始终相信后面她还有机会尽情地跳塔朗泰拉舞②。劳里把她丢给了“漂亮的小个子男孩”，便去找弗洛完成邀舞的任务了，没找艾米预订后面的共舞机会，真该斥责一下他这种短视的行为，当然他也受到了应得的惩罚。艾米随即一口气跳到了晚饭时分，盘算着如果劳里表现出忏悔的迹象，她就原谅他。劳里过来邀请艾米跳下一支曼妙的波尔卡雷多瓦舞③的时候，是踱步走来的，不是跑过来，艾米见此，便板着一张脸递给他一本跳舞预约本。而且他形式主义的礼貌也没能打动她。贝思和伯爵奔向舞池的时候，看到劳里正安然地坐在叔婆身边。

这太让人生气了呀，艾米好长一段时间不去看他，只在舞曲转换的空闲时候，偶尔让她的陪护人帮忙固定衣服上的别针，或者稍做休息。她的怒气很有威慑力啊，尽管她把它藏在灿烂夺目的笑容底下。劳里满眼笑意地看着她，她既不嬉笑追逐，也不四处乱晃，只是兴致勃勃、仪态万方地跳着舞，真是这种休闲娱乐该有的样子。他不由自主地用这种新视角来剖析艾米，舞会还未过半，他已断定“小艾米就要长成一个魅力四射的女人了”。

舞会很热闹，社交氛围很快感染了在场所有人，圣诞节的欢快情绪让每个人都神采奕奕，内心欢喜，步履轻快。乐师们有的拉提琴，有的吹号，还有的敲鼓，仿佛也沉醉了。会跳的人都在尽兴跳着，不会跳的人则十分眼红地看着跳舞的邻座。戴维斯一家脸上阴云密布；琼斯家的那几个小长颈鹿似的孩子正在嬉戏。那个金光闪闪的秘书像流星似的划过宴会厅，领着一个时髦的法国女人起舞，女人粉红色的绸缎裙裾在地上拖曳着。那位尊贵的条顿人④看见了

---

① 沙龙舞（Cotillion），美国人常跳的四对方舞，是一种在正式场合跳的需要变换复杂舞步的舞蹈。

② 塔朗泰拉舞（Tarantella），一种需要快速旋转的舞蹈，源自于15世纪意大利南方农民所跳的舞蹈。

③ 波尔卡雷多瓦舞（Polka-redowa），源于波西米亚民间舞蹈，是19世纪十分流行的交际舞。

④ 尤指德国人。

美食，喜形于色，把菜单上的美食都吃了个遍，那风卷残云的架势让 garçons① 诧异不已。那位皇帝的朋友风头正盛，他逢舞必跳，哪怕是不会的，不知道怎么跳时，就即兴跳个芭蕾舞的脚尖旋转的动作对付过去。观赏那矮胖子充满童真地放飞自我，真是有意思；虽然他“身体笨重”，跳舞的时候却像个蹦蹦跳跳的橡皮球一样灵活。他奔跑、起舞、跳跃，弄得面色潮红，秃脑袋油光发亮，燕尾服的燕尾狂摆，皮鞋在半空中闪闪发光，直到音乐停歇，他才拭去额头上的汗水，向他的舞伴微笑致意，活像法国的匹克威克，只是没戴眼镜。

艾米和她的波兰舞伴也十分出彩，舞步热情洋溢，只是更灵活优雅些。劳里发现自己的目光不由自主地跟随着白舞鞋跳跃的节奏，那双鞋仿佛长了翅膀，乐此不疲地飞舞着。那位小个子弗拉基米尔终于松开了贝思的小手，并发誓“不得不提早告辞，真叫人沮丧”。艾米打算歇息一下，顺便看看她那不忠诚的骑士有没有吃一堑长一智。

惩罚的效果很成功，一颗二十三岁的少年的心，被摧残了，也很容易在友好的社交圈里获得慰藉。在这样一个美女环绕、灯光迷离、载歌载舞的环境里，年轻人自然会兴奋和激动。劳里如梦初醒地起身给艾米让座，看到他匆忙离去为她取晚餐的背影，她满意地笑着对自己说道：“噢，我就知道这法子有用！”

“你这个样子真像巴尔扎克在《Femme peinte par elle-même②》这部小说中所描绘的上流社会的名媛。”他说着，一只手替她摇扇子，另一只手则端着她的咖啡。

“我的胭脂可不会脱妆。”艾米用白手套擦了下她绝美的脸蛋，一本正经地证明给他看，那天真无邪的模样逗得劳里哈哈大笑。

“这个东西叫什么？”他摸了一下飘落在艾米膝盖上的衣袂，问道。

---

① 法语：男侍者。

② 小说《妇女再研究》的法文名。《妇女再研究》是收录于法国小说家奥诺雷·德·巴尔扎克（Honoré de Balzac，1799—1850）发表的巨著《人间喜剧》（*The Human Comedy*）中的短篇小说。

“幻觉薄纱。”

“好名字。真漂亮，是新面料吗?”

“老掉牙的东西。你肯定在很多姑娘身上见过，只是如今才觉得它漂亮——stupide①!”

“我从没见你穿过，你瞧，这个错可不赖我。”

“行了，收起你的恭维话吧！我现在想喝咖啡了。哎呀，别走来走去啦，看得我紧张。”

劳里于是正襟危坐，乖乖地接过艾米用完了的盘子，听凭“小艾米”差遣，内心升起一种奇怪的快感。如今的艾米褪去了羞涩，不由自主地想要逗逗他；只要男人们拜倒在姑娘们的石榴裙下，她们有的是让他们乐在其中的办法去捉弄他们。

“你从哪儿学来的这一套?”他满脸疑惑地问她。

“什么‘这一套’，你能说清楚些吗?”艾米答道，她心里相当明白他指的是什么，只是故意捉弄他，让他讲清楚这种只可意会的东西。

“就是——从头到脚的风度、派头，那种举重若轻的感觉，那个……那个什么来着……幻觉薄纱……你晓得的。”劳里说到这里笑了一下，用那个新词把自己从困境中解救出来。

艾米如愿以偿，不过她还是面不改色，继续一本正经地答道：“异国之行让人在不自觉地受了历练。我不光玩乐，还学习，至于这个……”她指着衣服说道，“哎呀，薄纱不值什么钱，花束是白拿的，我最擅长运用这些便宜的小玩意儿。”

艾米相当懊恼说出了最后那番话，担心那么说有些俗气。劳里却觉得她更可爱了，觉得自己很是欣赏和敬佩那种善用机遇的坚强耐力，和她用鲜花装点贫困的积极乐观。于是，劳里看向她的眼神变得异常亲热，还把自己的名字写满了她的跳舞预约本，愉快而专注地和她共度接下来的舞会时光。诱发这种喜人变化的起因，是他俩潜意识中彼此展现给对方的一种新印象。

---

① 法语：傻瓜。

第十五章　被“束之高阁”的梅格

在法国，未婚小姐们的日子非常枯燥，结婚后“vive la liberté①”反而成了她们的格言。而在美国，大家都知道，小姐们则早早签订了《独立宣言》，然后带着共和党人般的热情自由地生活。然而，年轻主妇们常常在第一个继承人出生之时就隐退了，就像走进了法国的女修道院，只是不像那里那么宁静。无论她们是不是自愿的，结婚之初的兴奋劲儿一过，她们实际上就被束之高阁了。大部分少妇会感慨，前几天一位美少妇就这样说过：“我美貌依旧啊，只因为结了婚，人们就对我不屑一顾啦！”

梅格既不是大美女，打扮得也不时髦，所以直到她的宝宝们长到一岁，才品尝这种痛苦滋味。因为，在她生活的小圈子里，民风淳朴，她觉得自己婚后得到的钦佩与爱比以往还多。

梅格是个温柔的小妇人，可谓是母爱泛滥，一门心思都扑在孩子身上，眼里放不下其他事和人。她夜以继日，不知疲倦地照顾孩子，把约翰晾在一旁，任由现在主事厨房的一个爱尔兰太太摆布。约翰是个居家的男人，早就习惯了妻子的关怀，如今必然怀念这种感觉；可他也爱他的宝宝们，所以就心甘情愿地暂时忍耐着不舒适，天真地猜测很快就能风平浪静。可三个月过去了，并没有恢复平静。

① 法语：自由万岁。

梅格看上去憔悴不堪、紧张兮兮，因为孩子们每时每刻都缠着她，家务事只能丢到一边。至于厨师基蒂，干活“随意”，经常让约翰吃不饱肚子。早晨离家的时候，家务缠身的妈妈会给他布置些让人摸不着头脑的小任务；晚上开开心心地到家，渴望拥抱一下家人，妻子却制止道：“嘘，孩子们闹了一整天，才睡着呢。”他提出在家里玩闹一下，得到的答复却是：“不行！会吵到孩子。”他建议去听个讲座或音乐会，得到的会是一个斥责的眼神和斩钉截铁地回答：“要我抛下宝宝去寻欢作乐，这不可能！”他夜里常被孩子的啼哭声惊醒，偶尔还会看到一个轻手轻脚四处走动的怪影。用餐的时候，一旦楼上婴儿房里有一丁点儿动静，管家婆就会丢下他自生自灭，不停地上楼下楼闹得他完全没了食欲。到了晚上的读报时刻，看到航运表的时候，梅格说德米得了肠绞痛，看到股票价格的时候她又说起黛西跌了一跤，因为布鲁克太太心里只有孩子。

可怜的男人心里很难受，觉得是孩子夺走了他的妻子；家变成了一个婴儿房，每次他踏进这神圣的孩子国，不绝于耳的“嘘”声把他变成了原始的入侵者。半年来，他耐着性子忍受，可似乎并没有好转的征兆。他于是效仿起别的被遗忘的父亲们——尝试着去外面寻找安慰。斯科特结了婚，住的还挺近，约翰于是养成了晚上去他家消磨一两小时的习惯，因为他自己的客厅空无一人，妻子只会没完没了地唱催眠曲。而斯科特的漂亮夫人呢，精力充沛，性格随和，家务活做得相当成功：她的客厅总是窗明几净，摆好的棋盘随时可以开局，钢琴的音色调得很准，愉快地谈天说地后，还可以享用一顿迷人的小晚餐。

如果家里不是那么冷清，约翰会愿意守着自家的炉火，可他只能心存感激地选择去邻居家打发时间。

梅格起初相当默许这种新安排，她为约翰找到了好消遣，不再在客厅里打瞌睡，或者在家里头踱来踱去把宝宝给吵醒而感到欣慰。可过了一阵子，等宠儿们度过出牙期，不再焦躁不安，能够按时上床睡觉了，妈咪就能喘口气了。于是，她记起了她的约翰，没有他穿着旧袍子在她对面坐着，舒坦地把他的便鞋放在火炉围栏上烘烤，她一个人和针线篮做伴就太无聊了。她不想开口求约翰别出去，可她觉得受伤，难道她不明说，他就发现不了自己需要他吗？梅格彻底忘记了，在无数个夜晚里，约翰等待了她，却一无所获。她整天照顾和担心孩子，已经心神俱疲了。大部分母亲被家务事压得透不过气的时候，都会偶尔产生这种不讲道理的想法。她们极少运动，精气神儿就不足，而且美国妇女过度依赖她们的偶像——茶壶，喝茶更让她们精神紧张和身体虚弱。

“现实真残忍，”梅格照镜子的时候常说，“我年老色衰，约翰对我失去了兴趣，所以抛下他的黄脸婆，跑去看那位还没生育的美貌邻居了。还好两个宝宝是爱我的，他们也不会介意我面黄肌瘦、头发凌乱，这真让我宽慰。约翰迟早会看到我为他们的无悔付出，我的心肝们，对不对呀？”

对于妈妈的诉苦，黛西会用“呀呀”声作答，德米却是用啼叫，此时，梅格的悲伤情绪就会散去，取而代之的是身为人母的自得，觉得也没那么寂寞了。后来约翰又沉迷于政治，这让梅格更难受了，因为他总去斯科特家谈论他关注的政治观点，完全没想过梅格会想念他。她从没抱怨过，直到母亲有一天发现她在抹眼泪，便刨根问底起来，因为女儿的失落母亲都看在眼里。

“妈妈，除了你我不知道还能跟谁说。我真的需要些建议，如果约翰继续这样，我跟寡妇有什么两样？”布鲁克太太回答道，伤心地拿着黛西的围嘴擦起了眼泪。

“乖乖，约翰他怎么了？”妈妈着急地问道。

“他白天总不归家，晚上我想他的时候，他又去了斯科特家。凭什么啊，为什么最难的活儿我干了，开心的事就没我的份？男人都是自私鬼，最好的男人也是如此。”

“女人也自私。批评约翰之前，先检讨下你有没有错。”

“他忽略我，这绝对是错的！”

“你就没忽略他吗？”

“呜，妈妈，我还以为你跟我是一条战线上的！”

“梅格，我同情你，可我认为是你有错在先！”

“我不觉得自己有错。”

“我告诉你吧。约翰白天工作，只在晚上有空，以前你俩二人世界的时候，他没忽视过你吧？”

“没有。可我要照顾两个孩子，如今的我做不到啊。”

“乖乖，我认为你可以，也应该做到。我能说句不中听的话吗？你能明白，妈妈对你是既责备又心疼的吗？”

“我会的。跟我说吧，就把我当作过去那个小梅格。自从有了这两个万事都得靠我的孩子，我常觉得自己更需要指引了。”

梅格把自己的矮凳挪到母亲身边，两边膝上各放一个小调皮。母女俩摇着椅子，讲着贴心话，感觉母性的纽带让她们靠得更近了。

“像大部分年轻妈妈一样，你犯了她们常犯的错——太爱孩子，却忘了做妻子的责任。梅格，犯这种错很正常，大家会饶恕你的，你最好在和约翰形同陌路之前赶紧弥补。孩子应该让你们更亲密，而不是让你们离得更远。别让约翰觉得好像孩子是你一个人的，更不要让他以为除了赚钱养他们，孩子的其他事情和他一点关系都没有。几个礼拜了，我都看在眼里，只是没点破，想着你们的关系总有一天会回到正轨的。”

“怕是很难了。如果我让他别出去，他会觉得我小气，我不愿让他这么想我。他不知道我需要他，我也不想直接开口说，这就难办了。”

“把家的氛围营造得欢快些，他就不会去外面了。乖乖，他渴望小家庭，可没有你，哪儿还叫家呢，你却总是待在婴儿房里。”

“我不该待在那儿吗？”

“不该总在那儿，总关在那里，你会神经紧张的，然后什么都干不好。你要照顾孩子，也要照顾约翰啊。别顾着孩子，却忽视了丈夫，不要把他排斥在婴儿房之外，教教他该如何帮忙做点事儿。在婴儿房里，也有他的一席之地，况且宝宝也需要他。要让他觉得自己也可以做点事，那么他就欣喜地尽父亲的义务，这么一来大家都开心了。”

“妈妈，真是这样吗？”

“梅格，我很清楚，因为我经历过。如果没有亲自验证这个建议的可行性，我是不会轻易提出来的。在你和乔刚出生的时候，我就跟你一样，觉得如果不把一门心思都放在你们身上，就不是个负责任的母亲。我拒绝你父亲提供的一切帮助，可怜的父亲只能埋头读书去了，留下我独自尝试。我拼命挣扎，可乔太难带了，我只好放纵她，差点毁了她。你总是生病，我都要急死了，直到把自己累垮了。这个时候，你爸爸来处理了这个烂摊子，一言不发地办妥了所有事，证明了他的用处，也让我意识到了自己的偏见。从此以后，我万事都离不开他了。这就是我们家庭幸福的法宝。他从不拿工作当借口来推诿涉及全家人的家庭琐事和责任，我也尽量不让家庭烦恼来影响自己对你父亲事业的好奇心。在外面，我们各司其职；可在家里，我们总是共同承担家务。”

“正是如此，妈妈，我最想成为你这样的贤妻良母。给我些建议吧，我都会照做的。”

“你一直都是我听话的乖女儿。行了，乖乖，换做是我啊，我会让约翰多参与一下对德米的管束，男孩是要训练的，多早都不为过。然后，你要做那件我提议已久的事情，让汉娜过来给你搭把手。她是一流的保姆，你放心把宝贝们交给她来照看，自己则趁机多干些家务活。你得多运动，汉娜会乐意干剩下的家务，约翰也可以重获自己的妻子的关爱。多去户外走走，就算忙得像个陀螺，心情也要愉悦呀。你可是家中的小太阳，如果连你都郁郁寡欢，家里哪儿能有好天气呢？你还要试着了解约翰的喜好，跟他聊天，让他给你念书，然后交换观点，用这种方式来相互提升。不要觉得自己是个主妇，就把自己封闭在纸箱子里不问世事，要了解外面的世界都发生了些什么，并且教导自己要参与其中，因为这些消息会影响你和你的家庭。”

“约翰太聪明了，我怕问政治之类的问题，他会觉得我愚蠢。”

“我不觉得他会这么想，爱情能掩饰各种缺憾，况且，除他之外，你还能心直口快地问谁呢？试一下吧，看他会不会意识到，和斯科特家的晚餐相比，你的陪伴更让他愉快。”

“我会试试的。悲催的约翰！我忽略了他那么久，恐怕他已经伤透了心。他什么都没说，我还以为自己没错呢。”

“他想试着更宽容些，但恐怕是已经有一种被全世界抛弃的感觉。梅格，就是这个时候，小夫妻最容易疏远，越是在这种时候，你们就越应该常常待在一起，新婚之初的柔情需要悉心呵护啊，不然很快就会被消磨光的。小生命们诞生之初需要加强亲子关系的那几年时间里，对孩子的父母来说，没有任何时光比这段日子更美妙和珍贵的了。别让约翰和宝宝们形同陌路。这个世界充满了挫折与诱惑，宝宝是最更能赋予他安全感和幸福感的东西；通过他们，你们将学会，也必须学会互相了解、互相爱护。行了，乖乖，我得走了。好好考虑下妈妈的话，如果赞同，就行动起来吧。愿上帝保佑你们一家。”

梅格真的好好考虑了，非常赞同，就行动起来了，然而首次尝试就一波三折。当婴儿们发现蹬下小腿、啼哭几声就能获得他们想要的东西时，他们就成了这栋房子的霸主，当然也对梅格蛮横起来。妈妈会卑贱地臣服于他们的任意妄为，爸爸却很难就范。曾经爸爸偶尔想用父亲的规矩管教调皮的儿子，却要顾及他那位心软的妻子。德米沿袭了他父亲一部分的坚毅性格——不能说是顽固；当这个小不点认定要一件东西或者要做一件事的时候，就算是国王的全班人马都拉不回他。妈妈觉得宝贝还这么小，现在就教他克服恶习还为时尚早；爸爸却认为学会服从，怎么都不嫌早。所以德米主人小小年纪就意识到，和“大大（爸爸）”“交（较）量”，落败的一方总是他；可是，和英国人一样，宝宝尊敬那些征服了他的强者，并且爱爸爸。爸爸严厉的“不行，不可以”比妈妈全部的爱抚更深入他们的心。

和妈妈谈完话之后的几天，梅格决定试试当晚陪一下约翰。于是，她安排了一桌丰盛的晚餐，把客厅布置得井然有序，自己也梳妆打扮一番，再让宝宝们早早上床睡觉，这样就不会有人来阻挠她的试验了。可惜德米积习难改，非常抗拒上床睡觉，他当晚更是决意要闹个天翻地覆。可怜的梅格又是唱、又是摇、又是讲故事，试遍了每一种哄睡的方法，都是白费力气，他仍旧瞪着一双大眼睛。胖乎乎的乖宝宝黛西早就睡着了；调皮的德米却躺在床上瞧着灯，丝毫没有睡意，让人沮丧之极啊！

“妈咪要下楼给可怜爸爸倒茶茶喝，德米乖宝宝，躺着不动，可不可以呀？”梅格问道，只听走廊的门被轻轻合上，饭厅里传来了熟悉的踮脚走路声。

“米（我）要吃茶!”德米说着，打算加入狂欢。

“不可以，如果你跟黛西一样乖乖睡觉，妈咪就留些小糕糕给你做早餐。好不好呀，宝宝?”

“哈（好）!”德米使劲儿闭上眼，好像要赶紧入睡，这样明天就会早点到。

梅格借机赶紧溜下楼，笑盈盈地迎接丈夫；头上戴的蓝色蝴蝶结是他最喜欢的。他一眼就看出来了，满眼惊喜地问：“哎呀，小妈妈，今晚这么开心呀，是有客人来吗?”

“乖乖，只有你呀!”

“今天是谁的生日、结婚纪念日，还是什么别的节日吗?”

“不是！我受够了自己的邋遢样，梳妆打扮一下，换个形象。你就是再累，坐在餐桌前也都是西装革履的。只要我得空了，为什么不跟你一样呢?”

“乖乖，我那样在意形象，是因为尊重你呀!”约翰老派地说道。

“布鲁克先生，我也一样呀。”梅格笑了起来，隔着茶壶冲她点头的面庞，又是那般青春靓丽。

“是的，真叫人开心，仿佛回到了过去。这茶味道很好！乖乖，祝你健康，干杯!”约翰欢欣雀跃地品着茶，可惜好景不错，他刚放下茶杯，门把手就发出一阵神秘的咯吱声，只听一个童声不耐烦地喊着：“太（开）门，我要清（进）来!”

“是调皮儿子！我让他睡觉的，没想到他却跑这儿来了。那小脚裹在帆布鞋里咚咚乱跑，会冻坏的。”梅格边说边打开了门。

“到早上啦。”德米进来欢喜地宣布道，长袍子优雅地搭在胳膊上。他在餐桌旁蹦来蹦去，头上的小卷毛也欢快地摆动着，眼睛则一直盯着心爱的“小糕糕”。

“不对，现在是晚上。你必须上床睡觉了，不准打扰你可怜的妈咪了。乖乖的，你才可以吃到带糖的小蛋糕。”

“米（我）爱大大（爸爸）。”小机灵鬼说着，就往爸爸的膝盖上爬，想要违禁狂欢一番。约翰却摇头拒绝，对妻子说道：“如果你让他待在楼上睡觉，就必须让他服从，不然，他只会把你的话当耳旁风。”

“那是当然。德米，走吧。”梅格带走儿子，极想揍一顿这个在身旁上蹿下跳的小淘气；小家伙居然以为一进婴儿房就能拿到贿赂。

他果真没猜错，这个短视的女人贿赂了他一块糖，然后把他塞进被子，吩咐他天亮才可以下床。

“哈（好）!”德米假装同意，开心地舔着他的糖，又一次大获全胜咯。

梅格回到她的座位上，晚餐吃得正愉快的时候，那小恶魔又进来了，大着胆子说“妈咪，还要糖糖”，却无意间暴露了妈妈刚刚的小动作。

“哎呀，不可以。”约翰说道，狠心拒绝了那个迷人的小罪犯。“只有那家伙学会按时上床睡觉，我们才能获得安宁。你呀，当了这么长时间的孩子奴，该教训他一下，来个了结。梅格，把他丢到床上，然后就别理他了。”

“他不会老实待着的，从来都不会，除非我守着他。”

“我来教训他。德米，上楼，爬到你的床上去，听妈妈的话。”

“就不!”小淘气一边顶嘴，一边伸手去拿他觊觎已久的“糕糕”，然后大模大样地嚼着。

“永远都不准这样跟爸爸说话。你走不走，别怪我拎你上去。”

“走开，米（我）不爱大大（爸爸）啦。”德米退到妈妈身边寻找保护伞。

然而那个保护伞也不顶用了，妈妈把他移交给了敌人的时候，只说了句“约翰，对他温柔点”，着实让小罪犯心灰意冷，如果妈咪抛弃了他，他的审判日就不远了。蛋糕被抢走了，欢乐也被剥夺了，还被一只强壮的手按在了那张烦人的床上，悲催的德米真是怒不可遏，于是公然挑战起爸爸来，上楼的时候一直使劲乱踢乱叫。把他一放上床，他就从这头滚到了另一头，然后冲向门口，却让爸爸抓住小睡袍的下摆，被难堪地拎了回来，小家伙就一直这么闹腾着，直到精疲力竭。随后，他用尽全力，引吭大哭起来。这种声音练习是梅格的软肋，但约翰却像个柱子似的无动于衷地坐在那里，装聋作哑，不哄、不给糖块、不唱摇篮曲，也不讲睡前故事，还把灯也给熄了，只剩下炉火的红色火焰照着“大黑黑”。对于“大黑黑”，德米是好奇多于害怕。他讨厌这种新秩序，等愤怒的情绪平复下去，被俘虏的独裁者记起了他温顺的女奴隶，于是悲痛欲绝地狂喊“妈咪”。狂喊之后，紧接着的痛苦哀号让梅格很是揪心，于是她跑到儿童房外哀求：“约翰，就让我陪陪他吧，他现在听话了！”

“乖乖，不可以。我告诉过他了，他必须听你的话去睡觉，他必须得睡，不然我就在这儿守一晚上！”

“这样会哭坏他的！”梅格哀求着，后悔自己刚刚抛弃了儿子。

“不，他不会的，他哭累了就会睡着了，事情就解决了。今后，他就会懂得必须听话了。不要干涉，我会管好他的。”

“他是我的儿子，我不能让严厉毁掉他的意志。”

“他也是我的儿子，我不会纵容他的臭脾气。乖乖，下去吧，把儿子交给我吧。”

每当约翰用那种专横的语气说话时，梅格就会听他的，也从没后悔过。

“约翰，让我亲亲他，行吗？”

“当然行。德米，跟妈妈说声晚安吧，让她离开，去睡觉吧。她照顾了你们一整天，太累了。”

梅格坚信亲吻可以赢得胜利，因为德米获得了这个吻之后，哭声小了不少。他安静地窝在被子里，极度痛苦的时候，他就喜欢在那里面蠕动。

“可怜的小男孩，他哭累了，就睡着了。我给他盖上被子，就下楼去叫梅格不要担心。”约翰心想。他悄悄走到床边，希望他的小叛徒已经入睡。

可他并没有，就在爸爸过来偷瞄他的时候，德米睁开了眼睛，小下巴也抖了起来，打着嗝儿后悔地说道：“米（德米）现在摆（乖）了。”

梅格坐在儿童房外的阶梯上，想知道为什么骚动之后，安静了那么长一段时间，她想象发生了各种不可能的事故，最终还是溜进去一探究竟。德米躺着睡得很熟，不是往常那种四仰八叉，而是被制服后，卷曲着身子，紧贴着爸爸的臂弯，抓着爸爸的手指，仿佛明白了恩威并施是什么东西，伤心、懂事地睡着了。德米抓得这样紧，约翰就像母亲一样耐心地等待小手自动松开，等着等着，他也睡着了，白天的工作再累，也比不上和孩子较劲累呀。

梅格看着枕头上父子俩的睡脸，偷偷笑了，然后满意地溜出房间自言自语道："我完全不必担心约翰会过于严厉地对待我的宝宝。他管束孩子确实有一套，能帮我个大忙，德米真是太难带了。"

后来，约翰走下楼梯，本以为妻子会愁眉苦脸或者斥责他，结果却惊喜地看到梅格正气定神闲地给一顶软帽装饰帽檐，还问他，要是还有精神，能否为她读一些有关选举的新闻。约翰一眼就瞧出来了，家里正发生着天翻地覆的变化，可他识趣地没有开口问，只因他了解梅格，她是个心直口快的小妇人，藏不住秘密。真相很快就会水落石出。他用最亲切的语气读完了一大段辩论，然后用最通俗易懂的话语为她讲解；梅格则努力装出一副兴致甚浓的样子，问些聪明的问题，保证她的思路不会从国家大事游离到她的帽子大事上。只是在她内心深处，坚信政治和数学一样邪恶，政治家们的使命仿佛从来就是相互指摘；可她没有将这些妇人之见说出口，等约翰说完了，她就摇着脑袋，说了句自以为像外交辞令的含糊话："好吧，我真不知道接下来要干什么。"

约翰微笑着观察着自己的小妻子，她手里正拿着漂亮的蕾丝和鲜花，兴致勃勃地比较着；他刚刚的滔滔不绝可没激起梅格这样浓的兴致。

"她为了我，可以努力喜欢政治，那我也要为了她，热爱她的女帽大业，这样才公道！"公正的约翰心想，于是高声说道："这帽子真美啊，它就是你说的早餐帽吗？"

"我亲爱的丈夫，这是软帽！最适合戴着去音乐会和戏院了。"

"真抱歉，这么小一顶帽子，我当然会觉得它会被风一吹就掉了。你怎么保证它不被吹走呢？"

"用几根丝带固定着，然后在下巴那里打个结，点缀些玫瑰花苞，瞧。"梅格戴上软帽，为他演示着，然后心满意足地看着他，小模样让人心动。

"我爱这软帽，但我更爱它底下那张面孔，因为它又恢复了青春快活!”约翰吻了一下那张微笑的面孔，结果毁了下巴底下的那朵玫瑰花苞。

“你喜欢它，我真开心，找一天晚上，带我去听一场新排的音乐会吧！我确实需要听听音乐，换换心情。可以吗？好不好嘛!”

“好啊，我乐意之至，你想去哪儿都行。你被困在婴儿房这么久，出去走走对你很有益，这是我最喜欢的一个提议了。小妈妈，你是怎么想到这个的？”

“其实，我和妈咪前几天谈过一次，我跟她说，我觉得很紧张、很急躁，身体也不舒服。然后她建议我调整一下，少担点心。今后，汉娜会过来帮我照顾宝宝们，我则多做点家务，偶尔出去娱乐一下，以防自己变成一个烦躁不安、未老先衰的黄脸婆。约翰，这只是个试验，为了我们双方好，我愿意试试。我很惭愧，最近确实忽略你了，如果可以，我想让这个家回到正轨。我想，你不会反对吧？”

不用管约翰说了啥，也别管那顶小软帽如何九死一生，免于被完全毁坏。我们只需要知道约翰显然没有反对，从房子和房子里住的人身上慢慢发生的变化，就可以看出来。家当然不可能变成天堂，家庭事务被分了工，每个人都过得更好了。在父亲的规矩底下，孩子们茁壮成长。约翰一板一眼，态度坚决，给孩子们树立了规矩和服从。与此同时，梅格经过大量健康的锻炼，少量的娱乐，还有和聪明丈夫多次的促膝长谈，精神振作了，情绪也稳定了。家又有了家的样子，约翰都不想出门了，除非带上梅格。现在轮到斯科特夫妇常来布鲁克家串门了。大家都觉得小房子成了快活林，洋溢着幸福、满足和家庭之爱。连莎莉·莫法特也喜欢来这串门。“梅格，你的小房子总是那么恬静、愉悦，待在这里真舒服啊!”她常说这种话，还如饥似渴地东张西望，似乎努力在寻找那个幸福法宝，好让她的豪宅中也沾点福气。她的豪宅空空荡荡，没有上蹿下跳的快活宝宝；内德生活在他自己世界里，一个她完全无法融入的地方。

家庭幸福并非一日之功，可约翰和梅格找到了打开幸福之门的钥匙。每一年的婚姻生活都教会他们如何使用这把钥匙打开幸福宝库，获得真正的天伦之乐和互助互爱，这种财富，再穷的人也能够拥有，再富有的人拿钱也买不到。少妇和小妈妈们之所以心甘情愿被“束之高阁”，是因为在高阁上头，她们可以摆脱凡尘俗世中的烦恼和狂热，从那些依恋她们的小儿女身上找到忠诚之爱；不再惧怕痛苦、贫穷与年老色衰；她们和一个忠实的朋友比肩同行，风雨同舟。在美丽的撒克逊古语中，那朋友就是“家庭纽带”。对当时的女人来说，家庭是她们的幸福王国，做一名能够打理好家庭的贤妻良母比当一位女王还要令她们感到荣耀。

第十六章　颓废的劳里

劳里本来只计划在尼斯市待一个礼拜，结果却待了一个月。他已经厌烦了一个人晃悠，艾米熟悉的身影则仿佛让这异国他乡变得有了几分家的亲切感。他非常怀念以往获得的那些“宠爱”，很开心能再次享受。因为，无论陌生人给予的关注如何让人欢喜，也不及家里的姑娘们的姐妹般的赞美的一半。艾米从不会像其他三位姐姐那样宠着他，可是，如今见到他，她心里别提多开心了，还对他非常依赖。她心里把他当成了亲爱的家人代表，虽然嘴上不承认，心里却极为期盼他的出现。

他们两人自然而然地走在了一起，互相安慰。他们经常在一起，骑马、散步、跳舞或者就是闲逛打发时间。因为对于尼斯而言，没有哪个人会在这样欢快的时节里勤奋工作。不过，虽然表面上都是在无忧无虑地消闲取乐，他们其实也在不自觉地发现和认识对方，并得出对彼此的看法。在朋友眼里，艾米的形象变得更加光彩夺目；而在艾米的心中，劳里的形象却日渐暗淡下去。即使只言片语也未聊及，两人都意识到了这个事实。艾米试图让他开心，她也成功做到了。她很感激他给她带来了许多快乐，便以小小的照顾报答他，有女人味的小妇人们都懂得如何让这种照顾变得无法描述地令人着迷。

劳里没有做任何抵抗，只是顺其自然地接受，尽可能地让自己舒服。他想方设法去忘却，却还是觉得所有女人都亏欠与他，而这仅仅因为一个女人曾对他铁石心肠。对他而言，挥金如土非常容易，只要艾米接受，他可以把尼斯市所有的小饰物都买来送给艾米。但是他同时又觉得自己改变不了艾米对他的成见。艾米那双敏锐的蓝眼睛让他感到害怕，它们似乎总是带着那种既痛苦又轻蔑的神色注视着他。

“其他人都跑去摩纳哥玩了，但我更愿意留在家里写信。如今写完了信，我准备去玫瑰谷写生，你要不要一起去?”那天天气晴朗，劳里中午像平常一样闲庭信步进来，艾米如此问道。

“去啊，不过走这么远的路会不会很热啊?”他慢条斯理地答道。刺眼的太阳使得荫凉的客厅更吸引人。

“我准备坐那辆四轮马车去的。巴普蒂斯特会赶车，因此你只需要撑好遮阳伞，再让你的手套保持干净就好啦，没有什么还需要你干的事了。”艾米回应道，带着讽刺的眼神瞥了一眼这个一尘不染的小青年，有点洁癖——这是劳里的弱点之一。

“要是这样，我愿意!”他伸手去帮艾米拿写生本，艾米却一把抓过来夹到了胳膊下，然后刻薄地挖苦劳里：“不劳驾你啦，这花不了我多少力气，但你怕是拿不动啊。”艾米说完就溜下楼去，劳里紧锁眉头，却还是不露声色地紧随其后。但是当他们都上了车，劳里却一把抢过缰绳驾起车来，小巴普蒂斯特没了差事，只能在车架上枕着双手打起瞌睡来。

这两个人从没吵过架，艾米非常有涵养，劳里则是懒得吵。所以，没过几分钟，当劳里试探着从艾米的帽边下偷偷看她，她便用微笑回应了他。于是两人就和好如初了。

这是一趟令人愉快的驾驶旅程。蜿蜒曲折的马路两旁风景如画，真是赏心悦目啊。这边路过了一座古老的修道院，僧侣们庄严的诵经声远远传来；那边有个光着腿、穿着木屐的牧羊人，头上戴着尖顶帽，肩上披着件粗布夹克衫，在一块石头上盘腿吹笛子。山羊们有的在石头上跳来跳去，有的则在他脚边卧着。温顺的灰毛驴们满载着新收的青草经过，那些青草堆中间，偶尔坐一个戴宽边遮阳软帽的美丽姑娘，或者一位做针线活的老太太。棕色皮肤、浅色眼睛的小孩们从那精巧的石屋里跑出来，向行人兜售鲜花，或者是还带着树叶的橘子。橄榄树用它们浓密的深色枝叶遮蔽着山脉，果林里挂满了金灿灿的果实，大红色的银莲花装点着道路两侧。而在绿草坡和崎岖的丘陵之后，海边的阿尔卑斯山在意大利的蓝色晴空映衬之下，分外皎洁，高耸入云。

玫瑰谷的名字当之无愧。谷里的气候永远温暖如夏，遍地都是盛开的玫瑰花：在拱廊上垂着，从大门的栅格中探出头来欢快地迎接着游客；将道路两旁填满，又弯弯曲曲地穿过柠檬树和轻柔的棕榈树，一直向上延伸到山上的别墅；每个荫凉之处都设置了座位以供路人停下休息，这些地方也被玫瑰填满了；每个清凉的凹穴里都放置了一尊大理石的美女雕像，在玫瑰花面纱后面向人们微笑着；每一汪泉水里都倒映着深红色、白色或是浅粉色的玫瑰花，就像它们看到自己多姿的风采笑弯了腰似的；玫瑰花开满了所有墙壁，缠绕着飞檐，爬上了柱子，连那宽露台的栏杆上也布满了。人们能在那露台上俯瞰阳光下的地中海和海边那座被白墙围起来的城市。

“这里确实是度蜜月的圣地，对不对啊？你从未见到过这样的玫瑰吗？”艾米问道。她在露台上停下来欣赏风景，尽情地呼吸着飘来的醉人花香。

“确实没见过，也没被玫瑰刺扎过。”劳里边回答，边吮着大拇指。他方才想去摘那朵遗世独立的红玫瑰，却发现位置太高，白费了力气。

“你应该试着弯下腰来，挑那些不带刺的摘。”艾米说着，转向她身后的那面墙，从上面零散的乳白色小玫瑰花中摘下三朵，接着将它们插在了劳里的衣服上，当作讲和示好的礼物。劳里站着愣了片刻，低头古怪地看着身上的白色玫瑰花，因为他有一部分意大利血统，所以有些迷信。这时他正喜忧参半，郁闷不已，就像其他那些天马行空的小伙子一样，从一些小事里感悟人生，到处都能找到爱情素材。他摘那朵带刺的红玫瑰的时候，便记起了乔，如此生动鲜艳的花才配得上她，以前在家里，她就经常从温室采这种鲜红玫瑰来别在身上。而艾米插在他衣服上的白玫瑰，则是意大利人用来纪念逝去之人的，绝不会用在新娘的花环上。他犹豫了好久，思考着这个预兆是对乔的，还是对他自己。但是很快，他美国人的常识就战胜了胡思乱想，竟笑得前仰后合，艾米很久没听他这样笑过了。

“这是个忠告，你最好听从，保住你的手指要紧。”艾米说，还当是自己逗笑了劳里。

“感谢，我会听从的。”劳里随口答应道。他没想到，几个月后，他却真诚地照着她的建议做了。

“劳里，你何时回去找你爷爷啊？”艾米坐到一张粗糙的椅子上，突然问道。

“快了。”

“过去的三周里，同样的话你说了无数遍了。”

“我肯定，答案越简洁越省事啊。”

“他希望你回去，你也确实应该回去的。”

“你可真是热心肠啊！我心里有数。”

“那你怎么不付诸行动呢？”

“我想应该是因为天性堕落吧。”

“你的意思是天生的懒惰。太吓人了！”艾米的脸色显得十分严肃。

“这并没有看起来那么吓人。我就算是去他那儿了也只会打扰他，所以，还不如待在这里烦你，你的忍耐能力更强些。我以为你也想我留下呢。”劳里调整了下姿势，打算仰靠在宽阔的栏杆上。

艾米摇着头，无可奈何地打开了写生簿，不过她其实已经决心要惩罚一下“那个男孩”了。她很快又问道：“你在做什么呢？”

“观察蜥蜴。”

“不，不，我意思是问你准备或者想做什么？”

“如果你同意，我想抽根烟。”

“太可气了！我不同意你抽烟，除非你同意让我把你画到我的写生簿里。我需要一个人物。”

“荣幸之至。你打算怎么画我，全身像还是四分之三像？是直立呢还是倒立呢？我想恭敬地给个建议，画张横卧的，把你自己也画进去，画作就取名为《无所事事的快乐》。”

“保持这个姿势，如果想睡，就睡吧。我就要埋头画画了。”艾米兴高采烈地说。

“多么热情高涨啊！”劳里如愿以偿地靠在一个高高的坛子上。

“如果乔看见这样的你，她会说什么呢？”艾米没耐心地说。她说出比她还要活力四射的姐姐的大名，想以此激起他的动力。

“跟以前一样：‘特迪，一边去，我没空呢！’”劳里笑着说道，却笑得极不自然，同时脸上闪过一丝阴影。因为艾米提到的熟悉的名字触碰到了他内心还未愈合的伤口。劳里的语调和阴沉的脸色触动了艾米，她不是没听过、没见过啊。如今她抬起头来，刚好看到了劳里脸上露出新神情——严肃而愤懑，痛苦和后悔。艾米还没来得及仔细看，这个表情就转瞬即逝了，又变回了一副萎靡不振的样子。她用艺术之眼看了他片刻，心想他那样子真像一个意大利人。

他躺在阳光下，头上没有什么遮挡，眼里则流淌着南方的梦幻景色，好像暂时遗忘了艾米的存在，沉浸在自己思绪中。

“你看着就像一个在自己的坟墓上睡着的年轻骑士。”艾米说着，一丝不苟地勾勒着在深色石头映衬下那个轮廓分明的剪影画像。

“我倒希望我是的！”

“这心愿太傻了，除非你已经毁掉了自己的生命。你变化这么大，我有时想……”艾米忽然停住了，那又羞怯又烦闷的神情，简直比她欲言又止的话更耐人寻味。

劳里看到并领会了艾米欲言又止着想要表达出来的充满温情的担心。他直视着她的双眼，用以往常常对她母亲说话的语气对艾米说：“女士，不要为我担心。”

艾米很喜欢听这话，近来让她开始忧心的那些疑惑也消除了。劳里的话让她感动。她说话时亲切的语气泄露了这些情绪：“我很开心你会这么说！我并不觉得你会变成一个劣迹斑斑的男孩。但我曾设想过你会在巴登巴登那个纸醉金迷的地方挥金如土，或是爱上了一个有丈夫的法国美妇，又或是遇到了什么麻烦，就是小伙子出国旅行中总会遇到的那种。别在太阳底下啦，来这边的草地上躺一下吧。就像乔和我之前坐在沙发角里推心置腹时，乔总说的那句话：‘让我们亲密一点吧。’”劳里乖乖地来草地上躺了下来，自娱自乐着把一朵朵雏菊插到旁边艾米帽子的丝带上。

“先说说你的秘密吧，我洗耳恭听。”他饶有兴趣地抬头看了艾米一眼。

“我这人没秘密，所以就听你讲吧。”

“我没什么好坦白的。我想你可能会知道些家里的消息。”

“近来收到的消息都告诉过你啦。你不是也经常收信吗？我以为乔给你寄了成堆的信呢。”

“她才没空呢。我又一直居无定所，所以就没法按时联系了。你要什么时候开始你伟大的创作呢，拉斐尔？”劳里又停顿了一下，突然转换话题问道。他在想艾米是不是知道了他的秘密，因此想和她聊聊。

“死心了，”艾米沮丧却又坚决地答道，“罗马让我认清了现实，目睹了那些艺术奇迹，我觉得自己和这个世界上相比太渺小了，失望之下便扼杀了一切奢望。”

“你为什么要扼杀呢？你这么精力充沛，又这么有才华。”

“这就是为什么——因为才华不等同于天才，再充沛的精力也不能使才华变成天才。我想成为一名大师，不然放弃算了。我不想成为那种碌碌无为的三流画家。所以，我就放弃了。”

“那我可以知道，你如今计划做什么呢？”

“要是可以，就磨炼我别的才能，让世界因我生辉。”

这番话很独特，听着也很有魄力。年轻人就应该无所畏惧，而且艾米的计划是有现实基础的。劳里笑了起来。艾米长期追求的目标已经无法达成，但是她没有把时间浪费在悲伤上，而是很快又有了新方向，这种精神劳里很欣赏。

“真棒！我猜这时候弗雷德·沃恩出现了。”

艾米一言不发，但是她沮丧神情已经出卖了她。劳里于是支起了身子，认真地问道：“假装我是你的兄长，我能问些问题吗？”

“我不一定会回答。”

“即使你嘴上不说，神色也会告诉我答案的。乖乖，你还没老练到可以掩藏自己的真实情感。去年我听说了你和弗雷德之间的绯闻，我的个人见解是，如果他没有被紧急叫回家，还被拖了这么久，也许就已经发生了吧？”

“这个其实不该由我来说。”艾米郑重其事地答道，嘴角却挂着微笑，双眸也跳动着无法掩藏的火花，出卖了她的真实想法：她很清楚她的魅力，还很享受这种说服他人的力量。

“我希望你还没早早定下婚约，还没吧？”劳里忽然厉声问道，俨然一个兄长的模样。

“还没呢。”

“但你迟早会的，如果他回来，很规矩地跪下跟你求婚，你会同意的，对不对？”

“可能性很大。”

“这么说，你是喜欢老弗雷德啦？”

“如果我接受了，就证明我喜欢他。”

“可如果时机不到，你是不会接受的，对吧？上帝啊！你真是言辞谨慎！艾米，弗雷德是好男人，可他不是你喜欢的那种类型。”

“但他多金又有教养，还风趣幽默。”艾米反驳道。她尝试着让自己镇定下来，显得有尊严，尽管这番话发自肺腑，说出口来还是有点难为情。

“我理解了。社交皇后离了钱就活不下去了。你准备找个有钱人结婚，就这样过一辈子？这想法很对，也很合理，毕竟世道就是这样。但这话从你妈妈的几个女儿们口中说出来，就有点怪怪的了。”

“可这就是事实啊。”答案很简洁，但艾米此时脸上平静与果断的态度却显得相当别扭。劳里察觉到了这点，便带着一种莫名的失落感又躺回了草地上。他的意兴阑珊、沉默寡言和内心深处的对自己的否定惹恼了艾米，也让她决定要马上教育下劳里。

“让我来帮你提提神吧。”她用刻薄的语气说。

“来吧，好姑娘。”

“只要我试了，我一定可以。”她一副势在必行的模样。

“试呗，我批准啦。”劳里答道。他喜欢戏弄人，已经很久没有重温这最爱的消遣了。

“不出五分钟，你就会发脾气的。”

“我绝不会对你发脾气。两块火石才能打出火来，你是雪，冷静又柔软。”

“你可别小看了我。只要使用的方法正确，雪也可以闪烁光芒的，还亮得刺眼呢。你的意兴阑珊多半是装出来的，稍微刺激一下就会原形毕露。”

“刺激吧，这不会给我造成什么伤害，却可以逗你开心；大块头丈夫迎接小妻子花拳绣腿的捶打时，就会说这样的话。你就把我当成大块头丈夫或毛毯来捶打吧，直到筋疲力尽为止，如果你喜欢这运动。”艾米很生气，因为她非常想看到劳里可以摆脱周身那种让他大变样的疏离感，她同时磨利了语气和画笔，发问道：“弗洛和我为你想了个新名字，叫‘懒散的劳伦斯’，你觉得怎么样？”

艾米原想这番话会惹怒劳里，他却把胳膊放到脑袋底下，泰然自若地说：“还不错啊。谢谢两位小姐。”

“你想不想弄清楚我对你的真实看法？”

“太想了。”

“呃，我鄙视你。”

如果艾米是用任性或撒娇的语气说“我讨厌你”，他或许会带着玩味和欣赏的表情听着。可艾米说这话的时候语调低沉，像是要哭了，劳里于是睁开眼睛，急切地问道：“如果你愿意，能告诉我原因吗？”

“因为，你有太多机会可以做一个善良又有出息的幸福小伙子，却把自己弄成了这样一个错误不断、懒惰和悲伤的人。”

“小姐，话说得挺狠的呀。”

“如果你愿意听，我就接着说。”

“说吧，我很有兴趣。”

“我就猜到你会这么说，自私自利的人就爱和别人谈论自己。”

“我自私自利吗？”劳里大吃一惊，突兀地问道。因为他以为自己最傲人的优点就是慷慨。

“对呀，简直自私透顶了，”艾米补充道，她的声音平静却冷峻，威慑力却比平时生气时的话语还强上一倍，“我来告诉你原因吧。在我们同游的时候，我仔细观察过你，对你很不满意。你在国外待了快六个月了，整天无所事事，就会虚度光阴、挥霍金钱和让你的朋友们对你丧失信心。”

“当了四年刻苦用功的学生，就不许我寻欢作乐一下吗?”

“你瞧着可不像是找到了很多乐子。不管从哪个角度，我都认为你一点长进都没有。我们第一次再见时，我夸你进步了，如今我后悔说了这句话，因为现在的你还不及我离开老家时候的一半优秀。你如今懒惰得让人讨厌，总爱说八卦，在鸡毛蒜皮的琐事上虚度时光。你沉迷于蠢笨之人的宠爱和奉承，而不想要聪慧之人的爱和尊重。你原本多金又有才，地位显赫，身强体健，还英俊潇洒，噢，你现在活脱脱就是一个虚荣的老男人！这就是事实啊，我实在憋不住啦，必须要说出来，你拥有如此多美好的东西，竟觉得无事可做。你没能成为一个你应该成为的那种人，却成了……”艾米突然停了下来，脸上露出既痛苦又怜悯的表情。

“摆上烤肉架的圣人劳伦斯。”劳里平静地接下了后半句话。可艾米的一番话似乎起作用了。劳里眼睛里闪烁起了如梦初醒的光芒，脸上的冷漠消失不见，取而代之的是愤怒和悲伤。

“知道你会说这种话。男人们常说女人是天使，还说任由我们捏扁搓圆，等到我们真心实意地替你们设想，你们立刻取笑我们，把我们的话当耳旁风，这更加证明了你们的承诺是多么廉价。”艾米讽刺道，接着转过身去，不愿看到脚边那个惹人厌的殉道者。

不久，一只手挡在了她的画册上，弄得她画不了画，耳边一个好笑的声音说道：“我会乖乖的！噢，我会乖乖的。”原来是劳里在模仿忏悔的宝宝在说话。

但艾米并没有被逗笑，此时她很严肃。她用铅笔敲了一下挡在画册上的手，很郑重地说：“你难道不为自己的手觉得羞耻吗？它跟女人的纤手一样白嫩，仿佛除了能戴着朱汶牌的昂贵手套给小姐们摘摘鲜花，就无所事事了。感谢老天爷，你还没变成一个纨绔子弟，我很欣慰，因为这手上除了乔早前送你的那枚细细的旧戒指之外，没戴满钻戒或大图章戒指那类油腻浮夸的东西。上帝哪！要是她在这里就好了，还能帮我一下！”

“我也一样！”

劳里附和道，声音中充满了力量；同时，那只手也迅速缩了回去了，和伸过来的时候一样突兀。艾米低头瞥了他一眼，脑子里闪过一个从未有过的念头。此时，劳里正躺在草地上，用帽子掩住大半张脸，仿佛是为了挡住太阳光；邋遢的胡须遮住了嘴唇；胸膛有规律地起伏着，伴随着一声声沉重的仿佛是叹气的呼吸；戴戒指的那只手埋到了草丛里，似乎是要藏起什么过于珍贵和脆弱、甚至连摸一下都不行的东西。电光火石之间，所有线索与细节都在艾米的脑子里串在了一起，她于是发现了乔一直守口如瓶的心事。她想起劳里从没主动说起乔，还有方才劳里的郁郁寡欢、性格上的改变，还有那枚又细又旧的配不上他大手的戒指。女孩子们对这类线索总是很敏感，还能察觉到线索背后的秘密。艾米之前就猜测，劳里这种变化可能就是源于爱情纠葛，如今更是确定了这种想法。她锐利的双眼热泪盈眶。等她再说话的时候，她尽量让自己的声音轻柔悦耳、满含温情。

“劳里，我心里明白自己没权利斥责你。你真是这个世界上最温柔的人，不然的话，你一定会被我惹怒的。大家都很喜欢你，把你当作自己的骄傲，我不想其他人会像我一样对你失望，尽管相比于我，他们可能更能体谅你的改变。”

“他们会体谅的。”帽子底下传来冷冰冰的回复，悲伤地叫人心痛。

“他们应该早点跟我讲的，让我别胡言乱语斥责你。这种时候，我本该更温柔体贴地对待你。我从前只是不喜欢那位兰德尔小姐，如今简直是讨厌死她了！”艾米很有技巧地说道，盼着这次能试探出真相。

“让那个兰德尔小姐去死吧！”劳里使劲儿拂开脸上的帽子，脸上却带着对那位小姐的一片深情。

“抱歉，我想……”艾米很有技巧的欲言又止。

“不，别想了。你很清楚我心里只有乔。”劳里用他一贯的冲动语调说，还把脸别向别处。

“我真是这么想的。他们从没跟我透露过这件事，你就来了。我以为是我想错了。乔不愿意对你好吗？为什么呀？她那么爱你！”

“她对我挺好的，但不是我想要的那种。如果我是你说的那种不用之人，她不爱我了，那是她的福气。但你可以转告她，我变成这样，都是她害的。”他说话的时候，那种冷酷愤恨的表情又出现在他脸上。这让艾米很苦恼，不晓得如何安抚他。

“是我的错，我不了解情况。原谅我吧……我不该那么急躁，可我止不住想要你接受这个事实，特迪乖乖。”

“不要这么叫，只有她才可以这样称呼我！”劳里赶紧摆手，制止她用乔那种又亲切又斥责的语气说话。“你自己试试失恋就知道了。”他压低声音接着说道，手里正扯着一把青草。

“我会勇敢地面对现实，既然得不到爱，就要得到尊重。”艾米说道，像她这种对情爱之事一窍不通的人才会如此信誓旦旦。

劳里一直自诩对这次事件处理得相当好，既没有唉声叹气，也没有博同情，而是选择独自疗伤。艾米的训斥让他从一个新视角来看待这件事。他头一次意识到，头一回失败就像丧家犬似的把自己禁锢在冷漠的情绪之中，真是太脆弱、太自私了。他觉得自己像是从一个深沉的梦境中惊醒，再也睡不着了。他立刻坐了起来，慢悠悠地开口道：“你觉得乔会像你那样鄙视我吗？”

“会的，如果让她瞧见你如今这副模样。她厌恶懒惰之人。你怎么不做点能让她爱上你的大事呢？”

“我尽我所能的做了，不起作用啊。”

“你是说荣誉毕业吗？那是因为爷爷，你本该做到的。花费了大把的光阴和钱财，大家知道你可以做好，如果最终却失败了，那就太丢人了。”

“不管你说什么，我确实失败了，乔不愿爱我了。”劳里说着，意志消沉地把头靠在手掌上。

“不是的，你没失败，不到最后一刻，就不能说这种话。这对你有好处，能证明只要你肯努力，就可以有所作为。只要你另找个目标去努力，很快就能变回往日那个热忱而快乐的劳里，并且将一切烦恼都抛之脑后。”

“这没可能。”

“尝试一下呗。你不必耸着肩，心想：‘这姑娘还挺了解这种事。’我并非自以为是，我一直在暗中观察，我发现的东西超乎你的想象。我很关注别人的情感经历和前后矛盾，虽然我没办法做出解释，却把它们都记录了下来，以便将来参考。要是可以，你这辈子都爱乔吧，但别叫这爱毁了你。别因为得不到所爱之人就抛弃如此之多的上天恩赐，这简直是暴殄天物。你瞧，我不想继续说教，因为我知道，即使那女孩铁石心肠，你也会像个男人一样的振作起来。”

两个人沉默了好一会儿。劳里坐在草地上，转着手指上的小戒指；艾米在为刚才说话时草草画的速写做最后的修饰。没过多久，她把画放上他的膝盖，就问了一句：“阁下觉得如何？”劳里看了一眼便笑了，这也难怪：画得太棒了，一个修长、慵懒的身影躺在草地上，意兴阑珊，双眼半闭，手上夹着支雪茄，冒出的小烟圈环绕在做梦者的头顶上。

“画得真好！”他称赞道，真心为她的画技而感到惊喜。他接着又似笑非笑地补充道：“是的，那可不就是我啊。”

“那是如今的你；这是过去的你。”艾米拿出另一张画，和他手中的这一张并排放着。

这幅画没有刚才那张的画技好，却更生机勃勃些，弥补了很多缺点。它生动地描绘了那些往事，小伙子看了画之后神情突变。这是一张简笔素描，画中的劳里正在驯马：他脱掉了帽子和外套，身形矫健，脸庞坚毅，雄姿英发，每一个笔触都充满力量，耐人寻味。那匹英俊剽悍的马儿刚被驯服，正站在那儿，被拉得紧绷的缰绳勒弯了脖子，马蹄不安地刨着地面，竖起的耳朵似乎在聆听征服者的命令。马儿鬃毛凌乱，骑手发丝飞扬，身姿挺拔，暗示着那充满力量、勇气与青春活力的运动才刚刚停止；和《无所事事的快乐》那张画像中的优雅却颓废的姿态形成了强烈反差。劳里一言不发，目光却在两幅画间徘徊。艾米发现他涨红了脸，嘴唇咬得紧紧的，仿佛在读自己给他布置的功课，也理解了她的用意。艾米于是很满足，没等他说点什么，自己就愉快地提醒：“你难道不记得了吗？有一天，你非要让马儿拉里和帕克比赛，我们也在场的。梅格和贝丝很害怕，乔却鼓着掌，雀跃极了。我则坐在篱笆上画你的速写小像。前些日子，我在画册里看到了这张速写，做了些修饰，就拿来给你看看。”

“衷心感谢。从此之后，你的画技就进步神速，祝贺你。我能否冒昧地提醒小姐？你在这‘蜜月天堂’里下榻的饭店，是五点吃晚餐。”劳里边说边从草地上起身，微笑着躬了下身子，把画像还了回去。他瞧了瞧手表，似乎是想提醒她，说教到此为止吧。他又打算摆出之前那副散漫而冷漠的样子，却觉得有些做作，虽然他不想承认，但艾米的刺激确实有效。

艾米觉察到他的态度有点疏离，她跟自己说：“今天是我触怒他了。不管了，只要对他有帮助，我就开心了；如果让他厌烦我，那我很遗憾。可我说的是事实，我不会收回那些话的。”

回家的途中，他们有说有笑；车厢后面的小巴普蒂斯特心想，先生小姐的心情不错啊。可他们俩的心里都有些不自在，因为彼此间那种自在的感觉被打乱了，就像明媚的阳光上多了一片乌云。虽然看起来相处愉快，实则对对方不满。

“今晚你会和我们一起吗，mon frère①？”在姑姑房门口告别时，艾米问劳里。

“很遗憾，我有约了。Au revoir，mademoiselle②。”劳里一边说，一边俯下身去像是要用国外的吻手礼来向她道别，比别的一些男人做得优雅多了。可他脸上的神色让艾米赶紧温柔地拒绝道：“别，劳里，还是像以前一样吧，用老方式告别。比起多愁善感的法式吻手礼，我更喜欢英式的热情握手。”

“再见，乖乖。”劳里用艾米喜欢的口吻说道，热情、大力地和她握手，把她手都弄痛了，接着便告辞了。

次日清晨，劳里没有像平常一样来串门，艾米只收到了一封短信，读开头的时候笑了，读到后面就开始叹气。

我亲爱的良师益友：

请替我向你的姑姑告别，你一定会很开心的，因为“颓废的劳伦斯”像那些最优秀的少年一样，去找他爷爷了。祝你冬

---

① 法语：兄弟。

② 法语：再见，小姐。

季快乐！愿上帝保佑你，在玫瑰谷度过一个快乐的蜜月！我想弗雷德会从一个激励者身上受益匪浅的。请告诉他这点，也带上我的祝贺！

感谢你的，忒勒马科斯①

“真是好孩子！我很开心他去了。”艾米微笑着赞道。可当她环视空荡荡的屋子时，脸一瞬间就阴沉了下来，不自觉地叹道：“对啊，我是开心，但是我也会想他的！”

---

① 忒勒马科斯（Telemachus），古希腊神话中的人物，忒勒马科斯的父亲奥德修斯（Odysseus）出征特洛伊后，许多人向他的母亲珀涅罗珀（Penelope）求婚，他劝求婚者离开，但没有用。后在雅典娜的指引下寻到了父亲，并与父亲一起返回故乡，杀死了所有向他母亲求婚的人。劳里用这个“归家”的典故来自嘲。

第十七章　死亡阴影笼罩的幽谷

当最开始的痛苦结束之后，大家都认清了现实，并且尝试着豁达地面对它，互助互爱。在逆境时刻，这种爱把所有人紧紧绑在一起。他们摒弃悲伤，每个人都竭尽全力想让贝思的最后一年过得快乐。

大家把家里最舒服的房间让给了贝思，在房间里堆满她最喜欢的东西——鲜花、图画、钢琴、小工作台，还有她宠爱的猫咪们。还搬来了爸爸最好的藏书、妈妈的摇椅、乔的书桌和艾米画得最好的素描。梅格每天带孩子们过来进行爱的朝觐，为贝思姨妈带来欢乐阳光。约翰默默地提供了一小笔资金，为病人买喜欢和想吃的水果，就像他自己也吃了似的。老汉娜耐心地烹饪美味佳肴，来满足贝思不稳定的食欲；她做菜的时候还悄悄流着眼泪。从大洋彼岸也寄来了一些小礼物和令人愉悦的信，似乎从那片没有冬日的土地上，给她带来温暖、芬芳的气息。

贝思被当作了家族圣人，被供奉在神龛里。她还是那么平静而忙碌，似乎什么事都无法改变她恬静、无私的天性，就算即将离开人间，她也想努力让身后人过得舒适一些。她那双纤纤弱手从来没有停下来休息片刻，乐于为那些每天从窗边走过的孩童们做些小物件——扔下一双手套，给一双冻得发紫的手；放下一个插针垫，给某位家里有大量玩具娃娃的小妈妈；做些拭笔布，给那些辛辛苦苦横七竖八习字的小书法家们；给喜欢图画的孩子做剪贴本；还有各式讨喜的小物件儿，直到那些沿着学问之梯勉强攀爬的孩子们发现，其实路途花香四溢，并且开始把这位慷慨的送礼人看作仙女一般的教母——她高高在上地坐着，撒下许多他们心里想要的礼物。如果贝思渴望报偿的话，她已经得到了，就是那些在她窗口下，冲她点头微笑的灿烂小脸，还有那些寄给她的滑稽可笑的便签，尽管墨迹斑斑，却充满了感激之情。

最开始的几个月还是很让人开心的。贝思时常环顾四周，感叹："家真是太美啦！"所有人齐聚在她阳光充裕的房间里。两个宝宝在地板上玩耍着、闹腾着；妈妈和姐姐们在一边缝缝补补；爸爸声如洪钟，朗读着那些古老而智慧的篇章，那里面充满了许多美好、劝诫的箴言，历久弥新。这屋子就像一个小教堂，慈父牧师给他的羔羊们上那些世人必学的艰难课程，他试图让她们知道——希望能安抚爱心，信念让谦卑成为可能。布道词虽然简单，却直指人心，因为在牧师的教义里也融入了一颗做父亲的心，而那声音中时常出现的激颤，也让他说出或读出的词句显得更雄辩有力。

大家都觉得满足，因这段平静的时光给了他们机会，为即将到来的悲伤时刻做好铺垫。不久，贝思便说缝衣针"太沉了"，她再也没拿起针；她连说说话都觉得累，看到人们的脸孔也会烦躁；疼痛牢牢缠住她，打扰她宁静的心神，折磨她虚弱的身体。哎呀，老天！白天是那么沉重！夜晚是那么漫长！内心是那么煎熬！祈祷是那么虔诚！那些深爱她的人们，只能绝望地看着她伸过来的纤纤弱手，苦苦哀求，却毫无办法，只能听她苦涩的哀求："我的天啊，救命！救命！"宁静的心灵正被黯然侵蚀，年轻的生命正和死亡激烈抗争，不过，幸好两者时间都不长，这也是一种仁慈，接着这种自然的反抗告一段落，她不仅恢复了旧日的宁静，甚至比从前任何时候都更加美好。贝思带着虚弱的残躯，灵魂却更坚强了。虽然她很少说话，但周围的人却察觉到了，她已经做好了离开的准备。被召唤的第一个朝圣者也是品行最端正的，正和她一起候在岸边，想知道当她渡过生死之河时，炫目的天使们是否会来迎接她。

乔再也没有离开贝思超过一小时，因为贝思对她说："你在我身边，我会更坚强些。”乔睡在房间的长沙发上，晚上偶尔醒来去把火拨旺一些，扶她起来、喂她吃吃喝喝，或等候这个有耐心的病人的吩咐，病人却几乎不麻烦她，“努力不变成负担”。乔整天守着贝思，对其他护理的人挑三拣四，她为自己被选择来陪伴贝思感到骄傲，这种骄傲远超她人生中获得过的所有荣誉。对乔来说，这些时间是宝贵的，而且是很有帮助的，因为如今她的心灵正接受着它缺失的教育：耐心正以一种极其美妙的方式被传授与她，她这次肯定可以学会了；还有对人类的慈悲之心，能真正包容和遗忘他人的不友善行为；以及可以克服艰难险阻的责任心；以及无畏的真诚信仰，相信世间的一切。

当乔晚上醒来的时候，经常可以看到贝思在读一本翻旧了的小书，还轻柔地哼着歌，好消磨失眠的漫漫长夜。有时贝思把脸倚在双手之间，缓缓滑下的眼泪从她那苍白透明的手指间滴落。乔躺在那儿，带着沉思注视着她，以至于顾不上流泪了。她感觉到，贝思正用朴素、无私的方式从美好的旧日生活中渐渐退场，以适应未来的生活，她用神圣的话语来安慰自己，以悄声的祈祷和钟爱的音乐来慰藉自己。

这些比最高明的布道、最神圣的赞美诗和最炽烈的祷告，对乔的影响的都要大。太多的泪水让眼睛更清明，太剧烈的痛苦让心更柔软。妹妹的生命之美映在她眼中——简简单单、无欲无求，却都是真正的德行，“散发着沁人心脾的芳香，在尘霾中绽放”①。这种忘我精神让哪怕是世间最卑微的人，去了天堂，也能够立刻享受被人间永不忘怀的待遇。这是真正的成功，是每个人都有可能得到的成功。

有一天晚上，贝思浏览着桌上的书，想找点东西来读，好以此忘掉几乎和疼痛一样难以忍受的致命疲倦。她翻开昔日最爱的《天路历程》，发现了一张乔写满了字的小纸片。她的目光一下子被吸引

① 该诗引自英国剧作家詹姆斯·雪利（James Shirley，1596—1666）的戏剧《埃阿斯和尤利西斯之争——阿喀琉斯的盔甲》（*The Contention of Ajax and Ulysses for the Armour of Achilles*）第三幕的挽歌中的最后一句。

了，字迹有些模糊，她断定曾经有人看着它掉了眼泪。

“可怜的乔姐姐！她睡得正沉，我就不吵醒她来取得同意了。她所有的东西都不对我隐瞒，我想，如果我看了上头的内容，她也不会生气的。”贝思心想，又瞧了一眼正睡在地毯上的姐姐，她身边放着火钳，准备当木柴燃尽时就立刻起来添火的。

我的贝思

娴静地坐在阴影中，
直至福光照进来，
安宁纯洁的姿容，
使困境中的家庭变得圣洁。
尘世的快乐、期盼与苦难，
像河滩迸溅、破碎的水波。
那神圣的川流，
她双脚踏进，心甘情愿。

哦，妹妹，你渐行渐远。
也远离人间的忧愁与争斗，
你留赠我美德，作为礼物，
它们曾使你的生命更美丽。
亲爱的，你赠予我耐心，
给予我力量，教会我坚韧，
和不怨天尤人的美好心灵，
却忍受着牢笼般的苦痛。

我是那么急切地渴求，
渴求你赐予我勇敢、明智与温情，
它曾使人生的使命之路，
在你脚下常青。
再赐予我那忘我的德行吧，

从其中生出博爱之心，
以爱的名义宽恕罪行
宽恕我吧，谦逊的心灵！

时光逝去，分离的苦涩也日渐消散，
尽管留下创痛深深。
艰难的人生课程，
我用痛失换得了收获。
念及这份不幸和悲伤，
我的野性趋于安宁。
为新生活燃起信心，
为灵魂增加新的崇敬。

从此隔着河流，
我的心中永远驻足倩影，
深爱又熟悉的家庭之神，
将在岸边殷勤等候。
希望与信念亦将在悲伤中重生，
守护的天使们也会诞生，
还有先行的妹妹，
同牵我手，指引回家之程。

尽管笔迹模糊不清，而且字句不大妥帖，表达也不太有力，可是贝思读完后，脸上出现了一种难以形容的安慰神情。她之前总是遗憾为别人做的事太少，这首诗好像让她确定，她活在世上并非毫无用处，也不再担忧她的死亡会让家人绝望。她坐在那儿，把纸头小心折起，捏在手里，这时烧焦了的木柴碎渣忽然掉下，乔吓了一跳，转身起来，她把火拨旺了些，轻手轻脚走到床边，希望贝思沉睡了。

“姐姐，我睡不着，可我很开心。看吧，我找到了这个，我想你不会生气的，我已经看过了。对你来说，乔，我真的是那个样子吗?”她问道，脸上带着企盼又谦卑的表情。

“哦，贝思，你带给我的，多到说不清!”乔把脑袋搁到妹妹身边的枕头上。

“那我就感觉，我好像没有浪费人生。我没有你描绘的那样好，但是我想尽力去做好。如今想要开始表现得更好，只是有些太晚。但是，意识到我曾经被人这样爱着，我也对他们有过帮助，真让人欣慰啊。”

“你对我的帮助远超其他人，贝思。我以前觉得我不能让你走，但如今我在学着告诉自己，我并没有失去你，你对我的意义更深远了，死亡不能把我们分开，虽然表面如此。”

“我知道分不开的，我也不怕了，因为我坚信我依旧是你的小贝思，我会比往日更爱你，给你更多帮助。乔，如果我不在了，你要代替我的位置，给父母安慰。他们会转过来依靠你，不要使他们失望。要是独自承担很艰难，就想着我一直与你同在。当你这样去做了，你会感受到巨大的快乐，这将会比你写出巨著或游历全世界更快乐。因为，只有爱是我们离开人世时可以带走的，它让生命的终结变得更容易接受。”

“贝思，我会尽力的。”从此时此刻起，乔放弃了她原有的志向，宣布要实现这个更美好的新目标，同时，她也认清了自己其他愿望的贫瘠。爱是永恒的，这个信念使她感受到了无上的安慰。

时光如梭，春季来了又走了，天空更明朗、澄净，地上的青葱更浓郁，繁花早早盛开，鸟儿们按时前来向贝思告别。贝思像个孩子，疲倦却深信不疑，她紧紧握着父母的手，那手牵引着她走完此生，他们温柔地领着她，穿越死亡阴影笼罩的幽谷，把她奉给上帝。

不像书中所写，其实现实生活中，将死之人很少说一些让人无法忘记的话，也不会看到异象，或带着被赐福的表情离世。那些送走过许多逝者的人都清楚，大部分人在离世的时候，就像进入梦乡一样平顺自然。就像贝思盼着的那样——“潮汐慢慢地退去”。

清晨第一缕阳光降临之前，从来到人世第一次呼吸的那个胸膛中，她悄悄地咽下了最后一口气，来不及道别，只有深情的眼神和轻轻的叹息。

妈妈和姐姐们流着泪祈祷，为她再也不用被病痛打扰的长眠做着准备。她们的眼中充满感激，因为那张脸上没有了痛苦的悲哀和忍耐，取而代之的是迷人的安详。她们满心虔诚和喜悦，因为对她们亲爱的宝贝来说，死亡正是仁爱的天使，而非恐怖的幽魂。

清晨降临之时，多少个月来，炉火头一次灭了，乔常在的地方却空空的，房间里静悄悄的。可是，屋外一根正发芽的树枝上，真落着一只欢快歌唱的小鸟。窗边，一朵雪莲初绽。春天的灿烂阳溜了进来，洒在枕头上那张平静的小脸上，好像是一种祝福——那张脸上无病无痛，一片祥和。深爱她的人们，泪眼中也绽开了笑意。她们感激上帝，让贝思得到善终。

第十八章　学会忘记

艾米的布道对劳里产生了积极的影响，自然，等到很久以后，他才愿意承认——大多数男人都这样。当女人们给出忠告时，男人们是不会听从的，除非等到他们说服自己那正是他们的想法，才会照此行动。要是成功了，他们仅把功劳分一半给女人；要是失败了，他们就会大方地让女人们承担全部责任。劳里回到爷爷那儿，尽职尽责地服侍了好几个礼拜，老先生因此断言，尼斯的神奇气候治愈了劳里，他应该再去一趟。少年听了此话别提多开心了。但自从受了那番斥责，就连大象也没法把他拽回去了，他觉得没脸回去。因此，每当他极其想去找艾米时，那些令他记忆犹新的话——“我鄙视你”“做点大事让她爱上你”——便在心头一遍遍重复，好让自己坚定决心。

劳里时常反思自己，很快就不能不承认，他的确变得自私又懒散。然而，当一个人极度悲伤的时候，对于他的各种各样古怪的行为，人们应当宽容，直到他度过那段悲伤时期。他意识到自己备受打击的爱情早已消失不见，尽管他仍会继续哀悼，却也不用张扬地穿着丧服。乔不爱他，但他想做点事情来证明，她的拒绝并不会摧毁他的人生，他还要赢得她的尊敬和欣赏。他本就计划做点大事，艾米提出那种建议，简直是多此一举啊。他只是一直等待给受到重创的爱情一个像样的葬礼，现在，既然他办好这件事了，那就“藏起受伤的心，继续前行”吧。

歌德把人生中快乐或悲伤的情感写进歌曲里，就像他那样，劳里也决定在音乐中永远保存和纪念失恋的伤痛。他打算创作一首安魂曲，以此使乔的心受到煎熬，使每一位听曲者无不心碎。老先生又一次感觉到他的焦虑和郁闷，让他出去散心，他于是去了维也纳。他在那儿有一些做音乐的朋友，为了实现成为杰出人士的宣言，他全身心投入到创作中。然而，也许是因为音乐无法包容他太过巨大的悲伤，或者音乐太超尘脱俗，无法承载尘世的烦恼，他很快就发现，创作安魂曲实在超出了他现今的能力。很显然，他的精神还无法集中于工作，杂念也需要清理。因为，当他构思一段伤感的曲子，这期间他却经常发现自己不知不觉哼起了舞曲，这唤起了他关于尼斯的圣诞舞会的鲜活回忆，特别是那个法国矮胖子。这下，悲剧创作就再也无法进行下去了。

接下来，他又尝试写一部歌剧，因为一切事情在开始的时候，好像皆有可能。可是，出人意料的困难再一次使他陷入困境。他把乔设定为歌剧的女主角，他在记忆中搜寻，想找到关于爱情的温情回忆和浪漫场景。可是，他的记忆是个背叛者，似乎全部思绪都被那执拗姑娘给占据了，满脑子都是她的怪癖、过错和荒唐，全是她最缺少温情的形象——头上绑着印花大头巾猛撞地垫，把沙发枕当栅栏围住自己，或者像戈米基夫人似的浇熄他的热情，于是劳里笑得停都停不下来，这彻底毁灭了他尽力去描摹的伤感景象。乔的形象怎么样都放不进歌剧，他只得抛弃她，感叹一声：“上帝保佑那女孩吧，她太烦人啦！”然后他用力抓自己的头发，那样子正和一个狂乱的谱曲家一模一样。

他环顾四周，想再找一位温顺点的姑娘，然后让她在歌曲中获得永恒。记忆让一个幻影浮现出来。这个幻影有很多张面孔，但每每出现总是一头金发，她被迷蒙的云雾围绕，轻盈地飘荡在他脑海里。背景中的红玫瑰、绿孔雀、白马驹、蓝丝带，赏心悦目地交织在一起。他没为这个满意的幻影起名字，却已认定她就是女主角，愈发沉迷于她，他本该如此，因为她被赋予了全世界最好的品德和姿态，确保她可以毫发无损地经受住那些足以毁灭任何凡俗女子的考验。

托这个灵感的福，他度过了一段颇为顺利的日子。日复一日，这项工作慢慢丧失了它的魔力，当他坐在那儿攥着钢笔沉思，或者在欢闹的市区闲逛，以期获得灵感——整个冬天，他的脑子都在高速运转，却忘掉了谱曲。他没做什么事情，想法却不少，也察觉到一些变化正在他身上不受控制地发生。“可能，这是天才在发酵，就让它发酵吧，瞧瞧最终会怎样。”他说。在此期间，他却一直悄悄怀疑那不是天才，而是极其平庸的才能。无论那是何物，它是在为着某个目标发酵，他对自己懒散的生活愈发失望，想要严肃、热情去干点实事。最后他得出了一个高明的结论：并不是每一个热爱音乐的人都能成为作曲家。他去皇家剧院看完了一部莫扎特的雄壮歌剧，回头再审视自己的创作，弹了其中最得意的那段，然后坐在那儿凝视门德尔松、贝多芬和巴赫的塑像，他们也仁慈地回望他。忽然，他一页页地撕碎了全部乐谱。直到扔掉最后一页的时候，他如梦初醒地喃喃自语：

“她说得对！有才能的人也不是一定就是天才。音乐消除了我的虚荣心，正如罗马消除了她的。我不会再自欺欺人了。既然如此，我应该做些什么呢？”

这个问题好像很难回答，劳里心想，要是每天不得不为生计劳累就好了，如今的情形正像他曾强烈表达的那样“下地狱”再合适不过了。因为他十分富有却无所事事。谚语里说撒旦喜欢招募无事可做的有钱人。尽管这个可怜的小伙子受到了方方面面数不清的诱惑，可他仍不为所动。因为他虽热爱自由，却更重视真诚和信任。所以他向爷爷发过誓，也渴望自己能够坦诚地直视那些深爱他的女人。说一句：“一切都好。”这些能让他有安全感，并且镇定下来。

某位格伦迪夫人很可能会说：“我不信这话，男孩始终是男孩。小伙子不可能不干些放荡不羁的事。女人们绝对不要期待会发生奇迹。”您别不信啊，格伦迪夫人，那确实是真的。女人们可是创造了数不清的奇迹。并且，我还有个见解，她们还可以帮助改善男人的品行，如果她们不要去迎合前面那种话。让男孩别长大吧，越久越好。让年轻人干点放荡不羁的事吧，如果他们一定要这么干的话。

只是，做母亲的、做姐妹的、做朋友的可以劝他们少干些放荡事，不要让他们成为杂草，而影响成才。她们是这样想的，也是如此表达的——只要他们德行好，好女人就会觉得他们更有男性魅力。假设这是女性的妄想，就让我们肆意去享受它吧。要是失去了它，生活里一半的美好和浪漫也随之消失；而且，这些外刚内柔的小伙子们对母亲的爱比对自己的爱更多，还以此为傲呢，如果失去了这点妄想，当忧伤的预兆降临，这会使他们所有的希望都变得苦涩。

劳里曾认为要花上好几年的时间来忘掉他对乔的爱，可是事实让他大吃一惊，他发觉做到这点变得越来越容易。他起先不想相信，还责怪自己，更无法理解。但人心就是这么神奇和矛盾，时间和天性都会自动起作用，完全不由自己说了算。劳里的心不愿意再承担伤痛了，伤口以让人吃惊的速度强力愈合，他发现，现在自己已经不是在试着遗忘，而是在试着回忆。他没想到会变成这样，对此也没有思想准备。他对自己感到厌恶，惊讶于自己的善变，并且，心中充满了失望和释然交织的奇怪、复杂情绪，他惊讶于自己能从这样沉重的打击中复原。他小心地挑起逝去爱火的灰烬，它们不再烧得炙热，只发出舒适的微热，带给他温暖，但不使他陷入狂热。他虽然不愿意，却不能不承认，那种稚嫩的热情已渐渐退去、沉淀为一种平静的感情，十分柔和，其中还带着一点忧伤和忿恨，但终将随着时间的流逝而消失，只余下永远不变的兄长之情。

当“兄长之情”在他沉思的脑海飘过时，他忽然笑了，抬头看了一眼面前的莫扎特像。

“对，他是个了不起的人。他不能拥有姐姐，于是找了妹妹，而且过得很快乐①。”

劳里心里想着，只是没说出来。他眼波流转，吻了一下那只小小的旧戒指，对自己说道：“不，我不能。我还记得，永远会牢记。我还要试一次。如果这次再失败了，那就……”

① 这里指的是莫扎特的经历。1777 年奥地利作曲家莫扎特在德国曼海姆遇见了女高音阿洛伊西亚·韦伯（Aloysia Weber）并向她求婚，但阿洛伊西亚却拒绝了莫扎特另嫁他人，依旧与韦伯一家保持来往的莫扎特后于 1782 年娶了阿洛伊西亚的妹妹康斯坦泽·韦伯（Constanze Weber）为妻。

话没说完，他就找来纸和笔，打算写信给乔，跟她说，但凡她还有一点回心转意的可能，他就不能静下心去做其他事。她可不可以、愿不愿意接受他，给他幸福？等待回信的这段时间，他无所事事，只是处于狂热中，身心充满活力地等待着。终于，他等到了回信，让他彻底死了心。乔明确表示，不可以也不愿爱他。她全心全意地照顾贝思，再也不想听到“爱”这个字眼。她还请求他到别人身上寻找幸福，只需在心里为他的乔妹妹一直留个小小的位置就好。她在信的附言中求他不要跟艾米透露贝思病得更厉害了。艾米计划春季回家，就别让她在余下时间里忧伤难过啦。愿上帝保佑，还来得及，还督促劳里一定得经常写信给艾米，让她不会孤单、思念家人或者忧虑。

“我会给她写的，立刻就写。可怜的小女孩，对她而言，回家就等同于悲伤啊。”劳里拉开了抽屉，因为几周前对艾米的话没说完，这封信就算是讲完那句话吧。

可那天他没有写成，因为他在搜寻最好信笺的时候，发现了一些让他改变心意的东西。书桌抽屉的一个角落里，堆放着账簿、护照和各类商务信件，其中夹着乔写的一些信。在另一个屉子里则躺着艾米的三张纸头，被她用蓝丝带细心地扎起来，还能隐隐看到已经凋零的小朵玫瑰，依然带着甜蜜的芬芳。劳里把乔的来信挑出来，摊开，然后小心地折整齐，放进一个小屉子中，脸上带着悔恨又愉悦的表情。站着思考了片刻，他转了下手指上的戒指，然后缓缓地把它取了下来，放在信上，锁进了抽屉。他去圣·斯蒂芬教堂参加了大弥撒，觉得好像举行了一场葬礼。他没有被烦恼打垮，况且，以这样的方式打发掉剩下的半天时间，好像比给迷人的小姐写信更有意义。

但是，信件还是很快发出去了，也立即收到了回信，因艾米思家情切，她也开心地坦白了这一点。他们的通信明显活跃起来，整个初春里都按时和频繁地写着，从未间断。在卖掉音乐家塑像，烧了所有歌剧作品之后，劳里返回巴黎。他盼望着那个人很快会到来。他很想去尼斯，可如果没有邀请，他便不能去。艾米不可能邀请他，因为她此时的小小遭遇让她想要避开来自“我们的男孩”的探询目光。

弗雷德·沃恩归来，把那个问题又摆在她面前。她之前的抉择是："谢谢你，我愿意。"如今却温和而坚定地说："不行，谢谢。"原来，当那一刻真的到来，她忽然害怕了，她察觉到，在财富和地位之外，她有了一种新的温柔的渴望，要用另外的东西填满。"弗雷德是好男人，可他不是你喜欢的那种类型"，这句话和劳里说话时的表情，一直萦绕在她的心里；同样盘旋在脑海的，还有当时她字里行间的暗示："我愿意为钱而嫁人。"现在想起，让她烦乱不安。她希望能把那句话撤回来，它听起来太没有女人味。她不想被劳里看成一个没感情的庸俗女人。现如今，比起成为社交界女王，她更渴望成为一个值得爱的女人。她很开心劳里没有因为她说了那些吓人的话而心存芥蒂，反倒仁厚地采纳了她的意见，待她也比以前更诚挚。他的信给她带来安慰，因为家里人不会定时来信，就算来了，也远远不及他的信能抚慰人心。写回信让她快乐，同时也是一种责任，乔姐姐的坚定拒绝让这小可怜内心绝望，他那样孤单，需要人来安慰。乔原可以试着尽力去爱劳里的，这并不困难啊，有好多女孩会因为被劳里这样可爱的人爱着而骄傲和快乐啊。可乔从来就不是个"正常女孩"，所以，除了对他以礼相待把他当作兄长之外，艾米也不知道该怎么办了。

如果世上所有的兄长们都能享受到劳里在这段时间里受到的礼遇，那就皆大欢喜了。艾米不再对他说教了，一切事情，她都询问他的想法，对他做的每件事都兴致勃勃。并且，她给他做可爱的小礼物，一周给他写两封信，在信里愉快地闲聊和说心事，还有一些描绘她身边优美风景的画作。很少有兄弟享受过这样的待遇：他的信被放在口袋里，反复阅读琢磨着。信写短了，她会伤心；要是写得很长，她就亲吻一下，然后小心收藏。我们没必要讲艾米做的那些傻里傻气的好笑事。但她在那个春天确实变得有点心事重重。她几乎没了参加社交活动的兴致，经常一个人外出写生，却无功而返。我确定她是在探索大自然，她要么就在玫瑰谷的露台上干坐几个小时，要么就信手画着什么映入脑海的东西：墓碑上雕刻的那个雄姿英发的骑士啦；躺在在草地上用帽子遮住眼睛的一个小伙子啦；或者是舞池里挽着高个子先生满场飞的姑娘，她盛装打扮，鬈发梳着最流行的发髻，两个人的脸都被没画清楚，这样不会招致非议，却让艾米觉得遗憾。

姑姑还以为艾米后悔自己拒绝了弗雷德，艾米否认无效，又解释不明，就随便姑姑怎么想了。她不动声色地向劳里透露了弗雷德去埃及的消息。仅此一句，劳里就明白了她的意思。他似乎安心了，并且郑重地对自己说："我就知道她会改变想法的。小伙子真可怜！我也经历过，简直身临其境。"然后，他长叹一声，把脚跷到了沙发上，好像对得起自己的过去，现在可以一身轻松地读艾米的信啦。

异国他乡的两人正慢慢改变着，家里也突逢巨变。艾米从未收到过关于贝思身体越来越糟糕的信。她收到信时，姐姐的坟茔已长出青草。她在沃韦市的时候获悉的这个坏消息，因为五月的尼斯太热了，他们就别处避暑了。穿过日内瓦和意大利的湖区，他们慢悠悠地来到了瑞士。她很坚强，接受了事实，并且顺从地按照家人的意思继续按原计划旅行。既然已经太迟，没能见贝思最后一面，她还不如逗留下去，让缺席来减轻悲伤。可她内心十分痛苦，渴望着能回到家里，因此，她日日都热切地眺望湖对面，企盼劳里的到来，给她带来安慰。

没过多久，劳里真的来了。他们两人的信件是从美国同时寄出的，但是在德国的劳里要晚几天才收到信。他一收到信，便收拾行囊，告别了他的同伴，出发去实现曾经的许诺。他带着欢喜与悲伤、期盼与忧虑来了。

他太熟悉沃韦市了。船一停靠到码头上，他就沿着湖岸向卡罗尔一家居住的拉都镇赶去。侍者绝望地说，全家人都到湖边散步去了，可是，等等，那位金发小姐或许还在城堡的花园里头。要是先生愿意坐下来等等，说不定她一眨眼就冒出来了。可先生连"一眨眼"的功夫也不愿等，没等侍者把话说完，就抬腿自己去找了。

这古朴花园真让人赏心悦目啊。它临湖而建，风吹过高耸的栗树传来沙沙声，繁茂的常青藤四处攀爬，波光粼粼的湖面上倒映着塔楼的黑影。在宽阔低矮的城墙脚下，有一张椅子，这是艾米看书和做针线活常来的地方，在这儿，她用美景聊以自慰。那天她正用手托着头坐在那儿，心中充满思乡之情，眼里都是凄苦。她思念着贝思，思忖劳里怎么还不来。她没听见他穿过院子时的动静，也没有看到他在穿过地下小路通往花园的拱道那儿驻足。他站了几分钟，用全新的眼光打量她，也有了新的发现——艾米的温柔。她周身透露出一种静默的爱与悲伤——膝盖上被眼泪模糊了字迹的信，束发的黑丝带，脸上充满女人味的悲伤和坚韧；在他眼里，就连她脖子上的乌木小十字架也带着伤感的气息。那个十字架还是他送的，也是她身上仅有的首饰。如果说之前他还忐忑不安，不知艾米会如何看他，那么，在她抬头看向他的那一刻，他就安心了。她扔下一切奔向他，语气中是毋庸质疑的爱与渴求："噢，劳里啊劳里，我就知道你会来找我的!"

此刻一切尽在不言中。他们在一处站着，好一阵子都相顾无言，只见那个深色脑袋低下去凑向那浅色脑袋，像是要保护她。劳里最能给她安慰和力量了，艾米想。劳里也确定，这世上只有艾米能代替乔给他幸福。他没说出口，但艾米并不感觉失落，因为二人心里都清楚地知道了这一点，也就心满意足地将其他一切付诸沉默。

过了一阵子，艾米坐了回去，等她擦干泪珠，劳里已经捡起了散落一地的信纸和画稿。他从被翻得稀烂的信件和意味深长的素描中发现了好苗头。他坐到了艾米身边，艾米羞得满脸绯红，因为她想起刚才迎接他时似乎表现得太激动了。

"我没忍住，我太孤单，太忧伤了，所以见到你就如此喜悦。正在我猜测你不会来的时候，就见到了你，真是太惊喜了!"她强装自然地和他对话，却只是白费力气。

"我一读完信就来找你了。亲爱的小贝思走了，我真想能说点什么给你安慰。但我只能，还有……"他哽住了，也忽然害羞起来，语塞了。他很想让艾米伏在他肩头痛快哭一顿，但不敢这么要求。于是只能紧紧握住她的手，传达怜悯之情，这举动胜过千言万语。

"你不用说话，已经让我觉得安慰，"她柔声说道，"贝思安息了，获得了幸福，我就不该盼她重返人世。我渴望见到亲人，可我害怕回家啊睹物思人啊。我们别聊这件事了吧，又让我伤感了，你在这儿的这段时间里，我想请你陪陪我。你不必立刻回去，对吗?"

“乖乖，如果你需要我，我就留下。”“我需要，很需要。姑姑和弗洛很和气，你就像我们的家人一样，和你待在一起会非常惬意。”

从艾米的话语和神情看，她完全就像一个思家情切的孩子，劳里立刻就抛开了羞涩，奉上她正渴求的东西——她经常受到的宠爱和她需要的愉悦身心的闲聊。

“可怜的小东西，你瞧着太悲伤了，仿佛快生病了！别哭了，有我陪着你呢。走，跟我散步去，别坐在这儿被风吹着凉了。”他说道，带着艾米喜欢的又哄、又命令的语气。他给她系好帽带，叫她挽上他的胳膊。然后，二人就沿着树影斑驳的小路散步，路两旁是新长出嫩叶的栗树。他觉得自己的步履变轻快了；而艾米呢，有这么个强壮的肩膀让她依赖，有一张如此和善的面孔朝她微笑，还有一个诚恳的声音和她愉悦地交谈，她简直满足极了。

这座精致的古朴花园曾为无数恋人提供过庇护，好像是专门为谈情说爱建的。园内阳光明媚，环境清幽，在塔楼上可以俯瞰一切，湖面开阔，消除了他们的喁喁细语的回声，花园下流淌着清澈的湖水。这对新恋人边走边聊，偶尔也倚在城墙上小憩，就这样消磨了一个多小时。他们沉醉于甜蜜的心电感应，这种感应让此时此地充满了魅力。这时候，扫兴的晚餐铃声响了，提醒他们该回去了。艾米觉得，似乎寂寞和悲伤都被丢到身后的城堡花园中了。

卡罗尔太太一眼就瞧出了艾米的变化，灵光乍现。她心里感叹道：“如今我懂了——这姑娘一直等着小劳伦斯啊。哎呀，我怎么没想到这一点啊！”

值得表扬的是，这个好太太思虑周详，她没有多嘴，也没暗示自己已经知情，只是热情地请劳里住上一阵子，也恳请艾米享受他的陪伴，这比起孤单度日可要好多了。艾米性情最是柔顺。于是，姑姑专心照看弗洛，留她来招待劳里，她则做得比之前更尽心尽力了。

在尼斯时，劳里游手好闲，艾米还斥责过他。在沃韦，劳里从不浑浑噩噩，他要么去散步，要么骑马，要么划船，要么精神抖擞地求学。艾米很欣赏他的改变，并尽量以他为榜样。他说自己的改变得益于环境，艾米也不反对。她恢复了健康和好心情，也想用这花园做借口呢。

这里怡人的空气对他们两个都大有裨益。他们的身体和情绪，通过大量运动，得到了明显改善。身处绵绵群山高处，他们好像把人生与责任看得更清了。清新的山风吹散了意志消沉的疑惑、不切实际的幻想和郁郁顾欢的迷茫；春天和暖的阳光唤醒了一切的抱负、温柔的渴望和幸福的想法；湖水仿佛也冲刷了昔日的忧愁；巍峨不朽的大山仁慈地俯瞰他们，说道："孩子们，相爱吧！"

虽然贝思刚离世的痛苦还未退去，但这依然是一段相当愉快的时光，实在是太愉快了，劳里不忍心说任何话来惊扰它。他感到惊讶，首次爱情重创竟如此迅速的痊愈了，他曾那样确信：那会是他最终一次爱情，也是唯一一次。他很快就恢复平静，不再惊奇。尽管看起来是不忠于曾经的爱情，但是乔的妹妹给了他更多的爱，他这样安慰自己。他很确定，那个真正的恋人是艾米，所以他才会这么迅速和深沉地爱上她。他的首次求爱是太急躁了，他就像是追忆往事那样回顾那段感情，内心混杂着自怜与遗憾。他并不以此耻，而是把它当作一次苦涩又甜蜜的人生经历。悲伤停止了，他感激万分，同时也做出决定，第二次求爱尽量平和而简洁：不需要布置场地，更不需要说出他爱她。用不着开口，她早已知晓，并且给出了回应。一切都是水到渠成，不会有谁埋怨什么。他预计大家都会喜欢这样的安排，就连乔也会接受。可是，当我们第一次的爱情小火苗被浇熄了，就会更加步步为营了，不紧不慢地做出第二次的努力。所以劳里并不着急，安心享受着当下的欢愉，听任上天安排他说出那个字，自此结束他新恋爱初期最甜蜜的那个部分。

他原本的设想是，他会在月光笼罩的城堡花园里，优雅而庄严地说出这个字。事实却恰恰相反。大中午的，他们只用几句开诚布公的话语，就确定了恋人关系。上午他们都在划船，从荫凉的圣然戈尔夫城划到了阳光普照的蒙特勒城，湖的一边是萨瓦阿尔卑斯山脉，另一边则是圣伯纳德山峰和梅迪峰，幽深山谷中隐藏着美丽的沃韦市。山的那一头是洛桑市，天空明净无云，蔚蓝的湖水潺潺流淌，几叶扁舟像是一只只白色海鸥，点缀在湖面，如入画境。

船经过西庸城堡的时候，他们一直在讨论博尼瓦尔①。接下来，路过克拉朗的时候，他们又谈起了卢梭②——他正是在此地创作出了《新爱洛伊丝》。他们虽没读过那本书，却都知道讲的是个爱情故事，心想，也许那个故事还不如他们的有意思呢。就在他俩谈话的空当里，艾米把手伸进湖里嬉水。等她抬头，发现劳里倚在船边。看了他的眼神，艾米觉得要立刻说点什么，她是出于直觉——现下应该说话："你肯定累了吧，要不休息一下。让我划吧，运动一下。你来了以后，我都没运动呢。""我不累，如果你想划，就拿一支去划吧。这儿空间挺大的，但我得坐在靠中心的地方，船才能平衡。"劳里回答，他好像很喜欢这个主意。

艾米还是觉得很尴尬，劳里让出了三分之一的位置，艾米在那儿坐下，甩了甩粘在脸上的头发，然后从劳里手中接过一支桨。就像能够做好许多其他事情一样，艾米船也划得不错，虽然她用两只手，而劳里只用一只手划，倒也十分合拍，船仍然顺利在水面上行进。

"我们真是配合默契啊！是不是?"艾米打破了沉默，说道。

"确实，希望我们可以永远同舟荡桨，艾米，你愿意吗?"劳里温柔地说。

"劳里，我愿意。"艾米轻声回答。

然后，两个人都放下桨不再划了，无意之中倒映在湖面的影子，影影绰绰，形成了一幅迷人的图画——那正是人类爱情美满的图景啊。

---

① 西庸城堡（The Castle of Chillon），位于瑞士边境沃州蒙特勒附近的日内瓦湖畔。弗朗索瓦·博尼瓦尔（Francois Bonivard），16世纪宗教改革家、日内瓦独立主义者，曾被关押在西庸城堡的地牢中长达六年。

② 让·雅克·卢梭（Jean-Jacques Rousseau，1712—1778），出生于瑞士，是18世纪法国著名的启蒙思想家、哲学家和文学家，其于1761年发表的小说《新爱洛伊丝》（*The New Héloïse*）讲述的是一个贵族小姐于丽与其家族教师相爱却被其父亲拆散的爱情故事。

第十九章　孤独时刻

当一个人的自我被另一个人占据，全部身心都被这个好榜样所净化时，保持自我克制就很容易，然而，当忠言逆言停下来，日常规诫不再，深爱之人离开，空留寂莫与悲哀之时，乔就发觉很难再克制自己，她自己都因为想念贝思而心痛不已，还怎么去“安慰父母”？贝思另寻新家，似乎把全部的光亮、和煦和美好也带走了，留下的她又如何“使家里充满欢乐”呢？世界之大，她怎样才能找寻到有意义且令人开心的工作？照顾贝思本就是一种报偿，还有什么工作可以替代呢？她盲目而无望地实践着诺言，内心深处却又十分抵制。因为她仅有的快乐也被剥夺，肩负的担子变得更重，生活之于她变得愈发艰难，这太不公平了。有的人似乎永远沐浴在阳光中，而有的人却一直活在阴影里。她明明比艾米更努力，却从来没有得到任何回报，只有失落、困窘和艰难。

对可怜的乔而言，这是段艰辛的岁月。只要想到自己将在那静悄悄的屋子里度过余生，成天操心单调枯燥的家务，只能享受一点微小的欢乐，却要承担越来越沉重的责任，她心头就涌上近乎绝望的情绪。“我没法做这些，我不要这样的生活啊！如果再没人来拉我一把，我就要撒手不管了！”她对自己说。发现起初的努力毫无效果，她就开始喜怒无常了。这样的情绪经常出现在坚韧意志不得不向无法逃避的命运屈服的时候。

不过，确实有人来拉她一把了，尽管乔并没一眼就瞧出善良的小天使，因为他们伪装成她熟悉的人，使用的魔法也是最简单的。她常在晚上惊醒，感到贝思在呼唤她。可是一瞧见那张空空如也的小床，就不由自主地伤心哭泣：“我的乖乖，贝思，回家吧！回家吧！”她伸出双臂，带着深深的渴望，这并不是白费力气，听到她的啜泣，妈妈就过来安慰她了，如同当初听到妹妹轻声的呻吟时做的那样。不只是言语上的安慰，而是更有耐心地、轻柔地抚摸。妈妈的泪珠向她传达了一个信息，妈妈的悲伤也不少啊。妈妈断断续续的喁喁细语，带着满怀希望的顺从和无法抹去的痛苦，简直比祈祷更管用。在夜阑时分，这种寂静氛围里心和心的对话，会让悲伤变成祝福，带走悲伤，让爱更加强大。乔体会到了这神圣的力量，她依偎在妈妈的怀抱里，觉得无比安全，负担好像也不那么沉重了，责任中也有了愉快，日子也没那么难熬了。

当痛苦的心获得了稍稍安抚，困扰的情绪也寻到了出口。一天，乔走进书房，爸爸抬起花白的脑袋，带着安详的微笑迎接她。她抵着那个善良的头脑，谦卑地说道：“爸爸，跟我聊聊吧，就像往常你和贝思的那种聊天。我急需这种聊天，觉得什么都乱了套。”

“乖乖，你能来找我，真让我欣慰。”他感动地答道，敞开怀抱拥抱她，仿佛他也需要同样的救助，并勇于启齿。

就这样，乔坐在贝思的矮凳上，紧挨着爸爸，将她的烦恼一吐而快——失去妹妹感到的遗憾和伤心，徒然的努力让她沮丧，信仰的倒塌让生活一片灰暗，还有那些我们所说的灰心、悲伤和烦扰。她全身心地相信他，而他也向她提供了她需要的救助。父亲和女儿都在彼此身上寻到了安抚。此时此刻，他们的谈话不光是以父女之间的谈话，更是男人和女人的谈话。二人彼此之间可以、也愿意互相同情和帮助。在旧书房里，他们度过了一段愉悦和亲热的时光，乔称之为“一个人的教堂”。走出房门的时候，她浑身充满了全新的力量，心情和态度都改善了。父母亲之前教会了三女儿不惧死亡，如今他们又试着教导二女儿振作精神、满怀信心地生活，善用生活中一切好机会，并且心怀感恩。

乔还得到了其他的帮助——卑微但有意义的工作，给她带来了快乐。这些无疑对她有益。她渐渐懂得了发现和珍惜。只要想想贝思曾使用过两样东西——扫帚和抹布也变得没那么讨人厌了。这两样物件上残存着贝思家庭主妇般的光辉，所以乔绝对不会丢掉它们。乔拿着它们干活的时候，竟唱起了贝思爱唱的小曲子，而且，她忙东忙西让整个家一直保持干净而舒适的做法，也是从贝思身上学来的。这是让家通向幸福之路的开始，她还不自知，直到老汉娜握着她的手，欣赏地赞道："你这个细心的女孩，这么努力干活儿，就是为了不让我们想念那可爱的小人儿。我们并不多说，却都看在眼里啊。上帝会庇佑你的，等着吧。"

当乔和梅格一起坐着缝缝补补的时候，她看到姐姐身上的巨大改进。她说话很中听，非常了解好女人也会有的那些冲动、内心活动和体会。在丈夫和宝宝身上，她收获了莫大的幸福感，并为彼此付出了多少心血啊。

"婚姻的确是一个好东西。我在想，如果我尝试结婚，不知能不能做到你一半那么好？"乔对梅格说，她在那间一片狼藉的儿童房里为德米做风筝。

"乔，你只用把身上女人温柔的一面展现出来就行。你就好比一颗毛刺板栗，表面会扎人，内心却是一个甜蜜的果仁，像丝绸一样柔软，如果有人能够尝得到。总有一天，爱情降临在你身上，你的刺壳儿就会掉落的。"

"太太，冻霜也会让栗壳开裂的，得用力才能把栗子晃下来。小伙子最喜欢摘栗子，我不介意被他们放进口袋里。"乔回答，接着糊这个不管刮多大的风都飞不起来的风筝，原来，黛西把自个儿粘到风筝上当尾巴了呀！

梅格哈哈大笑，乔的旧脾气重出江湖了，她看着就开心啊。可她觉着自己有义务绞尽脑汁地想出所有事实来支撑她的论点。姐妹之间的这次对话还是有些作用的，尤其是有梅格那两个最有说服力的事实——乔最疼爱的两个宝宝。哀伤最能让人敞开心扉，乔基本上做好了被放进口袋的准备：栗子再多点阳光的照射就会成熟了。并不需要被小伙子焦急地晃落，只要一个大男人轻柔地摘下，剥开栗子壳，就会露出结实又甜蜜的栗子仁。如果乔受到惊吓，她就会死死地封闭自己，变得更扎人，幸好她没有过多地考虑自己。所以只要时机成熟，乔这颗栗子就会自己落下来了。

如果乔是某个说教故事中的女主角，那她就该在人生的这个阶段变成一个圣女，抛开世俗生活，戴一顶无欲无求的帽子，口袋里装着教会册子，到处行善。但是，众所周知，乔不是那种女主角。她只是像成千上万的其他姑娘一样，不屈服于命运。所以，她由着自己的本性，偶尔伤感，偶尔烦躁，偶尔倦怠，偶尔又活力十足、随心所欲。我们终将做道德完满的好人，可这无法一蹴而就。得有人能够耐心指引，再加上持续不断的努力，还需要其他人的协助——一些人在这样的情形下，才只能做到刚刚步入正轨。乔已经做得很好了，她尝试着去履行自己的职责，否则就会不开心。但要情绪高涨地去做——噢，那就另当别论了！她总说无论多艰难，都要干一些了不起的事，如今她做到了。她把自己的一生贡献给父母，一心想让他们享受天伦之乐，就像他们曾让她享受的那些，世界上有比这更了不起的事吗？对于乔这样一个闲不下来的、雄心壮志的姑娘来说，抛开自己的期望、蓝图和志向，任劳任怨地为家人而活，如果只有困难才能彰显努力的可贵，这可能就是最困难的事了。

上帝成全了她，给她机会信守诺言。于是任务就来了，虽然不是她希望的那种，却更美妙，因为其中并不涉及自我的成分。她会成功达到目标吗？她下决心去尝试。在最开始的努力中，她得到了前面提及的那些帮助，甚至还接受了其他协助，她没有把这些当作一种报偿，而是一种宽慰，就跟翻越“困难山”① 的“基督徒”一样，偶尔会在路旁的凉亭下休息一下，恢复一下精力。

“你怎么不写作了呢？你之前干这个的时候都很开心的。”有一次，乔又陷入了抑郁的情绪，妈妈看到她的样子，就说。

“我不太有心思写。就算写了，也没人愿意看。”

“我们愿意看。为我们而写吧。别理会旁人。乖乖，就试一下。我确信，对你很有益的，也会让我们开心的。”

---

① 出自《天路历程》中的情节，小说中“基督徒”为找寻“丽宫”(the Palace Beautiful) 需要翻越一座叫“困难”的大山。

“我不觉得我还能写。”不过，乔还是拉开抽屉，开始整理一些没写完的手稿。

过了一个钟头，妈妈在门外向房间里望了一眼，见乔穿着黑色围裙，坐在那里聚精会神地奋笔疾书。马奇太太微笑着轻轻退出去了，对自己卓有成效的建议而骄傲。乔也不知道为什么，她的小说里开始掺杂了某种感动人心的东西。家人读着她写的小说，一会儿哭，一会儿笑；然后，爸爸瞒着乔将小说寄给了一家通俗杂志社。杂志社不但给了稿酬，竟然还向她约稿，令她颇为震惊。这则小说在杂志上发表之后，许多读者给她写信称赞她，这让她感到荣幸。报纸也进行了转载，无论是否相熟的人都一致称颂。仅就这样的一个小作品来说，可谓是莫大的成功啊。在过去，人们对于乔的小说都是褒贬不一，比起那时，现在的情形更让她觉得诧异。

“我搞不明白，对这种简单的故事，人们为什么如此欣赏？”她很不解地问道。

“乔，故事里的真实就是秘诀。幽默加上伤感，故事就生动活泼起来了，你最终确定了独特的文风。我的女儿，你全心全意地写作，抛开了名利的诱惑，终于苦尽甘来了。努力去写，像我们一样，为自己家的成功而喜悦吧。”

“如果我写的小说里果真包含了真和善，那也不是我的，都属于你，妈妈，还有贝思。”乔谦虚地说道，无论别的人如何歌功颂德，都不及爸爸的称赞让她动容。

乔在爱和悲痛中接受教导，继续创作小说，把它们投出去发表，既赢得了读者，也为她赢得了朋友。让那些卑微的流浪人觉得这个世界充满慈悲。小说受到了诚挚的喜爱，乔就像孝顺的孩子突然有了好运气，于是带回一些愉快的礼物送给母亲。

艾米和劳里写信回家，告诉大家，他俩已经订婚了。马奇太太害怕乔会不开心，但很快她的担忧就烟消云散了。尽管乔起初很消沉，但她还是平静地接受了现实。她还没来得及重新再看一遍来信，心里就早已帮“两个家伙”计划起来。这书信像一曲纸上的二重奏，双方在信里都以爱人的口吻称赞彼此。看着就让人动容，想着就让人宽慰，全家人都很赞同这一对呢。

“妈妈，你赞成他们的决定吗？”当写了满满一页纸的信被放下，她们对望时，乔问道。

“赞成，从艾米写信告知她回绝了弗雷德，我就盼着这个结果。我当时非常确信她心里有了更好的想法，代替了你所说的‘唯利是图’。她信里东一处西一处都在暗示，让我不由得猜测，她和劳里相爱了。”

“妈咪，你真是敏感，又那样守口如瓶！从没向大家透露一个字啊。”

“妈妈们照顾女儿的时候，必须得有一双敏感的眼睛和一张守口如瓶的嘴。我之所以不告诉你，是怕你在他们还没确定关系之前，就写信去恭贺。”

“我不是从前那个急躁的乔了，你能信任我。如今的我很清醒也很理性，和谁都能讲心里话。”

“是的，宝贝。我原本是该跟你交个底的。只不过我担心，如果让你晓得，你的特迪有了别的爱人，你会伤心。”

“哎哟，妈妈，你真觉得我会这样傻，这么小气吗？我已经拒绝了那真挚的爱，因为我们不合适的。”

“乔，我清楚当时你是真诚地回绝他的。但近几日我时常在想，如果他回家来，再向你提出请求，或许你会同意的。对不起，乖乖，我没法忽视你的寂寞，你眼里偶尔会闪现出渴望的眼神，深深地打动我。这样我才想，如果你的男孩再出现并且奋力一搏，也许，他会把你内心的空虚给填满。”

“别，妈妈，我更喜欢现在这个状态。艾米明白了如何给他爱，我真开心。不过，你说对了一件事：我的确觉得寂寞。如果特迪再向我求婚，我可能会说‘愿意’，不是因为我对他的爱变多了，而是因为，现在的我更需要被人爱的感觉。”

“乔，听你这样说，我真开心，这说明你长大了。你会发现有这么多人在爱你：爸爸妈妈、姐妹兄弟、朋友们和宝宝们，试着为了这些人的爱而感到满足吧，会有最完美的爱人作为回报的。”

“世上最完美的爱人，自然是妈妈啦。我悄悄说吧：我想去尝试各式各样的感情。太奇怪了，我越是想从各种人间之情中找到满足，就越觉得不满足。我不懂原来人的内心竟能装下如此多的感情，我的心好像弹性十足，好像永远都装不满，而我从前是很容易在家庭中找到满足感的。我真是搞不明白。”

“我明白。”马奇太太睿智地微笑着。乔则翻过信纸，回顾着艾米谈及劳里的那些话。

> “被爱的感觉是多么美好呀，劳里是如此爱我。他并非一个多情的人，不会把爱挂在嘴边，可我能从他的言行中看到和体会到，这让我快乐又羞涩，我仿佛不是从前的那个艾米了。我最近才了解到他那些品质——善良、大方、柔情。他向我敞开心扉，里头全是高尚的冲动、期望和志向。我很骄傲那颗心现在是我的。他告诉我，他仿佛觉得‘如今船上有我这个大副，有无数的爱储存在舱底，他就能够顺顺当当地扬帆航行了’，我希望他可以做到。我要更加努力地提升自我，不辜负他的期望和信任，因为我全心全意地爱着我英勇的船长。既然上帝安排我们相爱，我绝对不会抛弃他。噢，妈妈，我从没想过，原来两个人相爱，为彼此而活，就会把人世变成天堂那般美好啊！”

“这还是那个冷静、谨慎、追逐名利的艾米吗？的确，爱情能创造神话啊！他们一定会幸福美满的！”乔哗啦啦地仔细把信纸收拢，如同合上了一部美妙的爱情小说，这个故事让读者深陷其中，直到结束，才发现自己孤身一人返回到庸碌世俗中。

片刻之后，乔慢悠悠地上楼回到房间里，外面在下雨，不能散步。她坐立难安，往日的感觉又袭上心头，没有以前那么苦涩，只是伤感和无法驱散的疑惑，为什么妹妹总能得偿所愿，而她总是竹篮子打水一场空？她知道这想法不对，想要把它强压下去，不去想它；然而，对爱的渴求是人之常情，艾米的幸福激发了她对爱的渴望，她盼着能“不顾一切地去爱，去依靠一个男人，愿上帝让她找到这个人”。

乔失神地踩着焦急的步子来到了阁楼。里头并排放着四只小木箱。每只箱子上都刻着它们所有者的名字，装着四姐妹儿童和少女时期用过的东西。如今，一切都已成为往事。乔的目光扫过一只只箱子，然后走近自己那只箱子，把下巴靠着箱子，看着里面乱七八糟的收藏，心猿意马。突然，一摞旧本子引起了她的注意。她抽出来翻看着，在慈祥的柯克太太家度过的那个快乐的冬天又浮现在脑海中。她先是微笑，接着又流露出沉思的神情，然后，又感觉到哀伤。她的嘴唇甚至在发颤，书册也从膝上纷纷落下，因为，她看到一张教授写的小纸条。她坐在那里，读着这充满善意的纸条，感觉其中似乎有了新的含义，直击她心中的柔软之处。

“朋友，等着我，我也许会迟到，但一定会来！”

“噢，我希望他会来！亲爱的老弗里茨，他待我那么尊重、友善和用心。和他相处时，我没有给他应有的珍重，现在我好想见他一面呀！好像每个人都渐行渐远了，我好寂寞啊。”乔手里攥着这张小纸条，把它当作一份还待履行的承诺书。这里有个十分柔软的碎布袋子，她把头搁在上头哭着，就像是在回应敲打屋顶的雨滴。

这仅是她的自哀自怜、寂寞伤感，还是暂时的心潮低徊？还是说，是某种感情的苏醒？这种感情连同引发它的人，都在耐心地等待机遇。谁能说得准呢？

第二十章　惊喜连连

在暮色中，乔一个人躺在旧沙发上，她凝视着炉火，默默沉思。她最喜欢这样消磨傍晚，因为那时没人打搅她。她习惯在那里躺着，靠着贝思的红色小枕头，构思小说情节，做着白日梦，温柔地思念着妹妹，仿佛妹妹仍在人世。明天就是自己的生日了，乔显得有些憔悴，脸色阴沉，郁郁寡欢的。她感慨，时光如梭，她就要渐渐老了，收获却这么少。就快二十五岁了，却一事无成。不过在这点上乔却错了，她身上值得称道的东西很多，它们很快就被发现了，她也为此欢欣雀跃。

“做一个老小姐，恐怕就是我的结局了。一个文学老处女，把手中的笔当丈夫，一堆作品当孩子，二十年以后，可能会略有所成。到那时候，我就跟可怜的约翰逊①一样，老得无法享受名气带来的一切，孤零零的，无人与之分享，那还要名气做什么呢？唉，我没必要去做个很痛苦的圣徒，抑或是一个自私的罪人。我确定，如果习惯了一个人，老小姐的生活还是很愉快的。不过……”乔叹道，想到这些，深为自己的将来而担忧。

起初的时候，这样的未来实在让人担忧，对二十五岁的少女而言，三十岁仿佛一切就都结束了。但实际情况并没有那么差。而且，

① 这里指英国作家塞缪尔·约翰逊。

只要一个女人内心深处有所依凭，还是可以过得很快乐。二十五岁的时候，女孩们虽然嘴里说要成为老姑娘，心里却不会认命。到了三十岁，她们不会再说什么了，而是平静地接受了这个现实。而且，如果够明智，她们会这样想，至少还有二十多年的快乐时光可以用来学会如何优雅地消磨时间，得到安慰。可爱的女孩们啊，别嘲笑那些老姑娘。她们虽然穿着朴素的长袍，其实跳动的心里，常常深埋着柔情百转的爱情悲剧。她们牺牲了芳华、健康、志向还有爱情本身，所以那苍老的面庞在上帝眼中也是分外美丽的。就算某些老姑娘哀怨而乖戾，也请善待她们，不为别的，只为了疼惜她们错过了一生中最甜蜜的阶段。少女们应该心存怜悯之心去看她们，不要蔑视她们，因为，自己也同样可能错过盛开的花季，脸颊上的红润终将褪去，棕色秀发中会生出白发，而心中的善念和尊重会和现在的爱情和倾慕一样甜美。

先生们，在这里指的是男孩子们，对老姑娘们礼貌些吧，无论她们有多贫穷和平庸，或者多刻板。乐于尊重长者，为弱者和女人们效劳，无论她们的地位、年龄和肤色如何，这是多么珍贵的骑士精神啊。想想吧，善良的姨母们是如何对待你们的，除了说教或大惊小怪，还有呵护和宠爱，你们却常常连个谢字都不说。她们替你们排忧解难，从微薄的积蓄中拿一些给你们当零花钱，用苍老的双手一针一线地为你们做衣服，用衰弱的双腿任劳任怨为你们奔波。给那些亲爱的老姑娘们一点关心和感激吧。女人们只要活着一天，就会欣然接受别人的关爱的。耳聪目明的女孩不久就能觉察到你们这个美德，因此更爱慕你们。死亡是唯一能分离母子的力量，如果死亡带走了母亲，你们一定会在某个普丽西拉姨妈身上得到真诚的怀抱和慈爱的抚慰。她寂寞苍老的内心仍然留着最温暖的一角，给她的“绝世好外甥”。

乔一定入睡了（我确信，在我简短的说教时间里，读者们也在打瞌睡），因为劳里的形象忽然出现在她眼前——太过逼真啦，而且俯视着她，带着往日里一贯的神情，一种感慨又压抑内心的表情。然而，就像情歌里的珍妮：

她没料到居然就是他!①

目瞪口呆地沉默着，乔躺在那里看着他。劳里弯下腰来吻她，她才回过神来，飞身而起，开心地喊着：

“我的特迪啊！哦，我的特迪！”

“乖乖乔，看见我，你开心吗？”

“开心！有福气的男孩，我开心得不知道该说些什么了，艾米呢？”

“她被你妈妈扣在梅格家啦。我们回来时顺路去那里拜访，就弄丢了我的妻子，我也没办法啊。”

“你的谁？”乔喊道，因为劳里无意间得意地说出了这两个字，泄露了天机。

“哎呀，惨了，这下露馅了。”他显得很心虚，乔立马抓住了这点。

“你跑去结婚了！”

“是的，很抱歉，我再不敢了。”他弯腰跪下，忏悔一样的握紧双手，脸上却是顽皮和快乐的表情，仿佛带着一种胜利。

“是真的吗？你结婚了？”

“千真万确，谢谢关心。”

“上帝啊！以后你还要干出什么惊天动地的事来呢？”乔叹了口气，瘫坐在椅子里。

“你的祝贺很特别，就是不太像赞美的语言。”劳里回答，带着一副可怜相，却又挂着满足的笑。

“你蹑手蹑脚地跑进来，又宣布这么个大消息，吓人一跳。你还想要什么？荒唐可笑的孩子，站好，把事情从头到尾跟我说清楚。”

“除非你让我坐到老位置，答应不用枕头挡着，不然，我一个字也不说。”

---

① 该句出自苏格兰女诗人安妮·林赛·巴纳德（Anne Lindsay Barnard，1750—1825）的歌谣《老洛伯》（*Auld Robin Gray*）。该歌谣讲述了少女珍妮（Jennie）和少年杰米（Jamie）的爱情故事。

乔听到这儿，大笑起来，她已经很久没这样笑了。她以邀请的姿态拍着沙发，诚恳地说："旧枕头放到阁楼去了，因为现在我们谁也用不上了，特迪，过来坦白一切吧。"

"你说出来的'特迪'，多好听啊！还没谁像你这么叫我呢。"劳里坐在了沙发上，一脸满足。

"艾米怎么称呼你呢？"

"我的老爷。"

"这倒像她的口吻，哎哟，你看上去也像个老爷的样子。"乔的眼神明显暗示：她觉得她的男孩比以前更帅气了。

那只枕头不在，但是他们之间依然存在一道屏障——一个不自觉的，由时间、分别、和情变而形成的屏障。两人都有所察觉，有那么一阵子，他们互相凝视对方，好像彼此身上都可以看到一丝丝的阴影——拜这无形的屏障所赐。不过，阴影不久就烟消云散了，因为劳里妄图故作严肃地说道："难道我不像个已婚男人，没有一家之主的样子吗？"

"根本不像，你也不会像的。你是长高了一点，也更俊俏了，但依旧是昔日那个调皮家伙。"

"好了，认真的，乔，你该尊重我一点了。"劳里说道，对这样的交谈抱着很大兴趣。

"我哪里做得到？一想到你居然成家了，我情不自禁地想笑，哪里还严肃得起来。"乔笑盈盈地回答，她的笑容太有煽动性了，惹得两个人都笑了。接着他们坐了下来，想过去那样快活地畅谈一番。

"外边冻死人了，不用去接艾米了，他们过一会儿就回来了。我是耐不住，我要做第一个跟你说这个大喜事的人；我要'第一抹奶油！'我们昔日争奶油的时候，就是这样。"

"你当然是抢到了，但故事没开好头，被破坏掉了。现在用正确的方式跟我说说，一切是怎么发生的吧，我太好奇了。"

"好吧，我这么做是想取悦艾米啊。"劳里开始说道，眨了眨眼，这让乔喊道：

"天大的谎言啊。是艾米想取悦你吧。继续说吧，请讲真话，先生，如果行的话。"

“现在，她说话终于像个女士了，听她这样说话难道不是很有意思吗?”劳里看着炉火自言自语，火光一闪一闪，好像同意他说的话。“这没什么不同的，毕竟我们就像一个人了。一个多月前，我们本来计划和卡罗尔一家一起回国，可是他们临时改变计划，想在巴黎过完冬天再回来。不过，爷爷思家情切，他是为了让我开心才去那里，我不能让他自个儿回来，可我又不能抛下艾米。卡罗尔太太的观念里有些英式的古板规矩，什么‘要有年长妇女陪着未婚女孩子出行’之类的可笑想法，她不肯让艾米和我们回来。为了走出这个困局，我就说：‘我俩结婚吧，这样就可以想怎么行动就怎么行动了。’”

“你肯定会这么办，你总是有办法按你的心意行事。”

“也不都是如此啊。”劳里似乎有什么画外音，所以乔赶紧插嘴道：“你到底是如何让姑姑答应的?”

“那简直太困难了。但是不要透露说是我们征服了她。因为我们有充分的理由。那时候写信回家请求批准已经来不及了，但我们知道你们会开心的，慢慢都会接受，如我妻子所说，这只是‘时间的问题’而已。”

“我们也为‘妻子’那个称呼而自豪，我们也喜欢说那几个字啊!”乔插嘴道。如今轮到她对着炉火自说自话了。她欣喜地盯着炉火，比起她上一次看它时的悲伤失落，现在她那双眼睛里似乎也闪烁着快乐的火花。

“或许那只是件小事，艾米这么有魅力的小女人，我情不自禁地为她自豪啊。对了，后来姑丈和姑姑在那儿做监护人，我们彼此倾慕对方，难舍难分，那个可爱的安排把所有问题都解决了，于是我们就结了婚。”

“时间?地点?形式?”乔带着女人特有的非凡兴趣和好奇追问道，自己却丝毫不自知。

“六周前，在巴黎的美国领事馆，婚礼自然是静悄悄的，因为在我们最开心的时刻，也没遗忘我们可爱的小贝思。”说着，劳里握住了乔伸过来的手，轻抚着那个无法忘怀的小红枕头。

“那你们为什么不立即跟我们说呢?”乔问。当他们一动不动坐了片刻之后，她的调子才平静了点。

“我们是打算给你们惊喜的，起初我们以为会马上返程的，等我们结完婚，那亲爱的老先生却觉得，他至少还需要一个月，才能做好启程的准备，就让我们随便选个地方去度蜜月。于是，我们就去了艾米称之为‘公认的蜜月圣地’的玫瑰谷，我们在那儿很开心，和那里的其他人一样，这种快乐是人生独此一次的，说真的，玫瑰花下的爱情多美妙啊！”

有那么一瞬间，劳里好像忘记了乔，他这样轻松随意地跟她聊着，让她肯定，他已彻底从昔日的情感泥沼中走了出来，对此，乔替他开心。她想抽回手来，可他似乎觉察到了，这让他产生了一种完全不自知的冲动念头，牢牢地抓住她的手，用她从未见过的男性的庄严语气说道：

“乖乖乔，我想告诉你一件事，说完之后，我们都不再提它。当我来信告诉你们艾米对我很好时，我曾说，对你的爱，我永远不会停，那是实话，不过那种爱的性质已变了，我会努力把它处理得更好。艾米和你的位置在我心中发生了变化，仅此而已。我想这就是天意。如果我如你所想的那样去等待，我们也许最终能走到一起。但我完全没有耐心，于是很烦恼。当时的我少不更事、刚愎自用、暴躁不堪，需要一次重重的教训，才能发觉自己的错误。乔，真是大错特错啊，就像你说的。在愚弄了自己之后，我才认清真实的心意。我确定，那阵子，我的脑子一团乱麻，我弄不明白究竟更爱谁，是你呢，还是艾米。对你们两个人我都想爱，可是那不行。我在瑞士重遇艾米的时候，所有事瞬间变清晰了，这时才把你们都放到了对的位置，我很确定从前的爱情完全消散，这才开始了新的爱情，这样我才能做到和作为妹妹的乔以及作为妻子的艾米推心置腹，一往情深。你会相信吗？我们还可以回到刚刚认识时那段快乐的旧时光吗？”

“我会去真诚相信的。不过，特迪，我们已经过了少男少女的年纪。快乐的旧时光一去不复返了，我们不该有这样的奢望。如今，你和我已经长成了男人和女人，有了各自的责任。玩乐的时代已经终结，我们不能可能再嬉戏了，我想你也有所觉察了。我观察到了你身上的改变，你也观察到了我的。我会缅怀我的那个男孩，也会深爱现在这个男人，也更欣赏他，因为他将履行我对他的期许。我们不再是彼此的小伙伴，却成了兄弟姐妹，终其一生，互爱互助，对不对，劳里？”

他一言不发，只是握住了她伸出的手，他的脸在那儿贴一会儿。他有种感觉，一种美好而坚定的友情从他那男孩儿激情的坟墓中升起，带给他们无尽的祝福。乔不想让伤感笼罩他们的归来，于是，片刻之后，她就语调轻快地说：“真让人想不到啊，你们两个孩子居然成了亲，还要居家过日子了！呵，我给艾米扣围裙上的扣子，你欺负我的时候，我气得揪你的头发，一切好像是昨天发生的事。”

“两个孩子里，可有一个比你年龄还大呢，别用一副奶奶腔说话，我觉得自己已经是个‘成熟的绅士’啦，就像辟果提称呼大卫①那样。而等你见到艾米的时候，就会意识到，她可比同龄人成熟多了。”劳里说道，他觉得乔那一身母性光环很有趣。

“你是年长我一些，但在感情上，我比你成熟得多，特迪，女人们都是如此，况且这一年过得那么困难，我觉得自己都有四十岁了。”

“小可怜乔！我们把你抛下，叫你一个人扛，我们却跑去寻欢作乐。你是苍老了一点。这里有一道皱纹，那里还有一道。你的眼神总是忧郁的，除了微笑的时候。刚才摸枕头的时候，我感觉上头有一滴泪珠。你经历了那么多磨难，还一个人扛。我太自私啦！”劳里扯着自己的头发，脸上满是自责。

不过乔仅仅把那只泄露天机的枕头翻了过去，尽量轻松快活地答道：“没有啦，还有爸爸妈妈做我的后盾，有亲爱的宝宝们给我带来宽慰，一想到你和艾米平安快乐，这所有的烦恼都没那么难承受了。我偶尔是感觉到寂寞，不过，我确定那是有益的，何况……”

“你不会再寂寞了。”劳里打断她。他用一只手臂揽住她，好像要为她挡住生命中所有的风雨。“我和艾米没有你不行的，你有责任

---

① 出自狄更斯的小说《大卫·科波菲尔》中的人物克拉拉·辟果提(Clara Peggotty)的原话，该人物是陪伴主人公大卫长大成人的忠实女仆。

来教‘孩子们’料理家务，再多的事情都要平摊，就像昔日那样。让我们好好照顾你，让大家其乐融融地相处。”

“如果我不会成为一个麻烦，我自然很愿意。你的出现让全部烦恼都烟消云散了，我觉得年轻了一截，你最会安抚人心了，特迪。”就像几年前贝思生病的那段时间里，劳里让乔依靠的那样，她又把头搁在了劳里的肩上。

他俯首望向她，想看看她还记不记得那段岁月。可是，乔在顾自笑着，好像他的到来真的让她的烦恼烟消云散。

“你还是从前的乔，前一分钟落泪，后一分钟又笑了。现在你看上去还有点顽皮，在思考什么呢，奶奶？”

“在思考你和艾米是如何相处的。”

“就像神仙眷侣一样！”

“对，那是自然。起初都是如此，不过，大事是谁说了算呢？”

“坦白说，现在是她，至少我叫她这样觉得——你晓得嘛，哄她开心。日后我们会换着来的。大家都说，婚姻意味着权力要平均，责任要加倍。”

“一旦开始了，就会继续下去的，艾米这一辈子都会支配你了。”

“是啊，她会神不知鬼不觉地做到，我觉得我也不会介意的。她是那种女人，懂得怎样驾驭好男人。我其实还挺享受的，因为她的绕指柔，让你觉得似乎她都是在为你好。”

“我这辈子竟然能看到你变成一个惧内的丈夫，还乐在其中！”乔拍着双手喊道。

不过劳里挺直胸膛，对这种言语攻击回报以男人的轻蔑一笑。他带着那种高傲的神情回应说：“艾米有很好的涵养，不会做这种事，我也不是容易驯服的男人，我的妻子和我彼此尊重，不会不讲理，也不会吵架。”听到他这么说，乔觉得高兴，也感觉他和这种新的尊严很相配，只不过，这个男孩子变成男人的过程好像过快了，所以，她的喜悦中掺杂着小小的遗憾。

“这点我倒不怀疑。艾米从没跟我吵过架，你和我却总是争吵。假如她是寓言故事里的太阳，那我就是风。你肯定记得，太阳最善于控制男人了。”

“太阳既给男人温暖，也能让他爆炸。”劳里笑着说，“在尼斯的时候，我被她训得可厉害了！那是比你所有的斥责都还要严厉，我发誓——这是一个实在的警告，等有时间我跟你仔仔细细地说一遍——她肯定不会说的，因为她说她鄙视我，替我羞耻，可是才一说完，她就爱上了我这个可鄙之人，嫁给了这个窝囊废。”

“这太差劲了！行啦，如果你再被她蹂躏，就把我这里当庇护所吧。”

“我像个弱者，对不对？”劳里说着，一下站起身，然而这时，艾米的声音传了过来，他的庄重神情立刻变成了欣喜。艾米说：“我亲爱的乔姐姐呢？她在哪里啊？”

所有人一下涌进了屋，大家又开始了新一轮的互相拥抱亲吻。三位外出旅行的人在几次无效的努力后才得以坐下来，接受众人笑盈盈的注视。劳伦斯先生比从前更矍铄了，跟另外两位一样，他也从这次出国旅行中受益不浅，这使他变得更温和了——因为他从前的固执几乎消失殆尽，而他那旧式的儒雅做派被打磨得更加温润。看着那对被称为“我的孩子们”的新婚夫妇，他不禁对他们露出微笑，这真让人愉悦。更让人欣慰的是，艾米对他抱有像女儿一样的责任和感情，这彻底征服了老人的心。但赏心悦目的还是看着劳里围着他们两个献殷勤，这幸福的场景好像永远也看不够啊。

当梅格的目光刚停留在艾米身上，她就立刻觉察到：从衣装上看，自己的审美已经跟不上这位从巴黎回来的丽人了。和小劳伦斯太太相比，小莫法特太太大为逊色。艾米这“贵妇”已经完全成为一位美丽优雅的夫人。乔打量着这一双璧人，心想：“瞧瞧，这两人多般配啊！我是正确的，劳里最终找到了一个漂亮又有才华的姑娘，比起笨手笨脚的老乔，这姑娘更配得上他的小家庭，她会成为他的自豪，而非麻烦。”马奇夫妇满脸欣慰，他们微笑着点头，因为看到了小女儿不仅善于应付人情世故，又拥有了爱情、信心和幸福。

艾米脸上透着柔和的光彩，彰显出她内心的祥和。她的语气中新添了一种柔情，凛然冷静的处世态度变得庄重典雅，既和蔼可亲又让人信服，些微的做作丝毫不会破坏她的风度，相较于她焕然一新的容貌和本来的优雅，现在她举止中的那种诚挚的甜美似乎更加迷人。显而易见，她已经成了一位真正的淑女，那是她以前梦寐以求的目标。

“爱情在我们的小女孩身上发挥了很好的作用。”妈妈轻声说。

“亲爱的，那是因为她此生一直有个好模范。”马奇先生悄声说，深情望向身边那憔悴的面容和花白头发。

黛西发现自己的目光黏在了这个“漂酿”（漂亮）阿姨身上，她就像一条小哈巴狗一样黏着女主人，艾米真是魅力四射啊。德米犹豫了一会儿，愣愣地搞清了这种新关系，才改变了起初的态度选择了屈服，冒然收受了贿赂，那是在伯尔尼买的一组可爱的木熊玩具，一个迂回的进攻就让他轻易投降了，劳里深知如何应付他呀。

“小家伙，很荣幸地初次见到你时，你就在我脸上来了一拳。现在我要和你来场绅士之间的对决。”说完，大个儿叔叔就把小外甥往上抛着摇着，全然不顾自己的做大人的严肃体面，却让那孩子玩得十分欢乐。

“啧啧，她全身上下都穿着丝绸，坐在那儿神采焕发，大家都称呼小艾米为劳伦斯夫人，我听着心里也欢喜啊。”老汉娜嘟囔着。她毫无疑问是在胡乱整理着桌子，却时不时地看向众人。

上帝啊，他们是在进行一场怎样的谈话啊！起初是一个人讲，然后换一个人讲，再后来就七嘴八舌地讲起来，都想把三年的事在半小时里说完。所幸已经备了茶点，这不但给了众人喘息的时机，也提供了必要的补给，如果照这情形聊下去，他们一定会喉咙沙哑、头晕脑涨的。最幸福的一群人陆续进入了小餐厅。马奇先生挽着“劳伦斯太太”，一脸自豪，马奇太太同样很自豪，因为她依偎在“我儿子”的胳膊上，老先生则牵着乔，他的目光转向炉火边空着的一角，轻声对她说：“如今，你是我的孙女了。”乔止不住颤抖的唇，轻声答道：“爷爷，我会努力填补她的空缺的。”

那对龙凤胎在后面欢快地蹦蹦跳跳，他们以为自己的好日子来临了，见所有人都为新婚夫妇忙碌着，他俩就可以无法无天了。确实，他们也好好利用了这大好时机。他们一会儿悄悄喝口茶，一会儿肆无忌惮地拿姜饼吃，还各自拿了一个刚出炉的热松饼，更过分的荒唐事就是，各自放了一个诱人的果酱到自己的小口袋里，到头来馅饼被压碎弄得黏黏糊糊，这给了他们什么教训呢？是馅饼和人性一样酥脆吗？口袋里装着馅饼，他们心里七上八下的，生怕“多多阿姨”敏锐的目光越过薄薄的麻纱和羊毛衣服，看到里头藏匿的赃物。于是，小坏蛋们牢牢黏着没戴眼镜的外公。

艾米被当作茶点，被大家呼来唤去，最后总算坐回了客厅，这会儿正和劳伦斯爷爷挨着坐着。剩下的人像刚才走进来时的那样，成双结对地走出来了。如此看来，只有乔没有同伴。不过那时她没太注意，而是忙着回应汉娜热情的问题。

“艾米小姐会不会坐四轮马车？她用收藏起来的银餐具吃饭吗？”

“就算她坐六匹白马拉的车，日日用金餐具吃饭，戴钻石戒指，穿着刺绣花边的衣裳，我也不觉得惊讶，特迪觉得怎样宠她都是应该的。”乔回答说，带着满意的神情。

“那我没有疑问了！你早饭想吃什么？杂碎还是鱼丸？”汉娜问道。她很明智，一下就把话题从诗情画意拉回了日常生活。

“都行。”乔合上了门，她觉得这时候谈食物有点不合时宜。她站在哪里，看着在楼上人群逐渐消失，尤其是穿着格子呢裤的德米，用两条小短腿困难地爬上最后一级阶梯，这时候，寂寞突然涌上乔的心头，那寂寞如此强烈，让她泪水盈盈。她看向周围，想要找点能够依傍的东西，可是，就连特迪也离开她了啊。她自顾自说着：“等睡觉的时候再哭吧，现在唉声叹气的不合适。”不过，如果晓得有份什么样的生日礼物正在来到她身边，她一定不会说这种话了。然后，她刚准备用手揉眼睛——她有一个像男孩一样的习惯，就是从来找不到手绢——就听到有人在敲门，于是强颜起欢笑。

她急忙热情地去开门，却惊讶得目瞪口呆，好像面前又来了一个幽灵。在门口站着个留小胡子的高个儿男人，在黑暗中朝她微笑着，像冬日里的一束暖阳。

“啊，巴尔先生，真开心见到你！”乔欢呼了起来，赶紧抓住他，好像不赶紧把他拉进屋，黑暗就会将其吞噬。

“马奇小姐，见到您我也很开心——不过，噢，你们有聚会啊——”当听到楼上传来嘈杂的说话声和脚步声，教授打住了。

“噢，不是的，没有，都是家人。我的妹妹和朋友才回国，我们都十分开心，快进来吧，加入我们的聚会。”

即使巴尔先生很擅长社交，我认为他还是想择日再来拜访，现在先礼貌地道别。不过，乔掩上了他身后的门，取走他手里的帽子，他如何好意思告辞呢？可能是受了她表情的感染吧，乔一看见他，简直无法按捺住喜悦的心情，将这喜悦表露无遗，这对于一个单身汉来说是不可抗拒的魅力。乔的好客程度远远超出了他预期。

“如果不是太唐突，我很愿意见到所有人。我的朋友，你是病了吗？”他忽然发问，当乔在帮他挂外套时，灯光照在她的脸上，他觉察到她脸上的一些变化。

“我不是生病，只是太累，太伤心了。我们分别之后，我经历了一些磨难。”

“啊，确实，我清楚。我都听说了，很是心疼你。”他再次握住她的手，满脸同情。乔觉得，这爱怜的眼神和紧紧握着的温暖大手，远胜于其他所有慰藉。

“爸爸妈妈，这就是我的朋友巴尔教授。”她带着止不住的骄傲和欢快介绍道，就像刚刚是吹着喇叭、敲着锣鼓打开了门。

如果说，之前这个陌生人还忐忑不安地猜想乔的家人会如何接待他，那么，转眼间众人的热诚欢迎就让他打消了疑虑。大家都友好地招呼他，起初是因为乔的关系，但很快他们就喜欢上这个人了。他带着能打开所有心门的密匙，这让他们没法不立刻和他熟稔起来。他的贫穷让这些淳朴的人们更同情他，和他更加贴近。贫穷让生活得不那么穷困的人感觉到充实，并且，它也是检验真正好客精神的保证。巴尔先生坐在那里打量周围的环境和人群，他脸上的怡然自得就像是旅人叩开了一扇陌生的门，却突然体会到宾至如归的感觉。宝宝们像蜜蜂围着糖罐一样围住了他，坐到了他的腿上，一边一个，他们不停捞他的口袋，凭着初生牛犊不怕虎的热情，一会儿拔一下胡子，一会儿查看他的手表，想要把他吸引住。女人们彼此赞许的会心一笑。马奇先生觉得和他很投契，于是向这位客人打开了他的话匣子。约翰则坐在一旁，静静地聆听和钦佩。劳伦斯先生意识到，这下完全没机会去睡觉了。

如果不是乔花心思在其他的事情上，她一定会被劳里的举止逗笑的。这位男士起初带着兄长般的慎重挑剔观察着这个陌生人，他感到一阵轻轻的刺痛，那不是忌妒，而是出于类似怀疑的东西。不过没有过太久，他就情不自禁地喜欢上了这个人，连自己都没察觉，就已经被吸纳进这个圈子里了。因为巴尔先生在这种轻松的氛围中非常健谈。他对劳里说的话不多，但时常看向他。每当看到这个青春年少的小伙子时，他脸色就会暗上一分，好像感慨着自己逝去的青春，之后他就会以渴望的眼神看向乔。如果乔正好与那眼神对视，她一定会对那无言的请求做出回应。可惜乔也在克制眼神，不能任由它们泄露内心的小秘密。所以，她谨慎地埋头织小袜子，正如一个标准的单身姨妈那样。

乔偶尔偷瞄教授一眼，这让她忽然来了精神，这种感觉就像风尘仆仆赶完路，喝上几口甘泉，因为经她偷偷观察，发现了一些好征兆。巴尔先生不再是一副心不在焉的模样，他看上去精神抖擞，对当下充满兴致，因而显得年轻俊朗。她这样想着，竟忘记了拿他和劳里对比，而这是她经常对陌生人做的事情，并且，结果通常是劳里完胜。接下来，巴尔好像很兴奋，话题变成了古人的葬礼习俗——尽管这可不是个让人兴奋的话题。乔感觉一种胜利的喜悦，因为特迪在一场争辩中被驳倒了。她看着聚精会神的爸爸，心想："要是他能做我的老师，爸爸就能每天和教授谈天说地了，对他来说，那是件多高兴的事啊！"还有一点，巴尔先生显得更像个绅士了，因为他穿了一件新的黑色西服，茂密的头发也被打理过了，并且梳得一丝不苟，不过，他的发型没能维持多长时间，因为激动的时候，他就和从前一样，把头发可笑地揉乱了。不过，相较于整齐的头发，乔更欣赏他乱糟糟竖立的头发，因为她觉得那个发型会赋予他好看的额头一种神采，就好像古罗马大神朱庇特。乔真可怜，她在怎样给这个平凡人身上贴金啊！这期间她静静坐在一旁织袜子，同时将一切尽收眼底，她连巴尔先生干净袖口上那颗亮闪闪的金扣子都没放过啊！

"哦，亲爱的老朋友啊！他就是求婚，也不会比这身打扮得更讲究了。"乔心想。这个想法忽然让她芳心一颤，脸也一下子红了，只好假装把线团弄掉了然后俯身去拣，好趁机把自己红红的脸藏起来。

不过，这个计谋却被搅和了，因为，教授也弯下腰去捡那个小蓝线团，就像要为葬礼火堆添火时掉了火把一样扑过去。所以，他们两颗头猛一下撞在一起，撞得双眼冒小星星，于是，两个人的脸都红了，他们慌忙起身，谁都没去管那线团了。在回到自己的位子后，他们都后悔了，真希望刚才没有离开座位。

众人都没觉察到深夜已经来临，汉娜早就机智地把宝宝们哄走了，他们就像两朵可爱的红罂粟花一样昏昏欲睡，劳伦斯先生也早就回去睡了。留下来的人围坐在炉火边畅快地谈着，压根儿没注意到时间过了多久，直到做妈妈的梅格先行离开，因为她肯定黛西摔下了床，德米在研究火柴时睡衣被烧着了。

“为了庆祝我们的重聚，大家来唱首歌吧，像往日那个样子。”乔提议，她觉得现在心中的激动只有通过高歌一曲才能尽情肆意地宣泄。

虽然不是全班人马到齐，但并没有人觉得乔的话很唐突，因为贝思好像还和他们在一起，这是一种安静却又无处不在的存在，比从前任何时候都更亲密。即使死亡也没有办法让家庭纽带断裂，因为那纽带是由爱编织而成，它让家庭牢不可破。那张小椅子仍摆在老位置，小篮子也还搁在过去的架子上，针线篮子整理得很整齐，里头装的针线活儿是贝思觉得织针变得“如此沉”的时候，暂时搁下的，那架心爱的钢琴也没被挪动过，只不过如今没什么人回去弹奏它。贝思安详的笑脸就摆在钢琴上方，像往昔一样，俯视着众人，似乎在说：“开心些吧，我和你们同在。”

“艾米，演奏一段吧，让家里人听一听你的进步有多大。”劳里提议，他对这个学生充满了骄傲——这也是人之常情。

但艾米却泪流满面了，她转了一下那张褪色的凳子，悄悄说：“乖乖，今晚不能弹，因为今晚不适合卖弄。”

不过，她还是展示了一个比才华和琴技更美好的东西——那就是贝思经常唱的那首歌。她的嗓音婉转而多情，即便是最出色的老师也调教不出。它拨动了听众们的心弦，不会有其他精神能给她比这更甜美更动人心魄的力量了。房间里鸦雀无声，当她唱到贝思最喜爱的赞美诗的末尾一句时，清澈动人的歌声忽然停了，很难唱出口：

尘世里没有天堂不能疗救的痛苦。

艾米依在身后的丈夫身上。她觉得回家后的接风仪式是不完美的，因为缺少了贝思的吻。

“那么，我们就用《迷娘之歌》①来作为结束曲吧，巴尔先生会唱这首歌。”乔连忙插话说，害怕艾米的暂停会惹得大家伤感。巴尔先生非常高兴地“嗯哼”地咳了一下，清清喉咙，然后走到乔身旁说：“你来跟我一起合唱，行不行？我们会配合默契的。”插一句，这是个令人愉快的谎话，实际上，乔的音乐细胞就和一只蚱蜢差不多。不过，哪怕教授让乔唱一场歌剧，她也不会拒绝的。她放开歌喉，带着一点颤音，因为心里欢喜，也不顾不上自己有没有在调子上了。

这有什么关系呢？巴尔先生铆足劲儿唱着，他唱得很好，不愧是一个地地道道的德国人。不一会儿，乔就从歌唱变成轻轻地低吟，这样，她就能听清楚那好像专门为她而唱的饱满浑厚的歌声。

你知道那片香橼盛开的土地吗？

这曾经是教授最爱的一句，因为“那片土地”勾起了他对于家乡德国的美好回忆，不过，如今的他却好像更专注于另两句，带着异乎寻常的热忱和声调唱道：

那里，噢，那里，我想和你同去，
噢，我亲爱的，我们一同去吧。

---

① 《迷娘之歌》（*Mignon's Song*），出自德国诗人、剧作家和小说家约翰·沃尔夫冈·冯·歌德（Johann Wolfgang von Goethe，1749—1832）的小说《威廉·麦斯特》。

这深情的邀约让其中一位听众心潮澎湃，她甚至想说出口，她也知道那片土地，她随时愿意和他一同前往，只要他愿意。

这演唱取得了巨大的成功，演唱者获得了赞誉无数。然而，才刚过了几分钟，他就失礼于人前了——他目瞪口呆地着看艾米戴上帽子准备告辞。由于乔此前只是一笔带过地称她是“我的妹妹”；自打他进来后，也没有人用新称呼叫过艾米。分别的时候，他更加失态了，因为劳里风度翩翩地道别时，说道：“先生，能与您相识，我和我的妻子感到如此荣幸。希望您记住，我们家的大门随时为您敞开。”

为此，教授表达了最诚挚的谢意，他好像是忽然搞清楚了什么，心里满是欢喜。劳里觉得，教授是他平生所见的最感性、最坦诚的哥们了。

“我也该告辞了，但我很愿意再次拜访，要是亲爱的太太您允许的话，我在城里有些事情要办，因此会在这里待上几天。”他这话是对马奇太太说的，眼神却飘向了乔。不过，无论是妈妈的话语，还是女儿的神色，都真诚地同意了他的请求。就像莫法特太太所预想的那样，马奇太太还是懂得女儿们的心思啊。

“我觉得他是个有智慧的人。”当客人散了，马奇先生站在壁炉旁的地毯上说，他的态度平和，带着几分满意。

“我觉得他是个好人。”马奇太太一面上着闹钟，一面用很明显的赞赏语气添了一句。

“我一早就猜到，你们会喜欢他的。”乔丢下这么一句话，就去睡觉了。

她猜测巴尔先生是为了处理什么事才来到这个城市，最终她得出的结论是，他被委以重任，来这里是为了就职，不过他太谦逊了，故而没有提起。然而，当他终于返回自己的房间，这里很安全，不会有人窥视，这时候，他才凝视着一张女士的照片，那小姐严肃刻板，秀发浓密，眼神则好像要洞穿未来。如果乔看见了教授此时的神情，尤其是当他熄灭了灯，在黑暗中亲吻相片的那一刻，她就会恍然大悟了。

第二十一章　我的丈夫，我的妻子

“岳母大人，能把我的妻子借给我半个钟头吗？因为行李寄来了，我把艾米从巴黎运回来的精致衣裳翻得乱糟糟，就为了找我想要的一点东西。”隔天，劳里走进屋子说。这时，只见劳伦斯太太似乎又变成了“小宝宝”一样，正坐在妈妈的膝头。

“当然可以，走吧，乖乖。我忘记你已经组建了自己的小家庭。”马奇太太按了按那戴着结婚戒指的纤纤玉手，似乎在为她作为母亲的贪心道歉。

“如果我自己能解决，我是不会来求助的。然而，离开我的小妇人，我就不能自理了啊，还不如……”“一只没有风吹的风向标。”当劳里沉吟着找一个合适的比方的时候，乔提醒说。自从特迪回家以后，乔又变回了从前的活力四射。

“正是。绝大多数时候，艾米叫我往西，我只是偶尔被一口气吹着转向南，而自从结婚后，我还从没有往东走过呢，对北面我更是听都没听说过呢。但总的来说，我觉得还是比较温和和有益健康的。是吧，我的太太！”

“到目前为止，都是好天气。我不清楚这种天气还能维持多长时间。但我不畏惧狂风暴雨，我正在锻炼驾船技术呢。乖乖，回家去，我帮你找脱靴器，我猜你把我的东西翻得乱糟糟，就是为了找这个吧。妈妈，真是拿这些男人没办法啊。”艾米一脸主妇的得意神情，这把她的丈夫逗乐了。

“你们安顿下来以后，准备干些什么呢?”乔一边问，一边帮艾米弄斗篷扣，就像从前帮她系围裙那样。

“我们有一些打算，不过还不想透漏太多，我们才结婚不久。可我们不会无所事事的。我会一门心思去做生意，讨爷爷的欢心。并且证明给他看，我没有被骄纵坏。我需要做点事情，让自己更充实些。我对浑浑度日感到厌恶，想要像个男子汉一样去工作。”

“那么艾米，她又想做什么?”马奇太太好奇地问道。她非常满意劳里说话时的决心和激情。

“等向邻居们尽了礼数，展示出我们最好的礼帽后，我们将会在这雅致的住处里设宴延揽社交名人，扩大劳伦斯家族在这儿的影响力，到时候会让你们大跌眼镜的。差不多就这样，对不对，雷卡米耶夫人①?”劳里揶揄地看着艾米开口道。

“等着瞧吧。赶紧走吧，冒失鬼。不要在我家人面前挖苦我，这样会吓着他们的。”艾米说。她下定决心，得先做一个好妻子，然后才能建立一个沙龙，成为社交皇后。

“这两个孩子真是幸福美满的一对啊!”马奇先生说。小夫妻走后，他发现自己的注意力很难再回到他的亚里士多德了。

“是啊，我相信这幸福会一直持续下去的。”马奇太太添了一句。她神情宁静，就像把船平安引入港湾的领航员。

“我肯定他们会的，幸福的艾米!”说罢，乔叹了一口气，接着又欢快地笑了，因为这时巴尔教授火急火燎地把院门推开了。

夜里晚些时候，劳里不再想脱靴器了。艾米却在来来回回地安置她那些新艺术藏品。劳里忽然叫妻子：“劳伦斯太太。”

“嗯，我的丈夫!”

“那人是想娶我们的乔!”

“确实如此，你不是也是这么想的吗，亲爱的?”

---

① 雷卡米耶夫人（Madame Récamier，1777—1849），十九世纪法国著名的“沙龙女王”之一，曾多次在巴黎自家寓所中举办沙龙，定期接待当时政治和文化社交界中的知名人士。

“是的，宝贝，我瞧他是个好人，充分而完整地体现这个词的内涵。可我还是想要他更年轻点，有很多很多的钱。”

“哎呀，劳里，不要太苛求、太庸俗。他们彼此深爱，无论多老多穷，都不是障碍啊。女人们绝对不可以为了金钱而结婚……”话刚说出口，艾米就忽然停住了，然后望向丈夫，而他却故作庄重地回答了她：“确实不能，虽然经常听到可爱的姑娘们说自己准备这么干。如果我没有记错的话，你也曾经以嫁个有钱人为己任。这可能就能解释你为何要嫁给了我这么个窝囊废。”

“哎，最亲爱的男孩。不要，不要说这种话！我说出‘我愿意’的那一刻，心里可不记得你是个富有的人。就算你身无分文，我也愿意嫁给你。我甚至有时盼望你没钱，那样就更能够证明我对你的爱有多深了。”在公众场合很矜持而私下里却十分温柔的艾米，拿出了确实的证据，证明她说的是真的。

“你并没打心底里以为我是唯利是图的人，尽管我曾经想要那么做，对不对？即使你要靠在湖上划船来养家，我也会和你风雨同舟的，要是你不相信，我会心碎的。”

“我难道是个野蛮的白痴吗？你回绝了更富有的人而选择和我结婚；我有理由给你想要的东西，可你连一半都不接受，我哪里会看轻你呢？姑娘们时常有那种想法，真可怜，她们被教导，觉得嫁给金钱是唯一的归宿。你受到了更好的教育，虽然我也曾担忧，可最终你没让我失望，女儿得到了妈妈的真传啊。昨天我也是这样对妈妈说的，她听了既开心又激动，那样子似乎是我给她一张百万支票，让她去做好事一样。劳伦斯太太，你有没有在听我的说教啊？”劳里停住了，他发现艾米尽管眼神看向她，心却飞到了别处。

“没有，我是在听，可我还在鉴赏你下巴上的凹陷。我不想助长你的虚荣心，但必须认可的是，和我丈夫的富有相比，他的帅气更让我骄傲。别不信，你的鼻子是我莫大的安慰。”说罢，艾米轻轻抚摸着那个线条曼妙的鼻子，带着一种艺术家的满足感。

劳里的人生中充满了赞扬，可这话最为称心。尽管他嘲笑过艾米的另类品味，但他还是表露出了显而易见的开心。艾米慢条斯理地说：“亲爱的，我能问一个问题吗？”

“问吧。”

“如果乔真的和巴尔先生结婚，你介意吗？”

“哈，原来是为了这个，对吗？我就晓得我的凹陷里有什么东西惹到你了。我可不是个自己得不到也不让别人得到的人，娶了你，我已经是这世上最幸福的男人啦。我发誓，如果出席乔的婚礼，我的心情会和舞步一样轻快。宝贝，你相信吗？”

艾米仰视着他，放心了。她仅剩的嫉妒和恐惧都烟消云散了。她面带爱意与自信，向他的丈夫表达了谢意。

“真想为那个好心的老教授做点事情。我们可不可以捏造一个有钱的亲戚，他乐善好施，在德国去世，赠给他很多遗产？”劳里问。这时他们手牵着手在长客厅散步。他们喜欢这种感觉，来重温城堡花园的时光。

“如果乔知道了真相，她会把一切都搞砸的，乔对教授目前的状况是非常骄傲的。昨天她还慷慨陈词，觉得贫穷是件好事。”

“愿上苍怜悯她！当她知道她有个学者丈夫，外加一打小男女教授嗷嗷待哺的时候，她就会改变主意了。我们暂且不要插手，等到合适的时机，我们再管吧，到时他们就无力拒绝了。我学到的东西，有一些是从乔身上学到的。她相信人情债也要认真偿还，所以我打算用这个理由说服她。”

“有能力帮助他人是一件多么开心的事情啊，不是吗？有能力乐善好施，那是我一直想做的。非常感激你，让我梦想成真。”

“嗯，我们会做很多善事，对吧？我尤其想帮一类穷人。真正的乞丐会得到施舍，但有骨气的穷人日子却过得很困难，因为他们羞于求人，其他人就不敢贸然出手相助。但是只要人们知道如何委婉行事，不让他们觉得尊严被践踏，就会有上千种方式能用啦。我必须承认，我愿意帮一个落魄的绅士，却不愿把钱给一个巧言令色的乞丐。我知道这想法不好。可我就是想这么做，尽管它做起来更难一些。”

“因为只有绅士才做得到。”“热爱家庭联合会”的另一个会员接着说。

“谢谢，只是我承受不起这样大的赞美。可我正准备说，在国外瞎混的时候，我看到不少有才华的小伙子为了实现理想而牺牲了各种东西，忍受着生活的艰辛。其中一部分人还相当优秀。他们像英雄一样地工作，他们贫穷、孤独，却有勇气、耐心和抱负，这使我感到羞愧，同时也激起了我想给他们提供恰当有益的帮助的渴望。帮助这些人是一件令人心满意足的事情。如果他们之中有天才，能够为他们服务，从而避免天才由于缺衣少食而被埋没或者被耽误，那该有多荣幸啊；如果他们之中没有天才，当他们觉察到自己并非天才时，能够抚慰这些可怜的心灵，让他们远离绝望，也是一件功德无量的事啊。”

“是的，确实如此。而且还有一种人，他们不愿有求于人，而选择忍气吞声。我对这种人多少有些了解，因为在你像历史故事里国王对宫女所做的那样将我变成皇后之前，我就是那种人。劳里，雄心勃勃的女孩日子不好过。她们经常眼睁睁地看着芳华、健康和机遇与自己擦身而过，仅仅是因为在某一刻缺少贵人相助。人们从来都友善待我。无论什么时候，我见到姑娘们像我昔日那样龃龉前行，我就想伸出援手帮帮她们，就像曾给我帮助的人一样。”

“那就这么做，你真像个天使！”劳里大声说。他的脸上充满做慈善的激情，决心创建一所专门为有艺术才华的小姐们提供帮助的慈善机构。“富人们没有权利坐着享受，也没有义务积攒他们的钱财供后人浪费。与其留下身后财，不如活着时睿智地使用这些财富，给别人带来幸福，并从中获得快乐。我们的生活会很幸福，乐于助人则会让我们更加幸福。你甘愿做一个小多加①，一路行善，把一大筐被服送给人家，然后再用善行装满它吗？”

“只要你甘做勇猛的圣马丁②，像英雄一样在人间行走，能够停下来与乞丐们分享你的斗篷，那么我也将全心全意去做的。”

“成交，我们争取做到最好。”

接着，这对小夫妻为他们的心意契合而紧握彼此的双手，然后

---

① 多加（Dorcas），出自《圣经·新约》的《使徒行传》，是一位乐善好施的女基督徒。

② 圣马丁（Saint Martin of Tours，ca. 316—397），法国图尔主教，天主教圣徒之一。

又欢快地散起步来。他们希望把光明带给别的家庭，于是发觉自己的小家也更加舒适和温馨了。他们坚信，如果能为别人铺平坎坷的前路，那么他们自己的双脚就能在自己的锦绣前程上更加坚定地走下去；而且他们发觉，仁爱之心使他们温柔地怜悯起那些不如他们幸福的人，让他俩的心贴得更近了。

第二十二章　黛西和德米

我觉得，作为马奇家族的一位谦逊的编史者，如果不用至少一个章节来描述这个家庭中最可爱、最重要的两位成员的话，就是我不称职了。黛西和德米已经到了开始懂事的年纪，因为在这个日新月异的时期，三四岁的小孩子就敢于要求主张自己的权利，而且可以得到的比他们的长辈更多。如果说有一对双胞胎因为爱而有着被完全宠坏的危险，那就是这两位牙牙学语的小布鲁克了。当然，通过我下面的实例就能够证明，他们是所有孩子中最为杰出的。他们八个月就会走路，一岁的时候就能流利地说话，而当他们两岁时，都能在桌子上吃饭了，并且行为举止都十分惹人喜爱。三岁的时候，黛西要求给她“针线”，还认真地在一个袋子上缝了四针。她还在餐具柜上干起了家务。更让汉娜感到骄傲的是，黛西能够娴熟地摆弄一个烹饪的小炉子。德米则跟着外公学着字母。外公创造了一套全新的教授字母操，那就是用胳膊和腿来摆成一个个字母，这样四肢和头脑都可以得到锻炼啦。这个男娃娃很早就表现出机械方面的天赋，这让他的父亲很开心，母亲却觉得很心烦，因为他试图复制所有他看到过的机械装置，总是搞得儿童房一团糟。

他的“缝纫机”，是一个用绳子、椅子、晒衣夹子，还有线轴组成的奇怪结构，轮子就那么“转啊转”。他还把一个篮子挂在椅子的靠背上，想把坐在篮子里轻盈的妹妹扯上去，但结果是白费力气。

妹妹富有女性的奉献精神，任凭哥哥把自己弄得晕头转向，直到妈妈出现她才得救。德米却面带愠色地喊道："怎么了，妈妈，那是我的吊车啊，我正在设法把她拉上去呢。"

尽管双胞胎性格迥异，却相处得相当融洽，很少有一天争吵超过三次。当然，德米虽然对黛西很蛮横，却会勇敢地保护她，让她不受别人欺负；而黛西则自愿当哥哥奴，把他当成世上最完美的人来崇拜。

黛西是个脸蛋红扑扑、身子圆滚滚的阳光般灿烂的小宝贝，她能使每个人都敞开心扉，并让大家心中感到温暖。她是一个那么迷人的孩子，好像生来就是供人亲吻拥抱，她打扮得像个漂亮的小仙女，让人爱慕不已，是所有喜庆场合上众人赞美的对象。倘若不是活泼的天性中有些小调皮，她会是个完美的小天使，因为她的小美德是如此可爱，而且在她的世界里，没有风雨阴晴。

每个清晨，无论是雨天还是晴天，她穿着小睡袍凭窗远眺，总会说："噢，考（好）天气！噢，真是考（好）天气！"每一个人都是她的朋友，即使对方是陌生人，她也会充满信任地给一个吻，使得最顽固的独身主义者也后悔没结婚生子，爱孩子的人们更是变成她忠实的崇拜者。

"宝宝爱每一格（个）人。"有一回她如此说着，伸开双臂，一只手抓着汤匙，还有一只手里举着杯子，这动作好像在暗示，她想要拥抱和滋润全世界。

她渐渐长大，她的母亲也慢慢发现，"斑鸠屋"会有幸居住着这么一个宁静可爱的小人儿，就像老屋里曾住着的那位让全家人感到温暖的人儿一样，她祈祷自己不要经历那样的失去。因为最近的一次不幸，使他们懂得在不知不觉中拥有一个天使那么久是多么幸运的事。她的外公经常唤她"贝思"，外婆经常不知疲倦的照料她，似乎想要弥补过去所犯下的错误，这个错误除了自己之外，没有别人能够察觉到。

德米像个地地道道的美国人，天生就对新事物感到新奇，喜欢打破砂锅问到底。他无穷无尽的"为什么"常常得不到满意的答复，所以经常大发脾气。

他还对哲学充满兴趣，使他的外公很欣慰。他们时常谈论一些苏格拉底式话题，内容经常让女人们情不自禁地赞叹，因为这个早慧的学生偶尔的提问会难倒他的老师。

“外公，是什么东西让我的腿会走路？”有天夜里，这位小哲学家被哄上床睡觉，正在歇息时，若有所思地看着他身体最欢腾的部分问道。

“德米，是你的小脑子。”老哲人一边颇为欣赏地抚摸着他那金色的头，一边回答道。

“小脑子又是什么呀？”

“就是能叫你的小身子动起来的那个东西啊，像我以前给你看的我手表里的发条那样，可以让齿轮转动。”

“那也把我的小脑子打开吧，我要看一下他是怎么转的。”

“我办不到，就如同你无法打开手表。你被上帝上足了发条，就这样一直走下去，直到他让你停下。”

“真的吗？”德米领会到这个新的想法，棕色眼睛睁得可大了，闪闪发亮。

“我就像一个给上了发条的手表？”

“对，可是我没法告诉你是如何上的，因为我们看到你的时候，已经给上好了。”德米摸了摸自己的背脊，仿佛是期盼它能像手表的背面，然后他一本正经地说：“我猜肯定是我睡着了，上帝给我上了发条。”接下来外公进一步的解释，叫他听得着迷了，外婆却大动肝火道：“老头子，你跟孩子们讲这些东西，合适吗？他聪明得头盖骨都隆起了，已经会问些无法回答的问题了。”

“如果他长大到能问这些问题，他也就能接受真正的答案了。我所做的只是在帮助他解决已经存在他脑袋里的事情，而不是向他的脑袋里灌输观念。我相信那孩子能听懂我的话，因为他很聪明。行了，德米，跟我说说，你的意识装在那里？”

假如小男孩像亚西比德①一样回答，“真的，苏格拉底②，我不

---

① 亚西比德（Alcibiades，公元前450年—公元前404年），古雅典政治家、演说家和上将。

② 苏格拉底（Socrates，公元前469—公元前399年），古希腊哲学家、思想家和教育家。

知道”，他的外公也不会意外的。但是，他像一只会思考的小鹳鸟一样，单腿站立了片刻，接着用一种沉着确信地答道：“在我的小肚子里呀。”老先生于是跟外婆一起大笑起来，思辨哲学课到此结束。

如果不是德米用确凿的证据，证明了他不但是一个初出茅庐的哲学家，同时也是个正常的小男孩，母亲或许会替他担忧，因为，在每一次这样的讨论后，汉娜都会言之凿凿地预测：“这孩子在这世界上活不久。”好在他转身就来些恶作剧，来帮她驱散心中的疑虑。那些可爱的、脏兮兮的、调皮的小坏蛋们的恶作剧，总是让父母们悲喜交加。

梅格制定了大量准备施行的礼仪家规。这两个机灵鬼虽小，却深谙坑蒙拐骗之道，他们那些可爱的诡计、巧妙的借口或者镇定自若的大胆行径，什么样的母亲才能扛得住这样的考验呢？

“德米，不准再吃葡萄干了，这样会使你生病的。”妈妈对小男孩说。他在妈妈做葡萄干布丁的时候，总是自告奋勇地跑来厨房帮忙。

“我喜欢生病。”

“我不缺人手，你不要待在这儿，到那边看看黛西做馅饼要不要人帮忙。”德米只好愤愤地走开了。心头的委屈让他没精打采，然而补偿的机会很快就降临了，他用精明的讨价还价骗过了妈妈。

“可以了，既然你们都这么乖，那现在无论你们想要什么，我都满足。”这时，布丁已经在罐子里发酵了，很安全，梅格领着她的厨房小帮手上楼，心满意足地说道。

“妈妈，你说话算数？”德米问，一个绝妙的主意出现在他满头面粉的脑袋里。

“当然，随你喜欢，做什么都可以。”目光短浅的妈妈答道。她已经做好了心理预设：唱个五六遍的《三只小猫》，或者是带上两个宝宝去“买一个便士的甜面包”挥霍一下，可是德米的回答让她走投无路，他慢条斯理地说：“这样的话，我们去把葡萄干吃光光吧。”

“多多”姨是两个宝宝最重要的小伙伴和知心朋友。这三人把小房子弄得天翻地覆。艾米姨对他们来说至今还只是个姓名而已。贝思姨很快便在两个孩子的脑海里慢慢淡化，成了一段模糊却又快乐的记忆。但是“多多”姨却是个实实在在的人，他们把她看得比任何人都重要，也很尊敬她，乔为此很是感激。不过，巴尔先生来了，乔便抛弃了她的小伙伴，这让两个小不点伤心又委屈。黛西热衷于东奔西跑地兜售她的吻，如今因为流失了她最大的主顾而破产了。德米用他稚嫩的眼睛观察，很快就发觉，比起自己，多多姨更喜欢和“熊人”玩。尽管很受伤，他却依然忍气吞声，因为他不愿去得罪对手。

这个对手的马甲口袋是一座巧克力豆的工厂，还有一块手表，能从匣子里取出来，任由热忱的爱好者把玩。

有的人也许会认为这些特许是贿赂，但德米不这样认为。他继续冷静而不失热络地去讨好“熊人”。黛西在“熊人”第三次来拜访的时候就喜欢上了他，认为他的肩是公主的宝座，他的胳膊是她的栖身之所，他的礼物则是珍奇异宝。

先生们偶尔会心血来潮，对他们倾慕的女士们的小家属表示由衷的赞赏，但这种虚假的爱小孩的表现和他们自身很不协调，明眼人一瞧便知。然而，巴尔先生对孩子的爱却是真挚的，也奏效了——在法律上，诚实是最好的策略，在爱情上也一样。他是那种天生就能和孩子玩到一起的人，他那张充满男子气概的脸庞，在一张张快乐小脸的衬托下，显得尤为喜悦。他那不知道是什么的事务，把他耽搁在这里好多天，晚上也常来拜访——好吧，他总说自己是来探望马奇先生，所以，我以为马奇先生迷倒了他。这位出色的父亲认定自己实在是太有魅力了，明显是被这假象所蒙蔽了。他沉醉于和这个志趣相投的人促膝长谈，直到他那更会察言观色的小外孙无意间的一句话，让他如梦初醒。

一天傍晚，巴尔先生登门拜访，他在书房门口停了一下，被眼前的景象吓了一跳。只见马奇先生躺在地板上，尊贵的双脚朝天翘着。德米和他并排躺着，那穿着红色长筒袜的小短腿，正努力模仿着外公的姿势。这两个双脚朝天的人是如此投入，以至于如果不是巴尔先生爽朗地笑出声来，他们都不会察觉到有观众。乔尴尬地喊道：

“父亲，父亲，教授来了！”

随着黑色的双腿缓缓落地，一颗灰发脑袋抬了起来，这位老师神色安然地说："晚上好啊，巴尔先生。请稍等，我们马上就要完成功课了。行了，德米，摆出这个字母，把它读出来。"

"我认识它!"

于是，龇牙咧嘴地经过了好一顿努力，那双红腿摆成了一个圆规的形状，接着，这个小机灵鬼忘乎所以地喊道："这是'We（V）'，外公，这是'We（V）'!"

"他生来就是个维勒①。"乔笑着说道。这时候，她的父亲站了起来。而她的外甥却打算倒立，用特有的方式来庆祝功课结束。

"你今天都干什么了啊，bübchen②?"巴尔先生拉起了小小体操运动员，一边问道。

"我去小玛丽家啦。"

"去她家做什么啊?"

"吻她呀。"德米毫无掩饰地说道。

"哈哈！是不是太早了点啊。小玛丽说什么了吗?"巴尔先生继续追问，想让这个小罪人检讨。与此同时，这个小罪人站在他的腿上，在他的马甲口袋里摸索着。

"哦，她很开心，也吻了我一下，我也开心啊。男宝宝难道不该喜欢女宝宝吗?"德米嘴里塞的满满当当，脸上一副心满意足的表情反问道。

"你这只早熟的小鸡仔，谁把这个塞进你小脑子里的?"乔问。她和教授一样期待这个纯真无邪的答案。

"它是在我嘴里，不在我脑子里啊。"只知道字面含义的德米答道。他伸出舌头展示上头的巧克力豆，他以为乔说的是糖果，哪知道她说的是想法。

"你应该给那位小玛丽留几块糖果。甜糖送甜心嘛，小大人。"于是巴尔先生递了一些巧克力豆给乔，他脸上的神情让乔怀疑巧克

---

① 山姆·维勒（Sam Weller），查尔斯·狄更斯创作的《匹克威克外传》中的人物，经常将以"v"开头的单词发成以"w"开头的音。

② 德语：小伙子。

力豆是不是等同于众神饮用的甘露。德米也看到了他的笑容，深受触动，于是心直口快地问道："教授，大男孩是不是也喜欢大女孩啊？"巴尔先生和小华盛顿①一样"不会说谎"。他只能模棱两可地回答：他觉得有时确实如此。他说话的态度惊得马奇先生放下了衣刷，看了眼乔腼腆的脸庞，然后跌进他的椅子，仿佛那只"早熟的小鸡仔"把一个甜中带酸的想法塞进了外公的脑子里。

半个钟头后，多多姨在装瓷器的柜子里逮到了德米，没有因为他乱钻而推搡他，而是给了他一个温柔的拥抱，让他差点背过气去。多多姨在做出这番奇怪的举动之后，又给了他一大块涂了果酱的面包，这个意想不到的礼物让德米很困惑：为何多多姨会这样做呢？这个问题始终困扰着德米的小脑袋。

---

① 乔治·华盛顿（George Washington，1732—1799），美国第一任总统，据说从未说过谎。

第二十三章　伞下定情

正当劳里和艾米这对小夫妻在天鹅绒地毯上悠闲地散着步，把家中整理得井井有条，并勾画着美好的未来的时候，巴尔先生和乔正沿着湿润的田野和泥泞的道路走着，享受着另一种散步的乐趣。

“我经常在傍晚的时候出门散步，难道就因为经常偶遇教授出门，我就该放弃散步吗?" 和教授不期而遇了两三次之后，乔对自己说。虽然通往梅格家的路有两条，但无论乔走哪一条，也无论是去还是回来，总会遇见他。他步伐匆匆，并且好像非得走近才能看见她，好像拜他的近视所赐，直到那时候他才能看清来人。如果乔是去梅格家，他总会给宝宝们带点什么，如果她是在回家的途中，他就说只是来河边闲逛，正准备回家，担忧他们会讨厌他的经常拜访。

话都说到了这个分上，乔也只有礼貌地问一声好，然后邀请他到家里做客，不然还能怎样呢？如果她确实对他的拜访感到讨厌，她恐怕掩饰得太完美无缺了吧，竟然还特意交代晚餐要准备咖啡，“因为弗里德里克——我说的是巴尔先生——不爱饮茶。”

第二个礼拜之后，所有人都知道正在上演的是什么情况。不过，他们都假装努力对乔的脸色变化浑然不觉。他们绝对不会问起她边做事边哼歌的原因，也不问她为什么一天打理好几遍秀发，傍晚散步后精神那么高涨。而且似乎没人会想到，巴尔教授会这头和父亲聊哲学，那头则跟他女儿谈恋爱。

乔没办法保持曾经的端庄仪态了，她想果断地熄灭爱情之火，却又办不到，只好心烦意乱地度日。她曾经信誓旦旦说要孤独终老，但现在，她很担心别人嘲笑她背弃诺言，尤其是劳里，得亏出现了新的人来约束他，他的言行举止很得体，值得赞扬。在公众场合，他绝不会叫巴尔先生“极好的老家伙”，也绝不通过任何方法揶揄乔的转变。教授的礼帽基本上每晚都出现在了马奇家大厅的餐桌上，即使看到这种情形，他也没有表现出一丝一毫的意外，还暗自窃喜，希望有朝一日，他能够送给乔一块奖牌，上头画了一只熊和一根破拐杖，作为家族纹章最合适了。

教授就像情郎那样定期拜访马奇家，就这样过了两个礼拜。忽然足足有三天没出现，毫无音讯。这一情形让所有人心里一紧。乔起初是担心忧虑，然后便感慨道：“这爱情啊，真让人烦心透了。”

“我确信，他讨厌我了，所以来得唐突，走得也突然。诚然，这有什么大不了的啊。可是我还以为，他会像个绅士一样的来跟我们说再见。”那是个阴沉沉的午后，她失落地望向大门，独自咕哝着，穿好衣服，打算和从前那样去闲逛。

“乖乖，你就拿上那把小伞吧，像是会下雨的样子。”母亲说着，发觉乔戴着顶新帽子，可没点破。

“好的，妈妈。您需要添置些什么吗？我得去城里买些稿纸。”乔问。她对着镜子拉出领子上的蝴蝶结，回避着母亲看向自己的目光。

“有啊，我要添置些斜纹亚麻布、一盒九号针，对了，还要两码丝带，浅紫色的。你穿的是厚靴子吗？外套里有没有穿保暖的衣服？”

“应该穿了吧。”乔回答说，漫不经心。

“如果正好遇到巴尔先生，就请他到家里坐坐。我挺想看到那个和气、讨人喜欢的人呢。”乔听了这话，却没吱声。她轻轻吻了一下妈妈，就跑开了。她虽然难过，但还是心怀感恩和欣慰，心想：“妈妈多关心我啊！那些受感情煎熬的女孩们，如果没有妈妈的帮助，该如何是好啊？”

先生们常去的公司账房、银行和批发货栈，一般不会和那些卖绸缎呢绒的商店在同一个区，乔却发现自己不由自主地去了前者。她一样东西也没买到手，只顾四处闲晃着，似乎在寻找谁。她带着和女性格格不入的兴趣，端详着这个展示窗里的机械表，那个展示窗里的羊毛品。她被货桶绊了一跤，险些被卸下来的包裹压住，还被行色匆匆的男士们无礼地推推搡搡，他们一脸诧异："见鬼了，女人来这里干吗？"一滴雨落到了她脸上，把她从挫败的泥沼拉回到淋坏的丝带。因为雨仍然在下，作为一个失恋的女人，她意识到尽管修补千疮百孔的心已经迟了，但她还可以挽救一下她的新帽子。她此时想起了那把小伞，当时急忙出门竟忘了拿。可后悔又有什么用，除了去借一把伞或者让雨淋着，没有其他的办法。她仰头看了一眼乌云密布的天空，低头瞧了瞧已经搞得斑斑点点的红色绳结，又看了一眼前面满是泥水的道路，最后回过头来凝视着一家破旧的商店，门上写着"霍夫曼和斯瓦兹公司"这几个字，乔严厉地责备自己道："落到这副样子是我应得的！我凭什么要穿着这么好的衣服帽子，跑到这儿来卖弄风情，不就是想见教授吗？乔，我替你害臊！不要，别跑去那个地方借伞，也不要在他朋友那儿去探听他的下落。就在雨中拖着沉重的脚步去做你该做的吧。如果你因为淋雨得上伤风，因此死掉，或者淋坏了帽子，也是活该。就这样吧！"

正沉思着，她突然冲过大街，几乎被一辆疾驰而过的汽车撞到。她跟一位严肃的老先生撞了个满怀，老先生嘴里说着"小姐，抱歉"，模样却很生气。乔有些沮丧，赶紧站直身子，用手帕盖住必然会被弄坏的丝带，再不想这诱惑，飞快地往前走着。她下半截腿湿得越来越厉害，路人的雨伞在她头顶来来去去。一把褪了色的蓝色雨伞在她头上停住，护住了她暴露在雨中的帽子。她仰起头，只见巴尔先生正俯视着她。

"我觉得这位坚强的小姐似曾相识啊，她在这么多马鼻子底下穿来穿去，真英勇啊，还在烂泥路上走得飞快。我的朋友，你来到这里是打算干什么呀？"

"添置些东西。"

巴尔先生露出了笑容。他的眼光从街道这边的酱菜作坊游移到对面的皮革批发市场。不过，他仅是彬彬有礼地说："你没带雨伞，我陪你逛吧，顺道帮你搬些东西。”

“那好，谢谢你。”乔的脸倏地红了，如同她丝带的颜色。她不清楚巴尔先生此时是怎么看她的，她也不在意这些。没过多久，她发觉自己居然和她的教授正手挽着手在走路。她感到太阳似乎一下子冲破乌云，光芒万丈，整个世界回到了正常的轨道。这个涉水而行的女人简直幸福得飘了起来。

“我们还以为你不辞而别了呢。”乔急切地说道，她感觉到他正望着自己。她的帽檐宽大到足以遮住她的脸，她害怕脸上的表情太过兴高采烈，让他觉得自己不够淑女。

“你们这么热情亲切地对我，难道觉得我会不告而别吗？”他一脸责备地问乔，这让她觉得也许那个发问冒犯了他，于是她真诚地说：“没有，我没这么想过。我明白你忙于工作，但我们很想念你——尤其是我的父母。”

“那你自己呢？”

“先生，见到你，我总是很开心。”乔急着让自己的声音平静些，反倒显得过于冷淡了，而句末那个冷漠的小单音节好像让教授不开心了，因为他不再笑了，而是冷冰冰地继续说：“那很感谢你，在我离开之前会再拜访的。”

“这么说，你当真要离开？”

“我的事已经办完了，没什么事了。”

“想必办得很成功吧？”乔回答，因为她觉得教授的回答虽然简洁，却隐藏着失望的苦楚。

“可以这么说吧，我找了一个门路，既能挣钱谋生，也能给我的Jünglings①带来很多好处。”

“那请说给我听吧！我希望能够知道所有事——包括孩子们的事。”乔热切地说。

“好姑娘，我很愿意跟你说。我的朋友们替我在大学找了一个教职，就像从前在我的家乡那样，这样可以赚得足够多，好为弗朗兹和埃米尔的将来做准备。我真该为这件事开心，对吧？”

---

① 德语：孩子们。

“那是当然。你能实现自己的志愿，而我又能时常见到你，和那两个小男孩儿，真是太棒了！”乔喊道，却拿孩子们当借口来掩饰自己无所遁形的满意神色。

“是啊！不过，怕是我们不能时常见面了，这个大学可位于西部呀。”

“好远啊！”乔松开裙子的下摆，任由它被弄湿，似乎她对衣服和自己的将来都抱着无所谓的态度了。

巴尔先生精通好几门语言，却仍旧读不懂女人的心。他原本觉得自己对乔很了解。因此他对乔的表现很是困惑，那天乔说的话、表情和行为都自相矛盾。她在他面前矛盾频出，以至于才过了半个钟头，心情就转换了五六遭。刚遇见时，她的脸上布满欣喜，不过这太容易让你以为她单纯是为了买东西才来这儿。当他把臂弯伸给她，而她也挽上去，那时她脸上的表情也让人愉快。但当被问到她是否挂念他时，她又回答得如此冷漠，这让他丧失了信心，完全陷入绝望。得知他得了好差事，她高兴得差点拍手叫好，那纯粹是替孩子们感到开心吗？接下来，当知道了他要去的地方，她又说：“好远啊！”她失望的语气重新燃起了他的希望。不过，一眨眼又让他跌落谷底。因为她就像是彻底被采买事务占据了心神一样地说道：“我到了买东西的地方了。你也一起进去吧那不会花多少时间的。”乔很骄傲，她的采购能力非常出众。她非常想干练地办好事情，好给同行之人留一个好印象。然而，她因为心慌意乱而频频出错——弄洒了针线盒，不记得需要的是“斜纹的”亚麻布，等到剪下来的时候才想起，连找零都出了错，竟然还跑到印花布柜台去买浅紫色的绸带。巴尔先生站在她身边，看她面色涨红，把事情搞得一团糟。

巴尔先生就这么看着，疑团好像渐渐解开了，他有些明白了，在某些情况下，女人们的言行和她们的真实想法往往是相反的，就像梦境和现实是相反的一样。

当他们走到门外，他腋下夹着纸包，神情显得高兴起来。他一路走着也不避水坑，总的来说，他对现在的情形感到高兴。

“按你说的，我们是不是得给孩子们‘添置’点东西？如果我今晚就去最后造访一次你们的温馨之家，再举办一场辞别宴会？”他问道，在一个堆放着水果、花朵的玻璃窗面前停下来。

“我们要添置些什么呢？”乔说，她故意无视掉那句话后面的内容，两人这时候走进店内，她闻着水果、花朵混杂的芬芳，显出一副高兴的样子。

“孩子们爱吃橘子和无花果吗？”巴尔先生问，神情就像个父亲。

“只要有，就会吃光。”

“你爱吃坚果吗？”

“跟松鼠一样爱吃。”

“汉堡葡萄酒，对，我们用这些东西给祖国（德国）庆祝，怎么样？”

乔觉得这太铺张了，显得有些不满。于是就建议他干脆就要一篓红枣、一小坛葡萄干、一袋杏仁就算了。不过，巴尔先生随即扣下了她的钱包，而是掏出了他自己的。他选了些葡萄，有好几镑，一盆玫瑰色的雏菊，还有一瓶用漂亮的细口瓶盛的蜂蜜。而后他把几只口袋塞得满满当当。他把花递给乔，而自己则撑开旧雨伞，两个人便继续前进了。

“马奇小姐，我有件要事，想请你帮忙。”他们在湿漉漉的路上走出了半个街区，教授说。

“请讲吧，先生。”乔心口跳得很厉害，她怕他是不是会听到。

“尽管是雨天，我还是要冒昧地说出来，因为余下的时间不多了。”

“嗯，好的，先生。”乔紧张地忽然一使劲，几乎把花盆弄碎了。

“我想给蒂娜添置一件小衣服，但是我眼光太差，怕单独去办不好这事。能劳驾你出一下主意吗？”

“可以，先生。”乔感觉一下子冷静下来，好像身处冰窖。

“也许还要给蒂娜的妈妈捎件披肩。她太穷了，又生了病，丈夫还是那样的一个累赘。啊，对，给那小妈妈带一条又厚又暖的披肩，那真是再好不过的了。”

“我很高兴提供帮助，巴尔先生。”乔随后在心中自语：“他的心里很快就没有我了，而我却觉得他此时此刻越发可爱了。”然后，她抛开自己的心事，非常热情地帮他出起主意，把之前发生的事抛诸脑后。

巴尔先生把所有事全权委托给她。因此，她给蒂娜挑了一件精巧的长外套，接着，叫店员把披肩摆出来给他们挑选。店员是个已婚男子，他也不摆架子，并且还对这俩人很感兴趣，觉得他俩好像是在为家庭添置东西。

“这条可能更合您夫人的意，它是高档货色，质量好，颜色也十分令人满意，款式简单又高雅。”说话间，他抖开一条面料舒适的灰色披肩，给乔披上。

“这条你喜欢吗，巴尔先生？”她转过去，背对他，问道。感激上天给了她这个掩饰自己表情的机会。

“非常喜欢，就这条吧。”教授说。他一边结账一边偷偷笑。而乔的目光继续在柜台之间扫视，像是个淘便宜货的老手。

“我们该回去了吧？”他问，好像这话使他很愉悦。

“对啊，已经很晚了，我也累了。”乔的声音不自觉透出伤心，觉得太阳仿佛刚出来就那样突兀地下山了。她头一回感觉到，双脚凉冰冰的，头也不舒服，而心则比脚更冷，比头更痛，因为巴尔先生就要走了。原来他只是像普通朋友那样喜欢她，原来都是自己自作多情，这样还是越早停止越好。她脑海里产生了这样的念头，于是拦下了一辆驶过来的公共马车。她伸手拦车的动作过于急促了，结果把雏菊甩出了花盆，摔到地上成了稀巴烂。

“这马车可不是回家的那趟。”教授提醒道，他抬手叫已经坐满的马车离开了，然后弯下腰去把那些可怜的花捡起来。

“对不住。没有看清楚车名。不过没事，我可以走回去，我不怕在泥泞地里行走。”乔这样说。她用力眨巴眼睛，要叫她当着巴尔抹眼泪，那还不如叫她去死呢！

尽管她背过身去，教授还是觉察到了她脸上的泪珠。

这情景似乎极大触动了他。为此，他弯下腰来，怀着深意地问：“我最亲爱的朋友，你怎么哭了？”

如果乔在感情的事上多些阅历，她一定会说她没在哭，只是着凉了，或者适时地扯个别的原因——女人在这种情况下往往会扯的小借口。不过她没有这样做，而是情不自禁地啜泣起来，说：“因为你就要离开了。”虽然这样的回答有些卑微。

“Ach，mein Gott[①]，太棒了！”巴尔先生喊道。尽管手里还拿着伞和其他东西，他还是费力地鼓起掌来。“乔，除了给你无尽的爱，我一无所有了。我这次来是想知道你对我是什么态度，是否真的在意我。我一直等着就是为了弄明白这点，我不仅仅是你的普通朋友，是吗？你的心里能给老弗里茨留一个小角落吗？”他不停歇地说完这一大段话。

“啊，当然！”乔回答，这让巴尔很满足，因为她双手搂着他的双臂，她脸上的神色也分明在说，就算头上没有比这把旧伞更好地为她遮风挡雨的东西，但只要由他撑着，那么和他一起走到老，也是一件非常幸福的事情。

要求婚当然存在着重重困难，就算巴尔想下跪，他也不能在泥地里这样干吧。他此时也没法向乔伸手求婚，除非只是象征性的，因为他手里满是物品，更别提在大白天的街上尽情地诉说爱情，虽然他几乎就这样干了。所以，现在唯有深情凝望着她才能表达他的狂喜，那是一种何等神采焕然的面貌啊，以致他胡子上闪烁的泪光里好像挂着一道小彩虹。如果他不是爱乔爱得那样深挚，当时他不会变成那种状态的。因为，当时她跟淑女二字丝毫不沾边，她的裙子凌乱不堪，胶靴上的烂泥溅到脚踝，帽子也一团糟。然而在巴尔看来，世界上没有任何女人能与她媲美。而她也觉得巴尔和“朱庇特”的相似度比以前更大，尽管他帽子的边缘糟糕地卷起，一道道雨水从那上面流到他的肩膀上（因为他的伞完全挡在乔的头上了），而且他的手套也需要缝一下，每个指头那儿都开线了。

来往的行人可能把他们俩当成一对无害的精神病人，他们把叫车这件事抛在脑后了，也没觉察天色渐暗，也升起薄雾，只顾悠闲地漫步着。他们完全不在意旁人有什么看法，因为他们正在享受快乐时光，这种时光很稀少，今生唯一。这一刻太奇妙了，它能让老朽者焕发青春，让鄙陋者光彩焕然，让贫困者变成富翁，甚至让人提前知道天堂的样子。教授的样子仿佛是让一个国家臣服了。对他

---

① 德语：上帝啊。

来说，人世间还有比这更幸福更美好的事吗？乔在他身边走着，脚步沉稳，她觉得这才是她该走的路，对于她自己曾经选择别的命运感到十分诧异。自然，仍是她先说出了话——我指的是，说出能被理解的话，那是因为，她太激动了，率先说：“哦，当然！”之后又心潮澎湃地说了一些，但是，那些话有些语无伦次，属于不值得描述的范围。

“弗里德里克，那时你怎么不……”

“噢，上帝啊，她这样唤我了，自从明娜走了，还没人这么唤过我！”教授喊着。在一个水坑前，他止住步子凝视她，带着满怀的欣喜和激动。

“我私下里时常这么喊你——我想起来了，不过，如果你不喜欢，我就不这么喊你。”

“怎么会不喜欢？我心里真是无法言喻的甜蜜啊。你也试试用‘thou①’来称呼我吧，我得说，我们两国的语言是同样优雅美好的。”

“‘thou’是不是有点多愁善感？”乔说，她心里觉得这个单音节词很可爱。

“多愁善感？是的，多谢上帝，我们德国人崇尚感性，这让我们富有活力。英语的‘you’太冷漠了，说‘thou’吧，我的爱人，它对我而言含义更丰富。”巴尔请求，他更像个浪漫十足的学生，而不像个端庄的学者。

“既然如此，可以。你（thou）怎么现在才告诉我这一切呢？”乔腼腆地问。

“现在我向你敞开心扉了，这样做我也开心，因为自此，汝必须得呵护它。知道吗？我的乔——啊，这昵称多讨喜和有趣啊——在纽约当我和你告别的时候，就想对你表达心意，不过，却误会你和那位英俊的先生已经订婚，因此，我不便说任何话。如果当时说出口，你（thou）会回答‘同意’吗？”

“我也说不好。也许我不会这样说，因为那时我心里没装着

① 英语：你。“you”的旧用词，常出现于英文诗歌。

这事。”

“嘿！我不信这话。它沉沉入眠，直到迷人的王子穿越森林，将它唤醒。噢，对。‘Die erste Liebe ist die beste’①，我本不该如此奢望。”

“的确，初恋最美好，因此你该满足，因为我从未和其他人谈过恋爱。特迪还是个小孩子，我很迅速地将他的幻想打破了。”乔急着打消巴尔的误解，这样说道。

“好极了！那样的话，我就放心了，请务必把你全部的爱都给我。我等得太久，都变得有点吝啬了，你（thou）会发现这一点的，教授夫人。”

“我喜欢你这么唤我，”乔说，这个新称呼让她开心，“如今应该跟我说了吧，在我最想你来的时候，是什么把你带到这儿来？”

“就是这样东西。”从马甲的口袋里，巴尔掏出一个小纸头，它已经被揉得皱巴巴的。

乔把它展开，脸上满是害羞，因为她手上拿着的是她给一家报社的投稿，这家报社会为诗歌付稿酬，所以她偶尔会投一下。

“它怎么可能把你带来这儿呢？”她不解。

“我不经意间看到的。从诗里那些姓名和署名的缩写，我猜到了。况且，诗里有一段内容好像在对我呼唤。你可以读一遍，找出是哪一段。我看着你，不会让你踩到水坑。”

乔听从了。她快速扫过诗行，这首诗的标题是：

阁楼之上

四只小箱成一行，
尘埃褪其色，时光损其形，
他们被制成、装满，历久弥新，
昔日小主人，如今渐成人。
四把钥匙挂成排，
黯淡丝带，也曾亮丽光鲜，

① 德语：“初恋是最美好的”。

当年戴上它的孩子多欢喜，
那是十几二十年前的一个下雨天。
箱盖镌刻着四个名姓，
那是稚嫩孩儿的手刻成，
箱底埋藏着多少往事，
那是这帮孩子生活的历史，
游戏于斯，童稚无猜，
听，美妙的节拍，
在屋顶回旋，
那是潇潇夏雨的到来。

第一只箱上是“梅格”，光洁、优美。
我深情探头望，
只见丰富的珍藏，
那是宁静祥和生活的见证——
赠给有德行的男孩与女孩。
一袭婚袍，一纸婚书。
一双小巧的鞋，一缕婴儿发丝。
第一只箱子里不见玩具的影子，
因为它们被迁走，
待日后再被聚拢，
给另一双小梅格玩耍。
我明白，哦，快乐的小妈妈！
你定会听见，如美妙乐章的摇篮曲，
声音柔美如夏雨。

接下来刻的是“乔”的名字，凌乱无章，
箱内也是杂乱一团，
损坏的教材，缺了头的玩偶，
走兽、飞禽早已不言不语，
那是童话里的精品，

曾有年轻的脚丫印在上面。
未来的梦渺远不可追，
旧事记忆却依然甘甜如初；
诗稿余半，小说已弃，
冷热无常，书信也渐稀，
只剩一个任性孩子的日记，
提醒青春渐去；
于此品尝寂寥，
留神听，这悲凉如诉如泣——
“我应被爱，吾爱亦可期”
在这潇潇夏雨时。

我的贝思啊！终于来到刻着你之名的箱子，
它洁净无尘，
晶莹热泪常洗濯，
纤纤小手常劳作。
死神把你变成它的圣徒，
美好的神性让你超凡脱俗。
悲伤中我们仍然留存，
家庭神龛中你的遗物——
难再响起的银铃，
临终犹戴在头顶的小帽子，
那永远寂静的凯瑟琳，美丽长存，
门上的天使招引她为伴为邻；
病痛苦苦将你困住的囚牢，
却关不住你没有悲伤的歌声，
美妙轻盈的调子，
融入潇潇夏雨。

最后一只箱盖熠熠生辉——
传说成真不是妄想，

勇猛骑士跃然在盾牌之上，
“艾米”二字闪着蓝光和金光。
箱中她的发带静躺，
还有舞会后换下的舞鞋，
谨慎放好的花儿也已枯萎，
扇子摇曳在美妙的旧时光；
华美的情人节卡片余光犹烁，
种种小物件，件件曾分享，
一个女孩的焦虑、娇羞与希望，
写下少女心路柔肠。
如今知性、魅力更增，
听！婚礼钟声如银铃回荡，
如夏雨清脆滴响。

四只小箱成行，
尘埃褪其色，时光损其形，
幸福、苦难使人成长，
教会他们在那青春年华，去爱，去努力。
姐妹四人虽有暂别，
却未曾彼此隔分，只是一人先离俗尘。
爱的不朽神力，
让姐妹们永远亲近。
哦，箱中的宝物啊，
愿你们沐浴于上帝的目光，
赐她们更多幸福安康，
在阳光下更好地展示成就，
生命的华章不停歇地奏响，
如振奋的合奏让人心潮激荡，
心灵将欢快地飞奔歌唱，
永远沐浴着雨后骄阳。

乔·马

“那不过是一首很差劲的诗罢了，只是情之所至而已。我那天觉得十分寂寞，还枕在碎布袋子上哭了，我从没有预料到有一天它会到其他人的手上告诉他一段故事。”乔把教授珍藏许久的诗撕成碎末，开口说道。

“就让它随风而去吧，因为它已完成任务了。我会读到她新的作品，当我把她那本记录小秘密的褐皮日记看完之后。”教授说着，面带微笑。他凝望着纸屑飘散在空中。

“对，”他补充说，态度诚恳，“我读着那首诗歌，暗自揣测，她是那么痛苦，深陷寂寞的泥沼，只有在真正的爱情中，她才能得到慰藉。我的心里满是爱，满是对她的爱，那么，难道我不应该告诉她：‘如果这份爱不是太过渺小，那么，看在上帝的分上，接受它吧，尚可以赢得一些我渴望得到的回应。’”

“于是你就来搞清楚它是不是太渺小，最后发现，那正是我需要的，而且还很珍贵。”乔说着，声音很轻。

“就算你欢迎我，态度也很热情，起初我还是不敢有这种想法。不过，我的期待很快就萌芽了，而且，我鼓励自己说：‘就算为爱而死，我也要得到她！’我能够做到！”巴尔先生喊着，挑衅似的点了一下头，好像笼罩他们周身的薄雾是他要去挺身克服或者勇敢摧毁的拦路虎。

乔心想，这可太好了。她决定也要配得上她的骑士，尽管他并没有雄姿英发地骑着战马盛装登场。

“你为了什么事离开那么长时间啊？”没多久，她又发问了。她发觉问一些私密的事，并且获得可喜的答复，是十分愉快的，因此她不能再沉默了。

“离开你，确实是件难事。除非我有能力给你一个美好的未来，不然，我就没有勇气把你从一个那么幸福的家中娶走啊。要做到这点，得花些日子，加上勤奋地工作。除去有那么一星半点的学问，我可是身无长物了。让你为我这样一个穷酸的老男人抛弃一切，叫我如何开得了口呢？”

“我很庆幸，你并不富裕。我没法跟多金的丈夫一起生活。”乔态度坚决地说。接着，她更轻柔地添了一句：“贫穷没什么可怕的，我很早就知道它的滋味，而它也不再能让我感到恐惧。为我爱的人们去劳作，于我是一种幸福。而且，也别说你自己是老男人了——四十正是男人的好年华。就算你到了七十岁，我也不会停止爱你!”

教授非常感动，如果能够掏手帕，他一定早就掏出了。可是，他现在手上被占满了，所以是乔帮他拭了泪水。她一面接过他手中的东西，一面微笑着说：

“我或许太要强，但如今没有任何人说我越了界，因为给人擦眼泪、分担责任这本来就是女人的特别任务。弗里德里克，我也要承担自己的任务，我要帮忙赚钱贴补家用。这一点你不能拒绝，不然，我是不会嫁给你的。”她态度坚决地说，那时，他正想拿回东西。

“我们的未来就在眼前，一定会看到的。乔，耐心一点，再等等，好吗？我得离开一段时间，一个人去工作。我一定得先给我的外甥们解决问题，就算是为了你，我也不能辜负明娜的托付。你可以谅解我吗？可以满怀幸福的期望和等待我吗？”

“当然，我相信我能，因为我们如此深爱着彼此，其他的全都不重要了。我同样也有我必须完成的义务和要做的工作。哪怕是因为你而忽略了它们，我也会不开心。因此，你不用着急忙慌的。你可以在西部做你的工作，我在这里尽我的职责，我们一同为幸福未来打好基础，至于未来如何，那就看上帝的安排吧。”

“啊，你（thou）赐给了我无穷的勇气和希望。我仅有一颗满溢爱的心和一双一穷二白的手，再别无其他啦。”教授说，他完全抑制不住激动的情绪了。

乔根本永远就学不会女孩子的矜持。当他说了那番话之后，乔就站在台阶上把手交给他，喁喁细语道：“如今你的手里有珍宝了。”接着，她在雨伞下弯腰吻了一下她的弗里德里克。这简直太不矜持了！不过，她太过陶醉，就算在树枝上拖着尾巴围观的那群麻雀是人，她也做得出来。她根本管不了自己喜悦之外的任何其他事。尽管定情的形式如此简单，但依旧是他们此生最幸福的时刻。黑夜、风暴和寂寞都成为过眼云烟，未来等待他们的是家庭的光辉、温暖和祥和。伴随着一声“欢迎回家!”乔开心地把她的意中人迎进来，关上身后的大门。

第二十四章　收获的季节

整整一年的时间，乔和教授一边工作，一边等待，憧憬着、恋爱着，时不时团聚一下。他们写了大量的情书，弄得劳里都说，纸的价格都要被他们抬高了。第二年，他们变得理智了些，因为他们似乎看不到未来了，马奇叔婆这时候也忽然离世了。他们一开始的悲伤痛苦淡去之后——尽管马奇叔婆言辞苛刻，他们还是爱着这个老太太——他们发现他们有理由开心，因为马奇叔婆把梅园赠给了乔，这下子，真可谓是喜事连连。

“那是一个非常好的老宅子，而且它会带来一大笔钱，因为，你们当然会想卖掉它。”劳里说。几个礼拜之后，他们全部在讨论这件事。

“不，我不打算卖。”乔坚定地回答，她爱抚着那条胖胖的长卷毛狗，她收养了它，出于对它前女主人的尊敬。

“你不会打算去那里住吧？”

“是的，我打算住在那里。”

“但是，我的好姑娘，那是一个很大的庄园，修缮维持下来会花一大笔钱的，仅仅花园和果园就需要两到三个人看管，而且我想巴尔也不会农活吧？”

“如果我要求的话，他会尝试去做做看的。”

“你们难道指望着靠庄园的农产品卖钱吗？好吧，这听起来挺理想的，但是你们以后会发现农活会累死人的。”

“我们准备种的庄稼是可以赚钱的。”乔笑着说。

“夫人，到底是怎样的庄稼这么好？”

“男孩们，我想为小男孩们办一所学校——一所温馨快乐的像个大家庭一样的学校，由我照顾他们的起居，弗里茨负责教学。”

“那倒像是乔提出的策划，这不正符合她的作风吗？”劳里向着所有的家庭成员喊道，他们看起来和他一样感到惊奇。

“我赞成乔的主意。”马奇太太坚定地说。

“我也赞同。”马奇先生接着说，他非常欢迎有这样一个在现代青年中尝试苏格拉底式教学法的机会。

“照顾那些孩子会让乔很受累的。”梅格一边说，一边抚摸着她那聚精会神听大家讲话的儿子的头。

“乔可以胜任的，而且她会从中感到快乐的，这是一个很好的想法，把全部计划都说给我们听听吧。”劳伦斯喊道，他一直想帮帮这对爱人，但明白他们不会让他帮忙的。

“先生，我就晓得你会投赞成票的，艾米也一样，我从她的眼睛里得知了答案，尽管她在说话之前会仔细地在心底反复思量。行了，我的家人们，”乔诚挚地继续说，“你们要知道，这个想法并不是我的新主意，而是我长久以来想要实现的愿望。在弗里茨出现在我的生命中之前，我常常计划，当我有了钱，家里人都离得开我的时候，我会租一所大房子，收养几个孤苦无依的弃儿，在一切还没有太晚之前，让他们的生活充满欢乐。我亲眼见到很多小孩子误入歧途，只是因为没人在关键时刻拉他们一把。我很想为他们尽点力，我好像想他们所想，对他们的烦恼感同身受，唉，要是我自己就是他们的母亲，那就好了！”

马奇太太把手伸到乔跟前，乔一把握住，她满眼泪水，却面带微笑，她用曾经那样充满激情的方式说起话来，大家已经很久没有看到她这样激动了。

“有一次我跟弗里茨说了我的计划，他说他也正有此意，当即赞成当我们有钱了之后去就去做这件事。愿上帝保佑好人，他一辈子在行这样的善事，我指的是，为贫穷的孩子们提供帮助，而不是去发财，而且永远也发不了财。钱在他口袋里都是过眼云烟，完全攒不下来。如今感谢我那好心的叔婆，她深深地爱着我，我实在受不起。我有钱了，至少我感觉是这样，如果我们能创办一所欣欣向荣的学校，我们可以在梅园幸福地生活下去。对孩子们来说，这个地方刚刚好，庄园很开阔，家具样式简单，结构牢固。房子里房间很多，住下十几个孩子都没问题，屋外也有足够大的活动场所。孩子们可以帮忙料理花园和果园。这样的劳动还能锻炼身体，难道不是吗，先生？同时，弗里能用自己的教育理念来训练和培养他们，爸爸也会来帮他。我就负责他们的食宿，看护他们、关心他们、管教他们，妈妈就在一旁帮我。我总渴望能有成堆的孩子，越多越好，现在我可以让整个庄园都是孩子，和这些小家伙们尽情地嬉闹。这样的生活想想就觉得享受啊，梅园是我的了，还有一大群孩子跟我分享它。”

乔激动地挥舞双手，高兴得难以自已，其他人也喜笑颜开。劳伦斯先生笑得如此大声，他们开始担心他会笑得中风。

“我不觉得有什么好笑的，”当笑声稍小了一点之后，乔一本正经地说，“由我的教授来创办学校，我则安心地居住在自己的宅子里，这是个理所应当、合情合理的事呀。”

“她已经开始要派头了。”劳里说，没什么笑话比这个想法更有趣了，他想。“巴尔夫人，我能问问你要怎样来运营这所学校呢？如果全部学生都是穷孩子，怕是你的庄稼很大可能不会给你带来收益了。”

“好了，特迪，别说些丧气话，我肯定会招收一些有钱人家的孩子——可能创校之初，我会全部招收这样的学生。之后，等学校走上正轨，我会招收一个或两个穷学生，这只是为做善事。有钱人家的孩子和穷人家的孩子一样，也渴望被照看，被人安慰。我曾经看到过一些被交给仆人照顾的小家伙，真是可怜啊！有些智力差的孩子还被赶鸭子上架学一些他根本理解不了的东西，真是太残忍了！有些孩子由于管教的方法不对，或者家长疏于管教，会变得非常淘气不听话，还有一些则是干脆没有家长管。此外，最好的孩子也要经历叛逆期，在这个关键时期，孩子们最需要耐心指引和友好相待。

但别人笑话他们、呵斥他们，把他们支得远远的，却指望他们能从一个小孩子瞬间变身为一个好青年。他们能感觉到这些，却很少发牢骚，真是勇敢的小家伙们啊。我自己也经历过其中的一些，我知道得非常清楚。我很喜欢这些小调皮们，想告诉他们，即使他们手脚笨拙、糊里糊涂，我依然能看到他们温暖、诚实而善良的心灵。我对此颇有经验，还成功地指引了一个男孩，让他成为大家的骄傲和荣耀呢！”

“我可以证明，你功不可没。”劳里说着，感激地看着她。

“成功远超期望，你就是活生生的例子，一个沉着冷静、通情达理的生意人，用你的财富做了许多善事。你不是去搜集钱财，而是去搜集来自穷人的祝福。你不单是一名生意人，你还喜欢美好的事物，从中感到快乐，并且愿意和别人分享，就像你过去一直做的那样。我为你自豪，特迪，因为你一年比一年好，尽管你从来不让众人说出来，但每一个人都能感受得到。对了，当我招收了一群小孩，我会指着你告诉他们，‘我的孩子们，他就是你们的努力的方向。’”

可怜的劳里被夸得眼神都不知道朝哪儿搁了，尽管他确实如此，可是这突如其来的盛赞让大家都看向他，投去赞赏的目光，他又像过去那样害羞了。

“嘿，乔，你说的话太抬举我了，”他开始说，带着过去男孩子式的语气，“你为我做的一切，我无以为报，只能拼尽全力不辜负你的期待。可最近你彻底遗忘我了，乔，好在我还是有贵人相助。如果说我有进步的话，得谢谢他们两人。”他把一只手轻柔地放在爷爷的白发上，另一只手则抚着艾米的金发，三人似乎总是形影不离。

“我真心觉得，家庭是人世间最美好的东西！”乔突然大声地说，带着异常激动澎湃的心情，“等我自己组建了家庭，希望它能和我了解也无比热爱的那三个家庭一样，幸福美满。如果约翰和我的弗里茨也在场，这里就可谓是人世间的天国了。”她继续说道，语气平静了些。当晚，一家人兴奋地讨论、打算和计划着，乔回到她的房间，心里被幸福填满。她在那张始终紧挨着自己的空床边上跪下，温柔地思念着贝思，借此使自己的内心平静下来。

这一年可谓是惊喜不断，一切进展得异常的快速和顺畅。乔还没回过神来，就已经嫁人了，并且在梅园安了家。然后，六到七个孩子像蘑菇一样突然地冒了出来，学校办得意外的成功，学生中既有穷人家的孩子也有富裕人家的孩子，因为劳伦斯先生总能找到可怜兮兮的穷孩子，请求巴尔夫妇收下他们，他们的学费则由他来支付。通过这种方式，这个狡猾的老绅士说服了傲气的乔，带给她许多符合她心意的学生。

万事开头难啊，乔犯了许多稀里糊涂的错误，但是，那聪明的教授领着她蹚进安全而宁静的河流，连最不守规矩的弃儿也向他们臣服。乔如此热爱她的“男孩荒原”，之前的梅园是个神圣的庄园，整洁而干净，现在则被那帮汤姆们、迪克们、哈里们搅得天翻地覆。如果让尊敬的、可怜的马奇叔婆看到这一幕，她该有多忧伤啊！但是，这里头还有点因果循环的意味，之前邻里间的男孩子们都很惧怕老太太，如今这些小家伙们大嚼着园里的梅子和李子而无人制止；用肮脏的靴子乱踢着小石子却不会被呵斥；在空旷的草场上玩着板球；那里过去有只脾气暴躁的“弯角牛”，常惹得莽撞的毛头小子去挑衅。这个庄园于是成了男孩子们的乐园。劳里提议把这里称作为“巴尔花园”，对主人来说是一种敬意，对它的居民来说也很贴切。

这不是一所赶时髦的学校，教授也不会用它来敛财，正符合乔的设想——“给那些需要教育、照顾和体贴的男孩子们一个幸福家园。”庄园里的每个房间很快都住满了人，花园里的土地也都有人认领了，巴尔夫妇允许孩子们养动物，谷仓畜棚里成了动物园。每次三餐，乔坐在长餐桌的一头，向她的弗里茨微笑，桌子两侧各坐着一排欢乐的孩子，他们都以深情的目光注视着她，他们把心里话都跟“巴尔妈妈”说，对她十分信任、感激和依恋。如今孩子是够多了，尽管他们并不是天使，有几个男孩还让教授和她操碎了心，但是她从未对他们感到厌倦。她坚信，就算是最调皮鲁莽和惹人心烦的弃儿身上也有闪光点，这让她更加有耐心和技巧，终于获得了成功。巴尔爸爸就像太阳，给他们和煦的阳光；巴尔妈妈每天要原谅他们无数次，在这种仁慈之下，只要是个凡人男孩，就不可能死不悔改的。孩子们献给她的友情，他们做错事忏悔时的抽泣声和低语声，他们滑稽又动人的交心话，他们美好的热诚、期待和计划，甚至他们的悲伤，都是乔的财富，也加深了她对他们的爱。那些孩子们中，有的反应稍慢，有的容易害羞；有的身体虚弱，有的吵闹不休；有的孩子说话吐词不清，有的孩子说话磕磕巴巴；有一两个孩子腿脚不利索；还有一个幸福的小混血儿，其他的学校都不愿意收他，虽然有人预料收留他会葬送“巴尔花园”，但“巴尔花园”依然接纳了他。

虽然工作确实辛苦，要操心的事很多，还有没完没了的闹腾，乔却感到很幸福。她对现在的生活真心地满意，在她看来，男孩们对她的喝彩远胜世间其他所有赞美。此时，她讲故事的对象只有这一群热忱的信徒和崇拜者。时光飞逝，她自己的两个小男孩也先后出生，给她带来了更多欢乐——一个叫罗布，跟外公的小名一样；另一个乐天派的小家伙则叫特迪，他仿佛沿袭了爸爸的开朗性格和妈妈的充沛精力。外婆和几个姨妈怎么也想不通，和那一群调皮捣蛋的男孩子们混在一起，他们是如何健康茁壮地长大的。但是，他们就像春天的蒲公英般生气勃勃地成长起来。那些粗枝大叶的男孩保姆们也很疼爱他们，把他们照料得很周到。

梅园的节日众多，一年一度的摘苹果节是最让人高兴的节日，因为马奇夫妇、劳伦斯夫妇、布鲁克夫妇，还有巴尔夫妇会集体出动，忙活上足足一天。乔婚后的第五年，又迎来了一个果实丰收的节日——那是一个果香飘溢、醉人心脾的十月天，空气中飘着清新气息，让人心绪飞扬、热情高涨。历史悠久的果园像是穿上节日盛装：黄菊花和紫苑在长满苔藓的墙壁上点点绽放；蚱蜢在枯草丛里快活地蹦跳；蟋蟀吱吱地叫着，就像童话里宴会上的笛子演奏家；松鼠们忙着储存它们的食物；小鸟在杨树间叽叽喳喳地歌唱，好像在告别秋天。一棵棵的苹果树都做好了准备，只要晃动它们，红苹果或黄苹果就会像阵雨一样落下来。每一个人都在这里，一边欢笑一边歌唱，一会儿爬上树一会儿又摔下来。大家都说这样完美的一天从来没有过，也从来没有这样一群快乐开怀的人来享受它。大家都自由自在地沉浸在这简单的快乐中，似乎世间已经没有了忧心和烦恼。

马奇先生平静地到处逛着，他一边向劳伦斯先生引用着图索①、考利②和科卢梅拉③的话，一边享受着：

这柔和的散发着醇酒般香气的苹果汁④

教授来来回回奔走于绿色树丛间的过道上，好像一位英勇的条顿骑士。他拿着一根竹竿当作长矛，带领着男孩子们；男孩子们则拿着钩子、梯子自己组成了一个队伍，随时表演着让人惊叫的高空翻滚。劳里一心一意地照顾这些小孩子们，把他的小女儿装进蒲耳式的筐子里，还把黛西举起来放在鸟巢间，还得防止冒险家罗布摔着自己的脖子。马奇夫人和梅格在苹果堆之间坐着，好像两个果树女神，她们正将不断掉落下的果实挑拣分类。艾米脸上挂着美妙的母性神情，她一面为各类人群画速写一面照看着一个脸色苍白的小男孩。小男孩坐在一边，带着敬慕的神情看着艾米，身旁放着一副小拐杖。

那一天乔应付自如，东奔西跑。她把身上的长袍用扣针别起，头上也不戴帽子。她把儿子夹在胳膊下，时刻准备着应付可能发生的意外情况。小特迪似乎总能逢凶化吉，从来没出过任何意外。乔一直以来都对他很放心，不管他是被一个男孩带上树去，还是被另一个男孩背着飞奔，抑或是被他那宠孩子的爸爸喂了酸味的褐色冬苹果，她眼睛都不会眨一下。他的爸爸完全是日耳曼人的天真想法，觉得小孩子吃什么东西都能消化，不管是腌菜、扣子、钉子，还是

---

① 托马斯·图索（Thomas Tusser，1524—1580），英国诗人，以农学著作闻名。

② 亚伯拉罕·考利（Abraham Cowley，1618—1667），英国诗人、散文家。晚年考利醉心于研究植物学和实验科学。考利于1650年发表了散文《论农作》（*Of Agriculture*）。

③ 卢修斯·科卢梅拉（Lucius Columella，公元4—70年），罗马农学家。

④ 该句出自亚伯拉罕·考利写于1666年的诗作《花园——致J. 伊芙林》。

他们脚上穿的小鞋子。她知道她的小特迪总会悄无声息地平安归来，虽然成了个泥孩子，但脸色依然健康红润，她总是真情热诚的迎接他归来，因为乔深爱着她的孩子们。

四点钟的时候，劳作暂告一段落。篮子空空如也，摘苹果的人们也小憩去了，他们彼此数着衣服上的破洞和身上的擦伤。乔和梅格带领着一支由大男孩组成的小分队，将晚餐摆放在草地上。这顿露天茶点一向是这节庆的高潮。毫不夸张地说，每当这个时候，简直是牛奶与蜂蜜横流啊，因为男孩子们不用规规矩矩地坐在桌边吃，而是可以无拘无束地吃茶点——这种自由对男孩子们来说是个新鲜事，他们打心底里喜欢这样。他们把这次难得的特权用到了极致。有些孩子做起好玩的实验，比如用倒立的方式喝奶，另一些孩子在玩蛙跳，一停下来就去吃馅饼，这为游戏增添了魅力。饼干碎末掉得遍地都是，吃了一半的苹果派跑到了树上，仿佛是一个新的鸟类品种。几个小姑娘私底下开起了茶话会，小特迪在各种美食间游荡。

等到所有人都吃饱了，教授开始正式提议祝酒，这样的时刻总是要祝酒的，他说："马奇叔婆，愿上帝保佑你！"这个心地善良的人发自内心的敬酒。他永远铭记，老太太给予他的太多了。男孩子们静悄悄地一饮而尽。他们从小就被教导：心中要时时念着老太太。

"接着，让我们为外婆六十岁生日干杯！祝她福寿安康，万岁，万岁，万岁！"

这是完全发自内心的祝愿，读者们尽可以相信。大家又再一次欢呼起来，完全停不下来，他们为每一个人的健康都祝酒干杯，从劳伦斯先生——他们把他视为特别的资助人，到一只受惊的豚鼠——那只豚鼠离开它原来待的地方来寻找它的小主人。之后，作为长外孙的德米向外婆赠送五花八门的礼物。礼物数量极大，还得出动独轮的手推车才能全部运送到庆祝场地上来。有一些非常有趣的礼物，其他人可能觉得是粗制滥造，外婆却觉得都可以拿来摆在家里做装饰——因为这些礼物都是孩子们亲手做的。黛西在手帕上用她的小手细致地镶边，马奇太太觉得那一针一线比绣娘缝得还好；尽管德米制作的鞋盒盖子关不上，却被夸赞成为工业技术的奇迹；罗布做的脚凳腿儿摇摇晃晃的，她竟说坐着很舒适；艾米的孩子送给了她一本书，上面用歪歪扭扭的大写字母写着：“赠送给亲爱的外婆，她的小贝思。”在她看来，这是世间最珍贵的书。

赠礼仪式进行到一半，男孩们神不知鬼不觉地消失了，马奇太太想对她的孙儿们表示感谢，却抑制不住激动的心情，哭了起来，小特迪用自己的围兜给她擦眼泪，教授突然开嗓唱歌。然后，在他的上方，各种声音此起彼伏，棵棵树上隐藏的小男孩组成了一支隐形的合唱团，歌声在树林间回荡。这些小男孩发自内心地歌唱，这首小歌填词的是乔，谱曲的是劳里，教授则负责训练这些小家伙们的唱功，以达到最好的效果。这种演唱形式十分的新颖，而且取得了巨大的成功，马奇太太惊喜激动得难以自已，坚持要和无羽的小天使们一一握手道谢，从高高的弗朗兹和埃米尔到那个有着最甜美的嗓音的小混血儿。

表演结束之后，男孩子们各自去玩耍了，这是最后的玩闹时间，留下马奇太太和她的女儿们在节日树下闲聊。

“我觉得，我再也不能称呼自己为‘可怜的乔’了，我最美好的愿望都已经实现了。”巴尔夫人一边说着，一边把特迪的小拳头从牛奶罐里拉了出来，他之前一直用手在罐子里狂热地搅拌着。

“然而，你现在的生活和你十几年前设想的很不一样呢，你还想得起我们的空中楼阁吗？”艾米问道。她正面带微笑地看着劳里和约翰陪着孩子们打板球。

“亲爱的！看到他们抛开所有工作嬉闹休息一整天，真叫人开心啊！”乔回答说。她现在说话也带上了所有母亲都会有的慈爱语气。

“记得，我还能想起。然而，我那时渴望的生活如今看来却是那样自私、清冷和寂寥。尽管如此，我仍保留着要去写一本好书的愿望，我会等着，我坚信，有了这样的生活经历和体验，我的创作会更加发人深省的。”乔指了指远处活泼可爱的孩子们，又指了指爸爸。爸爸和教授正比肩在阳光下散步，热烈地讨论着共同话题。乔又指了指跟前的妈妈，她被敬慕她的女儿们围起来，膝头和脚边则坐着孙儿孙女们，似乎所有人都能从她那儿得到关怀和帮助，在他们看来，她那张慈爱的脸永远年轻。

“我的空中楼阁实现得最完整啦，确实，我那个时候追求一切美好的东西，可我心里清楚，只要有一个小家，有约翰和这样一双迷人的儿女，我就心满意足了。感谢上帝，让我拥有这些，成了世上最幸福的女人。”说着，梅格把手放在她已经很高的儿子头上，脸上显露出一种满足的神情，那样柔和而忠诚。

“我的‘楼阁’和我原先设想的完全不同。可我不会像乔一样去改变它。我还没有完全丢弃我的艺术抱负，也不会仅仅只去资助他人达成梦想。我已经着手制作一个婴儿雕塑。劳里评价这将是我最出色的作品之一。我也是这么想的。我准备用大理石做原材料，这样一来，无论出现什么意外，我都可以留住我的小天使的样子。”

艾米一面说着，一面流下了一大滴眼泪，落在了她怀中孩子的金发上，她最疼爱的这个女儿身体娇弱，害怕她夭折给艾米的幸福生活添加了一抹阴影，这件事对夫妻二人影响深远，爱和悲伤让两个人贴得更近了。艾米变得更加柔美、安静和温婉，劳里则变得更加深沉、稳重和坚毅。

二人都明白了，美貌、青春、运气，甚至爱情本身都不能让最有福气的人远离担忧、伤痛、失望与悲伤，因为：

> 人生不如意十之八九，
> 总会有无助、悲伤和凄凉的时刻。①

“我很确定，她已经开始好转了，乖乖，别沮丧，要满怀希望，始终乐观啊。”马奇太太说。内心柔软的黛西坐在外婆膝上，这时她弯下腰去，用自己红润的脸颊去抚慰小表妹苍白的小脸。

“妈妈，有你鼓励着我，还有劳里担负大部分辛劳，我不该沮丧的!”艾米积极地回应道，“他竭力隐藏着自己的忧虑，对我总是温柔而有耐心，对小贝思可谓是体贴入微。对我而言，这一直是莫大的支持与安慰，我对他付出多少爱都是应该的。因此，虽然我身负

---

① 该句出自美国诗人亨利·沃兹沃斯·朗费罗（Henry Wadsworth Longfellow，1807—1882）于1842年发表的三段诗歌《雨天》（*The Rainy Day*）。

不幸，但还是可以像梅格一样说：‘感谢上帝让我成了世上最幸福的女人。’”

“我就不用说了吧，因为大家都有目共睹，我享有的幸福远远超出了我的想象。”乔继续说。她看了看她的好丈夫，又看了看正在她身边草场上打滚的两个圆滚滚的孩子。“弗里茨年纪变大，身材走形，我却像个纸片人似的越来越瘦了，我都三十岁了，注定是个穷女人啦！没准哪天晚上梅园就会被烧掉，因为那个积习难改的‘汤米·邦斯’① 一定要在被窝里抽香蕨木烟。他都已经弄出三次小火灾了。除去这些不浪漫的事实，我还有什么可抱怨的呢？我这辈子，从未如此快活啊。抱歉，我的用词可能不恰当。和那些毛孩子厮混久了，偶尔就会不由自主地用他们的措辞。”

“嗯，乔，我看你拥有的幸福肯定很多。”马奇太太说道，她刚把一只黑色的大蟋蟀吓走了。这只蟋蟀一直对着小特迪干瞪眼，把他吓得脸都变青了。

“妈妈，我的收获可比你的差远了。你细心地耕耘，收获的就是我们啊！这些恩情我们无以为报！”乔充满深情地喊着，那股急躁劲似乎一辈子都改不了啦。

“我盼着每年能多收获些麦子，少收点杂草。”艾米低声地说。

“这巨大的一捆麦子，不过我晓得，亲爱的妈咪，你的心还有位置能容纳下它。”梅格含情脉脉地接着说道。

马奇太太极为动容。这一刻她只能张开怀抱，似乎要把她的儿孙们都拥入怀中，脸上和声音里都满载着一个母亲的慈祥、感恩和谦逊，她说道：

“噢，我的孩子们，我只愿你们此生一直这样幸福下去！”

---

① 此处乔指的是巴尔教授。